许韬

著

作家出版社

前言

中国人讲究谋时而动，顺势而为，如果用这种行为模式来解释当下很多人的选择，就是形势好时下海，形势差时上岸。

毋庸讳言，我们正遭遇一个争相上岸的时代，每个人对于上岸的理解并不一样，有人认为是当上公务员旱涝保收，有人认为是去一个发展更为完善的异国他乡，有人认为是任职于一家效益良好、福利丰厚的大企业，甚至还有人把一份名校录取通知书、一桩美满的婚姻、一次期待已久的升迁看作是人生的上岸。

由此看来，这世上并没有一个最终的彼岸，我们永远都在上岸的途中，我们永远都是满怀羡慕地远望着那些已经上岸的人，却忽略了有人用同样的眼光看着不堪其苦的我们。

在《上岸》这本书中，你会看到同样的情景：那些在常人看来早就上岸的人，却丝毫没有安全感，仍然在另一片我们看不见的深海中奋勇泅渡。

　　更无奈的是，有时候你还不得不将一同泅渡的人按入水中，才能得到一个上岸的机会——我们称之为竞争。

　　古希腊神话人物西绪福斯因为得罪了神明，被罚推着一块巨石到山顶，巨石在即将到达山顶的那一刻，从他手中滑落滚至山脚，他不得不再次推巨石上山，如此周而复始。

　　我们就像西绪福斯一样，不甘心沉没于命运的深海，朝着对岸拼命游过去，然而每次上岸之后，却发现前面又是一片深海，一个遥远的彼岸在等着我们，似乎永无止境。

　　这是一个漫长而艰辛的旅程，我们唯一能做的，就是别忘了时不时停下来看一看风景，听一听鸟鸣，闻一闻花香……还有，当有一双温柔坚定的手伸到你面前时，握住它。

目录

一

从老板回到了经理

董培长久以来一直坚信，自己终能成为一个有成就的人，一个根本不用为钱发愁的人。毕业于名牌大学的背景、还算潇洒的长相、聪明好使的脑袋瓜，这些都加强了他的自信，他甚至曾在某个场合宣称，如果三十岁之前挣不到一千万，他会从北京的某座高楼上跳下去。

不过，三十二岁那年，凝聚了他全部梦想和心血的公司亏得血本无归，在一个萧瑟的秋日，精疲力尽的他终于意识到无力回天了，只花半个小时就收拾完毕，买了一张高铁票，两手空空回到了北京。

一切又得从头开始，他可没想过要从什么地方跳下来，相反，他一度前所未有地关注自己的身体和健康，关注自己账上抢救出来的小钱，因为他知道自己只剩这些东西了。

他来不及舔伤口，便得收拾好心情，暂时忘掉创业梦，重新开始去找工作，因为每个月近万的房贷让他丝毫没有喘气的工夫。

或许是自己心态失衡，或许是整个就业市场过于低迷，这一次找工作对董培来说分外不顺利，要么是发出去的简历如泥牛入海，杳无音信，要么就是有几家通知他去面试的公司不仅环境乱七八糟，面试他的人也歪瓜裂枣、素质低劣，其水平充分反映出该公司的水平。

两个月过去了，董培应聘的职位由总经理、副总的级别开始往下滑落到总监、副总监、部门经理甚至是某些公司的业务经理，他突然很能理解那些想结婚的女孩，二十岁时非钻石王老五不嫁，一旦过了二十五，立即将条件逐步降低，目标也越来越现实，过了三十，便老老实实只要求对方人好、有固定工作、无不良嗜好了。

现在董培的要求也变得很现实，只要求公司业务基本稳定、环境不至于太差、不是吃了上顿没下顿的那种，就可以考虑。

他重新修改了简历，并精心写了一篇求职信，将口气转换得极其诚恳，极其谦虚，然后搜集了一些还靠谱的职位，发了出去，剩下的他只能去等待。

一年前跟相处多年的女友分手后，他就一直没再找过，虽然身边从不缺少女孩，但那都是些玩伴，他从未真心投入过，也懒得去投入，特别在这种事事不顺的艰难时刻，他更是离那些女伴远远的。她们打电话过来时，他便装出一副极其忙碌的样子，简单聊几句便匆匆挂断电话。

每天他睡到半上午，起床后先上网搜搜工作，有合适的便发简历，接着便出去找家小饭店，早饭中饭一块吃，吃完后去离小区不远的那家书店看书，傍晚时分再随便吃点东西回家。

他从未叫过外卖，他害怕自己习惯于宅在家里，因为他看过有人家里被外卖垃圾掩埋了的新闻，那种绝望和无助让他心生恐惧，干脆拒绝一切外卖。

他去过一次星巴克，在那儿一边上网一边耗时间，然而他突然惊恐地发现，周围好几个类似他这样的人，愁眉不展地在网上搜寻着什么，有些人甚至连一杯小份咖啡都舍不得买。这种气氛让人倍感压抑，在悲怆的感觉不可扼制地涌上之前，他赶紧起身逃走了。

在连续寻找工作进入第三个月的那天，他干了一件不寻常的事。

一名与他年纪相仿的女性，穿着看上去也还得体，在小区门口突然挡在他面前，期期艾艾地说："就是……我知道挺可笑的，您能不能借我一点钱，我肚子挺饿的……"

这种情形虽然可疑，但董培无法拒绝这样的要求，他迟疑了几秒钟，掏出手机，加了她的微信，给了她一百元的红包，然后冲她点点头，转身便要离开。那女人叫住他，极其诚恳地说自己一定会还钱，而且一定能够还上钱。董培心里有些触动，微笑着鼓励了她几句。

或许是自己识时务地调低了职位预期的缘故，或许是因为刚做了件"善事"，今天预约面试的电话特别多，一下来了四家，其中两家看上去还相当不错。董培的心情一下开朗起来，居然有心思使出好久不用的"摧花"神功，跟饭馆小服务员调笑了几句，逗得小姑娘满脸红晕，眉目含情。

运气的确不错，终于碰到一家不错的公司。办公地点就在北京的一处黄金楼盘，公司的面积很大，光前台就很气派，进出公司的人也个个衣着光鲜、气宇轩昂。更有意思的是，前台侧面有一个茶点室，可以看到桌上摆放着点心、速溶咖啡以及水果，一名员工用开水冲了杯咖啡，放一块饼干在嘴里，边嚼边从董培身边走过，留下一股咖啡的香味。

这让董培大为惊讶，这可是当年互联网泡沫时代的公司做派，如今经济处于调整期，各家公司都恨不得一分钱掰作两半花，这家公司却一副牛气冲天不缺钱的样子，有点不可思议。

难道这是一处世外桃源？它能躲过所有的市场冲击、政策变换、经济下行，安安稳稳地过着好日子？

董培迅速浏览了一下墙上的公司照片，记下了公司的名字：新海集团。他心里有了数，暗下决心要全力以赴搞定这份工作。

接待他的是一个三十多岁的女人，穿着谈吐都很优雅，长得也可算在漂亮之列，她提的问题都很专业，也许有点刻意专业，简直就像来自《面试官技巧指南》之类的工具书——如果有这类书的话，这倒也好，因为这种问题对于求职者来说往往是最容易回答的。

董培发现，她对于漂亮的、引经据典的回答特别感兴趣，反倒是对那些从实战中而来的朴实观点视若无物，也许她更关注的是应试者某种单纯的素养吧。没准这也算一种识人的方式？董培开小差琢磨着。

聊了一会儿，董培照例找了个机会问她的职位。

"哦，我是公司的董事，副总裁，我姓吴，叫吴梅，你叫我 Nancy 好了。"

"这么大官！吴总，失敬了。"董培还是尊称她的职位，她也未加以纠正。

吴总又问了几个问题，董培投其所好，在对答中愈发表现出一种刻意修饰的专业风范来，吴总满意地微笑着，又问了一下董培的薪水要求。董培没有像以往那样给出一个具体数字，而是说了些模棱两可的场面话，吴总也未追问。

临末了，吴总说这是初试，他们还会安排一次复试，复试的内容主要是解决工作中的一些实际问题，并且还会请董培与她的团队共同工作一天，看大家是否合得来。董培有些惊讶，但还是挺得体地表示，他很欣赏这种专业认真的作风，这更坚定了他加入这家公司的决心。这个奉承很到位，吴总开心地笑了。

董培离开的时候，瞥见一间办公室内一个老外的侧影，难怪刚才吴总让叫她英文名字。有老外就意味着有外资，在整个行业不景气的时候，还能留住外资，显然这家公司实力不弱，这更加坚定了他无论如何也要加盟这家公司的决心。

复试的排场更大，一个老外主持，题目全都是用英文写的，董培和另外一个应聘者轮流对着几个人用英语阐述自己的观点。董培好久不说英语，此时说起来有些磕磕巴巴，另外一个则是口若悬河，叽里咕噜说个没完。

董培开始有些心虚，后来突然想通了，反倒放松下来，因为一来他觉得吴总自己的英语并不怎么好，这小子这样卖弄没准还让人反感；二来那个老外纯粹是个摆设，最终握有决定权的仍是吴总，这小子回答问题时太有高度、太有全局感，把自己整得跟个总裁似的，吴总恐怕也不会高兴。

看透了这些，董培在与这几个人握手告别时，显得轻松自信，丝毫不像落了下风的样子。

接下来是跟吴总主管的企业合作部的几名员工共同工作一天，这几个人一看就是完全按照吴总风格打造出来的，一个个彬彬有礼，谦让有加，彼此间也是相敬如宾，董培一见这架势，也打起十二分的精神，不敢有丝毫造次，撅着屁股坐得笔直，把精心准备的几个用来活跃气氛的段子早扔到爪哇国去了，使劲挤出亲切而得体的微笑，像参加高级派对那样字字珠玑、口吐莲花。一天下来，虽然什么也没干，却累得眼歪嘴斜、腰酸背痛，还好，看得出大家对他不排斥，至少不会有人对他的加入提出负面意见。

如此折腾了一番之后，董培便回家等候消息。经此一战，董培面试的激情与灵感几乎被耗了个干净，下面的几场面试董培都是草草收场，其中一场是复试，面试官再次让他自我介绍时，他指了指桌上的简历，道："都在上面写着呢。"最后一场他甚至都没去，他断定这份工作已经没问题了。

很快一个星期过去了，吴总那边却没有任何消息，董培有些心慌起来，但又什么都做不了，只得瞪着眼干等。此时他才有些后悔不该那样草率地放弃后面的机会，弄得现在连个讲价的筹码都没有。就业形势这么严峻，自己也是在职场摸爬滚打多年的人了，怎么就被那些华而不实的场面功夫给蒙住了呢？

正左猜右想，周末的时候，吴总亲自来了电话，言谈中似乎还未定下来，只叫董培过去谈谈。董培别无选择，只好压住满肚子火，重新披挂上阵。

吴总还是那样亲切优雅，虽然眼前这个人已是第四次被她折腾来了，但她对于董培的态度，仍然像是极其真诚地对待一位好朋友。她给了董培一个新职位，比当初应聘的低了一级，薪水也很不怎么样，转眼之间，这份董培曾经十分向往的工作变成了一份不折不扣的鸡肋。

事已至此，所谓双鸟在林，不如一鸟在手，董培最后努力谈了一下薪水，又被吴总一顿甜蜜的承诺给堵了回去，而且还绵里藏针地暗示，目前这种就业市场，公司是绝对的甲方，可选择余地实在太大。

这有点羞辱人的意思，但董培知道也是实情，无奈之下只有缴械投降，接受了这份工作，自然又得到了吴总一番热情洋溢的欢迎与鼓励。

吴总带董培走出她的办公室，把他一一介绍给大家，整个办公室立即充满了浓浓的友情，像储存在什么地方预备好迅速释放出来的一样。

吴总亲切地一直将董培送到门口，董培等她进去了，才从电梯口兜回来上一趟洗手间。虽然工作总算搞定了，但他感觉不像得到了什么，倒像失去了什么。他皱着眉进了洗手间，拉开裤链就开始放水，突然旁边一声尖叫，一个搞保洁的中年妇女掩面夺门而出，董培这才看清卫生间门上挂着"打扫卫生，请勿使用"的牌子，这个女人在外面声音不小地埋怨董培"不小的人了，怎么能干出这种事来"，叽叽歪歪说个不停。

董培很郁闷地撒完尿，出来时，这女人还在喋喋不休，咕哝着"一点教养都没有"之类的话，董培不禁火往上蹿，摆出当过领导的架子，用低沉威严的声音说："我刚才在琢磨事，没看到你，你给我闭嘴！"这女人看到董培恶狠狠的样子，才不服气地哼唧两声，不说话了。

刚进电梯，他掏出手机，习惯性地打开微信，发现几天前向他乞讨饭钱的女人给他发了一堆信息，董培一目十行地看了一遍，她冗长地叙述了她目前的窘境：自己公司破产了，还欠了一大笔债，母亲得了癌症，医药费是个巨大负担，等等；又说她最近有个翻身的好机会，但缺个二十万的周转资金，问董培能不能借给她，三个月就可以回款，到时还给董培三十万；最后又极其恳切地解释说，她知道这样很突兀，但她实在是没有办法了，而且看面相就感觉董培是个非常侠义的人……

老子是侠义，才被你这个不要脸的骗子盯上。董培这样想着，给她发了个一分钱的红包，顺手将她拉黑了。

电梯停了，他走出来，抬眼一看才发现走错了楼层。在这个黄金地段的商务中心，这一整层楼都是空的，几家公司的标志墙还在，看上去崭新的，像是遭遇了突然的变故，整个公司的人集休蒸发了。

董培凝视着眼前的景象，心想自己在外地的公司应该也是如此吧。

快到家的时候，董培将那些烦躁、不安、厌恶的情绪慢慢地排解开，给父母发了一条微信，轻描淡写地告诉他们自己找到工作了。

父母的反应是真诚而热烈的。宝贝儿子不听劝，几乎折腾光了家底，他们最担心的是儿子一蹶不振，就此躺平消沉下去，他能够这么快摆正位置，重新开始，对于他们是莫大的安慰。

与父母交流完毕，董培放慢脚步，他想起当初自己信心爆棚，一心要抢占市场，打算把自己房子卖掉筹款，结果是母亲抵死不让，拿出自己的养老钱帮他垫着，自己非但不领情，还恶声恶气地埋怨她就会限制自己……

董培垂下头，用最沉痛的心情深刻反思了自己当初的轻浮与孟浪。

尽管有这样那样的不满意，但工作毕竟是搞定了，至少再也不用晚上因为失业的忧虑与恐惧而难以入眠。董培自认为还算个心理素质较好的人，但失业那种无着落、无安全感的压力是难以承受的，看到自己账户里的钱一天天减少更是让人坐立不安。他偶然看到这样一则消息，一个五十多岁的男子刚得到一份仓库管理员的工作，一大早便兴冲冲地骑自行车赶去上班，结果心脏病突发死在了半路……

董培心里一阵难过，然后又多少有些庆幸：自己终于重新回到了白领一族。

临上班的那天晚上，他本来心情还不错，但不知怎的想起了那个骗子，明明一副人畜无害的样子，为什么要那么堕落？或许她真有难言之隐？

董培用理性再次确认那就是个骗子，但他的心情却难以平复：萍水相逢，失业的自己尽力周济了别人，非但没有得到祝福与感激，反而让她觉得有机可乘，这种彻底的恶真有点让人不寒而栗。

一切如董培所料，这家公司把场面上的事都做得尽善尽美。董培第一次坐到自己的办公桌旁，便看到桌上一张明信片，上面写着欢迎他加入的字样，还有每位同事的签名，董培随手将它扔到一边。打开电脑，邮箱已经设置好了，跳入眼帘的也是一封热情洋溢的欢迎信。

真有闲情逸致啊！经历过人生至暗时刻的董培对这些东西毫无感觉，而且骨子里他对那些充满职场气息的欢迎辞颇有抵触：大家明明是雇用与被雇用的关系，却偏偏要整得温情脉脉，装得跟一家人似的。

话虽这样说，董培也只得入乡随俗，吴总过来关怀问候时，董培不失时机地提了提明信片和欢迎信的事，称赞这是一种"尊重人、关怀人，注重细节"的企业文化，吴总很是高兴，跟董培聊了好几分钟，把"以人为本"翻来覆去阐述了好几遍。

刚入职，自然要办一些人事上的手续，董培刚想到这事，桌上的电话便响了，接起来一听，一个圆润悦耳的女声叫他去人事部一趟。董培起身来到人事部办公室，四下看了一圈，想找出那个声音的主人，正探头探脑，听到那声音在身后道："你好，是董培吧？"

董培转过身，眼前顿时一亮。声音具有很大的欺骗性，很多天籁之音的女主人，其长相实难让人恭维，董培原本也没抱多大希望。但这一次，声音的主人恰恰也是那样超凡脱俗，把董培所谓的朱氏定律"声音与长相成反比"立刻击得粉碎。

十分钟后，董培办妥了相关手续，穿过长长的办公区回到自己座位上时，董培回味着她的名字"肖菁"，以及她的一颦一笑，偶一抬头，看见自己的脸映在玻璃上，笑得很傻很天真。

刚刚安顿好，便通知要开一个部门全体会议。董培想，难道还要给自己整一个欢迎会不成？在会议室，吴总坐在一边，其他人坐在另一边，吴总开始说话，董培听了几句，便明白这不是要给自己开欢迎会，而是要搞一个什么"交接会"。

吴总先回忆了自己过去一年来在企业合作部的经历，然后说新人需要成长，所以要给后来人机会。董培听到这里蓦地一阵心跳：吴总该不会让自己来接管他这个部门吧？

正胡思乱想，吴总已经是泪如雨下、泣不成声，将象征着部门权力的一个文件袋郑重地交到坐在董培旁边的卢胜手中，卢胜绷着脸接了过来，董培瞟了一眼卢胜，心说：这哥们儿给我当下属尚待考察，没想到今后倒要先给他当下属了。

吴总荡气回肠地交接完毕，大家不免跟着唏嘘了一番，卢胜也接着说了一通，无非是些感谢吴总，感谢公司栽培，今后一定要好好干之类的话。接着便是大家纷纷表态，对吴总离开表示深切惋惜，对卢胜表示高度信任等等，董培无论如何也融入不了这种情绪中，便不痛不痒地表示了几句。

从会议室出来，董培心想，这下可好，一个五人的部门，倒有一个总经理，还有一个副总，跟机关差不多了。

虽然有了如此隆重的交接，董培很快发现，这个部门吴总一人说了算的局面丝毫没有改变。首先，吴总的办公室根本就没挪窝，还待在老地方。其次，这个卢胜几乎每件事无论大小都要请示吴总意见，有些事董培觉得实在无请示的必要，而吴总也非常乐意做出相应的指示，从未见她对卢胜说过这样的话：请你自己去做决定。而且，部门所有的签字权，吴总仍牢牢地把握在手中。

董培一时有些闹不清，到底是这两人领导能力的低下呢，还是这本来就是一出毫无意义的交接表演？他最后的结论是，两者兼而有之。

考虑到自己还在试用期，董培干活格外卖力，加上头脑本来就聪明，又做过比目前高得多的职位，所以很快就在整个部门中一枝独秀，对市场的把握、对业务的掌控，处处显出高人一筹的水准。这让董培颇有些尴尬，这几个人业务水平实在有限，他觉得这样好像每时每刻都在向吴总显示，这个部门最合适的主管不是卢胜，甚至也不是吴总，而是他董培。

吴总对董培很是看重，她表达这种看重的方式主要是：第一，几乎每次董培加班的时候，她都会发一则短信过来，都是一些热情鼓励的话，如"我们每个人都为你自豪，每个人都和你站在一起""感谢你为公司所做的努力"，等等。第二，某个下午，她会突然把董培叫到会议室，沏上两杯咖啡，作促膝长谈状，谈一些毫不相干的话题，极尽亲切地问寒问暖。第三，每次部门例会，她在会前的必备的感谢辞中，会着重对董培表达长长的谢意……

还有一点，无论在何种场合，吴总都会借一切机会表达自己对公司的忠心耿耿，她不止一次说过，她爱新海集团，新海已经成为她生命中的一部分，即使新海不给她一分钱薪水，她也非常乐意为之服务。

说来也奇怪，明明知道这不过是笼络人的一种廉价方式，明明知道吴总用这种方式剥夺了自己应得的薪水，董培在反感抵触之余，竟也不知不觉受了影响，言谈举止间竟也有了卢胜等人的风范了，开口闭口就是"分享""爱心""感恩"之类好听的废话，大会小会首先不谈正事，先把相关人等感谢一番再说，而且不管和谁说话，都严格遵照吴总要求：撅着屁股，身体略向前倾，面带微笑看着对方眼睛。

吴总这样做自有她的回报，在董培参加的第一次公司全体会议上，董事长兼总裁江总，当着所有人的面说："你们看看，吴总带出来的队伍，个个整齐，个个充满朝气，个个看着就是顺眼！这样的团队什么事干不成？"

江总在会上意兴遄飞，对公司的发展前景、战略蓝图作了深远的展望，然后又谈到了公司目前面临的挑战，说着说着，他突然停下来，问了一个业务方面的问题，叫腰杆挺得最直、职业姿态摆得最标准的卢胜来回答。卢胜毫无防备，迟疑了好一会儿才作答，说话颠三倒四、前言不搭后语，最严重的是，他的回答显示出，作为一个核心部门的负责人，他对于这方面的业务根本没有自己成形的想法。

江总脸上的笑容渐渐凝固了，眉宇间透出一丝深深的忧虑与不满。吴总紧张不安地观察着江总表情，又看看卢胜不争气的样子，不知道如何是好。

江总终于不耐烦了，不等卢胜说完，便叫坐在卢胜旁边的小杜，说："你们部门总有一个人能够给出个好点的回答吧？"

可怜的小杜，平常只会做些收收发发的零碎工作，哪里真懂什么业务，此时脸涨得通红，一句话也说不上来。江总冷笑一声，又指了指小杜旁边的黎莉，董培知道黎莉更是个讨好卖乖的职业小混混，对业务甚至没什么兴趣，自然谈不出真正的观点了。

眼看精心塑造的部门形象即将当众崩溃，吴总的脸已经由通红转为绝望的煞白了。

这时，董培拍了拍旁边不知所措的黎莉的肩膀一下，从容地站起来，说："江总，我来回答这个问题吧。"

江总略感意外，但还是点了点头。董培快速捋了一下思路：江总的这个问题，是针对集团总部对下面分公司的管理提出的，也是新海目前面临的一个很大的管理问题。董培谈了几个观点，第一，分公司与总部的对立在每一家公司都有，一方面固然要引起高度重视，另一方面也不必过于忧虑，这是企业发展过程中必然要面对的问题。分公司与总部同属一个利益体，为什么会有对抗？所谓"屁股决定思维"，每个人所处的角度不同，必然导致对同一事件的看法也有所不同。

江总听到"屁股决定思维"这句话，莞尔一笑。

董培又谈到，为什么这个矛盾在新海比较突出呢？很重要的一个原因，是总部的很多管理思路更强调规范分公司做事的过程，也就是让分公司必须正确地做事，但这并不意味着总部在做正确的事，因为分公司在各地开展业务时，由于市场本身的不规范，很多事情根本不是一加一等于二，而总部却将一个规范市场的管理法则强加给分公司，必然会引起矛盾、耽搁业务。显然，从这一点而言，分公司并没有错，错在总部。

江总眯着眼凝视着董培，非常认真地听着。

董培又道，公司过去在面对这个问题的时候，总想着一劳永逸地将它们解决掉，总想着拿出一套全方位的、事无巨细的整体性方案，也确实拿出来过，但实施效果却总是很不好，而且也不可能好。解决这类问题，谁也不可能事先拿出一套整体性方案出来，而应该在业务发展过程中，迅速解决不断出现的新问题，然后及时总结，形成惯例和制度，而不是制度先行，让业务发展中不断出现的新情况来套用那些没有经过实践检验的制度……

江总已经闭上了眼睛，但谁都看得出来他在非常认真地倾听。

最后，董培说出了他对新海的真实感受：它就像一处世外桃源，奇迹般地避过了经济下行的冲击，但这个世界从来就没有世外桃源，或迟或早，痛感一定会传导过来。

这话让江总眼皮连跳了好几下。

董培说完了，江总仍闭着眼睛，停了一会儿，突然重重地鼓起掌来，于是下面的员工也跟着一齐鼓掌。

这让董培有些尴尬，他看了一眼吴总，吴总自然也跟着鼓掌，脸上的笑容却十分勉强。

二

职场即江湖

一个月后，董培得知来公司并不久的人力资源总监肖菁辞职了，他颇感惊讶，一是因为肖菁才入职三个月就离职，肯定有什么特殊原因，而吴总目前也分管着人事行政；二是他对肖菁的印象颇好，董培觉得她对于人力资源有自己独特的理解，而且业务方面的感觉也很敏锐，更重要的是，肖菁人格中有一种难得的自信和坦诚。

肖菁的离职让董培再一次感到：这家公司绝不像它自己声称的那么好。

肖菁走得很快，董培甚至都来不及跟她说声再见，直到肖菁离开好多天后，董培才从吴总嘴里听到她离职时的一些情况。

那天吴总请大家一起吃饭，她照例先向在座的每一位表示了感谢，并自嘲说自己像一只老母鸡似的护着大家，而大家也给了她真诚的回报，"不像那个人，她离职的时候，我哭着苦苦哀求她不要离开，我都哭成那样了，她仍然不为所动，坚持要离开，这种人素质都成问题的……"

董培不禁暗想，凭几滴眼泪就想让人改变其职业选择，真不知道是谁的素质有问题。他接着很快听明白了，吴总说的那个人是指肖菁，一个月前，董培还听到吴总将一些最美丽的词藻加在肖菁头上，现在却质疑人家的素质了。

很多次，董培都感到困惑，他一直有意识地培养和训练自己对于业务的洞察力，而且人与人之间相处他也尽量秉持坦诚相待的君子法则，他认为只有这样才会使他一步步迈向成功。可眼前这个草包吴总，比他大不了几岁，对业务一无所知，甚至也毫无兴趣，却混得有模有样，这样的现实，简直让董培长期坚持的人生观和价值观有坍塌的危险。

还是罗素的诛心之论有道理：人最尊敬的人就是有权力杀他的人。董培也很尊敬吴总，因为不管怎么说，是她结束了自己失业的窘境，而且她是自己上司，她有权评判自己的绩效，她有权决定是否给他晋升的机会，等等。

在这一点上，卢胜比谁都做得到位，他对吴总显示出一种发自内心的崇拜与爱戴，如果时代允许，董培觉得他会跪在吴总脚下，热泪盈眶地仰头说："吴总，奴才哪辈子修来的福分，能侍候您老人家！"

在公司组织的一次关于企业文化的讨论会上，轮到卢胜发言的时候，他突然有些反常地站起来，塞上耳机，声音很大地解释道，他必须通过这种方式才能保持情绪平静，才能坚持着把话说完。大家都目瞪口呆地看着他，于是，他戴着轰轰作响的耳机，开始回忆过去一年来，在吴总的率领下，企业合作部的所有员工如何克服了难以想象的困难，取得了良好的业绩，他说，这个团队的灵魂就是吴总，这个团队的精神就是吴总，吴总用她的人格魅力感染着团队中的每个人，他本人的灵魂就有幸接受了吴总的一次全面塑造……说到动情处，他哽咽了，说不出话来。

要是有人在台上当着那么多人如此露骨地赞美自己，董培肯定会感到极不自在，但吴总水平非同一般，她也和卢胜一样泪流满面，完全是将卢胜的赞美照单全收了。

上有好之，下必甚焉。既然吴总喜欢，董培也少不得在发言的时候，用不容置疑的语调说道，他之所以加盟这家公司，不是为了新海的规模和名气，而仅仅是因为接触了吴总这个人。

虽然真诚度与煽情度远不及卢胜，但这种看似平淡的马屁自有其分量，吴总满心欢喜地笑纳了。

在董培入职后的第二个月，吴总将他叫到自己办公室，简单寒暄之后，吴总告诉他，公司任命他担任市场营销部的副总经理。

董培觉得有些突然，但细想整个公司合适担任此职位的也寥寥无几，自己算是其中一个。吴总对董培说了很多鼓励的话，言语中暗示董培，为了让董培走上这个位置，她做出了很大的努力，可以说就是她一手将董培推上去的，董培连连表示感谢，心想吴总这几句话应该水分不大，毕竟在这种事上，顶头上司的话最管用。

下班的时候，同事已经知道了董培提升的消息，纷纷过来致贺，市场部的几名员工过来套近乎，大家互相客气了一番。

他忙着处理交接一些文件，八点多才离开办公室，下了楼便直奔旁边的一家小饭店。刚坐定，便感觉前面有个人一直在看他，抬眼一看，竟然是肖菁正微笑着盯着他，见他终于看到自己，肖菁笑说："我以为你从来不看美女呢。"

董培忙笑着挪过去，坐在她对面。

"怎么，当官了，工作是不是更忙了？"肖菁问道。

"你怎么知道？"董培有些诧异。

"别忘了，我曾经是贵公司的人力资源总监呢。"

"哦，那你也够厉害的，我的任命今天才刚宣布的。"

"是吗？"肖菁惊讶道，"二十天前就应该公布了呀。"

见董培一脸不解，肖菁解释道，自从那次公司全体会议后，江总对董培的印象就特别好，跟吴梅提过好几次，要把董培提升为市场营销部的总经理，但吴梅一直推说新人需要了解，而且董培在某些方面也有不足，还是慎重些好，但江总一旦主意已定，吴梅也扛不住的。

"所以，你看，你还是顺利地当上总经理了，其实就是个部门经理罢了，这家公司喜欢装模作样，把个头衔弄得比天还大。"肖菁道。

董培郁闷得半天没说出话来，良久才说："副总经理。"

"哦？"肖菁愣了愣，突然扑哧一笑，接着笑得不可开交，董培也只有跟着傻笑。

笑完了，董培叹气摇头说："这个女人……真是个极品啊！"

肖菁知道他在说谁，接口说："我走的时候，她哭着要求我不要离职，我当时真的很奇怪，你凭什么认为我应该对你有那么深厚的感情？你凭什么认为我离开就是狠着心？莫名其妙！一心想把周围的每个人都变成卢胜，真不知道她是太聪明还是太愚蠢！"

董培问肖菁："你为什么这么快就离开了？"

肖菁说："你没发现吗？在这家公司，你得学会假笑、假喝彩、假赞扬，而且不知出于什么原因，吴梅的身影几乎无处不在，她想要控制一切，但事实上她又没有真正的能力，所以她只能依靠一些旁门左道，甚至是歪门邪道，我是做人事的，知晓很多内情，我觉得这家公司绝不可久留，刚好有一个不错的机会，我就义无反顾地离开了。"

董培此时已经对吴梅印象坏得无以复加，一想到今后还要受这个女人管束，心里烦得不行。但跟肖菁独处的机会难得，他便将烦躁的情绪压了下去，问道："虽然入职有段时间了，我还是有些困惑。目前整个行业很不景气，公司都倒闭了一半，剩下的一半里头绝大部分都苟延残喘，但新海的日子却过得风风火火，我本以为应该有一群极聪明的人在经营，没想到这家公司职业混混的比例高得令人吃惊，这是怎么回事？"

肖菁微笑地看了董培一会儿，说："你都是创业过的人了，还相信靠才华就会成功的故事？"

董培被点中痛处，有点发窘，肖菁用轻柔的语调娓娓说道："运道强过任何能力。江总毫无疑问是有企业家见识的，但真的比那些竞争对手强很多？也未必。新海之所以在这个行业严冬活得这么好，主要是选对了赛道，或者说无意间选了一条通往金矿的路，而且避过了大坑。否则你本事再大，也只能黯然收场，现在市场上不是每天都在上演这一幕吗？"

董培沉思了半晌，说："你是对的，我就是曾经把运道当成了自己的本事，然后又被运道无情地击败。"

肖菁连忙道："我不是这个意思啊，你的能力毫无疑问是很强的，总会找到运道相随的时候，天时地利人和嘛……"

董培笑着挥挥手，表示毫不介意，转而问道："我看公司经常有几个老外进出，但又很少介入业务，到底是怎么回事？"

肖菁点点头，说："这其实也是江总具备企业家直觉的另一个证明。现在这时候，大家都在疯抢国内市场，唯独江总把市场瞄向了海外，与美国一家专业公司保持着合作关系，为将来作准备呢。公司每个人都必须有个英文名字，这也是他的要求。你那天在会上说这世界上没有世外桃源，痛感迟早会传到新海来。这种话有些老板未必喜欢，但江总每天考虑最多的事就是公司的成败，你能这么准确地点中要害，他心里是十分欣赏的。"

"我也是投其所好。"

"是吗？"肖菁惊讶起来，"你是有备而来的？嗯……你是一个爱走险棋的人。"

董培未置可否地一笑。

这时，从门外走进来一个高高瘦瘦的小伙子，肖菁连忙叫他过来，指了指董培说："这是我以前的同事，碰巧遇上了，一起吃饭吧。"

董培有些郁闷，起身跟那小伙子打了个招呼，对肖菁说："不打扰了，我还有点别的事，你们吃吧。"说完，也不等肖菁发话，便走了出去。

走出去不远，董培查看了一下手机，果然吴总发来了微信，一是衷心祝贺他荣升，二是深情表示会一如既往地支持他、信任他。董培气得当街怒骂，差点要把手机砸碎在地上，引得路人侧目，左想右想，还是忍住气回了个冷冰冰的"谢谢"。

既然看透了吴梅是何等样人，董培在与之接触的时候愈发小心，他深知"宁可得罪君子，不可得罪小人"的道理，所以与吴梅倒也相安无事。只是这个吴梅颇有些不识相，好像下定决心要把董培变成第二个卢胜似的，经常对董培耍些昭然若揭的笼络手段，还自我感觉极其良好，弄得董培上套也不是，不上套也不是，痛苦不堪，只好一心扑在业务上，尽量少和吴梅接触。

新海集团就目前在业界的地位而言，可称得上是明星企业，但正如肖菁所言，它之所以有这样的地位，很大程度上在于运气太好。国家在教培领域的政策调整，令很多企业来不及转向，业务大幅萎缩，但市场需求却是稳定的。在其他企业连滚带爬之际，早已在教育软件和平台设备领域耕耘了数年的新海正好踩在这个关键点上，业务迅速扩大，两三年间便成为行业内的领头羊。

然而这种走红运的企业必有的一个通病便是：陈旧的管理框架兜不住急剧扩张的业务，管理层的经营能力捉襟见肘。

董培一接管市场营销部，了解到了一些业务方面的关键数据，立刻发觉自己接了一个烫手的山芋，销售业绩确实亮眼，但缺乏后备产品，持续性难以保证。更重要的是，那些摔倒的教培巨头们正在不顾一切地转移赛道，而他们的资金实力和管理能力是新海不能比的，一旦他们在这个行业立住脚跟，新海的好日子也就到头了。

董培意识到待在总部无法真正知道这个公司到底在发生什么，必须跑到下面去深入了解情况，临行前，他约即将离开公司的文总，也就是他的前任喝茶。

文总是个心直口快之人，加上人要走了，没什么顾忌，先针针见血地将新海集团的业务痛贬一顿，断言新海盛极必衰；接着三言两语将部门的几个人很干脆地评价了一番，给一个叫崔小萌的女员工打了最高分，给一个叫李东的男员工打了最低分，而且是以毫不掩饰的鄙夷口气。

这些倒还罢了，他给江总也打了个极低的分，至于吴总，他拒绝评分，理由是吴总对他很客气，也没什么过节。董培琢磨了一会儿，文总似乎是"不忍"给吴总打分，以他的聪明，肯定也能看出吴总是个什么水平，但又抹不开吴总苦心编织的那张温情脉脉的网，所以干脆来个不予评论了。

两人握别时，文总意味深长地笑了笑，说："既然做了，就好好做吧，不容易。"

吴总听说董培要下去，特意参加市场部的全体会议，在会上的发言中，她鼓励大家在董培领导下认真工作，随后她感慨地谈到，在目前的社会环境下，一个人要做点事是很难的，特别对一个女孩子来说，如果你长得稍漂亮点，在公司混得还不错的话，人家就会以为你跟老板怎么怎么着呢。董培不禁有些同情，吴总本人估计就经受着这样的误解与压力，说起来也真是不容易，这样想着，对吴总的厌恶之情不觉淡了许多。

但这种难得的体谅之情只持续了几个小时，快下班的时候，吴总春风满面地从自己办公室走出来，把本部门以及董培部门的人叫到一起，说："我给大家念一封信，跟大家一起分享一下。"

董培听了几句，原来是一封感谢信，大意是感谢吴总给了写信人一个特殊的生日问候，让她觉得非常意外，也非常感动。听着听着，原来这是卢胜的老婆写来的，她在信中说，自从卢胜到吴总的公司后，他整个人都变了，变得更有情趣、更热爱生活、更关心人了，这肯定和吴总的教诲是分不开的……

这可是吴总梦寐以求的影响力，如今从一个外人口中道出来，不啻是一针加强兴奋剂，吴总眉飞色舞、兴趣盎然，像获得了某种巨大的肯定，一直把信的落款和某年某月某日念完，才抬起头，志得意满地看着大家，等着众人的再次称赞。

董培跟着众人又喷了一遍赞扬的话，把那些刚刚聚积了一丁点对吴总的同情与理解也随着喷了出去。

吴总享受完掌声，意犹未尽，眼光转向董培，似乎还想说几句，董培赶紧装出很忙碌的样子，拿着一份文件匆匆走出了办公室。

董培的第一站是青岛，他此行带了两个部下，分别是从文总那儿得到最高和最低分的崔小萌和李东，相处才两天，他就明白为什么他们会得到这样的分数。

崔小萌装扮得像时尚杂志上徒具其表的白领丽人，但接触不久，就能看出她思路清晰、处事冷静，看问题也都在点子上。而那个李东，虽然在公司已经待了快三年了，谈起业务来却是满脑袋糨糊，就是理不清思路，但自我感觉却是极好，爱唱爱跳好表现，蠢话连篇，还自以为妙语连珠呢，这时董培才觉得文总形容李东的那句刻薄话实在是恰当不过："有艺术家的性格，却没有艺术家的才华。"

不过李东至少有一点好处，他在公司待了三年，知晓很多事情，于是一路上董培有空便问他公司里的一些事情。但董培很快便发现，李东在此事上保持着某种令人反感的城府，有意地遮遮掩掩、言而不尽，倒是崔小萌一五一十娓娓道来，既不隐瞒，也绝不乱讲，董培愈发坚定了自己的判断,暗暗决定有机会便将这个愚蠢而狡诈的李东清理出去。

董培给自己定的出差任务主要就是了解情况,顺便熟悉一下分公司的人。但李东却坚持还有一个很重要的任务就是培训,应该告诉分公司的人如何开展业务,通过培训的方式提升他们的专业能力,并自告奋勇承担这项任务。他告诉董培,他以前每次下来出差,最主要的任务其实就是培训。

既然有人如此主动请缨,再加上的确对以前情况不是很了解,董培便依了李东,此行第一项任务便是培训。

青岛分公司是新海集团在全国最大的分公司,业务量占到整个集团业务总量的近三成,这也是董培把出差第一站选在青岛的原因。分公司很重视董培等人的到来,当天下午便召开了分公司中层以上干部的全体会议。

分公司总经理致完欢迎辞后,便由董培来说几句。董培深知下面这些分公司对于总部来的官僚主义和形式主义的反感,而且他们特别讨厌上面的人对其工作不甚了解就说三道四。考虑到这些,董培便站在分公司的角度,对他们的工作表示高度认可,对他们某些不得已的非规范运作表示理解,并特别指出总部来的人绝不意味着水平更高、见识更广,有时候仅仅意味着眼高手低、纸上谈兵而已。

董培这几句大实话分公司的人还是第一次听到,分公司一干人频频点头、十分认可,简短的发言完毕,会场居然响起了掌声。

接下来的议程董培本来的设想是自由讨论,气氛越轻松随意越好,这样才能听到分公司的真正想法。看到会场反馈很积极,董培打算推翻李东的培训动议,改为分议题自由讨论,但李东已经晃着肥壮的腰身,跃跃欲试地走到讲台上开始调试笔记本了,董培只得作罢,正好也看看他做了那么多次的培训到底是些什么。

李东才讲了几分钟,董培便发现原本活跃的会场气氛立即变得死气沉沉,所有人都面无表情地听着李东在台上自我陶醉的表演,而李东根本不在意听众的表情,或许他已经习惯地认为培训原本就是如此,他所培训的内容就是一堆拼凑起来的漂亮垃圾,他完全脱离开业务实际，向在座的每一位原样照搬那些陈旧的市场学理论，然后夹杂着网络上一些用烂了的梗，好像下面坐着的是一群大学新生，而他是一位主讲市场营销的大学教授一样。

董培情不自禁地缩起了脖子，他实在为这种自大无知的所谓培训深感害臊，简直没有勇气听下去，李东却浑然不觉，声音越来越洪亮，肢体语言越来越丰富，董培被他折磨得满脊梁的汗。

正没奈何处，抬眼望见崔小萌正似笑非笑地看着他，董培做了个便秘时的痛苦表情，崔小萌低下头，看不到脸，只见肩膀在微微颤动，到后来终于忍不住，拿记事本捂着脸跑出了会议室。

又熬了几分钟，终于有一个瓮声瓮气的声音打断了李东的演讲："李经理，您说的这些都挺有道理，不过我们特别想听听如何把这些理论应用到我们的工作实际中去，或者结合我们的业务实际情况来讲讲这些理论……"

他话音未落，立即好几个人一齐附和，其中还有一人说："这样讲太空，没什么用……"声音很轻，但清晰得每个人都能听见。

李东愣在当地，脸上青一块紫一块，向大家解释着这样做的理由，但磕磕巴巴的一点底气都没有了。

要不是这人是自己的下属，董培真有心就此幸灾乐祸地看他出丑到底，不过此时，他必须站出来稳定住局面，但在即将站起来的那一刻，他改变了主意。

他看见会议主持人、青岛分公司的总经理陈大明虽然面无表情，但眼神中偶尔闪烁出极度的蔑视。照理说，他在集团算是个大人物，手下直接管着将近二百名员工，一个微不足道的李东不至于让他产生如此强烈的情绪，那么他蔑视的到底是什么呢？

一念及此，董培立即放弃了救场的想法，他也重新明确了这次会议的目的：获取集团最有实力的青岛分公司的信任，让他们成为自己最坚定的同盟，而要做到这一点，必须首先搞定陈大明。

打定主意后，董培神闲气定地看着李东狼狈不堪地在台上左支右挡，至少在目前，李东还代表着过去，过去的方式死得越难看，越能催生新的方式与策略。

台下分公司的经理们已经由还算客气的探讨，慢慢变成了严肃的质疑，最后干脆演变成全盘否定与攻讦，会场处于完全失控的边缘。

　　崔小萌已经回到了会议室，被这阵势给惊着了，脸色有些发白，不安地看着董培。

　　董培暗暗冷笑了一声，他已经看出些端倪，李东不过是个牺牲品，分公司这帮人多多少少是冲他这个新任市场部副总来的，他们的目的只有一个，通过这种方式表明他们独立于集团整体监控之外的姿态，而陈大明，毫无疑问是幕后导演。

　　没想到第一次交锋就这样刺刀见红，董培稳住心神后，反而一阵兴奋。他知道，此时他最合理的动作就是从容不迫，摆出一副见过大风大浪的架势，等对方气焰稍弱时找机会反击，务必一击而中。

　　他相信自己采取了最正确的策略，因为陈大明正不停地打量他，董培相信他注意到了自己的从容与气度。

　　这时李东终于崩溃了，打死他也想不到平时还算顺利的培训，今天怎么突然受到如此的责难，他将求助的眼神转向董培，有气无力地说："董总……"

　　董培摇手示意李东中止培训，板着脸没作声，一直等会场安静下来，所有人的目光都转到他的脸上。

　　他坐直了身子，环视了会场一眼，用低沉恳切的声音说："说正事之前，我想跟大家分享一下我几个月前创业失败的感受。寄托了全部梦想和激情的创业失败，是一种极度苦涩的感觉，这个我不想多说，我想说的是，我是如何走出这种苦涩的。你们可能都想不到，我靠的是自我欺骗，我对自己说：嘿，董培，你今年不是三十二岁，你才二十岁，你还有的是时间，有的是机会……我告诉你们，这一招真的特别灵，我建议大家以后遭遇重大失败时都试一试，绝对管用！"

　　会场发出一阵笑声，随即变得极其安静，董培的坦诚和真实的痛苦显然触动了大家。

　　意识到自己很好地控制了会场，董培微微一笑，继续说："跟大家讲这个，只想表明一件事，我这个新任的市场部副总，不是只会纸上谈兵的职业经理人，而是真正经历过战场厮杀的市场老兵，虽然败了，但我却获取了靠打工永远得不到的宝贵经验。"

开场白说完了，董培谈到正题："青岛分公司是新海集团最大的分公司，算上两名前台，共一百九十六人，其中经理级以上的人员十八人，这对于一家分公司而言，是很大的规模。这么多人是做什么的？说白了就一个字：卖！'卖'是世界上最了不起的本事！既然我们出来卖，就得有个卖的样子，有个'卖相'！何谓卖相？简而言之，就是发自内心地尊重每一个人，欣赏每一个人。怎样才能有一副好卖相？只有那些有着强烈自信心、对成功极度渴望的人才能真正做到这一点，因为他们能够超越自我，能够站在一个更高的地方审视周围的世界、审视自己，这时他们才发现原来这个世界是多么广阔，自己是多么无知，于是他们会保持一种真正谦卑的态度。这就是越自卑的人越自傲，越自信的人反而越谦卑的原因！"

略带锋芒的话说得差不多了，董培将语气转得稍微柔和些，说："我是干销售出身的，所以一见到同行，就有一种非常亲切的感觉，因为我深知销售的酸甜苦辣。但是，恕我直言，在过去的半个多小时中，我看到了作为销售人员最忌讳的东西：口无遮拦、心浮气躁！所以我建议在座的每一位学学你们的陈总，他水平最高、经验最丰富，但他始终安如磐石、认真倾听，我想这也许能解释为什么他有资格当你们的总经理……"

董培一番话刚柔并济，绵里藏针，不知不觉扭转了会场形势。陈大明是聪明人，也是老江湖，他已经看出董培不是泛泛之辈，在精心设计的辞令后面不乏坦诚大度，对业务也有相当的见解，这样的人，当然没有必要去得罪。

董培说完后，陈大明带头鼓掌，并在随后的讲话中把董培抬得很高，甚至说董培这番讲话是青岛分公司成立以来，在这间会议室有过的最高水平的讲话之一。

陈大明干脆将会议主持的大权交给了董培，董培略一沉吟，看见对面的李东又有蠢蠢欲动之意，董培没理他，向会场建议自由讨论，把集团的管理问题、业务问题开诚布公地讨论一次。

大家对这个提议非常赞同，董培给出了几个事先准备好的议题，让崔小萌将它们写在纸条上，然后将在座的人分成几个小组，每组各拿一张纸条分别讨论，十分钟后各组选代表发言，每组发言时间不得超过十分钟。

董培让崔小萌随意参加小组讨论，并做好会议记录，崔小萌见来了这么位举重若轻的能干领导，十分高兴地应声而去。李东还有些恋恋不舍他那个垃圾培训，董培不禁暗骂"竖子不可教也"，叮嘱他好好听大家发言。

趁大家分组讨论的空当，董培坐到陈大明旁边去，陈大明紧紧握住董培的手，十分诚恳地说："董总，我从你身上看到了新海复兴的希望！"

董培连忙谦逊地说："岂敢岂敢！陈总能驾驭住手下这批虎狼之士，真是不简单啊！"

陈大明最得意的就是手下有一批听命于他的业务高手，这些人攻城略地、四处签单、无孔不入，使他领导下的青岛分公司成为全国所有分公司的龙头老大，青岛分公司的业务触角不仅覆盖了山东全省，邻近的几个省份也被他的人马占了半壁江山，新海集团内部甚至有北京总部与青岛小总部之说。董培这样实地恭维他，陈大明心里十分熨帖，他觉得董培恭维在点子上，是对他实力的真正褒扬。

两人交谈了几句，十分投机，互相报了年龄，陈大明长董培五岁，董培还了解到，陈大明是只身在青岛，他老婆孩子都在北京，两人又聊到各自学的专业，才发现都是文科出身，新海集团是教育软件和平台设备的旗舰企业，绝大部分高管都是理科出身，难得有学文科的，因此两人更加一见如故。

正聊得欢，各小组已经讨论完毕，各自挑了一人发言。这一次，几乎每个人的发言都让董培刮目相看，不仅语言有力、思路清晰，更难得的是对业务都有自己的真知灼见，一听就知道是从残酷的市场拼杀中得来的宝贵经验。董培打开记事本，记下一些关键要点，等到每个组发言完毕，他已经写满了整整两页，抬头看见崔小萌也记得十分认真，李东却抄着两只空手坐那儿傻听。

接下来是自由讨论的时间，大家吵吵嚷嚷，热闹非凡，但没有人再说一句与业务不相干的牢骚怪话，董培和陈大明并排坐在一块儿，微笑地看着众人热烈讨论，不时插一两句嘴，俨然一对亲密的业务搭档。

唯一让董培不爽的是，每当李东发言，都让他听不入耳，偏偏这家伙还特爱发言。

最终，两小时的见面会在一种非常积极健康的气氛中结束，并且总结了几条具备相当可操作性的决议，几名业务经理大声嚷嚷说：要是新海每次会都开成这样，公司早他妈进世界五百强了！

吃完晚饭，董培回宾馆歇息，八点来钟的时候，陈大明打电话过来，请董培出去"放松"一下。

董培推辞说："明天一早得下市场，跟他们见几个客户，状态不好不合适，等回来咱们再找个地方好好聊聊吧。"

陈大明听了，也没再坚持，却没有放下电话的意思，跟董培聊起了他在新海几年的经历。董培不明白他何以有如此雅兴，左右无事，索性躺在床上陪他侃了起来。

聊了一会儿，陈大明的话题转到最近北京总部的人事变动上来了。原来如此，董培不禁莞尔，便一五一十将他所知道的全部告诉了陈大明，陈大明听完，问道："江总是只抓战略的，副总裁只剩下吴总一人了，那公司目前的日常运营管理岂不是她在抓？"

董培想了想说："至少她很想这样，而且也有这样的便利，毕竟，她的职位比其他人都要高。"

陈大明说："吴总能力很强，又会笼人，还是老新海，恐怕也只有她是最合适人选。"

董培怎么听都觉得这话像在试探，便不疼不痒答道："吴总笼人的本事绝对一流，我对她这一点是相当佩服的。"

陈大明"嗯"了一声，又问道："你和吴总以前认识吗？"

董培说："我是面试的时候才认识她的。"

"哦，"陈大明道，"我想也是，刚才她还打电话关心你呢，问你表现怎么样，如果以前认识，我想她不会这样惦记，呵呵……"

董培不禁大怒：这个女人手也伸得太长了！却又不好发作，只得干巴巴笑说："其实很多公司都这样，不会做事的管着会做事的呗。"

陈大明立即接口说："这话太对了！新海这方面的毛病特别大！刚才我对吴总说，董总是个真正的业务高手，而且极具人格魅力，大家都反映董总带来了一阵春风……"

除非董培不是人，否则听到这种话没有不爽的，何况他很需要这样的口碑，当下笑道："陈总太过奖了！谢谢谢谢……不过，你对吴总说我有人格魅力，她听了可能会不高兴，因为吴总认为天底下第一有人格魅力的人非她莫属啊。"

陈大明大笑道："是是是，我倒忘了这一节，下次我一定加一句：当然，跟吴总比还是有差距的——"

两人在笑谈中摸清了彼此的立场，董培现在知道，陈大明也瞧不起吴梅，而且他隐隐约约对公司副总裁一职有兴趣，而陈大明也了解到董培与新海以前的人际关系没有任何瓜葛，而且对于集团的管理与业务，两人"政见"基本一致。

陈大明在电话中的语气明显放松了很多，他告诉董培，明天陪他下去跑市场的是青岛分公司的一名副总、负责中学校园信息化业务的吴阳。

"这个吴阳，你能猜出他是谁吗？"陈大明问。

"谁？"

陈大明从鼻孔里冷笑了一声，说："吴梅的哥哥，亲哥哥。"

董培颇感意外，而更意外的是陈大明接下来的话："让吴阳领着你下去跑市场，这是吴总的意思。"

这太可笑了，吴梅这手伸得简直不是一般地长！董培按捺住怒火，尽量用平静的语气问道："怎么，难道这种事你还要听吴总的吗？"

陈大明连忙说："我倒用不着听她的，但如果她专门打电话建议的话，我也不好拒绝的，何况在我看来，谁去不都是一样嘛。"

"她的理由是什么？"

"唔……无非就是那些个理由吧，什么新人需要特殊关照啊，你刚来经验还不是很多啊，你毕竟年轻还不很成熟啊，等等。"

董培本来满腔的怒火马上就要爆发出来，此刻却倏地消失了，取而代之的是一股凉意，他突然意识到，这件事不像看上去那样简单，况且自己已经不是以前公司的总经理，更不是老板了，他不过是一名业务部门的主管，他到这家公司还不到三个月，稍有闪失，就有可能职位不保，重新回到失业状态。

"呵，我会证明给她看，也证明给陈总你看。"董培用轻松的口吻说道。

陈大明也见好就收，客气勉励了几句，挂了电话。

三

冒险是一种天性

跟陈大明通完话后，董培去卫生间洗了个澡，然后躺在床上过一遍今天发生的事，刚躺几分钟，床头的电话响了，董培接起来一听，是个女孩的声音，董培正满腹心事，不耐烦地说："对不起，我不需要。"说罢挂了电话。

过了一会儿，电话又响了，董培接起来，便听到电话里那个女孩说："哟，你不需要什么呀？"

董培嗔道："崔小萌，别瞎闹！"

电话那头说："好吧，如果你听不出我是谁，那我只好挂了。"

董培愣了愣，猛地坐了起来，惊讶地说："肖菁？！"

电话那头咯咯笑了，说："你怎么这么早就关手机了？害我费半天口舌才说服总台接到你房间。"

董培一看，手机不知什么时候没电了，便一边向她解释一边给手机充电，满肚子的烦恼居然有烟消云散之感。

"你旁边有人吗？"肖菁道。

"没有。"见肖菁要和自己说悄悄话，董培心里喜滋滋的。

"你也不问问我为什么知道你在青岛出差？"

董培心想，这还不容易吗？全公司都知道，你随便问谁都行，嘴里却笑着问："为什么？"

"今天下午，新海集团开了一个很重要的会，会议由江总亲自主持，参加的人就吴梅和集团的财务总监以及另外一名董事，会议的目的是确定未来新海集团的领导班子，江总提了几个人的名字，包括你、卢胜和其他几个人，听听与会人的看法。你知道，那个财务总监和董事很少过问具体业务和人事安排，因此也就吴梅一人在发言……"

董培早把刚才的浪漫想法扔到九霄云外去了，屏息静气地听肖菁往下说。

"吴梅对其他人特别是卢胜都说了很多好话，说到你的时候，先是说你人很聪明，业务能力也很强，但觉得你为人处世还不够成熟，心气又太高，不太适合做高层领导，而且很可能不是一个忠于公司的人……"

董培血液都有点凝固了，费力地咽了口唾沫，问道："江总怎么说的？"

肖菁说："江总始终没有表态，不过，新海集团过去的好几任高管都属于业务能力突出、精明强干的那种，但性格太刚，与江总合不太来，结果闹得不欢而散，江总老认为这些人对公司的忠诚度不够，所以，吴梅对你的这几句评价都是江总非常忌讳的。"

董培突然问道："你怎么知道这些的？"说完立刻便后悔了。

肖菁在那边顿了顿，说："人事的小邢做的会议记录，她是我招的，以前就是我的老部下，她知道我跟你……熟，所以特意告诉我的。"

董培连忙补救，说："非常感谢你，肖菁，真的……"

但他刚才瞬间的不信任显然让肖菁不快，她又简单聊了两句，淡淡地对董培说："你这次在青岛，很多人都盯着呢，你自己小心吧。"

董培暗骂自己愚蠢，只能眼睁睁听着肖菁把电话挂断，连"再见"都忘了说。

董培回过神来，想了想，重新确定了此次青岛之行的目标：让自己的业务能力和协调能力得到各方面的认可，而且一言一行都要十分谨慎，绝不授人以柄。

此时吴梅在他心目中已经不只是虚伪、矫情那么简单了，更是一个工于心计、下手果断的对手，这个女人百无一用，却能混到这个位置，在某些方面肯定有过人之处。这么早就开始剪除潜在对手，还几乎兵不血刃，就说明这个女人颇有手段。要不是机缘凑巧，肖菁告诉他内情，没准他这趟出差回去，就发现已经风云突变，死都不明白怎么死的！

董培认真考虑了一下和吴梅化敌成友的可能性，最后结论是毫无可能，第一，自己和吴梅完全不是同一条道上的人，这一点吴梅也心知肚明；第二，吴梅已经多次找机会压制自己，她已经做了恶人，这个恶人她会做到底。

战斗其实早就打响了，从现在开始，他必须调整情绪，立即进入状态，还不算晚。

现在唯一对董培有利的是，吴梅还不知道他已经打起十二分的精神来应战，她没准还正为自己的手段高明而自得呢。果然，正在充电的手机响了，董培拿起来一看，吴梅发来了一段诚挚的祝福，董培冷笑过后，反而觉得心里踏实，便也认真回了一段感谢的话。

第二天，为了保险起见，董培将李东派去跑另一个业务板块，让崔小萌跟着自己。在见到吴阳前，董培特意给陈大明打了个电话，先问了些工作上的事，接着随意地说："吴总业务能力肯定是极强的，我得跟他好好学啊。"

"跟他学业务？那你还不如跟我学怀孕呢！"陈大明出乎意料地毫不掩饰对吴阳的鄙视，一字一顿地说，"请董总你好好指导他该如何去做业务，那我真是感激不尽啊！"

董培不禁畅快地大笑，说："陈总都怕的人，我更搞不定啊，我今天做个旁观者就好了。"

"哪里哪里，董总你千万别谦虚，该指导的就得指导！"陈大明也打着哈哈道。

两人又聊了几句，陈大明压低声音说："昨晚我刚跟你通完电话，江总就打我手机了，问我本季度的业务情况，还有几个重要项目的进展，后面还问到你是不是在青岛，我说是，对你的表现我也照实说了，江总是很认可你的能力的。"

董培一直听他说完最后一个字，才松了口气，有陈大明这个重要人物替自己说话，又是站在毫无利害关系的中立者角度，估计对江总会有很大的影响力，董培更加意识到此行意义重大，打心底地感谢陈大明，感叹说："说实在的，新海要是有陈总你这样的人帮江总掌着舵，面貌肯定会大为改观的。"

陈大明连连谦让，言语中却颇有"冯唐易老，李广难封"之意。

董培心里愈加有底，说："这样吧，我跟吴总他们跑市场，有什么问题我不好直接指出，我反映到你这儿来，你这边跟他说恐怕更合适些。"

陈大明思索片刻，以十分肯定的语气说："好，就这么办！"

放下电话，董培长舒了口气，终于有点反客为主的感觉了。董培断定，吴阳毫无疑问得到了吴梅的授意，这样董培在出差时的表现如何，唯一的官方口径就是吴阳，董培将处于任人评说的被动地位。

但现在形势有了微妙变化，董培同样也能评价吴阳的业务表现，并且可以将这种评价正式提交给其直接主管陈大明，最重要的是，陈大明显然很乐意做这件事，而且绝不吝惜给吴阳一个最低分！

这样想着，当吴阳满面笑容迎上来的时候，董培也笑得十分灿烂。

"吴总，今天怎么安排呀？"寒暄过后，董培问。

"我们打算跑几所重点中学，把公司的网上学习系统推荐给这些学校，做成一家学校每年都会有三百多万的单子！董总，多多指点啊。"吴阳拿出副老业务的熟练架势道。

"别别，我是来学习的。"董培客气着，转头叫过崔小萌，交代说："有不明白的地方就问，听到没？"

崔小萌用力点了点头，立马揪住吴阳就开始问了起来，董培不禁暗笑，吴阳看上去倒很愿意被崔小萌问来问去，时不时还幽默两句，逗得崔小萌很给面子地咯咯直笑。

董培听了一会儿，实在不觉得吴阳有多幽默，而他那些肤浅的业务分析也根本不值得那样去认真倾听。他看了看崔小萌，忽然觉得她也许对自己目前的处境有所感觉，正尽其所能帮助他摆平各方面关系呢。

跟着吴阳一行人跑了一上午，拜访两所学校，董培基本摸清了他们的销售方式。

新海集团新研发了一套针对中学生的考试辅助系统，这套系统在局域网上运行，服务器由新海集团提供，学生通过学校电教室的电脑利用这套系统自学，这套系统无论技术水平还是内容质量均优于目前市场同类产品，学生学完后的实际效果相当不错。但在推广的时候却遇到了很大障碍，一是国家三令五申不得加重学生学习负担，不允许对学生进行任何形式的补课；二是学校关系复杂，审批环节多，给销售造成了重重障碍。

吴阳采取的方式是主攻学校的教务主任或者主管教学的副校长。上午拜访的两所学校基本上属于陌生拜访，光进校门就花了半天工夫，好不容易进了门，刚好主任或副校长在开会，又等了将近一个小时，最后终于见到了人，却三两句话就被打发了，前后不超过两分钟，基本上没有创造出任何有价值的销售契机。

中午乘车往回赶时，董培有些替吴阳脸红，还寻思着怕他尴尬，暂且不与他讨论得失，但他很快发现自己的担心纯属多余，吴阳一个劲地感叹市场难做，感叹学校的人有多难缠，感叹他和他下面的人有多么辛苦，丝毫不反思他在销售过程中的问题，恐怕他也根本不觉得自己有什么问题。

董培心想，越是这种业务能力一塌糊涂的人，在蝇营狗苟的事情上越有天分，这兄妹俩何其相似。

吴阳正说得起劲，手机响了，他看了一眼手机屏幕，下意识地背过身去，对着手机说："我正在谈事，待会儿我打给你吧。"说罢收了手机，转过身不自然地看了董培一眼，一时忘了刚才的话头，不知从哪儿说起。

董培装作什么也没看到，指了指车窗外，说："今天日头挺毒的，你们经常这样在外面跑吗？"

这一下又激起了吴阳的感慨万千，继续向众人喋喋不休他的艰苦辛劳。

董培忍受着他的聒噪，心里已经盘算好了下一步行动。

中午一起吃饭时，吴阳找机会坐到了崔小萌旁边，崔小萌这时候已经有些招架不住吴阳的热情了，几次将求助的目光转向董培，董培视而不见，只顾低头吃菜。

吃到半路，只见吴阳对崔小萌越发亲热，用自己的筷子往崔小萌碟子里夹菜。几天的接触中，董培知道崔小萌是个极爱干净的女孩子，这下可好，只见她瞪着大眼睛对着面前的碟子发呆，吃也不是，不吃也不是。

董培厌恶地看了一眼吴阳因抽烟而发黄的牙齿，插嘴说："吴总，我看下午这样安排吧，我继续跟着他们去跑市场，你有事就忙你的吧，不必陪着我。"见吴阳要客套，董培说："我们下来是支持你们工作的，如果你老陪着，反而成了妨碍你们工作了，大家都是自己人，随意点好了——小萌，你下午也不要出去了，跟吴总到分公司转转，了解一下情况。"

崔小萌委屈地看着董培，董培面无表情地确认道："听到没有？"

"听到了。"崔小萌嘟着嘴答道。

吴阳正懒得出去晒太阳，乐得有董培给他这样好的理由，又能和崔小萌在一起，推托几下便答应了。

吃完午饭回房间，董培首先打电话给下午跑市场的陪同人员，详细询问了一些相关情况，接着给北京的行政助理小黄打了个电话，交代他帮自己办一件事，又从行李包取出几样东西，搁在公文包中，忙完这些事后，他拎着个塑料袋来到崔小萌房间门口。

崔小萌正坐在床上看电视，听到敲门声，还以为是吴阳来了，赶紧拧小了音量，悄悄跑到门口从猫眼看到是董培，才打开门，侧身让董培进来。

"神秘兮兮的做什么？"董培见崔小萌满脸笑容，不像在闹情绪的样子，便进来坐在床边的沙发上。

"你下午还要跑市场，中午不休息一下吗？"崔小萌问。

"我没有午休的习惯。"董培将塑料袋递给崔小萌，"这是我刚从饭店打包的东西，我看你中午没怎么吃，要不再吃点吧。"

崔小萌惊喜地接过塑料袋，取出饭盒，一个一个打开，也不用筷子，直接用手抓起来就吃。

董培本想说："你不怕脏吗？"但一看崔小萌葱尖般雪白的手指，心想这样的手能脏到哪儿去，便将电视声音调大了些，坐在一旁看新闻。

崔小萌在一旁“吧嗒吧嗒”吃了半天，才收好饭盒，扔到垃圾桶，然后去卫生间仔仔细细将手洗干净了，才回来坐到床边上。

“没想到你还挺能吃。”董培诧异道。

“那是！”崔小萌开心地笑道，“我得多吃点，才对得起董总的关心嘛。”

“跟你探讨个业务问题，”见崔小萌敛了笑容，认真地在听，董培继续说，“你判断一下，按照吴阳他们目前的方式，做成一个单子得多长的周期？”

崔小萌歪着头想了想，说：“我觉得都谈不上什么周期。”

董培暗赞这女孩聪明，便问她：“怎么说？”

崔小萌说：“他们自己都没有理解透产品，对产品卖点的表述极不准确，而且销售工具准备也非常不齐全，一双空手去见客户，谁信你啊！”

董培点头说：“如果他们吃透了产品，把销售工具也准备齐全了，你觉得周期会多长？”

崔小萌又噘着嘴想了一会儿，说：“恐怕也不会短，至少半年。做透一个学校，得打通好多个关节呢。”

董培沉思了一会儿，像是问崔小萌，又像是自言自语：“市场形势正在翻天覆地变化，这种单子一定要很长的周期吗？”

崔小萌不知他在琢磨什么，还没等她说话，董培已经站起来准备往外走了，说：“你下午是想跟吴总待在分公司了解情况呢，还是出去跑市场？”

崔小萌站起来说：“当然想去跑市场！出差本来就是要跑市场的嘛。”

董培已是胸有成竹，说：“那行，下午你跟着我吧。”

崔小萌喜出望外，叫道：“真的？”

董培点头说：“我们出发的时候你给吴阳打电话，之前不要打！理由你自己编去。”

董培来到宾馆二楼的商务中心，小黄已经将邮件发了过来，是三封扫描的介绍信，信的抬头单位分别是下午要拜访的三所学校，上面两个印章，一个是国家教育信息中心下属的一个协会，另一个是北京一所重点高校的教育研究院，鲜红地印在信上，董培彩打出来，效果非常好。

董培打开另一个邮件，将PPT附件彩打出来，叫服务员做了一个封面，将文件装订好，董培翻阅完毕，带着这些东西回到房间。

两点整，两人按约好的时间在宾馆门口等车过来，董培问崔小萌："吴总怎么说？"

崔小萌皱了皱鼻子，说："他做了我半天工作，要我下午去他的部门指导工作。"

"他没问你下午跑哪几所学校吗？"

"没有，他对跑市场的事情一个字都没提及。"

董培暗暗点头，他已经悄悄亮出剑锋，吴阳看来还毫无觉察。

车来了，两名业务员，一名司机，两人上车后，董培问那个叫梁波的业务员："资料带来了吗？"梁波递过来厚厚一沓材料，崔小萌凑在旁边一看，是这三所学校的一些相关资料，董培从中挑了几份用得上的，仔细研究了一会儿。

然后他用力击了一下掌，说："来，我们开个十分钟的短会！"等三人注意力都集中过来了，董培接着说，"今天下午我们要搞定这三所学校，所谓'搞定'，就是要达成确切的合作意向，确定下一次具体谈判时间和谈判内容，并在两周内签订正式合作协议，收到第一笔款。有问题吗？"

三人面面相觑，谁也没有说话。

董培笑了笑，说："我不是在向你们下指标，我们就当是做一个闯关游戏，尽全力去做就好了，实在闯不过，那也是天意。怎么样，玩不玩？敢不敢玩？"

三人这才有些兴奋起来，笑着说："敢啊！"

"好！"董培一边从包里掏东西一边道，"先看看我们都有什么样的武器。第一样武器：这是给三所学校的正式介绍信，介绍信里已经说清楚我们是谁，为什么事而来，并盖有权威部门的印章，虽然是扫描文件，但学校会认可，这样我们和学校之间就建立了第一步信任关系，而且省了很多口舌来介绍自己；第二样武器：这是一份彩打的PPT文件，内容主要是介绍我们这套网络课程的，图文并茂，既易于理解，也能够吸引对方听完我们的介绍；第三样武器：这是新海集团的宣传册，这本宣传册的制作可以称得上豪华，能让对方对我们公司的实力留下正面印象，也有利于他们接受我们的产品；第四样武器：这是一个移动硬盘，里面的内容是我们另外一个教育产品的介绍与演示，以及实际使用的场景，但这套产品的功能与内容与我们要推介的这套学习系统非常相似，做得也非常漂亮，让学校知道我们的产品有多么棒！"

董培看面前三个人听得眼睛有点发直，便顿了顿说："第五样武器：这是一张教育信息中心主办的'全国重点院校校长高峰论坛'邀请函，实际上这个论坛由新海集团承办，将于下周末在钓鱼台宾馆举行，两天时间，吃住免费，会有教育信息中心副部级的领导出席。我们把这张邀请函递给校长，邀请他参加此次论坛，正常情况下，校长会深感荣幸，非常乐意参加，于是，我们就会和学校之间建立一种更深的信任关系，为实际性的合作铺平道路。但是，这张邀请函应该在两天后第二次拜访时给他，以示慎重。"

三人显得比刚才有底气多了，一副跃跃欲试的样子，董培最后再往火上添了一桶油，说："今天下午对我们大家来说，可能就是一个平平淡淡的下午，我们精心设计的销售流程没有起到作用，我们对市场的判断有所偏差，我们毫无成果回家，就像上午一样。但今天下午也有可能是一个产生奇迹的下午，如果我们顺利达到目标，那么我们今天下午的成果比你们整个部门一个季度的成果还要丰富得多！情况就是这样，你们干不干？"

"干干干……"三个人嚷成一团，兴奋得好像已经签单到手了似的。

"很好！"董培脸上表情冷酷得像冰一样，让三人情绪重新冷静下来，"既然我们下午要创造奇迹，光有这些销售工具仍然不够，因为它们只能帮助我们打开销售之门，但进了门仍有可能一无所获，因此，我们必须改变一下销售策略！今天下午，我们不要推销什么整体性解决方案，贪多求大，我们专攻学校的毕业班，因为在目前的教育体制下，学校每年中高考成绩是衡量校长政绩的最重要标准，而我们这套网上学习系统最适合的人群恰恰就是应试的学生，而且只要应用得法，效果非常明显——只要让校长认识到这一点，他会比我们更着急！这种策略的优势在于：一是减少了审批环节，不需要各年级、各学科的头头脑脑们介入，自然也缩短了销售周期；二是真正抓住了学校的需求，抓住了校长的需求，那就是有效提升中高考录取率；三是初期不至于给学校太大的资金压力，系统的安装调试与人员的培训等任务也相对较轻，便于学校更快地使用上这套系统，只要他们用上了，就不愁下一步的推广。"

三人连连点头，梁波和另外一个业务员刘冠明佩服得五体投地，说："董总，您真是高手中的高手……"

董培连忙止住他们，认真地说："奉承话千万别说在头前，否则就不灵验了。最后一点，我们今天下午的主攻目标不是什么教导主任，也不是什么主管教学的副校长，我们直接攻校长！这样的好处是，一旦校长首肯，接下来的工作会很顺利；风险在于，一旦校长不认可，我们将毫无回旋余地！"董培直盯着面前三张年轻的面孔，一字一顿说，"所以，弟兄们，今天下午我们只许胜，不许败，不成功，则成仁！"

年纪最轻的刘冠明激动得脸都白了，董培把材料分发给三人，叫他们按自己思路立即开始做功课，几个人摩拳擦掌，连司机都受了感染，把车开得飞快。

该做的已经都做了，现在董培闭上眼睛暗暗祈祷市场那只不可捉摸的手帮他一把，不要让他在如此关键的时刻一脚踩空。

一行人先到达了当地最好的一所中学，趁梁波和刘冠明跟传达室通报的时候，董培仔仔细细地审视着眼前这所学校。

仅从外观看，就知道这所学校实力不俗，教学楼一律是中西合璧的建筑，古朴大气，校园依山傍水，面积大得不像中学，更不一般的是，校园里有很多参天大树，遮天蔽日。

董培因业务去过很多二三流学校，楼房都尽善尽美，但就是树少，而且很多才胳膊粗细，在钢筋水泥映衬下，总难免透出股底蕴不足的暴发户劲儿。但这所学校却颇有气象，显示出一种厚重感。

校名由国家领导人亲笔题写，知新中学。大门两边橱窗全是学校的成果展示，不乏学生获取国际知名奖项的照片。

梁波和刘冠明走了过来，说有人会来接他们去会客室，能不能见着校长还不好说。

董培点点头，把领带扯下来，然后让梁波和刘冠明也把领带摘掉。

两人有些迟疑，但还是照做了，梁波小心地说："吴总特别强调要着装正式，说是代表新海形象……"

董培看梁波和刘冠明两人穿着一模一样的西服，连领带也一样，都是公司定制，这种多此一举的假专业，真是吴氏风格啊，难道他真不觉得这些销售经理被整得跟卖保险的一样了吗？穿成这样无异于向对方递上一张名片，上面写着：我来卖东西啦！最容易在商务拜访中激起别人对销售的警惕性，何况是在排斥商业气息的校园里面。

但他没时间澄清这些概念，只简单解释说："过犹不及，学校老师们穿着一般都比较休闲随意，我们不能显得跟他们太不一样。"

董培细细询问知新中学的校长情况，连家庭信息都不放过，直到学校来人将他们领了进去。

所谓的会客室，竟然是一间很大的开放式办公室，一屋十几个人围着一圈桌子，忙着干活，桌上码着如山高的课本和作业本以及各式教具，每台桌上还配着一台电脑，都是很新的机型。

梁波悄悄地把熊校长指给董培看，这是一个五十来岁的清瘦男人，中等个头，看眉眼年轻时应是个长相俊雅的帅小伙，他穿着合体的中山装，背由于劳累略有些驼。

几个人进来时，他只是抬头看了一眼，就继续忙着签字、批文件，听人汇报工作。

董培不禁有些犯愁，熊校长这么忙，哪有时间听他们一行人啰唆。

刘冠明冒冒失失地就要去自我介绍，被梁波拉了回来，董培轻声道："踏踏实实等十分钟再说。"

过了几分钟，一辆推车进来了，里面满满装载着学习资料，几位老师放下手头的工作，把这些资料分门别类地码到一个书架上。

董培站起来，很自然地一边帮忙搬东西一边跟那几个老师聊了起来，崔小萌等人见状，也过来一起搬，董培说："女孩子就算了，还是让我们这些大老爷们儿来干体力活吧。"顺势也把旁边一位正要起身的女老师轻轻按了下去。

这位女老师笑着说："哎呀，已经十好几年没人叫我女孩子了！"

略显严肃沉闷的办公室发出一片笑声，熊校长抬起头，打量了几秒钟董培，然后低头继续批改文件。

董培一边搬书，一边跟一位男老师说："你们真辛苦啊，我看你们都忙得没时间抬头。"

那老师叹了口气说："没办法，毕业班就是这样，高考竞争越来越激烈了。"

董培诧异道："现在离高考不还有大半年吗？"

"大半年？只剩一百八十六天啦！"那老师说完，指指墙上的挂历，一脸的严肃。

董培环视了一眼办公室，说："但如果照你们这样拼下去，三个月不到，就得倒下一半。"

那老师停下了手里的活儿，看着董培，似有所感地说："是啊，我们好多老师真的是一边打吊瓶一边批改试卷呢！"

"这样年复一年下来，老师们真的都要'蜡炬成灰泪始干'了。"董培感叹地说。

董培这样一说，旁边几个老师脸上都现出既骄傲又悲怆的神情。知新中学跟别的学校不太一样，其他学校横竖一条心赶着学生拼中高考，倒也简单粗暴。知新中学却肩负着市里甚至省里的基础教育样板的重任，一方面要打造素质教育，丰富课外活动，另一方面还绝不能放松升学率，所以老师们的辛苦程度是可想而知的。

"可不是嘛，我们熊校长进办公室就得先吞一把药丸呢。"坐在熊校长旁边的一位老师说。

"唉，我女儿对我家阿姨比对我还亲，没办法，陪她时间少啊！"刚才那位笑称十多年没被人叫过女孩子的老师说。

"你女儿好歹还跟人亲，我儿子现在只跟手机亲！"坐她对面的老师"哗"地打开一摞试卷，一边运笔如飞地批阅一边说。

大家一边干活一边吐苦水，只有熊校长仍正襟危坐地批示文件。董培倒觉得有些意外，他去过一些学校，有些学校的校长威权重得吓人，老师见了都毕恭毕敬，说话都不敢大声，这儿的老师似乎没有这份小心，但很显然，他们看上去非常尊重熊校长。

"这成了忆苦思甜会啦？"熊校长终于不紧不慢地插了句嘴。

"校长，我们这叫苦中作乐会。"一位老师打趣说。

熊校长微笑不语，接着点头叹道："如何既保证教学质量，又保证老师们的生活质量，的确是一个值得探讨的问题。"

这样的机会董培岂能放过，立即接过话题说："熊校长，其实在这一点上，澜水中学解决得还是相当不错的。"

澜水中学是华中地区的名校，在全国都有名气，每年升学率高得不可思议，熊校长曾经跟随全国知名中学校长团去考察过，对该校有一定的了解。

熊校长抬头看着董培，一副姑妄听之的样子。

董培并不着急介绍产品，他知道熊校长更关心的是澜水中学，便顺着话题说："澜水中学去年考上北大清华的学生比上一年增长了百分之五，其他各项升学指标也有一定幅度的上涨，但真正有趣的是：学生参加课外活动的比例翻了两番，老师实际休年假的天数也同样翻了番。"

董培话音刚落，整个大办公室所有的人都抬起了头，大家都是明白人，如果董培说的是真的，只能意味着一点：澜水中学一定是通过某种方式极大地提高了学生的学习效率。

有老师手快，马上登录澜水中学的官网找到了相关信息，"乖乖！连毕业班的老师平均年假时间都达到了七天！我都不知道年假是啥玩意儿了！"

熊校长的神情变得严肃起来，他之前对澜水中学始终有些不以为然，那种紧张到极致的校园气氛不符合他的教育理念，他最引以为豪的是知新中学宽松的学习氛围、和谐的师生关系和干群关系，他每周必有两天时间和各年级老师集体办公，就是身体力行实践这种理念。

现在澜水中学竟然实实在在地玩起了素质教育，而且步伐之大，让人侧目，这让外表儒雅、内心高傲的熊校长有些坐不住。

老师们已经七嘴八舌地问起来了，他们关注的焦点在于：澜水中学凭借的是什么法宝？

董培一笑说："你们还记得三年前北师大教育心理研究中心做的一个课题吗？关于最近十年高考试卷知识点分析的，在当时很有影响力。"

董培旁边那位老师立即说："怎么不记得？这里头很重要的一个结论就是高考试题所涉及的八成以上的知识点都是重复的，说白了，八成以上的知识点是每年必考，其实这个大家心里都有数——这和休年假有关系吗？"

董培正色道："所有的秘诀全在这个结论里面。"说完指了指老师们桌上成堆的试卷，问，"根据那次研究，这堆试卷里八成以上的知识点都是重复的，没错吧？"

"没错，重复是学习之母嘛。"熊校长旁边那位老师回答。

"关键是怎样重复！有些重复是低效的、无用的。"董培这才开始侃侃而谈，"一个班级，学生水平参差不齐，但是大家平常的作业和模拟试卷内容却是完全相同的，对于水平较低的学生来说，他们挣扎于生疏的知识点海洋中，充满挫折感；对于水平较高的学生，他们耗费大量时间在早已掌握的知识点上，事倍功半。而老师们为了排除知识死角，也不得不将大量的辛劳付诸这种低效率的重复当中，我相信在座的诸位很有体会，这种重复更多是一种体力活。"

不管乐意不乐意，老师们都承认这样一个事实：他们很多时候真的就是在拼体力。

董培继续说："澜水中学是这样解决的：他们把每个学生对于知识点的掌握记录下来，并存入档案，如果某些知识点已经确认掌握，那么在下一次练习或者测验的时候将不再出现，这样学生每次练习或者测验的时候都是他们最需要掌握的知识点，而且试卷难度也因人而异，完全个性化。而且更巧妙的是，他们对于知识点还有一个黄灯标识，也就是说，很多知识点，学生并不是完全没有掌握，而是比较模糊，稍一变换题型又不行了，这样的知识点，会在今后的测试中以合适的频率出现，而这个频率也是通过以往的练习测算出来的。总而言之，他们最终达到的目标是：简单知识不重复，中难知识少重复，难点知识多重复——每个学生都是如此。"

"不可能，不可能……"老师们把头摇得像拨浪鼓似的，"这么多知识点，这么多学生，这么多次练习和测验，把这些数据收集起来分析整理？这是多大的工作量！根本不可行！"

"问题是澜水中学做到了！当然不是靠传统的方式，而是通过计算机和网络。他们通过一套系统来监测学生们的学习行为，将他们的学习行为分拆成若干个学习指标，并将这些指标与知识点串连起来，然后利用艾宾浩斯记忆曲线原理，记录这些知识点在短时记忆、长时记忆和永久记忆区间内的位置，就能清晰判定每个学生对于知识点的掌握程度，然后再把题库和这个数据库连接起来，于是每个学生就拥有了最佳的个人学习方案，老师们的主要任务就在于激励、辅导、监督，而不是一味地灌输，这才是真正的教育，是吧？"

董培说完，看大家一个个凝眉思索，便向梁波和刘冠明一挥手，说："我让我的同事给大家演示一下这套系统，大家就更加明白了。这套系统就是我们新海集团提供的，不过说来惭愧，我们只是引进，真正把它研发出来的是一家美国公司，前不久微软出一亿美元收购这项技术，被他们拒绝了，因为这项技术的前景不可限量。"

说话间，两人已经调好了电脑，一位老师将投影仪接上，将光圈直接打在墙上演示。

董培再次感觉到了吴阳对于下属员工销售培训的严重不足，两人背景性介绍太多，说话也不干净利落，这种刺刀见红的时刻，哪能这样温温吞吞！

董培只能使劲按捺住自己上的冲动，尽量不着痕迹地在旁边指点一下，好在老师们已经对此非常感兴趣，一边自己在电脑上演示，一边交流议论，董培放下心来，不失时机地向熊校长夸赞说："知新中学的老师就是不一样，对新事物的接受能力相当强。"

崔小萌也附和道："名校名师，归根结底还在于实操能力和学习能力。"

熊校长很赞同崔小萌这句话，不无幽默地说："你这话会得罪很多人呢。"

于是现场进入了一种理想状态，老师们热烈地演示、讨论，校长在一旁清谈，一动一静之间，销售的气场已经悄然形成。

梁波和刘冠明显然也看到了良好的势头，不知不觉放松下来，与老师们交谈甚欢。

半小时后，熊校长当场拍板，明天就开始试运行新海的这套新系统。

一行人喜不自胜地出来，也来不及喘口气，立即上车往下一所学校赶。董培说："下面两所学校会简单得多，直接邀请他们去观摩明天知新中学的试运行就好了。"

梁波和刘冠明想了想，觉得是这么回事，不由得更加喜气洋洋。

董培稳定了一下心神，暗暗松了口气，然后一瞬间，脊背冒出一阵汗。他知道自己赢得很险，这次销售成功的关键在于熊校长的开明和知新中学的实力，而不是他所谓的销售技巧，那些精心准备的销售工具几乎没有派上用场就是明证。如果熊校长今天不是跟毕业班老师集体办公，为自己营造了一个极好的销售契机，很可能直到现在他们还在会客室枯坐干等。

很幸运他赌赢了，梁波和刘冠明甚至崔小萌都把这次成功归因于董培高水平的销售策略和临场发挥，这种口碑对于处境微妙的他是再好不过了。

董培一行人在下面攻城拔寨的时候，吴阳也正一路过关斩将，不过他是悠闲地待在自己办公室，对着电脑打游戏。他今天发挥得不错，让他心情颇佳，直到他的靠山妹妹打来电话。

吴梅得知他居然让董培独自下市场，气得夹头夹脑一顿臭骂，让他马上打电话给陪同的两个业务员，了解一下进展情况，以示关注。

吴阳依言拨了梁波和刘冠明的手机，两人却都不接电话，他当然不知道这是董培事先要求大家将手机调为振动，并且放在包里，拜访客户时决不允许接听手机，因此吴阳的电话两人都没听到。他又先后拨了崔小萌和董培的手机，仍然无人接听。

吴阳把情况告诉了吴梅，吴梅气得训他："这点事你都干不好，你还能干什么！"

吴阳无奈道："那我就不停地拨，直到他们接电话为止……"

他还没说完便被吴梅打断了："给人手机上留七八个你的未接电话，人家会怎么想？你怎么做事不用脑子！"

吴阳有些不敢说话了，他向来有些怕这个心计比他深一百倍的妹妹。吴梅在电话那头想了想，觉得自己可能是太敏感了，虽然江总不可思议地极其欣赏董培，但她了解江总，对人好感来得快，去得也快。而她现在要做的，就是在新海高层人事确定之前，促使江总对董培的好感尽快消失，至少产生一些疑虑。从目前的形势来看，她还牢牢掌控着局面，放董培一个下午，应该不会出什么大事。

这样想着，吴梅口气中又恢复了优雅自信，她叫吴阳两小时后再打电话问问。

吴阳继续玩他的游戏，两小时后他再打电话，仍然无人接听，又过了两小时，情况依旧。后来他便将此事放下了，觉得这样追着一个业务员打电话，实在有失他这个副总的身份。下班时，吴梅打电话来问情况，他说打通了，跟业务员也联系上了，一切正常。

吃完晚饭，吴阳继续玩他的游戏，当他终于顺利地闯过最后一关，已经是十点半了，他正沉浸在胜利的快感中时，梁波打电话过来了，声音亢奋得直发抖："吴总，今天我们抓了三个大单子！全是四千人以上的重点学校！三个校长都亲自接见了我们，对我们的产品都极感兴趣，并且无一例外召集了毕业班老师开会，听我们讲课，现在，学校比我们都着急了，催着让我们明天就把硬件设备发到学校去，把系统装上……"

吴阳还满脑袋游戏里的场景，十几秒钟后才反应过来，不禁大为激动，谁说他吴阳做业务不行？这不，老子的团队出大单子了！不过，他的兴奋只持续了几分钟，随着梁波的叙述，他的情绪也越来越低落，后面讲什么他几乎都没听，莫名的失落和嫉妒几乎让他坐立不安。

梁波哪里知道吴阳的这些花花肠子，言语中把董培夸上了天，直说了半个小时，才意犹未尽地挂了电话。

吴阳呆了半晌，才想起要给吴梅通报情况，只是吴梅有个习惯，晚上十一点之后必定关机，吴阳只得给她发了一条短信，别的什么也干不了。

董培却一直在开足马力运转，和第三所学校的校领导们吃完饭，已经快十点了，成果之丰硕，甚至超过他最好的预期。

回来路上，梁波和刘冠明坐在前排还在兴奋不已地交谈，董培在后座交代崔小萌回宾馆后马上写一份报告，报告内容分三部分，一是对青岛分公司中学校园信息化业务的问题剖析，二是简述一下今天下午与三所学校的沟通情况，三是对该片业务的建议，董培讲了几个要点，让崔小萌务必在一小时内完成并发送到自己邮箱。

崔小萌立即开动脑筋打腹稿，董培给陈大明拨通了电话，简单通报了下午的情况，陈大明也十分惊讶，大感兴趣地追问怎么做到的，董培告诉他回宾馆后再跟他打电话细说。

刚进宾馆大堂，陈大明的电话已经迫不及待地打过来了。董培向他讲述了策略上的一些调整，陈大明是老业务，一听便知道这些调整意味着什么，对董培大加赞赏，董培连忙说："如果陈总也这样认为，那真是英雄所见略同，说明我做对了。挺可惜的，这其实是一片非常好的业务，只是吴总不是太能把握，如果陈总手下那几员虎将出马，这片业务不会做得像过去那样惨淡的。"

陈大明重重地"哼"了一声，说："新海要都是你我这样的明白人，哪有那么多乱七八糟的事！"

没有比这更好的时机了，董培诚恳地说："陈总，我打算立即着手写一份报告，结合今天下午的情况，谈一谈对中学校园信息化业务的看法以及我的一点建议，我今天晚上就发送给你，请多多指导！"

"好！"陈大明一口答应，并说，"我的电脑正开着，我会一直等到你的报告再睡觉！"

崔小萌正在房间按要求写报告，董培也在写，不过他更多地从公司业务架构的角度去阐述，而且在措辞中也非常注意突出陈大明，等崔小萌的报告发过来，把这些内容融合进去，就是一篇非常有分量的报告了。

崔小萌按时发来了邮件，董培看了一遍，非常满意，便把自己写的东西添了进去，再修饰了一下措辞，发给了陈大明。

一小时后，陈大明发来短信：请查收邮件。

董培打开邮箱一看，陈大明竟然将自己的报告原封不动转发给了江总，并加了千字左右的评论，将上两个季度业绩不好的责任老实不客气地推到了吴阳身上，并说他和董培商量后的销售策略调整效果极其明显，对下一个季度的业务将会产生重大影响……当然，他也没忘狠狠地夸董培一把。

陈大明把报告转给江总看，这正是董培求之不得的事情。陈大明这样做，明摆着已是将他当作自家弟兄了，虽然他沾了一下董培的光，说那些策略调整是他和董培一起商量出来的，但这样反而更好！

现在的形势可谓一片光明，董培不由得绽开了舒心的笑容。

几分钟后，董培冷静下来，给陈大明回复了邮件，让他明天一早最好先给江总打个电话简单汇报一下，因为江总习惯晚起，可能不会第一时间看到邮件，如果这期间有谁打电话，可能会混淆视听，干扰江总的判断。

陈大明立即发过来一条短信：有道理，谢谢提醒！

董培看了看表，已经是凌晨一点多了，这时候，他才彻底松弛下来，一阵强烈的困倦向他袭来，他来不及洗漱，甚至衣服都没脱，倒在床上便睡着了。

吴梅直到第二天早上八点半才看到吴阳发来的短信，她打过去询问情况，才说了几句就觉得事情不妙，等到吴阳全部讲完，她已经忘了痛骂这个不争气的哥哥，而是紧张地思考这到底意味着什么。

思虑再三，她判断董培不太可能会刻意安排这一切，既然如此，董培未必会充分利用这次机会来扩大自己在集团的影响力，那么她现在的首要任务就是立即向江总汇报这个特大"喜讯"，把吴阳的功劳，甚至自己的功劳也算进去，毕竟这属于吴阳的业务范围，也可以算成是吴阳的业绩，道理上还是完全说得通的。

想到这儿，她立即中止了和吴阳的通话，打电话给江总。但江总的电话却一直占线，一直持续了半个多小时，仍没有停下来的意思。吴梅便发了一条措辞激动万分的短信过去，告诉江总青岛分公司的校园信息化业务取得重大突破，吴阳以及该部门的全体员工都欢欣鼓舞，准备再接再厉，争取超额完成本年度任务。

发完短信，吴梅还是觉得心里不踏实，又打电话给吴阳，叫他马上写一篇业务报告给江总，吴阳苦着脸说："关键是我也不是很了解当时的情况啊……"

吴梅忍住气说："你不可以先让那两名业务员写吗？他们写完后你再改改不就行了吗！"

吴阳本想说，那两名业务员的文字表达能力太弱，怕是写不出什么好东西来，但听吴梅口气已有些不耐烦，只得答应了。

吴梅又叮嘱说："他们写完后，你再整理一下，然后发给我看看，明白吗？"

吴阳最怕写东西，只得硬着头皮答应下来。接下来给梁波和刘冠明二人打电话，两人竟都关机了，吴阳正无处发泄，气得大骂，吓得外面的小助理跑进来，不知所措地看着他。

"梁波和刘冠明竟然关机，这哪像个销售人员的样子！你给我每三分钟拨一下他俩的电话，拨通了为止！"吴阳气急败坏地吼道。

小助理刚来公司不到一星期，连梁波和刘冠明是谁都不清楚，只听到吴阳要她给两人打电话，一个叫什么波，一个叫什么明，也不敢多问，出门就开始对着通讯录找这两个人。

两分钟不到，小助理进来了，说是打通了一个，吴阳诧异地接过电话一听，是一个叫杨亮明的业务员，不禁大怒，对着小助理吼说："这是刘冠明吗？！"

小助理吓得脸色煞白，不敢吱声，电话那头杨亮明却说："吴总，刘冠明和梁波他们昨天忙到很晚，做了几个大单子，昨晚跟我吹到凌晨呢，说是向你请了假休息一天……"

吴阳这才突然想起，昨晚这两人在电话里是向他请假来着，他当时心神不定，想也没想便批准了。

"请假也不能关手机！销售人员就应该时刻处于备战状态……"吴

阳强词夺理地横了几句，自己也觉得无趣，便匆匆挂了电话。

十点半的时候，吴梅打来了电话，吴阳硬着头皮接了，准备挨一顿训，不料吴梅那边却是喜气洋洋："我给江总打电话了，江总非常高兴，说这是他半年来最高兴的一刻！我也说到你付出了很大的努力，他说有功人员必须重奖……"

吴阳心里一块石头落了地，只觉得浑身舒泰，比桑拿按摩都要爽上百倍。吴梅叫他以后做事上点心，少惹麻烦，他一迭声地应承下来。

放下电话，吴阳乐颠颠地在办公室转来转去，小助理敲门进来，怯声怯气地说："吴总，梁波和刘冠明手机还关着。"

"关着就关着吧，让他们好好休息，不要再打了，没事。"吴阳露出亲切的笑容，和颜悦色地道。

小助理正等着倾盆暴雨，没料到却是一片艳阳天，蒙头蒙脑地应了声，一头雾水地出去了。

董培一直睡到九点多钟，起床后第一件事便是查看手机和邮箱，发现风平浪静，一时反倒有些不安，细想之后，又觉得这正是最合理的情况，风暴正在酝酿之中，狂风骇浪之前总是很平静的。

不管是场什么样的风暴，反正他已经做好了准备。董培伸了个懒腰，将衬衣、西裤、袜子统统剥去，只穿一条内裤在房间内来回踱步，并做了几组俯卧撑，然后去卫生间痛痛快快冲了个淋浴。

刚从浴缸里湿淋淋走出来，电话响了，董培一边揩干身上的水，一边拿起电话。

"你起来了没有？"是崔小萌的声音。

"起来了，正洗澡呢。"董培随口答道。

"哦，那我待会儿再打给你吧。"

"没事，我洗完了。"

"那你带我吃饭去，吃海鲜！"崔小萌昨天跟着立了大功，也算是跟着董培出生入死了一回，口气中明显亲近了许多。

"行！"董培爽快地答应了。

"那我马上过来。"崔小萌"啪"地把电话挂了。

这叫什么事！董培赶紧拿毛巾草草揩了几下，跑回房间穿衣服，刚套上裤子，门铃就"叮咚"响个不停。

董培叫说："等一下！"抓了一件T恤穿上，又把换下的衣服收到箱子里，把窗帘拉开，然后才去开门。

崔小萌翩然而入，整个房间登时一亮，她穿着条很漂亮的裙子，上身配一件绿色的开襟小毛衣，显得亭亭玉立，艳而不俗。

董培只瞅了一眼，便低头收拾东西，嘴里说："咱们去哪吃？"

崔小萌见他对自己的精心打扮视若不见，颇有些失望，没意思地说："随便。"

董培见她这样，便多看了她几眼，说："你穿这么漂亮，叫吴总看见了怎么办？"

"讨厌！"崔小萌笑了，满心欢喜地嗔道。

正说着，手机响了，陈大明打过来的。还不等董培开口，陈大明便将他和江总的谈话内容绘声绘色地向董培描述了一遍。他说江总非常高兴，狠狠地表扬了自己和董培，他没跟江总提吴阳，因为江总还没有看邮件，看完邮件他自然什么都知道了。

"董总，你让我提前给江总打电话的建议我越想越觉得有道理！你刚来可能还不清楚，新海很有几个做事三流、汇报一流的角色，抢起功来比谁都厉害……"陈大明可能是刚得到江总大力表扬，思维还处于兴奋状态，在电话里说个不停。

陈大明的兴奋是有原因的，这半年青岛分公司业绩势头大减，他作为总经理压力之大可想而知，偏偏一块最有潜力的业务却让吴阳这个狗屁不懂的人占着茅坑不拉屎，这还罢了，这小子还经常打些小报告，耍点小阴谋，甚至有时对陈大明都有指手画脚的意思，俨然把自己当成吴梅的特使。陈大明早就烦得不行，但又碍于此人身份特殊，不好处理，如今总算找到一个治他的绝好机会，叫陈大明如何不痛快！把这个人端掉，换上自己的得力战将，业绩有保障不说，青岛分公司又将成为铁板一块，他陈大明仍然是说一不二的老大。

陈大明最后请董培晚上一起吃饭，吃完饭后再"出身汗"，董培笑着答应了。

"这个陈大明真能说，是不是销售出身的都是一张大嘴巴呀？"崔小萌刚说完，自觉失言地看着董培。

董培脸上表情没什么变化，说："你说得没错，这也算是职业病。"

"那你嘴巴怎么不大呢？"崔小萌认真地问。

董培被她逗乐了："我大的时候你没看见。"

两人出发时，崔小萌跑回房间，将一部很专业的相机带在身上。

董培以前来过青岛几趟，知道在城边上有一个好去处，人不多，有山有海，在一小块开阔地上支几张桌子，就着习习的海风吃着海鲜，算得上是神仙享受。两人打车足足走了快一小时才到，崔小萌一下车，便高兴得忘乎所以，连声说爱死这个地方了！

董培点了几样时新海鲜，就着啤酒，边聊天边吃，吃了几盘，觉得不够，又点了几盘。崔小萌酒量似乎不错，半扎啤酒下去，脸色平静如常，倒是董培脸上有些微微泛红。

两人的话题谈到了业务和公司的一些人事，董培对崔小萌说："你有没有觉得奇怪过，新海就像一片世外桃源？"

"你指的是哪方面？"

"如今的经济和市场是个什么情况，你不是不清楚，别的不说，我以前的客户朋友中一大半都已经淡出市场，原因很简单，撑不下去了！而新海，不显山不露水，日子却过得不要太舒服！"

崔小萌说："你都来这么久了，还有这样的感觉吗？"

董培认真地说："你只要看看现在的市场有多萧条，这种感觉就挥之不去！比方说这块地方，你数一数有几张桌子。"

崔小萌数了数，说："挺热闹的，二三十张桌子呢。"

董培笑了笑，说："三年前，即便是平常日子，这儿都有二三百张桌子。"

崔小萌张了张嘴，有点感慨地四周张望了一圈。

"我的意思是，"董培微微叹了口气，"这世上并没有什么世外桃源。"

他以为崔小萌听不懂这句话，不料她沉思了片刻，冲他默默地点了点头。

这女孩还有点悟性，董培心想，便喝了一口啤酒，说："我们共事有一小段时间了，你觉得我有哪些优点，哪些缺点？我要听实话！"

崔小萌思索了一会儿，说："我觉得你声音挺好听的。"

董培哭笑不得，严肃地说："别开玩笑，我是认真的。"

崔小萌说："我也是认真的呀！你声音的确很好听，说实在的，我们刚来青岛的那次会上，如果不是你那番话镇住他们，还不知道会怎么样呢。当时我听你说话的时候，真的感觉你的声音特别好听，特别压场！我认为大家也都有同样的感觉。"

"好吧，除了声音好听之外呢？"

"嗯……我觉得你这人胸襟挺宽广的。"崔小萌道。

这话要落在别人耳里，兴许还挺受用，但董培向来信奉这样一句话："如果你没有财富，就得有点本事，如果你没有本事，就得有点胸襟。"也就是说，胸襟是既无财富又无本事之人不得已的一种选择，明明知道崔小萌是实心赞扬他，但听着却感觉怪怪的。

崔小萌哪知道他心里转了这么多念头，继续总结着董培的诸多优点，董培听她说的完全不是从职业角度来评价，更像是挑男朋友似的，便打断她说："说说缺点吧。"

"我觉得你最大的缺点是：太直了！"崔小萌脱口而出。

虽然这缺点听上去倒像是优点，但董培明白崔小萌的潜台词：不够成熟！他想为自己辩解几句，但一想这样反而更显得自己不成熟了，便笑了笑，没作声。

"但其实我觉得这样也挺好的，太圆滑的人有什么意思？性格直的人才能真正干大事。"崔小萌接下来这句话让董培听着又舒服了一些。

"你觉得我的优缺点是什么？你也得说实话。"崔小萌反问董培。

"我觉得你最大的优点就是非常聪明，是那种真正的聪明，而且还踏实肯干，可以说是一名百里挑一的优秀职业女性……"董培说着，见崔小萌脸现红晕，笑靥如花，便将后面那几句"再加上气质如兰、举止不俗"之类的半开玩笑的话给吞了回去。

"当然也有缺点！"董培加重语气，吓得崔小萌脸上红晕变戏法似的消失了，睁大眼睛看着他。

"但我现在还没有发现。"董培笑道。

"讨厌!"崔小萌一拳打在董培肩上。

两人正聊得开心,董培手机响了,他拿起手机才听了几句,脸上便如同罩了一层严霜。

放下电话,董培立即绷着脸结账,对崔小萌说:"我们得马上走,李东跟分公司的人打起来了。"

崔小萌又是扫兴又是担心,罕见地骂了一句:"这人真弱智!"

四

无盟友，不政治

李东打架事件给董培辛苦挣来的大好形势蒙上了一层阴影，回分公司的路上，董培一直在思索此事带来的负面效应：总部的人和下面分公司的人争吵是家常便饭，但打架斗殴性质就变了，在这个风口浪尖，对董培而言，往轻了说是对下属监管不严，往重了说是不具备带领团队的能力！董培好不容易松弛下来的神经又绷紧了。

到了现场，董培发现事态比他想象的还要严重，地上一摊血，分公司的员工已经被送往医院，李东像只斗败的公鸡坐在一旁，衬衣上满是一块块的血迹，鼻子也是血糊糊的，周围聚了一大堆人在围观。

董培克制住想抽他一顿的冲动，赶紧询问双方的伤势如何，还好，地上的血是因为碎玻璃杯划伤了那名分公司员工的胳膊，伤得并不严重。

崔小萌十分适宜地向围观的人群大声道："请大家回到各自的工作岗位上去，不要影响工作，董总和部门领导会处理这件事。"围观的人才慢慢地散去。

董培问负责这片业务的主管老丁事情原委，老丁说，李东过来就提出先要培训，于是老丁便召集部门全体员工听他培训，听到半路，有一名员工站起来表示质疑，李东十分生气，训斥这名员工没有卖相，不懂得尊重他人，也不懂得尊重自己，这名员工对两顶大帽子不服气，便回了两句……

"后来呢?"董培追问。

"后来……唉,其实这名员工也没说什么,都准备坐下了,但李东不依不饶,说他口无遮拦、心浮气躁,犯了销售的大忌,根本不是做销售的料,我们这名员工也不像话,站起来就说'放狗屁',两人就打起来了。"

董培听李东乱引用自己的话,一时气得无语,旁边崔小萌对老丁说:"丁主任,两人吵嘴的时候,你要出面说句话,怎么也不至于打起来呀!"

老丁满脸通红:"我都来不及说话,两人就扭成一团了。"

董培看崔小萌很义气地唱起了红脸,便唱着白脸道:"这事不赖老丁,关键是员工本身的问题。这件事情该怎么处理,丁主任?"

老丁说:"还是听董总的吧。"

"先把受伤的人安顿好,天气热,不要让伤口感染了。另外,再怎么着也不能影响工作,我们一起开个短会,看你们这边有哪些问题需要总部支持的。至于这两人的处理,我看倒在其次,他们不代表主流,公司的主流毫无疑问还是团结向上的。"董培看老丁是个本分人,便诚恳地说。

老丁连连点头称是,起身请二人去办公室谈。

此时李东鼻子上的血已经干了,糊在胖脸上,看上去十分滑稽,崔小萌忍不住"扑哧"笑出声来,董培和老丁也有点忍俊不禁。

"你先回宾馆休息吧,有事我给你电话。"董培又好气又好笑地对李东说。

李东刚走,三人对视了一眼,同时笑了起来。老丁将二人让到办公室,董培简单听老丁聊了一会儿这边的情况,又问了几个问题,谈了谈自己的观点。

董培才说两句,老丁便正色道:"董总,你懂业务!"

董培心想这老丁还真是实诚,如果自己说得不到位,没准他也会硬邦邦地说:董总,你讲得不对!

崔小萌接着谈了几句自己的看法,老丁听了一会儿,重新将脸转向董培:"董总,你说!"

崔小萌被晾在那儿直发愣，董培连忙笑着打圆场："丁主任，小萌对业务很有观点的，我们先听听。"

于是老丁继续听崔小萌说，董培偶一抬头，透过办公室的玻璃门看到个身影一晃而过，正是吴阳。

真是树欲静而风不止，原本想将此事不留痕迹地轻轻带过，但既然搅屎棍来了，董培不得不打起精神去对付。

董培开始努力琢磨该如何处理此事，他断定此时吴梅肯定知晓了此事，她素来以能带团队自居，酷爱整一些体现团队协作的花活，出了这样的事，她肯定会很感兴趣。正想着，手机响了，是北京总部的来电，接起来一听，竟然是吴梅打来的，她在电话里以一种严肃的口吻开门见山道："Peter，我听说你那边出事了？"

董培冷淡地反问道："什么事？"

"李东和分公司一名叫许进的业务员发生了流血斗殴，有这事吗？"吴梅的口气十分沉重，好像要加重这件事情的性质似的。

董培心想，连我都不知道那人叫许进呢！便说："吴总，流血斗殴四个字太严重了，用在两名当事人身上会让他们承受不了的。就我了解到的情况，这事情已经得到及时处理，而且两人是在探讨业务过程中发生的争执，只是方式过激罢了……"

吴梅打断他的话："Peter，你在事后这样替团队成员辩解没有什么意义，如果你真的爱护他们，就应该在事前严格要求他们。"

董培略微加重了一下语气，直接叫吴梅的英文名说："Nancy，既然我们要爱护下属，就不应该在他们已经很被动的情况下落井下石，把严重的罪名轻易地加在他们头上。"

吴梅有几秒钟没作声，因为向来对自己还算十分客气的董培语气如此强硬，而且直呼自己的名字，让她有些猝不及防，不知道是该以硬碰硬，还是先绕过去，以后再说。

她很快反应过来，用缓和一点的语气说："这件事情应该引起我们的警惕，团队不建设好，搞好业务只能是一句空谈。"

"这我完全同意。"董培也随着缓和下来。

崔小萌和老丁两人早停止了谈话，竖起耳朵听董培打电话，董培挂了电话，两人仍保持着倾听的姿势。

"董总，你人挺仗义的！"老丁见董培刚才为维护下属，不惜顶撞集团的实权人物，很是佩服。

董培无奈地一笑，转而问道："许进这人怎么样？"

老丁摇摇头，说："不行。其实这孩子脑袋瓜不笨，但就是懒散任性，总觉得自己是吴总带过来的人，有些眼高手低。"

董培心里一动，脸上掠过一丝不易察觉的微笑。

从老丁办公室出来，崔小萌问董培："我们现在去哪儿？"

董培道："回去。"

崔小萌满肚子不情愿，但又没办法，说："回去又睡大觉！"

"我是说回我们刚才吃饭的地方。"董培说。

崔小萌难以置信地看着董培，叫道："真的？"招得马路边几个人直朝这边看。

"倒也不是非去那儿不可，我们可以找个别的地方去玩玩，今天本来就打算休息的。"董培说，"把李东也叫上。"

崔小萌本来兴高采烈的，一听要叫李东，脸又拉了下来，嘟囔道："干吗非得叫上他呀……"

"打个电话给他吧。"董培催她。

崔小萌不乐意地拨了李东的手机，说："李东，董总说一块去外面玩，你去不去？"

李东不知在那边说了句什么，崔小萌赶紧说："也是，你还是好好休息吧，天气挺热的，伤口容易发炎……再见！"也不等李东说话，就把电话给挂了。

"你这邀请够有诚意的！"董培道。

崔小萌自己也乐了，催促道："去哪儿？去哪儿？"

"去香港路逛街。"

"真的？"崔小萌又叫了起来，再次招得路人侧目。

董培抬手叫住网约车，替她拉开车门，崔小萌还有些不信，几乎是被董培塞进车里。

陈大明第一时间就得知了打架事件，粗略了解情况之后，他便搁下了，甚至都没问一下老丁事情经过。在他眼里，这根本不叫事，他的手下曾经为和竞争对手抢单子，在饭店里和对手二三十号人借着酒劲拔刀对峙，把防暴警察都招来了，最后不也大事化小，小事化了？只是听了李东引用董培的那几句话，让他乐了一阵。

所以，当江总打电话过来问他"那件事是怎么处理的？"，陈大明毫无防备，几乎脱口反问："什么事？"

他迅速反应过来，虽然还不确切知道是什么事，但他仍用肯定的口吻给了个万无一失的回答："我已经安排下去了，应该会得到妥善处理。"

江总"嗯"了一声："员工打架的事说小就小，说大也大，目前集团处于一个重要的调整期，锻造一支能打硬仗的队伍尤为重要，千万不要掉以轻心！"

陈大明暗叫惭愧，连忙保证说："江总请放心，我一定会慎重处理此事，并叫全体员工引以为戒。"

江总又提醒了几句戒骄戒躁、谦虚谨慎的话，陈大明只有连连点头的份。

放下电话，陈大明气得真想找出那个告阴状的人一顿暴揍，冷静下来后，又责怪自己太大意了，这事要是汇报在前，就不至于被江总问上来了，还不知道人家在江总耳边说了些什么呢。

他更觉得纳闷的是，两个普通员工打架，后果也不算严重，也没造成什么恶劣影响，竟然值得江总亲自打电话来过问此事？他只能理解这肯定是谁在江总面前嚼了舌头，而且他不假思索就将此人锁定在吴阳头上。

过了一会儿，他觉得该和董培沟通一下，手机刚接通，就听董培笑着说："陈总，挺沉得住气啊！"

"唉，"陈大明无奈道，"我想这不是什么大不了的事，没想到居然会引起江总的关注。"

董培也略感意外，问："江总平常也这样事无巨细都关注吗？"

"不会，所以我才大意了嘛。"

董培安慰他说："这没准是件好事，说明江总很关注你。"

陈大明说："我可不需要这种关注！朝中有小人啊，才会这样无风起浪。"

董培听陈大明发这样的感慨，估计江总说的话还不轻，便说："吴梅在事情刚发生不到一小时也给我打电话了，知道得比我还多，她对这种事比谁都感兴趣。"

陈大明更加认定是吴阳捣的鬼，恼怒之余，立即开始认真地考虑如何把吴阳给清理掉。

"陈总，"董培在电话里说，"有件事和你这边的业务有些关系，再加上你也是明白人，所以我提前跟你通报一下，也希望得到你的支持。我决心辞退本部门某些不合格的员工。"

陈大明暗想怎么早没结识这好哥们儿，心意竟然如此相通！便大声道："董总的这个决定，我无条件支持，举双手支持！"

"有陈总这句话，我心里敞亮多了！"这时崔小萌已经端着两份冰激凌走过来，董培道，"陈总，我这边说话不是很方便，咱们晚上再聊。"说罢挂了电话。

"和哪个妹妹打电话呢？这么神秘。"崔小萌喜笑颜开地将冰激凌搁桌上，很享受地开始吃自己的那一份。

董培也拿起自己的一份，两三口就吃完了，惹得崔小萌一个劲摇头，连称"可惜可惜"。

"李东有女朋友吗？"董培随意地问崔小萌。

"不像有，再说就他那样哪个女孩子会跟他好，他要有一丁点儿像董总都可以了！"崔小萌说完，扬起眉毛看着董培问，"董总有女朋友吗？"

"你应该问我有几个。"董培笑着说，接着问她，"李东是谁招来的？"

"应该是吴总，他那一批有好几个是吴总招的，差不多走光了，就剩李东一直待着。"

董培直起身子说："你确定吗？"

"不是很确定……怎么啦？"崔小萌有些奇怪董培的反应。

"哦，我就觉得这家伙头脑真够简单的。"董培摇摇头，掩饰道。

崔小萌说："其实头脑简单的人多了，但也没那么讨厌，他的问题不在于头脑简单，而是虚荣心特别强，而且一点自知之明都没有。"

董培觉得崔小萌的评价很中肯，但对着一个下属评判另一个下属，终归不是很职业的行为，便拿着勺子刮了一下空空的冰激凌盒，没有接着说。

崔小萌像阵轻风似的跑开又跑回来，手里多了一个冰激凌，笑吟吟地搁在董培面前。

董培觉得这个问题必须马上得到答案，便掏出手机，犹豫了几秒钟，还是拨了出去，然后站起来，指了指冰激凌，向崔小萌做了个感谢的手势，走开了。

手机响了几下，接通了，一个温软清晰的声音传进董培的耳朵："你好，董培。"

"肖菁，你好。"虽然努力克制，董培的心脏还是不争气地跳了一下，"我想请问你一件事，如果方便的话，希望你能告诉我。"

"你说。"

"你知道李东当初是谁招进来的吗？"

"吴梅。"

"哦……"董培得到了答案，却不知道往下该如何说，肖菁在那头也不说话，两人都沉默着。

董培不禁暗自奇怪平常三两句话就能把小姑娘逗得乐不可支，怎么这一招到了肖菁这儿竟然半点也使不出来，倒像个青涩少年似的羞羞答答。想到这儿，他便提高了声音朗笑两声，说："谢谢啊，肖菁，回去请你吃饭啊！"

隐隐听到肖菁在那头笑了一声，然后说："到时再联系吧，再见。"

回到桌边时，董培还在想肖菁是不是真在电话里笑了一声，是笑他蠢呢，还是别的。

"这回绝对是跟女朋友通电话！"崔小萌一看董培若有所思的表情，便断然说道。

女人这方面的直觉可真厉害！董培暗暗心虚，装作满不在乎地吃了口冰激凌，坐下来细细一想，突然觉得自己真的很可笑，作为李东的主管，想调看他的人事档案简直太正常了，那上面的面试记录都写得清清楚楚，还用得着专门问肖菁吗？其实自己就是想找一个借口跟肖菁通通话而已。

晚上董培和陈大明两人"出汗"的时候，董培收到一条短信，是崔小萌发来的，说：赶快查收邮件！

两人正在康体中心被两个女孩踩在背上，董培将短信念给陈大明听，陈大明说："不太像是什么好事。"

董培说："这肯定是一封群发邮件，不然崔小萌怎么会让我查收邮件呢？"

"说不准是人家小姑娘发给你的谈心邮件呢。"陈大明笑着说。

两人正瞎猜，崔小萌又发来第二条短信，说：你已经被提升为市场部总经理啦！董培又念给了陈大明听，陈大明赶快直起半边身子表示祝贺，差点将踩背的女孩给掀下来。

董培却感到无所谓，本来这总经理的头衔早就该得到了，被吴梅一阻挠，结果到现在才公布，而且是在自己立了大功之后，于是这早该得到的东西倒成了此次立功的奖赏了。不过这毕竟也是值得欣慰的一件事，说明他此行达到了目的，稳固了自己在集团的位置。

陈大明不知道其中缘由，见董培表情淡然，心想这兄弟年纪不大，还真像经历过些事的人，颇有点深沉机敏的气质。

"董总，这次员工打架事件，我们都是当事人的领导，是不是该出一个正式的处理意见？这样把口径给定下来，免得有人乱说。"踩了一会儿，陈大明眯着眼舒服地哼着说。

"其实处理意见你我都已经有了，就是炒掉该炒掉的人。但关于此事的正式说明，我觉得不必有，事情已经过去了，正式表态为时已晚，现在最重要的是……"董培本想说"反击"，但觉得话太重，斟酌了一下，说，"让真正应该为此事承担责任的人来承担！"

陈大明一听，连"哼哼"都忘了，转过脸看着董培。

"员工出了问题，做领导的当然是责无旁贷，但究竟应该是哪个领导承担责任？比方说这次，李东是什么样水平，相信陈总是心里有数的，这样的员工根本就不应该招进来！还有那个许进，我觉得老丁是个厚道人，但他评价许进的时候，几乎是毫不犹豫地予以否定，说明这个许进从一开始招进来就是个错误。这两个人，一个是吴梅招进来的，一个是吴阳招进来的，这其实也非常说明问题，说明我们的某些主管对业务很不熟悉，因此也无法从业务角度去鉴别人才，被一些应聘人员的表象所迷惑。你看李东，的确很敬业的样子，性格似乎也很活泼开朗，但这种愚蠢而肯干的人对业务的破坏与干扰其实是巨大的！至于许进，老丁虽然说得不多，但我看他的问题或许比李东更严重……我的意思很清楚，为什么别人种下的恶因，却要由他人来承担后果？"

陈大明已经完全听明白了，董培话音刚落，他便拍案赞道："董总，你刚才这番话肯定是本间按摩室有史以来最精彩的发言！我完全同意！"

两个按摩女孩被陈大明这番话逗得咻咻地笑，陈大明不理她们，对董培道："问题的本质是相当清楚了，但关键是如何让江总也清楚这一点。"

"跟你出来之前，我已经写了一封邮件发给吴梅，并抄送给了江总，建议本季度的总经办会关于企业文化的议题为——如何建立一支高效率的团队。按照惯例，议题的提出者要做主题发言，我的发言会深入剖析本次打架事件，让江总和所有与会者都认识到，提高集团整体员工素质关键在于把好'入口'，一旦入口出了问题，就会极大地增加管理成本。这次总经办会马上就要召开了，会议一结束我会先炒掉李东，理由就是个人能力严重不适应业务要求，何况还有打架的劣迹。"

陈大明边听边盘算，董培一说完，他便接着说："吴阳的业务我已经让人代管了，理由嘛，还得谢谢你，我担心他们跟不好那三个学校的单子，所以让另外一个非常有经验的部门经理暂时负责。下周我会安排这边另外一个副总全盘接管这片业务，吴阳我也不用炒他，干晾着他就得了！你在总经办会上的发言，我肯定会呼应你！还有啊，那个李东你小心点他，他的两个前任都想炒掉他，但最后却不得不放弃了，我了解到的情况是，李东给江总及吴梅写了一封很长的信，信里有些诸如此类的话：我觉得再待在这个部门，做一些我不愿意甚至是不忍心做的事情，有辱于我高尚正直的灵魂……吴梅是最喜欢扮演灵魂工程师角色的，自然要过问，江总哪里了解那么多细节，一看这话如此吓人，也提醒下面的部门主管要慎重。这样一来二往，部门主管看事情闹大了，也懒得承担责任，李东居然就躲过此劫了。所以说，别小看这种人，他们在公司的生存能力有时候比你我还要强呢！"

董培默然，仔细考虑了一会儿，说："不过，这次他是非走不可了。"

陈大明说："像这样的人，越早炒掉越省事，你这次让他走阻力会小得多，有两位前任给你做铺垫嘛。"

正说着，董培手机又收到一条短信，打开一看，是李东发来的，祝董培荣升总经理，以后跟他好好干，云云。董培知道他心中忐忑不安，努力巴结讨好。想到他那胖乎乎的蠢样，又觉得有些不忍。将短信念给陈大明听，陈大明半晌不作声，最后叹口气道："职场就是这样，有时候你只能就事论事，你只能让自己相信：你这样做对他也是有好处的。不过，我真的要提醒你，如今工作不是一般地不好找，像他这样的人一旦被炒，生计恐怕都成问题，你还是慎重，免得引起过激行为，那就得不偿失了。"

踩完背，两个女孩拿热毛巾敷在二人脸上，敷了一会儿，陈大明自己给揭掉了，大口喘着气说："小姑娘，你想谋财害命啊！"

那女孩看来和陈大明很熟，一边往陈大明脸上抹些油腻腻的东西，一边说："我哪敢害陈哥的命哟，借我十个胆也不敢！"

陈大明故作不快道："这话我不爱听，什么敢不敢的。"

那女孩便嗲声嗲气道："我是不舍得害陈哥，行了吧？"

陈大明哈哈大笑，挺着的大肚子微微颤动，笑了一会儿，见董培仍敷着毛巾纹丝不动，羡慕地说："老弟身体真好啊，我现在是闭不了那么久气了。"

董培隔着毛巾说："我根本没闭气，下面透着气呢。"替董培按摩的女孩见状，便把毛巾给揭了。

那俩女孩又噼里啪啦地在两人身上拍打着，董培边叮嘱"轻点轻点"边问陈大明："你是怎么跟销售干上的？"

陈大明说："当年从一家出版社出来，便去了一家软件公司，这家公司有个规矩，新入职的员工，不管学历、年龄、工作背景，必须先干三个月的销售，合格了才能转正。在出版社吃惯了闲饭，一下给这么大的压力，头两天还真有些吃不消。不过，我两周下来就全面适应了，虽然从来没做过销售，但我比那些干了好几年的普通销售强太多了！那些人只知道傻卖东西，不知道怎样吃透产品，不知道琢磨客户需求，勤奋倒是很勤奋，但都是一味蛮干，糟蹋客户资源。头一个月下来，我的业绩就在三十几名销售中位列前三，第二个月，我就成了第一名，第三个月，我仍然是第一，业绩是第二名的两倍！我本来是去应聘编辑部主任的，老板说，你学历高、知识面广，更难得的是有市场感觉和销售能力，你干脆来当销售部经理得了。从此，就干上了销售这一行，现在都快十年了。"

董培心想，青岛分公司的业绩能盖过上海、广州、深圳这些分公司，和陈大明应该有极大的关系。

"你呢？怎么和销售干上的？"陈大明问。

董培回忆了一下，说："好像和你差不多，也是无心干上销售的。我一直都比较内向，当初之所以主动要求做销售，纯粹是为了改变一下自己的性格，没想到，第一个月就干了个第一名，接下来连续几个月，月月排名第一，自己都纳闷，卖东西不难啊，怎么那帮人就是卖不出去？因为我英语不错，考过托福、GRE，所以对一些外企客户，老板总让我上，几个月后，我就当上了公司的销售总监，二十几个下属，只有三个人比我小，其余都比我大。"

陈大明连连颔首："其实销售说白了就是贩卖观点，巧妙地施加影响力，而且要有很好的形势把控能力，这些东西第一次开会我就从你身上看出来了。而且，说了你也许不信，你现在仍是个内向的人，这点改不了。"

"唔……"董培未置可否，也许陈大明是对的，记得有一次肖菁也这么说他来着。

五

有实力千万别藏着掖着

正赶上学生放假，火车票紧张，董培便带着崔小萌和李东坐飞机回京。陈大明率领几个副总亲自送到机场，这种待遇只有江总享受过，可见陈大明十分看重董培。

候机厅，董培拿着本书在看，崔小萌和李东正争论着什么，好像谁也说服不了谁，崔小萌跑过来让董培做个评判："董总，你觉得男女之间的交往质量的高低取决于技巧还是自然而然？"

董培把这句话在脑海里倒腾了好几遍才明白，问："这就是你们争论的话题？"

李东也凑过来："崔小萌硬说是自然而然，说技巧只会让人讨厌，而且女人一眼就能看出来技巧。"

"你真是这样认为的？"董培问崔小萌。

崔小萌点点头："差不多吧。"

"那你找只大猩猩做男友好了，它最自然而然。"董培说。

李东大笑，崔小萌扭头就要走，董培抓住她的胳膊："讨论问题的时候可不许赌气啊。"

崔小萌坐在旁边，拉着脸，好像真有点生气。

"这样吧，我给你们现场表演一下，我就在这个厅找个漂亮小姑娘套套词，你们自己来评判，行吧？"董培说。

崔小萌一听立即眉飞色舞，连声说好，李东有些不信。

董培放下书，站起来找个金属柱子照了照，稍事整理，然后径直走向十米开外一个长发披肩的女孩，这女孩也正捧着本书在看。

崔小萌和李东见董培说干便干，两人伸长了脖子，张着嘴看着董培的一举一动。

"你好！"董培说。那女孩抬头看了一眼董培，回了句"你好"。

董培顺势在她对面坐下："我刚才一直看书来着，后来我想不如找个看着非常顺眼的人聊天更易于打发时间，而且更轻松，我建议你也这样做。"

那女孩打量了董培几秒钟，笑了笑，居然合上了书。

"我叫董培，在北京一家软件公司做事，你怎么称呼？"

那女孩也报上了自己的名字。

"很高兴认识你。"董培向她伸出手，那女孩也伸出手，两人握了一下。

崔小萌见两人握手的一刹那，赶紧捂住嘴，免得叫出声来。李东瞪着眼睛，艳羡不已。

董培和那女孩足足聊了半个小时，直到那女孩不得不去登机，董培一直将她送到登机口，两人卿卿我我，俨然一对情侣，就差拥抱吻别了，进了登机口，那女孩还频频回头向董培微笑挥手。

董培回来后，李东倒像是受了刺激，满脸通红，兴奋不已。崔小萌一脸不以为然，淡淡地说："人家就看你长得帅而已，要不才不会理你呢。"

"我帅吗？"董培摸着自己的脸说。

"你是不是经常这样啊？"崔小萌问。

"经常哪样？"

"就这样和女孩子搭讪。"

"几乎从来没有过。"董培说。

"我才不相信呢！"崔小萌大声说，"李东，你觉得像吗？"

李东正在走神，含混不清地应了一声。

"你为什么不相信呢？"董培问她。

"瞧你那副老练的样子，至少有一百次了！"

"真的吗？"董培转过身把背亮给崔小萌，"是不是湿透了？"

崔小萌摸了摸他的衬衣，果然湿透了。

"这像一百次的样子吗？"董培问。

崔小萌有些发愣，摇了摇头。

"我现在算是好多了。最早做销售时，我总不敢打陌生电话，见了客户就脸红，后来深刻反思了一下，觉得就是自己脸皮太薄了，于是我想了个办法，在办公楼上下电梯的时候，只要有人在旁边，我必定鼓起勇气跟他或者她聊两句，开始别人还以为我是神经病呢！有一次，周末加班的时候，办公楼里一个非常漂亮的混血女孩和我一块儿坐电梯，我挣扎了十几秒钟，直到快下了，才终于对她说：'你好，我是19层的，有空过来聊聊天。'你猜怎么着？她灿烂地一笑，说：'我是22层的，为什么你不能过来呢？'好玩吧？反正经过这样的练习，我倒没把脸皮练厚，每次搭讪总得出一身汗，但我发现我的搭讪成功率好像极高，几乎没有败绩，这是一种对自我的全新认识，也是一种自信心的建立。于是，我努力把这种成功率复制到了销售工作中。"董培回忆道，"但那一个月电梯搭讪训练，几乎把我这辈子该搭的讪都搭完了，后来我的脑海中还真没有过找女孩搭讪的记忆，今天算是特意给你们表演了一次。"

"那你觉得哪个更重要？"崔小萌沉默了半晌，问道。

"什么？"

"技巧和自然而然，在搭讪中哪个更重要？"

董培说："应该是技巧，而且肯定也有技巧，刚才你不都看到了吗？"

"可我什么技巧都没看到，我看到的全都是自然而然，这女孩从一开始就对你有好感，所以你跟她说话、交换手机号、送她登机、挥手道别，一切都是自然而然的事，我可没看到什么技巧。"崔小萌坚持道。

"嗯……"董培沉思道，"也许你说的是对的，现在不是有人批判所谓的'销售帝国主义'吗？就是反对把商业生活中的销售技巧扩大到所有的社会交往中，事实上，很多人与人之间的交往是应该排斥技巧的，大家彼此真诚面对就足够了。"

崔小萌这时眼睛一亮，董培循着她的目光看去，原来是一个漂亮女孩拖着一个旅行包走进来，坐在不远处。

崔小萌怂恿说："董总，你再去搭搭讪吧。"

董培板起脸："你还有瘾啊！"

李东站起来，咳了咳，说："我去跟那女孩套套词！"

董培和崔小萌都吃了一惊，不知道是该鼓励还是劝阻。李东一副极有把握的样子，像做培训前那样踌躇满志地做了几下深呼吸，也学着董培去金属柱照了照，然后径直走向那个女孩。

董培看着他肥壮的背影，预感马上就要出现惨不忍睹的一幕，起身对崔小萌说："你看着行李，我去一下洗手间。"不等崔小萌答话，一溜烟地走开了。

董培去洗手间虚转了一圈，又去机场书店待了一会儿，回来时，那女孩已经不见了踪影，李东表情木然地坐在原来位置上。崔小萌见了董培，也不说话，没好气地瞪了他一眼。

董培装作什么也没发生过一样，过了几分钟，才瞅个空当悄悄问崔小萌："怎么样？"

崔小萌看了一眼李东，耳语道："死得很难看。"

"怎么会难看呢？"董培纳闷道。

崔小萌没回答，又偷偷看了一眼李东，才对董培说："你跑得倒快，害我一个人在这儿难堪！"

董培又追问了几遍，崔小萌才告诉他刚才发生了什么：李东走过去，很夸张地做了个邀请姿势，把对方吓了一跳，然后他也不坐下，就站在原地对着那女孩滔滔不绝地说。"你猜怎么着？"崔小萌问董培，然后又自己答道，"那女孩愣了一会儿，从兜里掏出一块钱硬币给李东！"

董培哑然失笑："然后他就灰溜溜回来了？"

"回来就好了！"崔小萌悄声说，"他竟然把这一块钱接过来捏在手里继续说，刚好一个机场保安路过，那女孩一招手，保安过来要轰李东，我一看要坏事，连忙跑过去说'这是我同事'，把他拉了回来，这才解了围。"

"他跟那女孩说了些什么？"董培好奇地问。

"不知道，要不你问问他？"崔小萌也很好奇。

董培看了看李东，摇摇头，对崔小萌说："我们以后不要再提起这件事，对任何人都不要提起。"

三人一路上无话，下了飞机，崔小萌打了辆车先走，李东这才有些恨恨地说："崔小萌真是多事！"

董培问："怎么了？"

李东说："如果不是她上去硬拉我回来，我早就搞定那女孩了。"

董培气得脸色铁青，刚好叫的车过来了，董培钻了进去，冷冷地冲李东点点头，连"再见"都懒得说。

第二天，董培刚在办公室坐定没几分钟，江总便面带微笑缓步踱了进来，后面还跟着个又高又瘦的老外。这老外灰白头发，架着副眼镜，大约五十多岁，很有学者派头。"董总，辛苦了！"江总向董培伸出手。

董培连忙站起来，笑道："为人民服务，为人民服务。"

江总大笑，回头对那老外说："这小伙子相当有意思吧？"那老外显然听不懂两人在说什么，但仍然得体地微笑点头。

江总指着老外对董培道："你们自己认识一下吧。"

董培便用英语问候那老外："Nice to meet you."

老外道："Nice to meet you."

"My name is Peter, may I have your name？"

"Michael, Michael Kinney."

接着董培又问他来北京多久了，是否习惯中国的生活等等，董培听他说了几句，觉得他和自己的一位美国同学口音极其相似，便试探着问他是否来自明尼苏达州，Michael 不可思议地双手抱头，不敢相信在中国居然有人能听出他的口音来，连呼："Amazing！ Amazing！"江总见董培三言两语把 Michael 撩拨得如此开心，自然也很高兴。他不懂英语，听董培说着英语觉得就很棒。

"江总，这位 Michael 是您的朋友？"

"我从来不带什么朋友进办公室。"江总正色道，"麦克是我们的合作伙伴，我们已经和美国最大的互联可视系统生产商 CIE 公司签署了战略合作协议，我们两家公司将进行深度技术合作，明年，最迟后年，我们的产品将会进军美国！"

Michael在旁边用蹩脚的中文一字一句说道："中国和美国脱钩，是不可能的！"

江总哈哈大笑："Michael啊，你回去好好宣传宣传，大家和气生财，不要跟钱过不去嘛！"

吴梅在办公室门口探了探头，亲切地笑着向董培挥了挥手，董培装没看见，对江总说："美国在互联可视设备上的技术优势其实不如从前了，某些方面甚至还不如中国公司，我觉得与CIE合作更应该利用他们在美国的营销渠道。因为教育市场毕竟存在一定的特殊性，而且美国社会对于隐私保护又特别重视，CIE显然比我们更懂这片市场，而且也更容易获得客户信任。"

"我还是第一次听说跟美国公司合作不要他们技术！董培，你这个看法很新鲜呢！"江总四下看了看，有点想长聊的意思，董培便拖了把椅子让他坐下，Michael见状，也顺手拖了把椅子坐了下来。

"美国的教育是开放式的，很多中小学甚至连教材都没有，学生成天参加社团活动，搞田野研究，跟国内的应试教育区别还是很大的。CIE的技术再先进，也是为了满足那种需求，跟我们对接的地方不多。但是话说回来，针对开放式教育的管理系统反而要求更高，这里头的技术他们是顶尖的，其中肯定有借鉴的地方。"

江总脸色有点严肃，缓缓地点了点头，说："这个问题很重要，涉及公司下一步的战略，有必要开会讨论几次。"

大家都点头称是，江总又跟大家谈论了一阵，带着Michael走了。

江总刚出去几分钟，吴梅进来了，亲切地对董培说："Peter，出差辛苦啦。"

董培也不起身，同样亲切地回答："不辛苦，谢谢关心。"从出差回来进入办公室的那一刻起，他就决定对吴梅这种首长关心群众式的亲切采取不卑不亢的态度。

吴梅见董培也不站起来，笑容比她还"首长"，心里很不舒服，却又说不出什么来，聊了几句，便转身走了。

新海集团这次季度总经办会显得特别隆重，离会议还有好几天，全公司的人都动员起来了，所有部门主管和业务骨干都参加，所有分公司的正副总经理及部门主管也被要求参加。但真正知道这次会议目标的人却寥寥无几，董培算一个，那是肖菁通过非正式途径告诉他的，再加上自己的一点揣测，但从来没有人正式告诉他此次会议的具体议程。

　　知不知道会议议程本不是什么了不起的事，但董培却感到不安，这几天吴梅频繁地出入江总办公室，几乎每次出来都会有一通关于会议的通知出台，董培相信吴梅正用自己的方式全力影响江总的人事决策。董培寻思，要么不玩，要么玩到底！既然已经卷入到旋涡之中，就必须清楚地了解一切信息，这样才不至于被突然而起的暗流给吞没，虽然照目前的形势看，被吞没的可能性几乎为零，但他不想再呛一口水。

　　他借着谈业务的机会约见了江总，江总刚接完陈大明电话，正对公司前景充满乐观，董培见他高兴，便说："江总，下半年就要到了，按规律，公司产品下半年的销量要数倍于上半年，所以打好今年的秋季会战对全年的业绩至关重要，甚至对明年乃至后年的业务发展也非常关键。既然您已经下命令了，弟兄们肯定玩命往前冲，不过，希望江总先帮我们备好人马粮草啊。"

　　"这个没问题，你先说你需要什么吧。"江总坐下来，端起手中的茶杯抿了一口。

　　"首先，公司最近新推出的教学管理系统引进了CIE的一些先进理念，必须在两个月内完成本土化的改造，并依据市场要求在技术上做相应的调整；其次，相关的宣传材料与产品包装也应同时启动，在产品改造完成一周后也必须完成；最后一点，团队建设现在就应该开始！我们现在还根本不具备一支与竞争对手相抗衡的销售队伍。据我了解，以前我们这边的销售都是由人事部门遴选过后，再由吴总面试决定是否录用，部门主管的意见仅作参考，这样做最大的问题在于：也许录用的确实是好员工，但并不一定是好销售。像我们这种教管系统产品的销售必须对产品、对教育本身都有相当透彻的了解，但如果面试官本人都不了解业务，他又如何能够判断出应聘者是否合乎业务的需求呢？"董培说。

"李东是谁招的？"江总冷不丁地问。

董培心想江总这个问题简直来得太是时候，自己不用绕就谈到李东的问题上来了，便答道："吴梅吴总招的。说来也蛮有意思的，这次青岛出差，李东和一个叫许进的分公司员工打架，后来我们才知道，许进是吴阳招的，大家都开玩笑说，怎么自己家的人打起来了？"

江总不动声色地"嗯"了一声，他才知道打架的员工都是由两个姓吴的招的。刚才吴梅在他办公室待了一个小时，谈的内容基本上都是与团队建设和领导班子有关，谈到了好几个人，言语中对董培的团队管理能力提出质疑，自己印象中好像也是董培业务能力突出，人聪明，团队管理能力相比之下似乎不那么突出，但自己并没认真考察过，而且他也隐隐觉得吴梅对董培的负面言论略有些多。

"董培啊，你觉得如何才能带好一个团队？刚好 Michael 也在这儿，一块儿听听。"江总端起杯子闻了闻茶香，一副放松聊天的样子。

董培意识到这可能是他加入新海以来最重要的一次谈话，表面上也是轻松随意的样子，心底里却丝毫不敢怠慢，略加思索后说："一个团队的战斗力很大程度上取决于这个团队的领导，所以，如何建设一个优秀团队的问题实际等同于如何成为一个优秀的团队领导。我觉得一个团队领导最重要的素质是坦诚，这种坦诚是建立在自信基础上的坦诚，因为自信，他才不必滥用技巧和权术，他也不害怕别人的质疑与否定，能够以一种开放的心态对待工作中的问题。另外，这个团队领导还应该是一个'好人'，这个好人不是逢人便笑的老好人的意思，而是 Honest——诚实，Fair——公平，Integrity——正直，如果一个团队领导做不到这几点，无论他多么刻意地使用管理技巧，无论他多么努力地树立自己的领导形象，他仍然成不了一个优秀的领导。"

江总凝视着董培，似乎要判断这些话是出于他真正的内心感悟还是鹦鹉学舌而已。董培听 Michael 的专职翻译 Stella 把他这段话翻译得过于简略，便用英语重新对 Michael 讲了一遍，Michael 频频点头，说："Good talk，Peter."

董培又结合项目的运作，着重讲了一下团队协作、人员管理、绩效评估等方面的问题，并举了几个以前工作中的实例来进行论证。

江总听到半路，突然问董培："你在以前的公司，手下有多少人？"

"三百多人吧。"董培答道。

"这么多！"江总大为惊讶，这些自己以前竟然都不知道，暗想果然是"七步之内，必有芳草"，自己向来求贤若渴，却差点忽略掉眼前这个英气逼人的年轻人，这样的人才，是很难屈居于吴梅之下的，更何况两人的管理理念天差地远。他沉吟着坐在宽大的老板椅上，办公桌上的电话响了好几声才拿起话筒。

"江总，我是陈大明，报告一个好消息，上次向您汇报的三所学校今天全部签约成功，首批回款一周内就会到账。由于这三所学校全部是重点学校，对其他学校有很强的示范作用，现在三所学校一齐签约，对其他学校，甚至对当地教育部门的震动都很大，现在我们这边不断接到咨询电话，很多学校主动要求我们上门演示产品……"

江总眯着眼睛听着，脸上带着若有若无的微笑，办公室的其他三人从他脸上根本看不出他正在听一个十分重大的消息。听完陈大明汇报，他放下电话，说："行，今天就谈到这儿。董培，你按照你的思路把方案进一步深化细化，现在我们需要一个可操作的具体行动计划。"

六

你不玩政治，政治就玩你

董培终于确信自己牢牢地将主动权攥在了手中，他断定江总肯定会让他来负责这个重要项目，后台的技术开发与服务支持可能是Michael和一位本土主管共同负责，至于市场销售方面的工作，应该是由自己来主导。

这时候他才有心思考虑别的事情，是不是该请肖菁吃顿饭表示感谢？他给肖菁发了一条短信，问：这个星期忙吗？等了整整一天，肖菁却一直没有回复，董培不禁有些气馁，或许他对肖菁的那种若有还无的特殊感觉原本就是虚幻的，他们之间并没有自己想象的那种男女间的默契，他不过是一厢情愿罢了。

晚上十点多钟，他终于收到了肖菁的回复：对不起，我今天忘带手机了，什么事？

董培比中了大奖还高兴，摧花神功也自动附体，立即回复道：兹定于本周四晚七点整于亚运村云州西坡酒家略备小酌，不成敬意，恭请肖大小姐赏脸为盼！

屏息等了半分钟，肖菁回复道：呵呵，好啊。

董培大喜，又发了一条短信过去：我到时去你公司接你，不见不散！

兴奋了十多分钟，董培才渐渐平复下来，躺在床上认真考虑了一会儿为什么自己对肖菁那样在意，总结出了几个原因，第一，虽然对女人的漂亮每人都各有观点，但肖菁的容貌与气质是为大家所公认的，恐怕这也是她不容于吴梅的一个重要原因；第二，肖菁性格沉静却不沉闷，为人处世热情又不过火，尺度总是拿捏得那样好，而董培觉得这更多的是出于天性，因此肖菁在他眼里分外有吸引力；第三，虽然董培多次警告自己不要自作多情，但肖菁似乎对自己也颇有好感，跟自己说话时眼神中总是带着浅浅的笑意……

总结到第三点，董培心里又不踏实起来，拿起手机翻来覆去地看肖菁给自己回的短信，好像要找出一点"浅浅的笑意"来。

正在傻找，又一条短信过来，董培忙不迭地打开看，却是崔小萌发过来的，说：董总，我突然感觉头很晕，还有点想吐，明天我不过去了，向你请个假。

董培回复道：OK，好好休息。

冲完澡，董培躺在床上即将睡着的时候，脑海里闪过一个念头：崔小萌其实明天请假也完全来得及，她的目的也许不只是请假呢，如果肖菁给自己发这么条短信，他肯定会一跃而起冲出门送肖菁上医院了。

集团上下都感受到了此次总经办会的分量，虽然大家都保持着职业的态度不去公开讨论，但各自都心中有数。董培突然感觉周围的笑脸多了，叫"董总"的声音也亲切热情了许多，唯独吴梅的热情度减了不少，言语之中也没了亲切关怀之意，让董培心情十分畅快。他知道这是一个利好的迹象，说明吴梅再也不拿他当下属去"爱护"了。

既已成竹在胸，董培刻意低调，将精力都放在研究竞争对手上面。新海目前最主要的竞争对手有两家，一家叫金思德，一家叫鸿宇，这两家起步较晚，但得到了几家教培巨头的注资，对标新海，追赶起来不计代价。他听说这两家公司目前在教学管理系统方面进展迅速，明摆着就是要在这块新领域赶超新海。

董培听到这些消息，心里有些焦急，他知道这是块有潜力的业务，一旦失去先机，要赶上去便很难，秋季的销售高峰马上就要到了，一切尚未启动，偏偏这边还在筹划什么总经办会，让一些只懂政治、不懂业务的人大行其道。依董培的想法，教学管理系统的开发与推广在下一分钟就可以立即展开，项目进度表应该高挂在办公室墙上，每天的工作都应围绕进度紧张进行，每周都要开一次项目例会，每天也要开项目讨论会，保证各项工作严格地按计划推进。

焦躁了半天，董培还是努力让自己平静下来，把部门的几个人召集到会议室，先不跟他们说教管系统的背景，只是简单描述了这个产品的基本特征以及针对的市场，将一些市场调研方面的工作分派了下去。看崔小萌能干，董培让她做最关键的工作——潜在市场分析以及客户名单收集；另外一个叫华伟的小伙子，董培看他之前在几家公司待过，估计他认识不少人，便让他了解一下竞争对手的情况；还有一个叫司莎莎的女孩，董培叫她协助两人查找资料；剩下李东无事可干，董培费劲想了一会儿，让他与广告设计公司联系一下设计制作宣传材料的事宜。

董培心里烦躁，面上还只能装作没事的样子，因为你这时候着急上火，人家可不领情，只会说你权欲熏心、急不可耐。布置完工作，董培稍稍放心了一些，走到 Michael 办公室，Michael 正在电脑上倒腾什么东西，见董培在门口，连忙招呼他进来坐下。

"你好像有心事，Peter。" Michael 说。

董培赶紧搓了一把脸，笑着说："你的眼睛真厉害。"

Michael 认真地说："你不用如此烦闷，Peter。虽然我并不知道你烦闷的原因，但我想你仍然可以用良好的心态去应对。"他指了指身后墙上挂着的一幅画，"你能看明白这幅画是什么吗？"

董培仔细看了一会儿，说："好像是一片荒漠，远处还有一个人奔跑的背影，没穿衣服。"

Michael 问："知道那个人是谁吗？"

董培心想，我怎么知道那个变态是谁，但这话肯定不能说出来，便摇摇头。

Michael 说："那是我。当时我在澳大利亚南部参加一个极限活动，要求所有参加者必须脱光衣服，什么也不能携带，横穿一片 30 公里的荒漠，并且必须在荒漠中独自待一个晚上。那天晚上，我独自待在荒漠中央，又累又饿躺在地上就睡着了，早上醒来时，发现身上密密麻麻爬满了澳大利亚独有的一种毒蝎，这些蝎子全都安安静静趴在我身上，其中任何一只蜇我一口，我就会立即没命。我知道如果惊动它们，那我就死定了，于是我告诉自己千万不要惊慌，继续躺在地上，对着它们开始说话。我说我结过两次婚，有三个孩子，一个男孩、两个女孩，我告诉它们我是个美国人，很抱歉跑到澳大利亚来打扰它们，但我的确很喜欢澳大利亚……我说着说着，竟然又睡着了，当我再次醒来时，身上的蝎子全都走了，我活着站起来，穿过了那片荒漠。"

董培完全被吸引住了，听得入神。

"你看，"Michael 很满意董培投入的样子，话锋一转，"很多麻烦事，我们其实可以用非常简单的方式去化解，无论何种情况，惊慌、烦闷、生气都是最不可取的方式。"

"谢谢你，Michael，这是我在新海最有收获的一次谈话。"董培道。

两人的话题随后又转到了业务上，董培发现 Michael 对中国这片市场的特殊性还很不了解，便耐心地给他讲了一遍，Michael 听得饶有兴趣，问了几个问题，董培给予了解答，并称赞他的问题很有水平。Michael 也给董培详细讲述了教管系统的优势劣势，谈到酣处，董培顺便解释了刚才为什么有些烦。

"我理解你的焦虑，"Michael 听了，沉思了一会儿，直接问道，"我可以为你做些什么？"

Michael 的坦诚让董培很感动，便也直截了当地说："我希望你能够影响江总，告诉他这个项目马上应该启动，而且……我希望由我来主导教管系统的市场推广工作。"

Michael 蓝灰色的眼睛深深看了一眼董培，说："You have my support（我支持你）！"

总经办会的具体时间终于公布了，下周六上午在江总郊外的私人山庄内举行，这则公告通过邮件群发给了所有员工，半小时后，另一则公告又发给了所有人，内容是成立一个专门的教管系统推广小组，由董培任组长，从即日起开始进行项目运作。

这两则公告放在一起，不可避免地让人产生联想，董培首先收到的邮件来自崔小萌，里面是一连串的"祝贺"，董培给她回了一个邮件：低调。

总算得到了尚方宝剑，董培第一个念头竟然是炒掉李东，但他克制住这种冲动，刚得到一个新任命就开始砍人，看上去总不大对劲，再说，如今的就业形势严峻，在公司营收不错的情况下开人，有点不人道。

董培按时间顺序倒推了一下该做的工作，发现不管怎么推顶多也只有两三周的时间来建立一支销售队伍，不禁吓了一跳，立即叫崔小萌放下手头工作，按照自己要求写了几份职位描述，让人事马上发到各大招聘网站上去，并特意嘱咐人事务必将所有简历都发到他邮箱。

"所有吗？"人事部的小邢吃惊地睁大眼睛问。

"是的。"董培说。因为肖菁的关系，再加上她曾经帮过自己的忙，董培对小邢多了一分客气。

"那好吧，不过现在好多人在找工作，你一天有可能收上千份简历呢。"

"没关系，我待会儿给你发个邮件，设定几个条件，你按条件筛选一下，估计可以淘汰掉百分之九十的不合格简历。"

"那还有上百份简历呢！"

董培笑了笑说："没事，我一分钟可以过一份简历。"

小邢打量了几下董培，见他将这么一个艰巨任务如此轻描淡写，心想这人果然和别人不太一样，这家公司恐怕也只有他能让肖菁高看一眼了。

"按照流程，我先将职位需求交给与我们合作的招聘网站，对方审核、报批，然后制作页面、发布，第一批简历发过来，最快也得两天时间。"小邢说。

董培想了想，问："加一些钱是不是可以提前一点？"

小邢点头道："是，可以提前一天。"

"那就这么办吧。"

考虑到大规模招人有些扎眼，董培事先向江总作了汇报，阐明建立一支销售队伍的迫切性，江总还没听完，比董培还要着急，连连挥手说："招！马上招！"董培顺势又谈到团队建设也意味着必须有优胜劣汰机制，不合格的必须淘汰，才能保证团队的战斗力，江总也表示认可。

董培对这批销售人员的要求比平常要高不少，因为教管系统融入了新理念，算是一个新产品，加上功能复杂，又没有成形的可借鉴的销售模式，对销售来说，除了通常的与客户沟通、接触、说服的能力外，还必须具备一定的文案与策划能力，迅速发现并准确描述出客户需求，反映给技术服务部门，然后再将新方案反馈给客户，这样才能抓住客户的心，让客户相信公司的研发实力与服务水准。但这样的销售何其难求！

虽然早有思想准备，但第一批简历数量之大仍然让董培吃了一惊，不得不再让小邢多设置几个筛选条件。小邢将筛选后的二百份简历发过来，董培筛了一遍，值得面试的寥寥无几，董培叫小邢安排好时间，亲自进行第一轮面试，但只有一个谈满了五分钟，其余的都是刚交谈几句，董培便借故出去，让崔小萌将人给打发了。

"天哪，我看简历里面还有好多硕士博士，另外还有几家头部大厂的员工，薪水要求低得让人心酸，就业市场好冷呵！"崔小萌说。

董培想起自己当初找工作的艰难，只有暗暗感慨的份，他翻着桌上的简历说："一边是用人单位找不到合适的人，一边是千军万马的求职大军，这景象很诡异……"

第二批简历经严格筛选后，小邢发来了一百多份，董培让崔小萌帮忙挑了一下，共有十来个人参加面试，董培让崔小萌和人事一起进行第一轮面试，如果有不错的，立即叫他过去。

崔小萌面试到第六七个的样子，兴冲冲地过来对董培说："来了一个挺棒的！"董培拿过简历扫了一眼，随她到会客室。一个看上去精精干干的小伙子正和小邢聊着，见董培进来，那小伙子要站起来打招呼，董培示意他和小邢继续聊，自己坐在一边听。

小邢正问些常规的问题，这小伙子回答得滴水不漏，听不出任何破绽，崔小萌看着董培，眼神中好像说：我看得没错吧？

等小邢问得差不多了，董培瞅了一眼简历："张思文？"张思文点头道："我是。"

崔小萌介绍道："这是我们负责市场和销售的总经理，董培。"

"董总您好！"见正主终于到了，张思文立即把所有的注意力都集中在董培身上。

董培随手拿起桌上的那部黑乎乎的西门子电话机，推给张思文说："给你两分钟的时间思考，然后请你将这部电话机卖给我。"

崔小萌和小邢对视了一眼，都觉得有些新鲜，张思文凝神思考了一会儿，吸了口气，把电话推到董培面前，开始介绍这部电话的功能、优点等等，董培等他说完了，问："多少钱？"

张思文说："六百块。"

董培断然说："太贵了！能打折吗？"

张思文迟疑了一下，说："如果您真要购买的话，可以九折优惠。"

"对不起，我们暂不需要。"董培冷冰冰地说。

张思文无奈地笑了一下，仍很客气地说："谢谢您，董总，如果您什么时候有需要，我们再联系。"

董培接下来不说话了，张思文也等在那儿，沉默了半晌，董培突然说："怎么，结束了？"

张思文语气中明显没有了刚才的自信，声音低低地说："是的，结束了……"

董培把电话机放到原位，说："还不错！对产品的描述简明精确，也总结出了几个有吸引力的卖点。"本来有点绝望的张思文听了，脸上微微泛出一丝感激的红光。"但是，有几个非常致命的问题！"张思文一听这话，脸色又有点发白。

董培见他脸色变来变去，不觉暗暗好笑，说："第一个问题，你既不自我介绍，也不和客户寒暄，也不问问客户需求，上来就风风火火地卖东西，恨不得把销售两个字顶在头上。但你要知道，这样只会加重客户的抗拒和防备心理，增加你销售的难度。第二个问题，这部电话明明八百多块钱，你却用六百块钱就给贱卖了，还九折！怎么，难道你这么害怕客户被你的价格吓倒吗？你对自己的产品这么没信心吗？第三个问题，你太轻易地就放弃了！我一说不要，你立即就偃旗息鼓，鸣金收兵，你就不能问问我为什么不要吗？你就不能再另外推荐一款产品吗？"

张思文额头上已经冒出细细的汗珠，紧抿着嘴唇，董培说一句，他便点一点头。

"还有，你为什么不能放松些呢？脸一会儿红，一会儿白，一会儿还冒虚汗。"董培有意缓和了一下口吻，笑着说。

崔小萌和小邢都忍不住扑哧一笑，张思文也笑了，屋内的气氛一下子又轻松下来。

"谈谈你对于做市场的理解可以吗？"董培继续问道。

"哦，刚才邢经理也问过我这个问题。我觉得做市场，无非就是十二个字：发现需求，满足需求，巩固需求……"张思文侃侃而谈，旁边小邢也点头认可。

"我问的是你自己对于做市场的理解。"董培打断说。

张思文困惑地看了一眼董培，又看了看小邢，小心地说："我是在谈我对做市场的理解……"

"那是菲利浦·科特勒的理解，看来你的观点和他的完全一致？"董培微笑着问。

张思文脸上又是一阵红，狼狈地笑了笑，不知如何开口。董培看着他说："张先生，我想听的是你的观点，你从做市场和销售的实践中得来的观点，而不是一个标准答案，更不是鹦鹉学舌。"

张思文低头沉默了几秒钟，然后抬起头说："那我就谈谈我个人的观点？"

"当然！"

"在我看来，做市场说白了就是想方设法干掉对手，干掉了对手，就会赢得市场，赢得客户。"张思文说，语气中少了些过分的客气，多了些坦然与随意。

"妙极了！"董培狠狠地夸了他一把。

又聊了几句，董培看了一眼他的简历，问："你是哪的人？"

"河南洛阳。"

"嗯，"董培沉吟了一下，说，"有人说：防火，防盗，防河南人。

你怎么看？"

旁边崔小萌和小邢都吓了一跳，观察着张思文的反应。

张思文难免有些懊恼，但还是不失风度地说："不管什么地方的人，都有好有坏，我管不了别人，但我会用自己的努力为河南人正名。"

董培点了点头："张先生，请不要介意这个问题，我只是想看看你的反应，事实上，我很尊重河南人，我在大学的导师就是河南人，他是我这辈子遇到的最好的人之一。"

张思文明白过来，会意地笑道："没关系，董总的问题真是个个尖锐啊！"

董培起身，说："今天先谈到这儿，有消息我们会一周内电话通知你。"说罢和张思文握手道别，回到自己办公室。崔小萌一路跟进来，满脸笑容地看着董培，也不说话。

"想表达什么，就直说吧。"董培道。

"我想表达一下对董总的敬佩之情，如滔滔江水连绵不绝。"崔小萌嬉皮笑脸地说。

董培没理她，看了一眼手机，说："这个张思文可以列入候选名单，辛苦你继续进行第一轮面试，注意把好关，他们中间会有人成为你的同事。"说完，突然想起一件事，问崔小萌道："你病好些了吗？"

"天哪！"崔小萌嚷道，"我总算得到问候了！感激之情如滔滔黄河水一泻千里呀！"

董培有些不好意思，笑道："这几天事太多了，改天请你吃饭。"

短短两周的时间，董培等人掀起了一轮"招聘风暴"，收到了几万份简历，筛选出一千多份，大大小小面试了上百人，最后挑中了六七个还算不错的。吴梅忙着张罗总经办会，也无暇过问此事，或许她也意识到自己已经无权过问董培这边的事务。小邢对董培雷厉风行的做事风格十分欣赏，说："这批招聘过来的人都称得上精兵强将，能通过董总的面试就是本事！"

董培盘算了一下，这些新招聘的人加上自己原来公司那几个能力强的老部下，应该可以组成一个能打点硬仗的团队了，但他心底并不是很踏实。虽然这些人也算是百里挑一，但没有一个真正重量级的领军人物、一个身经百战的沙场猛将，此人有在最关键的时刻出奇制胜的本事，而且做人有原则、有底线，这样的人才有资格、有实力成为董培理想中的搭档。不过董培自己也明白，这样的人是可遇不可求的，某种程度上只能靠缘分。

周四一大早，董培就在云州西坡订了个席位，本想发条微信提醒肖菁别忘了晚上的饭局，又觉得这样未免太急切，便忍住了没发。不料十点来钟的时候，肖菁发过来一条微信，说今天晚上要加班，不能赴约，改天再聚。董培极度失望，只得装作若无其事地回复道：没关系，你忙你的。

董培情绪低落得自己都看不起，要不是上次 Michael 的开导言犹在耳，他恐怕好几次就要无缘无故地发火。不过，当他看到桌上那一摞厚厚的求职简历时，心情顿时平静了，也谦卑起来：在生存面前，一切烦恼都是过眼烟云。

面试的间隙，董培想到自己居然对一顿晚饭的得失如此在意，却并不觉得自己可笑，好像应该如此似的，照理应该有些恨肖菁，却偏又一点都恨不起来，浮现在眼前的仍是肖菁姣好面容上浅浅的笑意。

陈大明打来的电话让董培暂时搁置了晚饭的事。陈大明自然先是祝贺了一通，又问了一下新产品的情况，董培跟他简单讲了一遍，陈大明也认为这个产品的市场潜力不错，但竞争肯定会相当激烈。聊了一会儿，陈大明的话题转到总经办会上来，问总部最近有什么新动向。

"我感觉你很快不用过牛郎织女的日子了。"董培想了想说。

"什么意思？"陈大明的声音明显有点急切。

"我分析新海的业务架构，总部这边缺一个管理各地分公司的副总裁，我跟江总谈过几次，他好像也有安排这么一个职位的意思，我想整个新海集团没有人比你更合适了吧。"

陈大明心跳有些加速，这是他最期盼的结果，一方面结束两地分居之苦，一方面进入新海的核心管理层，但他心里又发起虚来，江总怎么会跟董培谈到这个话题呢？难不成江总有意让董培担任这个职位？

"董总，江总谈到这个职位设置的时候，是怎么说的？"陈大明问道。

"他没有明确谈过，但对分公司各自为政的局面表示了担忧，提到如果有一个业务强、人品正的人来管理这一摊子事，应该会有起色。"

陈大明心里更没底了，听上去江总就是要让董培来担任这个职位，便笑道："其实以董总的能力，还有你在江总心目中的地位，你来管这摊子事也是蛮合适的。"

董培一愣，突然明白了陈大明的心思，连忙澄清道："我已经分管教管系统项目了，不可能再有精力做这事。再说了，整个集团没人比你更适合担任这个职位，江总也说，最好从分公司中间选一个人来担任这个职位，除了你还能有谁呢？"其实江总并没有这样说过，但为了宽陈大明的心，董培临时编了出来。

"哎，哪里哪里！既然在这里做事，就听从老板吩咐呗。"陈大明放下心来，轻松地笑着说，"最近吴总没关怀你吧？"

董培也笑道："还好，虽然没有明确宣布，但现在我是直接向江总汇报，不用经过她，她想关怀也关怀不上。"

"还有人拿上次员工打架说事吗？"

"有也不怕，"董培轻松地说，"反正江总已经知道这俩人都是姓吴的招的。"

陈大明在电话那头笑了，又聊了聊那三个学校项目进展情况，董培听他的描述，好像已经借着机会彻底将吴阳给"边缘化"了。

崔小萌在办公室门口招了招手，董培对陈大明说："我这儿又有个面试的来了，改天再聊吧。"两人互道保重，挂了电话。

一直忙到下午四点多钟，也没数到底面试了多少人，董培有点疲倦地坐在椅子上喘口气，问崔小萌还有几个，崔小萌看了看手中的名单："只有一个了，看简历好像一般般，估计不用你亲自出马了。"

手机"嗡"了一声，有人发来了短信，董培坐在原地懒得去看，过了几分钟，手机又响了一下，董培挨了一会儿，才拿起手机看是谁发的短信。刚看一眼，便从座位上弹了起来，两条信息都是肖菁发过来的，第一条说：我把事情往后推了推，不用加班了，晚上你安排别的事情了吗？第二条说：如果忙，那就算了。

董培赶紧给肖菁打过去，刚接通，不等对方说话，董培便忙不迭地解释："肖菁，对不起，刚才一直在面试，没看到短信。晚上没问题，我已经订好了位置，下班后我过去接你。"

电话那头沉默了几秒钟，一个陌生的声音问："你找谁？"

董培吃了一惊，看了看手机，显示的是肖菁的手机号，便说："你好，肖菁在吗？"

那声音突然"咯咯"地笑起来，恢复到原声："我是肖菁。"

没想到肖菁也会开这种玩笑，董培立即把这当作肖菁对自己颇为亲近的证据，不禁心花怒放，喜滋滋地说："那我下班后过去接你？"

"不用了，你又不顺路，我六点半直接赶到那儿就行了。"肖菁说。

董培坚持要接，肖菁说："如果你来接我，然后再去亚运村，路上起码得走一个半小时，不如我们分别赶到那儿，三四十分钟就都到了。"董培觉得有理，这才作罢。

放下手机，董培有些飘飘然，踌躇满志地踱了几步，突然觉得自己这副挺胸凸肚的样子竟有点像李东，不觉好笑起来，便收敛了兴奋，重新坐回电脑前查看资料。

七

有些人撕破脸才好共事

董培提前十分钟赶到饭店，六点半肖菁准时出现在门口，董培没有起身招呼，欣赏着她翘首张望的样子，想到这个楚楚动人的身影寻找的人是自己，董培不由得一阵激动。

直到肖菁掏出手机准备打电话，董培才起身招呼她过来，肖菁见到董培的第一句话就是："最近春风得意吧？"

"今天是我最春风得意的一天！"董培说着，帮肖菁挪开椅子，方便她坐下。

肖菁挎包一角露出小半张名片，看标志也是一家不错的公司。

等肖菁坐定了，董培说："你挺厉害的，就业形势这么不好，你在新海这样风生水起的公司说走就走，还是需要实力的。"

"无论经济多么不景气，市场多么艰难，有一类人还是相对容易找到出路，你我都算其中一员吧。但并不意味着不需要努力争取，这份工作我也是付出了很多心血的。"肖菁淡淡地说。

董培心想，谁找工作不付出心血呢？但肖菁这样的人，形象好，工作经验、教育背景、人品处世都是一流，再加上一点人脉，任何时候都应该是她挑工作，而不是工作挑她。

董培给肖菁的杯子里满上果汁，认真地说："谢谢你在我出差时给我的电话，不然，我现在日子会很难过。"

肖菁被他郑重的样子逗笑了："没那么夸张，主要还是你自己处理得好，只是我没想到你会处理得这么好。"

董培有几分自得，他在青岛一战成名，这一业绩传遍了新海集团，甚至很多刚入职的员工特意跑过来跟董培打招呼，只是为了看看这个"牛人"是谁。

董培点完菜，又请肖菁过目，肖菁说她没什么忌口，董培又点了一扎鲜榨哈密瓜汁，才靠在椅背上简单讲了一遍在青岛出差期间发生的事。

肖菁听得很专注，等董培说完了，她才沉吟着说："你赢得很干净也很正大光明，就是有点太冒险。"

董培表示认同，如果那三个学校没有做成，很可能他销售策略的临时调整就成了罪状，他的果断就会变成冒失，勇敢也会成为鲁莽。

"这其实还不是真正的问题。"肖菁冲董培笑了笑，欲言又止。

"哦？"董培努力不让肖菁的浅笑嫣然分了神，问，"那你觉得真正的问题是什么？"

凉菜上来了，董培一边先让肖菁吃菜，一边耐心地等待她的回答。

"真正的问题是：你总是在挑战自己的能力，你总是忍不住要验证自己的能力，所以你倾向于选择最艰巨、风险最大的解决方案，虽然一旦成功，回报也很大，但不管你有多强，也不可能次次都赢的。"肖菁说。

董培停止了咀嚼，呆呆地看着肖菁。

"对不起，我说得不一定对。"肖菁见董培这般神情，连忙补救。

"不不，你说得太对了，只有你才能说这么对……"董培壮起胆子直盯着肖菁的脸，说道。

肖菁和董培对视了几秒钟，脸略微有点泛红，下意识地往后缩了缩，垂下眼帘吃东西。董培好不容易才从那张美丽的脸蛋上收回目光，也开始闷头吃东西。

饭桌上有些沉默，董培跟客户打交道惯了，知道如何活跃气氛，肖菁是做人事的，自然也深谙所谓的"破冰"技巧，但两人都保持着这种暧昧的沉默，静悄悄地吃菜。

两人正沉浸在隐隐约约的温馨中，董培的手机不合时宜地响了一声。董培拿起手机，看也不看就要关掉，手机却又叫了一声，董培便打开一看，是崔小萌和华伟发来的，说是文件已经发到董培邮箱，请他查收一下。董培才记起来这是他前两天开会布置的工作，今天是最后期限，看来这两人刚刚加班完毕呢。

"怎么了，有事吗？"肖菁问。

"没事，新海准备推出一个教育管理系统的新产品，让我来负责它的市场推广工作，我分派了一些工作下去，今天是他们交活的日子。"董培解释说。

"教育管理系统？我怎么听着有点耳熟啊，昨天面试的时候，好像听人提起过。"肖菁歪着头努力回忆着。

"教育管理系统这个概念诞生都没几天，而且还是我们发明的，你是不可能从别人嘴里听到的。"董培笑着说。

肖菁仍皱着眉头在回忆，片刻过后，她肯定地说："是鸿宇公司的一个业务主管，这个教育管理系统是不是指一种针对教育机构的综合性网络服务平台？"

董培像被雷劈了似的愣在当地，半天才回过神来，问肖菁道："这个业务主管叫什么名字？他是怎么知道教管系统的？鸿宇是不是也准备推出同类型的产品？"

肖菁见董培目光如炬、满脸严肃，和刚才坏坏的暧昧模样判若两人，便也一脸严肃地说："他叫什么名字我忘了，我也不可能问他是怎么知道的。鸿宇是不是要推出同类型产品，这恐怕也只有他们的高管才知道。"

董培一愣，才觉得自己刚才有些失态，立即道声"对不起"，然后若无其事地吃饭。

肖菁见他急刹车似的恢复原样，不觉悄悄一笑，说："我现在公司的业务跟教育软件和平台设备不沾边。我估计这个人出于某种原因想换个环境，见我们公司招聘市场销售人员，他就试着来应聘一下。但我感觉他对于教管系统也很不了解，所以他在介绍自己业绩的时候说的都是其他产品。至于他是怎么知道的，肯定不是巧合。我现在能想到的只能是你目前的团队中有人泄露出去了，但你也不必过于紧张，同类型公司之间的员工很多都互相认识，没准在谈话中辗转就传过去了也是有可能的。"

"还有一个可能，最近我正大规模面试，竞争公司也许会利用这个机会让员工来面试套取相关情报。"董培点头道。

"是不是你以前就干过这种事？"

董培老实承认道："不止一次，这样是不是有违商业道德？"

"倒没那么严重，毕竟这还是通过公开的途径。"肖菁说。

服务员将饮料和热菜陆续端上来，肖菁帮着挪好盘子，又用自己筷子先夹了一片香肠到董培碟子里，说："你不介意我用自己的筷子给你夹菜吧？"

董培由衷地说："最好就用你的筷子，我会吃得更香！"

肖菁微笑道："我发现你油腔滑调时，还满脸的真诚。"

董培举起饮料杯："咱们这还是第一次吃饭呢，以茶代酒，碰一下！"

肖菁故意为难他："我没有茶呀。"

董培便改口说："以饮料代酒，我先干了，你随意啊。"说罢，将满大杯的哈密瓜汁一饮而尽。

肖菁阻拦不及，董培已经"咕咚咕咚"喝了下去，哈密瓜汁太凉，董培喝得又急，几乎在搁下空杯子的同时，便忍不住打起嗝来。菜上齐了，董培菜本来就点得多，这时只能瞪着桌上热气腾腾的几大盘菜控制不住地打嗝。

肖菁有些哭笑不得地看着他，自己也顾不上吃，夹了几片菜在董培面前，说："先吃点压压吧，这样就不会打嗝了。"董培听她的话吃了下去，果然好多了。

董培夹了几片菜放到肖菁面前的小碟中，也问道："你不介意我用自己筷子给你夹菜吧？"

肖菁忍住笑摇摇头，说："谢谢。"

两人又沉默下来，董培这次觉得有点不自在了，便找话题说："这个周六新海召开总经办会，估计会宣布新的人事任命，不知道江总会怎么安排我。"

肖菁说："新海这样的公司，表面看上去很正规，但一切其实还是江总说了算，尤其这样的高层任命。所以，只要你给江总印象不错，应该就会有不错的安排。"

"我觉得通过几件事，江总对我的印象应该是相当正面的。"董培说，"第一件事，当然就是青岛之行搞定三所重点学校，将一项拖延很久的业务迅速打开了缺口；第二件事，就是这个教管系统项目，我刚接触到这个项目没几天，立即赶写出了一份推广草案，江总，包括 CIE 公司派驻过来的 Michael 都很满意。"

肖菁认真地听董培说完，陷入了沉思。

董培不明白她何以面色凝重起来，便笑着问："怎么啦？"

肖菁看着董培说："你给江总留下了太好的印象。"

"这难道不是好事吗？"董培也隐隐意识到了什么。

"你可能给江总造成一个错觉，他会把你当成一个业务超人，事实上你说的这两件事，我相信你都是付出了巨大的努力、承受了巨大的压力才做到的，但江总可能会忽略这一点，他会习惯性地以同样的标准来衡量你，一旦你不能以高标准来完成任务，你会以同样的速度失去他的信任。别忘了，你能力这么强，现在势头又这么猛，不仅是你的对手会忌惮你，你的盟友也会忌惮你，一旦你出了任何差错，他们不落井下石就很够意思了，不会有人对你施以援手的。"

董培盯着肖菁，这些深刻的诛心之论从一个漂亮女人嘴里说出来，让人感觉怪怪的，但他知道，肖菁的话不是危言耸听。

"而且，"肖菁继续说，"在一家公司，业务能力最强的人往往很难坐上很高的位置，因为位置越高，意味着管理越宏观，实际接触业务越少，所以你要提防江总片面地去定位你，一厢情愿地让你冲杀在第一线，通常情况下，冲在最前面的人总是最容易倒下。"

董培安静地听着，等肖菁说完了，伸手指了指桌上，说："边吃边说吧。"

肖菁吃了几口菜，知道董培也认可自己的话，见他不作声，便问："你打算怎么办？"

董培答道："明天我会直接问江总，我在新海的定位是什么。"

肖菁细想了一会儿，觉得这种看似唐突的方式恐怕也是最佳的方式了，江总没准会欣赏这种直来直去的行事风格，而且在职场上，职位、薪水这种东西，通常是你不开口谈，老板是不会主动送到你面前的。

"我觉得你至少确保一点，就是直接跟江总汇报，还有一定要争取到开展业务的相关资源，包括人事上的、财务上的，不然做事的时候处处受制于人，最后肯定也做不成事，尤其像你这样的人，是非常需要空间的。"肖菁提醒道。

董培若有所思，一时想入了神，直到肖菁让他再吃点东西。

吃完饭，董培要送肖菁回家，肖菁坚持不让，董培好像明白了什么似的："怕他看见不方便是吧？"

"谁？"

"就上次那瘦高个的哥们儿呗。"

肖菁认真地审视了董培一会儿："你酸起来还蛮可爱的嘛。"说罢，自己拉开车门，钻进董培车里。董培窃喜，一直把肖菁送到小区门口，看着她消失，才驱车回家。

路上，董培反思了一下近期的得失，发现自己犯了一个最大的错误：在事情还没结束前，就想当然地盖棺论定，认为自己胜券在握，一头扎进了具体业务中。人家吴梅跟了江总这么多年，对江总的了解比自己多得多，她能在新海历次的人事震荡中屹立不倒，没有几分能耐焉能如此！而且董培忽略了一个非常危险的信号，那就是江总至今没跟他谈过他在新海新组织架构中的具体位置。组织结构图马上就要出来了，没准都已经出来只等公布了，如果董培是其中重要一环，无论如何也是要事先通个气的。

想到这里，董培脊梁有些微微发冷。

让董培觉得烦闷的是，吴梅作为公司的"老人"，她的资历让她拥有一种特权：那就是可以在江总面前评价公司所有人，而不必担心落下挑拨是非的罪名，江总似乎也习惯了她这样做，虽然很可能也是采取姑妄听之的态度，但这种耳边风毫无疑问会有潜移默化的影响力。

另外一件事也让董培非常不爽，从入职到现在，他已经连升两级，加上这次负责教管系统项目，可以说是连升三级了，但他的薪水至今没有实质性的提升，吴梅是分管人事的，照理说她按照相应职位的薪酬定级直接走流程是最省事的，但吴梅却偏偏像忘了此事一样。董培本想亲自找她谈谈，但估计她会找出一百条理由予以回绝，反而把话说死了。

也许董培该亲自找江总谈，但在当前这个微妙时期，人家都争着甩膀子表忠心，你却去谈薪水讲待遇，至少有点不合时宜，江总这种土生土长的老板很可能非常在意这一点。可这件事又必须迅速得到解决，因为一旦薪酬标准确定下来，便成既定事实，再改起来就困难了。

董培原本给自己今晚的任务是钻研一下类似教管系统产品的相关资料，并打电话给业内的朋友旁敲侧击一下竞争对手的情况。这时候不得不先将这些抛到一边，把注意力重新转回到这些事上来，他必须在明天之前想好对策。

第二天，董培主意已定，刚到办公室，崔小萌就迎上来问："我写的报告怎么样，有用吧？"

董培还没看，也不好打击她的积极性，便说："还不错，待会儿有些细节我跟你单独探讨一下。"

"好啊好啊！"崔小萌连声说，"今天又安排了八九个人第一轮面试……"

董培说："今天我有点事，你先和小邢面试一下，如果有好的，找时间安排下一轮复试吧。"崔小萌答应着去了，董培打开电脑，收了几份邮件，其中有崔小萌的，但她却忘了挂附件。

这让董培有些犯难，刚才明明说看过了，还要跟人家商讨细节，其实人家根本连文件都没发过来，想了想，还是叫崔小萌将文件再发一遍。

崔小萌倒没多问，连着附件将邮件发了过来，董培快速过了一遍，又将华伟的文件浏览了一遍。

过了半小时的样子，江总也到了，不用说，吴梅屁股一扭，几乎是紧跟着江总钻进了他的办公室。

以前见到这幅场景，董培只觉得好笑还有几分鄙夷，但现在董培没这份高姿态了，他打算等吴梅一出来，自己也来个屁股一扭，钻入江总办公室。

这一等足足等了一个小时，吴梅才脸冲着门内，笑容可掬地倒退着出来，还没等董培起身，她却又一扭腰，重新钻了进去。

这一进去又是半小时，董培忍耐终于到了极限，胸中燃起一股无名怒火，"与其不做而后悔，不如做了而后悔"。既然回避不了与吴梅的冲突，与其在被动的消耗中被人慢慢玩倒，不如扬眉亮剑、一战成功，或许这才是更适合自己的方式。

有时候怒火也是灵感的催化剂，董培即将起身走向江总办公室的刹那，突然有了一个全新的想法。

董培酷爱历史，大学时别人都选修金融、保险之类的热门课，他却选了好几门历史专业的课程，他想起了《史记》中的一个故事：西汉文帝期间，大臣袁盎苦于太监赵谈老在文帝面前说自己坏话，文帝还挺宠这个太监，后来他儿子给他出了个主意。于是，有一天文帝出行，照例让赵谈与自己同乘一车，袁盎拦住车驾道："陛下万岁之身，怎么能和一个阉人同车呢？"汉文帝便笑着将赵谈赶下车，赵谈也只好哭哭啼啼下了车。从此，赵谈再说袁盎坏话，文帝都不太当真，觉得他是在报私仇。

董培寻思，既然吴梅总在江总面前说自己坏话，他是不是也可以仿效一下袁盎呢？这样做同样很冒险，但董培克制不住对决的诱惑。

所有这些想法都是几秒钟内的事，他已经走到了江总办公室门前，敲了敲门，江总说了声："进来。"董培推门而入，见两人好像正轻松地聊着些什么。

"吴总也在，太好了，我正想跟江总汇报一下教管体系产品销售团队的建设情况，正好也请吴总听听，提提意见。"董培笑着说。

"好好好，坐。"江总大概跟吴梅聊了一个多钟头，有些疲了，便转向董培。

董培讲了一下最近工作的进展情况，并着重谈了团队的组建思路，强调以业务能力为聘用的第一标准。

"Peter，"吴梅插嘴说，"这其实正是我要提醒你的地方，一个坚强的团队光强调个人的业务能力是远远不够的。我知道你在业务上很强，但这恰恰是一柄双刃剑，新海虽然很需要有业务拓展能力的员工，但并不需要单打独斗的英雄，我们需要的是具备领导力的人才、具备人格魅力的人才，你在这方面还需要努一点力的。"吴梅真诚地看着董培，语重心长地说。

董培知道，这番话如果成为结论，明天公布的组织结构图中将没有自己的位置，幸亏自己是有备而来，不然陡然间这么顶大帽子扣过来，真会有些措手不及。

"谢谢吴总的提醒，我想在这方面，我们每个人都需要努力。"董培也学着吴梅的样子，真诚地说，"提到领导力和所谓的人格魅力，吴总在这方面的确非常重视，也做了很多工作，但我觉得其中有一种极其危险的倾向。"

吴梅脸色微微一变，但仍然做出很高兴倾听不同意见的样子。

"我想我们应该还记得上次企业文化讨论会的一幕，卢胜哽咽着说了很多对吴总的感激赞美之辞，我相信他绝对是出于真心，但这恰恰是问题所在！不管他是真心实意，还是刻意逢迎，他这种行为所产生的效应是：其他员工不好意思也不敢打破这种挺温情的气氛，而且会自觉或不自觉地模仿卢胜，于是这个团队看上去十分温馨，十分温暖，大家都小心翼翼，生怕破坏了这种'团结'的氛围；还有上次，吴总对我们念卢胜的妻子写给你的感谢信，的确挺感人，但你这样做无疑是告诉你的部下，你喜欢这种赞美，于是他们也会时时奉上自己的赞美——如果说一个领导者的领导力和人格魅力产生的是这种结果的话，这不是真正的领导力和人格魅力，而是一种权术，一种控制人的奇技淫巧！一个真正有战斗力的团队，应该是开诚布公、直截了当的，如果某个员工在会上十分坦然地指出我们工作中的问题，而不担心有任何来自外界的压力，那么这个领导者才算是真正具备了某种领导力和人格魅力。我之所以要以业务能力为聘用的第一标准，就是要招到一些有个性、有真才实学的人，这样的人几乎永远不会对某个人感激涕零，管理起来也难一些，但绝不意味着他们没有团队精神和协作意识，恰恰相反，一旦他们成为一个整体，将具备无坚不摧的战斗力！"

董培这番话如同一次高度精确的密集轰炸，吴梅脸色由红转白，对突如其来的打击她毫无防备，一时间竟愣在那儿，什么也说不出来。

江总听董培说完，没注意吴梅的脸色，点头"嗯"了一声，说："这次组织调整，吴总的意思——当然，也是出于爱护的目的——是想让你直接抓项目，不做管理工作，这样可以让你集中精力把业务做好，你怎么想的？"

江总这样做当然是基于同事间应该坦诚相对的意思，但毫无疑问也是将吴梅轻轻松松给卖了，吴梅脸上又是一阵潮红，很不自在地挪了挪身子。

董培不禁暗叫"好险"，这个吴梅果然一直在背后捣鬼，当下镇定心神，用平静有力的口吻说："谢谢吴总的关心！不过我觉得这种人为的割裂其实是不合理的，不懂管理，怎么能抓好业务？懂业务，也能更好地进行管理，这两者相辅相成，根本没必要变成两张皮。我对业务还比较了解，对管理也有自己的心得，我希望不要把我活生生地劈成两半，这样对公司、对我个人没有任何好处。"

江总又点点头，转过脸问吴梅："吴总，你觉得呢？"

吴梅尚未调整过来，磕巴了一下回答："还是江总看着办吧。"

江总沉吟了一会儿，说："我看这样吧，这个教育管理系统是新海业务的新龙头，可以专门成立一个事业部，董培就兼任这个事业部的总经理。同时担任两个部的总经理，这也算是灵活处理，级别嘛，就等同于副总裁。吴总，你看这样安排怎么样？"

吴梅自忖势难挽回，此时再提异议纯属自讨没趣，便顺水推舟说："这个安排非常适合 Peter，能够充分发挥他的长处，我相信 Peter 一定能做得非常棒的，祝贺你，董总！"说着，笑吟吟地向董培伸出手。

董培伸出手，两人握了握，江总也向董培表示祝贺，房间里顿时充满了欢声笑语，路过江总办公室的人只听到一片和谐奋进之音，哪里知道几分钟前这里还是刀光剑影，明争暗斗。

董培克制住了欣慰喜悦之情，独自到办公楼下的星巴克，要了杯咖啡，他必须找个地方先反省五分钟，然后再自我庆祝。

他的确没料到在自认为极为有利的形势下却仍然在最后一分钟才决出胜负，若不是肖菁的再次提醒，他这次死得不仅是惨了，而是相当地可笑！虽然江总已经事实上做出了任命，董培仍然仔细梳理了一遍每个环节，直到终于确认没有任何差错。

他先拨通了肖菁的手机，告诉她这个消息，肖菁很为他高兴，董培听得出她和自己一样开心，只恨两人没在一块，不然趁机拉拉手，拥抱庆祝一下。接着董培又拨通母亲电话，母亲像有心灵感应似的，知道有重大消息，立即屏住了气，什么也不说，专心听董培说完，才长长叹了口气，惬意得不知说什么好，把注意身体、注意安全、注意人际关系之类的老生常谈又念了十几遍。

董培没乘电梯，而是慢慢地顺着楼梯一直走到八楼，当他回到办公室时，脸上的表情已经平静如常，甚至还有一丝沉重。未来业务发展的压力、惨烈的市场竞争、错综复杂的人际关系，都实实在在地挡在前面，而他无从退却，只能奋勇向前。

坐在椅子上思考了片刻，董培暗想怎么这次兴奋的时间如此之短，琢磨了一下，才找到原因：职位是一路飙升上去了，但薪水却几乎原地踏步。想来想去，这件事还是直接找吴梅解决最省事，毕竟这钱又不是她的，自己拿得名正言顺，她实在犯不着克扣自己。不过现在去找恐怕不太合适，吴梅没准正为刚才他在江总办公室说的那些话气得发抖呢，给点时间让她先消化消化，快下班的时候去找应该比较合适些。

麻烦事摆平了，董培的注意力又回到了业务上。他再仔细看了一遍崔小萌和华伟发过来的文件，崔小萌的潜在市场分析还算有板有眼，但中间有价值的东西并不多，都是些浅尝辄止的分析，一到关键点便深入不下去了。也难怪，这么短的时间，谁也没法针对一个新产品写一份充实的分析报告来。华伟的竞争对手分析则有些不太靠谱，他罗列了市面上几乎所有的教育软件供应商，平铺直叙地逐一加以分析，更像一个行业内公司简介。董培看了看金思德和鸿宇的一些介绍，虽然语焉不详，却颇有些价值，其中提到了两点：第一，这两家公司在教育软件和平台设备研发上虽然力度很大，但毕竟起步较晚，追赶新海还有一定难度；第二，这两家公司都面临着与新海同样的发展瓶颈，都迫切需要一个新产品来打开市场，可能教育管理系统产品是其方向。

董培看了颇为欢喜，能说出这两句话来就不简单！回头看了看华伟，他正盯着电脑屏幕。极为普通的长相和木然的表情看不出一丝灵气，董培提醒自己不要以貌取人，便给华伟回了个邮件，表扬了几句，并约他十分钟后在小会议室谈谈。

十分钟后，董培和华伟在小会议室门口撞见了，董培见他如此守时，对他又添一分好感。华伟等董培坐下了，自己才坐在对面。

"王勃的《滕王阁序》因为两句而名垂千古：落霞与孤鹜齐飞，秋水共长天一色。你的报告也因为两个观点熠熠生辉啊，虽然简单，但很有穿透力，所以我得找你好好聊聊。"董培笑着说。

华伟的脸红了，老实承认道："你说的是那两个关于金思德和鸿宇的观点吗？那其实不是我的观点，我写这篇报告时，问了一些业内的朋友，这两个观点是我的一位朋友说的。"

董培听了，倒觉得这是个实诚人："观点本来就是互相借鉴的，能借鉴到好观点也是本事，你那位朋友在哪儿做事？"

"他在一家公司做销售总监。这家公司应该是国内最早涉及网络教育服务平台的企业，但由于企业规模本身比较小，资金跟不上，还没等熬到市场成熟就不行了。他最近也收到了几个公司的邀请，马上就要离职了。"华伟说。

董培立即上了心，问："这家公司是不是叫 NESCO？"

"对，就是它。"

董培不禁叹息，想当年 NESCO 也是业内极有特色的公司之一，在教育软件市场占有一席之地，但由于业务过于单一，结果政策一调整，立马收入大幅锐减，公司也陷入困境。

"你这哥们儿叫什么名字？"

"邹义山。"

"你有他的联系方式吗？"

华伟掏出手机，开始找邹义山的号码："董总想跟他聊聊？我把他的手机号发给您吧。"

"对，大家都是行内人，多个朋友多条路吧。"董培将邹义山的手机号输入到通讯录中。

"我跟邹义山不是很熟，但感觉他也是个挺傲的人，肯定跟董总谈得来的。"华伟说。

董培一愣，脱口问道："怎么，我很傲吗？"

华伟脸"腾"地红了，连忙解释道："我是说你们俩能力都很强，能力强的人才傲得起，但是为人做事都是很有原则的。"

董培见华伟一着急，反而说话利落到位，看来不像个温吞之辈，便笑道："谢谢。别看你一副阿弥陀佛的样子，我觉得你骨子里没准也挺傲的呢。"

华伟笑了笑，并没有予以否认。

董培一出会议室，便将邹义山的手机号交给小邢，让她立即通知邹义山过来面试。

八

不爱钱的员工不是好员工

　　总经办会明天就要召开，董培现在唯一要搞定的就是自己的薪水，说白了，自己忙乎这么多天，除了那些形而上的自我发展需求之外，归根结底，不就是为了这个吗！他领教过吴梅砍人薪水的本事，即使自己的要求名正言顺，逻辑上讲她也用不着为难自己，但董培细想之后，还是断定吴梅肯定会找理由来推托。董培在心里一条条地将这些理由列出来，然后逐条加以反驳，演练了半天，发现这事越扯越麻烦，越扯越扯不清，最终会弄出个谁也说不服谁的局面，既不体面，又无法达到目的。

　　想了半天，也没有个主意，便打电话给肖菁，心想肖菁是做人事的，在这方面经验应该比较丰富。肖菁听完董培的讲述，想了会儿说："其实人家要是不想给你加薪，会很容易地举出一百条理由来，关键在于这种事上江总在心底里是和她站在一起的，每个老板都希望下面的人少拿工资多干活，所以最可能的结果是：你会得到提薪，但肯定达不到你想要的数目。更何况现在经济下行期间，好多公司都在挣扎求生，这种大环境下谈薪水也有点不合时宜。"

　　董培烦闷不语，觉得事情恐怕就如肖菁所说，不会有太好的结果。"不过，"肖菁补充道，"吴梅是典型的欺软怕硬，跟这种人太讲道理是不顶用的，反正你脑袋好使，再想个办法治治她也未尝不可。"

　　董培听肖菁毫不避讳地给自己出主意，心里舒服了不少，放下电话，他决定，至少要把话说清楚，或许自己的担心是多余的，一切比想象的要简单得多呢。

快下班的时候，董培走进吴梅办公室，吴梅看着这个迅速蹿升起来与自己平起平坐的昔日下属，掩饰不住心中的不快，连座都不让一个。

董培也不坐下，随意地靠在办公桌旁边，说："吴总，有一个个人问题需要你这边解决一下。"

"什么事？"吴梅一副公事公办的样子。

"就是我的薪水待遇问题，我希望能够和我要担任的职务相匹配，但人事这边至今没有行动。"董培尽量用和缓的语气说。

吴梅心里一阵快意，脑海中立即想到的是不能让他如愿："哦，我会通知人事马上走流程，按部门总经理的待遇来执行。"

董培心想果然不出所料，便说："谢谢吴总，不过按江总今天的意思，我的级别等同于副总裁，为什么不能按那个待遇来执行呢？"

"董总，"吴梅为难地叹口气说，"职位待遇和薪酬待遇本身就不一定完全匹配的，你在这么短的时间薪水提高这么快，对你本身也未必是件好事，其他人也不一定服气啊。再说了，现在经济这么不景气，好多公司都降薪的降薪，裁员的裁员，新海有这样的待遇已经相当不错的了，我们还是要珍惜，你说是不是？"

这些似是而非的理由简直和董培预想的一模一样，董培气不打一处来，想发作一通，又知道这是最愚蠢的做法，思索了几秒钟，装作刚想起什么事的样子："请稍等片刻，待会儿再找您谈。"

吴梅微笑着点头，看董培被自己三言两语治得无话可说，心里很是解气。

董培气呼呼地回到座位，想了半天，竟然一点辙都没有，便起身到外面走廊，又给肖菁打了个电话。

肖菁听完，说："我做了这么多年人事，跟人谈薪水是家常便饭了，我最怕的一个问题就是——为什么我和某某的待遇不一样呢？所以呀，薪水这东西最怕的就是比较。再说了，经济是不景气，但你新海没有业务不景气啊，你是在给新海做事，又不是给'经济'打工。你现在跟她谈别的都没有用，没准她的理由比你还多呢！所以你恐怕得想想，她最不愿意回答的问题是什么……"

董培如同醍醐灌顶，立即说："我知道该怎么做了！"说罢，重新回到座位，捋了一遍思路，不禁恶狠狠地狞笑了一下，刚好被经过的崔小萌看见了："董总，怎么了？"

董培连忙捂着腮帮子咧了咧嘴，掩饰道："牙有点疼。"

崔小萌问是牙神经痛还是牙肉痛，前者是针刺性疼痛，后者是肿胀性疼痛。

董培答不上来，敷衍说："很轻微的一点痛，现在已经没事了。今天面试的情况如何？"

崔小萌将手中的一沓简历搁在董培桌上，逐个加以评价。董培心里有事，听她说到半路，瞅个空子插话说："嗯，你这种看人的思路还是比较合理的，合格的都另外安排时间复试吧。"

崔小萌答应着去了，董培查看了一会儿邮箱，将一份文件打印出来，看时间差不多了，拿着文件再次走进吴梅办公室。

吴梅正胸有成竹地等着他，董培坐在她对面的椅子上，翻看了几下手中的文件，说："吴总，有件事涉及公司薪酬体制的问题，想跟你探讨一下。"

吴梅不知他葫芦里卖的什么药，端起杯子喝了口水，对董培道："你说吧。"

"明天的总经办会上，我想正式地提一个方案，内容是关于公司绩效考核方面的。你也知道，我主管的市场营销部和教管系统事业部都是销售导向的部门，既然是销售，就必然涉及严格的业绩考核，而业绩考核最直接的体现无非是优胜劣汰。我想，要把业绩考核有效地执行下去，公司领导带头执行是极为重要的，因此，我决心划出工资总额的百分之五十作为绩效考核工资，一旦没有达到相应的业绩，我宁愿分文不拿，这样才能服众。但是光我一个人是不够的，我建议新海集团除了人事、行政、财务这样的支持部门，凡是业务部门的领导都从工资总额中划出相应的比例作为绩效工资，与集团的整体业绩挂钩考核。吴总主管的企业合作部，也是一个重要的业务部门，所以我希望吴总能够支持我的这个建议，率先从工资总额中划出百分之三十作为绩效工资，我相信，以吴总在集团的资历，对下面员工的影响是非常大的，也真正有利于把新海集团建立成一个公平考核的组织。"董培翻看着手中的文件，字斟句酌地说道，向吴梅表明这是他深思熟虑过的想法。

吴梅万没想到董培使出这么一招来，摸不准董培是真要提交这个方案呢，还是以此为幌子要求加薪，便含糊说道："这个方案嘛……实际操作起来还是有一定难度的。"

"对！"董培立即接口道，"所以我才来和吴总商量，吴总一直也分管人事部，在这方面也是很有经验的。"

"我考虑一下吧。"吴梅说。

"那希望吴总尽快给我答复，如果确实不好操作，我明天就不提了。"董培将手中的几页纸合起来，"另外，我个人的薪水问题，我希望薪酬待遇能够和我的职位相匹配，我想这既合乎惯例，也公平合理。"

吴梅这回的态度合作多了，点头道："嗯，你的这个要求也不算过分，我会考虑的。"

董培不再多说，起身告辞，并祝吴梅周末愉快。吴梅也亲切地说："周末愉快，Peter。"两人各怀鬼胎地相视一笑，各忙各的去了。

晚上九点钟左右，董培接到吴梅电话，他的薪水和相应的福利待遇从下周起按副总裁级别走，至于他下午说到的方案，吴梅的意见是目前各方面条件尚不成熟，还是暂缓实施的好。董培表示了感谢，并同意吴梅的意见，明天不提交该方案。

总经办会最后扩展成集团中层经理以上以及在京全体员工的一次大会，周六会议召开之际，其实是天下已定，至少对于董培来说是这样。他和那些置身事外的同事一起，一会儿在江总山庄的菜园子里忙碌，一会儿去池塘边钓鱼，一会儿去山庄后面的小山上登高望远，大家嬉笑之余，都忍不住感叹：人与人真是无法相比，自己整天为那百十平米的房子烦恼，人家却坐拥一片有山有水有田的好地方，而且恐怕还不止一处呢！

董培给大家出了一副上联："有山有田心思崀"，叫大家来对，众人想了半天，都觉得此联难对，便叫董培说下联，董培说："这是没有下联的。"被众人一阵起哄。

大家正在开心，只听旁边李东信誓旦旦地说："我将来一定也能拥有这么一座山庄！"众人一时无语，这时候，你还不好嘲笑他，否则他还会把自己当成"苟富贵，勿相忘"的陈胜，把嘲笑他的人当成"燕雀"。

董培听一位新来不久的同事指着豪气干云的李东悄声问："这人是谁？"董培赶紧走开了，免得听见人说，这是董培部门的人。

会议持续了两个半小时，前一个多小时都是江总在说，从公司艰苦的发展历程说起，再到前几年的辉煌，以及目前面临的挑战，中间夹杂了很多个人的经历，倒也引人入胜。

只是他这一说，后面的议程要么往后延，要么只有压缩，偏偏江总还强调务必在中午之前结束会议，大家一起去吃烧烤。会场立即骚动起来，于是后面的议程都是匆匆一带而过，到最后一项议程公布新海集团新的组织结构图的时候，大家才安静下来。每个人都特别关注高管层的动态，江总自然是铁打不动的总裁，吴梅继续当她的副总裁，陈大明被提升为副总裁，兼任青岛分公司总经理，Michael 被任命为公司的研发副总裁，董培虽然没有副总裁头衔，但也列在副总裁那一排，另外在副总裁这一排的是集团的财务总监以及一名专门负责融资的董事。

董培突然想起了卢胜，这个吴梅的忠实拥趸职务没有丝毫变动，董培看了他一眼，他正目不转睛地盯着前面投影上显示的组织结构图，脸上看不出异样，也不知他在想什么。

会议结束，不知谁喊了声："吃烧烤去喽！"大家一哄而起，争先恐后地往门外抢，董培和陈大明落在后面，等人走得差不多了，董培对他说："实至名归啊，陈总。"

陈大明笑道："彼此彼此！唉，不过江总昨天跟我单独谈过了，让我再在青岛待个一年半载的，说是业务需要，还好，可以每周往返一次北京，公司给报机票。"

"那也不错！"董培安慰道，"先把位置占住再说，至少你回北京是早晚的事了。"

陈大明脸上透出一丝倦意，说："往上升了当然是好事，但其实也是挺烦人的，分公司的那些家伙哪个是善茬？既要监督控制着他们，又不能把关系搞僵了，不好办。"

董培想，真是"屁股决定思维"啊，陈大明当初对总部的抵触与反感还历历在目，一旦坐到了副总裁的位置，对下面分公司的语气立马就变了。

崔小萌兴高采烈地跑过来："陈总，董总，那边专门请了师傅表演烤全羊呢，快来看呀！"

两人跟着凑过去，果然一位长相有点像新疆那边人的师傅正在解一只活羊，胆小的女同事既觉得新鲜，又不敢多看，旁边支着一个圆柱形中空的土制容器，在容器周围生着一堆炭火。

董培看了一会儿，和坝上草原的师傅们手艺差不多，做法也基本类似，便走开了。他环视了一下依山傍水矗立着的山庄，天上正有一群不知名的鸟飞速掠过，心想难怪李东会有那种想法，自己何尝不想有这样一座山庄？这儿的每一个人又何尝不想拥有？可能区别仅在于李东会自不量力地表达出来，别人只不过暗地里想一下罢了。

现在摆在董培面前的暂时都是"纯业务"方面的问题了。Michael在一个中方副手的协助下，正带着整个研发团队全力进行产品本土化的工作，看来进展颇为顺利。公司撤并了一些半死不活的业务部门，很多人面临着重新选择，要么被新的业务部门吸收，要么重新投入到社会上的求职大军中去。这些人明白教管系统项目在集团发展战略中的地位，都想在新的业务部门中谋取一个新职位，于是董培新搬进的独立办公室成了整个集团最热闹的地方。

董培眼看好不容易清静下来，又得卷入到人事纠纷的旋涡当中去，招人固然重要，但他深知宁缺毋滥的道理。那些部门在撤掉之前已经耗了相当长的时间，真正有实力的人早就另谋出路了，沉淀下来的都是些平庸之辈，能力一般且不说，还和公司里的人有着千丝万缕的关系，这样的人招来做甚？但当面硬生生地拒绝毕竟有些不妥，干脆通过人事发布了一个专门针对被裁撤的部门的内部招聘通知，将这些人全部纳入招聘流程中，让崔小萌和华伟以及人事组成招聘小组，这样拒绝起来便名正言顺多了。

周一下午，董培问小邢通知邹义山了没有，小邢说邹义山目前在上海，半个月左右才回北京，到时候再联系。

"到那时候，人家很可能已经去别的公司了！"董培说，"马上叫对方先发一份简历过来，再约时间进行一次电话面试，至少先了解一个大概，也让对方知道我们的诚意！"

小邢脸一红，连忙说马上联系，董培见了，自觉语气有些生硬，便说："小邢，这些天辛苦你了！等事情忙完后我们一起去郊外痛痛快快玩去！"

小邢绽开笑容，说："再辛苦也没董总辛苦，我这边会全力配合董总，有什么不对的地方还请董总多多指教啊。"

董培听她语气虽然亲热，但无形中添了几分客气，估计是自己的头衔让这样的普通员工多少有些压力，既然如此，自己就该时刻自我提醒不要给人一朝得势便得意忘形的印象，但又想这种事不是你所能控制的，如果别人非要那样去看，你再小心也是白搭，还是该怎样就怎样的好，大家互相习惯就没事了。

董培花了一个小时列了一下近期要做的事情，辞退李东一事也列在其中，炒人对双方而言都是一件艰难的事情，特别在这种就业严冬时节，他思虑再三，还是无法决断。

下班前，崔小萌出现在办公室门口，她看了看外面，轻声说："刚才在茶水间旁边，我听吴总对李东说：你的邮件我看到了，你们部门的问题确实比较严重，我会跟江总说的……我只是路过，没听全，但这几句清清楚楚。"

董培心里升腾起来的不是愤怒，反而是一份释然，他对崔小萌点点头说："我知道了。"

既然李东帮他做了辞退的心理建设，董培决定在下班前花十分钟时间搞定此事。他事先跟人事部通了气，让人事部做好相应的善后工作，一旦宣布决定，便立即将应付的工资和赔偿算好，和财务一起迅速了结此事。

一般来说，被辞退的人之前总是会有心理准备，这样的好处是：当这一天真正到来时，他能够心平气和地理性面对，精明点的甚至早就找好了下家，只等着公司宣布决定后拿着不菲的赔偿金潇洒走人。但李东看来对即将发生在自己身上的事毫无预感，事实上他自我感觉还好极了，居然还对那些被裁撤部门的员工说什么"有我在，这儿就有你们的位置"，真不知他底气从何而来。

董培看着他那副蠢样，几乎又有些不忍，但他很快将这种情绪压下去了，告诫自己不要妇人之仁，经验告诉他，一支坚强的团队是无法容忍能力如此低下的团队成员的，更何况，他还甘心成为团队里的一颗雷。

快下班的时候，董培让李东到自己办公室来，等了七八分钟，也不见他人影，走出办公室一看，李东正在讲一个电话。董培仔细一听，他说的内容似乎并不是那么紧急，而且肯定不是客户电话，再听了一会儿，才听清他居然在大侃上周末在江总山庄里吃烤全羊的情形，董培慢慢地踱到他面前，直视着他，李东这才匆匆挂了电话，随董培来到办公室。

董培见他在自己三令五申之后，到现在还没养成带记事本的习惯，空着两只手进来，把心里残存的那点愧疚感立即扔到纸篓里去了，微笑着看了李东几秒钟，说："今天我要和你谈的事情，恐怕不会是个愉快的话题。"

李东张着嘴，有些摸不着头脑，但脸上轻松的表情倏地蒸发了。

"我希望你能够理性地接受我做出的决定。"董培又给他打了次预防针，才说，"通过我对你这段时间的观察和了解，结合你前任领导的意见，以及集团目前面临的新形势，我认为你已经不适合再为新海工作，所以，我决定解除你与公司的劳动协议，你会依据劳动法得到相应的补偿。"

李东眼睛一下瞪得老大，脸上的表情显示出他完全不相信他所听到的。

"这是一个艰难的决定，但我相信，这对于公司，对于你本人都是一个合适的决定，这个决定是我做出的，我会坚持这一点。"董培迎着李东越来越绝望的目光，用平缓的声音说。

李东终于相信自己没有听错，把目光从董培脸上挪开了，盯着桌面，一句话也不说，只有胸脯在剧烈地起伏。

"你想知道我做出这个决定的理由吗？"董培保持着用和缓的语气问他。

李东点点头，然后又摇摇头，嘴里说了一句什么，董培没听清，但也没问。

过了几分钟，李东渐渐平静下来，董培等着他为自己申辩，但李东似乎根本没有这种意思，他脸上没有愤怒，没有委屈，有的只是沮丧和失落，还有一种说不出来的麻木神情。

董培暗暗叹了口气，说："我已经跟人事和财务打过招呼了，你本月的工资全部发放，另外根据你在公司的服务年限，给予你三个月的薪水补偿。你可以明天就离开公司，但如果你愿意，也可以一直待到月底。"

李东沉默了半晌，说："如果我明天就走，这个月的薪水还是全额发放吗？"

董培松了口气，李东这样问，说明他已经接受了被辞退的事实，便说："当然，这个我已经跟人事打好了招呼，立即就可以执行。而且，我已经和人事沟通好了，向外宣称你是因个人原因主动辞职的。"

李东低头盘算了一会儿，觉得还可以接受，抬头看了一眼董培，表示没有什么问题了。

董培点点头，起身拍了拍李东肩膀，以示安慰，然后到人事部跟小邢说了，小邢很是吃惊："这么快！他没说什么吗？"

"他只问这个月的薪水是不是全额发放，别的没有说。"

小邢狠狠地看了一眼董培："董总，你真行！"

董培明白她的意思："别这样，我心里也不舒服，这种事对谁都挺难的。"

小邢笑着说："我没别的意思啊，我只是惊讶别人两年没做到的事情，你怎么花十分钟就做完了呢？"

"那是因为别人已经做了两年。"说罢，两人相视而笑。小邢将早已备好的材料整理了一遍，给财务打了个电话，然后问董培："我直接去你办公室找他？"

董培挥挥手说："我的任务已经完成，剩下都是你们的事了。"

董培也懒得出去，就待在人事部办公室，半小时后，小邢进来说，一切都已经办妥了，李东正在收拾东西准备离开公司，又过了十来分钟，崔小萌走进来，表情复杂地看着董培。

两人沉默了半晌，董培说："这是一个商业决定。"

崔小萌点了点头，想要再说什么，看了看董培脸色，没说出来。

董培在人事部办公室多坐了一会儿，避免与李东再碰面，彼此无话可说，互相尴尬。过了十来分钟，小邢进来，说李东已经走了。

董培又沉默了一会儿，才站起来，也没回办公室，先去一趟洗手间，刚进去，却发现李东站在玻璃镜前，两人都愣了一下，董培迎上去说："困难的时候总会过去的，祝你好运！"

"谢谢董总，再见。"李东露出一丝笑容，两人握了一下手，就此告别了。

李东走得悄无声息，几乎没有在公司引起任何波澜，吴梅也是在几天后偶然得知这一消息的，不禁暗暗惊讶。她记得上两次李东要走时，弄得满城风雨，连江总都出面表了态，最后还是不了了之，这次也不知道董培使了什么手腕，兵不血刃就把这事给解决了。

董培的教管系统产品销售团队开始陆续进人，但董培最感兴趣的邹义山却始终没有结论。在收到邹义山简历后，董培立即从简短的一页纸中看出了他的实力，那些并不刻意修饰的精练语言显示出简历作者的自信与洒脱，这份沉静只有那些成功过很多次，也失败过很多次的人才能具备，更何况人家还做出过实实在在的业绩，董培决定无论如何也要将此人招至麾下。

董培让小邢催了好几遍，最后邹义山告诉小邢，他收到了几家公司的邀请，基本选定了一家，所以很抱歉，他不打算来北京面试了。

小邢把这个消息告诉董培，说这个人恐怕是没戏了。董培沉思片刻，说："马上告诉邹义山，我们邀请他来新海实地考察一次，我想跟他亲自谈谈，他往返的机票和住宿费用全部由我们报销，告诉他不必有任何思想负担，即使他最终没有来新海，我们仍然会尊重他的选择。"

小邢不禁咋舌，随即用力点点头说："请董总放心，我一定把他请过来！"

虽然董培最心仪之人尚未到岗，但新的销售队伍已经基本成型，添了六个人，其中有两个是董培以前的老部下，另外四人是这次招聘遴选出来的，加上华伟、崔小萌，一共是八人。董培计划把这八个人都培养成能够带团队的销售经理，从中挑一个出来专门做特殊客户，其他每人分两三个省，带领一个五人左右的销售小组，以各地分公司为依托，那么全国市场就基本覆盖了。

这样一来，以前市场营销部就只剩下司莎莎一人，董培觉得还有必要招聘一个文案能力突出、市场感觉敏锐的人来挑头，只是这样的人也不好找，只能是慢慢来，自己暂时先扛着这一摊子事，崔小萌和华伟也继续承担相应的工作。

周一下午两点是教管系统产品事业部的第一次例会，董培让司莎莎通过邮件发了会议通知。下午两点整，董培让司莎莎准时到大会议室，记录每人到会时间，过了五分钟，他才起身到会议室，所有人都已经到齐。董培接过司莎莎递过来的会议记录看了一眼，五人准时到会，两人迟到一分钟，一人迟到两分钟。

董培环视了一下众人，说："今天是我们第一次例会，很抱歉我迟到了五分钟，我有十条理由来解释我为什么迟到，但这仍然改变不了一个事实：我迟到了！从现在起，我们这个新成立的事业部建立一个'迟到基金'，凡是开会迟到一分钟者，请向这个基金捐献一百元，作为大家今后的娱乐经费。今天我迟到了五分钟，按规则，我应该捐献五百元，但身为主管第一次开会就迟到，理应加大捐献力度！所以，今天我捐献一千元，请司莎莎代为保管。"说罢用手机扫了一下司莎莎的手机，司莎莎将手机屏幕亮给大家看，上面显示董培刚往"迟到基金"里打了一千元。

会议室十分安静，董培扫视了一下会场，所有人面前都摊着记事本，目光炯炯地看着自己。董培继续说："现在坐在我面前的除开莎莎外，有八张面孔，我能从你们脸上读出朝气、聪明、活力，我百分之百地相信，我们会成为很好的同事和朋友。但是，我不得不遗憾地告诉你们，三个月后，你们中间的一位将铁定离开，哪怕他的业绩还过得去！因为从现在起，教管系统产品事业部将实施一套独立于集团之外的绩效考核体系，其中核心的一条就是末位淘汰制，每个季度业绩排名最后一位的销售经理将自动淘汰！"

一种无形的压力弥漫在会议室，董培转而说道："既然我们要承受如此大的压力，那么我们的回报是什么？是成就感？自我发展？还是能力提升？都不是！我们首先要得到的回报只有一个字：钱！哪个做销售的如果不喜欢钱，立即从这个会议室滚出去！君子爱财，取之有道，我已经申请集团同意，你们的提成比例是集团其他业务部门的两倍，每个季度的最佳销售还将得到一万元的现金奖励，连续四个季度业绩第一销售奖励将是……"董培有意停顿了一下，见大家都瞪着眼睛等着答案，便说，"一辆宝马。"

会议室一下炸开了锅，大家兴奋地交头接耳，董培补充道："这些都会写进白纸黑字的协议，保证会兑现！"

崔小萌说："我不喜欢宝马，换辆别的行吗？"

"你也可以选择同等数目的现金，这样你就可以买你喜欢的车了。"董培微笑道。

司莎莎嚷道："董总，我也要当销售！"

董培说："不行！因为我对你的工作很满意，不希望你三个月后被淘汰掉。"大家一阵哄笑。

董培接下来将每个人负责的省份分配明确，并公布了内部管理制度，最后布置了几个议题，让大家自由讨论。

在大家讨论的过程中，董培的信心在一点点地增长，他喜欢这种富有张力的气氛，他喜欢这种引领的感觉，这些年轻的面孔信任地、满怀希望地簇拥在自己身边，让董培油然产生一种率领他们冲锋陷阵、建功立业的冲动。

九

男人之间的极致情感是惺惺相惜

小邢告诉董培，邹义山将于周三上午抵达北京，下午会到公司来，具体时间再约定。董培立即让小邢预定公司最好的那间会客室，并将新海相关的介绍资料也准备齐全。

"这个人不用经过初试吗？"小邢问。

"不用了。现在的问题恐怕不是我们面试他，而是他来面试我们呢。"

小邢翻出邹义山的简历又看了一遍，想弄明白为何董培如此看好邹义山，"邹义山的简历写得够简单的。"小邢不到两分钟就看完了简历。

"简历嘛，简单一点无所谓，关键看实质性的内容。邹义山的聪明就在这儿，他知道既然是你找他要简历，肯定是业务方面的主管授意的，所以他就根本不用把简历写得太花哨以通过人事部门的筛选，而我只需要了解他在哪几家公司待过、职位是什么、参与过什么项目，就完全够了。他简历中的每个项目我都知道，大部分是做得很成功的项目，但他把一个曾经输得很惨的项目也列了进去，还特别标记出来，这一点是太难能可贵了……当然，有时候双方是否互相满意也要看缘分，也许见面之后发现对方并不如自己想象的那样，但目前看来邹义山这个人还是值得努力争取的。"董培从小邢手中接过简历，又浏览了一遍。

"我觉得你跟肖菁姐就挺有缘分的。"小邢突然冒出一句。董培不知如何作答，便笑了笑，扯了几句别的，回到了自己办公室。

让他感到欣慰的是，新成立的销售团队进入状态非常快，才两天工夫，已经有几人要申请出差了，董培看了他们的出差申请，都是因为有了意向较强的客户，这至少说明两点：首先，这批销售都是带着客户过来的，也有行业经验，所以立即能找到目标客户；其次，教育管理系统的市场需求还是相当旺盛的，不然也不会这么快就有反馈。不过，让董培有些犯难的是，新产品的相关宣传材料还没有全部整理出来，总不能叫这几个销售光着膀子就开始出去叫卖吧。

他把张思文叫到办公室，先了解了一下客户的情况，接着问他："我们相关的资料尚未整理出来，你打算怎么向客户介绍新产品呢？"

张思文早有准备，递上来了个厚厚的文件夹，里面都是彩打出来的 PPT 文件，大概有四五十张，封面上写着：新时代的教学与管理平台。董培翻了翻，其中大部分是新海集团和 CIE 公司的介绍，显得这个教管系统产品很有来头的样子，另外七八张是介绍移动互联时代中国教育面临的机遇与挑战，剩下几张才是教管系统产品的介绍。

董培立即明白了张思文的想法，在目前这个阶段，客户对这种新产品的认识是极其模糊的，甚至整个业界的大部分人对此也不很了解，因此，先与客户建立关系比介绍产品更重要一些，让他们先形成一个概念，以利于后续的跟进。

张思文还说了一个观点："教管系统产品的上马，对于一家教育机构来说有时意味着权力的重新分配，因为这是一个涉及上千万的大项目，而且一旦实施，整个机构内的教学与管理流程将会有很大的调整，谁掌握了这个项目，谁就基本掌握了这个机构未来的发展方向，因此，这中间必然涉及各方面的权力博弈，远远不只是实施一个项目那样简单。这次出差，也是为了了解客户内部的一些情况，确定主攻方向。"

董培点头表示赞许，说："你这个 PPT 文件发给大家共享一下，集思广益，会是一个非常不错的销售工具。"张思文说回头立即将该文件放到共享文件夹中去，并发邮件告知所有人文件地址。接着自己以前的两个老部下，高毅和朱卓明，也先后过来申请出差，董培问了一遍客户情况，并听了听他们的出差计划，一一签字同意。

倒是崔小萌毫无动静，董培打电话过去，却是另外一名销售接的，说崔小萌在 Michael 办公室。董培正想问问研发方面的进展情况，便起身来到 Michael 的办公室。

Michael 正眉飞色舞跟崔小萌说着什么，见董培进来，便说："Peter，你来得正好，我们正在讨论这个世界上到底有没有真正的男女平等……"

董培哭笑不得，自己满脑袋的业务官司，这两人却在这儿坐而论道，研究哲学问题。

董培坐在旁边听了一会儿，有点惊讶地发现，居然是 Michael 认为不可能有真正的男女平等，而崔小萌却坚信会有真正的男女平等。按董培的经验，在男女平等问题上，通常是女人比男人悲观得多，这两人却倒过来了。

董培微笑着听他们争论了一会儿，Michael 适时地转移话题，说："我们还是继续我们最初的话题吧，教管系统产品何时能够正式推向市场？"

崔小萌看了看董培，董培让她接着说，于是崔小萌将部门最近会议得出的几个结论中英文夹杂地一一道来，Michael 时不时提个问题，董培在旁边补充几句。

聊了半个多小时，从 Michael 办公室出来，董培好奇地问崔小萌："你们是怎么从项目扯到男女平等上去的？"

崔小萌想了半天，也没记起那个话题转折点是什么。

周三下午两点半，邹义山按约定时间准时过来了，小邢将他引到会客室，董培已经等在那儿，面前摆着两个玻璃杯，里面热腾腾地泡着绿油油的新茶。

"邹义山，我等你等得花儿都谢了！"董培笑着伸出手。

邹义山客气地握住董培的手："董总你好！久仰久仰！"

两人落座后，董培将玻璃杯推到邹义山面前："这是上好的新茶，我姨父一家上周来北京玩，特意给我带来的，你尝尝。"

邹义山喝了一口，赞道："新茶的味道就是不一样，香！"

寒暄几句后，董培进入正题，说："这次请你过来，只有一个目的，希望你能够加入我们的团队，你的薪水将是现有团队中最高的一位，你的职位也是总监级，你愿意考虑吗？"说着，董培将一份正式的聘用通知书递到邹义山面前，上面是他的职位、薪水以及各项福利待遇的说明。

邹义山原以为董培肯定会先跟他聊聊业务，问一问个人情况，判断一下自己的能力，没想到董培如此直接，上来就将底牌亮出。

邹义山扫了一眼通知书，沉吟了几秒钟，说："谢谢董总这么坦诚，不过……我已经接受了另外一家公司的邀请。"

"这我听说了，是金思德还是鸿宇？方便透露吗？"董培微笑着问。

邹义山笑道："鸿宇。"

董培遗憾地叹了口气，说："你比我幸运，能够游刃有余地去选择新的工作机会，我当初就远没有你这样幸运。"说罢，董培将自己当初找工作的经过讲了一遍，说到自己遇到骗子那一段时，邹义山不禁大笑。对于自己在公司的几番经历，董培也没有过多回避，坦坦然然地跟邹义山说了。

邹义山显然被董培的故事给吸引住了，董培恳切地说："义山，选择工作是一项极为慎重的事情，你现在拥有主动的选择权，我希望你珍惜这种选择权，再考虑一次吧！"

邹义山陷入沉思中，看样子在认真考虑董培的话，董培拿出一沓文件，放到他面前："这是我们关于教管系统市场推广工作的一些设想，我们这个团队正式成立还不到十天，但已经取得了很大的进展，你看一看，会对我们有更多的了解。"

见邹义山有些吃惊，董培笑着说："没关系，即使你最终不选择新海，这些资料你仍然可以保存，也可以无限制地使用，如果不能得到你这样的人才，这些资料留着又有什么用呢！"

话说到这份上，邹义山有些坐不住了："没想到董总是个这么大气的人！就冲你这份诚意与坦荡，我一定会认真考虑的！"董培满意地点点头，说："如果这算一次面试的话，我的面试结束了，你还有什么问题吗？"

邹义山下意识地看了看手表，两人总共谈了不过十分钟，有些不可思议地问："董总面试向来都是如此吗？"

"不，我通常的面试时间是半小时左右，但在两种情况下，我的面试时间只有十分钟左右，一是完全不合乎我要求的人，一是我非常满意的人。"

邹义山连忙对董培的看重表示感谢，摇摇头说自己没什么问题要问。

董培端起杯子，说："那咱们品茶吧，随便聊聊天。"说着自己先喝了一口。

两人的话题这才转到业务上来，邹义山见董培这么看得起自己，此时也不隐瞒什么，将自己对业务的看法和盘托出，董培聚精会神听了一会儿，立即喜得抓耳挠腮。此人很多观点与自己不谋而合，行业经验又极其丰富，实在是难得的干将，但这时候表现过于兴奋反而不好，便一个劲地喝茶来掩饰。

小邢走进来，见两人像老朋友似的陷在沙发里侃大山，一副相见恨晚的样子，犹豫了一下，还是对董培说："董总，过一会儿 CIE 的客人要过来，江总要在这儿会见他们，让你也参加。"

邹义山见状，便起身道："那我先告辞，不妨碍董总这边的工作了，我会在本周之内给一个确切答复，谢谢董总！"

董培紧握了一下邹义山的手，说："我热切期盼一个令人兴奋的答复！"

邹义山笑而不答，冲小邢点点头，走出会客室，董培一直送他到电梯口，才挥手道别。

董培回到会客室，小邢说："董总，我感觉邹义山会选择我们公司。"

"何以见得？"

"他跟你很谈得来，你开的条件又那么优厚，再加上董总的人格魅力，他实在没有理由不加盟新海的。"

董培听她说自己有人格魅力，不禁有些别扭，吴梅也经常被人投其所好地称赞有人格魅力呢！他坐下来细想了一下，把邹义山挖过来，不仅会极大地增强自己这边的销售实力，同时也毫无疑问地削弱了对手，这当然是个一石二鸟的好买卖。但董培觉得在此事上只有六七成胜算，小邢说得没错，邹义山应该是被自己的诚意打动了的，不过怕就怕鸿宇那边也不惜代价要挖到他，特别是鸿宇如果知道新海在跟他们抢人，肯定会更加努力去阻挠，那样事情就复杂化了。

"小邢，我还该做点什么？"

"你指的是什么？"小邢停下手中的活，问道。

"如果要确保邹义山加入新海，我还应该做点什么？"

"董总，你现在只需要做一件事……"小邢神神秘秘地看了眼董培，说道。

董培摆出谦虚的姿态听她说下文。

"耐心等待！"见董培郑重其事的样子，小邢忍不住笑了起来。

董培也不禁失笑，隔着桌子狠狠指了指她，离开了会客室。

下午与 CIE 的会谈持续了两个小时，会谈一结束，董培便给邹义山发了一条语音短信，说今天下午新海与 CIE 公司正式签署了战略合作协议，CIE 向新海集团第一批注资三千万美元。

"目前的国际形势不比几年前，非常诡异，但 CIE 选择这种时刻向新海集团注资，充分显示了国际资本对于新海的信心。你做决定的时候也要考虑这个因素。"董培在语音留言中这样说。

邹义山回短信说：谢谢董总，我会认真考虑的。

晚上十点多钟，邹义山拨通了董培手机："董总，没休息吧？"

董培知道他已经做出了决定，也不知结果如何，便笑道："我一般都是在十二点左右睡觉，现在正是我精神的时候。"

邹义山也笑道："我猜董总就是这个习惯，所以才冒昧打扰。"

"考虑得怎么样啦，义山？"董培尽量轻松地问道。

"董总，说实在的，真不知道该如何向你开口……"邹义山犹犹豫豫地说。

董培一听便知"事不谐矣"，压抑住内心的失望说："没关系，义山，大家都是爽快人，没什么不好开口的。"

邹义山说："我觉得做教管系统这种项目挑战相当大，很多人都知道 NESCO 是因为资金短缺死的，也知道 NESCO 是让市场给拖死的，但谁都不知道 NESCO 是怎样被拖死的。事实上，我们当初在立项的时候，就充分考虑到了投资回报的周期，我们按计划实现了每一步，好几家大客户都已经与我们进入了签约倒计时，如果事情就这样发展下去的话，NESCO绝对是目前教育软件行业的新科状元。"

董培静静地听着，等着邹义山的结论。邹义山继续说："但我们忽略了一个事实：这是一个动态的市场，而不是静态的。我们没有充分关注竞争对手的行动，当我们即将做成第一批单子，也就是即将占领第一片市场的时候，金思德、鸿宇相继进入了这个市场，他们通过自己的渠道强有力地向客户传达了一条致命的信息：教管系统产品实际是一个综合性的系统工程，只有实力超强的公司才能确保产品质量与售后服务。NESCO在规模与实力上与金思德、鸿宇没法比，于是客户便犹豫了，并提高了签约门槛，NESCO没能走完这最后一步，倒在了见到曙光的那一刻。"

这是一个伤心的故事，每天都会在市场上演，但只有那些身临其境的人才能体会到其中的快乐与痛苦。不过董培的注意力不在听故事上，他在琢磨邹义山的想法，听上去邹义山对加盟新海虽然没有肯定，但好像也没有否定。

"这都是宝贵的经历，虽然不爽，但能帮助我们在将来获得成功。"董培安慰他道。

邹义山的语气倒很轻松，就像在谈论与自己不相干的人和事，董培也摸不透他到底想说什么，心想恐怕这就是做销售的职业习惯，在进入正题前先把人说得云山雾罩。

"董总是个坦荡爽快的人，所以我也要回你一个坦荡爽快！"邹义山说。

董培沉住气，笑道："这样最好了！"

邹义山说："过去的两周，我先后收到了金思德和鸿宇两家的邀请，经过权衡，我选择了鸿宇，因为它在这个项目上起步早一些，投入的力量也更大，按照约定，我下周一就该去鸿宇上班了，我决定，暂时先去鸿宇……"

董培见无可挽回，只得强颜欢笑说："义山，不管怎样，祝你好运！大家以后还是朋友。"

邹义山在电话那头笑了："董总，你听我说完。我暂时先去鸿宇，一个月后，我再加盟新海，这样我可以充分了解鸿宇的战略，对于我们来说意味着刚开始就占了主要竞争对手的上风，为下一步的市场运作争取到了主动权。我知道这样做是违背职业原则的，一旦传出去，对我的职业发展也会有极大损害，但既然我已经下定决心跟着董总干，而且一定要干出名堂来，所以我不会在乎，但我必须要董总了解我的想法。"

董培万没想到竟是这么个结果，激动得手直哆嗦，他太知道这意味着什么了，在以后对鸿宇的竞争中，董培将步步主动！

"义山，我都不知道该说什么了，有你加盟，新海的教管系统产品必将成为行业标准！"董培由衷地说。

邹义山谦虚了几句，说："我认为只有这样，才能增添几分胜算，这个市场竞争实在太残酷了，有时候不得不采取一些非常规手段。"

董培心里一动，突然明白了邹义山的真实顾虑：他最大的担心就是将自己置于不义的境地，得罪了鸿宇那边的人不说，到了新海，没准还被人防着，落个里外不是人。

想到这些，董培对邹义山更多了一分感激与敬重，便说："义山，做这件事是有压力的，这个压力不应该由你一个人来承担，从现在起，你就是新海教管系统产品事业部的销售总监了，我指派你去鸿宇以该公司员工身份工作一个月，然后我们再通过公开招聘的方式将你挖回来，我希望你接受这样的安排，因为这样更方便做事，也更具合法性，你觉得怎么样？"

邹义山放下心来，董培这样一操作，自己充其量只是个"从犯"了，董培虽然成了"主犯"，但也并不用承担什么道德压力，因为这更多是一种公司行为，是一种擦边球式的竞争策略。

董培接着说："义山，这事咱们对任何人都不要提，太敏感了，一旦透露出去，我们这个完美计划将失去一切价值，切记！"

邹义山巴不得如此，连声表示赞同，董培又说："不过此事恐怕得跟江总说一声，因为从明天起你就算新海的正式员工了，应该开始算工资的……"

邹义山忙说："董总，不必了！我真不是客气，只是我觉得这事不必告诉任何人，包括江总。老板位置高了，有时候未必能体会下面具体做事人的想法，再说了，江总应酬多，难免要喝两口，万一不小心给说出去了，我们岂不是前功尽弃？"

董培想了想，觉得他说得有道理，但顾虑也未免太多，江总能白手起家混到今天这样的地位，岂能犯这种低级错误！江总这边肯定是要沟通的，但不是现在，等邹义山正式入职后，再告诉他也不迟，估计江总只有拍案叫好的份。

两人达成共识后，董培心情大好，问邹义山什么时候冒出这么个想法的。

"也就是两小时前吧，我想只要选定了一家，另外那家就必然是死对头，考虑了半天，还是选鸿宇做死对头吧。"邹义山笑道。

董培不禁大惊道："如果你一念之差选新海做了死对头，那我岂不是很惨？"

邹义山哈哈大笑，然后正色道："董总对我那样坦诚相待，我是决不会用这种方式去对待董总的。我用了将近一周的时间反复数次，才和鸿宇那边谈妥了入职条件，而董总只用了五分钟就给了我同样的条件，某些条款还更优惠，这其中的差别意味着太多！"

邹义山继续道："还有，董总给我这么大面子，把我从上海请过来，这都不是一般的情分！所以，不是我非要跟鸿宇作对，是董总帮我做了这个选择啊。"

董培舒舒服服接受了邹义山这个"马屁"，两人又商讨了一些操作上的细节问题，又聊起了业界发生的一些事，一直侃到深夜，手机滚烫，才意犹未尽地挂了电话。

虽然有种天上掉馅饼的感觉，但董培兴奋劲过后，还是冷静下来。教育管理系统这种产品必将撼动行业的竞争格局，这一点相信明白点的业内人士都看到了。CIE 肯投资三千万美元，也正是出于这个原因。不过目前，他只是领先一小步而已，稍不留神，很可能又被对手扳回一局。

第二天，小邢问董培："邹义山那边有消息了吗？"

董培笑道："有了！"

小邢看董培面有得色，便说："你看，我说得没错吧，人家肯定会选新海的。"

董培敛了笑容："谁说人家选我们了？"

小邢愣住了："那他选哪家了啊？"

"鸿宇。"

"啊！"小邢叫了起来，"这个邹义山也太不像话了！"

董培有点想笑："怎么了，人家有选择的自由。"

"可是……"小邢摇摇头，想不出用什么词去评价这个不知好歹的邹义山。

"算了，从现在起，我们忘掉这个人。"董培知道小邢是替他鸣不平，便拍拍她肩膀说，"消消气，这是很正常的事。"

"那我让他们再把招聘通知挂到网上去，我还以为他会过来，把招聘通知都给撤掉了。"小邢说着，就要打电话。

"撤就撤了吧，我们暂时不招聘这个职位了。"董培止住她。

小邢还在愤愤不平，董培安慰她说："没事的，这个世界少了谁都转。"

出差在外的销售们纷纷打电话过来汇报情况，总体情况都不甚乐观。高毅和朱卓明至今没有见到那几家教育机构的总经理或校长，不是推说开会，就是有突发事件要处理，和电话里的态度大相径庭。本想守在门口一直等，又觉得有逼宫的味道，反而让人不舒服，跟几个熟识的中层干部聊了聊，也都讳莫如深，但言语中又隐约透露出高层看好教育管理系统的意思，甚至有的机构和学校已经对中层干部进行了初步培训。

董培觉得十分蹊跷，想想也没有别的办法，只有让他们再待上一段时间，继续攻关。他发现张思文那边一直没有消息，便拨通了他的手机。

手机响了半天，张思文才接电话，声音沙哑混浊，像刚睡醒。

"思文，你那边情况怎么样？"董培问道，看了一眼时间，十点半。

张思文一听是董培，连咳了好几声，声音才顺畅清晰起来，说：

"不是很乐观，拜访了几所重点学校，但都没见到校长，请当地分公司的人托关系，才算见到了两所学校的教导主任，但都闪烁其词……"说着，声音又混浊起来，使劲干咳着清理嗓子。

董培心想，不是很乐观，你小子倒有心思睡到十点半！但想到做销售的应酬到深夜，早上起得晚也是常有的事，便没说什么，将话筒离耳朵远了些，让他先咳完了再说。

"对不起，董总。"张思文将嗓子清干净了，才说，"但我百分之百地肯定，越是这样，越是说明有问题！学校肯定有这样的需求，而且已经提到了议事日程，不然他们直接否定就是了，干吗要遮遮掩掩？这中间肯定有事，我会尽快找出原因，昨晚就是跟一所学校的办公室主任喝酒来着，他告诉我，最近学校要上一个大工程，问是什么工程，他又不说。后来我故意说他不讲实话，既然是大项目，怎么学校一点基建材料都没有。他笑我说，都移动互联时代了，观念还这么老土，难怪竞争不过人家……后来他就守口如瓶了，我也没好多问，只是跟他喝酒套近乎。"

董培十分专注地听着，捕捉着其中的蛛丝马迹。高毅、朱卓明和张思文这次拜访的客户应该说都是非常有实力的，国内第一批上教管系统的教育机构和学校，必然有这些客户的名字，而且他们以前都购买过新海的产品，合作还算愉快，怎么这次全都像约好了似的，一个个神秘兮兮，难道是专门针对新海而来？

"不太可能是专门针对新海而来的，"张思文已经完全醒了，声音恢复了清晰有力，"说实在的，如果这么多重要客户和竞争对手一起费心思来针对新海，那倒是好事了，只是新海还没这么重要！"

两人都在电话里笑了，董培一时也找不出真实原因，便让张思文再盯一个星期，务必见到主管副总或者校长，实在不行，也至少弄清楚到底在发生什么，然后再回京。

放下电话，董培正在琢磨，华伟敲门进来，董培便收回思绪，指了指办公桌前的椅子，微笑道："什么事？"

华伟说："我刚发了份邮件，不知董总看了没有？"

董培在电脑上收了一下邮件，果然有一份华伟的邮件，挂着个附件，正文里说附件的内容是对市场的一些看法。

见董培还在收邮件，华伟说："要不我简单讲一下邮件的内容吧，正好也跟董总交流一下。"

见董培点头，华伟斟酌了一下用词，才说："我想在我负责的省份开一个教管系统的产品推荐会，当然会议名称不用这么直白，可以叫作'移动互联时代学校教育与管理研讨会'，邀请本省有实力的学校参加，其他一般的学校也可以邀请一下，以壮声势。主办单位可以是该省教育局，我们来协办，所有会议经费都由我们来出，我们可以把会议议程事先提交给教育局，让他们知道我们的确是一个科学严谨的研讨会，而不是产品叫卖会，让他们放心。为了使会议规格更高，我们可以动用在北京有关部门的关系，将几所和我们有合作关系的重点高校以及教育信息中心下属的协会也拉上，这样不怕校长们不来！只要会开起来了，我们就会有很多机会推荐我们的教管系统产品，甚至在说解决方案的时候，就用我们现在的教管系统解决方案……"

华伟说话的声音很平，如果他的交流对象是一个对业务一无所知的人，那他几乎毫无打动人的机会，只会让人昏昏欲睡。用了大概四五分钟的时间，华伟说完了，见董培只盯着自己不说话，抿了抿厚厚的嘴唇，心里有些不踏实起来。

董培眼睛发亮，盯着华伟缓缓说道："你刚才的一席话，堪称国士之言！"

华伟是个典型的理科生，凡是略带些文采的词都不太明白，自己平常用的语言也跟编程一般，董培见他有些疑惑，便将"国士之言"四字写在一张白纸上递到他面前，后面还加了个感叹号。华伟虽然还是有些不解，但知道肯定是个大大的褒义词，咧嘴开心地一笑。

"你刚才这番话非常有启发！我再仔细看一看你发的邮件，然后再答复你。"董培说。华伟点点头，起身离开了办公室。

董培点开附件，是一篇很长的报告，董培略看了一遍，前面很多都是市场方面的分析，这些都是董培了解的，直到最后，才提到产品推荐会的事，董培看完后，觉得这篇报告中有价值的信息其实就是刚才华伟所说的推荐会，不禁有点纳闷：这家伙总是在连篇累牍的文章中点缀些极有价值的东西，让人摸不清他到底是糊涂还是明白。

董培觉得，华伟的建议是否可行倒并不重要，关键是它打通了自己的思路。首先，董培一直不明白为什么几个非常能干的销售杀下去，却连个刺刀见红的机会都没有，现在虽然具体原因仍不得而知，但有一点启发却是至关重要的：也许这种点对点的攻关方式并不太适合教管系统这种产品的销售。其次，教管系统是一个新事物，在展开销售攻势之前，必要的市场预热是非常重要的，而考虑到产品的特殊性以及其几百上千万的价格，这种预热必须是权威的、带有官方性质的。

这个华伟还真是个福星，每次总能带来些新的东西！董培走出办公室，来到华伟的座位，华伟正在网上查东西，没注意董培在身后，董培看了看电脑屏幕，他正在百度"国士之言"呢，董培倒觉好笑起来，也不打扰他，溜回了办公室。

董培回到电脑前，把几个销售提供的信息在脑袋里汇总了一遍，决定立刻进行调整。销售如同打仗，打仗必然有胜有败，最大的失败不在于与对手血拼之后光荣战死，而是被对手牵着鼻子转了半天，才发现人家已经攻占了城池、截断了后路，自己的十万人马还没痛痛快快打上一仗。现在新海的销售如狼似虎直扑市场，勇气固然可嘉，但效果如何实在难以预料，从目前的情况看，这帮虎狼好像遇上了刺猬，无处下嘴。这是一个危险的信号，对手肯定也在布阵，而董培这边却毫不知晓。

调整是肯定的了，问题是如何进行调整，董培立刻分别打电话给高毅、朱卓明和张思文，叫他们做两件事：第一，确定金思德和鸿宇这些主要竞争对手的销售是否也到了一线市场；第二，弄清楚这些重点客户近期是否跟他们接触过。

"我要的是准确信息，没有'大概''可能''也许'之类的词！后天中午之前发邮件给我。"董培强调道。

董培接着拨通了崔小萌的电话，让她来办公室一趟。几秒钟后，崔小萌像阵风似的卷进门，还带着一股沁人心脾的淡淡香味。

这么好闻的味道装不知道似乎有点虚伪，董培边让座边称赞说："香水味道不错。"

121

"我没喷香水啊。"崔小萌奇怪地说，在自己手腕上嗅了嗅。

"哦……"董培无语，寻思可能有些女孩子身上就是带着这样一股好闻的味道吧，便转开话题说，"有件事麻烦你办一下。"

"嗯，董总现在手下兵多了，难得叫我这个小兵办点事呢。"崔小萌噘着嘴说。

"这是你说的啊，真到忙的时候可别怪我。"董培合上笔记本电脑，严肃地说，"这次拜托你的事恐怕有些难度。"

"什么事？"崔小萌也很快地进入了工作状态，一副精明干练的白领丽人形象，和刚才噘着嘴的小女孩判若两人。

董培最喜欢的就是她这种毫不拖泥带水的作风，女孩子该有的可爱都有，却没有丁点儿矫揉造作。

"帮我使个美人计。"董培依旧严肃地说。

崔小萌一愣，看看董培又不像开玩笑的样子。

"从各方面反映的情况来看，目前的市场形势有些古怪，表面上风平浪静，但里面肯定有文章。我让几个出差的销售在下面收集信息，我们在总部的也得收集信息，把这些信息综合起来，才能判断到底在发生什么事。"

"明白了，你是让我了解一下情况是吧？"崔小萌说，"那……"

董培知道她要问这跟"美人计"有什么关系，便接过来说："那你觉得我们应该从哪些渠道了解情况？"

崔小萌想了想："还是先问一下集团公关部，他们负责和教育信息中心以及几所与我们合作的大学保持联系，跟很多地市的教育局也有关系。"

董培赞许地点点头，说："如果我已经问过他们，而他们也没有提供任何有价值的信息呢？"

崔小萌迟疑了一下，说："那只好我们自己打探了……"

"是啊，"董培笑道，"所以需要你使个美人计嘛。"

"什么呀，我可不是美人，也不会用什么美人计！"崔小萌警觉地摆出一副绝不上当的架势。

董培笑道："放松点，不是你想象的那样。目前这个行业由教育信息中心的一个司局级事业单位来统一管理，我刚才问公关部这个单位领导的电话，他们打电话一询问，才发现这个单位的头已经换了一个多月了，新上任的领导叫张长浩——这么晚才知道，真不知他们公的什么关！今天有点晚了，你明天给这位新领导打一个电话，一是汇报一下工作，二是了解一下情况，建立起联系，就这么简单。"

崔小萌一听是这样，笑眯眯地连连点头。

第二天，崔小萌化了个小淡妆，脖子上还系着条小丝巾，和身上那件式样新颖的衬衣搭配得很是到位，穿着瘦腿九分裤，蹬着双青灰色的高跟鞋，颇有点现代性感窈窕淑女的味道，既端庄得体，又光彩照人。

"什么情况？"董培上上下下打量着她。

"美人计啊。"

"什么？"

"你不是让我对张长浩使美人计吗？那还不得上点妆。"

董培哭笑不得："打个电话穿再好看有什么用，人家又看不见。"

崔小萌看上去心情不错，"哼"了一声，说："这你就不懂了，美是可以隔空传递的！"说罢扭头便走回了座位，一路引来无数人探头探脑地看。

董培踱回办公室，这才想起颇有一段时间没有联系肖菁了，想想不觉丧气。交往这么久，如果不是有什么特别的事情，肖菁几乎从不会打电话给他，这些天来自己一直暗暗期盼她能主动来个电话，现在看来，还是自己挺不住，被崔小萌这副打扮一刺激，便不可遏制地思念起她来。

熬了一会儿，便给了自己个台阶下，男女之间嘛，当然是男人主动些，自己可能是习惯了以前那些女孩子对自己的主动，乍一遇上肖菁这种海一样深的女人，有些不适应罢了。

于是董培毅然拨通了肖菁的手机，响了几声，电话里传来那个温软的声音："董培，你好。"

没想到这声问候能让自己这般快活，早就该打这电话了！董培从对面窗户玻璃上看到自己一脸谄媚，嘴巴笑得咧到耳后根去了，连忙收敛了些，问候道："肖菁你好，好久没联系了！"

肖菁那边还是那种温软的声音："是啊，最近很忙吗？"

"还好吧，现在至少能专心琢磨业务了，忙起来也心里踏实。"董培说着，选了个最舒服的姿势歪在椅子上。

"哦……"肖菁那边一时无话。

沉默了一会儿，董培怕她问"什么事"，自己答不上来，便说："我没什么事，就是打电话问问你。"

"谢谢。"

董培一边想象着肖菁的表情，一边继续套词："你现在还方便说话吧？"

肖菁说："我们正在开全公司例会。"

董培吓了一跳，看了看手表，说："你们公司怎么选在这种时候开例会？对不起，打扰了，不好意思！"

肖菁笑了一声，说："没关系，我已经出来了。"

这可是天大的面子啊！自己已经说过了没事，肖菁还是离开全公司例会的现场，就为了和自己闲唠两句，可见肖菁心里有他董培的位置！

"哪天请你吃饭啊？"董培借着良好势头发出邀请。

"好啊，我请你。"肖菁说，语气和平时并无不同，但董培的视线已然穿过电波，看到了她嘴角"浅浅的笑意"。

"那一言为定！当然……是你请客，我买单。"董培使劲按捺住满心的快乐，不让自己笑出声来。

肖菁没跟他争谁请客谁买单，只是微微一笑，说："那我去开会了。"

董培连声道："你去你去！别耽搁了正事，谢谢啊！"

放了电话，董培把刚才两人之间的对话咀嚼回味了好几遍，越想越觉得心里舒坦，自己的表现也不错，除了最后那句"谢谢啊"有点莫名其妙，其他的还算正常。当崔小萌风姿绰约地走进办公室时，董培还有点魂不守舍，以至于看崔小萌的眼神如同看张思文或者华伟一样，竟没有一点崔小萌所期待的"那种东西"。

"电话打通了吗？"董培问。

"打通了。不过我要告诉你，张长浩是个女的。"崔小萌带着似笑非笑的表情看着董培。

董培吃了一惊，赶紧去官网上看，果然是女的，自己先入为主，没细看就让崔小萌搞什么"美人计"，确实有点昏聩。

"我看这名字气势如虹，主要是还没挂照片……"董培尴尬地挠挠头，问道，"她怎么说？"

"董总，这个恐怕需要您出马，用用'美男计'呢！"崔小萌道。

董培无奈地双掌合十求饶："小萌，形势紧急，先说正事吧。"

崔小萌这才告诉了她和张长浩的通话内容，董培听完，心里的两个问题终于有了答案。一是为什么市场突然沉寂，客户反应冷淡。因为有人采用了新的营销方式，而这种营销方式更利于教管系统产品的销售。二是竞争对手的动作。金思德和鸿宇都在联系张长浩主任，希望能够与官方合作进行一次产品推荐会。

"看来我们手头的工作要立刻终止，马上转换赛道！你等我邮件。"董培说完，埋头开始干活。

崔小萌也抖擞精神，开始梳理各种资料，其他销售都下了市场，两人开了几个小会，互相发了十几封邮件，多少理出了一点头绪，抬头看窗外，已经是万家灯火了。

崔小萌叫了两份外卖，两人草草吃完，时间已经是晚上九点了。董培车坏了正在修理，便叫车回家，顺路送一送崔小萌。

一上车，董培觉得市场策略、销售指标、人员激励这些词倏地离自己远去了，剩下的只有一丝疲倦和莫名的失落，倒是崔小萌兴致还蛮高，叽叽喳喳说个不停，董培有一搭没一搭地附和着。

"要不……咱们现在去三里屯坐坐？"崔小萌突然很快地说。

董培过了几秒钟才反应过来，崔小萌正饶有兴趣地看着车窗外，但她的注意力显然在董培这边，等着他的回答。

"唔……这主意还真不赖，"董培懒洋洋地说，"今天干活的时候，一直感念张主任提供了这么重要的信息，所以跟你一样，拼命用隔空传递的方式使用美男计，实在是有点累了，改天吧。"

崔小萌扑哧一笑："臭美吧你！人家张主任可是根红苗正、百毒不侵，你想使美男计人家还不收呢！"

"我这用的是'精神美男计'，就是从精神上愉悦人家，取得人家的信任，争取人家的支持，这可比用'肉体美男计'辛苦得多，也高尚得多。"董培说。

崔小萌笑弯了腰，连连说"恶心"，也不提去三里屯的事了。

到了崔小萌住的小区，董培看小区里黑咕隆咚的，叮嘱崔小萌小心点，免得被人劫财劫色。

"无所谓。"崔小萌说着，下车头也不回走进了小区。

董培这才感到她终归还是有点不大高兴。

十

江湖很冷，幸亏还有爱情

高毅、朱卓明和张思文陆续打来电话，他们都已经见到了副校长或副总级别的人，董培听他们描述了会见的情形以及对方隐约透露的一些信息，和张主任说的内容十分吻合。几个人不知道上面情况，只当是自己工作没做透，颇不服气，还想再死盯几天，董培此时不再犹豫，让销售们立即赶回总部。

接下来，董培将华伟发来的邮件转发给崔小萌，自己也提了一些看法和要求，让崔小萌结合自己的想法马上写一份会议方案。然后董培亲自写了一份会议申请报告，交给公关部，让他们马上以公司名义报送教育信息中心，尽快获得批准。

忙完这些后，董培给张主任打了个电话，说了会议申请的事，请她关照一下。张主任说："你们动作还真快！这种会议虽然由我们具体负责，但考虑到它的规格，还是要报到中心批的。这样吧，我一收到你们的报告，就直接找主管领导，尽快让他批下来。"

董培连声感谢，刚放下电话，手机响了，董培一看，不禁松了一口气，拿起手机说道："义山，还好吧？"

邹义山说："还好。这边有几个重要情况向您通报一下，您现在说话方便吗？"

董培听他口气，猜他在远离办公室的某个僻静角落，而且不宜久留，免得让人起疑心。

邹义山说了两件事，一是鸿宇所有的销售都没有下市场，都在忙碌着准备会务；二是鸿宇正在申请成为教育信息中心主办的"中国教育信息化校长论坛"的唯一协办方，好像很快就会得到批准，为此，鸿宇愿意承担此次论坛的全部费用。

"鸿宇成为协办方的具体利益是什么？"董培问。

"他们将有一次九十分钟主题报告的机会，目前我所看到的会议材料中，所有的内容几乎都与教管系统相关，所以我想他们肯定会借这次难得的机会大力宣讲自己的教管系统产品，给参会的校长形成强烈的第一印象。"邹义山说。

董培脑海中在飞快地转动，判断着目前的形势，自己的动作已经够快了，无奈当时自己手中并无实权，无法力推，结果还是被鸿宇抢先出招。心里又暗恨公司环境险恶，自己为了巩固地位，抢先把教管系统的相关草案提交给了江总和相关人等，弄得尽人皆知，于是其中许多宝贵的创意就这样被人信手拈走了。

"董总，你在听吗？"邹义山那边见董培一直不说话，问道。

"在听。"董培回过神来，"你设法了解一下鸿宇这次会议的预算大概是多少，这样我可以判断出他们的赞助金额，我们会出一个高一倍的赞助金额来争取这次会议的协办权！"

"好的。这次会看来的确非常重要，金思德也在四处公关争取协办权，甚至很多不太知名的小公司都希望能在会上露面。这次会议说是论坛，其实差不多是一次订货会，学校的年度预算都已经下来了，剩下的就是如何花完这笔预算，这是一年之中学校最有钱的时候，所以业内的公司都跟狼似的围拢来了。"邹义山说。

董培心里暗暗着急，却又不能让邹义山听出来："会议的具体时间定了吗？"

"应该还没有。我想只有协办单位定下来，会议时间才能确定，因为主办单位只是一个名义，真正的会务组织肯定都是协办单位来做的。"

"嗯，那说明我们还有机会，至少不能让鸿宇成为独家协办单位。"

"对，谁发出第一声很重要，即使我们没有机会发出第一声，至少也要造成喊声一片的局面，总比被别人喊出第一声强。"邹义山说。

董培哈哈大笑，觉得他这个比喻甚为贴切。

"董总，我回办公室了，有什么情况我会随时向你通报。"

"好，义山，辛苦你了。"董培关照了几句，便结束了通话。

董培坐回椅子上，想了想，发现竟然无事可做，申请会议经费吧，为时尚早，况且还不知道该申请多少，只有等邹义山打听到了鸿宇的会议预算才能做决定。会务准备也嫌早了些，只要争取到了会议协办权，会务准备只是水到渠成的事。目前最重要的是争取会议协办权，但这事又急不得，必须先等张主任那边的消息。

董培拿起电话，打给公关部，接电话的是公关部经理 Sarah，董培问她申请报告递交了没有。

"我们已经叫了快递，他们马上过来。"Sarah 说。

这种文件居然叫快递送，简直毫无公关意识！董培不禁火冒三丈，碍于公关部不直接归自己管，才没有发火："别叫快递了，麻烦你们亲自送到张主任手上，现在就送！"

Sarah 在电话里不情不愿地说了声："好吧。"

董培加重语气说："这事情江总一直高度关注，弄不好江总问下来，大家脸上都不好看，今天下班前请你们务必把报告交到张主任本人手中。"

Sarah 这才上了心，说："好的，一定。"

放下电话，董培不禁心里有气，这帮人清闲得跟坐机关似的，成天在网上瞎晃悠，遇事能躲则躲，能拖则拖，但事情最终做砸了，承担责任的却是董培他们，真是岂有此理！

正在郁闷，电话又响了，董培抓起电话，沉着嗓音说："喂？"

电话那头顿了一下，问："请问董培在吗？"

董培一听到这温润柔软的声音，满肚子气不知怎的立刻消了大半，声音也立即变成最标准的男中音："哦，肖菁啊！你好你好……"

肖菁问董培近况如何，董培真有点好好在电话里向她倾诉一番的冲动，但他想到绝不要给人留下婆婆妈妈的印象，便轻松一笑道："就那样，按部就班地做呗。"

肖菁告诉董培，她最近要出一趟国，半年后才能回来，所以上次说请他吃饭恐怕暂时不能兑现了。

董培问她去哪，肖菁说是美国，参加一个公司战略方面的培训，整个公司就一个名额，有二三十人参加了由美方主持的笔试和面试，结果选中了她。过几天她就得出发，但她护照丢了，一直都没有补办，还要准备赴美签证以及行李等一系列的事情，因此时间很仓促。

董培说："这是好事啊，祝贺祝贺！"

肖菁说："是啊，谢谢！不过时间实在太紧了，所以上次说好下周请你吃饭的事，恐怕是不行了。"

"没关系，你不还要回来的嘛！"董培嘴里这样说，一想到那么长时间见不到肖菁，心里却不禁一阵怅然。

肖菁又问了董培美国的一些情况，应该注意些什么，租房子是在城区还是去郊区，又问如果在大街上碰到黑人过来向她要钱该怎么办。

董培说："没那么邪乎，我在美国碰到的每一个黑人都很好。我记得有一次感恩节的时候，我在一家音像店想挑一张古典音乐的 CD，有一个黑人全程陪同我挑选，并非常耐心地向我介绍每张 CD 的内容，还提出了不错的建议，我还以为他是店员，所以一直心安理得地享受着他的服务，直到最后，我去付款的时候，才发现他就是和我一样的普通顾客，我向他道谢，他说了句'感恩节快乐！'然后就走了。你注意别往那些比较穷的区钻就是了，那儿可能比较危险。"

"听你这么说，我感觉好多了。"肖菁在电话那头说。

董培又说："美国人民还是相当友好的，公园里、社区里甚至大街上相遇，只要目光对视超过一秒钟，必然会互相微笑致意，刚去那儿的时候，经常看见美女冲我嫣然一笑，弄得我心中窃喜，后来才发现人家真的没那意思，哈哈！不过我提醒你啊，你的眼睛别乱放电……"

董培说得正来劲，突然记起印象中人家肖菁好像也在国外待过几年，不是加拿大，就是美国，没准对北美的风土人情比自己还了解呢，根本用不着听自己在这儿乱侃，可刚才她的问题却像一个从未出过国的人问出来的一样。

想到这儿，董培心里一动，几乎想都没想就说："既然下周你肯定请不了我吃饭了，要不就提前到本周吧，今天晚上如何？"

电话那头停了两秒钟，然后肖菁说："啊……"

董培听这动静既不像赞同，也不像否认，既不像高兴，也不像生气，但话已经说出口了，只得硬着头皮继续说："补办护照一个上午就足够了，至于行李，其实也就是几件衣服，剩下就是签证方面的准备，你这属于商务签证，相对简单得多，你只需要花点时间填表，准备一些相应的资料就足够了，这些工作，一天半也就足够了，所以呀，虽然时间不多，但其实远不像看上去那样紧张。"

电话那头停了两秒钟，接着肖菁说："那好吧，就今天晚上。"

董培没料到这般顺利，愣了一下才说："好！那我下班后过去接你。"这次肖菁没有任何异议。

放下电话后，董培看了看时间，给 Sarah 拨了个电话，问她申请报告送过去没有。

Sarah 有点害怕董培生气，连声说"马上出发"。董培说："这样吧，我正好要出去办点事，顺便捎过去好了。"Sarah 不好意思起来，但听董培口气中并无任何不悦的意思，也乐得少一事，便把申请报告送到董培的办公室。

董培立即打电话给公司司机张师傅，让他送自己一趟，刚好崔小萌走进来，将打印好的策划方案交过来，见他在叫车，便问："你要去见张主任？"

董培一边看报告，一边答道："不是。就送一下文件，公关部那帮人肉得很，递个申请报告也这么拖沓，干脆我替他们办得了。"

崔小萌说："你这样惯着他们，什么事都扛着，那还不得累死啊？"

"我才不会惯着他们，我这是督促他们好好干活，下回再让我代劳，我都有理由向江总反映了。"

崔小萌听了，觉得有理，便不说话了，等着董培对自己的方案作出评价。

董培快速过了一遍，之后又拣重要章节细看了一遍，点头道："框架搭得还算漂亮，但有些想法欠缺可操作性，有些提法也不是很准确。"说罢拿铅笔直接在纸上飞快改了起来，一会儿便将七八页纸的方案修改润色完毕，递给崔小萌说："马上照这个改一版，然后用集团的公文纸打印一份，加上塑封，我要把它作为申请报告的附件一并呈给张主任。"

"现在就交给张主任是不是早了点？"崔小萌翻了翻手上的方案，疑惑地说，"我只是快速整理了一个初稿，虽然你也改过了，但我觉得把它当成正式文件报上去，还不够成熟。"

董培点头一笑，说："不需要成熟，只要让张主任觉得我们已经做好准备就行了，因为她根本不会关注其中的细节，顶多是看一下大致的内容。我半小时后出发，你把版式弄漂亮点，时间够吗？"

"没问题！"崔小萌风风火火地离开了办公室。

董培仰在转椅上，心里暗暗奇怪，形势还是这样的形势，但自己的情绪却比一小时前平和了很多，看来很多时候，一个人的确可以选择以什么样的心态去面对问题。

过了二十来分钟，崔小萌拿着打印好的文件进来，董培接过来一看，装订得挺像那么回事，放在手里掂了掂，还沉甸甸的，问她道："怎么厚了这么多？"

"我把以前一次会议的任务分配表作为附录全加进去了，你不是说只要让人家感觉好就行了嘛。"

董培看了看任务表，那里面居然还有李东的名字，不禁好笑，向崔小萌竖了竖拇指，说："干得好。"

董培把报告塞进电脑包，稍微整理了一下桌面就要出门，崔小萌看着他收拾，突然说："我跟你一块儿过去吧？"

董培说："两个人去送份文件？这要传出去就不是公关部工作不力了，而是销售部人浮于事呢。"

崔小萌脸上一红，说："没准还会跟张主任见面呢，两个人去更显尊重啊，有什么问题吗？"

"这倒是说得通。不过现在机关纪律很严，不让随便跟商业公司接触，张主任也会避这个嫌，何况人家也是不小的领导，哪能说见就见得着的？我就把申请报告和策划方案送到收发室就好了，顺便在门口打个电话，让她知道是我亲自送过去的，就是表示了尊重。"

说话间，车已经快到楼下了，董培赶紧往外走，从玻璃的反光中看到崔小萌有些失落的样子。

走到半路，便意外地接到张主任电话，告诉他一个坏消息：鸿宇抢先申请了会议的独家协办权，刚刚获批通过。

董培心里一沉，几乎有掉头回公司的冲动，但想了想还是说："张主任，我正在往您这边赶，准备把会议申请报告和策划方案交到您手里……没关系，既然人家动作快，我们甘拜下风，但我还是想让您看看我们的工作，了解一下我们对于这项工作的热情与诚意……"

张主任在电话里停顿了几秒钟，像是不经意似的说："独家协办权其实并没有先例，风险也不可控，我个人是不赞同的。某些干部同志为了要出点风头，非这样做不可，我也不方便直斥其非，但是呢，你这边也不是说就不能参会了，办法总比问题多嘛。"

董培仔细咀嚼着她每句话的意思，说："张主任，那我先把手头的会议申请报告和策划方案送给您，回头我们再根据情况起草一个新方案。"

张主任在电话那头简单地回答了一句："嗯……"在董培的想象中，那应该是笑而不语的样子。

与张主任通话一结束，董培立即打电话给崔小萌，告诉了她最新变化，让她赶紧和大家策划新的会议方案。

董培到了教育信息中心，在收发室给张主任打了电话，张主任说道："那我们过来取一下。"

等了几分钟，董培见一位中等个头，衣着素雅，戴着眼镜的短发女人从中心大院走过来，这不跟官网上的张长浩一模一样嘛！董培不禁吃了一惊，没想到张主任会亲自过来，看来这是个不爱摆架子的实在人。

董培迎上去，张主任打量了他一眼，微笑道："小伙子很精干啊。"

董培也奉承道："您比照片上还显年轻，没想到您会亲自过来。"

"我正要去另外一栋楼开个会，顺便就自己取了。我只有两分钟，就叮嘱一句，董总……"

董培赶紧插嘴："您叫我董培。"

张主任便说："董培，情况我刚才在电话里跟你说了，中心内部怎么决策我不方便跟你讲，但是你们的工作对中心的决策还是有影响的，明白吧？"

董培连连点头，张主任说完微微一笑，拿着文件走了。

这是一次意外收获，不仅面晤了张主任，混了个脸熟，更重要的是，董培感觉她是个务实正派的人。

见完张主任，董培立即记起晚上和肖菁的约会，看了看手机，快到下班时间了，便让张师傅把自己送回公司大楼下的车库，直接上了自己的车。

正值下班的交通高峰，一路上狂堵，董培花了一个多小时才到肖菁公司楼下，肖菁已经等在大厦门口，她一拉开车门进来，一股沁人心脾的淡淡香味便在车厢里扩散，董培觉得自己像被水漫过一样，有点透不过气来，机械地打了声招呼，便不知下一步该干什么了，直到后面的车不耐烦地鸣了声喇叭，他才继续开车往前走。

"吃什么？"肖菁问。

"什么都行。"

肖菁笑了："我就知道你会这样说，跟没说一样。"

"我吃东西是两个极端，要么就是过于讲究，比方说请客户吃饭，一定要上档次，菜品精挑细选，自己吃吧，又过于随意，经常是上肯德基吃个汉堡，或者去马兰拉面吃碗面，所以你问我吃什么，我还真不知道怎么回答。"董培自嘲道。

"那我今天带你去一个地方吧，属于很有风味、很有特色的餐馆。"肖菁说。

"真的？"董培喜出望外，"你觉得好的地方在我看来就是顶级！"

"期望值可别太高——前面左转，去东三环吧。"

走了半个多小时，肖菁引着董培转入一条小道，又过了两个红绿灯，拐个弯，一幢两层楼的建筑横在面前，几家餐馆的招牌挂在建筑的各个角落，从这些餐馆前停放的车辆来看，应该是个不错的地方。

"哪家？"董培看着那些五彩斑斓的霓虹灯招牌问。

"尹家小馆。"肖菁指了指靠边的那个招牌。

停好车，俩人穿过一个两边摆满花草的长廊，说是花草，其实都是些茄子、彩椒、扁豆之类的蔬菜，反而让人觉得别致。刚进大厅，董培便看见门首边的位置迎面坐着个女明星，精心化过妆，很漂亮，只是瘦得有点过分。

像是出于男人的本能，董培把她与身边的肖菁比较了一下，结论是：肖菁比她漂亮多了。

服务员直接将他们带到预订好的位置，是一个带沙发的两人桌，董培脑海中立即兴奋地冒出一个名词：情侣桌。再一看不远处两个大老爷们儿也趴在"情侣桌"上边喝酒边侃大山，不觉大感无趣。

坐下后，服务员递上菜单，肖菁问："想吃什么？"

董培犹豫了一下，说："我可以说'随便'吗？"

肖菁扑哧一笑："那我点什么你就吃什么，不许埋怨。"

肖菁看来对这儿挺熟，三五下就点完了菜，"我这人没什么追求，就爱吃相同的菜。"她解释说。

董培心想：又漂亮，又专一，这样的女人谁不喜欢！但摧花神功再往上练两层，他也不敢这样调侃肖菁。

董培看着对面的肖菁，发现她今天的打扮与平常略有些不同，衣服颜色鲜艳了些，指甲涂成了淡粉色，让那双手愈发像雕琢出来的玉器，脸上也化了淡淡的妆，精巧的五官在灯光下显得分外柔和。

难道是要和自己吃饭的缘故吗？董培暗暗嘀咕。

"我感觉你最近状态不错。"肖菁也打量着董培说。

董培想起下午的事，鸿宇已经先抽一鞭了，自己还没想出辙来呢，便说："形势并不是很好，我们这边总体启动较晚，虽然紧赶慢赶，好些事还是被竞争对手抢先了。"

"正因为如此，我才觉得你状态好啊。形势不好，以你的急性子，还能这样安之若素，那不是状态好是什么？"

董培一细想，觉得她说得还蛮有道理，但她只说对了一半，一方面固然是董培胸有谋划，另一方面是因为肖菁就像平静的大海，董培这座活火山烈焰腾腾地杀过来，一遇上大海，便立即狂躁全无、安分老实了。

一会儿菜上来了，董培中午就在办公室吃了两块饼干，已然饿了，一看到这有香有色的佳肴，不禁两眼放光。肖菁见他馋成这样，便将盘子推到他面前，说："吃吧。"

董培说："你也吃。"抓起筷子不停歇地连吃了十几口，心里也知道这样并不雅，却不怕肖菁看到，瞅空见肖菁托腮微笑地看自己吃，丝毫不在意他这副吃相，倒像蛮喜欢似的。肖菁吃得很少，只吃了几口素菜，喝了些汤，在董培的一再劝说下，才要了小半碗米饭，用汤泡着吃下去了。

隔着两张桌子来了几个老外，两人的话题便转到了肖菁出国的事上，董培问："美国这么多城市，你最喜欢哪个？"

肖菁说了一个董培从未听说过的小城市，肖菁有一个远房亲戚住在这个小城，她在亲戚家住了一个星期，那座小城美极了，就像一个世外桃源，人与人之间的关系也极为和谐，几乎达到了传说中路不拾遗、夜不闭户的境界。见董培有点不信，肖菁说："这个小城二十年没有发生过暴力犯罪和偷盗案件，这个数据应该说明问题吧？"

董培住的小区上周刚发生了一起入室盗窃案，弄得人心惶惶，此时肖菁问起，便沉吟着没吱声。

"不过，即使那个国家再好，你却从来没有家的感觉，我还是想回国，不可救药地想家，正好毕业后也没有特别好的工作机会，就回国了。"肖菁说。

董培不禁汗颜，人家肖菁果然在美国待过多年，自己上次还把她当成新生一样谆谆教导呢。

"你最喜欢哪个城市？"肖菁反问他。

"纽约。"董培不假思索地回答。

"为什么是纽约？"肖菁素来不太喜欢这种喧嚣繁忙的都市，很想听听董培到底为什么喜欢。

"我踏上美国土地的第一站就是纽约的肯尼迪机场，然后我哥带我到了曼哈顿，说实在的，我上大学时第一次来北京，在街头走的时候，都有一种异乡人的感觉，但走在纽约的大街上，我却感觉到无比地自在。街上什么样的人都有，白人、黑人、亚裔、棕色人、不黑不白的，西装革履的、奇装异服的、土得掉渣的，应有尽有，但所有人都匆忙而平静地穿梭在摩天大楼林立的街道上，第一次看到这种景象，真的感觉很神奇！我站在那里，毫无陌生感，第一秒钟就接受了这座城市，也感觉这座城市接纳了我。"董培回忆道。要给哪个不明就里的反美青年听到他这番话，再看他陶醉的表情，非一嘴巴抽过去，再骂一句"洋奴"不可。

"但你还是回到了北京，"肖菁微笑道，"新海目前的合作伙伴 CIE 是不是离纽约不远？"

"对，在新泽西州。"董培思绪一下子又给拉回到现实中来，皱着眉头说，"我现在的教管系统业务碰上了一个死结，我心里好像知道我能够解开这个死结，但又的确想不出办法来，你说这是为什么？"

"那你应该放开思路，另辟蹊径，或者干脆放一段时间，可能事情就有了转机了。"肖菁说。

"我也是这么想来着，可是事情还挺急，哪能容我放一段时间！"董培重重地呼出一口气。

肖菁凝思了半晌，突然笑了，说："我预感你肯定能想出办法来。"

"是吗？"董培惊讶道，"你还有这种特异功能？"

肖菁摇头说："没有，我只是真这么觉得。"

"好！既然你这么觉得，那我更相信我能解开这个死结了。"董培喜道。

肖菁说："也许你应该找个风景不错的地方待两天。"

话音刚落，董培手机嘀了一声，董培拿起一看，是陈大明发来的一条短信，说："老弟，最近还好吧，有空来青岛一游。"董培心想肖菁果然有特异功能，立即回了一条："好的，一定！"

肖菁见吃得差不多了，招手叫服务员过来结账，服务员指了指董培说："这位先生已经结了。"

肖菁嗔道："说好了我请客的！"

董培嬉皮笑脸道："下次下次……让你一直欠我一顿饭，永远还不清才好呢。"

肖菁依旧板着脸不答应，董培好言好语说了半天，肖菁才勉强同意让董培买单。

把肖菁送到小区门口的时候，董培想法比上次又多了些，琢磨着是不是可以这样对肖菁说：不请我上去坐一会儿？但此话终究难以说出口。车停下来，两人深深地对视了几眼，肖菁笑着对董培说："再见……"

董培也勉强笑着说："再见，别忘了把你在美国的电话告诉我。放心，我会注意时差的，不会大半夜打给你。"

"干吗不用微信联系呢？"

"我不喜欢，微信沟通给人网络式的虚幻感，我情愿打电话给你，话费贵点也没关系。"

肖菁点点头，往后退了两步，向董培挥了挥手，转身进了小区。董培一直目送她消失，又在黑暗中等了一会儿，好像那身影还会再出现似的，直到确信肖菁已经到家了，这才掉转车头回家。

十一

为什么要跟聪明人共事

开车回家的路上，董培本想给陈大明打个电话，但想到母亲每次都在电话里叮嘱自己开车时不要打手机，不忍心拂了她一片牵挂惦念之意，便忍住了没打，直到车停到楼下的车位，才拨通了陈大明的手机。

"董总，在外面潇洒呢？"陈大明的声音从手机里传出来，瓮声瓮气的，像是在一个密闭的空间里。

董培听他间或发出声气喘，还伴随着噼噼啪啪的击打声，猜他肯定又在干些桑拿按摩之类的勾当，也不点破他，说："刚和一个朋友吃完饭，已经回了。你那边怎么样？听说压力不小啊。"

"唉！"陈大明重重地叹了口气，差点把气管都给叹破了，"不容易啊！江总要给我这边加一倍的任务量，我好说歹说，才给减到百分之五十，但你也知道，现在的市场不比几年前了，做咱们这一行的公司那简直就如过江之鲫，竞争这么激烈，能持平就了不起了，还要增一半，难！"

董培听他大倒苦水，心里舒服了不少，承受压力的毕竟不止他一个人，正想着，陈大明那头发出一声欲死欲仙的哼哼声，估计是被按摩小姐的纤纤玉手掐到爽处了。

"我这边教管系统业务进展得也不是很顺利，被鸿宇抢先了一步，我现在正不知道该怎么办呢。"董培也诉苦道。

陈大明在那头听到董培叫苦，也同样产生了压力被分担的舒服感：

"董总，到青岛来散散心吧，正好我们这儿开个会，你也来帮我壮壮声势，支持支持我！"

董培一听说开会，不由得烦上心头："我现在对'开会'两个字过敏，你就别折磨我了。"

陈大明问怎么回事，董培便将"中国教育信息化校长论坛"被鸿宇提前出手抢走唯一协办权的事跟陈大明说了。陈大明也想不出特别好的对策，便说："大不了，谁也别想过上好日子，把他的会给搅了。"

董培知道陈大明只是说说而已，真要"搅"了这次会，虽然暂时止住了鸿宇的脚步，但无疑会给相关的政府主管部门留下恶劣印象，那些与会者也不会正眼看你，综合评估起来，反而损失更大。这个道理，陈大明自然也是心知肚明，毕竟他不对这片业务负责，多少有点站着说话不腰疼吧。

董培问："你那边正开什么会呢？"

陈大明说："我现在不管着全国这么多家分公司吗，现在已经进入业务的关键时期了，下面有些分公司还浑浑噩噩，所以我把各分公司的老总和副总召集到青岛来开个会，说是传达一下集团新的战略思想，并听取各分公司的市场拓展计划，实则就是敲打敲打他们，有一两个立小山头、屡教不改的，我准备在会后立即解决掉他们！这会应该是在北京开的，但总部婆婆多，这些诸侯都不是省油的灯，跟总部那些人关系复杂，我怕弄得乌烟瘴气、鸡飞狗跳的，干脆把他们拉到青岛来了——你是集团高管，又负责市场，江总也信任你，过来帮我壮壮声势吧。"

想当年陈大明曾经是贼窝里的头，带着众头领对抗朝廷，现如今被招了安、封了侯，转过头来又要治分公司这帮人了，这也真不是什么省心的活。陈大明想拉董培去壮声势，说明心里对他还是相当信任的，困难时候，朋友间互相帮一把，应该是义不容辞，更何况这次他支持了陈大明，下次他需要的时候，陈大明也会支持他。

"既然陈总这么看得起我，我当然是恭敬不如从命了，不过我能力有限，能帮多少忙可不敢保证。"董培说。

"太好了！你不用做什么，列席会议就好了，我这边有些决议，你代表总部表示支持就行，剩下的事我来搞定。"陈大明可能刚刚按摩完毕，说起话来不再气喘，变得中气完足，"只是我们这会明天就得开，时间是不是太紧……"

"越快越好，迟了我还不一定有时间，我马上订机票，明天一早就走。"董培爽快道。

陈大明一迭声地表示感谢，说："董总，到青岛来了咱哥俩好好放松一下，还在上次那个地方。"

董培笑道："陈总，你有事没事就放松，别把骨头给松坏了。"

陈大明愣了一下，随即哈哈大笑，舒服地叹口气道："没办法啊，事情实在太多了，根本没时间去锻炼，只好靠这种方式松松骨，算是懒人的一种锻炼吧，还可以谈谈事，更有秀色可餐，可谓三全其美也！"

董培笑着边听手机边从车里钻出来，顺手带上车门，陈大明听到声响，说："你刚才一直待在车里？……这叫什么事！先聊到这儿吧，早点休息，明天一早还得赶飞机呢。"两人客气了几句，挂了电话。

回到家，董培先上网发了几封邮件，安排一下自己不在京时的部门工作，邮箱里有几封新邮件，是出差刚回的几个销售发来的出差报告，董培简单浏览了一遍，把他们说的情况和目前形势对照了一下，大致吻合，便一一给他们回复。

陈大明的办公室几乎没有什么变化，但稍加观察，便发现与董培上次来时颇有些不同。首先是办公室外的门牌由总经理室变成了集团副总裁室，摆在办公桌上的名片也加上了副总裁的头衔，办公室的沙发两头增设了两个大盆景，牛气烘烘地喷红吐绿，再一细看，陈大明坐的办公椅似乎也宽大了些，他那大肚子陷在里面都显得有些不相称。

颇有意思的是，电话机旁边多了一架书本大小的玻璃摆设，里面压着一幅字：宁静致远，淡泊明志。

一看到董培进来，陈大明立即热情地迎上来，一把握住他的手："老弟呀，可把你盼来了！"也不坐到太师椅上了，把董培拉到旁边沙发上，自己也坐在旁边。他这种热情是出于真心，陈大明心里清楚，他能坐到盼望已久的副总裁位置上，这位老弟是起了不小作用的。

"会议还有半小时就开始了吧？怎么没看到一个其他分公司的人？"董培有些奇怪地问陈大明。

陈大明压住心中的怒火说："这帮家伙！昨天的预备会议有一半人迟到，看今天这架势，恐怕也好不到哪儿去。"

董培不禁纳闷，再懒散，也不至于如此吧？再看陈大明脸上的笑容已然没了，代之以一副怅然若失的表情，便也不去追问。

不过事情应该是很明显的了，陈大明现在面临着和董培上次来青岛同样的问题，就是如何对付这帮桀骜不驯的分公司的人。

董培见陈大明烦恼，说："你现在应该找机会树立一种威慑力，让其他分公司的人领教一下你的风骨，我看就从这次会议迟到开始。"

陈大明立即从沉思中走出来，看着董培："怎么弄？"

董培将教管系统事业部销售团队第一次例会的情景简单描述了一遍，说："自从我主动捐献那一千元之后，无论大会小会，从来都没有过迟到现象。"

陈大明眼睛发亮，凝思片刻，恶狠狠地点点头，说："你这个主意不错！"

会议准点开始，不出所料，几乎没有一个人能够准时到会，有一半人在会议时间过后五分钟内陆续赶到，陈大明叫董培坐在旁边，也不说话，铁青着脸坐在主席位置上，会场开始还嗡嗡作响，大家随意地说笑，一分钟后，只有人窃窃私语了，又过了几分钟，便静得连根针掉在地上都听得见。后面迟到的人一进门见到这阵势，都缩头缩脑如同过街老鼠般找个位置悄悄坐下，大气都不敢出。

会议时间已经过了半个小时，仍然有一个武汉分公司的副总没有到，陈大明也不含糊，就让二三十号人等着他一个。武汉分公司的总经理悄悄给那人发了几条短信，又拨了好几遍电话，过了几分钟，那人才匆匆赶到，一看便是刚从床上爬起来，后脑勺的头发呈鸡窝状，进来也不敢说话，闷着头找个后排的位置坐下了。

"人都到齐了吗？"陈大明打破会议室的寂静，问站在一旁的会务人员，在得到肯定答复后，他才坐直了身子，将手中的茶杯重重地往桌上一磕，说，"小耿，你将这次会议迟到的人和迟到的时间公布一下，包括我。"

小耿捧着记事本，一个接一个地念了起来，念到最后进来的那位副总时，此人一望便知是个业务油子，他已经缓过气来了，用手捋着头发，故作镇定地说："陈总，对不住，昨晚跟人谈事……"

"谁让你发言了？！"陈大明猛地一拍桌子，双目圆睁，大声怒喝道，"你是不是想坐到我这个位置上来？干脆你坐到江总的位置上去更好！这个公司只有他才有资格开会迟到！迟到还能满不在乎，因为这个公司是他的！你算什么东西？！"

饶是董培事先知道陈大明要发飙，此时见他像发怒的棕熊般咆哮，不禁也有些心跳加速，那些分公司的头头脑脑猝不及防，一个个惊得目瞪口呆，那个副总更是脸色煞白，虽然已是秋天，他额头却突然变得汗涔涔的。

"我今天也迟到了两分钟，作为集团副总裁兼青岛分公司总经理，理应受罚！"陈大明声音小了些，但仍怒气未消，"惩罚就得来点真格的，这是我的罚金，两千块钱，一分钟一千块！"说罢，从口袋里掏出特意备好的两千块现金，甩在桌上。

两千元现金散落在桌面，显得格外扎眼。见这帮人盯着桌上的钱发愣，陈大明心里畅快了许多，绷着脸继续说："从现在起，本会议室立下一条规矩，任何会议，凡是迟到者，一分钟罚一千块钱，两分钟罚两千块，以此类推，上不封顶！如果有人胆敢拒不执行，不管他是谁，我立即炒了他！勿谓言之不预也！"

那个副总站起来说："陈总，今天是我不对，我甘愿认罚，我没带那么多现金……我可以立即发红包到工作群，该罚多少就罚多少！"

这小子转得倒快，董培不禁多看了他两眼。果不其然，陈大明说："嗯，这个态度还是值得赞赏的！你这次是初犯，这个规矩也是刚才公布的，今天就不用罚了。"说罢，挥手示意他坐下。

这时候，会议才算正式开始。

陈大明先是隆重介绍了一下董培，并请董培给大家说两句。各分公司的头目们都参加了上次的总经办会，认识董培。陈大明介绍完毕，大家便热烈鼓掌，董培最烦这种场面，但也只得摆足派头，向大家点头微笑致意，讲了几句场面话，没有说更多，他知道今天的主角是陈大明。

陈大明接下来把今年的销售形势讲了一遍，和去年同期对比了一下，和竞争对手比较了一番，总的意思是说目前形势很不乐观，希望大家精诚团结、努力奋斗，完成全年的目标任务。然后又讲了几点管理分公司时应该注意的一些问题，谈了谈自己的管理经验和做市场销售的心得。

陈大明足足讲了一个多小时，下面这帮分公司的人都作洗耳恭听状，看来之前的那一顿杀威棒效果不错。陈大明一讲完，便宣布会议结束，在大家纷纷起身之际，他像刚想起来似的，说："还有一件事，再耽搁大家两分钟。我们这次要通过一个对各分公司的管理制度，为了保证效率，我们决议由七名代表组成的特别小组来进行讨论，然后再由全体讨论通过。这个小组成员嘛，我算一个，董总也算一个，剩下五个人，从你们中间产生。小耿，马上给大家发纸和笔，每人写三个名字，被提名最多的前五人进入特别小组。"

大家便又纷纷坐下，在纸上写上三个名字，写完后小耿又收了上来，和另外两名工作人员一起，热热闹闹地开始唱票，几分钟后，另外五个人便产生了，于是在一片看似不经意的嘻嘻哈哈中，这个特别小组算是成立了。董培冷眼观之，觉得这个特别小组里面，自己和陈大明的关系不用说，印象中其他五个人都跟陈大明颇有交情。

会开完了，众人各自散去，董培这才向陈大明竖了竖拇指："陈总，高！"

陈大明得意地一笑，说："那还不是多亏你指点。"

董培说："我不是说这个，我说的是你这个特别小组。"

陈大明更是得意，笑得大肚子直晃："董总是聪明人，当然瞒不过你的眼睛。这也是我琢磨了好几天才想出来的招数，不然的话，这帮人全部凑在一块儿，别想通过什么实质性的决议。还真多亏了你，不是刚开始镇他们一把，后面哪能那么顺顺当当。"

这一战可谓全胜，陈大明心情甚佳，对小耿交代说："上午的会就到这儿，下午的会议分两个会场进行，大会议室由各分公司小组讨论，小会议室给特别小组来用，统一在下午两点开始——你马上通知所有人。"

小耿答应着去了，陈大明又安排下面几个亲信副总参加小组讨论，他在董培面前也不忌讳，叮嘱下面的人务必控制好会场，有什么异动即时通报，又让其中一人拿出议题给董培过目，董培看了一眼，都算是很务实的议题，便照实说："这些议题设置都挺有水平，一看就是真正做过业务的人提出来的，如果真把这些问题解决了，今年的销售目标基本上就有了保证。"

陈大明很是欣慰，他心里当然清楚，即使把这帮人整得再服帖，如果没有业绩的保障，一切都是空谈，自己也会落下个只玩政治、不懂业务的坏名声。整人永远只能是手段，而不是目的，只是情势使然，这两者往往会倒置。

"既然董总说没问题，那就是没问题！"陈大明信心十足地对几个副总道，"好好地引导大家干正事，不要扯些没用的，都给我专心讨论如何做好业务。"

董培心想，人就是这样，自己玩玩政治是可以的，其他人就别给我玩了，老老实实去做业务。

两人重新回到陈大明办公室，陈大明看了看表，还不到十点半，离吃午饭时间早了些，便对董培说："你一大早坐飞机过来就直奔会场，肯定也累了，这样吧，我陪你找个地方边休息边谈谈事如何？"

董培知道他又想去"放松"，便顺水推舟道："我正有此意。"

一刻钟后，两人便像两头待宰的猪一样躺在了按摩房里，给陈大明按摩的还是上次那个说话嗲声嗲气的女孩，给董培按摩的女孩是不是上次那个，董培记不太清了。

"这是我们北京来的贵客，好好按！"陈大明对那女孩说。那女孩见董培年轻英俊，身材也颇健美，心里自然高兴，满口答应，上来便将两只手一把按在董培的胸肌上。

陈大明那边已经快乐得哼哼上了，董培一早就坐飞机，此时也的确乏了，便翻了个身，对那女孩说："你给我按按背吧，轻点，我眯一会儿。"

这一眯竟然就睡过去了，不知过了多久，董培被那女孩轻轻摇醒："先生，时间到了，你还要按摩吗？"

董培起身一看，陈大明已经按完了，正和那女孩亲热地窃窃私语，自己这边的女孩正有一搭没一搭地在他腿上搓揉着，说："我看你在睡觉，所以就没给你怎么按，怕把你弄醒了。"

董培睡得精神完足，说："没事，你做得很对，谢谢。"让这女孩退出去了。

陈大明和那女孩又调笑了一会儿，才心满意足地翻过身来，问董培："按好了？"

董培舒服地伸了个懒腰："好了！"

"我给你安排的女孩还漂亮吧？"陈大明笑着问道。

董培都没看清那女孩长什么样，含糊答道："还不错。"

陈大明看了看墙上的钟，说："先去吃饭吧，还是去上次那个海鲜馆。"说罢，拿起手机拨了个电话："小耿，你在吉庆鱼馆订个小包间吧，我中午请董总吃饭……其他人？叫张总带着他们随便吃点就行了。我没带钱，先记个账，晚上你抽时间帮我结了，就用今天我迟到罚款的钱。"

董培一听就明白了，陈大明这样一倒腾，那两千块钱的罚款便又通过报销名正言顺地回到了自己腰包。

下午董培继续参加小会议室举行的特别小组会议，会议刚开始不到五分钟，陈大明刚强调完会议的重要性以及议题的严肃性，一名分公司的总经理站起来说："陈总，大家都不是外人，这个制度咱们通过就是了，还讨论什么！待会儿公布的时候有谁不服气大家一起说服他，大不了晾着他……"

陈大明看了一眼董培，不自然地咳嗽了一声，打断他说："任何一项制度通过与否决都是极为严肃的事情，必须逐条讨论，一条也不能漏！"

董培没兴趣看他们搞"民主决议"，装作有电话进来，拿起手机走出会议室，来到办公楼背后的那片草坪。

青岛的空气比北京干净得太多，董培早上赶往机场的时候，正赶上北京刮大风，说黄沙遍地那是一点不假，他深深地呼吸了几口带着大海气息的新鲜空气，回头看了看楼上的两间会议室，不禁有些佩服陈大明的手腕，将一个会拆成两个，既避免了争吵，还不耽搁业务，可谓一石二鸟。再看看自己这边，却始终找不出什么法子来扭转目前十分被动的局面，不免暗暗焦急。

　　手机上显示有短信进来，董培打开一看，是肖菁发来的：我周六出发，祝你好运。

　　董培回了一条：你是哪趟航班？我开车送你去机场吧。

　　过了半分钟，肖菁回复道：不麻烦你了，我们好几个同事一起送我过去。

　　董培心想，看来在她心中，自己的分量还不及她那几个同事，本来满腹心事，这时更加不爽。

　　像是把准了他的脉一样，肖菁又发过来一条短信：CA917。

　　董培心花怒放，原来肖菁的意思是开车接送不必，但送行是可以的，便立即回了一条：OK！

　　心里一舒畅，思路顿时开阔了许多，董培仔细分析了一下目前形势：张主任毫无疑问是支持他的，也是有心支持他的，不仅是对董培有好感的缘故，更重要的是支持了董培就等于回击了她的政敌，也维护了她这个部门的尊严和地位，但张主任不可能冒着违规乱纪的风险去支持董培，她需要的是一个合适的理由和方式，这个理由和方式只能由董培想出来，董培断定张主任肯定在等着他的新方案……

　　只是这个新方案该如何下手，着实让董培想破脑袋，如果仅仅是想搅了鸿宇的这次会，以张主任的个性，是断然不会支持和配合的，没准还让张主任对自己的印象大打折扣，那真是得不偿失。

　　正在冥思苦想，手机响了，来电显示是从公司打来的，董培接起来一听，是崔小萌，她风风火火地说："董总，新方案我和华伟列了一个大纲，发到你邮箱了，你先看一看吧。"

　　董培道："我现在不方便看邮件，你告诉我一下大致的内容。"

　　崔小萌才说了几句，董培便听出来他们"搅局"的思路基本上没有变，只不过在招数上隐蔽了许多，有些倒也可圈可点，但董培目前还不想扮演搅局者的角色，他还想成为此次活动的主导者。

"嗯，有些想法还是不错的……"董培习惯性地先鼓励道，正要接着往下说，楼上的大会议室突然爆发出一阵哄堂大笑，震得窗户玻璃都瑟瑟发抖。董培扭头看了看，突然之间，一个想法像闪电般破空而出，让他这个扭头观望的姿势足足定格了十几秒钟。

"喂，喂，董总，听得见吗？Peter？"崔小萌那边听不见董培讲话，以为是信号不好。

"哦……小萌，我先有点事，待会儿再打给你。"董培挂了电话，随即拨通了另外一个电话号码："义山，你马上找一个方便的地方，我有事要跟你说。"

邹义山愣了几秒钟，才听出来是董培，用不动声色的口气答道："哦，好的，明白了。我先查一查，然后马上打给你。"说罢挂了电话。

过了两三分钟，邹义山回电话过来："董总，什么事？"

明知多余，董培还是忍不住左右看了看，这才说："有件事麻烦你务必办到，这对我们非常重要——我需要参加这次高峰会议的人员名单。"

邹义山那边迟疑了几秒钟，说："好的，我一定弄到。"

"难度大吗？"董培问。

"难度应该不很大，这个会还有一个多星期就得开了，名单基本上已经全部整理出来了，我本来就打算最近发给你的。"

"好！那就请你今天晚上把名单发到我的邮箱中，这件事非常重要，义山，拜托了！"

邹义山说："董总，这次会议鸿宇主题演讲的PPT你需要吗？写得还是挺不错的。"

董培大喜："那太好了，你一并发过来吧——你怎么会有这个呢？"

"哦，这边的老总觉得我有些想法不错，把PPT发给我了，让我提提意见，看有什么要改的。"

董培暗暗叫了声"惭愧"，设身处地替那位老总想一想，自己这样做还真有些不厚道，但这个念头只在脑海中闪了一下，他此时心中充盈着终于找到出路的快感。

"现在能发过来吗？"

邹义山已经从董培的语气中听出此事干系不小，痛快答道："没问题！"正要挂电话，董培又道："它里面大致的内容是什么，你先简单跟我讲一讲。"

邹义山回忆着，讲了一下其中的大致内容，董培仔仔细细把每个字都听在心里，努力拼凑着它的全貌。

和邹义山通完电话，董培给陈大明发了条短信，告诉他自己有些急事需要处理，然后回到酒店，打开电脑，开始处理邮件。他先仔细看了一遍崔小萌发过来的方案，然后打电话给崔小萌，将自己的新想法给她说了一下，崔小萌听了一半就明白了，连声说好，更加让董培坚信自己的思路是对的。

"小萌，辛苦你一下，根据这个想法写一个新方案出来，你跟华伟也说一声，你们各写一部分，尽快拿出一个成形的东西来，明天下班前能写完吗？"

"行，到时我会发给你的。张主任那边是不是也应该提前约一下？因为时间挺紧的。"崔小萌向来虑事周到，这次也不例外。

"说得对，我来负责约张主任。晚上我会给你们发一份 PPT 文件，是鸿宇此次会议的主题演讲，你们参考一下，写方案的时候更有针对性。注意绝对不要外传！"

崔小萌奇道："董总，你怎么搞到这个的？你也太厉害了！"

董培得意地"嘿"了一声，说："张思文在公司吗？叫他马上打电话给我。"

几乎就在董培放下手机的同时，张思文的电话便打了进来："董总，你找我？"

董培听他一副急于请战的意思，知道他出差白跑一趟，心里多少有些压力，便说："今天晚上我会给你和高毅、朱卓明等人发一份名单，请你们根据自己对各地市场和客户的了解，每人分别独立地挑出一百五十名最重要客户，然后汇总到你这儿，你再统计出排在前一百位的最重要客户，发到我的邮箱，请你务必在明天中午前完成！"

张思文立即答道:"好的!董总,你晚上大概几点钟把名单发过来?"

"这个我也不确定,我也要先等别人发给我。"

"那我一直等到你发过来为止。"

董培本想说明天早上再查收也来得及,但转而一想,虽然其中不乏急于表现的成分,但他这股劲头还是很可贵的,便没说出来,只对他道了声辛苦。

把事情布置下去后,董培沉思了几分钟,接着拨通了张主任办公室的电话,电话响了好几声,就在董培要失望地放下电话时,里面传来张主任的声音:"喂?"

董培以极快的速度把刚才想好的词在脑海中又转了一遍,说:"张主任,我是董培啊,有一件非常要紧的事向您汇报一下,您现在说话方便吗?"

"哦?"张主任的注意力显然被这件"非常要紧"的事给吸引过来了,问,"什么事?"

"我刚才从一个业内的朋友那儿得到消息,鸿宇公司声称要跟教育信息中心合作,要把这次'中国教育信息化校长论坛'做成国内唯一权威的教管系统平台发布会,我觉得这个提法非常不妥!您想想,教管系统这个概念才刚出现没几天,很多标准甚至都没有统一起来,连这方面技术最先进的老美都不敢说什么'唯一权威',凭什么鸿宇公司就能打着教育信息中心的名义夸这样的海口呢?这明显是不把业界其他人的努力放在眼里,也没有把相关政府主管部门放在眼里。"董培说到这儿,停顿了一下,自己都诧异,这顶扣在鸿宇头上的屎盆子咋就这么像屎盆子哩!

张主任在电话那边出现了一阵短暂的沉默,才说道:"也不能全怪这些公司乱来,问题还是出在我们某些干部同志身上,见利忘义,一心想突出自己。"她语气里带着克制的愤怒,但又表现出一种不跟其他人一般见识的清高。

话已出口,董培只能继续硬着头皮道:"张主任,我觉得他们这种做法会造成两方面的损害,一方面,对教育管理系统这个新兴的产业是一个打击,这其实是一种变相的垄断行为,根本不利于营造一个公平竞争的市场环境；另一方面，这样做也会让我们的某些部门成为事实上的唯一的上级主管单位，并不能客观公正地代表市场上所有实体的利益，最终形成官商利益一体化的局面，而且这个主管部门还会不自觉地唯我独尊、搞一言堂……"

张主任插话道："董总，你的担心有一定道理，但我们肯定不会坐视这种事情发生的。"

见张主任总算表了态，董培略松了口气，说："可是这次会如果照他们策划的那样开下来，就会形成实际的恶劣影响啊！"

张主任说："你上次不是说拿出一个会议的新方案出来吗？现在有眉目了吗？"

董培等的就是这句话，看来张主任当时不是即兴说说而已，而是实心实意地想帮董培一把，当然也是想帮自己一把。

董培把刚刚出炉不久的方案用最简单清晰的语言给张主任讲了一遍：抢在鸿宇办的高峰论坛之前，召开一个教育系统平台方面的专家研讨会，参加人员一部分是来自美国的权威专家，一部分是中国的有关专家及政府部门主管，其他的是从参加高峰论坛的名单中挑一批最具代表性的人，这个会议的规格一定要高，地点选在国际会议中心，专家方面新海集团会让 CIE 公司出面，请出教育系统平台的倡导者史密斯先生参会，至于政府主管部门的领导，希望张主任能够出面帮忙请一下，级别越高越好，一切费用都由新海来承担。

"这样一来，鸿宇那个会实际上就被架空了，也就形不成什么恶劣影响——这一切都取决于我们这个会开得如何。"董培说完后，张主任那边足足有半分钟没说话，董培不禁有些忐忑，生怕她端出主管领导的架子来教训自己，只能沉住气等着她的回答。

终于，张主任说话了："你觉得什么级别的领导合适？"

"最好能有一名高级主管领导参加。"董培立即答道。

"这个没问题，"张主任爽快得让人吃惊，"你要几个？"

董培吓了一跳，停了片刻，心想不如把这个问题抛回去："这方面您肯定比我把握得好，您看几个合适？"

张主任当仁不让，拍板道："两个就够了，一个教育信息中心的主管领导，另外再请一个相关部委的领导，这就相当于两个主管部门同时参加，这个会议的规格立即就上去了，影响力也大了很多——你觉得怎么样？"

"张主任！"董培欢喜得抓耳挠腮，热烈地赞扬道，"这绝对是一个高瞻远瞩的提议，一般人是说不出来的！"

"别别别……"张主任被董培的情绪感染了，也很有些自我赞赏，说，"这两个人呢，我负责帮你们请，这其中涉及一些公关费用……"

董培赶紧道："所有费用都由新海集团来出，如果有必要，我可以申请提前向您预支一笔费用。"

张主任笑了，说："所有这些费用，都由我们单位来出。我们做这件事，是为了营造一个良好的市场环境，这也是我们应尽的责任，何况，我们也是有这笔预算的。"

董培听张主任这样说，更对她多出一分敬重，便真诚地说："能与您这样水平高、一身正气的领导合作，我深感荣幸！但这笔费用理应由我们来出，这是我个人有史以来最心甘情愿支出的一笔费用！"

张主任在电话那头笑道："把这笔钱用在别的地方吧。"

董培便不再坚持，又跟她确定了递交正式方案的时间，就是明天下午，他暗暗盘算了一下，还有十几个小时，鸿宇花了半个多月来准备这次会，而他必须在十几个小时内将一切安排妥当。

张主任也觉得时间紧迫，问董培有没有问题，董培用最肯定的语气答道："绝对没有问题，除非我这趟回北京的飞机掉下来！"

"哎，年轻人不要乱说话，还是要讲点忌讳的！"张主任责备道，口气中带着点长辈关心的味道。

"是是是，有张主任这样的吉人相助，肯定不会有事的。"董培真诚地感激道。

放下电话后，董培使劲揉了一把脸，靠在椅子上沉静了几分钟，让自己别兴奋过度，上网打开邮箱，看到邹义山已经将名单和PPT都发过来了，快速浏览了一遍，便立即转发出去，才开始打电话。他首先拨通了张思文，张思文不等电话"嘀"完第一声，便抓起电话："董总？"

董培告诉他，名单已经发过去了，请他带着高毅和朱卓明等人从中挑出一百名左右的重点客户，整理成新的名单，今天晚上发过来。张思文一边操作电脑，一边连声称是，董培又叮嘱道："这份名单请千万保密，不要发给任何人，叫他们直接到你的电脑前遴选名单就可以了。"张思文受此信任，用力答道："一定！"

董培接着又打电话给崔小萌，叫她依据鸿宇的PPT内容起草一份有针对性的会议方案，明天下午要报给张主任。

"写完是没问题，就怕时间仓促质量不过关啊。"崔小萌在电话里有点担心。

"不要紧！就按上次的思路写就行，张主任已经就此事和我达成了默契，她会完全赞同我们的方案的！不过这次，我们是要动真格的了，明天跟公关部、行政部碰一下，商讨一下会议组织方面的事，但会议方案必须先出来，才可能进行这方面的讨论。你和华伟各写一部分，然后发给我，我来合在一块。"

崔小萌道："好的。你什么时候回北京？"

"我已经订好了机票，明天一早就回。"

"是不是MU2165航班？这趟航班服务还不错，有时还提供红酒呢。"

董培想了想，说："对，就是这趟航班。"

"你可别误机了啊。"

"怎么会！"董培觉得她黏黏糊糊地有从白领丽人变为邻家小女孩的趋势，便抢着说，"那就辛苦你们了，我等着你们的方案。"又叮嘱了几句，挂了电话。

董培又一口气打了五六个电话，终于把事情完全安排妥当，这才放松下来歪在椅子上。此时，他已经完全没有了最初的兴奋劲，取而代之的是一种疲惫感和深深的忧虑，甚至还带着一丝厌烦：接下来他要面对的是紧张的会务准备工作，他要设计好每一个会议流程，绞尽脑汁地去搞定那些刁钻挑剔的客户，还要时刻准备应对竞争对手的干扰和挑战……这就是每一个职场中人的宿命，每一次成功的快乐不会超过五分钟，马上就要开始新一轮的奋斗与拼搏。

不管怎样，事情总算有了重大转机，董培努力让自己从入定般的沉思中走出来，在宾馆房间里踱来踱去，刚踱几圈，陈大明打电话过来，说会已经开完了，问董培晚上怎么安排。

董培看了看表，才发现已经是下午五点半了，生怕陈大明一高兴晚饭时劝酒，喝完酒后又去桑拿按摩，便谎称刚好有位在青岛的老同学来访，晚上不过去了，明天一早就回总部，有一些紧急事情需要处理。

"肯定是女同学！那你们好好叙旧吧，我就不打扰了。明天我让司机送你去机场，晚上我得和这帮分公司的人喝酒，明早肯定起不来，不能送你了——这次多谢你了，老弟！"董培心想，大家彼此彼此，你感谢我的敲山震虎之计，我也得感谢你的偷梁换柱之计。

陈大明心情不错，连珠炮似的自顾自说了一通，临末了又意味深长地嘱咐一句："注意身体啊！"

董培独自到宾馆一层的自助餐厅随便吃了几口，回到房间，寻思了一会儿，也没什么事可做，看电视吧，又觉得这种消磨时间的方式实在无趣得很，闷坐了几分钟，心想再这样坐下去，恐怕最后只能像陈大明那样上闽江路找个地方按摩捏脚去了。

他下意识地掏出手机，犹豫着该不该给肖菁发条短信，沉吟半晌，还是把写到半截的短信给删了，看看外面，还早得很，于是站起来，决定去海边走走，为了不让自己分神，他干脆将手机留在了房间。

这一去就是四五个钟头，大概是没有手机干扰的缘故，董培踏踏实实地在海边徜徉了好一阵，还在一间临海的小酒吧坐了半天，喝了瓶啤酒。回到房间，第一件事就是查看手机短信，失望地发现没有肖菁的短信，崔小萌和张思文都发来短信让他查收邮件。

董培有点意兴阑珊，机械地看完邮件，回复完毕，看了一会儿电视，便洗漱睡觉了。

十二

攘外必先安内

一大早从机场出来，董培头有些昏昏沉沉，昨晚虽然上床很早，脑海里却满是如何开会、如何谈客户、如何协调，梦里还频频发生意外，睡得并不踏实，一大早还得赶飞机，上了飞机，本打算眯上一小觉的，偏偏身边坐了个两百斤的大胖子，也在瞌睡，鼾声如雷，吵得董培一点睡意都没有。

因为只随身带了个小公文包，不用排队等行李，刚走出机场大厅，董培不觉打了个寒噤，原来北京昨天下了一场秋雨，气温骤降。

抬眼间，看见接机的人群中立着位娉娉婷婷的女孩子，举着个上面写着被接人姓名的纸牌，虽然脸被遮住了，但感觉肯定是个挺漂亮的女孩，这应该不是商务接机，因为牌子上的名字旁边还涂了颗小红心。

董培漫不经心地想，不知哪个龟儿子手段高明，能哄得这么个女孩一大早跑来接机，再定睛一看，发现那牌子上赫然写着自己的名字，不禁有些发蒙，转念一想，估计是同名同姓，但又觉得蹊跷，便绕了个弯儿，想看看那女孩模样，偏偏那女孩也举着牌子转过来，刚好挡住自己的脸。董培只得继续往前走，走出人群，才回头再看了看那女孩，发现她仍然举着牌子冲着他，挡着自己的脸……

董培心里一阵乱跳，确定这牌子上写的就是自己的名字，但谁会一大早招呼也不打跑过来接机呢？他一边向那女孩走过去，一边迅速把几个前任女友和关系还不错的女孩在脑海中过滤了一遍，又迅速排除出去，快走到那女孩面前了，还没想出她会是谁，只得含含糊糊地叫道："嗨……"

那女孩将挡着脸的牌子拿开了，如董培所料是一张俏丽的脸蛋，带着刚做完坏事的小孩般的笑容。

"是你呀！"董培毫无防备，不知是该冲她生气还是微笑。

"怎么，失望了？"崔小萌微笑地看着董培。

董培回过神来，突然觉得有人接机是件蛮开心的事情，何况还是个漂亮女孩，他算了算，从崔小萌家到机场，即使一路顺利，她最晚也得五点钟起床，才能避开早上的交通高峰及时赶到，心里又有些感动，暗暗叹道：她这样折腾，图啥呢！

"吃早饭了没有？"董培问她。

"还没呢，早上起太早了，来不及吃。"

"那我们就在机场吃吧，不过和你一起过早的是个没来得及刷牙洗脸的臭男人，你想仔细了。"董培笑嘻嘻地说。

"早看出来了！"崔小萌见董培丝毫不见怪自己的突然袭击，很是开心。两人一起走向餐厅，看到一对青年男女正交换手机号，同时想起李东上次在机场出丑时的样子，不禁相视而笑。

坐定后，董培先给崔小萌点完，然后给自己要了一杯牛奶，一个鸡蛋。"你怎么吃这么少啊？"崔小萌惊讶道。

董培道："我以前都不吃早饭的，后来我老妈苦口婆心劝说我一定要吃早饭，不忍心让她牵肠挂肚——但没有胃口，只是垫一垫，早上是胆汁分泌最旺盛的时候，如果什么都不吃，就容易形成胆结石，所以还是吃点好。"说罢看了看崔小萌面前，牛奶、鸡蛋、沙拉、面包片，应有尽有，难怪她长得那样水灵白皙。

"你是不是觉得我挺能吃？"崔小萌抬眼瞪着董培。

董培忍不住一笑，说："我觉得你挺会吃，半杯牛奶，一个鸡蛋，还是蛋清，几片蔬菜沙拉、一块面包，少而精——真对得起你那副肠胃。"

"你应该说，真对得起这张脸！"崔小萌纠正说，"女人都是为了容颜而吃的。"

"她也是为了容颜而吃？"董培悄悄指了指旁边一个大胖女人，正排山倒海地猛吃。

"你这人真坏！"崔小萌同情地看了看那女人肥硕的腰身，对她那副吃相又颇有点怒其不争。

吃完早饭，两人打了辆车回公司。路上，崔小萌拿出块口香糖让董培先嚼着，又从包里取出一片湿纸巾，让董培擦擦脸，等董培擦完了，又递给他一小管润肤露抹脸，董培笑道："不用了吧，整得跟个gay似的。"

"你没觉得皮肤绷得难受吗？北京的秋天很干的。"崔小萌坚持把润肤露递给他。

董培接过来，挤了些抹在脸上，果然觉得舒服了不少，满意地点点头："这玩意儿还真好使。"

"能不好使吗？你一次比我一个星期用的还多。"崔小萌白了他一眼。

"是吧……"董培有些尴尬，自嘲道，"我皮糙肉厚的，费油。"

前面网约车司机通过后视镜看在眼里，羡慕地说："您可真有福气，女朋友这么细心照顾。"

董培哼哈着不知如何应对，崔小萌低头直笑。

新海集团内部正处于几个月来少有的暗流涌动之中，原因是吴梅得知周末要开一个来头不小的会，规格之高、耗费之大、时间之紧，为公司近两年来所罕见。自从上次总经办会后，她就一直有种大权旁落的危机感，Michael、陈大明、董培等几个新提起来的人，综合能力本就不差，还都各有所长，在业务上也能独当一面，显得她这个以"人格魅力"见长的副总裁相形见绌。以前江总动辄将她叫到办公室一聊半天，现在"面晤"的次数却大为减少，她很自然地把这理解成一种忽视，而她是最受不了被忽视的，特别当这种忽视还伴随职业上的风险时。

她敏感地觉察到这是一次出头的机会，正好会务组织离不开行政、公关部，而这些部门都是她的传统势力范围，她便顺理成章地关注起会务工作来。不过她的关注点不在于如何开好会，如何发展更多的客户，而是这次会为什么这么急？为什么要花这么多钱？达不到预期效果谁负责？多年的职场经验告诉她，从这些问题着手永远不会有问题，也永远不会站错队，因为老板本质上最关心的就是这些东西。

做这种"内部监控"的事吴梅向来轻车熟路，在董培和崔小萌乘网约车回公司的途中，她已经大致了解清楚情况，并写了一封邮件给江总，从资金、时间、内部管理的角度对此次会议表示质疑，倒也写得义正词严、有理有据，前后连看了两遍，不禁感叹自己真的把公司的事当成自己的事来操心。之后她对行政部和公关部的负责人交代：关于此次会议的组织工作，一定要服从公司的总体安排。她这话的意思，下面的人都清楚，其实就是服从她的安排。

当董培走进办公室时，还满脑子市场、客户、订单地琢磨，在走廊里，吴梅亲切地向他打招呼，董培也客气地跟她寒暄了几句，根本没有多想。一坐到办公室，董培便像台高速运转的机器一样忙碌起来，先和张思文等人把客户名单过了一遍，基本确定下来，又让崔小萌和华伟等人拿着自己改后的会议方案去会议室讨论，一小时后向他汇报讨论结果。

一切都忙而不乱地迅速推进，张主任甚至还主动打了个电话过来，询问方案的事，董培信心十足地向她保证一定能将此次会开得有声有色，让鸿宇的会成为摆设。这话说得有些露骨，张主任并没有附和，只是叮嘱董培把这次会组织得水平高一些、品位雅一些，来人整齐一些，因为她已经向领导汇报了，领导对这次会也是很关注的。董培听明白了张主任话里的意思，再次向她保证绝无问题，下午就会把新的会议方案给她送过去。

最困难的事情逐个解决后，董培才有精力关注一下行政部和公关部那边的情况，他正要拨电话给 Sarah，想了想，又停下来，将陈大明送给自己的干海货拿出一些，让张思文给 Sarah 先送过去，五分钟后，桌上的电话响了，正是 Sarah 打过来的。

"董总，干吗这么客气。"Sarah 声音甜得像麻糖。

"呵呵，算不了什么，都是别人送我的，我也是借花献佛。"董培打着哈哈道。

"董总，你说的联系会场的事，我已经跟国际会议中心那边联系过了，没什么问题，但是现在还没法签协议……"

董培一听有点着急，尽量和缓地说："现在还不签的话就太晚了，今天就给签了吧。"

"我知道这事很急，不过，吴总交代过，开这样的会必须得慎重，不能太轻率。"

董培大怒，对着话筒吼道："轻率？！你们知道这个会有多么重要吗？我们费了多大劲才争取到这个机会你们知道吗？今天必须签！"

"董总……"Sarah终于无法忍受被夹在中间受气，便说了实话，"这事我做不了主的，我真的没法不听吴总的啊！"

董培恨得几乎要捏碎话筒，说："好吧，你先和那边保持着沟通，不要把话说死了，我这边马上会去协调，尽快给你一个准信。"

"谢谢董总！我会和他们保持沟通的，您放心。"Sarah松了一口气。

放下电话，董培已经一点都不生气了，取而代之的是一种巨大的紧迫感，看来自己在不知不觉之中又犯了老毛病：一头扎在具体业务中，而忽略了公司政治与内部协调，结果市场上的惊涛骇浪都挺过来了，却要翻在内部人设的小阴沟里。董培咬了咬牙，暗暗发狠决不能让自己辛辛苦苦挣来的大好局面就这样付诸东流。

"董总……"崔小萌站在门口，捏着一沓文件，小心地看着眉头紧锁、脸色严峻的董培。

"哦，方案出来了？"董培勉强冲她笑了笑，接过文件，拿起笔，翻了几页，却一个字都看不进去。

崔小萌见董培一看半天，平常早就运笔如飞，在纸上直接批改起来了，今天却动也不动，仿佛入定了般，间或像想起什么似的翻一下手中的文件，但明显心不在焉。

"董总，我刚才过来的时候，看见江总刚到办公室，吴总就跟着他进去了。"崔小萌随口说道。

董培立即醒悟过来，自忖真是一时气昏了头，都忘了要做什么了。他沉下心快速过了一遍手中的方案，没加任何改动，对崔小萌说："不错，就这样，马上打印出来，装订好后快递给张主任一份。"

"这样就行了？你不亲自送过去了？"崔小萌有点诧异。

"时间太紧，张主任也知道，她不会介意的。"董培将文件搁在桌上，起身道，"现在最大的问题已经不在外部了，而在内部。但不要让这些影响我们手头的工作，大家继续按既定方案往前推进，你和华伟帮一下张思文他们，务必在今天把所有的客户都电话通知一遍，然后发出正式的邀请函，所有的客户接待工作也列出一张清单来——公司这边的事我会搞定的。"

崔小萌出去后，董培琢磨要不要现在就去找江总，但吴梅也在江总办公室，一旦解释起来，好多业务上的事势必也得说给吴梅听，包括邹义山的事，难免节外生枝，况且此次会议本来也是峰回路转，操作上原本有些仓促，江总要是认可倒也罢了，万一有所疑虑，加上吴梅在旁边一煽风点火，事情就真的复杂化了。想了想，还是先去跟吴梅解释一下，她支持也好，不支持也好，至少可以先听听她的理由，自己向江总汇报的时候有所准备。

于是董培便直接去了吴梅的办公室，吴梅自然不在，董培站着看了看四周，办公室布置得十分讲究，花花草草、形态各异的小饰物、各式各样的图片、镜框，把办公室挤得满满的，唯一缺少的是书。

董培转身想坐在沙发上，身体蹭了一下鼠标垫，黑着的电脑屏幕突然亮了起来，董培扫了一眼，几个熟悉的词映入眼帘，再一细看，原来是吴梅发给江总的邮件，说明董培此次会议的不妥之处。原来吴梅去找江总之前，先把邮件内容又过了一遍，然后就匆匆出去了，也没有关掉文件。

董培来不及细想，站着操作鼠标，用最快的速度把文件看了一遍，然后把文件恢复成最初的界面，重新坐回到沙发上，刚坐下便觉得心跳得厉害，几乎要从胸腔里蹦出来，还大口地喘着气，原来刚才几乎是一口气看完的，加上以前还真没干过偷看他人文件的事，多少有些紧张。

坐了几分钟，呼吸才均匀起来，思路也清晰了许多。吴梅在文件中主要质疑会议效果和会议花费两方面，而且让董培恼火的是，她也不问董培这边花费了多少心思，克服了多大困难，才争取到一个反败为胜的机会，反而指责教管系统部门工作没有计划，把会议做得这样仓促。董培冷笑一声，尽量排除掉厌恶、窝火的情绪，冷静下来思索着对策。

片刻之后，董培决定，必须立即向江总做出解释。人都有先入为主的习惯，即便江总是个明白人，但如果先让吴梅巧舌如簧地游说一通，至少会有个先行概念在心里，更何况吴梅信里所指责的内容也不是全无道理，有些甚至还很尖锐，没有哪个做老板的不在乎这些事。

想到这里，他立即站起来，向江总办公室走去，至少他现在知道吴梅出的是什么牌了，趁着她还来不及整出别的什么幺蛾子来，就予以正面还击，恐怕是此时此刻唯一的选择。

在匆匆穿过办公区时，董培根本来不及去设计措辞，只能凭着本能去随机应变，他知道必须一击而中，立即得出自己想要的结论，如果陷入到讨论与商量的泥淖中，那这次辛辛苦苦争取来的翻盘机会就会悄悄溜走。

他敲了敲门，里面没有动静，董培等了几秒钟，又敲了敲，顺势推门而入，吴梅正向江总在说着什么，见董培进来，脸上闪过一丝诧异和尴尬。董培像没看见她一样，带着一股风尘仆仆的气息卷了进去，热情爽朗地向江总道了声好，原本有些压抑严肃的办公室立即显出些生气，江总脸上也浮起不易察觉的微笑，董培借着这股气势，拖把椅子坐在江总对面，直接问道："江总，我给您带来了一个好消息，一个坏消息，您先听哪个？"

江总的注意力被成功地吸引过来，暂时把吴梅撇到一边，微微一笑道："先说坏消息吧。"

"您马上要损失掉几十万甚至上百万元，而且是现金。"董培说。

江总一怔，没有说话，吴梅也被吸引过来了，睁大眼睛看着董培。

"好消息是——"董培有意顿了顿，"您将至少收入几千万元，甚至更多！"

江总明白了，会意地一笑，看了吴梅一眼，吴梅装作整理手上的文件，没和他目光接触。

董培用最简短的语言，说明了此次会议的缘起和意义，江总脸色严肃起来，他是凭三五条枪白手起家的人，虽然久不经手具体业务，但业务感觉是相当强的，听了董培的描述，就在脑海里勾勒出了事情的大体轮廓，心里也有了大致的判断。只是会议的成果是否真如董培所说，终归是个疑虑，况且吴梅刚才汇报的也是从公司切实利益出发，有她的道理。

见江总沉吟不决，董培知道吴梅的事先吹风正在起作用，便话锋一转，说："我们开这次会议，除了经济收益的原因外，还有一个非常重要的理由，那就是打击我们的竞争对手。如果鸿宇这次大会开成功了，那么它将成为国内教管系统领域事实上的倡导者和领袖，其他公司，包括新海，将处于一个艰难追赶者的地位。因此，即使我们这个会在经济上颗粒无收，仍然势在必行，它能让鸿宇一脚踩空，所有的前期努力全部白费，而我们将在市场竞争中领先其他公司一个身位！"

江总点了点头，指了一下董培，说："你这种全局观是不错的。"

"而且可以肯定的是，我们这次会议绝对不会空手而归，一百多名客户都是我们精心挑选的，都有很强的购买力，在当地也有一定的号召力，前期我们已经做了相当多的铺垫工作，这次会议算是一次收官。根据我们业务人员跑市场过程中得到的情况，按照教育市场的规律，往年本季度都是全年业务的高峰期，但今年直到现在，市场一直还没有被引爆。我判断，这个市场迟早是要引爆的，实际上现在就处于引爆的边缘，每家公司都在像饿狼一样寻找引爆点，关键就看谁能抓住机会。"董培趁热打铁道。

江总眉头微皱，凝视地面片刻，然后简短平淡地说："那就按你说的做吧。"

董培压抑着心中的欢喜和快意，努力显得和江总一样平静，点点头说："那我先去忙会务的事了，谢谢江总。"便退出了办公室，仍然没有看吴梅一眼，不过这次倒不是有意为之，而是真的忘了。

有了江总的尚方宝剑，工作推进起来顺利多了，吴梅看阻挠不成，加上江总不咸不淡地叮嘱了几句，心里有些发虚，反而大力协助起董培来。

公平地说，她在这些琐碎事情的组织上还真是有能力的，省了董培很多力气，董培也投桃报李，写了一封给公司支持部门的感谢信，并抄送给江总，着实褒扬了吴梅一下，吴梅心里舒坦，回信谦逊了几句。江总见了自然高兴，特意给全体回复了一封邮件，鼓励大家精诚团结，共创辉煌。一时间，集团上下颇有一片和谐共进、齐心协力的气象。

会务准备进展得相当顺利，让董培感到意外惊喜的是，张思文等人在通知客户参会时，精心设计好了口径，既保证了客户对会议的重视程度，又不至于走漏风声、打草惊蛇。难怪几天来，市场上并没有什么太大的动静，董培还以为鸿宇忙昏了头顾不上，现在看来，竟是自己队伍操控的结果。这一点极其重要，现在所有竞争者的目光都集中在鸿宇的会议上，都想"搅"其而后快，董培这边反而可以躲在阴影下调兵遣将。

在例会上，董培表扬了张思文，认为这是训练有素的"客户沟通技巧"的体现。崔小萌在一旁听了，不以为然地撇撇嘴说："河南人最善于搞这种'客户沟通技巧'了。"

董培吃了一惊，不明白平时进退有度的崔小萌何以说出如此唐突的话来，正想着怎么给她圆场，却见众人都神情轻松、嬉笑自若，张思文也面有得色，丝毫不以为忤，才知道他们之间已经形成了自己的"语言体系"，有些话是不能以常理来评判的。不过董培还是叮嘱他们平时说话时候稍加注意，当事人不介意也就罢了，真要计较起来，恐怕得吃不了兜着走。

董培对司莎莎的媒体名单不太满意，让她重新列一份，让公关部也介入进来，并且把润笔费提高一倍。

开完例会，董培又和吴梅共同主持了几个部门的联席会议，主题仍是会议筹备，董培刻意低调，听凭吴梅调度。他再次感觉吴梅在外部细节设置上有着强烈兴趣，也颇有天分，这恐怕是她下面那些人看上去都光鲜水灵的原因，只是她这种兴趣往往会让她忽视业务的本质和发展方向。就好比一艘船的底部正在渗水，而吴船长却兴致勃勃地带着手下雕栏画柱，根本没意识到他们只是在装饰一艘漂亮的沉船——这到底是一个能力问题还是态度问题？

"董总，你看这样安排合适吗？"吴梅突然转过头来，问道。

"非常好！吴总调度有方，为我们这次会议的成功奠定了坚实的基础，谢谢！"董培点头赞道。

吴梅心里头正是这样赞自己的，她还多赞了自己一句：也只有她这样的老新海人，才会不计前嫌，一心为公，为公司的发展呕心沥血。

虽然一切都在按部就班地进行，有些甚至还超出了董培的预期，但会议越临近，他心里反而越发不踏实起来，几乎每时每刻都在脑海中过电影似的回想每个环节。董培知道这是一种强迫症的表现，因为你为一件事付出了太多，寄予了太大的期望，就会很在意它的结果，这种煎熬很折磨人，但也只能是硬挺着。

唯一能让董培分神的是肖菁，肖菁明天就要去美国了，她大概也知道董培最近很忙，发短信来说如果忙就不必送了。

"哪怕因为这趟送你导致新海倒闭，那就让它倒闭吧。"董培回短信道。

过了半晌，肖菁回复道："那你一定要来啊。"

董培还是第一次看见肖菁有这种小女孩似的表现，接下来的五分钟，他居然彻底把满脑袋的会议筹备等业务上的事给清空了，专心地研究把玩这条短信，仔细体会其中的意味，然后删改了好几遍，才写好回复短信："一定！"

第二天，董培把工作安排妥帖后，驱车赶往机场，刚进候机厅，董培一眼就看见了肖菁，而肖菁也几乎在同时看见了他。董培向她走去，肖菁站在原地，微笑着看他走过来。

"护照带了吧？"董培傻不溜丢地冒出一句，算是问候。

肖菁笑了："看来你真的压力很大，潜意识里总害怕出什么差错。"说着，从口袋里掏出护照在董培面前晃了晃。

旁边几个女孩，大概是肖菁的同事或好友，都停止了谈话，好奇地打量着董培，试图判断出两人之间的关系。

肖菁明知道她们都想知道来机场送别的唯一男人是谁，却不急着介绍，只顾和董培说话："你最近是不是特别忙？"

董培点点头，说："不过还好，事情总算有了眉目。"

"你上班时间跑出来，不会有事吧？"

"不会——有事也没关系。"

"你还是早点回吧，新海内部关系太复杂，别让人拿这说事。"

董培摇摇头，笑而不答。肖菁便也不说话了，两人微笑着一会儿看看对方，一会儿看看机场四周，沉浸在一种欲说还休的温情与暗恋中，仿佛大厅里就他俩人似的。

"肖菁，怎么也不给大家介绍一下啊！"一个身材高挑的短发女孩叫道，旁边的人纷纷附和。

肖菁转过脸正要回答，一队老头老太组成的旅行团浩浩荡荡地开过来，肖菁便拉着董培的手避到一边，同时向她的那帮朋友挥了挥手，算是为自己的"重色轻友"致歉。

董培全部的注意力都在那只温暖柔软的手上，他的手指僵硬地半张着，竟不敢合拢来反握住那只手，等他决定要握住那只手时，它却松开了。

"我们有多久没见了？"董培打量着肖菁，问道。

"有一段时间吧。"肖菁回答。

"我发现每次跟你见面后分手，就记不太清你长什么样子了。"董培说完，有些担心肖菁不高兴，但这的确是他的真实感觉。

没想到肖菁嫣然一笑，脸上还泛起一阵淡淡的红晕，丝毫没有见怪的意思。

半小时如此之短，董培还来不及多说两句话，肖菁便不得不准备登机了，大家挥手向她告别，肖菁也向大家挥手，她看着董培，像是有许多话要说，眼神里透出不舍，磨磨蹭蹭地向前走着。

"我每天给你发一封邮件，"董培向她大声道，"不少于二百字，原创。"

旁边送行的人都乐了。听到这句话，肖菁看上去开心多了，答道："好啊！我会回复的，每封都回。"

一直到肖菁消失在人群中，董培才收回目光。他看了看旁边那几个前来送行的女孩，知道她们肯定会对自己评头论足一番，然后把评论的结果告诉肖菁，便决定表现得好一些，让肖菁听了心里高兴。

"我回东三环，你们有需要搭我顺风车的吗?"董培问道。

这几个女孩交换了一下目光，那个高个的短发女孩说："不用了，我们都在望京上班，谢谢你啊。"

董培彬彬有礼地向她们道别后，走出了大厅。

十三

太"聪明"的人走不远

邹义山一早就到了办公室,虽然离上班时间还有二十多分钟,但办公室里已经满是忙碌的身影,鸿宇筹备已久的会议明天就要举行,大家都在做最后的冲刺。但邹义山和别人的想法肯定不一样,他头脑中更关注的是今天新海即将召开的会议,本想请个假去会议现场看看,又怕在会场被熟人撞到,加上鸿宇这边正忙得四脚朝天,请假也不合时宜,于是他只能魂不守舍地跟着别人一起忙。

这大概就是所谓的心怀鬼胎吧!他自嘲地想。

忙了半个小时左右,桌上的电话响了,他拿起来一听,是他的顶头上司,鸿宇的销售副总裁,房立峰。房立峰在电话里只是简短急促地说了声:"你过来一下。"

邹义山正心里有事,忍不住心脏扑通跳了一下,赶紧镇定了一下心神,来到房立峰办公室。房立峰四十岁左右,脸上别的地方都还算年轻,只有额头上两道深深的皱纹显示出他所经历的风风雨雨,他正脸色凝重地在思索着什么,邹义山到了门口也没察觉。

"房总,你找我?"邹义山招呼道。

"哦,义山啊,请坐。"房立峰脸上的肌肉牵动了一下,又陷入了沉思。

邹义山忐忑不安地坐下,脑海中迅速把自己一个月来的行动梳理了一遍,自觉并无不谨慎之处,再看房立峰虽然脸色不好,但看上去并不是冲着自己来的，心里便踏实了些，问道："房总，什么事？"

房立峰又沉默了半晌，终于长出了一口气，把郁积在心中的不祥感觉表达了出来："我感觉事情好像有点不对……"

邹义山心里又是一跳，暗想这人果真是老业务，连蛛丝马迹都没有，就能嗅出异样来，便问道："怎么说？"

房立峰想了想，摇头道："也没什么具体事情，但就是感觉不太对劲。"

邹义山彻底踏实下来，笑道："房总，您这么理性的人，也相信第六感？"

房立峰也笑了笑，说："不是第六感，还是有现实原因的，这次邀请的客户中有几个我的老朋友，都是大客户，我们认识时间最短的也在五年以上，这几个人每次来北京，都要和我聚一下的，但这一次，来北京快两天了，居然连个电话都没有……这事有点蹊跷。"

"你给他们打电话了吗？"

"刚打了几个，要不关机，要不就是没人接。"

邹义山悄悄低头看了看表，都九点二十了，新海那边的会已经开始。两个核心部门领导和相关支持部门领导坐在主席台上，还有世界级的教育信息化专家在场，会场布置得庄严气派，又不是很大，几家电视台的摄像机像小钢炮似的架在会场两侧，后面还黑鸦鸦坐着各大媒体的记者，再随意的人也不敢在会议刚开始的时候就接电话，何况参会的都算是有头有脸有教养的人。

邹义山安慰房立峰道："房总，这个嘛，倒也未必是什么大不了的事。我记得有一次打客户电话，连打了二十个人，不是关机就是占线，直到第二十一个才打通，那人还只跟我说了两个字：不要！"

房立峰听了，开怀地笑了两声，心里放松了些，自忖是不是最近太累了，以至于疑神疑鬼的。

这时房立峰的助理小毕进来，将一沓票据呈上来请他过目签字，房立峰抹了把脸，收拾了一下心情，对邹义山说："你先去忙你的吧，把客户名单再过一遍，看有什么遗漏没有。"

邹义山答应着出去了，房立峰唰唰地签完字，看到会务筹备进展顺利，心情又舒畅起来，明天的会议只要能达到预期效果的一半，也将在业内产生重大影响，让所有的竞争对手俯首称臣，为即将到来的销售高峰期铺平道路，凭借此一战而形成的先发优势，鸿宇在未来的两三年都将处于教管系统领域的主导地位。

正浮想联翩，手机响了，是教育信息中心曹主任打来的，房立峰拿起手机，半调侃半奉承地说："曹领导啊……"

曹主任半点开玩笑的心情都没有，劈头盖脸地就训了上来："房总，你们是怎么搞的！会议提前了也不跟我说一声，我的主管领导都出席了，我这个当下级的却不在会场，你说像话吗？让我怎么交代？"

房立峰一时摸不着头脑，等曹主任那边气息稍平，才说："曹主任，鸿宇的会议怎么会改期呢？这么大的事，即使改期我会不通知您吗？"

"那今天在国际会议中心召开的那个会是怎么回事？难道不是你们搞的？"曹主任质问道。

房立峰只觉脑中"嗡"的一声，那种不祥的预感像开闸的洪水一样涌了出来，磕磕巴巴地说："国际会议中心？什么会？"

"你真的不知道？"曹主任还有点不信。

"我正在办公室呢！你是怎么知道这个会的？都谁参加了？谁办的？"房立峰急得吼道，也顾不上礼仪了。

曹主任看他急成这样，才相信敢情房立峰还真不知道这档子事，便说："我也是听说C领导参会了才知道的，好像也是和教育信息化有关的一个会，会议规格还挺高，在国际会议中心，听C领导秘书说，光主流媒体记者就去了五六十人，其他有影响力的自媒体更是去了上百……"

下面的话房立峰已经听不进去了，他把最近一些反常的迹象串联起来，原来他的不安的确是有原因的！现在，事情的全貌终于展现在他的眼前，这种惊悚的感觉就像一幅倾心已久的美女图全部展开时，却是一个面目阴森的鬼魅。

房立峰额头和脊梁上满是汗水，曹主任什么时候挂断了电话都不知道，他痛苦地靠在椅背上，只恨自己不是个女人，不能哭一场来发泄一下。这个想法倒提醒了他，自己是个男人，于是他艰难地站起来，在办公室里来回踱了几分钟，稍稍恢复了些定力。

他心底还存着一丝微弱的希望，希望这只是一场虚惊，他给刚才几个不接手机的朋友发去短信：你在哪儿开会？

过了两分钟，有一人回道：国际会议中心。

房立峰心里那点微弱的希望之火像被浇了一瓢冰水，"吱吱"地冒着烟，他又发了一条短信：什么会？

过了一会儿，另外一个人对第一条短信的回复过来了：在国际会议中心，开一个"教育管理系统高峰论坛"的会，两家国家级主管部门联合主办的。

这回是一桶冰水浇过来，房立峰心中的希望之火连烟都不冒了。

愣了五分钟后，房立峰决定亲自去会场一趟。他走出办公室，看到下面的员工正热火朝天地忙上忙下，往常见到这种情景，他都油然生出一种欣慰感和莫名的自我感动，今天他却有种悲从中来的感觉，仿佛他的部队只剩一天的粮草弹药了，敌人已经四面包围，而这一切所有人都不知晓，只有他这个主帅独自承担着巨大的压力，想到这儿，他又自我感动了一把。

他连司机都懒得叫，自己驱车赶往国际会议中心，按照朋友的指点来到会议厅。他一看会场外面的组织，就感觉直接往里闯肯定进不去，于是，他发条短信给那个朋友，让他来接自己一下，就说是同事。

过了老半天那个朋友才出来，对签到台的工作人员解释了一下，将他领到会场，一路上对这个会议赞不绝口，说："这个会组织得好！规格高不说，还真是有内容，长了不少见识，产品也不错，我已经决定先让部分院系试用一下。"

房立峰听了，心里极不是滋味，跟着走进会场，他那个朋友随即回到了自己座位，他看看前面已经坐满了，便混在记者席里面。

他一看会场气氛和布置，便气馁了三分，然后又从旁边一个记者手中借过会议材料看了一遍，心情更加沉重，还好，他没看到董培刚刚讲完的PPT，里面的内容处处压着鸿宇，不然的话，房立峰恐怕真的会就地崩溃。

事已至此，房立峰不得不接受了一个事实：明天的会已经让新海彻底给"搅"了，而且搅得干净利落。

承认既定事实后，房立峰反而冷静下来，他判断了一下当前的形势，觉得明天自己不可能再翻盘了，因为所有的会议材料都已经全部备好，大家的思路也已经固定，此时再更改，只会让事情更糟。现在他唯一的选择是以不变应万变，就当新海今天的会没有开过一样，明天鸿宇仍然轰轰烈烈地开自己的会，虽然被别人先抽一鞭，领业界之风骚是想都不敢想了，但生活总得继续。

这样一想，房立峰心态渐趋平和，甚至还有些乐观起来，教管系统这个市场不用说是相当大的，新海再强，也不可能一家独吞，自己的会议明天就开，也算是走在整个行业的前列，既然争不过新海，那就先当一阵子老二。这原本就是个风云变幻的市场，说不定哪天让他逮着机会，让新海也尝尝失败的苦涩。

他在职场、商海沉浮十多年，见过不少风浪，这种经历帮了他的忙，让他在突如其来的打击下很快又找回了定力。他已经看出董培是这场会议的策划者，心里暗暗发狠道：好小子，叫你现在春风得意，看老子以后怎么对付你！

在刹那间，他也看到了另外一个机会：新海的会议即使开得再成功，但离真正的销售行为还得有一个周期，在这个周期内，仍然是可以发生很多事情的。想到这里，他脸上终于第一次露出了真实的笑容。

房立峰不是那么轻易被打败的人！他在脑海中用画外音的形式给了自己一个评价。

房立峰回到办公室的时候，已经快下午两点了。新海今天下午会议的议程与其说是分议题讨论，不如说是跟踪订单，将意向协议变成实质性的合作协议，他已经看出新海负责市场运作的人是个真正的高手，不仅把事情做得滴水不漏，还把竞争对手的退路掐得死死的，这些客户在市场上都具有一定的标杆导向，他们的选择会很大程度上影响其他众多中小客户的选择，这让房立峰心急如焚。

除了邹义山，处于倒计时忙碌状态的员工都没注意到房立峰溜回办公室。邹义山看他脸色，猜到他很可能已经知道了新海今天开会的事，没准还刚从会场回来。

"房总，名单我们又过了一遍，应该没有太大的问题。"借着汇报工作的机会，邹义山来到房立峰办公室。

房立峰无所谓地一摆手，说："就这样吧。"

邹义山犹豫片刻，还是决定探探虚实，说道："房总，中午的时候，我的一位老客户打电话给我说，他刚在国际会议中心参加完一个会，好像也是关于教管系统方面的，听说规格还挺高，两个国家主管部门的领导都参加了……"

"这些我都知道了。"房立峰尽力装出副一切尽在我掌握之中的样子，淡淡地说道。

邹义山了解前因后果，知道房立峰在故作镇定，继续问道："那我们明天的会要不要调整？"

房立峰差点脱口而出：都这时候了，还调整个屁呀！但这话是不能说出口的，便耐着性子沉思了片刻，说："来不及了，一切按既定的方案办吧。"

邹义山本想替他出出主意，尽量挽回一点损失，也算是一种心理补偿，但见他始终放不下架子，便也不勉强了，点点头，离开了办公室。

快下班的时候，房立峰才从办公室里出来，鸿宇的所有会议准备都已停当，如果没有今天的一场噩梦，眼前的一切将是何等地让人振奋！他赶紧甩了甩头，将这个念头抛开了，叫助理马上召集大家开会。

"在大会议室吗？"小毕问。

房立峰指了指眼前那片空地："就在这儿，大家站着开。"

不一会儿，大家都聚拢来，房立峰清了清嗓子，先简单地向大家表示了一下感谢，然后直接切入正题："今天，有一家公司抢在我们之前开了一个会，会议的内容也和我们大致相同，我去会议现场看了，开得还不错，估计会对我们的业务产生一定的影响……"

他用念新闻稿的平缓调子向大家通报了这个消息之后，语锋一转，换成铿锵有力的声音："但是，我们明天的会仍然按原计划召开，我相信，这个会肯定会对业界产生巨大的影响，也会对我们的销售产生良好的促进作用，为此，我要再次强调一下，这次会议不能出任何纰漏！

根据今天出现的一些新情况，我提几点要求，请大家在明天的会议中务必执行。"

大家都面面相觑，本以为这只是一个战前动员，唱唱高调就完了，没想到还有具体要求。房立峰看见大家东张西望地找纸笔，便说："简单几点要求，大家用心记住就行了。"

邹义山听房立峰说完，心想房立峰虽然有点装，但还真不傻，这几点要求，既没有对原有的会议策略伤筋动骨，又在尽可能的范围内降低了新海会议的冲击，虽然不可能起死回生，但多多少少让明天的会议还有些价值。

房立峰考虑得比别人更多些，明天的会议，他是向老板拍了胸脯的，没想到今天风云突变，市场形势恶化不说，他首先还得应付老板和公司某些人的质疑。因此，他思考再三，还是决定先向大家吹吹风，让所有人都有点思想准备，然后在不自乱阵脚的前提下，做一些有限的调整，让明天的会至少能开起来，对上对下都能交代过去。

提完几点要求后，房立峰强打起精神，慷慨激昂地大声鼓励在场的所有人，大家也被他的情绪所感染，纷纷热烈响应。在办公区里还闹哄哄的时候，房立峰回到自己办公室，脸上的激情荡然无存，甚至觉得自己有点可怜：那些一天内接到第十位客人的小姐假装高潮时的叫喊是不是就跟自己刚才一样？

呆坐了一会儿，外面渐渐安静了，小毕敲门进来，问："房总，您加班吗？要不要点餐？"

房立峰看了一眼门外，人几乎走光了，只看见邹义山的背影，在电脑上搜索着什么。

"让邹义山到我办公室来一下。"房立峰也不说点餐的事，径自吩咐道。

片刻后，邹义山来到面前，房立峰指了指对面的椅子，示意他坐下，叹了口气道："义山，这么多人当中，只有你真正知道我们面临的形势不妙啊。"

见房立峰突然这样低调平和，邹义山心里一阵感动，又一阵愧疚，说："房总，你刚才的几点要求还是很起作用的……"

房立峰疲倦地摇了摇手，打断他道："那都是不得已而为之了，顶不了什么用——还是怪我太大意了。"

邹义山闷头沉思了半天，终于忍不住说道："房总，你真的认为鸿宇没有一点机会了吗？"

"当然不是，路还长着呢！"房立峰断然道，"不过这一次，我觉得形势是非常被动的，一时间很难扭转过来。"

"我说的就是这一次。"邹义山不动声色地说。

房立峰一愣，瞪着邹义山，身体不觉坐直了，问道："你……有什么看法？"

邹义山理了理思路，说："我听说新海的这次会是在国际会议中心召开的，会议规格很高，只邀请了一百多个客户，那么它所针对的市场必然是高端市场，它的市场宣传也必然会强调这一点。新海这样做的目的很明显，在一个市场还处于混沌状态的时候，抢先以一种强势的方式进入市场，先争取高端客户，同时也树立一种业界权威的形象，希望通过高端客户来影响和带动其他中小客户，进而占领整个教管系统市场。"

房立峰点点头，表示认可，新海此次市场行动所产生的后果，是个明白人都能得出相同的结论。

邹义山继续道："但是，新海在通过争取高端客户和树立权威形象来影响中小客户的过程中，必然会有一个空隙……"

房立峰目不转睛地盯着邹义山，听他往下说。

"这个空隙就是——"邹义山取过一张纸，用笔在纸上边画边说，"新海通过此次会议，成功地争取到了一批高端客户，并且很好地树立了某种权威形象，这是一个概念；但这并不完全等同于另外一个概念——它的产品也是其他中小教育机构和学校的首选。严格来说，这其实是两个截然不同的概念。"

房立峰有点听明白了，心情像枯死的荒原突然迸出几点绿来。

"按照原来的计划，鸿宇明天的会议也是想达到和新海今天会议一样的目的，但已经被别人抢了先，这个会议就几乎失去了任何意义。但是，如果我们干脆大大方方地承认你新海的确先进，是业界权威，但你的产品理念并不适合广大中小客户，而鸿宇的教管系统产品才是最适合中小客户的，我们明天将会议主题改一下，变成专门为中小教育机构和学校提供教育管理系统解决方案，我们这个会就和新海今天的会区别开了，甚至还借了一下新海今天会议的势。"邹义山说完，见房立峰眼睛直直地看着桌上的纸，额头上的两道皱纹拧得仿佛刀刻一般，便靠在椅背上等着房立峰的反应。

过了几秒钟，只听房立峰从喉咙深处发出一阵笑声，并狠狠地砸了一下桌面，说："后生可畏，后生可畏呀！商场如战场，兵无常道，运用之妙，存乎一心！好！好！"

见房立峰这样激赏，邹义山心却有点直往下掉，自己也不知是怎么了，分不清屁股该往哪边靠，本来房立峰束手无策，正是他之前所期待的，但此时身处其境，却又不能见死不救，也许心里头还有点虚荣和炫耀的想法：这样的好主意不奉献出来，岂不是有点衣锦夜行的意思，委屈他的聪明脑袋！

房立峰哪里知道这些，使劲地夸了邹义山几句，兴奋地站起来，冲着门口大喊道："小毕！"

小毕应声而入，房立峰吩咐道："给杨绪方等几个经理打电话，叫他们马上回办公室。"

小毕道："他们刚回家了，这时候正在路上呢。"

房立峰不耐烦道："废话！不然我叫你打什么电话？"

小毕刚要出去，房立峰又叫住他道："顺便点几个菜，好一点的，叫他们送到办公室来，我们待会儿一边讨论工作一边吃饭。"

邹义山不禁暗暗叫苦，心里直骂自己多事，又要加班熬夜不说，还把平静的局势生生搅得波澜四起、变化莫测。

"房总，现在时间是不是太紧了？你看我们所有的会议材料，无论是纸面的还是电子版的，都已经制作完成了，这时候改口径还来得及吗？"这回轮到邹义山持消极态度了。

房立峰却是兴致勃发，他也知道现在行动的确有些晚，但他不想输得这样窝窝囊囊，明天即便输了，他也要让业内的人知道，他房立峰在极端被动的形势下没有坐以待毙，反而瞅空狠狠地反咬了对手一口。

过了半个多小时，那几个经理才陆续赶到，房立峰早已等得心急，但也知道高峰期的路况是何等恐怖，再看几人一个个赶得气喘吁吁，正好饭菜也送上来了，当下更不多话，叫大家围成一圈先吃饭，自己把当前的情况再次讲述了一遍，这一次，他没有轻描淡写，甚至还有些夸大。

　　他讲完后，手下的那几个经理都停止了咀嚼，目瞪口呆地看着他。

　　"但是，我已经找到了应对之策！"房立峰目光坚定地看着手下几员得力干将，将刚才邹义山的主意添了些新想法，跟他们讲了一遍。

　　几个经理都明白了，连连点头，但又面有疑惑。

　　"我知道你们在想什么，是不是觉得现在太晚了？是不是觉得大势已去？没有！虽然形势不利，但我们要战斗到最后一刻！今天我陪大家干通宵，如果累了的现在就可以请假。"房立峰拉着脸说。

　　大家情绪激昂，纷纷表示要战斗到底，邹义山也只得随着大家请战，心里却有些不大乐意：明明是自己想出来的主意，房立峰怎么提都不提一句呢。

　　房立峰开始分配工作，将修改PPT的重任交给了邹义山，其他的几个经理要么是修改新闻稿、联系媒体，要么是改横幅、重新设计会议流程，虽说也不容易，但工作量肯定远远不如修改PPT——这么短时间内根据市场新形势重新包装产品理念，并用专业的、客户能理解的语言表达出来，还要兼顾美观和视觉效果，简直就是一件能导致人猝死的活。

　　邹义山见房立峰黑着脸一副不容商量的样子，暗恨他把人当牲口使，心想不是我刚才给你出主意，你哪能摆这种临危不乱、指挥若定的谱？

　　房立峰压根没注意到邹义山的不悦，他正处于一种亢奋之中，他的语气变得不容分辩、不容抗拒，他就像一个将军，一心要拿下前面的高地，哪怕尸积如山、血流成河也在所不惜！

　　邹义山按捺着满肚子的不快，回到座位上，打开电脑，将PPT上下过了一遍，枯坐了半个多小时，怎么也找不到一丝灵感，看看旁边那几个人，有的都快忙完了，说说笑笑起来。邹义山心里更是窝火：

改个横幅、修改一下会议流程，这他妈也能叫活？还不如修改 PPT 中一页的工作量呢！

房立峰从办公室踱出来，精神抖擞地开始巡视检查，这几个经理都是他的老部下，一起在市场上摸爬滚打过，纷纷跟他打招呼，表现出自己人之间才有的那种亲密无间。邹义山站起来，面无表情地穿过他们，向洗手间的方向走去。

房立峰如果多看邹义山一眼，或许能马上醒悟过来，鼓励邹义山两句，并多指派几个人来协助邹义山，帮他分担一下，或者干脆把那份 PPT 文件分成几部分，大家分头来干，把最重要的那部分给邹义山做就行了。

说来也简单，很多时候，这样一调整，就能让一个心里堵得慌的能干下属马上气顺了。

但房立峰不但没这样做，之前还犯了一个忌讳：和下属争功，把原本属于邹义山的主意放到了自己名下。其实他当时也不是要和邹义山争什么功，他只是不想太突出邹义山，让他的几个老部下脸上无光。

他很快就为此付出了代价，邹义山在洗手间给董培发了一条短信：请查收邮件。然后回到办公室，用私人邮箱三言两语便将房立峰这边的部署发给了董培。

十四

天时地利都不如人和

　　房立峰带领大家一直忙到凌晨三点多钟，看事情忙得差不多，大家也确实累了，便在公司附近的协议酒店开了几间房，几个人冲完澡便倒头睡了。

　　没睡多久，为了避过早上的交通高峰，这几人又昏头昏脑地爬起来往会场赶，和提前赶到的其他会务人员过了一遍会议流程以及注意事项。房立峰精神放松下来，经此一调整，本来的形势是大败亏输，溃不成军，现在却成了虽然损兵折将，但元气未伤，还有伺机反扑的实力，这两者间确有本质的区别。他情不自禁地自我表扬道：老房，你他妈还真行！于是，他溜到贵宾休息室，倒在沙发上又睡着了。

　　房立峰在沙发上再次眯着的时候，董培亲自开车带着一千五百份当天的《教育信息报》来到鸿宇的会场——京盛宾馆，按照头天晚上的约定，将这些报纸交给宾馆负责会议服务的潘经理，同时塞给他一个装有两千块钱的信封，潘经理坚决不收，董培正色道："我现在是代表一家有着良好声誉的大公司请你帮我们做一些事，这些事既不犯法，也不违规，但需要你这边付出劳动，所以，这是一种正常的商务酬劳，请不要推辞，如果你一定要推辞的话，我反而会怀疑你是否有诚意把这件事情做好了。"

　　潘经理听了，说不出什么话来，董培便将信封塞在他的口袋里，叮嘱道："这些报纸千万不要在参会人员签到的时候给，也不要放在会场前面让人自取，在会议正式开始前十分钟，等大家都差不多到齐了，就等着开会的时候，你叫所有服务员每人拿着一沓报纸，同时从各个角落开始发放，务必在五分钟内就将报纸发放完毕——能做到吗？"

"没问题！"潘经理满口应承下来，"我们一共有三十来个服务员呢，我到时会让他们全部上，每人发五十份，一千五百份报纸不到五分钟就发完了。"

"很好！"董培满意地拍了拍潘经理的肩膀，又问他，"会场有多少个报架？"

潘经理回忆了一下，说："大概三四个吧。"

董培连连摇头："太少了！能不能摆上二十个？"

"嗯……"潘经理想了想，"这样吧，我把其他几个暂时不用的会议室的报架都集中到今天的会场来，应该可以凑足。"

"麻烦你安排人把这些报架上原有的报纸一律撤下去，全部换上我们今天提供的报纸和杂志，然后摆放在会场各个角落。"

潘经理犹豫了一下，说："你们的报纸不会有什么问题吧？"

董培问："你指的是什么？"

"我怕内容方面不太合适，您也知道，我们宾馆经常举行高规格会议，所以对政治性的要求一向挺高的。"

董培一笑道："这你太多虑了！你想想，即使我们想犯点政治错误，这些报社让干吗？这可是官方媒体，人家编辑都是高水平、高觉悟，把关严得很，犯不着我们来操心这档子事。"

潘经理便点头道："那行，就按你说的办。"

打发完潘经理，董培来到车库，准备钻到车里休息一会儿，刚把座位放倒，手机响了，是崔小萌从会场打来的。

"董总，现在谁还看报纸啊，订那么多份管用吗？"

"管用！特别在会场内，要的就是那种视觉冲击，更何况它代表的是官方态度，内容都在其次。加上各个平台的消息我们都已经铺好了，热搜也买好了，一定会盖过他们。"

一切安排就绪，董培看看手机，鸿宇的会议马上就要开始了。这时候，该做的都已经做了，劳心费神地想东想西也于事无补，董培尽量舒服地放松肢体，歪倒在座椅上，本想给肖菁发条短信，再一看时间，人家那边正是深夜，便将手机扔在一边，安心睡上一小觉。

正要飘飘欲仙地睡着，手机又风风火火地响了，董培拿起一听，崔小萌清脆的声音直冲耳膜，把董培最后一点睡意冲得干干净净。

"你在哪呢？"崔小萌问。

"睡觉。"董培没好气地答道。

"啊，你都回家了？刚才朱卓明还看见你跟潘经理说事呢。"

"我在京盛宾馆的地下车库睡觉，刚睡了几秒钟，就被你吵醒了。你知道吗，把一个睡梦中的人吵醒，对他大脑的伤害，相当于一记闷棍。"

"那你昨天抓着大家加班，一晚上觉也不让睡，那相当于几记闷棍呀？"崔小萌伶牙俐齿地反驳道。

董培立马没了脾气，赔笑道："辛苦了，辛苦了，大家都辛苦……"

崔小萌"哼"了一声，问："你吃早饭了没？"

董培说："忙得跟打仗似的，哪还顾得上吃早饭！"

"你现在不是闲下来了吗？"

"是闲下来了，但又不饿了。"

崔小萌道："你肯定会饿的。我也没吃早饭，这样吧，我去永和豆浆买些早点，顺便给你带一些吧？"

"那太好了！"董培一下来了精神，这才感觉有些饿，很想念那热气腾腾的豆浆油条。

"还说不饿呢，看把你馋的！"崔小萌又问了停车位号码，挂了电话。

十分钟后，崔小萌大袋小袋地拎着一堆东西，出现在车库门口，董培连忙上前帮她，说："太多了吧，够四五个人吃了。"

"我又不知道你爱吃什么，所以就多买了几样。"崔小萌说。

两人舒舒服服地开始吃早饭，董培惬意地叹口气道："我发现，这些豆浆油条带给我的幸福感远远超过昨天的会议。"

"是吗？你真够出息的！"崔小萌有些惊讶，"那我天天给你买，成吗？"

"岂敢岂敢。这种幸福感虽然很真实，但有一个致命弱点：它的边际效用是急剧递减的，甚至可能出现负值。"见崔小萌不明白，董培解释道，"第一天的豆浆油条会让你十分幸福，第二天你就会视为寻常，幸福感趋于零，第三天你见到就想吐，幸福感就成负值了。"

"你们男人就这样，特别不懂得珍惜！"崔小萌有点生气地说。

董培笑道："我随便一说而已，你别上纲上线啊。吃吧……"

两人对鸿宇今天会议的效果交流了一些看法，说话间，一大堆东西几乎被吃光了，崔小萌照例吃得不多，倒是董培吃了不少。肚子一饱，两个熬过夜的人几乎同时感觉到了浓浓的困意，董培见崔小萌像入夜的小鸟一般蔫儿了下来，便说："要不你在后座睡一会儿吧。"

崔小萌顺从地点点头，董培拿过靠垫给她当枕头，让她把脚尽管放在后座，崔小萌迷糊中还怕弄脏了座椅，董培说："没事，有报纸垫着呢。"帮她把脚抬起来搁在座位上。

安顿好崔小萌，董培自己也困得不行，赶紧爬回前座，稍稍放倒座椅，开了一点暖风，把音乐打开，几分钟后，便睡着了。

董培这边睡着没多久，房立峰赶到会场，他巡视了一圈，看见他的得力干将杨绪方正跟宾馆方面负责服务的潘经理在理论什么。

"潘经理，你这不是砸我们场子吗？"房立峰听到杨绪方这样诉苦。

潘经理倒是心平气和，解释道："这是我们宾馆的惯例，你们开的是不是教育方面的会议？那么给大家发放今天的《教育信息报》是对你们会议的支持啊！上次开一个农业方面的全国性会议，我们就给与会人员发放了当天的《农民日报》，领导很重视这项工作的——你看主席台上的领导们不是读得很认真吗？"

杨绪方作仰天长叹状，叹到半路，刚好看到房立峰，房立峰问："怎么回事？"

杨绪方向他汇报了潘经理会前发放报纸的事，房立峰皱眉道："发就发了，用不着一惊一乍的。"

"可是您看看今天的报纸！"杨绪方将一张《教育信息报》递给他。房立峰接过浏览了一遍，脸上立刻罩了一层寒霜，那上面醒目地刊登着关于新海的报道。他用锐利的目光扫了一眼潘经理，潘经理一脸无辜，他从来都是只怕领导，不怕商人。

房立峰吃了个哑巴亏，一言不发地走出来，重新审视了一下会场，刚才还让他颇为满意的会场现在却完全给他另一个感觉，五六百人的会场，百分之七八十的人，包括主席台上的领导，都拿着份报纸在看，几乎都没人刷手机了。他百分之百地断定这中间有人在捣鬼，但却毫无办法，总不能把人家手里的报纸给没收了吧？

"没关系，我们按昨晚的既定方案办。"他用力将心中的无名怒火给压了下去，平静地对杨绪方说。

小毕过来轻声道："房总，会马上开始了。"

房立峰回过神来，此时只能硬着头皮上了，希望会场这些人看报的时候不那么仔细，或许自己还有机会。他吸了一口气，提起精神往前走，不小心绊在一个报架上，差点跌倒，房立峰暗骂倒霉，这才发现会场的报架分外多，但他已经没工夫细想了，因为主持人已经上台，宣布会议正式开始。

房立峰心神不宁地坐到主席台上，鸿宇的老板张宏也在主席台就座，见房立峰过来，用赞许的口气说："这个会组织得不错。"

房立峰苦笑一声，在不知内情的人眼里看来，这个会的确挺光鲜，客户来得很多，媒体到场的也不少，网上预热也到位，通常情况下，这么多人的会，直到会议开始的前一分钟，会场仍然是闹哄哄的，但今天会场秩序却难得地好，因为很多人都在读报纸。

不过张宏终归会知道一切的，到时候该如何向这个性情不定的老板解释？

鸿宇的美女，也是老板张宏的助理刘美兰，走上台宣布会议开始。房立峰不禁心里一阵厌烦，这个会当初定下的基调明明是专业、权威，可这女人就是不知高低，穿得花枝招展，整得跟新年音乐会似的，娱乐性十足，半点专业形象都没有。

真要是新年音乐会，还用得着你这个半吊子！房立峰鄙夷地想。再看看张宏，正出神地盯着刘美兰粉嫩的脖子和肩膀，像是在回忆自己以前是如何触摸它们的。

房立峰不由得叹了口气，也许应该像昨天新海的会议一样，由业务主管来主持就好得很，专业自不必说，还能自然而然地主导会议气氛……

这个想法一冒出来，房立峰立即又压了回去，岂能在这种时候长他人志气，灭自家威风！

好不容易等这个拿腔拿调的女人下去了，曹主任和张宏分别象征性地讲了几句，轮到房立峰来介绍鸿宇的新业务教管系统了，他吸了口气，站起来走到讲台，脑海中迅速过了一遍要讲的内容，他心里还存着翻盘的希望，对于自己的演讲能力，他是相当自信的。

开场白相当精彩，会场上最后一批还在看报纸的人都抬起了头，将报纸放到一边，开始听房立峰的陈述。

房立峰心里更增添了些底气，多年来与客户打交道的经验告诉他，在很多情况下，面对面的沟通永远强过任何媒体。他打开精心准备的PPT文件，开始深入浅出地介绍鸿宇的教管系统。

讲了十来分钟，会场鸦雀无声，很显然，房立峰正用他的声音、形体动作，以及富有技巧的讲述逐步控制着会场。

房立峰越发神采飞扬，尽力感染着听众，听众也渐渐地被他感染。正在此时，一个声音趁着讲话的间隙，从会场前几排传出来，声音不大，但很清晰："房总，我有个问题。"

房立峰一愣，很快恢复了镇定，打算客气地告诉此人，为了照顾整个会场，他会议结束后很乐意回答他的问题。

但不等他说话，这个人便站起来，顺势问道："目前教育管理系统的市场需求并不明朗，连一些最有实力、最有条件上教管系统的学校和教育机构尚且需要论证，您怎么现在就断言，鸿宇的教管系统是专门针对中小客户量身定做的呢？"

这人说话有力、吐字清晰，这么专业的问题问出来，一点磕巴都不打，显然是有备而来。他刚说完，台下便有不少人也露出疑惑甚至是赞同的表情，都看着房立峰，等着听他的回答。

房立峰心里暗骂，脸上却带着从容不迫的笑容："这是一个非常好的问题，会议结束后，我非常乐意请你去茶馆，我们边喝茶边来探讨这个问题。"说完，他又半开玩笑地补充一句，"当然是由我来买单。"

台下有人对此报以一笑，这人也一时无话可说，房立峰轻咳一声，准备继续往下讲，但又有一个声音抢在他之前说："我们现在就想听。"

立刻有人附和道："就是，你请他喝茶，谁请我们呀？"还有人不阴不阳地说："是不是这个问题不好回答啊？"

会场气氛一下变得尴尬起来，房立峰涵养再好，此时脸上也有些挂不住，但他提醒自己，千万不要逞一时血气之勇，直接在会上和这些人交锋，真要在会上争论起来，那么所有人记住的将不是这次会议，而是会议上的争吵情景，他煞费苦心经营起来的会议将以闹剧收场。

"诸位！"房立峰提高声音，将会场上的窃窃私语给压了下去，"按照大型会议的惯例，我们不在会上单独回答个别问题，会后，我们将专门召开一个新闻发布会，对大家所关心的问题一一作答。今天，两个国家主管部门的领导也在百忙之中参加我们的会议，他们的时间是非常宝贵的！因此，请大家注意保持会场秩序，让我们的会议顺利地进行下去。"

房立峰不愧是老手，这时候把主管领导抬出来，颇有"挟领导而令客户"的政治智慧，下面果然没人敢说话了。

房立峰快速整理了一下思路，按照刚才被打断的节奏继续往下讲，讲了五分钟左右，刚找到一点感觉，突然发现会场中有人三三两两地往外走，手里拎着资料袋，不像去洗手间的样子，看来是要中途退场。

这种时候最怕的就是有人中途退场，一方面分散其他与会者的注意力，另一方面也是对会议内容乃至发言者的否定，这些人都坐得十分靠里，陆陆续续站起来，一点一点地往外蹭，生怕别人看不到似的。

房立峰无名怒火直往上蹿，强行克制住，装作没看见这些人一样，自己讲自己的。偏偏有一人离开时还被什么绊了一下，一个趔趄，重重地踩在一名中年妇女脚上，那女人像被烫着的猫一样叫了一声，所有人的目光齐刷刷离开了讲台，挪向发出叫声的方位。

房立峰隐隐觉得有些不对劲，所有这些事情不太像偶然事件，倒像是有组织、有准备，专门针对鸿宇的会议而来。但从面上看，一般人根本瞧不出什么异样，连他的老板张宏也伸着脖子看热闹。

鸿宇的工作人员赶紧上前帮忙摆平此事，折腾了半天，才算平息下来，但房立峰所期待的会场气氛可以说是全毁了，与会者一个个目光飘忽、表情冷漠，有的交头接耳，有的张大嘴懒洋洋地打着长长的呵欠。

房立峰脸色铁青，他已经不再奢望什么会议效果，只求能够顺顺利利地将PPT讲完就拉倒了。

但这一点他也没能做到，又过了五分钟，会场上突然响声一片，十几部手机的各式闹铃如同赛歌会一般同时响起，大家愣了一会儿，哄堂大笑起来。

这时候的房立峰杀人的心都有，他已经认死了有人在存心捣乱，见会议处于失控边缘，也顾不上许多了，愤怒地一拍讲桌，大吼一声道："太不像话了！"

会场立刻安静下来，房立峰接着道："我们这儿有少部分人实在不像是从事教育工作的人！一点基本的公共场合礼仪都不懂，你们难道不知道开会前要关闭手机的吗？"

有一个人站起来委屈地说："房总，我们真的是忘了。以前每次开会，会议主持人都会特别提醒我们关闭手机或者调为振动，但今天你们没有提醒，所以我们就忘了，真对不起！"

房立峰略一回忆，才想起那个蠢娘们儿刘美兰只管在台上装模作样、扭怩作态的，的确没有提醒与会者关闭手机，严格说来，这还是组织方的问题。

房立峰有苦说不出，只得满脸堆笑，做出不计前嫌的大度样子说道："哦，是这样，那是我们的失误，不怪大家。那现在请大家将手机关闭或者调为振动，谢谢配合！"

这样一折腾，时间又耗费了不少，房立峰瞟了一眼手表，按照议程，PPT的陈述时间已经过去一大半，自己却还只开了个头。

短暂的急火攻心之后，房立峰突然恢复了镇静，因为他意识到，这些人在下面"搅场"，恰恰说明了鸿宇这个会议的重要性，他们最不愿意看到的就是鸿宇顺利地开好这个会，既然如此，老子偏偏不信邪，非把这个会开好不可！战场上最合理的行动就是做你的敌人最不愿意你做的事情，鸿宇的敌人最希望看到此次会议流产，他房立峰决不让这些人得逞！

　　想到这一层后，房立峰立刻全面恢复了气度与自信，他用两分钟时间讲了个小笑话，逗得会场一片欢笑，顺便还把那些捣乱的人揶揄了一通。不用说，他的坚韧与从容也得到了许多中立客户的认可和同情，会场自发地响起了掌声。

　　房立峰又瞟了一眼手表，算了一下耽搁的时间，他决定，哪怕后面的议程压缩，他所讲的产品环节必须照常进行。产品说不清楚，客户不明白你提供的东西是什么，其他的一切营销活动都将无从说起。

　　"各位，鸿宇的教管系统产品毫无疑问是整个行业的翘楚，是所有中小企业用户的首选！"房立峰用毋庸置疑的语气强调道，"这句话甚至也可以这样说，它就是整个中国市场的首选。为什么这样说呢？我来解释一下，中国的教管系统市场相对美国等其他先进市场而言，还很不成熟，如果将先进市场上的教管系统解决方案照搬过来，会遇到什么样的尴尬？就好像一个吃了十几年五谷杂粮的人突然之间让他天天吃大鱼大肉，营养的确是丰富了，但他那副吃惯了素食的肠胃却未必承受得了这些营养。现在有些公司却想当然要超越中国市场的实际需求，不仅是供应大鱼大肉，更是供应鲍鱼熊掌！贵死你不说，还保证你吃多少拉多少——因为你没有那样一副好肠胃啊！"

　　台下哄堂大笑，谁都知道房立峰损的是报纸上的那家公司。房立峰也清楚自己所说的并非事实，人家新海明明一再强调了教管系统产品的本土化，但这时候不是讲道理的时候，先抢占话语权、积聚人气再说。

　　"那么我们来看一看我们鸿宇的解决方案是怎样的……"房立峰很自然地将话题引到产品上来，然后按照精心设计的流程继续演示。

　　或许是那些捣乱的人自己也觉得没意思了，或许是房立峰的坚持不懈赢得了尊重，会场终于按照房立峰的预想进入了状态，再也没人翻阅报纸或交头接耳了，所有与会者都听得很认真，还有不少人掏出笔记本开始记录一些重要信息。

　　房立峰也彻底进入了演讲者的某种最佳状态，说得如行云流水，真有使虎低头、猿侧耳的气势。他正讲得爽，发现旁边五六米处的主席台里面，有一个身影不停地在挥手扭动，他借着转身的机会瞥了一眼，原来是刘美兰正扭着水蛇腰，表情急切夸张地向他挥手。

房立峰没理她，继续讲解PPT，刘美兰以为他明白了自己的意思，便消失了。五六分钟后，这个女人又出现在老地方，还是那样朝着房立峰扭动挥手。

"妈的……"房立峰心里暗骂了一句，瞅空仔细看了一眼刘美兰。刘美兰指了指手腕，夸张地做了个表情，原来是提醒房立峰要注意演讲时间。

我还用得着你来提醒！房立峰厌烦地侧了侧身子，将半边后脑勺不客气地亮给了刘美兰。

两分钟后，这个不识时务的刘美兰竟然扭着腰走到讲台，将一张字条放到房立峰鼻子底下，上面写着：请注意时间！

房立峰差点背过气去，强忍着满腔怒火，仍然面露微笑点点头，尽量不让她搅了自己的心情。台下的听众也并没有太注意这个小插曲，只有少数人多看了几眼刘美兰的大光背和裹得紧紧的屁股。

两三分钟后，看到房立峰毫无加快进度的意思，刘美兰居然又扭上来，再次将写着同样内容的字条放到房立峰鼻子底下，上面还多了一个感叹号。更要命的是，她居然还待在讲台边不走，直到房立峰苦笑着看她一眼，说："知道了。"

这次刘美兰成功地成为会场焦点，众人好奇地看着她第二次扭上来，还在讲台边足足待了七八秒才下去，她那倨傲的表情和耀眼的大光背吸引了众多眼球，她刚消失在主席台后，下面便一片窃窃私语。

房立峰的演讲此时已进入真正的关键，鸿宇的教管系统产品竞争优势何在？它为什么更适合目前中国教育市场的需求？这些都是最核心的问题，也是下面客户最关心的问题，他好不容易铺垫到这儿，客户的注意力也已高度集中，就等着他一锤定音，彻底打消他们的疑虑，树立他们对鸿宇教管系统产品的信心，然后再进行下一步的现场意向协议的签署。没想到人算不如天算，刘美兰这颗老鼠屎却选择这个最佳时机飞进了他为客户精心熬制的靓汤上。

刘美兰站在台后，看那架势，如果房立峰继续"拖堂"，她还会不客气地履行主持人"职责"。房立峰急不得恼不得，停了几秒钟，突然感到一阵深深的悲哀与疲惫，从心底发出一声绝望的长叹，对会场道："时间关系，我会在五分钟内结束我的演讲。"

刘美兰脸上露出了胜利的微笑。

五分钟后，房立峰结束了自己的演讲，面色苍白地走到后台，他放弃了现场意向协议签署的计划，甚至也没有宣讲产品的销售政策。当他走过刘美兰身边时，刘美兰还不满地哼唧道："都超了快二十分钟了！"

房立峰用阴冷的目光盯着刘美兰，说："这个会被你毁掉了，你还不知道吗？"

刘美兰脸上现出极度不可思议的表情："怎么是我？！你自己水平不行，怪别人干什么？"

房立峰大怒，向她走了一步，大概是脸上表情确实有点吓人，再加上刘美兰向来是个恶人先告状的主，竟然尖叫一声，两手还下意识地捂住半裸的胸和肩膀，后台一下子有点乱，房立峰愣了愣，无可奈何地掉头走开了。

会议还没结束，房立峰便离开了会场，他铁青着脸走进电梯，谁也不敢跟他搭话，见下面的几员心腹干将簇拥在旁边，他强打精神，对他们摆摆手道："你们去忙你们的，有事给我电话。"

他进入地下停车场的时候，董培还正睡得舒坦，房立峰从他车前走过，然后开车离开，他都不知道。

一小时过后，董培的手机振动起来，董培接起来一听，是邹义山打过来的。

"董总，鸿宇这边的会议快结束了。"邹义山道。

董培立刻睡意全无，但没忘记压低嗓音，问："怎么样？"

"这会黄了。"邹义山这话一出，董培立即松了一口气。邹义山说："鸿宇这个会议之前的筹备工作太高调，所以很多业内的公司都盯上了，今天会场上出了很多事，我感觉都是竞争对手故意闹的，让房立峰的产品陈述一再中断。这些人目标还非常明确，别的人都不闹，专闹房立峰，因为房立峰的陈述内容是真正的焦点，房立峰最后几乎是被迫中断了陈述。"

"嗯……"董培若有所思，沉吟道，"没想到房立峰就被这帮人给搅了。"

"其实真正搅了房立峰的还不是这帮人，房立峰挺有手腕的，几个回合下来，反而还占据了主动，一直很好地控制着会场，他最后是死在自己人手里。"邹义山说。

"怎么说？"董培纳闷道。

邹义山向董培讲了事情经过，董培不禁连连摇头感叹。邹义山说："我还在会场呢，鸿宇的老板张宏正在讲话，本来他只是亮个相而已，只安排了七八分钟的讲话，但他已经讲了快半小时了，谁也不敢催他呀！现在台下一大半人要么刷手机，要么小声聊天，没人听他胡吹。"

董培心想，中国这个市场就是这么奇怪，由于早期的不规范，发家的老板很多都是些能力和人品与其财富值严重不对等的人，现在市场好了，他们却能役使着一批聪明人围着他们转，这也算是一大特色吧。

"这次较量，新海应该算得上完胜了。"邹义山笑道。

董培也笑了："这里面有你一份大功劳，谢谢你，义山。"

邹义山谦虚了几句，说："董总，关于我这边的定位问题，不知您现在是什么想法？"

董培看了一眼后视镜："我现在说话不是很方便，这样吧，我找个时间跟你细谈。你放心，我会用最妥善的方式来安排你。"

和邹义山通完电话，董培轻轻将座椅收起来，靠在椅背上独自享受了一会儿成功的喜悦，随后他又陷入了沉思，因为紧接着，他又面临另外一个问题：会议对市场的影响时间是有限的，如何在这有限的时间内，迅速发展客户，形成最终销售？

董培琢磨了一会儿，竟又觉得烦闷起来，连忙做了一下深呼吸，将脑中乱七八糟的念头排解开，心想用不着这么犯贱，一点都不给自己放松的余地。

他扭头看了看崔小萌，她仍睡着，一绺头发垂在脸颊上，显得有些调皮可爱。她皮肤很好，光洁白皙，五官也长得很别致，看着让人感觉很舒服。平常没机会这样细盯着人家看，今天倒方便得很，董培微笑着欣赏眼前的睡美人。

崔小萌白皙的脸蛋突然渗出一丝红晕，红晕迅速扩散到整个脸颊，连半截脖子都红了，呼吸也急促了起来，但眼睛却始终安静地闭着。

董培有些奇怪，过了几秒钟，突然醒悟过来没准人家正醒着，知道自己正看她呢，连忙转过头，坐直了身子，咳了几声。

董培再次回过头时，崔小萌的眼睛已经睁开了，两只乌亮的瞳仁正看着他。

"醒了？"董培笑着问候。

"……"崔小萌嘴唇略动了动，无声地应道。

"你睡得还好吧？"董培找话道。

崔小萌眼睛眨了眨，算是回答，她目不转睛地看着董培，脸上仍带着红晕，眼波流转。

这种温情得几近暧昧的气氛让董培有些发慌，如果两人就这样对视下去，真不知道下一步会发生什么。

"鸿宇的会议快结束了，刚才邹义山打来电话，说鸿宇的这次会议基本上是黄了。"董培说。

那对黑水晶一样的眼睛仍然执着而大胆地看着他，像是在拷问他：为什么……你为什么……

他在心里叹息道：唉，别问我为什么……

崔小萌的手机开始使劲地"嗡嗡"振动，董培冲她笑了笑，轻声道："接电话吧。"

崔小萌不情愿地拿起手机，听了一会儿，突然骂道："你神经病！"然后将手机关机，扔在后座上。

董培吓了一跳，问她怎么了，崔小萌把脸埋在臂弯里，什么话也不说，过了半晌，她才恢复到之前的睡姿，解释说："是一个无聊的男人。"

董培暗暗感谢这个无聊的男人帮他解了围，向崔小萌伸出手，说："醒了就不要再睡了，我拉你起来吧。"

崔小萌不理他，自己坐了起来，揉着有些发酸的小腿，董培自觉无趣地收回了手。

　　两人没意思地坐了一会儿，董培正想着用什么话来活跃一下气氛，这时，一男一女从电梯内出来，走进地下车库。男的董培认识，正是鸿宇的老板张宏，女的却从未见过，浓妆艳抹，穿着露肩的长裙，长相、举止、气质都透着股风骚劲，喜欢这种味道的男人会很容易迷恋上。

　　这两人关系像是比较亲昵，张宏帮那女人开车门时，一只手还不经意地搭在她腰上，俩人钻入一辆黑色的奔驰车，一溜烟地走了。

　　"你喜欢这种类型的？"崔小萌见董培还盯着那个方向看，问道。

　　"我喜欢你这种类型的！"董培抢白她一句，指了指奔驰车开走的方向，"那个男的就是张宏，鸿宇的老板，那个女人不知道是谁……"

　　"看来鸿宇的会议结束了？"崔小萌道。

　　董培看了看手机，点头道："应该是，咱们也走吧。"

十五

机会赤身裸体，有人看得见有人看不见

一直等到鸿宇的会议最终结束，并收集完鸿宇所有的媒体报道，董培才有心思回过头来清理战场。

新海这次一共签了五十来个意向协议，这样算来，有将近一半的参会代表与新海签署了协议，成果不可谓不大。不过董培知道，根据经验，这些意向协议中，能有百分之二十最终达成合作协议就相当不错了。

因此，目前最要紧的事莫过于趁热打铁，让那些还处于兴奋状态中的客户尽早签署正式协议，并争取在一个月内回第一笔款，只要客户回了第一笔款，那么他们以后就只能跟着新海一起玩了，其他竞争对手也很难再将他们挖走。

董培立即召集所有销售人员开会，将这些意向客户按区域分给了他们，见大家一个个喜笑颜开，颇有打土豪分田地的快感，董培说："知道吗？你们现在是整个行业内最幸福的一群销售！别的公司业务员还在满世界找客户呢，你们却已经将一只手伸进了客户的钱袋！下面大家的任务是尽可能从他们的钱袋里多掏出些钱来，而且第一笔回款要尽快到位，我相信大家都明白这笔款的意义！"

"董总，你手头怎么还捂着几个客户呀？是不是舍不得给我们？"朱卓明叫道。经过这一阵子并肩作战，大家都混熟了，朱卓明也不顾忌，脱口就说了出来。

"不是舍不得，这几个客户我另有安排，过几天大家就知道了。"董培笑道。估计邹义山最近就得过来，他能力强、心气高，应该给他留几个质量好点的客户，让他迅速产生业绩，也算是对他过去一段时间所作贡献的回报。

"今年会不会有末位淘汰的啊？"司莎莎不是销售，所以才敢提这个敏感问题。

会场立刻安静了些，大家都看着董培。

"如果我们真的把自己锻造成了一个坚强的团队，我不会太拘泥于制度的，就像大家都考了一百分，只有一个人考了九十五分，那么他就一定要被淘汰掉？未必！我不希望你们任何人离开，但前提是你们每一个人都必须达到优秀。"董培看几句官样文章一说，会议室显得沉闷起来，便有意缓和气氛道，"我感到非常幸运的是，从我这一段时间与大家的相处中，感觉你们每一个人的确很优秀！大家是不是对我也有同感？"

会议室爆发出一阵大笑，司莎莎认真地总结道："我觉得董总是一个非常优秀的男人。"

董培忍俊不禁，逗她道："你是在向我表示好感吗？"

众人又是一阵笑，司莎莎年纪小，脸皮薄，面红耳赤的有点说不出话来，董培便换成正式的口气说："谢谢莎莎，莎莎是一个非常不错的女孩子，年龄这么小，就能处事这么稳重成熟，将来肯定会是一名优秀的职业女性！"

司莎莎被夸得兴高采烈，说："我将来能做到小萌姐一半好就满足了！"

董培看了一眼崔小萌，发现她虽然也和大家一起说笑，但似乎没有平常那种发自心底的阳光与快乐。

开完会后不到半小时，销售们便纷纷报上出差申请，董培一一签字，略一整理，却没有看到崔小萌的申请，心里有些纳闷，但他知道崔小萌在业务上是个从不含糊的人，便也不去问她。

一直到下午快下班，仍不见崔小萌动静，性急的张思文和朱卓明都已经买好了当天晚上的高铁票，虽然明知崔小萌不会耽搁业务，但董培犹豫了一会儿，还是拨通了她的分机，他更关心的是她的心情。

"崔小萌同学！"董培用轻松的口吻叫道。

"什么事，董总？"电话里崔小萌的声音不带半点情绪。

董培只得收了脸上的笑容，说："麻烦你到我办公室来一下。"

十几秒钟后，崔小萌来到董培桌前，带着记事本和笔，一副公事公办谈工作的样子。

董培问了问她下一步的工作计划，崔小萌一五一十地说了，董培又让她预测新海的几个主要竞争对手会有什么样的对策，她也谈了谈自己的观点，说完后，她把记事本摊开放在大腿上，平静地看着董培，等待他下一个问题。

董培见她岿然不动的神情，知道问下去也不会有什么结果，低头沉思了一会儿，抬起头看着她的眼睛说："其实我叫你过来，并不是要问这些问题。"

崔小萌目光闪了一下，没说话。

"我发现你没有往常那样开心，为什么？相对于你手头的工作，我更关心的是这个。"董培说道，自己也不明白为什么要这样敞开心扉地和她交谈。

崔小萌的眼光这才稍稍恢复了平日的柔和，但仍然绷着脸不说话。

"也许我知道原因是什么……"董培话音未落，崔小萌便抬眼牢牢地盯着他。

"如果我们都知道这个原因是什么，那我们就都不要说好吗？"董培恳切地迎着她的目光，说道。

崔小萌脸上泛过一阵红，眼睛又重新变得亮晶晶的充满了笑意，她期待的就是董培这种坦诚温暖的交流，虽然他什么也没有说，但这让她相信，她和这个男人之间是有默契的，她对他的感觉他并非视而不见。

董培见她很快便恢复了常态，把女孩子的撒娇任性拿捏得如此之好，既表现得女孩气十足，又不给别人半点不舒服的感觉，真不知道她是出于天性，还是后天教养的结果。

"你先和手头的几个客户保持电话联系，暂时不要出差，先帮我做一点公关工作。"董培微笑着说。

"张主任那么欣赏你，这个公关工作难道不是你去做更好吗？"

"这你就不懂了，现在国家机关对廉政二字看得很严，我作为外面公司的业务主管，去得太频繁并不合适，但你去就不一样了。"

崔小萌想了想，爽快地答应了。

一个星期后，当董培正按当初的承诺给肖菁写信时，出差在外的张思文和华伟几乎同时打过来电话，说各自搞定了第一家客户，签署了正式合作协议，第一笔合同款分别为八十万和一百二十万，将在随后的一周内到账。

虽然这是一个很有意义的开端，意味着新海的教管系统产品正式打入中国市场，但大概是意料之中的缘故，加上这两笔钱还不足以刺激到董培的兴奋点，董培听完两人电话，几乎没有任何停顿，继续给肖菁写信，直到发送完毕，他才起草了一封邮件，发给全体市场销售人员和上次会议的参与组织人员，并抄送给所有集团高管，通报了这一消息。

这个消息在公司引起的反响却不是一般的大，江总首先就给全体回复，对董培的团队大加赞扬，并鼓励大家"乘胜前进"；吴梅自然也迅速回复了一封邮件，少不了来一通表扬与自我表扬；陈大明也回复表示祝贺；最有意思的是 Michael，用英文写了一大篇，先讲了一个哲理故事，然后又谈到了自己的家庭，最后才扯到这个项目上来，把生命、生活、家庭和工作掺在一起使劲搅拌了一通，最后得出一个结论：We have a bright future（我们有一个光明的未来）！

董培把这些邮件统统都转发给了肖菁，肖菁回信表示祝贺，董培看来看去，虽然也是那样几句话，但心里头觉得只有这几句话才是真心的。

邹义山那边似乎不那么着急了，董培打电话问他的想法，他说想过完这个月再来，一来可以拿到整月工资，二来再了解一下鸿宇这边的渠道情况和产品情况。董培想想也好，便将原本留给他的几个客户分给其他销售，让别人先跟着，成交后业绩与邹义山对半分。

董培终于享受到了几个月来难得的安逸，公司内部至少暂时风平浪静，能力与水平得到周围人的承认，业务初见成效，前景也看好，这恐怕是一个职场上混的人所能达到的最佳状态了。

作为市场上的直接竞争对手，一方的快乐必然建立在另一方的痛苦之上，董培的快乐就是建立在房立峰的痛苦之上的。

鸿宇的会议结束之后，房立峰一度气得手足冰凉，但缓过劲来后，他又把刘美兰抛到脑后了，犯不着跟老板的姘头一般见识。他将整个会议从筹备到结束的每一个环节梳理了一遍，越想越觉得不对劲，自己也算是老江湖了，怎么这次却好像被人玩弄于股掌之间呢？

这个问题他还没琢磨透，坏消息便接踵而至，首先是原先的几个老客户都转而成了新海的客户，对鸿宇这边的业务员干脆就不搭理；其次是他的几个亲信属下告诉他，公司内部有几个人，当然也包括那个刘美兰，在老板张宏面前说了不少他的坏话。

第二条消息只会让房立峰生气，但真正让他忧心忡忡的还是第一条消息，他知道，只要业务做好了，公司那几个跳梁小丑的谗言就不会有杀伤力，但偏偏现在业务形势很不乐观，而且一时还找不到突破口。房立峰知道，市场已经引爆，积压已久的需求很可能马上出现井喷，他不敢想象如果错过这一轮机会，以后的出路在哪里。心里一着急就上火了，牙疼得说话都不利索。

他召集下面几名业务骨干开会商量对策，虽然心急如焚，他还只能装作稳如磐石的样子，他向来的方式是：事情不紧急的时候，表现得越着急越好，真到了事情紧急的时候，应该是越镇定越好。

"目前的市场形势对于我们来说，可谓挑战与机会并存。"房立峰用指尖敲了敲桌面道，"今天开这个会的目的，不是谈问题，也不是讲困难，而是分析一下我们的机会在哪里！请你们谈一谈各自所负责市场的情况，分析一下我们的机会在哪里，并确定下一步的行动方案。从这边开始，逐个往下说——记住，别跟我诉苦，我不想听！"

于是从杨绪方开始，大家一个接一个开始分析各自的市场。虽然房立峰定下了会议基调少谈问题、多找出路，但大家说着说着，问题还是一堆堆地出来了。首先，新海很明显在第一轮的较量中抢占了先机，目前教管系统市场的普遍观点是：新海一枝独秀，其他公司还没有准备好进入这一市场——这给销售们的工作带来了极大困难。其次，新海已经成功签下了几家颇有市场号召力的客户，而且为了影响市场，新海对这几家客户的服务与技术支持做得尽善尽美，客户都很满意，新海也借此机会迅速建立了一定的口碑。第三，新海……

"新海、新海、新海！你们不说新海两个字就不会说话吗？！"房立峰生气地打断了大家的讨论，"这个市场有上百家公司，市场的容量每年至少几十个亿！新海再厉害，也不可能通吃天下吧？从现在起，不要提新海！"

在座的唯一女性，也是跟了房立峰几年的销售，叫薛华燕的，说："我有一个朋友在华兴公司做销售，这个公司规模挺小的，也就三十来人，但他们卖的也是类似教管系统的产品，我听这位朋友说他们前两天也成交了一个单子，总额有好几百万呢。"

房立峰皱眉表示怀疑："这么小的公司也做教管系统业务？谁会跟他们做生意呢？一点保障都没有。"

薛华燕说："我也挺奇怪的，但我看过他们的产品手册，跟教管系统没什么两样，这肯定不是他们自己研发出来的，估计是把国外某家公司的产品引进来，简单汉化一下就开始卖了。但我那个朋友说得很肯定，他们的确已经签了第一份协议，而且是大协议。"

"客户是谁，知道吗？"房立峰有点留意了。

"好像是一家市里的主管部门，不是单个的学校或教育单位。"

就像在水里扑腾的人突然抓住了一根树枝，房立峰额上的两道皱纹拧得如同刀刻一般，这实在是一个非同寻常的市场信息，但这到底意味着什么，房立峰一时还捉摸不透。

大家看房立峰突然双眼放光、脸色凝重，不知道他想到了什么，也都不说话了。

足足过了半分钟，房立峰才注意到了会场的沉默，歉然一笑道："我刚才想起了一件别的事……大家继续说吧。"

于是大家继续讨论，但房立峰的注意力无论如何也集中不到他们的谈话上了，他脑海中若明若暗地闪着一个新想法，但怎么也无法完整地把握住它，他聚精会神地思考着，生怕一不小心这个想法就会溜走。

到后来他干脆起身离开会议室，向薛华燕招了招手，叫她跟着出来。

在自己办公室坐定后，房立峰问她："华燕，你跟你那位朋友熟吗？"

薛华燕说："您是指华兴公司的那位吗？挺熟的，他是我大学的系友，比我高一届，我应该叫他师兄，大学时候，我们同在学生会，接触比较多，关系也很好……"

"哦……"房立峰点点头，开玩笑道，"我猜他以前还追过你。"

薛华燕笑了笑，并没有否认。房立峰心里更加有底，说："华燕，我想和你这位朋友晚上吃顿饭，你能帮我约一下吗？"

"没问题！"薛华燕掏出手机，马上就要拨出去。

房立峰笑着止住她："不用这么着急，我还没想好几点钟、什么地方呢。这样吧，晚上七点整，在北四环安慧桥边的那家湖北菜馆，麻烦你务必约到他。"

晚上六点半，房立峰就和薛华燕到了饭店，倒是他约的这个叫刘伟的哥们儿，约定时间过了二十分钟才姗姗来迟。

互相介绍过后，薛华燕在一旁点菜，房立峰跟刘伟寒暄了几句，便直奔主题，说："我听华燕说起过你，你一直都在下面这些小公司做吗？有没有打算换个环境？"

薛华燕没想到房立峰是这个意思，忘了点菜，有些惊讶地看着房立峰。

刘伟参加工作四五年，已经换了七八家公司，不是业绩不好被公司炒鱿鱼，就是公司现金流出了问题被迫倒闭，从来没安安稳稳在一家好公司长久待过。如今市场不景气，他所在的公司也是风雨飘摇，他知道鸿宇是一家大公司，现在房立峰作为鸿宇的高管透露出招聘他的意思，他自然是喜出望外。

"如果有好的机会，我当然想换一换，下面这些小公司运作不规范，朝不保夕，职业发展没有保障，不是没办法，谁也不会待在这种公司的。"刘伟照实说道，期待着房立峰发出明确的邀请。

房立峰却不说话了，只是点点头，端起桌上的杯子喝口水，转头对服务员道："加一个排骨炖莲藕，汤多一点。"

菜上齐后，三人吃了一会儿，房立峰像是随意地问道："你们华兴今年干得不错啊，我听华燕说，你们刚签了一个大单，是你负责的吗？"

刘伟认准了房立峰是在考察自己，便说："不是由我直接负责，但我还是参与得很深的。"

"哦，具体是个什么情况，你能说说吗？"房立峰说话的样子，分明就在进行一场餐桌面试。

刘伟自是知无不言、言无不尽，回答道："华兴的黄老板以前是做电教目录的，和各地的教育部门比较熟，后来电教目录不好做了，他就想着改行，他应该是国内最早涉及教管系统业务的人之一……"

房立峰忍不住打断他道："你们怎么也叫教管系统呢？"

刘伟也不太清楚，挠挠头说："现在好像大家都这么叫，我们也就跟着叫了。"

房立峰点点头，刘伟继续道："像华兴这样的小公司，原本是没有能力涉及教管系统业务的，但黄老板并没有打算长久做这片业务，估计他是想趁着这个市场刚刚兴起，大家还有些不明就里，捞上一票就走，而且他也有渠道和关系上的优势。这次他就跟一个市的教育局联系上了，这都是他多年的老关系，他让教育局牵头，把这个市有条件上教管系统的学校和教育机构的需求整合了一下，然后做了一个整体的解决方案，捆绑打包销售给他们。你别说，这一招还真灵，学校和教育机构那边因为有教育局牵头，所以也比较放心购买，而教育局也算是为下面做了一件大事，领导脸上有光。但这里面最大的赢家肯定还是华兴，省了许多市场费用不说，还一把就捞了个大单子，足够吃好长一段时间了。"

房立峰听得极其专注，心想这黄老板还真是个人才，居然能这样另辟蹊径，走在市场上这么多大公司的前面。这个大单子的成交固然有很大的偶然性，但如果改进一下，并由一家大公司来操盘，或许一种全新的销售模式就此诞生了。

他压抑住心头的兴奋，用平淡的口气问刘伟："这个单子总额有多大？"

"五百八十万，第一期付款是一百八十万。"

"到账了吗？"房立峰确认道。

"肯定是到了，前两天我们董总还专门为此请负责这个项目的业务员吃饭呢。"

房立峰"嗯"了一声，皱着眉头盘算着。

刘伟进一步分析道："这还只是一个普普通通的地级市，经济水平在全国也只属于中等，如果换一个大点的城市，协议金额肯定会更大的。"

这个道理房立峰再明白不过了，中国那么大，城市那么多，傻瓜也能看得出这个市场规模有多大。以前大家都找不到开启这个巨大市场的钥匙，想不到今天踏破铁鞋无觅处，得来全不费工夫，让他房立峰无意中找到了。

房立峰定了定神，提醒自己不要过于兴奋，太轻易得来的东西总不是那么牢靠，但他心里清楚，即便这种方式不能成为一种崭新的销售模式，其借鉴意义也是巨大的，华兴这种小公司顶多能在市场上拍出一点小浪花来，但这种方式一旦被他房立峰掌握，借着鸿宇的平台，他非得在教管系统市场上掀起滔天巨浪不可！

房立峰此时的心情好得无以复加，笑眯眯地端起杯子，和刘伟碰了碰，说："有道理，说得好。"

刘伟还以为面试告捷，满脸郑重和决心，恭敬地说："房总过奖了，以后还请房总多多指教。"

八点多钟的时候，三人起身离开，刘伟看着房立峰，等着他给句明确的话，房立峰却像没事人一样，对饭店的内部装修指指点点发表着意见。

回家的时候，房立峰开车顺便送薛华燕一程，薛华燕问道："房总，您是要把刘伟招进来吗？"

房立峰花了十几秒钟才听懂这句话，说："还没想好，再看看吧。"

房立峰再次开始了不屈不挠的追赶。这一次，他出于某种自己也说不清楚的理由，没有将计划全盘说给下面的人听，而是分解成几个部分，分别让人去完成。他这样做倒不是出于防范，而仅仅是出于一种迷信，之前的几次行动他都是让每一个人充分地融入计划之中，本来这样是最能够保证计划有效落实的，但不知怎的最终都死得不明不白，所以他决定改变一下方式，或许能带来点运气。

他这样做其实是一个老江湖的本能行动，就像一个经验丰富的间谍，发现事情有些不对，虽然对原因一无所知，但他会鬼使神差地突然换一个住所，或者改变一下接头暗号，没准这就能解决某些看不见的问题。

房立峰突然改变方式，至少让邹义山在短时间内摸不清他的思路，而董培的获取内部情报的通道也暂时堵塞了。

而最大的改变在于：房立峰决定亲自出马。这对他来说不是一个轻易的举动，他向来崇拜"二战"时德国名将曼施坦因的气度：曼施坦因的部队将敌人杀得大败，他和同僚们坐在坦克里看到四面都是奔逃的敌军士兵，已经丢盔弃甲，毫无战斗力，同僚们都忍不住钻出来端起机枪扫射一通，唯独他不为所动，因为他觉得作为一名统帅亲自钻出坦克用机枪扫射敌方士兵，是一件有失体面的事情。随着年龄的增长、职位的走高，房立峰也逐渐树立了这样一个观点：一名高管，像业务员一样跑到市场前线去冲锋陷阵，并不是什么光彩的事情。

但形势所迫，房立峰现在已经顾不上什么气度和体面了，敌人都已经杀入中军帐前，再往前一步就要取他的首级了，这时候还不拔剑应战，岂不是拘泥得可笑！

心态一调整过来，房立峰立刻有了一种全身披挂、杀气腾腾的感觉，他在办公室踱了几分钟，基本确定了下一步的作战方略，然后停在桌前，拨电话给曹主任。

寒暄几句后，房立峰进入正题："曹主任，现在的教管系统市场上新海一枝独秀，这中间的前因后果您是知道的，如果照这样发展下去，恐怕过不了多久，即使鸿宇不让我走，我也丢不起那人，自己卷铺盖走人了。而您那边，张长浩也成了这个行业事实上的主管，我想对您也是相当不利的。"

曹主任还因上次会议的事心里有气，便冷笑道："你就别绕了，有什么事你直接说吧。"

房立峰心想，不绕你能听我的？继续道："所以，目前鸿宇的首要任务是抢占一定份额的市场，不能让新海一家独大，否则以后形势就很难逆转了。现在新海对单个学校和教育机构的营销很成功，根据我所了解的信息，他们已经与好几家学校和教育机构签署了合作协议，还建立了一定的口碑，这样看起来，我们好像没有什么机会了。"

曹主任有点被绕糊涂了，说："这是你们自己业务上的事，你总不能叫我帮你去抓客户吧？"

房立峰道："曹主任真是聪明人，我就是这个意思！"

曹主任气极反笑，说："房立峰，你知不知道自己在说什么？"

房立峰见曹主任真急了，便打哈哈道："曹主任，您这样的业务员我们可雇不起！我是想请您帮我向您熟悉的地方教育局给推荐一下。"见曹主任不懂，房立峰便将华兴的例子跟他说了，并详细讲了一下这种新型营销渠道的优势和潜力。

曹主任虽然听不太懂，但也觉得这种方式很值得一试，点头道："这我倒可以帮帮你，前不久，我和几个地方相关部门的领导座谈了一下，其间还谈到了教管系统的问题，他们还希望我们这边派专家去给他们讲课呢……"

"那好啊，鸿宇就可以提供专家，而且保证一流！曹主任，那几个领导有联系方式吗？您能不能向他们推荐一下？"房立峰喜上眉梢，急切地问道。

曹主任见他说了这么久，重点原来就在这里，觉得此人实在功利得很，却又不由得佩服他的韧劲，何况鸿宇做好了，自己这边是一点坏处都没有的。想到这儿，他便把即将出口的一句挖苦话给收了回去，说："你先别急，现在国家对于这种直接针对地方的推广方式是有限制的，但教育信息化是个趋势，又是个新事物，我估摸着最近中心会下一个专门的文件，弄几个地方当试点，这样你们就可以名正言顺地去和这些地方的相关部门接触了……"

房立峰像鲨鱼闻到了血腥味，急不可耐地问曹主任："是哪几个地方？"

曹主任道："现在还不确定，广宁是首选，但这个需要集体讨论才能决定，不过，我在这件事上还是能说上话的，我会尽早告诉你消息，并和当地打个招呼——我也只能帮你做这些。"

"这些就够了！"房立峰大喜道，他心里清楚，如果是国家确定的地方试点，说明这种新的商业模式是完全可行的，一个巨大的市场竟然就这样坦露在他面前了，而市场上的主要竞争对手还没有发现。

房立峰把"拜托""务必"之类的话跟曹主任说了十几遍，才挂上了电话。

跟曹主任通话完毕，房立峰立即叫薛华燕订最近的一趟航班跟他去广宁市一趟。过了几分钟，薛华燕来电话说今天晚上就有去广宁的航班，问要不要订。

"订！你发短信告诉我航班号和时间，我们晚上机场见。"房立峰毫不犹豫地说。

薛华燕在电话里迟疑了一下，说："房总，我发现公司里有些人在张总那儿说您的坏话，您最好还是防着点。"

房立峰喉结不自觉地蠕动了一下，故作轻松地笑笑说："是吧，谁呀？都说什么了？"

"今天中午，大家都去吃午饭了，我因为要处理一些文件走晚了些，去打印室的时候，路过张总办公室，门半开着，我听到刘美兰说：'教管系统项目投入这么大，到现在业绩还是零蛋，我听说人家新海都已经回了好几百万的款了，再这样下去，这块业务就死了。'"

房立峰冷笑了一声，问薛华燕："张总怎么说？"

"没听到张总说什么，好像一直是刘美兰在说，张总只是听着。"

房立峰大怒，张嘴就要把"婊子""姘头"之类的称号送给刘美兰，但考虑到电话那头是个女孩子，还是自己下属，便忍住了，说："还有什么情况？"

薛华燕说："绪方他们最近也听到一些不好的言论，说营销部门工作不力、业绩惨淡，公司明年上市的计划肯定得泡汤。"

房立峰不用问就知道这话出自哪些人之口，心里恨恨不已，又不能在下属面前失了风度，便道："我知道了，有什么情况你再及时向我报告。"

通完电话，房立峰烦躁不已，但他甚至连平缓情绪的时间都没有，匆匆赶回家，收拾了一下行李便往机场赶，路上又给曹主任打电话，说自己晚上就去广宁市，明天上午想约市里相关部门的主要负责人谈谈项目的事，请曹主任预先打个招呼。

曹主任见房立峰行动如此神速，叫房立峰放心，他肯定会打招呼，并赞扬道："我就欣赏你身上这股冲劲！"

房立峰想到自己四十多岁的人了，却像个二十来岁的小伙子似的玩命干活，公司里还有一帮小人在背后对他指指戳戳，这次广宁之行，也不知结果如何，心里不禁掠过一丝悲凉，然后又深深地自我感动了一把。

十六

爱不在意回报，但在意回应

新海教管系统事业部的回款已经达到了将近三百五十万元，这属于第一笔回款，通常第一笔回款占整个合同款的百分之二十左右，这样算下来，董培这边已经谈成了接近两千万元的单子。按照这个行业的标准，当一个项目的销售收入达到两千万元的时候，说明这个项目已经立稳了脚跟，具备了进一步发展的基础。

在大市场整体低迷之际，短时间内取得辉煌战绩，教管系统事业部顿时成了明星，江总和董事会满意不说，连美国 CIE 总部都惊动了，发来邮件表示祝贺。

但董培却轻松不起来，他一直都在关注业务员手中掌握的有效客户数量，几乎没有增长，也就是说，这三百五十万几乎都是在吃上次会议的老本，那老本吃完之后呢？靠什么来挖掘潜在客户，靠什么来撬动市场？

这个问题困扰着董培，以至于他踱到 Michael 办公室的时候，仍然神情凝重。

"你怎么了，Peter？难道你现在不是这家公司最应该开心的人吗？"Michael 问候道。他端着杯香气四溢的咖啡，一身休闲打扮，就差把腿跷到桌上了。

董培坐到他对面，说："我在担心目前这种营销方式的可持续性。"

Michael 笑得前仰后合，快活得像听了一个非常有趣的段子，笑完后，他一边用纸巾擦拭洒落在办公桌上的咖啡，一边说："对不起，我只是想起了昨天和几个朋友在餐桌上讨论的话题：为什么中国人这么勤劳，却并没有享受到相应的快乐与富足？"

"这是我们的文化，也是一种传统。"董培觉得有必要找回点面子，侃侃而谈道，"你知道孔子吧？孔子的弟子曾经问孔子：人到底什么时候才能够好好休息呢？孔子指了指远处山上的坟墓说：在那里你就可以好好休息了——这就是所谓的'生无所息'。我们中国人把勤劳当作一种生活态度，一种生活哲学，甚至上升到道德的高度，这和西方有很大的差异，所以你可能不太理解。"

"嗯……"Michael 认真地听着，问董培，"你说的'生无所息'在汉语里还有更通俗的表达吗？"

董培想了想，一时找不到其他的类似说法。

"是不是'活着干，死了算'的意思？"Michael 的中文突飞猛进，连这种话都学会了。

董培着实吃了一惊，见 Michael 灰蓝色的眼睛正审视着自己，心想这老家伙见多识广，智商又高，还真不好糊弄，便点头道："差不多吧。"

Michael 耸耸肩，显然并不认同这种生活哲学，但看董培不太乐意讨论这个话题，便也不说了，转而问道："对不起，我刚才没听清，你担心的是什么？"

"我担心 CIE 在新海的投资得不到预期的回报。"董培淡淡地说。

Michael 脸上的轻松表情倏地消失了，十分严肃地盯着董培。

董培见他刚才还站着说话不腰疼，潇洒得很，真到了涉及切身利益的问题，比谁都上心，看来勤劳不勤劳，既非态度，也非哲学，只要关系到钱大爷，谁都不能免俗。

"教管系统业务在很短时间内就取得了重大进展，出现了一个回款高峰期，但我目前还看不到下一个高峰期在哪里。"董培解释道。

Michael 见董培原来是想更上一层楼的意思，顿时放下心来，甚至觉得没有讨论这个话题的必要，安慰董培道："Peter，不必担心，我相信你肯定会找到解决办法的。"他这种惯常的鼓励倒是出于真心，因为他确实很看好董培的能力。

董培知道跟一个老美讨论变幻莫测的中国市场不会有什么结果，便也放松下来，指了指桌上的杯子，说："你的咖啡凉了。"

Michael 有点可惜地摸了摸杯子，他喜欢喝热气腾腾的咖啡。

董培站起来说："我请你去楼下的星巴克喝杯咖啡如何？"

Michael 对这个提议大为赞赏，两人一块走出办公室，董培连手机都没拿，和 Michael 到楼下坐了一个多小时，海阔天空地胡侃一通，回到办公室，拿起手机一看，里面居然一个未接电话都没有，再看邮箱，也只有几封无关痛痒的新邮件，不禁有点气短：原来这个世界远不如你惦记它那样惦记你呢。

既然如此，不如骚扰一下肖菁，看看她在做什么。董培直接拨通了肖菁的手机，刚响一声，便被肖菁接了起来。

"够快的！这么晚了你还没睡觉吗？"董培惊讶道。

"知道这么晚了你还打电话？"肖菁质问他。

董培起身把办公室门给关了，说："是啊，我知道你那边很晚了，但手指就是不听使唤，还是拨了你的手机。"

"没关系，你打电话来我很高兴，有什么事吗？"

"有一件非常重要的事，我考虑再三，还是决定给你打这个电话。"董培郑重其事地说。

肖菁被他说得认真起来，问："什么事？"

董培顿了顿，说："Have a nice dream（做个好梦）！"

肖菁也用同样正式的口气道："谢谢，那我去睡觉了，byebye."

"哎……"董培愣了，认输道，"想跟你说会儿话不行吗？"

"那你说吧。"肖菁道。

董培满腹的相思话却又成了干巴巴的业务汇报，摧花神功怎么也使不出来，讲了一会儿，停住道："我张口闭口就说业务上的事，是不是活得档次挺低的？"

肖菁笑了，说："干吗这样说呢，我挺喜欢听的呀。"

董培跟她说了今天和 Michael 讨论的话题，肖菁在电话那头沉默了一会儿，说："其实 Michael 说的就是事实，承认这一点也没什么。这的确是一种文化和观念上的差异，我以前也为此困惑过，看到那些白人同学成天快快乐乐，不仅没受他们感染，反而更有压力。后来，我想明白了，他们之所以那样，很大程度上源于一种发自心底的自信。既然如此，我也应该自信，也完全有资格自信：我靠自己的奖学金求学，成绩总是名列前茅，长得也不差……再看看他们，有些人简直就是混混，成绩一团糟，什么都不懂，但照样自信满满——所以说，真正的问题不在于你用什么方式去生活，而在于你是否认同你目前的生活方式。"

董培听完，长出了一口气，说："被你这么一说，我还真有豁然开朗的感觉，不过，我最近的确很难有开心的时候。"

"那是你压力太大了，放松点，学学我，我们明天就要考试了，但我上午照样去海边游泳，还拍了不少照片呢。"

"那你发张照片给我吧，让我受点感染，顺便看看你长什么样了。"董培说。

肖菁犹豫了一下，笑着说："那可都是泳装照。"

"太好了！"董培笑嘻嘻道，"你如果把泳装照发给我，我一定把裸照发给你。"

肖菁那头顿了顿，说："你这个玩笑不止对一个人开过吧？"

肖菁还真猜准了，这句话董培对两三个女孩都说过。董培暗骂自己嘴贱，跟这么聪明的女孩开这种肤浅玩笑，简直有点掉价。

董培握着话筒，一时无语，这时手机又"咚咚"地响起来，肖菁道："你继续'生无所息'去吧，我可要睡了。"

董培匆匆道了声"晚安"，拿起手机一听，是邹义山打来的，第一句话照例是："董总，说话方便吗？"

董培道："没事，你说吧。"心里暗暗纳闷，手机上显示的是鸿宇公司的电话，邹义山这么小心的人，怎么在办公区给自己打电话呢？

"董总，我想跟你说一声，我恐怕需要再挨一段时间才能去新海，不知道会不会有麻烦？"

"没事，你自己来判断时机吧。"董培想了想，还是忍不住提醒他道，"你最好还是不要在办公区打电话，人多耳杂，让人听到了不好。"

邹义山道："不会的，其他销售全部被房立峰赶到下面去跑市场了，我找了个借口没去。"

"房立峰还在办公室吧？"

"房立峰都下去好几天了，他现在顶着不小的压力：新产品投入巨大，却一直没有出业绩，鸿宇这边舆论对他很不利，估计老板也对他不满意，他没准下去图个清净去了。"邹义山说道。当然有一个想法他不会告诉任何人：房立峰现在处于风雨飘摇之中，如果挺不过这一关，可能会离开鸿宇，也许到那时，他邹义山有机会接替他的位置，这是他迟迟不离开鸿宇的真正原因。

董培心想，房立峰现在下去是不是有点不太明智？这种时候应该像钉子般立在公司，对政敌起码也是一个心理威慑。这个想法在他脑海只是一闪而过，房立峰的境遇恰恰解释了董培"生无所息"的原因：并不是不想"息"，而是周围的环境让你根本无法去"息"。

和邹义山通完电话，董培心里舒坦了不少，比他日子难过的人有的是呢！对手的艰难处境说明新海在这一轮的对决中处于非常有利的态势。

他习惯性地打开微信，赫然发现极少用微信的肖菁给自己发过来一张图片，打开一看，一张丽人图赫然展现在眼前：蓝天碧海，金色沙滩，她穿着一件明黄色的比基尼泳装，肌肤胜雪，长发飘飘，像希腊传说中的美神，又像《安徒生童话》中海的女儿。

董培屏住呼吸，目不转睛足足看了几分钟，才想到要将图片保存下来，存好后，又看了半天，几乎有种自惭形秽的感觉，直到司莎莎到门口提醒他开会，才如梦初醒，他把办公室门给关了，凑到手机屏幕上吻了那张照片一下，嘴唇给静电打了一下也没觉出来。

几天后，销售们带着几百万的单子陆续回来了，董培算了一下，订单总额已经超过了三千万，第一批回款也即将突破四百万，销售们一个个笑逐颜开，董培也暂时抛开那些不确定的担心，跟大家一起庆祝了一把。

崔小萌没来公司，说是生病了，正在医院打吊瓶呢。董培打电话过去，问她什么病，她就是不说，最后董培问得急了，说："崔小萌同学，你不会是出了那方面的事吧？"

崔小萌过了好一会儿才明白董培说的"那方面"是什么意思，气得挂了电话，董培再怎么打也不接了，最后干脆关机。

董培原本是逗她玩儿，不料弄巧成拙，只好想法补救，他看了一眼统计数字，这次又数她签的订单最多。她这一趟出去可不容易，一个女孩子，长得又漂亮，却要陪着各色人等吃饭喝酒聊天，把订单抓过来，谁知道她经受了什么。

想到这儿，董培不禁心软起来，立即起身到楼下，开车赶往医院，在医院门口买了一大束鲜花，进了医院大门，却又傻眼了，这么大的医院，上千间病房，上哪儿找她去？

董培试着拨了一下她的手机，手机仍然关机，董培便给她发了一条短信：我在医院门口，你在哪个病房？

等了十来分钟，觉得这样等下去毕竟不是办法，便试着去医院咨询台询问，桌子后面那个女人听完董培的请求，只懒洋洋地回了一句："找不到。"

这种回答、这种态度早在意料之中，但董培仍有抛下所有风度，上去抽她的冲动。郁闷了几分钟，突然醒悟过来，便直接去了急诊，找到输液室，刚进门，就看到崔小萌躺在对面一张小床上输液，脸色苍白，头发也有些乱，手里还握着已经关了机的手机。

董培把鲜花背到身后，轻轻走到她床前，足足站了一分多钟，崔小萌才看到他，不胜惊讶之后，她凝视着他，眼神中掺杂着复杂的情绪。

当他捧出那一大束鲜花时，她笑了，两滴晶莹的泪花淌了下来。董培将花搁在她床前，坐在床边，替她拭去泪水。

崔小萌将头偏了偏，很自然地窝在了董培的臂弯里，周围的人注意到了这对漂亮的青年男女，向他们投来羡慕的眼光。

人世间最快乐的事之一莫过于一个坚强、独立的漂亮女孩满怀依恋和信赖，温柔地枕在你的臂弯里。董培却没法安心享受这种快乐，因为几天前，他刚吻过一个女孩，虽然只是在手机上。

董培几经努力，终于从这种能把人活活醉死的温柔乡中挣脱出来，轻轻搬开她的头，帮她把头发捋了一下，说："我跟张主任约好了，跟她通个电话。"

崔小萌顺从地挪开一些，让董培腾出手来打电话，董培刚要拨号，手机自己响了，正是张主任打来的。

什么时候跟张主任这般心灵相通了？董培不禁好笑，说："张主任，我正要给您打电话呢。"

张主任在电话里笑了，说："我正要下去参会呢，想看看你们这边有什么需求……"

董培本能地警觉起来，问："什么会？"

张主任说："确定建设教育管理系统的试点城市，中间涉及各方面的利益，平衡起来不容易，需要各部门都参加……"

事关重大，董培不得不抛开礼仪，再次打断她："最后确定哪座城市了吗？"

张主任并不介意说话被打断，也根本没注意到董培说话时的语气变化，回答道："唯一没有悬念的城市应该是广宁，一方面由于它本身得天独厚的条件，另一方面，广宁市的主要领导曾经在教育信息中心任过职，所以沟通起来当然比其他城市更顺畅一些。"

董培暗暗埋怨张主任反应迟钝，这么重要的消息，居然一直都不告诉一声，但细想下来也怨不得她，因为她实在没必要有这么敏锐的市场嗅觉。

接下来张主任说了些什么董培几乎没留意，通完电话后他陷入了沉思，很快他又从沉思中走出来，将崔小萌手中的手机拿过来，帮她重新开机，问道："你到底是怎么啦？"

刚好一位中年护士走过来，帮崔小萌答道："你还问怎么啦……食物中毒，上吐下泻，伴有轻度昏迷，这不小心是要出人命的！"

董培瞪大眼睛看着崔小萌，崔小萌垂着眼帘，不说话。

护士继续数落道："你们这些做丈夫的，一点都不知道关心自己的女人……"

崔小萌扑哧一笑，董培也哭笑不得，闹了个大红脸。

形势有点微妙，董培坐在床边，克制着内心的不安，尽量保持平静。

"你想做什么就去做吧，别心神不宁的。"崔小萌在一旁说。

董培无奈地一笑，掏出手机拨通了邹义山电话，刚响两声，便被挂断了，过了一会儿，邹义山回过电话来，问："董总，找我有事？"

"义山，你知道鸿宇那边的销售都去哪儿出差了吗？"

邹义山沉吟了一会儿，逐一将这些业务员出差的城市报了出来，董培听完后，并未感觉出异常，稍稍放心了些。

邹义山听出董培有些担心，便安慰道："鸿宇这边业务并无实质性进展，业务员都出差走了还没回来，但我看并不是忙着跑业务，而是没签成单子，不敢回来。现在整个销售办公区就我一个人，房立峰上午才到办公室，看样子是刚从机场赶回来，手里还提着行李箱，所以我刚才没直接听电话……"

董培立即问道："你知道房立峰去哪儿了吗？"

"好像是广宁市。"

董培的心脏像给人重锤了一下，沉着嗓子追问道："你确定吗？"

董培的语气有些异乎寻常，邹义山不由得顿了顿，才回答道："确定。"

"其他还有什么情况，关于房立峰的？"

邹义山想了想，还真不知道房立峰这阵子都忙了些什么，只知道他处境不妙，攻击他的人也不在少数，连自己都在觊觎他的位置，但董培的电话提醒了他，房立峰岂是等闲之辈，哪会就这样轻易放弃，坐以待毙？

董培见邹义山对房立峰行踪竟一无所知，愈发觉得形势诡异，只好叮嘱邹义山留意鸿宇那边的情况，随时保持沟通。

放下电话，董培坐回床边，琢磨来琢磨去，一时竟束手无策，正好司莎莎打来电话，像只快乐的小鸟般叽叽喳喳道："董总，大家晚上准备去 K 歌，你不去大家可没意思咯！今天下午可不可以提前一小时下班啊？路上怪堵的……"

董培打断她，厉声道："还 K 歌！一个个都玩疯了吗？销售旺季才刚刚开始！叫所有业务员马上将上月工作总结连同下月计划发到我的邮箱，今天晚上十二点之前我必须要看到！"

说完也不等她回话，"啪"地将电话给挂了。

输液室安静了一会儿，大家都朝董培这边看。过了半晌，崔小萌问："怎么了，发生了什么事？"

董培简单将情况跟她说了一遍，崔小萌也觉得事情有些不对劲，但又不愿意去相信，说："房立峰去广宁并不一定就是为了教管系统的事情吧。"

"就是为了此事，我百分之百地肯定。"董培断言道。

两人闷坐了一会儿，董培冷静下来，觉得刚才有些过，"己所不欲，勿施于人"，自己向来最反感那种迁怒于人的做法，本来大家今天开开心心的，被自己这一怒，恐怕谁也没心情去玩了。

想到这儿，便有点坐不住了，掏出手机，拨通了司莎莎的手机号码，轻言细语地说："莎莎，晚上我不过去了，你跟大家说提前一个半小时下班，总结和计划下周一提交就可以了……哟，怎么了，哭鼻子啦？刚才是我不对，向你道歉……好了好了，开心点啊……"

哄完司莎莎，回头一看，崔小萌正忍俊不禁地看着他，董培自我解嘲道："这是对冲动最好的惩罚。"

崔小萌问："你打算什么时候去广宁？"

董培脱口而出道："今天晚上。"说完看了一眼崔小萌扎着针的手背，问她："行吗？"

崔小萌笑道："你是领导，你想出差谁拦得住你呀，还问我？"

董培给司莎莎发了条短信，让她帮忙订一张今晚去广宁的机票，并预订好酒店。

两分钟后，司莎莎回复道：好的！后面还带着一张小笑脸。

"我也去行吗？"崔小萌见董培拨弄着手机键盘，知道他在安排行程。

董培想了想，说："一来你生着病，需要休息；二来这一趟出差如何安排我都不确定，只能走一步看一步，你去了也于事无补。等我大致摸清了情况，再给你电话吧。"

董培抬眼看了看吊瓶，还有大半瓶药水，崔小萌见了，说："你要着急就先走吧，我这边不会有事的。"

董培连忙摇头否认："我没那意思……"

"我没说你有那个意思啊。"崔小萌说。董培看着她，弄不清她是真让自己走呢还是试探而已。

"我先陪你输完液吧，大不了明天再去广宁。"董培主意已定，说道。

崔小萌绷着的脸一下乐开了颜，董培抗议道："崔小萌同学，这样可不好，有话就直说，还假客气！我可不想走在半路被人背后骂不仗义。"

"你要真走，我肯定会这样骂你一百遍。"崔小萌认真地说。

董培敛了脸上的笑容，长叹了一口气道："又得深入虎穴喽！你觉得我们下一步该怎么办？"

崔小萌歪着头想了一会儿，说："恐怕还得从张主任这儿着手。"

董培摇摇头，分析道："我觉得这一次张主任帮不了太大的忙。你想想，广宁市被列为全国教管系统建设的首个试点城市，这对于当地政府而言都是一件大事，相关部门的负责人肯定会与上头主管部门进行密切的沟通，但在事情尚未明朗之前，这种沟通肯定是非正式的、私人性质的，如果张主任在广宁市有很硬的关系，应该早就知道这事的全貌，也会看出其重要性，以我们之间的关系，她肯定会告诉我，但我看她现在都对此事知之甚少。"

崔小萌表示赞同，但仍然坚持道："不管怎样，找找她总是没坏处的。"

董培想想也是，实在不行，再另外想辙也不迟。正沉吟间，崔小萌道："你马上去张主任办公室找她吧，这事还是当面谈的好。"

董培正是这样想的，听崔小萌说出来，微笑着看她，并不起身。

"你也假客气啊，都什么时候了，快去吧！"崔小萌隔着被子用脚踢了一下董培。

董培看了看手机，起身说："那我先过去，时间允许的话，我去机场前先过来看看你。"

"等你过来，我早就不在医院了。"崔小萌指了指挂着的药瓶，顶多半个小时就能滴完，"你不用管我了，我又不是小孩子。"

十七

战争从来不是打赢的，是熬赢的

董培紧急拜访了张主任，张主任听完前因后果，也觉得蹊跷，便当着董培的面给广宁市有关领导打了电话，了解了一下相关情况，还将董培介绍给他们。

从张主任办公室出来，已经是半下午了，董培拨通了崔小萌的手机，问："你打完针了没？感觉好些了吗？"

崔小萌没有回答，反问他："你见张主任了吗？"

"见了。如果你自我感觉没事了，咱们一块去广宁吧。"

"我早就没事了，你几点的飞机呀？"崔小萌语气倒兴奋起来。

"你问司莎莎，让她帮你订——千万别勉强啊。"董培叮嘱道。

"你放心，我决不会拖你后腿！"崔小萌一副精明强干的女白领形象，与两小时前医院那个病恹恹的她判若两人。

董培也陡然间长了精神，他看了看远处街道的车水马龙，用力甩了几下胳膊，努力找到大战前的感觉。

董培到达广宁的第一件事，就是拜托一位在广宁市国税局的朋友帮忙打听一下全市教管系统工程的进展情况，国税和教育两个系统交集不多，饶是这位朋友交游甚广，最后也只约了一个普通职员一起出来喝茶。

"为什么不直接跟王局长联系呢？张主任不是在电话里把你介绍给他了吗？"崔小萌好奇道。

董培没有直接回答，反问道："一串葡萄摆在你面前，有酸有甜，你是先吃甜的，还是先吃酸的？"

崔小萌仔细考虑了一番，说："我先吃酸的。"

董培笑了笑，说："我跟你一样。王局长是一颗最甜的葡萄，我留到最后吃。"

"就怕这颗葡萄反倒是最酸的。"崔小萌脱口说道。

董培脸色微微一变，崔小萌也自觉失言，赶紧闭了嘴，可怜巴巴地看着董培。

董培忍住了没骂她"乌鸦嘴"，过了一会儿，狠狠地道："他就是颗粪蛋我也要咬一口！"

在一家装修高档雅致的茶馆，两人等到了董培的那位朋友和教育局的职员。董培第一眼就颇觉失望，此人白净面皮，戴一副眼镜，年龄说大不大，说小也不小了，还混得什么都不是，估计在单位属于边缘性人物，了解不到多少内情。而且此人一进门眼光就黏在崔小萌身上，一副昭然若揭的贪恋神情，让董培很不舒服。

"贵姓？"董培的声音差一点就是冷冰冰的了。

"章，立早章。"那人停了三四秒才从崔小萌身上收回目光，答道。

"章主任，幸会！"董培欠了欠身，递上自己的名片。"主任"这个称呼在中国很有意思，可大可小，伸缩自如，董培在不确定对方身份或者对方身份不值得确定的时候，一般都通称"主任"。

章主任点点头，欣然接受了董培的称呼。

董培正要寒暄两句，突然觉得有一股很让人不爽的味道窜入鼻孔，他不动声色判断了一下味道的来源，断定是这个章主任脚下发出的，于是装作喝水，瞟了一眼脚下，章主任的袜子上还漏着一个洞呢。

崔小萌对这种味道更是敏感，腰杆挺得笔直地坐着，碰都不碰刚才还爱不释手的精美茶具了，仿佛已经被污染了似的。

"章主任，上次鸿宇集团的房立峰来教育局，这事您知道吗？"董培直截了当地问。

"知道知道，我还负责接待他们呢。"章主任连连点头，其实整个过程当中，他只在领导出面之前被当作挡箭牌使过一次。

董培自然不会信实他的话，继续问道："房立峰和各位领导谈得不错？"

"相当不错！我听几位领导对他赞不绝口呢，而且还跟鸿宇集团签订了一个意向性的协议，听说主管市领导都知道了这件事，好像还点了头的。"

这实在不是一个好消息，董培一时都忘了躲避桌子底下蒸腾上来的脚汗味，习惯性地深吸了一口气来掩饰内心的不安。

"房立峰这人本事不小啊，竟然能在这么短的时间内干成这么多事。"董培装成颇感兴趣的样子，看着章主任说。

但凡在机关里混得不好的人，毫无例外都有一个毛病：管不住自己那张嘴。章主任一见几个人期待的目光，其中还有一双妙目，虚荣心便莫名其妙地膨胀起来，话匣子忍不住就打开了，有问必答，问一答十，该说的不该说的统统倒了出来。

董培从他杂乱无章的谈话中，梳理出几条有价值的信息：第一，市里面已经将这个项目的主要决策权下放到了教育局，因此，表面看来，王局长应该是这个项目的主要拍板人；第二，王局长深知这个项目涉及多方面的利益协调，因此，他又将这个权力下放给了两位主管业务的副局长，自己居中调停；第三，广宁市教育局与鸿宇集团签的虽然是意向性合作协议，但这个协议里面却有双方责任与义务的界定，更像是一个简化的正式协议……

前两点董培都比较肯定，第三点更多的是猜测。把意向性协议调一下格式，改几处字句，加几段看似泛泛的话，这种意向性协议实质上就具备了某种约束力，这个小伎俩董培他们经常用到，房立峰是老江湖，能用的时候岂有不用之理！

章主任又大谈起房立峰的一些公关手段，他对这些似乎更感兴趣，绘声绘色的描述让人觉得他目睹了每个细节。董培有选择地听了一些，心里大致有了数，看来房立峰这次是拼了老命非拿下这个单子不可，把每一个环节都发挥到了极致，给后来者设立了一个极高的门槛。

章主任兀自喋喋不休，但说话时候百分之八十的眼神分配都已经给了崔小萌，董培听他话里已经没有什么料了，便瞅空插话道："多谢章主任，给了我们很大的启发呀！谢谢谢谢……"说着，叫声服务员，做了个买单的手势。

章主任意犹未尽，话匣子停了停，突然坐直了身子，说："要不去洗个脚、按个摩？广宁有几家特别好的店——人家鸿宇集团的公关工作可是相当到位的哟！"

董培不禁大怒，这种狗屁不是的家伙居然也摆起谱来了，当下冷笑一声，漫不经心地道："下次吧，我还得回去整理一些文件。我跟你们领导认识多年了，来之前和他电话沟通过几次，本来打算今天就跟他见面的，但他建议我先从下面了解一下情况，所以今天就找到章主任了——其实，我看领导也是想通过我这个局外人了解下面的情况呢。"

章主任脸色立即有点发青，董培用冰冷的目光刺了他一眼，说："谢谢章主任今天这么坦诚，跟我们说了这么多内部情况，不过你放心，不该向王局长反映的我决不会说。"

章主任脑中顿时一片空白，只觉得今天自己话的确太多，也不知道说了哪些不该说的，听董培说跟王局长还是老相识，心里很是着慌，偏偏此人并无城府，心慌意乱全都写在脸上。

董培再也懒得理他，买完单，跟两人简单道别后，便起身走了。

刚出门，崔小萌便深深吸了口气，说："熏死我了！"

董培叫的车到了，他一边给崔小萌拉开车门，一边没好气地说："你这纯粹是自讨苦吃，非要找一家进门脱鞋的茶馆，害大家跟你一块儿遭罪。"

"这样的茶馆显得高雅有情调嘛！不过下次得小心点，千万不要约不熟悉的人进这种茶馆！"崔小萌心有余悸地说。

董培郁闷地搓了一把脸，说："今天至少有两个收获：一是吸入了大量有毒气体，二是知道了房立峰没有给我们留下任何机会。"

路上有点堵，车往宾馆的方向走走停停，崔小萌问："你打算什么时候吃最后一颗葡萄？"

董培低头沉思了一会儿，说："好像没什么选择，因为我就只剩这么一颗葡萄了。"

"那我建议你不要把玩了，快吃了吧，要是不小心掉地上……"崔小萌说到这儿，赶紧打住，用手捂住嘴。

董培又好气又好笑，张主任已经在电话里将他介绍给了王局长，但他一直没给王局长打电话，是因为知道这是唯一的希望，他实在害怕落空，万一王局长轻飘飘地给个不痛不痒的答复，那他真的就只能硬着头皮去作陌生拜访了。因此，他必须先尽可能多地了解情况，决不能轻易毁了这个希望。

这到底是个希望还是失望，谜底终究得揭开，而且事不宜迟，他必须根据与王局长通电话的结果来决定下一步行动。

崔小萌问："你现在肚子饿吧？"

董培下意识地摸了摸肚子，虽然说不上饿，但一点饱的感觉都没有，刚才只顾说话，吃了些什么已经全然记不得了。

"我们去吃夜宵吧，广宁市的夜宵可有名了！"崔小萌兴致勃勃地说。

董培想了想，接下来他只能等待，在这之前，也没什么可做的，便积极响应道："吃就吃！只要某人不怕食物中毒、上吐下泻，我奉陪到底！"

崔小萌气得揍了他一拳，让司机改道，去广宁市著名的小吃一条街。

董培没料到广宁单子之争会演变成一场艰苦的持久战。

鸿宇在广宁有先发优势，房立峰又经验老到，将前期工作夯得极为扎实，新海纵然实力更胜一筹，董培也见到了王局长，但要翻盘又谈何容易。

两个星期之后，董培等人已经在广宁市熬得痛苦不堪，中途崔小萌还感冒了，董培怕她病情加重，强令她返回北京，让张思文过来接替。张思文倒也不含糊，过来就跟当地的技术人员们轮番拼酒，终于在酒精中毒之前套出了鸿宇的技术实施方案，董培将方案发给总部，在 Michael 带领下，新海的技术团队针锋相对地制订了另一份方案，并对鸿宇方案中的某些问题提出了严重的质疑。

鸿宇也不示弱，立即增派一个由五名专家组成的技术团队驻扎进了广宁市，一对一地为当地提供培训，并且专门为此项目成立了办事处，办事处就设在市中心最好的一幢写字楼中。

至此，双方已经呈短兵相接之势，互相亦无秘密可言，暗战演变成了旷日持久的阵地战。

半个多月的时间，董培唯一的成果是：拖延了广宁市教育局履行与鸿宇签署的意向协议的进度。

这样微薄的产出与巨大的人力、财力以及精力投入相比较，实在是极不划算，但董培已经没有退路，只能继续说服总部增调人马、加大投入，期待局面有所转机。

他已经感觉到了调动大量公司资源所必须承担的压力：江总开始还偶尔打电话慰问一下，后来便悄无声息了；Michael 之前还跟董培一样豪气干云，现在也有偃旗息鼓之势，他最近发的两封邮件，虽然还是那样热情，但其中隐隐含着推托和怀疑的意思；吴梅，不用说，又开始活跃起来，在这风口浪尖上，组织一个什么"成本周活动"，董培用脚指头也能想到她的矛头所指；即使是他曾经最坚定的盟友陈大明，也三缄其口，保持着置身事外的沉默……

有之前的几千万销售业绩垫底，董培毕竟还有底气，虽然有点心寒，但对这种情况仍持轻松心态。在给肖菁发邮件时，他提起了这件事，酣畅淋漓地将这帮人嘲讽了一通。

"毫无意义的假清高。"肖菁没有如他预想地给予"温柔坚定的支持"，而是一针见血地回信道，"这是每一个业务高手的通病，一定要把自己置之死地而后生，才觉得赢得痛快、赢得高尚——但实际上，你应该尽力避免落入险境。"

董培一看这些话，觉得好生无趣，细想了一会儿，又十分诧异，自己心底那点隐秘的虚荣心，肖菁远在万里，却看得如此通透！或许这就是他对她如此着迷的原因？

所谓忠言逆耳利于行，董培经肖菁这么一点拨，便放下了架子，首先给陈大明打了个电话。

陈大明这段时间只看见董培一路过关斩将、所向披靡，自己这边业务虽有所增长，但相比于董培，直如米粒之珠，尽失光华，心里多少有些不痛快。现在董培打电话过来，向他虚心请教业务中的问题，让他心里熨帖了不少，再加上董培请他从青岛分公司派几个"业务尖兵"过来支援，这更让他算起了小账：如果自己派人支援，一旦业务做成，这个大单子就有自己的一份贡献，即使没有做成，自己也摊不上什么责任，毫无疑问这是笔好买卖，于是二话不说，便慨然应允了。

董培当然也有自己的算计：把陈大明拉进来，业务做成，董培的功劳谁也抢不走；业务做不成，陈大明身在其中，肯定也会为自己辩护。

这种合作当然是互惠互利，两全其美，董培自我赞赏了一会儿，又汇报给了肖菁，说："我这人还算机灵吧？"

肖菁回信说："这和机灵无关，说明你这人还有点心胸。"

董培想了想，的确如此，其实任何人处于这种情势下，都该这样做，但很多人却不愿意将快到手的战果与人分享，宁愿独自苦撑，结果被压垮了。自己这样做，其实就是以土地换和平、用战果换支持，和智商无关，完全是个人境界和心胸问题。

陈大明行动神速，第二天，他挑选的几名业务员就来到了广宁，董培第一次去青岛分公司时跟着他跑业务的刘冠明也在其中。董、陈两人一强强联合，新海总部那边的鼓噪声立即小了许多，董培总算缓了一口气，咬牙继续蹲在广宁调兵遣将，保持着对鸿宇的压力。

然而，一星期后，陈大明的几个业务员却连招呼都不打一声，悄悄返回了青岛分公司，董培打电话给陈大明，陈大明解释道："最近我们这边的业务非常忙，这些人身上都背了任务，完不成是要炒鱿鱼的，他们也心急想回来，我就批准他们回来了。"

董培知道其中肯定另有隐情，但也不好点破，还连连感谢了一番。后来还是崔小萌一直跟刘冠明保持着不错的关系，从他嘴里得知，陈大明事先就叮嘱过这几个业务员，看看广宁这个单子成功的可能性有多少，如果呈久拖不决之势，就不要跟着耗了。

董培心底里倒不责怪陈大明不够仗义，毕竟自己也是想拉人家下水，只是人家一点不傻罢了，何况经他这一"支援"，也多多少少减轻了一下自己的压力。只是陈大明一撤退，所有的压力又都集中到董培身上来了。

董培第一次起了打退堂鼓的念头，他仔细分析了一下目前的形势，应该说，新海和鸿宇都是有实力来角逐广宁这个大单子的，但董培面临的最大不利之处在于：房立峰在这个单子上拥有先发优势，并且捏有一纸意向性协议。虽然意向性协议并无任何实际的约束作用，但广宁市相关部门作为一个政府机构，对于"诚信"二字还是看得很重的，很难让他们违背当初的承诺转而选择新海。这个单子之所以拖到现在，是因为广宁相关部门还不能确定新海是否具备比鸿宇大得多的技术优势，一旦他们发现两家的技术实力相差并不大，估计到那时候，董培只能黯然收兵了——陈大明之所以撤走，估计也是看到了这一点。

现在，支撑董培的是每一个销售天性中的赌徒情结：也许下一局会有好牌上来……

十八
牛人一般死在自己人手里

只有房立峰自己清楚,在过去的一个多月中,他承受了多大的压力。他之所以还能挺住,一来他是个要面子的人,二来他向来信奉优胜劣汰、成王败寇的丛林法则,他知道,只要广宁这个单子拿下来,所有的质疑和压力会在一秒钟之内烟消云散,刘美兰之类的墙头草也会转瞬间对他笑脸相迎。

今天他终于见到了曙光,一大早,广宁相关部门主动给他打来电话,谈话间,对于正式协议的签订拖这么久表示了歉意,并说很快就会有结果。凭着多年的市场销售经验,他立即判断这是一个非常有利的信号,艰难的阵地战终于有了结束的迹象,胜利的天平开始向他倾斜。

因此,当他照例在上午十点钟左右到办公室的时候,大会议室里正准备开一个全体中层管理人员的会议,他记不清今天上午是否有这样一个会,但没有多想便坐进了会议室。

会议进行了十来分钟,房立峰突然发现情形有些不对,几乎所有的发言都在针对一个焦点:市场销售部门业绩太差,已经影响到了公司的收支平衡。

房立峰觉得这伙人真是无聊兼无耻。销售方面,除了新上马的教管系统还没怎么开张外,其他的产品卖得至少不比去年差,教管系统固然耗费了公司不少人力财力,但谁能保证一个新项目上马就能成功呢?况且今年的销售季节还没结束呢!

或许是今天早上的好消息让他更能沉住气，在忍受了半个多小时的聒噪后，房立峰用手指敲了敲桌面，阴着脸咳了一声，待会场安静下来后，他才一字一句地说："我们的业务拓展目前的确比较困难，但我相信我们马上就要迎来爆发的时刻！我在此向大家郑重承诺，未来的一两个月，鸿宇集团的业务将获得重大突破，我们的业绩将震惊整个行业！"

　　会议室一时间有种异样的安静，公司的几个高层包括刘美兰等人都用一种奇怪的眼神看着房立峰，一方面被他的气势所慑，另一方面又不太相信他的话。

　　房立峰当然知道他们的想法，继续道："销售就像打仗，既然是打仗，那就得有点不怕死的精神，作为鸿宇销售团队的主管，我在此立下军令状：未来一个半月，如果鸿宇集团的业务没有重大突破——我说的这个突破，指的是至少两千万的订单——本人将引咎辞职，而且本年度绩效工资、奖金和提成一分不拿！"

　　会议室的每个人都被震慑了，房立峰挑战地看着刚才几个发言最积极的人，这些人都躲避着，不敢和他的目光接触。

　　房立峰轻蔑地扫了一眼他们，他打心底鄙视这些胆气粗豪满脸忠义地向遥远的敌人宣战，一旦真要横刀立马却缩得比谁都快的懦夫，这些人最大的乐趣就在于发现和指责别人在工作中出现的差错，以此来体现自己的价值，表现自己的忠心，但月底的工资条上少了一块钱，他们却可以花两天的时间去理论。

　　"现在，我们的业务处于最关键的时期，成败在此一举！前方销售的成功有赖于后方各个部门的配合与支持，如果在未来的一两个月，有人或者有部门支持不到位，影响了销售业绩，这人就是鸿宇的罪人，我会追究到底！"房立峰拍着桌子撂下一句狠话，起身扬长而去。

　　发泄一通后，房立峰心情舒畅了不少，中午独自驱车到一家经常去的餐馆，点了几个小菜，慰劳了一下自己，刚回到办公室坐下，便接到驻广宁的业务经理打来的电话，说教育局今天提起了正式协议的事，问鸿宇这边有没有正式协议的样板。

　　"你怎么说的？"房立峰兴奋得站了起来。

"我说……暂时还没有。"这名业务经理似乎也觉得回答不妥，吞吞吐吐地说。

房立峰气得想把手伸进话筒抽他一嘴巴，吼道："你脑袋进水了啊？！你说有不就行了吗？！"

这业务经理被他骂得哑口无言，房立峰压住火气，思索片刻后，说："马上告诉广宁市相关部门，不需要样板，因为我们早就请专业人员起草好了正式协议，明天就可以快递给他们。"房立峰毕竟久经沙场，稍一拐弯，又把业务经理说坏的话给圆了回来。

"好的好的……"这名业务经理又是佩服又是庆幸，连声应道。

放下电话，房立峰长长地舒了一口气，走到窗前，北京今天空气质量不错，可以清晰地看见城市尽头的西山，他凝视了远处一会儿，眼中竟有点微微发涩。

正在感慨，桌上的电话响了，房立峰接起来一听，是老板张宏打过来的，他简短地说："房总，你到我办公室来一下。"

房立峰将笔记本电脑带上，打算用炫目的图表向张宏汇报一下广宁这个项目的重大意义，而这个项目很快就成为鸿宇的囊中物了。他走进那间宽敞得有点夸张的董事长办公室时，张宏正叼着根玉制的烟斗，但烟斗里并没有烟丝，见他进来，张宏示意他坐在对面。

在进入正式的话题之前，两个鸿宇的大人物自然要寒暄几句，平常很善于来这一套的张宏今天似乎有些心不在焉，房立峰见状也不多说，将笔记本搁在桌上，脑海里过了一遍广宁市教育局项目的整体情况，等着张宏开始谈正事。

张宏用烟斗磕了磕烟灰缸，每当他这样做的时候，意味着要转换话题了："房总，今天叫你来，是想聊一聊这段时间业务的进展情况。"

"我也正想和张总沟通一下。"房立峰点点头，作洗耳恭听状。

张宏顿了顿，脸上还是那副俨然的神情："从去年九月份你进我们集团到现在，已经有快一年的时间了。这段时间，房总还是为我们公司做了相当大的贡献的，无论是销售队伍的建立、销售流程的细化，还是整个市场的策划与架构，都提出了很多相当好的观点，有些还取得了一定的成绩，所以，我个人对于房总的业务能力和市场感觉是相当认可的。"

房立峰欠了欠身，得体地答道："这当然要感谢张总给了我这个机会，没有鸿宇这个平台，我个人再有能耐也是发挥不出的。"

张宏脸上的表情显示他对这种话是绝对认可的，在他心底里，他认为每个在鸿宇工作的人都应该感激他，因为是他张宏给了这些人饭碗。他一边慢条斯理地往烟斗里填烟丝，一边继续说："但我现在很忧虑啊，最近一段时间以来，我们的业务几乎是停滞不前。从去年到现在，我们在新项目上的投入是十分巨大的，可是我们还没有看到任何产出，这对于任何一家公司而言，都是很不乐观的……"

房立峰安慰他道："任何一个项目从立项到产出，都是有一定周期的，更何况教管系统还是一个全新的大项目，周期就更加长一些。"

张宏没接他的话茬，自顾自地接着说："出现这样的情况，当然有各方面的原因，有客观的原因，比如说市场还不成熟、政策方面的限制、竞争对手的强大，等等；也有主观的原因，比如我们对于市场变化准备不够充分、判断不够准确、技术与服务的支持不够到位，甚至产品还有缺陷……但在我看来，更多的还是主观方面的原因，而主观方面，我觉得更多的又是市场运作方面的原因。"

话说到这儿，房立峰觉得有必要为自己辩解一下："张总，其实我们过去在市场方面的每一次判断和行动都是非常准确的，只是这次面对的竞争对手很强大，处处和我们针锋相对，上一次的较量，我们功亏一篑，但接下来的较量，我们很可能就会赢。因为市场上的规律就是这样，只要双方实力相差不大，市场运作到位，输赢就都是对等的，今天我们暂时输了，明天很可能就会赢过来，未来一两个月，我相信我们会扭转局面。"

张宏的脸就像糊了一层人皮面具，一点表情都没有，听完房立峰的话，他闭着眼点点头，嘴角微微牵动了一下，好像告诉房立峰：我知道你会这样说。

"但我们等不起啊！"张宏带着夸大的沉重语气说。房立峰突然感觉他说的"我们"似乎并不包括自己，他隐隐感觉有点不对劲，联想到上午那个没来由的会议，他将刚才跃跃欲试向老板报喜表功的心态暗暗调整了一下。

"房总，你在我们集团已经待了快一年了，现在回头看，你反思一下自己在市场运作方面的一些问题，我相信你会有很大的收获……"张宏还在那儿装模作样地绕着圈子。

房立峰已经迅速把自己从一个下属的心态调整为谈判者的心态，他的目光中已经没有了谦卑和低调，而是一种咄咄逼人的冷静，他用低沉的声音说："张总，有话就直说吧，你应该知道，我从来就是个直来直去的人。"

张宏见房立峰已经听懂了自己的话，便也摊牌道："经过长时间的考虑，我觉得你已经不适合担任目前的职位了，其实呢，我也是尊重很多其他高管和中层干部的意见才做出这个决定的。"

房立峰心里像灌了铅一样，冰冷沉重，嗓子也变得干燥沙哑，虽然努力克制，但他的喉结仍然费力地蠕动了一下，他下意识地看了看眼前的笔记本电脑，可笑自己竟对此毫无觉察，还屁颠屁颠跑过来准备巴巴地向对面这个人汇报表功哩！

"房总，你有什么意见也可以说嘛。"在这种时候，张宏认为自己是绝对的主宰，带着居高临下的宽厚说道。

房立峰将痛苦和屈辱狠狠地压到心底，微微一笑，脸上的表情显得和张宏一样轻松，说："张总，相处这么长时间，你应该了解我，我从来不说毫无意义的话，你说我就是不行，我说我就是行，这种争论你觉得有意义吗？我们之间现在唯一有意义的话题就是：既然公司决定让我走，那么补偿是什么？"

张宏微微一怔，没想到房立峰这么平静爽快地接受了被解雇的事实，这让他感到一种莫名其妙的失落，他吸了两口烟，说："这个嘛，当然还是按规定来，如果你今天就走的话，给予两个月的工资补偿。"

房立峰心里冷笑了一声，说："这是自然，但我说的是我的年度奖金和提成。"

张宏头摇得像拨浪鼓，说："这肯定是不行的，你还没有在我这儿干满一年呢，按照我们当初的协议，如果你没有干满一年，是没有年度绩效和提成的。"

房立峰心里暗骂，这狗日的没准早就预备着这一天呢！只恨自己当初被他那些热情如火的语言所蒙蔽，以为真遇到了礼贤下士的明主，再加上太相信自己的实力，自认为绝无干不满一年的道理，对协议中的这一条款也未加在意，没想到，今天竟要眼睁睁地被人耍了。

　　房立峰极力控制着情绪，不让自己满腔怒火和满肚子苦涩被张宏看出来，他想了想，虽然自己还差一个半月就干满一年了，但张宏一定要拿协议说事的话，自己是毫无办法的，便嘲讽地笑了笑，说："张总，如果你在我干满一年的前一天炒掉我，是不是我也拿不到年度奖金和提成？"

　　张宏脸上掠过一丝暗红，随即他斩钉截铁地说："我没这种意思！房总爱讲职场中的规则，我这人从来没给别人打过工，不懂那些规则，我这人从来只讲两个字：感情！我向来是以情待人、以情服人的。"

　　"张总的确很讲感情！"房立峰用毫不掩饰的鄙夷神情将那两个字复述了一遍，此时他心里充满了痛苦、烦躁、厌恶和疲惫，只想快些离开这间办公室，便说："这样吧，我只拿第一季度的奖金和提成，有问题吗？"

　　"这个可以。"张宏吧了一口烟，说道。

　　他话音刚落，房立峰便站起来，把手伸向他，说："祝你好运，再见！"

　　房立峰的直截了当让张宏有点手忙脚乱，他手还没伸直，便被房立峰一把捉住，握了两握又扔开，僵在原地，等醒过神来，房立峰已经大摇大摆地走到门口了。

　　回到办公室，房立峰站到窗边，重新眺望了一下远处的西山，真奇怪啊，半小时前的那种踌躇满志此刻荡然无存，让他几乎怀疑刚才自己是否真有过那种无聊的冲动，为这样的老板，为这样的公司。

　　一小时后，房立峰心中震惊、屈辱、厌恶的情绪逐渐沉淀下去了，剩下的只有纯粹的愤怒。之前，他还一直对张宏存着一种知恩图报的感激，现在他看清了，张宏以前那些三顾茅庐式的看重，和他刚才的背信弃义一样，都只不过是一种手段，当他觉得当初请来的"卧龙"似乎用处不大的时候，他会毫不犹豫地像扔烟屁股一样扔掉你。

想玩我，那我就跟你玩到底！房立峰恶狠狠地踢了一脚墙面，坐到桌前，他运了运气，祭出做市场抓单子时的高智商，不到十分钟，他已经想好了该怎么做。

他拨通了张宏的座机，张宏一听是他的声音，拿着腔调问："立峰，什么事？"

房立峰愈发来气：我人还没走呢，就从"房总"变成"立峰"了！便也不客气，上来就单刀直入，连称呼都省了，说："关于我个人补偿的问题，想再跟你谈谈。"

张宏既感意外，又很不高兴，不情愿地哼了一声。

房立峰不理会他的态度，继续说："我刚才算了一下，我今年的奖金和提成，按照协议规定，应该是一百二十万，我只要一百万，我希望在今天下班前，一分不少地拿到这笔钱。"

张宏像被打了劫一样，情绪有点激动地说："这不可能！这个要求相当过分！我这几年也用过几个类似你这样的高管了，你比他们都计较。如果说之前我还对你有一点尊重和敬佩的话，那现在是一点都没有了！"

"看样子，你是不会答应我的要求了？"房立峰冷冷地说。

"绝对不会。"张宏语气很坚决。

房立峰已经完全冷静下来，他像一个顶级销售发现猎物一样，头脑无比清晰，思维极其敏捷，每一句话、每一个停顿都暗藏机锋："既然如此，那我只好按自己的方式来争取权益了。首先，我要向你声明：不是我的钱，我一分都不要，是我的钱，一分都得给我！"

张宏那边没有动静，但房立峰知道他竖着耳朵在听，便接着道："如果张总一定要利用协议中的霸王条款来剥夺我劳动所得的话，那我只好采取以下行动：第一，我会向我在新闻界的几位好朋友透露，鸿宇的中小学在线学习系统'智多星'抄袭了以前 NESCO 的'小天才'系统，虽然鸿宇这个系统几经改造，但其核心仍然脱胎于'小天才'，我这儿有'智多星'系统开发过程中的全部文档，包括例会的会议记录，傻瓜都能看懂鸿宇是如何进行这次抄袭的。张总，'智多星'的销量目前占到鸿宇全年销量的三分之一，一旦侵权的消息传开，即使司法一时还无法介入，但市场会闻风而动，所有代理商将不敢销售这款产品，所有学校也不敢采购这款产品——你自己去想此事的后果。"

这回轮到张宏口干舌燥了，他想发出一声满不在乎的冷笑，但听上去更像无力的呻吟。

"第二，我会向鸿宇最大的几家客户举报，鸿宇为了省钱，很多项目的后期支持并不是什么所谓的专家，而是一些毫无资质的新手，这完全违背当初的承诺。我会把这些新手的个人档案发给这些客户，他们会很高兴听到收到这些东西，因为他们还欠鸿宇好几千万，这下正好找到借口不用打款了，理由是鸿宇违约在先。"

张宏这时候已经连呻吟都发不出了。

房立峰吐出的每个字都像一把冰刀继续飞向张宏："我想这些已经完全足够了，足够让鸿宇的业务一个月内全部崩盘！最后，我要特别提醒一下张总：千万不要搞黑社会的勾当！我房立峰混到现在，虽然一事无成，但黑道白道的朋友还是结交了不少的，你我都是有家有口的人，没必要走到那一步。当然，如果张总一定要为这区区一百万大动干戈，那我也会奉陪到底！"

公平地说，真要斗起智来，张宏不是房立峰的对手。

不过张宏混到今天，也不是一无是处，至少他应变能力很强，沉默了一会儿，他语重心长地说话了，语气之亲热，倒让房立峰有点错愕："房总啊，我其实一向是非常欣赏你的，你也为我们公司做了很大的贡献，你的钱我一分都不会少给，你尽管放心！"

于是两人语气同时转为和风细雨，如果不听内容，别人还以为是一对老朋友在聊天呢。

两小时后，房立峰拿到了全部补偿。

广宁市相关部门负责人打来电话，房立峰懒洋洋地接起来，听到电话那头风风火火地说："房总，你能不能带着鸿宇的正式协议尽快到广宁来一趟？我们马上就要把方案报到市里了，批准肯定没问题，但有些细节需要再谈一下，既然要合作，我们就把所有的细节都敲死了。"

房立峰眯着眼睛听他说完，目前应该只有鸿宇集团的少数几个高管知道自己离职了，其他人还都蒙在鼓里呢："郭主任，我不管这事了，因为我已经离开鸿宇了。"

郭主任没听明白，问："你怎么不管？什么离开？"

"我已经离职了，已经不是鸿宇的人了！"房立峰清清楚楚地说。

"啊？！"郭主任吃惊得说不出话来，半天才冒出一句，"那我们怎么办？"

郭主任的反应让房立峰多少感到一丝安慰，他随口编了几个自己离职的理由，然后有意无意地说："反正我也是局外人了，告诉你也无妨。鸿宇派去的专家团除了领头的两个，其他人根本不具备专家水准，鸿宇说他们都是博士，其实一个都不是；鸿宇的那个方案，也不是他们自己的专家力量做出来的，用的是外面的咨询公司；另外，鸿宇在广宁设的办事处，不过是一个临时机构而已，只交了三个月的房租……"

郭主任听了，急得额头冒汗、脊梁发冷，是他一直坚持用鸿宇的方案，其他人偏向倒不明显，现在鸿宇出了岔子，就该他负这个责任了。现在改变应该还来得及，他和房立峰匆匆通完话，立即拨通了董培的手机。

董培昨晚刚写完一篇很长的邮件，仔细分析了广宁项目的得失，并总结了几条深刻的经验教训，准备第二天再润色一下就发送给江总，并抄送集团几个高管。

他已经扎好白旗，深吸一口气，准备走出战壕，就此缴械，然而在他即将举起白旗的那一刹那，他看见对方阵地上伸出了一面同样的白旗……

很快，他从邹义山那儿得知了房立峰离职的消息，这才明白馅饼是如何砸到自己头上的，他立刻重整旗鼓，拼尽全力投入最后的决战。

一周后，董培终于揣着与广宁市相关部门签订的协议登上了飞往北京的航班。在已经绝望的时候形势突然逆转，这种感觉就像坐过山车，一路跌宕起伏，然后就到了终点。

不管怎么样，他赢了，但并没有想象中的开心，房立峰的结局让他有点兔死狐悲：如果一个能干如房立峰的人由于市场竞争中常有的胜负之数而丢了饭碗的话，这不是他个人的悲哀，而是他所代表的这

231

一群人的悲哀，这群人里当然也包括董培。

这群人的成功永远是暂时的，他们必须像陀螺一样无休止地转动，一旦停下，便不可避免地颓然倒地。更讽刺的是，促使他们疯狂旋转的，不是别的什么东西，而是一条呼啸的皮鞭……

这些都是董培在飞机上看着窗外的蓝天白云时所发出的感叹，感叹过后，他不知不觉间被深深的困倦淹没了……

一觉醒来，已经到了北京，从飞机上下来，他打开手机，立即收到一条短信，是肖菁发过来的，说：祝贺你！我好像比你更快乐……

董培被工作折磨得有点麻木的心脏跳动了一下，他深吸了一口北京干燥的空气，脸上露出舒心的微笑，但一瞬间，他的笑容又凝结了，因为他看到那个苗条的身影，举着写有他名字的牌子，上面还涂着一颗鲜红的心……

十九

礼贤下士是觉得你还有用

房立峰回到家，早已辞去工作当家庭主妇的妻子迎到门口，敏感地发觉房立峰脸色异常，甚至儿子兴冲冲地过来叫爸爸，他也只是心不在焉地敷衍一下。她知道房立峰最近不太顺，也不多问，帮他脱下外衣，换上拖鞋，等房立峰坐定了，又端上一杯热气腾腾的绿茶。

绿茶的清香扑鼻而来，房立峰精神一振，头脑清爽不少，长吁了一口气。

"怎么，张宏今天又恶心你了？"她向来和丈夫保持高度一致，丈夫工作顺心时，她会说"张总"或者"老板"，但最近听房立峰说了张宏的一些做法，她也很不乐意，便直呼张宏的大名了。

房立峰什么也没说，只是将手机上一百万的转账记录亮给妻子。

妻子有些不明白，房立峰解释说："我辞职了，这是我的补偿金。"说完便端着茶进了书房。

这一百万暂时让妻子不至于为家庭断了收入担心，房立峰也免除了被唠叨之苦。他坐在桌前，心情还算平静，至少他让张宏付出了代价，而且他非常确信，张宏一定会为自己愚蠢到极点的行为付出更大代价，他几乎有些迫不及待地要看到这一天。

但在看到这一天之前，房立峰知道自己必须忍受赋闲在家的煎熬，如今市场低迷，各公司都在捂紧钱包过冬，少数活得好的公司业务正处于繁忙期，年度的考核还未到来，人员的更替都是年后的事，特别像他这样重量级的人物，要重新找到一个适合的职位周期显然要更长一些。他是个闲不住的人，想到这一点，心里一阵说不出的怅然若失。

这种感觉在他收到几个亲信下属和好朋友发过来表示慰问支持的短信时，分外强烈。虽然意兴索然，但他也只能打起精神，用乐观豁达的口气一一回复。

几天之后，房立峰真正地冷静下来，能够心平气和地审视过去几个月发生的一切了。

他意识到自己做得远非完美。与新海的几次较量总是欠点火候，这难道不有些蹊跷吗？他却没有及时停下来反思一下为什么，而是继续玩命地奔跑，期望能在下次超越对手，然后再次被对手后来居上，最终陷入十分被动的境地。

还有公司内部的关系处理，自己显得过于粗线条。刘美兰此人固然可以不用理她，但其他的几个高管他却从未刻意结交过，即便是其中两个副总有几次约他吃饭、打麻将，他也随随便便很不上心地就推托了。自己原本绝非一个清高的人，这样一来，反而莫名其妙落了个清高不合群的名声，结果真到自己困难的时候，没有一个有分量的人施以援手。

更让他有些沮丧的是，他甚至觉得与张宏关于赔偿金的那场交锋，自己也是赢在表面而已。为什么不向张宏阐明他那样做有多愚蠢呢？为什么不明明白白告诉他与广宁市的订单到了千钧一发的时刻呢？为什么不理直气壮地向张宏表明他在这片业务中有着不可替代的地位呢？也许张宏当时并没有下定决心让自己走人，他的个性本来就摇摆不定……真是的，低低头又不会死人，人家毕竟是老板。

的确，在那一刻，他彻底击垮了张宏，但他最终得到的也就是区区一百万而已，而职业生涯却不可避免地发生了断裂，真要是那个单子做成，在业界结结实实地留下名声不说，收入岂止百万？

想到这里，房立峰像木雕一样凝固了，他隐隐意识到自己和张宏一样，都干了一件不可思议的蠢事，而这些，正是新海的那个操盘手最期望看到的。

但事已至此，说什么都晚了，他只能这样安慰自己：张宏是个没有气魄的老板，多谋寡断，极易听信谗言，这要放在战国时代，他房大将军在前线带着将士浴血奋战保疆卫国，张昏君却已在深宫和几个阉人嫔妃商量着怎么取自己的项上人头了！

在房立峰反思之际，张宏也处于极度懊恼之中。广宁相关部门的电话打到公司来了，对鸿宇在如此关键的时刻炒掉房立峰表示不可思议，而张宏也终于醒悟到鸿宇曾经离这个改变行业的大单子有多近。

两周后，房立峰接到了张宏的电话。

尴尬的寒暄之后，张宏开始说到正题："房总，说实在的，我现在很后悔，我们之前沟通得太少了，我呢，也太急了，这个你也要理解一下，毕竟我也承担着这么大的压力，难免做一些昏头的事，你多担待……"

张宏说出来的都是明事理的话，房立峰听着无不在理，一时不知道该采取什么样的态度，便只是嗯啊地应付着，听听张宏到底目的何在。

张宏把好话差不多说干了，终于挑明了这通电话的目的："房总，您还是回来吧。"

房立峰吃了一惊，他早就领教过这些草莽企业家的随心所欲，但像这样大开大合的主还真是第一次撞上，他将过去一段时间与张宏相处的场景在脑海里快速过了一遍，判定这个邀请恐怕不能以"率直爽快"去定义，更何况他房立峰是什么人，由得你召之即来，挥之即去？

"张总能这么说，我真的很感动，不过我想我肯定不适合再回去的……"所谓伸手不打笑脸人，房立峰尽量让自己的拒绝显得客气些。

"房总可别这样说！"张宏立即打断房立峰的话，"什么事都是可能的嘛，更何况我们这儿的空间还是很大的，这一点房总应该不能否认吧？我们都是成年人，我张宏也是经历过风浪的人，不是一个轻易低头的人，今天之所以低这个头，是因为这几天我反思过了，房总值得我低这个头！我们这片业务离不开房总，那么多业务员也是唯房总马首是瞻，看在他们的分上，房总也应该再考虑我的邀请，不要太着急拒绝啊。"

这几句话说得更加到位，于情于理都无懈可击，弄得房立峰不知说什么好，脑中竟闪过这样的念头：看来自己的功力跟张宏比还有差距呢。

"张总，不管怎么样，这样做还是草率了些，毕竟这不是小事……"房立峰不知不觉口气没有那么生硬了，说话也有点不利索。

张宏很自然地接过话头，说："当然不能这样草率，我要先在公司全体高层的会议上公开向房总表示歉意，并且强调鸿宇公司要走向成功，就一定要精诚团结，一定要互相信任，多沟通、少猜忌！这样吧，房总，你当然不用现在做决定，三天后，也就是周五，我还在这个时候准点给你电话，希望你能好好想一想。合作嘛，不跟你们做单子一样嘛，哪能一帆风顺呢，你说是吧？"

房立峰几乎是傻傻地笑了笑，含糊地应了一声表示认可。张宏潇洒地挂了电话，让房立峰呆呆地捧着手机在家里阳台上立了半天。

几分钟后，他终于回过神来，不知怎的竟长长叹了口气，有种莫名悲怆的感觉。即使张宏是在恳求他回去，但仍然表现出逼人的自信与强势，这是一种资本在握的优越感，不管他房立峰自认有多聪明、多坚韧，在这种优越感面前他毫无还手之力。

妻子过来问他怎么了，房立峰把刚才的电话内容简单讲了一遍。

"那不是好事吗？"妻子奇怪地看着他落魄的样子。

房立峰无法说清心里头的复杂感觉，不耐烦地摇摇手，直接去了书房。

第二天，张宏真的着手准备房立峰的回归了，他已经清楚了解到，广宁市五千多万的单子鸿宇一度唾手可得，却被公司一帮不顾大局、妒贤嫉能的家伙关键时刻给坏了事。现在事情还没到绝望的时候，广宁相关部门能打来这个电话，不应该仅仅为了抱怨。

更重要的是，他听到风声，有人在往上告，说新海在广宁项目上有违规操作。以张宏的经验，这肯定是竞争对手在使绊子，但这也恰恰说明这个项目还未最后落定。他当然知道这五千多万意味着什么，在钱大爷面前，张宏没有抹不下的面子。

正想得入神，刘美兰扭着腰肢走进办公室，卷进来一股浓郁的香水味，张宏心里有事，见她门也不敲就旁若无人地进来，心里有些不痛快，但一看见刘美兰穿着性感的露脐衫，雪白的肚皮冲着自己，便把那句"进屋要敲门"连着口水一并咽了回去。

"张总，今天下午的高管例会您参加吗？"刘美兰坐在对面，摆了一个在张宏看来很美的姿势，问道。

"嗯，当然参加。"张宏把目光从刘美兰腰腿上收回来，"我还准备宣布一个消息，我打算让房立峰回来继续主持营销方面的工作。"

张宏说完，等着刘美兰跳起来，但出乎他意料，刘美兰却纹丝不动，脸上也没有任何不悦的表情。

张宏不得不问："美兰，你有什么意见？"

刘美兰心底里一百个不愿意，但她一点不缺与张宏这种男性老板周旋的智慧，其中一条原则就是：绝不跟老板对着干。她挪了挪屁股，把坐姿调整得更加妩媚些，真诚地说："这家公司也只有张总才能做到这一点，鸿宇是您一手带大的孩子，您为了它当然愿意承受一切委屈和压力。"

张宏心里一热，要不是隔着张宽大的办公桌，他已经拉住刘美兰涂着鲜红指甲油的嫩手了，他长叹了口气，说："美兰啊，你能这么说我真是很欣慰，公司要发展，我们有时候是要排除一些私人恩怨的。"

"只要张总觉得有必要，我肯定是无条件全力支持的。只是我担心，张总您这样披肝沥胆的，人家是不是领情？我想您把房立峰请回来，无非是为了保住广宁市教育局的单子，但您有没有想过，当初鸿宇动手那么早，投入那么大，形势还一度好得不得了，他房立峰也没有把这个单子拿下来，您怎么就断定他这次回来还能力挽狂澜呢？再说了，房立峰一离职，这个单子立即就跑到别家去了，这也太不正常了。我只能这样理解：房立峰通过各种方式把这个单子的成败系于一身，拥兵自重，以此来要挟公司，或者……"刘美兰观察了一下张宏的脸色，继续道，"他其实一直在夸大事实，那个单子根本不像他所说的那样即将瓜熟蒂落，您还见得少吗，这帮做市场销售的，哪个没有吹牛的习性？"

张宏的脸色立刻凝重得像泼了墨，刚才还十分坚定的决心转瞬间便松动了。

刘美兰看张宏盯着桌面沉吟不语，知道自己的话起了大作用，便接着说："我昨天听姚经理说，房立峰带来的几个人闹离职，您为这事有点烦心，其实，我觉得这事挺容易解决的。"

"哦？"张宏抬起头，用探询的目光看着刘美兰。

"这些人无非是心里有些不踏实，用这种方式来试探一下公司的态度罢了。"刘美兰分析道。

张宏略一思索，十分认同这个判断，不禁多看了刘美兰几眼，心想这个女人还真不是胸大无脑，一点都不笨。

刘美兰看懂了张宏的眼神，身子往前靠了靠，胳膊肘放在桌子上，离张宏很近，说："张总您找他们分别单独聊一聊，鼓励一下他们，必要的话，涨涨工资，他们肯定会很感激的。您是鸿宇的创始人、董事长，这么礼贤下士地和几个一线业务员推心置腹去沟通，他们还有异心的话，说明就是些不识抬举的家伙，这样的人，留不留又有什么关系呢？"

刘美兰轻轻甩了甩头发，用温柔的眼神看着张宏，结束了自己的讲话。

张宏暗叹自己糊涂，他确信如果亲自跟几个业务员聊聊的话，一定会让他们死心塌地为鸿宇效忠，当初房立峰入职时，还为自己一番掏心窝的话感动不已呢，何况这几个普通员工？这方面的能力他还是相当自信的。

笑意浮现在他脸上，他伸出手指轻轻摩挲着刘美兰光滑的手背，叹道："说实在的，房立峰这个人是有一定能力，但不为我所用，其实我认为他不能为任何人所用！当一把手，做老板吧，他又没这个本事。他要是有一丁点你对鸿宇的赤诚之心，我都会报之以琼瑶的……"说罢，他摇摇头，又长长地叹口气，一副何处觅良臣的落寞神情。

两人的手绞在一起，正要有进一步动作时，办公桌上的电话响了，张宏抓起来听了一会儿，脸上神情越来越放松，最后终于露出了轻蔑的笑容。

"怎么了？"刘美兰停止了手上的动作，问道。

"王刚从广宁打来电话，他听到内部消息，由于下面有人向部里反映广宁的大项目在操作上有问题，上面已经有了指示，让这个项目暂停。"张宏脸上乐开了花，好像这个项目被自己拿下了一样，接着他立即想到，看来房立峰的确没有入职的必要了。

形势突然间好转起来，让张宏心情舒畅了不少，刘美兰还站在面前，雪白的肚皮在他面前一晃一晃，张宏来了精神，一把揽过她。于是，在两人的缠绕亲热中，房立峰再入职的事被张宏像手纸一样冲进了马桶，无影无踪了。

房立峰这边哪知道这些事，还一直在进行激烈的思想斗争要不要接受张宏的邀请，如果再次入职鸿宇，那一百万的赔偿金如何处理？怎么去跟客户、员工解释自己这次短暂的离职？他甚至想，以后跟刘美兰、王刚这些副总级的高管是不是要处理好关系？自己也不要一味地独来独往，学学黄老之术也是可取的。

妻子这边当然希望房立峰再入职，还劝他以后低调点，在张宏面前表现得谦恭点，当然，对于那一百万的赔偿金，她是舍不得的，提了好几条建议，教他如何既保住工作，又保住已经到手的钱。

房立峰给杨绪方打了个电话，从侧面打听了些情况，听杨绪方提起辞职的事，他没有明确表态。鸿宇这时候越乱越好，才显出他房立峰的重要性，但他不可能怂恿过去的下属牺牲职业前途来支持自己，便话里有话地安慰道："你们不要受我的影响，辞职的事可以提，但也要心里有数，形势有时候是会改变的。"似乎是为了给自己的回归埋一个伏笔，他特别加了这样一句："张宏能创立这么大的基业，肯定也不是简单人，他会有相应动作的。"

三天之后，房立峰已经几乎拿定了主意，如果张宏在接下来的电话中确实表现出诚意，他将再次入职鸿宇，他熬了两个晚上，将下一步的工作规划了一下，以便一入职便能立刻进入工作状态，他要让人看到鸿宇集团有他没他的区别何在。

到了约定的时间，他端起一杯茶，静静地等待张宏的电话。电话响了，却是杨绪方打来的，说："房总，还是您有见地，昨天张董事长分别跟我们几个业务经理谈话了，谈得挺好的，还承诺给我们涨工资呢！晚上，他还特意请我们几个人吃饭喝酒，然后去唱歌，唱完歌又去做足底按摩，一直玩到深夜！我们觉得张董毕竟是大老板，还是挺有气度的……"后面的话房立峰没怎么听进去，嘴里对杨绪方的观点表示赞同，心里却隐隐感到事情有些不对劲。

"嗯……就你们几个人吗？"房立峰努力提起点兴趣，问道。

"还有一个人不认识，但张董挺隆重地把他介绍给我们，吃饭唱歌的时候，他问了很多营销方面的情况，我们猜他是张董请来主持这方面工作的。"杨绪方照实说道。

房立峰顿时感觉胸口堵得慌，他吸了口气，保持着平静的语气，还勉励了杨绪方几句。放下电话，他怀着一丝侥幸心理等张宏的电话，他当然没有等到，妻子劝他主动给张宏打个电话问问情况，房立峰此时已经明白形势又莫名其妙地逆转了，十分后悔自己这么轻易被张宏戏弄了一把，恨恨不已，对妻子喝道："你还想让我再次受辱于人吗？"

他两眼喷火，咬着牙暗下决心，将来有机会一定要狠狠惩治这个把自己当猴耍的张宏。

几乎是从房立峰离职的那一刻开始，就有人着手图谋获得他空缺下的职位，杨绪方说的那个人就是猎头推荐过来的，事实上他只是一个候选人而已，他参加的那次聚餐活动是他与鸿宇的唯一接触，之后就再无音讯了。

鸿宁内部，也有人掂量着自己的实力，试图接房立峰的班，这其中就包括邹义山。他刚回复完房立峰的离职留言，说了一些惜别惋惜的话，便立即开始考虑如何占据这个职位，虽然他知道就资历威望而言，他跟房立峰颇有差距，但对于自己能力的超高信心以及谋取高位的极度狂热，使他毫不犹豫地伸手去抓这个机会。

于是，邹义山使出浑身解数，拿出攻一个超级大客户的劲头和策略，终于约到了和张宏单独面谈的机会，他猜想必定是自己熬夜炮制的那个方案起了作用，之前他只是通过邮件简单谈了谈自己的想法，但张宏一直没有动静，直到他花大精力写了这个方案发到张宏邮箱，才有张宏的秘书小杜打来电话，告诉他张宏打算在周四下午两点半和他面谈。

周四一大早，邹义山西服笔挺地就赶到了办公室，他把手头的工作全部压后，专心致志地准备与张宏的面谈。他先花两小时浏览了公司相关资料以及互联网上所有关于鸿宇和张宏的信息，这些他都已经了然于胸，只是再次梳理一遍，然后捋清了一下思路，把最近公司的业务整理出几个要点，少不得也贬斥房立峰几句。

午饭时分，他和几个业务经理同桌吃饭，偶尔谈到一个业务问题的时候，性格憨直的郑兵不同意邹义山的观点，不客气地顶了他两句，邹义山没有跟他计较，只是意味深长地看了他一眼，心想：你还不知道我是谁吧？

两点一刻的时候，小杜打来电话，说是张总临时有重要客人前来拜访，面谈的时间推到四点。邹义山倒觉得更好，反正准备已经相当充分了，正好可以休息一下，于是他轻松地刷短视频去了。

估摸着时间差不多了，他立即有节制地中止了，重新打起了腹稿，然后桌上的电话又响了，小杜说，张总还得有一会儿，得推到五点半。

邹义山是做客户的高手，这点拖延与等待丝毫不影响他的情绪，没过几分钟，小杜又来电话，说是张总恐怕要陪客户吃饭，如果邹义山能够等的话，七点半的时候，张总会有时间跟他聊聊，如果不行的话，那就约下次。

邹义山当然是说没问题，但放下电话，他却是没有一丁点儿心情刷短视频了，便把之前搜索的资料有一搭没一搭地又看了一遍，到了下班时间，他跑到外面随便吃了点东西，然后又回到办公室继续等待。

快七点半的时候，小杜再次打来电话，口气中充满了歉意，说邹义山恐怕还得再等半个小时，邹义山爽朗地打了个哈哈，说："没事，张总嘛，我等他一万年！"

一直等到八点半，没有任何动静，小杜也没来电话，邹义山又不好去催，只得坐在桌前发愣。又过了十来分钟，小杜从总裁办那头走过来，她是个留着短发的小女人，永远是一副认真严谨、与世无争的模样，她手里捏着一沓文件，递给邹义山，说："张总说了，你先看看，大概九点半张总才能过来，久等了啊。"

邹义山费劲地咽了口唾沫，接过文件一看，便立即傻了眼，这不正是自己发给张宏的方案吗？开篇就是他对于目前公司业务的看法，昭然若揭地显示出他想往上爬的心思，他下意识抬头看了一眼小杜，似乎发现她眼中闪过一丝同情，这个发现让他难受得"谢谢"都忘了说。

邹义山失望透顶地瘫坐在椅子上，他实在想不通堂堂一家大公司的总裁，竟然做出这不专业的事情来，约见时间一拖再拖，还可以解释为日理万机，但是通过别人的手把自己写的方案又递回来，这他妈叫什么事！难不成让他像个小学生一样把自己的作业重写一遍再交给老师？

邹义山很想抓起电话打给小杜，告诉她时间太晚了，下次再说。但又存着一丝侥幸，心里也很是不甘，既然已经花费了这么大的心思，等了这么长时间，怎么着也得见到结果，便重重地把腿跷到桌面上，两手抱胸，铁青着脸继续等待。

十点钟的时候，他终于接到了面谈的通知，在起身的一瞬间，他脑海中甚至掠过这样的念头：是不是张总在故意考验他？虽然心里知道这是个可笑可怜的想法，但直到推门进入张宏宽敞的办公室之前，他仍然存着这样的企盼。

这个企盼在他看到张宏那张泛着红光的醉脸后，便立即粉碎了。

"是小邹吧？坐坐。"张宏抬头看了他一眼，眼光便转到别处去了。

邹义山坐在他对面，看到张宏目光闪烁，心思全没在自己身上，几小时前满腔的报效热情已经降到了冰点。

可见他确实没有房立峰那样的火候，至少房立峰的资历与威望使得张宏之辈不至于如此轻慢他，更重要的是，面对这样的轻慢，邹义山根本没有房立峰那样的勇气与信心与之平起平坐，赢回自己的尊严。

他只能被动地等着张宏开口问话，过了半晌，张宏终于发言了，先谈了十来分钟自己的创业经历，然后又谈了十来分钟对于公司治理、用人的看法，接下来又批了一通目前职业经理人群体素质差、水平低、人品劣，不堪大用……

邹义山几乎对他的每一个观点都持保留意见，甚至干脆认为就是胡说八道，但只能连连点头附和。

这样过了半个小时，张宏才问邹义山的想法，邹义山打起精神，开始阐述自己的看法，没谈两分钟，就被张宏打断了，把话题扯开，如此反复几次，张宏看了看表，又看看邹义山，邹义山几乎掩饰不住沮丧的心情，只好起身向张宏告辞。他出门往外走的时候，心里一直在想：凭什么这么一个昏聩粗俗的家伙能身家过亿，颐指气使？

邹义山并不知道，他出门的时候，张宏用半醉的眼神瞟了一眼他的背影，至少在这一瞬间，他的眼神犀利而清醒，同时他心底滑过一声冷笑：好个不知高低的年轻人。

其实他大可以拒绝，完全犯不着用这种羞辱人的方式，只是他自大惯了，加上对于看上去不会给他带来什么好处的人或事，他向来不浪费半点儿殷勤。

二十

爱情是天然排他的

广宁大项目叫停的消息也在第一时间传到了董培耳朵里，失望是肯定的，但也不觉得有多难受，本来就是在最后一刻侥幸赢得这个单子的。更何况，某种程度上这也不算什么坏消息，至少比前段时间这个项目几乎要成为鸿宇的囊中物强多了。

不过新海的上上下下接受这个事实的难度要大得多，庆功会刚开没几天，广宁项目小组也高调成立，还开了第一次项目例会，公关部早就拟好了稿件，要在集团官网上发布这一重大消息，还要组织一个规模不小的新闻发布会，准备广泛宣传，通稿都写好了，发到了董培的邮箱里，等着他审阅。

销售们都过来问，一个个愤愤不平，董培只得打起精神去安慰他们。紧接着，陈大明和其他几个高管的电话也先后过来了，董培也耐着性子详细解释。

放下电话，董培原本还算豁达的心态没有了，而是真正感到了一丝沉重，只是一时还没弄明白这沉重从何而来。照理说，有没有这个单子，今年的业绩也是相当不错的，即便这个单子最终没有到手，也不能说就败了，因为至少他成功地狙击了鸿宇，而且在新一轮的竞争中，还比鸿宇领先了一个身位。

正想着，电话又响了，却是吴梅打来的，她说："董总，广宁的那个项目是不是不行了？"

董培真正感到了某种厌烦，淡淡地说："暂时是不行了。"

吴梅叹了口气，在董培听来这不像是在表示遗憾，而是出于某种快慰的情绪："我们这几天还紧锣密鼓准备对外发布这条喜讯呢，大家听了，都很失望啊——是不是我们有些事还没有做到位？或者在与广宁相关部门沟通时出了纰漏？"

董培尽力让自己的语气保持平静，说："就这个项目而言，我们应该是做到了极致，Michael 那边的技术支持还有他带过去的精英团队都给了广宁市相关部门良好的印象，陈总派过去的几名资深业务员也起到了很大的作用，还有吴总您这边设计的文件样式、PPT 样式，包括您主持敲定的集团宣传画册和宣传片都十分精美专业，让广宁市局那边深受震撼，也正因为如此，我们才有可能在几乎绝望的情况下翻盘。至于项目暂时停顿，来自政策的调整，那是不可抗力，谁也没办法的。但是，一旦这个项目有所松动，我们仍然会处于领先的位置。"

吴梅无言以对，她也知道董培在堵自己的嘴，但既然人家把话说得这样严丝合缝，自己硬要挑刺，反而显得太出格了，再加上被夸得舒坦，便笑着说："是啊，这个项目大家都付出挺多的，董总那边尤其辛苦，以后有用得着我的，董总尽管开口哦。"

打发了吴梅，董培准备梳理一下手头上的工作，崔小萌敲门进来。她穿着条合体的小皮裙，套着长靴，上身配一件银色的小短衫，头发舒展地披在肩上，很时尚，但又没有太超出办公室装束的范围，让人看着很舒服。

"刚才大家进来一通抱怨，我看你不在其中，还觉得挺庆幸，看来还是免不了啊。"董培笑着说。

崔小萌没有接他的话，用安静的语调说："我想休年假行不行？"

"这有何不可，"董培有些意外，但仍痛快地说，"你这阵子也够辛苦的，正好广宁的项目也暂时停了，你借机好好休息一下。"

"休完年假我就不打算来了。"崔小萌接着说。

董培着实吃了一惊，抬头盯了崔小萌好几秒钟，才问："怎么了？为什么？"

"累了。"崔小萌轻描淡写地答道。

"就这个？还有其他原因吗？"董培仔细审视着她的脸，希望从中找出答案来。

"没有原因就不能离开吗？"崔小萌抬眼看着董培。

董培叹道："还是不要太轻率吧……"

崔小萌低下头，嘴角动了动，站起来说："我会认真考虑的。"说罢转身离开了。

董培连忙站起来送她，嘴里没话找话："这片业务目前进展挺顺利的，而且还有很大的发展空间，你的业绩也非常好，目前就业市场很不景气，像新海这样有规模、业务还算健康的公司其实也没几家，如果觉得累，多休息几天，但别一直歇着了，反而会觉得烦的……"一直把崔小萌送到座位旁，帮她拖出电脑椅，服侍她坐下，差点顺手给她做个肩部按摩，接着靠在桌边一边继续说一边帮她整理桌上码得整整齐齐的文件。

崔小萌面无表情，只是不说话，董培正没主张，行政部的几个女孩过来，找崔小萌去吃午饭，崔小萌看了一眼手机，站起来连声说："走走走。"扭头对董培说了句"我吃饭去了"，嬉笑自若地和一帮人走出了办公室。

董培好生郁闷，心里升腾起一股浓浓的被抛弃感，只得闷着头回到办公室。

刚坐定，Michael就来了电话，照例又问了一遍广宁项目的事，少不了又安慰鼓励一通，董培哭丧着脸再次接受了慰问，这种慰问实在是一种折磨，本来不大的伤口被人一次次地揭开观摩，一次次地被人强化"你倒霉了"这个概念，还得谈笑风生装坚强，真是情何以堪。

接完了Michael的电话，董培瞅了一眼桌前的通讯录，看看还有谁会打电话来慰问，看了一会儿，得出个结论：关于业务上的得失，慰问这种行为通常发生在平级之间，下级通常是询问和抱怨，上级……

董培突然想到，广宁项目停摆了，自己还未向江总汇报过，这事总不合适让江总问下来，自己的确是有些糊涂了。

崔小萌吃完中饭回来，见董培还在埋头处理文件，便问道："你吃了没？"

董培瞥了一眼电脑上的时间，把电脑合上，微笑地看着崔小萌，说："我不饿，待会儿去吃，你吃得还好吧？"

崔小萌点点头，见董培笑容那样勉强，有些犹豫，但还是将休假申请递了过来。

董培看也不看，将申请塞进抽屉，说："我考虑一下。"见崔小萌瞪着自己，便把电脑屏幕转到她面前，说："我正在写这次广宁项目的总结报告，刚打了个框架，你看看有什么需要补充的？"

崔小萌看了一眼屏幕，问："你这报告写给谁看啊？"

"主要是给江总看，顺便也给其他几个副总看看。"董培说。

崔小萌聪明得很，看了看内容，便说："这就是给江总看的嘛。"

董培掩饰地咳了一下，说："对对，给江总看的，我觉得还是让他对这个项目的来龙去脉有一个全面的了解好些。"

"你直接去跟他说不行吗？带上那些资料，可以讲得更清晰的呀！"

董培何尝不知道这叫干笨活，刚才寻思了半天，觉得恐怕只有通过这种方式能尽快让江总在听到闲言碎语之前了解广宁项目的基本情况。但崔小萌的质疑当然有道理，他不禁又有些犹豫了，先别说写这么个报告难度不小，长了江总不一定愿意看，短了又说不清，从哪个角度切入都很成问题，而且这个项目似乎还远未到总结的时候。

崔小萌见董培犹犹豫豫，追问到底是怎么回事，董培疲倦地笑了笑，说："就是感觉很烦。"

崔小萌心里一动，她感觉这是董培向她求饶的意思，正琢磨如何回这句话，董培从抽屉里取出休假申请单，搁到桌面上。

"说说你的想法吧。"

崔小萌淡淡地道："想法都在里头。"

想让崔小萌现在就挑明自己想法几乎是不可能的，她站起来，根本不多看董培一眼，只抛下一句："董总，麻烦您帮我签了吧。"然后就飘然离开了。

董培无可奈何，坐着生了一会儿闷气，觉得肚子饿得厉害，抬眼看了看时间，都快两点了，便起身下楼随便挑了家面馆，点了碗牛肉面。

正坐着等，瞅见斜对面坐着一对小情侣，女孩好像在生气，男孩正使出浑身解数让她开心，董培看了一会儿，不觉微笑起来，想起了自己年少时和第一个女朋友也经常是这般情形，现在他知道，他的初恋女友其实从未真正生过他的气，她之所以那样，只是想一遍一遍证实对方有多在乎她而已，可惜当时自己并不知晓，比眼前这个男孩的态度差远了，如果从头来过，自己一定不会那样意气用事……

此情可待成追忆，只是当时已惘然。

面端上来了，董培正要吃，突然想起了崔小萌，他大致明白她为什么有情绪。上次她去机场接他，他一改往常亲近随意的方式，刻意跟她保持距离，甚至坐车回公司时，他都借故坐在副驾位置上，将她一个人撂在后排……

也许因为有可能就要失去这个同事兼好友，董培此时抛开职场上的条条框框，把她当成一个女孩去看待，这时他不得不明明白白承认：崔小萌固然对他有很深的依恋，而他对她的情感也远比原先自认为的要复杂得多。

但一瞬间，他想起了肖菁，想起了她精美的五官，他们之间奇妙的默契，他多么渴望触摸她，董培的情绪一落千丈，几乎连饭都不想吃了。

勉强吃了几口，邹义山久违地打来了电话，董培赶紧喝了口汤，清了清嗓子，接起电话开心地大声道："义山，你终于结束潜伏了？"

邹义山那边却保持着谨慎的低声，充满警戒，与董培这边的热情爽朗很不协调。"董总，你能再延我一段时间吗？"邹义山说。

"应该没问题，"董培不得不降低声调，好歹与他基本保持一致，"你大概需要多长时间？"

邹义山顿了顿，说："不一定，得看情况，我觉得鸿宇这边近段时间可能会有一些大的动作，我先观察一下吧。"

"嗯，好好，那辛苦你了。"董培嘴上说着，心里却滑过这样的念头：鸿宇永远都会有这样那样的动作，难道你真的就一直潜伏到底了？

董培非常小心地不做过河拆桥的事，也不让邹义山产生这样的疑虑，很慎重地向他表达了自己的信任，并明确告诉他，新海这边的职位一直为他预留着。

董培提醒自己找机会把邹义山的事跟江总汇报一下，然后几口吃完了饭，正慢慢地喝茶，崔小萌发过来一条短信：你吃饭了吗？

董培不知出于什么想法，回复道：还没呢。

过了一会儿，她又来了短信：那你人呢？

董培猜她去自己办公室看了一眼，便回道：有个客户临时过来了，我跟他聊几句。

短信发过去之后，崔小萌便一直没动静了，董培喝完了茶，午餐高峰后，饭店显得格外宁静，董培享受了一会儿，准备起身离开，却看见一个轻盈的身影走进来，直接去前台说："要一份牛肉面，别放葱花，再配两个小菜，打包带走。"

董培看了看餐桌，竟和自己点的一模一样，不禁纳闷起来，便招呼她道："喂，小萌同学！"

崔小萌回头看见董培，吓了一跳，赶紧对服务员说："对不起，我不点了。"然后走过来，绷着脸问："你不是没吃饭吗？"

董培嘴硬道："我是没吃饭啊。"

"那这是什么？"崔小萌指着桌上的碗碟问。

"我吃的是面。"董培嬉皮笑脸地说。

崔小萌不高兴地拉下脸，说："你就拿我开心吧！"

"岂敢岂敢！"董培乐呵呵地叫了两杯饮料，再三请求，崔小萌才坐下来。董培心里有了几分底，既然崔小萌还能够想到为他买午饭，至少说明她还是很在意自己的感受的，如果他一定要求她留下来，想必她也不会那么决绝。

"你知道吗？有时候反其道而行之会让你得到意想不到的快乐。"董培心里高兴，话也多了起来，"比方说，当所有人都在忙碌的时候，你却坐下来享受片刻安闲，会得到更大的快乐，有种'偷得浮生半日闲'的获得感。但是，当所有人都在休闲的时候，你却能够沉下心来做些事，收获的快感也会更加强烈，像多赚了点什么似的。"

"你这个论调的后半部分和我曾祖父一模一样，听我爸说，农闲的时候，别人都休息了，他却比谁都忙，砌砖修瓦、编筐打桩，什么活都干，也靠这攒下了百十亩地，结果时运一变，地给没收了不算，人也给毙了，还害得一大家人顶着个地主成分几十年翻不了身。所以说，董总，不要总想着特立独行，有时候也该随随大溜。"崔小萌情绪似乎也不错，接着董培的话反驳道。

董培哈哈大笑，说："我说的是如何在快节奏现代生活中保持状态的养生心得，你却拿个土地主来比喻我！"

"你的养生心得中都含着某种急功近利，我看把你比作土地主简直太合适了。"崔小萌说。

董培不服气，说："可我话的前半部分你怎么不算进去？"

崔小萌笑了："你话的前半部分比后半部分更功利，连休息的时候都算计！我爸说他爷爷以前上厕所都不去人家茅房，非要憋回家拉不可，说是肥水不流外人田——你俩的算计可真像。"

这个比方有点让董培受不了："我虽然不是什么特豁达的人，但与人交往时，好像还从来没人说过我算计。"

"这我承认，我还说过你心胸宽广呢。"崔小萌吸了口饮料，点点头说。

"那你还把我比作那个非把屎拉回家的土地主？"董培很不爽地问。

崔小萌忍住笑，"你不是跟别人算计，你是算计你自己。"见董培看着自己发愣，便接着说，"你看看吧，你现在负责的这片业务，不要说在整个集团，哪怕在整个行业，业绩都算是很好的，可你呢，整天一副深思高举的样子，倒好像你是最后一名似的，我以前还觉得你是敬业、有进取心，但现在看来，我觉得不如用算计两个字来得准确，只不过，你是在跟你自己算计，算计着如何再多压榨出一分能量。"

"哦……"董培嘴上不肯认输，但心里很明白崔小萌说的都是事实，看来自己的确是被异化了，叹了一口气说，"既然如此，你就不能让我好好休息一下？"

崔小萌正数落得来劲，听了这话，便不说了。两人坐在桌子两边，一边喝饮料一边各自想着心事。

或许是受了崔小萌这番话的影响，董培本打算喝完饮料就直接回办公室，筹划下一步行动方案的，这时候却不想动了，觉得再多坐几分钟也无妨，同时心里竟浮现出一个念头：下午不去上班了，找个地方放松去。

这个想法一出来，竟有点小时候逃课时的兴奋。为什么不？部门业绩好得很，工作时间也完全是灵活的，为了达到目前的业绩，自己不知道加了多少班，熬了多少夜，而且在他这个级别，是没有加班工资的。适当给自己放个假，也能够让自己更加清醒地应对这个变化莫测的市场与职场。

更让他觉得这个想法具备相当合理性的是：Michael 的财富和自己不是一个量级的，在新海拿的工资也是自己的好几倍，论压力与责任，人家所肩负的一点不比自己轻，但人家每周必打一次高尔夫，至少去健身房三次，年假也是雷打不动地照休不误，周末手机永远是关着的。

会休息的人才会工作，这话恐怕也不是说说而已的。

主意已定，董培脸上不觉露出了笑容，对面的崔小萌还不知道他在几分钟时间里转了如此多的念头，见董培喝完了饮料，一副跃跃欲试的模样，便将杯子搁桌上，准备跟他一块儿回办公室。

董培却不起身，说："你的年假我暂时不批，但我可以批准你先请半天假，就今天下午。"

崔小萌看着董培，满脸疑惑。

董培笑着说："我下午请你去打保龄球。"

崔小萌没有董培想象中那样惊喜，她凝视了董培几秒钟，说："你是不是觉得我会喜出望外地接受你的邀请？"

董培像被迎面泼来一杯冰水，立即怀疑刚才的邀请是不是轻佻了些，脸登时涨得通红，说不出话来。

崔小萌看着这个自信的男人突然间狼狈不堪，心里反而觉得他离得近了些，至少他把他脆弱敏感的一面展现在自己面前了。

"那……如果你觉得不合适的话，当然可以不去。"董培用力缓过劲来，微笑着说。

崔小萌清晰地一字一句说道："我特别特别开心地接受你的邀请。"

董培被弄得晕头转向，再看崔小萌的眼神，像两道平静的激光射过来，让自己无处藏身。

二十一

怀才不遇是没才的借口

熬过跨年的两个多月后，房立峰终于等到了机会。

那天已经是晚上九点多，他正跷着腿无聊地刷手机，他的猎头朋友 Julia 打来电话。这多半是有重大消息，不然以 Julia 这个老海龟的风格，是不会轻易在晚上给人电话的。

果然，Julia 在电话中说，宏博集团的老板吴起宏想约他今晚出来喝茶。

"宏博？不就是以前的金思德吗？"房立峰问。

"是的，"Julia 在电话那头说，"前不久才更名的，而且据我了解，他们这次更名不仅仅是心血来潮，而是为了迎接一次质变性发展，以前那个名字确实有些土。"

宏博是业界堪与新海、鸿宇匹敌的集团公司，虽然名头不如新海和鸿宇响亮，但实力不俗，老板吴起宏不止运营这么一家公司，还涉足地产业和教培业。更重要的是，他退出的时机特别恰当，所以相较于其他苦苦挣扎的公司，宏博的资金相对充裕。在如今这个下行的市场环境中，有资金几乎意味着拥有一切。

"这么晚了，喝什么茶，这是不想让人睡觉了吗？"房立峰按捺住好奇心，用轻松的语气问道。

"去了您就知道了。听着，房总，您一定要去，不要错过这个机会。"Julia 用不容置疑的口气回答。

房立峰与吴起宏见面的地方叫醇王府茶馆，这家茶馆位于寸土寸金的东三环，但却闹中取静，在一处幽静的涉外公寓后面的小巷子里，这条巷子虽然窄，却十分整洁干净，门口还有岗哨，很多高级领导都住在这里。

房立峰是见过世面的人，北京最好的茶馆、咖啡厅几乎都去过，但这个醇王府茶馆朴素中蕴含厚重，确实是个吞吐王气的所在，心里不禁嘀咕：怎么以前就没想到来这儿逛逛。

吴起宏订的包间叫"饮冰室"，他从来自命为儒商，在公司大小会议上，动辄引经据典，办公室里也挂满了儒家的治世格言，有时候甚至穿汉服去公司。

房立峰推门进来的时候，吴起宏和另外一个合作伙伴已经等候多时了。房立峰和吴起宏彼此都面熟，只是从未交谈过，另外一人房立峰竟也有些面熟，但就是想不起在哪儿见过。

吴起宏介绍说："这位是红松基金的姜开云姜总。"

房立峰吃了一惊，红松基金的大名业内无人不知，十几家颇具前瞻性的新兴科技公司就是他们投资的，有两三家还在纳斯达克或纽交所成功上市，股票涨得都不错，成为业内的明星公司。虽然最近两年，很多投资公司都收紧了钱袋，但红松基金依然稳步地保持着在中国的投资，成为一道风景。

这一层级的面谈，和标准的人事部门面试已经毫无可比之处，三个人谈笑风生，互道久仰，品完两盅新上市的大红袍之后，吴起宏才渐渐扯上正题："房总，最近忙些什么？"

房立峰一笑，坦然说："赋闲在家。"

吴起宏看了姜开云一眼，说："我们最近有一个新项目，想听听房总的看法啊。"

"不知道是个什么样的项目？"

吴起宏说："宏博的业务范围，估计房总也都知道，我就不细说了，我们目前的这片新业务，是要在宏博原有业务的基础上，做一个全局性的整合，真正把学生、家长、老师、学校、教育机构给联系起来，当然是基于移动互联来实现，不仅如此，我们还要让这种联系超越现有的体制框架，以一种真正市场化的方式来进行，说白了，我们要建立一个平台，这个平台的空间之广阔，沟通之顺畅，可以使各个学习主体跨越地域和体制的鸿沟，实现真正的交互式教育。"

姜开云也从投资人的角度补充了几句，按他的预测，这种新的商业模式将是未来十年的主流。

房立峰不禁感叹：这个世界变化真快啊！教管系统方兴未艾，看上去势不可当，但一种崭新的业务模式借助新技术正蠢蠢欲动，颇有取而代之的趋势。

房立峰向来就睡得晚，今天又喝了几杯好茶，碰上两个棋逢对手的行家，十分兴奋，便也畅所欲言。他说的内容都没那么宏观，但极具实操性，而且都有十分生动的例子加以佐证。吴起宏倒也罢了，姜开云接触实际业务的机会很少，难得有业内顶尖的操盘好手倾心相授，听得津津有味，中间好几次向吴起宏连连点头，意思是说：这人行！

三个人不知不觉聊了两个多小时，还丝毫不觉疲倦，房立峰突然深吸口气，情不自禁叹道："要实现一个具有强驱动力，且线上线下完美相结合的平台，真是一桩烧钱的生意啊！"

姜开云和吴起宏对视了一眼，问道："你觉得要让这样一个平台初具规模，前期投入得多少钱？"

房立峰略一思索，缓缓摇了摇头："恐怕得有一个亿，否则难免做出个半拉子工程。"

"你说的是一亿人民币吗？"姜开云问。

"当然！"房立峰诧异道。

姜开云看着吴起宏说："看来我们那八千万应该是够了。"

房立峰道："八千万！也是一个不小的数字，省着点花，方向掌控好，少走点弯路，也是有可能做起来的。"

姜吴二人同时笑了起来，吴起宏道："八千万美元。"见房立峰惊呆在当地，姜开云微笑着补充道："这是第一期投资，如果前期进展在我们预期之内的话，我们将再追加七千万，使总投资额达到一点五亿——美元。"

房立峰完全震惊了，像个傻子似的呵呵直笑，有那么几秒钟，他手足无措，幸亏姜开云刚好接听一个电话，吴起宏似乎也很关心电话内容，他才没有露怯，只是一口气连喝了好几大口茶。

那两个还在专心讲电话，房立峰已经恢复了平静，他把这看作一个好的兆头：这么重要的电话，这两人却没打算要回避他。电话打完了，似乎是确定了一件重大的事，吴起宏坐回来，满意地深吸了口气，端起茶杯，说："今天聊得非常有价值，含金量太高了，火花四射啊！"姜开云和房立峰都笑着举起杯子，三人碰了一下，以茶代酒，一饮而尽。

谈话又进入一个新阶段，吴起宏放下杯子，道："房总，今天请你过来，就是想邀请你参与我们这个项目，你觉得我们该怎么做好？"

房立峰明白面谈已经到了收官阶段，他必须干净利落地砸实这个职位，只是来之前怎么也没想到会有这样的大手笔，原有的规划设想恐怕并不能入这两位大佬的法眼了，他略一沉吟，决定先试探一下，说："在资本市场呼风唤雨、移山倒海，不是我所长。我是从最底层的业务员做起的，我记得我拿到的第一个单子是十五年前，在试用期即将结束的时候拿到的，也就区区十万元的一个小单，但如果没有这个单子，我就会失去那份工作。这种经历给我的一种最重要的体验就是：无论多大的事业，都是由无数这样的小笔业务组成的，钱最终还得从客户口袋里一分一分地挣！所以无论多大的项目，我都习惯于回归到具体的业务细节，从无数的细节中拼凑出项目的全貌，这样才能多少保证立于不败之地。"

说到这里，房立峰停顿了一下，但吴起宏和姜开云这一次完全出乎房立峰意料，没有任何附和，只是礼貌性地微微点头，继续听下文。房立峰快速判断自己并没有一脚踩空，而是面谈到了实质性阶段，这两人已经把自己摆在了面试官的位置。

于是他愈发从容，侃侃谈道："因此，我建议项目的启动必须围绕当前市场上的热点需求来展开，我所说的热点需求，不是泛泛的总体描述，而是一个个实际客户的具体需求。只是这些客户都是目前市场上最有代表性、最有实力的客户，而这些具体需求，说白了，就是一个个鲜活的订单，拿到了这些订单，这些客户会代表市场向你提出最前沿、最苛刻的需求，满足了他们，就满足了未来的市场，而我们的新项目就在获取这种订单的过程中稳步树立起来了。我不太认同对市场进行预判，而后引导市场的做法，依我看来，事实上没有人能做到这一点，有些传奇性的公司创始人似乎做到了，但只要仔细分析当时的情境，都是在与客户的沟通中逐步确立方向的，只是他们这个方向正好是行业发展的方向，所以大获成功……"

房立峰说的这些，姜开云大部分都很认同，但至于说到市场预判、市场引导，那是他的本行，不预判，不引导，怎么能忽悠来钱！

但房立峰这样说，姜开云反而觉得更好，要的就是这种能踏实做业务的人，于是他直截了当地问："目前市场上有没有这样的热点需求，或者就是你说的订单？"

话题顺利地转到了房立峰的轨道，他自然而然地抛出早已烂熟于胸的广宁项目，并详细阐述了这个项目的行业性意义，当然，他没有忘记告诉姜吴二人，他曾经如何地接近搞定这个项目。

吴起宏早就对广宁项目有所耳闻，今天才算一次如此详细地了解，凭着多年的经验和其他渠道得来信息的印证，他判断房立峰所说大部分内容是可信的，不禁心里暗暗吃惊，如果这个项目被新海和鸿宇瓜分走，宏博能保住千年老三的地位，都已经是极好的结果了。

谈话到这一步，吴起宏和姜开云已经达成了默契：房立峰此人可用。

三人各自去洗手间，回来后，轻松笑谈了一会儿，便各自回家了。

一周后，房立峰直接去宏博人力资源部，办理了入职手续，担任新项目的首席运营官，薪水几乎是在鸿宇时的两倍。步出宏博的大门，房立峰已经职业而干脆地排除了重出江湖的兴奋之情，他目光沉郁地仰望着灰蒙蒙的天，涌入脑海的第一个想法就是：在宏博站稳脚跟后，立即将鸿宇那几个最能干的老部下招入麾下，既给张宏一个下马威，又打击市场竞争对手，还便于自己在新公司开展工作，真是一石三鸟。

二十二

嗅觉敏锐是最大的本事

市场处于诡异的静止状态，但谁都知道，一场深刻的变革正在酝酿之中，身处其中的每家公司都在警觉地互相窥伺。

董培总算平安度过了广宁项目中止的危机，这时候他才意识到有一段时间没联系肖菁了。

他给肖菁发了一条信息，告诉他自己最近忙得昏天黑地，并问肖菁怎么样。

他以为肖菁会说：你什么时候都忙得昏天黑地。

他没有猜中，肖菁说："我这几天事情也特别多，总是忙到很晚，你方便通电话吗？我打你座机。"

董培赶紧多此一举地报上座机号码，半分钟后，电话响了，董培激动地抓起来，决心逗她开心一下，酝酿起十足热情，拿着腔调说："妹妹吾思之！"

电话那头清脆地笑了一声，回答道："哥哥你错啦！"

董培几乎跌下座椅，道："崔小萌？"

崔小萌在电话里愣了一下："怎么，你是在和我说话吗？"

这个乌龙闹的！董培赶紧先声夺人，说："这几天的脑力风暴会，大家都争论得不亦乐乎，就你冷眼旁观，我知道你那里藏着私货，等着，我待会儿叫你！"

搁下电话不到五秒钟，电话又响了，这次真是肖菁的电话，董培轻轻地"嗨"了一声，一时说不出话来。

肖菁笑道："怎么，你好像没话可说？"

董培跟她讲了一下刚才的乌龙事件，肖菁问："什么'妹妹吾思之，哥哥你错了'？这是什么梗？"

董培笑着解释道："这是我在例会上跟大家说的一个笑话。说是古时候有个书生考秀才，本来是写'昧昧吾思之'，暧昧的昧，就是每天晚上想念的意思，结果他写成了'妹妹吾思之'，姐妹的妹，考官阅卷时大笑，批了一句'哥哥你错了'。这个笑话成了我们部门的梗。"

肖菁在电话那头笑了，说："你的目的达到了，我在笑。"

肖菁说，她在公司的美国总部适应得不错，跟老板的关系特别好，上个月，这家公司在加州的分公司有一个职位空缺，很不错的机会，老板推荐了她，经过几轮面试之后，分公司决心录用她，所以，过一段时间后，她要回国办理一些交接事务，并且要好好收拾一下东西，因为这次在美国至少要待三年……

董培嘴里说着祝贺祝贺，心却慢慢地沉了下去，他觉得自己应该说些什么或者做些什么，但又不知道从哪儿开始。

旁边的手机在振动，董培拿起一看来电显示，是公司电话，估计是有人找他，因为占线，所以就直接打手机了，董培不客气地掐掉手机，搁到一边。

过了一会儿，门外有个身影晃了晃，董培一看，是小芊，江总的助理，看来还真有急事，弄不好江总正等着自己呢，但他是绝不会放下肖菁电话的，便捂住话筒，压着嗓子对小芊说："一个很重要的客户电话！"

新海向来把"客户第一"看作天条，在市场销售部门尤其如此，更何况是"很重要"的客户，小芊便点点头，离开了。

然而刚过了一分钟，小芊竟然又回来了，直接递给董培一张字条，上面写着：江总马上要出发赶飞机，有重要事情询问。

董培无可奈何，冲小芊点点头，说："马上。"等小芊离开了，才极不情愿地对肖菁说："对不起，我有个会议，江总在等我，小芊过来催了好几次了，我待会儿再给你回过去吧。"

肖菁轻轻"啊"了一声，说："没关系的，不用了，你快去吧。"

董培赶到江总办公室，江总却在打电话，一时半会儿还没有结束的意思，董培冲小芊做了个无奈的表情，小芊抱歉地笑着解释："是教育信息中心领导打来的，江总这次是随他一块去欧洲出访，考察当地的教育信息化情况。"

董培只能怪自己运气不好，回到办公室，心想肖菁那边已是凌晨，她也该睡了，只得瘫在椅子上，一肚子话堵着，十分不舒坦。

十分钟后，董培坐在江总开往机场的车上，两人互相交流最近市场上的一些新动向，都感觉有些不寻常，江总眉头紧锁，叮嘱董培一定要紧盯竞争对手的动向。

江总这么见缝插针地跟董培面谈，其实就是表达内心的不安，这也印证董培的感觉，市场正在起变化，但具体是什么，谁也说不清楚。

送完江总，董培回到公司，人已经走得差不多了，董培先到自己的两个部门转了转，只有华伟还像尊神一样端坐在电脑前忙碌着什么，其他人都没影了。

他返回自己办公室，还没进门，透过百叶窗，看见一个身影在里面，董培在缝隙里看了看，竟是崔小萌，正弯腰在自己办公桌前忙碌什么，董培走进去，故意重重地咳了声。

崔小萌吓了一跳，直起腰来，她显然没料到董培这时候还会回来，大睁着眼睛看着董培。

董培看她脸涨得通红，笑道："把你吓成这样我很有成就感。"

崔小萌很快恢复了镇定，说："很抱歉未经允许进入你的办公室。"

"嗯，"董培哼了一声，加重语气道，"某种意义上，这是一件非常严重的事情。"

崔小萌脸上又泛起一抹红，董培知道她很在意这种事，便不逗她了，说："如果是别人，我会在意，你的话我无所谓，非常荣幸你光临寒室。"

崔小萌扑哧一笑，见董培真的不在意，也就放松下来，说："但你别想知道我来你办公室做什么。"

这话真是有些孩子气啊，董培心里想着，说："除非你把那些私货马上倒出来。"

"你真认为我有那么多私货吗？"崔小萌说，"你可别期望那么高，我真说出来了你可能会失望的。"

"你说吧。"董培饶有兴趣地盯着崔小萌。

"其实很简单，我觉得我们该去见两个人，一个是教育信息中心的张主任，一个是广宁相关部门的负责人。"崔小萌说。

董培脸上的笑容不觉凝固了，追问道："就这些？"

"对，我知道你会失望的。"

"也没有吧。"董培摇摇头，深吸了一口气，靠在椅背上，他与其说是失望，不如说是无奈，在一个完全开放的竞争市场，哪有捷径可走，不管多复杂的局面，也只能一步步来。政策的变化，资本的动作，必然会引起一系列的连锁反应，这种反应传递到市场，是有一定周期的，但作为市场主体的企业肯定不能坐等机会，而主管部门作为资源的重新分配者和政策的主要实施者，你不找它找谁呢？

董培一边盘算一边机械地打开电脑，末了叹口气对崔小萌说："最简单的就是最合理的，这几乎是一条真理了。"

崔小萌完全能体会董培的无可奈何，她自己也是这种感觉，两人一时陷入了沉默。

董培无聊地翻了翻微信，突然愣住了，他看到了肖菁的留言：突然想起来，明天就是你的生日，不知道该按美东时间呢还是按北京时间算，干脆提前祝你生日快乐，就不怕错过了。

"怎么了？"崔小萌见他像僵住了一样，奇怪地问。

董培很想就一直呆呆地看着那段留言，任凭思念、不安、甜蜜、苦涩搅和在一起，逐渐把自己掏得空落落的，但他只能用力挣扎着走出来，装作没事一样，对崔小萌说："你现在愿意告诉我不经允许进入本人办公室的原因吗？"

"如果你是出于好奇，我不会告诉你；如果你觉得隐私受到了侵犯，需要一个解释，我立马告诉你。"

"我没觉得自己受到了侵犯。"

"那你继续好奇。"崔小萌一副决不松口的样子。

董培无奈地一笑，说："明天是我生日，你要弄什么惊喜的话，最好不要在办公室，我在这家公司还没那么大的权势，可以公然在办公室里享受这种私人性质的生日惊喜。"

崔小萌看着董培，他直视着前方，不言不语，完全没有了精气神儿。

这种无精打采的样子，跟他平日的形象迥然不同，崔小萌觉得必须拉他一把，突然提议道："去海云月吧，我请你。"

"海云月"又是董培部门的一个梗，这家饭店菜品极为精致，但价格高得令人咋舌，平常大家互相挤对的时候就让人请去海云月吃饭。

董培正无法自控地缓缓坠入抑郁的深渊，突然停在了半空，问："什么意思？"

"给你讲一讲我对下一步业务的具体看法。"崔小萌起身道。

"你不已经说过了吗？"董培不自觉地从椅背上坐起来。

崔小萌见他又活过来，不禁暗暗好笑，说："做业务哪有那么简单啊，里面肯定还有好多细节的。"

"那是那是！"像一个溺水的人抓住了根树枝，董培立即站起来，"不过，海云月那种华而不实的地方就免了，去个环境好点的茶餐厅更合适——叫上华伟，这家伙时不时也会冒出两个好点子。"

下班高峰期已过，不到二十分钟，三人已经在蓝色港湾那间"不见不散"茶餐厅了，刚好餐厅正在搞活动，很是热闹，董培等人又不想再费神换地方，干脆简短地沟通了一下各自看法，然后轻轻松松地像享受周末一样吃了顿饭。

吃完饭，回到家已经是晚上十一点多钟了，董培看了会儿书，洗漱完毕，准备睡觉，突然手机振动了一下，董培拿起手机，正是零点整，崔小萌发来了一条短信：生日快乐。

董培发现，约见张主任的难度比之前突然大了很多。打过几次电话，发过几条短信之后，董培不得不停止了联系，否则显得不太合适。

刚从外地出差回来的张思文分析了其中的原因，他说："外省市很多人都在教育信息中心附近住下了，想见张主任的人太多了！我的一个朋友也过来了，经人介绍想搭一搭关系，已经在宾馆住了快一个星

261

期了，还约我周末一起去喝酒呢。"

这确实有些不寻常，董培问："你那朋友是谁？做什么的？"

"他叫傅明叶，根本都不是咱们这一行的，以前做进出口，赚了第一桶金，后来房地产起来了，他就拿这笔资金跟着炒，他点踩得准，几进几出也赚了不少钱，当然比起那些大户来说，不算什么，我估摸他应该至少有个七八千万的资产吧，比我们打工的当然是强多了。他自吹有几亿资产，不过被熟人借了几次钱后，再也不敢吹了。"张思文说。

大家都笑，董培问："他怎么想着要转行？这个弯可绕得够大的。"

张思文道："现在房地产市场不是没法做了嘛，他那点资本，在房地产市场就是毛毛雨，只适合借着势头小打小闹，经不起市场风雨的，但他反应很快，一看势头不对，赶紧撤了，寻找新的机会。现在看到教管系统、可视设备这个行业一枝独秀，他就想进来捞一笔。"

华伟接口道："现在市场上有相当一批这样的人，年纪三四十岁，资产小有规模，没有家庭背景，完全是靠着商业眼光和拼劲韧劲积累到一定财富，当然在发家过程中，肯定少不了运气和一些厚黑手法，这些人对于财富的渴望以及市场敏锐度是超乎寻常的，而且还有很强的实干精神。我认识的一个这样的小老板，跟员工出差的时候都是住那种一百块钱左右的小旅馆，连如家或者锦江之星这样的经济型旅店都不住。最近市场不景气，这样的老板倒了相当一批，但剩下的都是有韧劲的，对市场也相当敏锐。"

孙华刚出差回来，他是负责开拓新渠道的，对这些小老板正有话说："我最讨厌这样的老板了，做事都奇抠无比，我以前的公司就有这样一批代理商，总公司的宣传品、小礼物、海报能多拿就多拿，也不管用不用得着，催你发货的时候，恨不能一天八次电话，好话说尽，一旦到了还款时间，个个都成了牛皮糖，一定会拖到最后一刻。奇怪的是，这些人几乎个个都养个小三，那小三还都是些没怎么读过书的，胸大无脑，俗艳无比。不过这就算是私德吧，不去管他。"

说到小三，张思文来了聊兴，说："养小三就养吧，要命的是，这帮人还不自知，经常出入带着这小三炫耀。我有次出差就碰到这么个老板，非拉着我吃饭，那小三长得还真是水灵，就是不能说话，说话就掉底子，除了发嗲，就是发火。这类女孩的结局都很惨，人家一旦玩腻了，甩她真的就像甩用过的安全套一样，恨不得立马脱手！这个女孩后来怎么被甩的？她跟老板坐在车上，老板在电话里跟另一个女孩当着她的面腻腻歪歪，她跟老板大吵，情急之下还劈头盖脸抽了老板几巴掌。老板恼羞成怒，揪着她头发像狗一样拖下车，扔在地上，开车扬长而去，当时外头还下着大雨，她就一个人在雨中伏在马路上痛哭，直到好心的路人送她回家，病了足足两个月，听说后来有人再见到她时，发现她陡然间就老了……"

大家开始还带着笑意听，听到后来，脸上都没了笑容。董培忍不住看了一眼崔小萌，见她停止了咀嚼，呆呆地看着桌面。

董培轻轻咳了一声，重新把业务话题捡回来，说："好的一面是，这一类老板市场嗅觉都很灵敏，而且实操水平特别强，他们总能钻山打洞找到门路，把你的产品卖给相应的用户。"

张思文立马表示赞同："这是肯定的！这帮人就跟苍蝇一样，闻着味儿就过来了，只要发现一点空隙，他们就会把蛆产在里面……"

大家都骂道："真恶心，还让不让人吃饭了？"

张思文还不满足，夸张地说："现在这些苍蝇不是一两只啊，而是'嗡嗡'的一大群，全是红头绿身大家伙，久经粪场。"

饭桌上又热闹起来，大家互相取笑，崔小萌也露出笑容，董培对张思文说："周末你跟傅明叶一起吃饭的话，别只顾喝酒，多问一些相关情况，到时候你请客，回头报销。"

张思文嘴里答应，却意犹未尽还要说笑，董培拍了拍他肩膀："说正事呢。我们部门目前的业务形势你应该有所察觉，原有教管系统的销售渠道已经有饱和的迹象，我判断今年甚至会出现停滞。但市场的需求并没有缩减，反而极大地扩张了，所以销售出现停滞，一定是我们自己出了问题。这个行业开始兴旺了，能人也越来越多，大家都在寻找新的增长点，我们得尽快捋清楚：傅明叶是一个人，还是一个群体？这是否意味着一次机会？如何把这个机会转化成实际的商业收益？"

张思文想了想，才领悟过来跟傅明叶见面的意义所在，他偷眼打量了一下董培的侧影，他跟董培无论在工作上还是私下里处得都不错，也很认可董培的人品能力，不过此刻，他心里有一种轻松的嫉妒感：人家怎么一下就把大框架把握得牢牢的，自己却琢磨半天才回过味来呢？

"我看看能有什么好法子把傅明叶代表的这个群体挖一挖。"张思文道。

董培见他悟性不错，很是赞许，说："马上行动！这一点咱们还真得学学人家的苍蝇精神！"

二十三

老板叫你一起吃饭才是真欣赏你

　　江总足足出差了半个多月才出现在办公室，在国外考察了一周多的时间，然后又随着几位主管领导到各地方走了一圈，回京后，都来不及喘口气，第二天一早就来上班了。当他穿过办公区时，董培看了一眼他的神情，兴奋、凝重、疲惫、激情，作为一个企业领航人所有的艰辛与快乐都写在脸上。

　　或者那些表情其实并不存在，这不过是自己的解读罢了，董培看着江总的背影，心想。

　　相比于半个月前在全公司会议上的慷慨激昂，江总这次冷峻了很多，所以当吴梅进去向他请示什么时候各部门汇报各自规划时，他几乎脱口而出：调研都没做，能做什么规划？不过，他很快想起这是自己的主意，便说："就不要搞人人过关那一套形式主义的东西了……绩效？还是按年初的设计，结合业务实际来评估比较好，这次主要是为了提振大家对于新形势的关注，从更高的角度来审视手中的业务，但如果弄得太过，可能大家就难免为了规划而规划，形式主义的东西就出来了。"

　　吴梅还真是极尽心思，整出了不少花哨东西，比如陈述本部门规划的时候让全部门人参与，模仿所谓的结构化面试的方式来陈述，至于评议会，更是想出无数花样，如得分最高的部门会得到一瓶红酒，当场开启饮用，由得分最低的部门负责斟酒伺候，等等。这时候听江

265

总一句话就把之前的提议推翻了，不禁有些失望，但她仍然恪守着自己最重要的一条生存法则：绝不跟给自己发工资的人持不同意见。

"那我把之前发的有关评议会的通知给取消了吧。"吴梅说。

江总略一思索，说："评议会当然还是要的，但内容上主要还是分析市场、探讨业务，这个时候弄具体规划还是不太现实的，但有之前的压力，这些部门负责人至少不会那么放空炮……不必再另发通知取消了，政令一日三变，不是什么好事。"

吴梅心想，这公司除了你敢一日三变，谁还敢。但这念头只是流星一样滑过脑海，她一边点头，一边在本上记下一些要点，偶尔还插一句嘴，提一点小建议。

最后的结论是：评议会仍然召开，但不提具体的绩效数字，只粗略地提一句"评议结果与年底绩效评估挂钩"，至于评委会，由各部门负责人组成的评委会变成了江总一个人，而且陈述规划的人全部都是市场销售部门的主管，吴梅虽然还分管着一个公关部，但江总看来挺着急，一点表面文章都懒得搞了，直接说："公关部没有具体的业绩压力，就不要参加评议了。"

吴梅伶俐得很，见江总正颇有压力地全神贯注琢磨公司战略，便一迭声地连连称是，根本不去争辩。

当评议会最后正式举行时，已经完全不能算是会议了，因为各市场销售部门的主管有不少在外地，有人还在出差，江总觉得这个时候突然把人召回来，会对正常业务形成干扰，干脆就让人事部跟各主管约好时间，排出时间表，由他来一个个单谈。但江总不想把这事弄得随意化，所以让人事给每个参会的人都单发邮件，以示慎重。

会议形式变得极其简单，但对于与会者压力却陡增，业务主管们必须单独面对江总激光般锐利的质询。第一个去向江总汇报的是公司一位元老，年纪已经五十上下了，进江总办公室不到二十分钟，便听见江总声音越来越高，最后干脆变成了劈头盖脸的痛骂："王秀涛你到底是怎么准备的？你有没有准备好下一步怎么走？如果你没有这个能力，就不要占着茅坑不拉屎，让别人来干！"

这话太重了，整个公司立刻变得鸦雀无声，过了一会儿，这位叫王秀涛的主管出来了，脸色焦黄，稀疏的头发无力地耷拉在额头上，忍羞含辱地穿过办公区，连强自镇定的心情都没有了似的，一个劲地摇头叹气。

吴梅和他多年老相识，迎上去递给他一杯水，董培也走出办公室，轻声安慰他道："老王，没事啊。"

有个不太晓事的主管，跟在王秀涛后面，连声问："老王，江总都问了些啥？"被素来好脾气的王秀涛不耐烦地赶走了。

接下来的另外几个主管一个个战战兢兢，但全都风平浪静地出来了，出来时，一个个毫无做主管应有的矜持，像孩子似的欢天喜地。

第二天十点来钟的时候，轮到董培去汇报了，董培穿过长长的办公区时，从墙面的玻璃反光中看到崔小萌直直地坐在位置上，仰着头一路目送着自己，那姿态像只引颈张望的白天鹅，他很想回过头，冲她宽慰地一笑，但考虑到无数双眼睛在盯着自己，还是克制住了。

江总气色比昨天好了些，至少不那么疲惫了，董培进门，寒暄道："江总，您这趟出差挺辛苦吧。"

"唉，没办法，陪领导们出差本来就是件辛苦事。"江总一边示意董培坐下，一边说，"所以昨天见王秀涛有点犯迷糊，忍不住训斥了他几句，他是新海的老人了，这么多年一直忠心耿耿，但也不能放松要求啊。"

董培笑道："是的，我今天来就准备好了，江总也给我来顿雷霆之怒提提精气神儿。"

江总连连摆手，说："不要有压力，其实也不怨秀涛，这么短时间哪里能拿出什么具体方案来，我要听的是思路，是有实操可能性的思路，我生气的是他的思路远远没有跟上。"

江总昨晚有饭局，饭后又跟人喝茶，聊到很晚，过了十二点要回家时，突然想看份文件，发现笔记本电脑还在办公室，便叫司机小於去办公室取一趟。小於机灵，碰运气打了一下公司电话，果然还有人在，正是一早挨了批的王秀涛，晚饭都没吃，还在那绞尽脑汁地赶写规划呢。

小於一听是王秀涛，当然不敢让他帮忙送电脑，但王秀涛问清楚原委后，坚持要送过来。江总见他年纪也不小了，这么晚还在加班，又巴巴地把电脑送过来，脸色苍白得像个活死人，问他吃饭没，他还嗫嚅着不敢说，江总料定他没吃，便虎着脸让小於把车开到金鼎轩，点了些夜宵，看着王秀涛埋头吃完，才说："秀涛，你是公司的老人，现在是什么样的形势你也清楚，俗话说得好，家鸡赶得团团转，野鸡赶得满天飞，你要明白我训你的一片苦心。"王秀涛一时感动惶恐，连连点头，两颗硕大的泪珠滚滚而下。

这恐怕是江总今天态度温和得多的一个重要原因，董培当然不知道这里面的原委，他倒不担心自己被训，但他知道这次会谈的重要性，新海很可能随着外部市场环境的骤然改变有一个跳跃性发展，如果自己的判断和想法能够得到江总的支持，他在新海的空间将会得到相当程度的拓宽。

"说说你最近都在忙些什么吧。"江总尽量把谈话气氛弄得放松些，他当然知道好观点和宽松的气氛是相伴相随的，只是屁股坐得越高，有时候难免脾气越大罢了。

董培说："我最近在努力联系教育信息中心的张主任，国家加大教育信息化的投入后，他们特别忙，我联系了多次，都没有把会面时间敲定，但我估计下周她应该有空，因为昨天她又回了我一条短信，说是下周尽量找个时间，她是个说话很稳健的人，应该问题不大。找她的目的主要是想询问一下广宁项目是不是有什么新动向，因为我们一直认为这个项目的再次启动是必然的……"

江总点点头，说："我听说张主任刚被列入后备干部名单，所以她现在很谨慎，不太轻易活动，免得授人以柄，这是一般要往高处走的官员常有的心态。"

这个消息解释了董培心中一个不大不小的疑团，之前一直在嘀咕张主任即使再忙抽出点时间见个面总不成问题的，她却一直推托不方便，但语气又十分诚恳，不像是拿架子，原来有这么个难言之隐在这儿。

江总很关心广宁项目，又问了一些细节，见董培回答得有条有理，也没什么可说的，他对董培的业务感觉和执行力向来比较认可，瞥了眼墙上的钟，谈话似乎进入了尾声。

江总要谈的已经结束了，但董培要谈的才刚刚开始，"江总，有个新的市场情况我想听听您的意见。"董培说。

"你说。"江总换了个舒服的姿势，靠到椅背上。

董培说："最近市场上可以说是暗流涌动，大家都知道这股暗流迟早会喷出来形成巨浪，但很难推测什么时候会以什么样的方式。我们部门最近做了一些调研，也形成了一些结论，归根结底是这样一句话：主动出击，导出暗流。"

江总没有任何表示，但他显然在认真听董培说。

"我们主要是通过跟潜在客户交流来搜集信息的，前后大概谈了百十来个有代表性的潜在客户，这些客户全都不是教育软件和平台设备行业的，有些甚至以前都没听说过还有这么一个行业，他们全都来自二三线城市的其他行业，都完成了原始的资金积累，也熬过了最困难的时期，有相当丰富的商业经验，手头上也有不少资金，事业心很强，投资欲望也旺盛，与整体大市场的低迷形成鲜明对比。"

说完，董培从活页夹里抽出一张纸，说："这是我们精心挑选的四十个潜在客户名单。"

江总浏览了一遍名单，突然说："刘炳坤也在这里！"

董培问："您认识他？"

"刚认识，这次跟领导到下面出差就碰到他了，以前是不是干水泥建材的？他比谁都急，因为水泥建材现在根本卖不动，又是耗能重污染企业，他就一心想转行，他老婆在教育部门任职，知道些内部消息，所以他活动得非常积极——这个人你们找得挺准。"江总放下名单，一边摘眼镜一边说。

"我们对这份名单的可靠性还是比较有信心的，毕竟里面每个人我们都见过、谈过，而且但凡没有把握的人我们最后都剔除了，这是从一百多个备选里挑出来的。"董培说。

江总带着满意的神情看着名单，过了一会儿，他脸上的笑意消失了，取而代之的是一丝凝重："这的确是一股非常重要的新生力量……但你们考虑好如何利用这股力量了吗？"

江总的商业直觉敏锐无比，这正是董培这次谈话想要解决的核心问题。

"这是我们目前最头疼的问题。"董培直言道，"这些人的商业经验、资金以及他们的数量，已经足以形成一个新的营销渠道，但问题在于，通常情况下是水到而渠成，但这次是渠道先成，而无水源，我们没有合适的产品来填充这个渠道。"

江总深深吸了口气，仰到椅背上，凝视着天花板，陷入深深的思考中。

这时候，办公室的门被轻轻推开了，小芊轻声问："江总，已经超时很久了，下一个人要不要让他进来？"

江总挥挥手："往后推一推，推到下午吧。"小芊答应了一声，转身要出去，江总叫住她，说："你在楼下餐厅订一下午饭吧，我和董培就在办公室边吃午饭边谈些事。"

小芊有些意外地看了看董培，答应着出去了。

"你说的是个大问题啊！对于突如其来的市场机会，我们的准备还很不充分。"江总站起身来，在宽大的办公桌前的波斯羊毛毯上踱来踱去，他突然停下来，转身看着董培说："能不能先把这些人发展成区域代理再说？"

董培答道："我们的代理制度基本上是省级代理，而且由于近年来新海的业务开拓比较顺利，这些代理都比较稳定，他们都和我们达成了区域独家代理的协议，所以如果新海在他们的地盘上发展新代理，就会违约。"

江总说："这些省级代理的独家代理权还是以产品来限定的吧，只要有产品不在独家代理限制内，我们就可以继续发展该产品的其他代理，我们新海的产品线还是非常丰富的，难道就没有一些比较边缘点的产品先填充这个渠道吗？至少先把坑给占着！"

董培回答说："我们之前就是这样设想的，新海这么多产品，总有些产品可以找到空间。为此，我们和行政部以及总裁办把新海所有的协议都过了一遍，但都是一些过时的老产品，已经不适合在市场上销售了。"

江总想了想，问："你下面不是还有一个大客户部吗，可不可以把这些公司按大客户的合作方式处理?"

董培摇摇头,说:"目前所有大客户都是业务覆盖全国的,而且他们在业务向下拓展中与我们的省级代理不相冲突,所以那些省代也无话可说,但如果把三线城市的新晋公司发展成大客户,这些省代非得吵翻天不可,他们也在盯着这些三线市场,但又没有能力去开拓,一旦我们开拓出来了,他们又会拿出独家代理协议要求分成,挺讨厌的。"

江总又开始低头踱了起来,过了半晌,突然笑出声来,对董培说:"真是难死我这个老师傅啊,一块大肥肉在嘴边却没法下口。"

董培也笑,说话间,午饭送进来了,董培一看,香喷喷的米饭和几样荤素菜肴,还有一钵汤。

"这么好的伙食!"董培赞叹道。

小芊说:"江总平常都是一碗面条打发了,今天是因为你才弄这么丰盛的。"

董培连声称谢,江总对小芊说:"这么多两人也吃不完,你也跟我们一起吃吧。"

三人边吃饭边聊一些与工作无关的琐事,董培发现江总有一个好习惯,吃饭的时候绝不唠叨工作,让人十分清静,便奉承道:"江总吃饭的时候不谈国事,这是个很绅士的习惯。"

小芊替江总答道:"他是跟公司员工一起吃饭的时候不谈工作,平常在外面吃饭就是谈工作。"

董培惭愧道:"这我真要反省,我跟部门里的人谈工作要么开会,要么就揪住人吃饭。"

小芊笑道:"你下面的人肯定都消化不良。"

江总像没听见他们说话一样,只是细嚼慢咽,他跟公司员工吃饭时一般不谈工作,主要是因为胃不太好,医生叮嘱吃饭时少说话,多咀嚼,再者他也发现,一旦他谈工作,下面的人难免分出一大半心思来回应他,一拘谨,大家吃得都不畅快。

"其他的部门主管都挺好奇呢,怎么江总跟 Peter 谈这么久,还能享受午餐。"小芊说。

"别提了,我今天给江总出了个难题。"

"什么难题？"

江总突然插嘴道："董培给了我一块大肥肉，我吃不下啊。"说完跟董培两人呵呵直乐。

董培吃得既安静又迅速，小芊还只吃了四分之一碗米饭不到，董培已经吃完了。江总也吃得慢，见董培吃完了，羡慕道："还是年轻好啊，牙好胃口好——董培，既然你先吃完了，那你随便说说吧，你对吃这块大肥肉有什么想法吗？"

董培说："这个问题我已经想了十来天了，最终的结论是，我们真的没法把这块肥肉吃下去。"

江总点点头，仍然慢条斯理地吃饭。

"不过，今天早上我突然有了点灵感，但因为要准备跟您谈话，所以一直来不及梳理，刚才一直跟您在探讨，现在感觉这个灵感变得有点清晰了。"

这是大实话，江总是公司老板，站得高，和这种人探讨，可以印证和捋清之前很多想法，思维上也很少受牵绊和限制，可以直奔目标。

江总看了眼董培，继续吃饭，像是不愿期望过高的样子。

董培继续说："这块肥肉现在暂时被我们攥在手中，我们要让它产生价值，光攥着是不行的，通常的情况是把它吃下去，转化成热量与营养，但这是我们让它产生价值的唯一方法吗？"

江总"嗯"了一声，说："这个思路是对的。"

"我们难道不能把它卖出去，换成钱吗？或者请人把这块肥肉熬成猪油，我们吃起来更方便些——算了，不说肥肉了，有点乱——我的意思是说，我们能不能绕开产品，以一种全新的方式来整合这个渠道？"

听到这句话，江总把筷子放下了，看着董培。

"这个新渠道一个最显著的特点就是这些企业都没有教育软件和平台设备的从业经验，在将当地的项目拿到手之后，他们面临的最大挑战就是如何顺利地实施这个项目，因为在三线城市很难招到一流的技术人才，更不要说技术团队，这是其一。这些三线城市的项目全都是基建型项目，个性化要求不高，可以提供一个整体的解决方案来满足这个渠道，但对于单个的项目来说，我们完全可以把这个解决方案包装成个性化的，这就意味着不小的利润空间，这是其二。所以，我们可以用一种全新的方式来整合这个渠道——信息咨询与技术支持，这些都是有价的，甚至可以比产品收取更高的价格。"

江总站起来，继续在织工精美的波斯地毯上踱步，他是老狐狸，鼻子比狗还灵，董培刚一说，他就判断这是条可行的路子，但作为一个规模不小的企业的掌舵者，他考虑得更深：如果用这种方式来整合新渠道的话，必须要对公司整体架构做一番调整，可能还要招些人，扩展一些工位，等等，如何以最小的管理成本和资金成本去做成一件事，从来都是他思考任何问题的起点。

董培见江总沉吟不语，不知他是什么想法，便停住了。江总见了，简单道："按你的思路说。"

董培便继续说道："渠道整合的问题解决了，接下来最重要的问题就是如何帮助这些企业切切实实地把这个政府项目抓到手，他们把项目抓到手了，我们才能为他们提供咨询和服务。根据我们从傅明叶、刘炳坤等人了解到的情况，虽然他们在当地有很深的关系，但项目最终花落谁家，还是存在一定的不确定性，不然他们也不会千里迢迢跑来北京一蹲就是半个月。这一点，我目前还没想得太成熟，唯一想到的就是借张主任的力，把这些人拢到一起开个会，然后借机把我们的方案提供给这些企业。"

江总终于停止了踱步，微笑着看着董培说："董总的货全部倒完了？"

董培笑着说："真的是底朝天了。"

小芊看江总兴致不错，也笑着说："敢情 Peter 对江总还藏着掖着呢？"

董培连称不敢，江总也不吃饭了，缓缓踱回办公椅坐下，小芊见了，便收拾餐具准备离开，被江总叫住说："先不用收拾，你也听一听。"

"结论就是一句话：这个渠道我们必须抓住，越早越好，越快越好！"江总大概是跟着一帮领导出了半个多月的差，报告听多了，说话也有点官气，"最近反腐声势很大，要求各级干部改变作风，我估计这会不像以前那样好开了，更何况这是一个纯商业性质的会，张主任又是目前这样一种状况，她会更加小心，所以你要周密策划，怎么借张主任这个力，必要的时候你可以找我，我动用一下我这边的私人关系。总之，这个会，无论何种形式，是一定要开的。你下一步的工作就是筹办这个会议，这个会议成了，意味着新海在新的市场转型中迈出了非常坚实的第一步，这一步有着深远的战略意义，我认为它的意义不亚于十多年前新海决定进入教育软件和平台设备领域……"

这个调子给得相当高，小芊听了有点发呆，时不时看一眼董培。董培自己倒没来得及体会这点，他已经一门心思琢磨着如何开好这个会了。

从江总办公室出来，董培扫了一眼墙上的钟，发现已经快一点了，原来自己竟然在江总办公室待了三个多钟头。他一眼看见崔小萌又像只天鹅似的坐起身来，用探询的目光看着自己，便冲她点了一下头，崔小萌明白他的意思，展颜一笑，继续伏案工作去了。

刚回到自己办公室，张思文便如影随至，迫不及待地问："老板怎么说？"

"老板非常认同我们的判断，对我们前期的工作也非常认可。"董培说。

"耶！"张思文狠狠地给前面空气来了记下钩拳。

"不过，我们也给自己平添了不少压力，江总现在对新渠道整合一事极为关注，接下来我们真的只能成功，不能失败。"

张思文属于那种压力越大越兴奋的人，说："我们哪次打的硬仗是允许失败的了？"

董培心想，他这股天不怕地不怕的横劲倒是非常适合做销售，不过这次面临的情况确实与之前略有不同，之前不管如何艰难，都是在原有的市场领域左右腾挪，但这次是要开拓一个全新的市场空间，原有的很多经验或许并不适用，江总都已经把这事提到新海"二次创业"的高度了。

"把手头的事放一放，叫上崔小萌，十分钟后我们去对面楼的星巴克会面。"董培开始收拾文件。

"干吗跑那么远，楼下不就有家红卡咖啡吗，环境很好的。"张思文说。

董培说："这恰恰说明了我们要讨论的事有多么重要，咱们得找一个毫无干扰的环境说话。"

说话间，崔小萌也出现在了门口，董培不等她开口，便说："加强战备，准备开会。"

崔小萌说："好奇怪，我发现我们推进业务的方式好像除了开会还是开会，我在上家公司做销售的时候好像没这么多会的。"

董培说："说明你那家公司业务做得不够好。我以前公司的老板，这哥们儿要是运气好点的话，现在应该都是商界的风云人物了，可惜互联网泡沫时期摔得太狠，出国读博士去了，现在美国弗吉尼亚大学当教授，他说过一句话：会议是销售的最高形式。一次成功的会议，首先说明你找到了成堆的客户，其次说明你把握住了双方的需求，第三你有这个号召力，然后你才能用会议的形式高效精准地把他们一网打尽——这对于做企业用户尤其适用。"

"真能说，怪不得能跟江总侃三个多钟头呢。"崔小萌挖苦道。

董培还处在与江总纵谈大事后的兴奋状态，笑着说："我接下来要跟你们再侃三个钟头！"

崔小萌说："你跟我们侃得再好也没有用，如果我没有猜错的话，下一步最重要的是你得跟张主任见上面，对吧？见不到张主任，其他事都没法进行。"

董培收拾文件的手停了下来，直盯着崔小萌足有十几秒，最后自认失败，坐下来有点不甘心地说："这事并不在我们掌控之中，总不能一味地催人家……"说罢，让张思文把门关了，示意两人坐下，也不提去星巴克的事了，把跟江总谈话的内容大致说了一遍，两人听江总重视到这份上，不禁也情绪高昂起来。

"难怪你要去星巴克，不好意思扫你兴了，你再提议吧，我绝不反对了。"崔小萌笑着说。

董培雅兴全无，连连摇头，把任务分别布置了一下，务必保证各方面工作齐头并进。他自己的首要任务，就是尽早约到张主任。

两天后，张主任终于主动拨打了董培的手机，两人简短聊了几分钟，张主任先是客气地解释了一下最近事情很杂，一直抽不出身，向董培表示歉意，然后说后天上午十点左右，她大概有半个小时的时间，可以在她办公室里聊一聊。

放下手机，董培陷入了沉思，目前这种形势下，与张主任见个面虽不容易，但并非不可求的事，真正的难题在于如何利用这次见面的机会，为自己下一步的业务拓展铺路。随着市场情况的迅速变化，他想与张主任聊的话题早已不仅仅是广宁项目了。广宁项目固然重要，但目前看来并非紧急，真正极其重要而且还十万火急的事情：如何借助张主任的影响把手里的这个新渠道捏合成形。

董培正打算叫崔小萌过来商谈去见张主任的事情，手机又响了，是傅明叶打来的。这个傅明叶自从搭上董培这根线后，认定董培是自己的贵人，大力发扬苍蝇精神，三天两头地打电话。

董培接通手机，说："傅总，我们后天一早就要过去总局见张主任，跟她汇报下一步的工作……"

傅明叶立即说："董总，要不你也带上我，我也跟着汇报一下？"

董培耐着性子解释道："这里面有个规则的问题，我说好了是我和我另外一个同事过去，而且跟她都是熟人，突然加上一个她从不认识的人，这肯定是不合乎既定规则的，也不礼貌……"

傅明叶不识相地继续坚持道："我什么也不说，就当你的小跟班，只是跟她混个脸熟嘛。"

董培忍不住抓他个现形，说："你刚才不还说要跟着汇报一下吗？"

傅明叶丝毫不觉得有什么不妥："如果不方便汇报的话我就当个小跟班喽，说起来不好意思，来北京这么久了，连总局的门都没进去过，回去说起来都没面子。"

董培懒得跟他啰唆，用尽量温和的语气坚决地打发了他，然后给崔小萌座机打了个电话，让她叫上张思文一块儿过来。

两人一进来，董培便跟他们说了后天约见张主任的事，顺便说了说傅明叶刚才的电话内容，两人都觉得此人过分。

"老傅这个人，最大的长处在于锲而不舍，最大的短处也在于锲而不舍。他这种心胸格局，能弄这么个不大不小的公司混着已经是人生顶峰了。"张思文不客气地说。

董培说："这人确实有些招人烦。不过，从积极的一面来看，说明他们进入这个市场的欲望是非常迫切的，也算是好事。"

"我们也迫切啊！"张思文和崔小萌几乎是异口同声地说。

二十四

高手对决赢在排兵布阵

在董培他们全力以赴开拓一片新市场的时候，刚入职宏博集团不久的房立峰这边也丝毫没有闲着。

入职一段时间后，一切都比较熟悉了，他觉得可以出手了。在正式打响开战第一枪之前，他走到办公室宽敞的落地窗面前，俯瞰着北京CBD的宏伟景象，这幅宏大、忙碌、喧闹的场景在他眼里暗伏着杀机，充满了陷阱，无数西装革履道貌岸然的精英们在这里进进出出，盘算着如何击败对方，获取更大的生存空间，他们体面地称之为"双赢"。

他首先拨通了广宁相关部门郭主任的电话，郭主任一听是房立峰，不由分说好一顿埋怨。房立峰理解他的心情，带着安稳的笑容静听着，直到郭主任自己转换话题："你这次打电话来做什么？"

"重启广宁项目！"房立峰斩钉截铁地说。

郭主任一听，又冒火了，说："房立峰！你把我搁进去一次不算，还要再搁进去一次吗？五六千万的项目，你以为是闹着玩吗，说重启就重启？"

房立峰手中有牌，志在必得，根本不为他情绪所左右，心平气和地说："五六千万在一年前是个大得吓人的数字，但现在已经不算什么了，这个项目如果再启动，我估计投入将在两个亿左右。"

郭主任似乎被房立峰异乎寻常的平静给镇住了，也平静下来，接着他的话茬说："你这个估计也不算离谱，正因为如此，这个项目再启动就不容易，事关重大啊。"

房立峰还想再探探虚实："我感觉这个项目的可行性应该是没有问题的，关键是缺乏一个合适的时机再次启动，是吗？"

"你这样说也对，"郭主任说，"始作俑者，责任如山。更何况，广宁有关部门上下谁都没有这个实力去犯忌讳推动这样一个大项目，主管领导也不行。"

"这个项目的前期启动费用是多少？"房立峰问。

"至少得一千万吧。"

"如果启动了，那还有可能中途停下来吗？"

"这个可能性几乎没有。"郭主任肯定地说，"即使项目出了问题，也只能在推进中解决，还是那个逻辑，中断项目也是个大事，谁愿意负这个责任呢——你老问这个干什么？"

房立峰一笑，说："我说了，我想重启这个项目。"

"不可能。"郭主任给了他一个干脆的回答。

"启动资金由我们来支付。"房立峰终于用淡淡的口吻打出那张底牌。

电话那头竟然没声了，房立峰不得不接连"喂"了几声，以确定不是线路出了故障。

"在呢，在在……"郭主任的反应比房立峰想象的还要大，说话竟然有些磕巴了，"立峰，你不是开玩笑吧，一千多万呢！"

"我们投两千万。"

"开什么玩笑……"

"我现在是代表宏博集团做这个承诺，这个承诺是经过董事局会议批准了的。"房立峰口气还是淡淡的，但每一个字都显得分量极重。

郭主任终于意识到这是一次严肃的谈话，同时也激动地意识到这意味着什么，他第一个念头就是：一定要把这个项目牢牢地攥在手里。

"我说立峰，这可是天大的事，你这次可不能再把我搁里头了！"郭主任声音带着明显的颤抖。

房立峰有些意外，以前觉得郭主任还算个能沉住气的人，怎么今天这么情感外露呢？但转瞬间，他又似乎明白了些什么，他应该和自己一样，憋了大半年的闷气了，现在大翻身的机会突然出现，谁也没法保持矜持。

"郭主任，如果你觉得没问题，我们可以在十个工作日内签订具有法律约束的合作协议，协议一旦签订，宏博集团立即会将两千万元打入到指定账户，这样我想把你搁里头都不行了。"

"好好好……这样好！"郭主任一迭声地答应，"那你看我们下一步怎么操作？"

"拟好合作协议。事实上，我们这边律师早已经拟好了，我马上就可以发给你，而且我只发给你，只希望郭主任尽力促成这个项目，在后期投入评估的时候，尽量往多里靠，或者干脆就往两亿靠吧。这两个亿怎么来？我这边团队已经做了非常精确专业的预估，我也只发给你，你到时候参考这个来说就行。但是，在后期投资以法律约束的方式确定下来之前，我们这边的两千万是不会到账的，这一点郭主任应该理解，这也是吸取前一阶段我们合作不成功的教训。"

郭主任略一思索，这样操作可以显示这个项目是由自己一手主导的，而且房立峰的要求合情合理，安排也恰到好处，几乎没有任何风险，便痛快地答应下来了。

"最后一点：绝对保密！"房立峰加重语气强调，"在协议报上去之前，绝不能透一丝口风，包括对自己的家人。"

郭主任自然满口答应，两人又敲定了一些细节，公事谈完，两人都有种终于盼得云开雾散的感觉，免不了又唏嘘感叹了一番。

放下电话，桌上的拿铁已经晾了半天了，房立峰抓过来喝了一口，他静静地凝视了一会儿窗外的风景，算是一次耗费脑力的谈话之后的小憩。

接下来的谈话也很重要，但毫无疑问会轻松快意许多。

房立峰拿起手机，熟练地找到一个号码，拨了过去："绪方，我是房立峰。"

"哦，房总！好久没听到您消息了，现在还好吗？"杨绪方显然非常意外。

"绪方，今天晚上你叫上华燕和松明，七点半在国贸的那家粤菜馆聚一聚。"房立峰习惯性地用上级口吻说道。

杨绪方迟疑了一下，说："房总，晚上鸿宇有个部门聚餐……"

"推掉吧，"房立峰语气越平淡，越说明他决心坚定，"你们都过来，我有要事相商。"

杨绪方脑袋转得快极了，立即答道："行，我们一定按时赶到！"

房立峰放下手机，又拿起电话给吴起宏打了过去。吴起宏正和姜开云一起议事，两人听完房立峰汇报，很是高兴，吴起宏说："立峰这人对市场行情确实很了解，比我们了解得透，商业感觉也不错，他说两千万就会大大超出人家预期，把两亿给钓出来，现在看来没错。"

姜开云微笑点头不语，他之前大手大脚惯了，主张投五千万，现在能省下三千万而达到同样效果，他当然是求之不得。

晚上七点半，当房立峰准时到达国贸西楼那家粤菜馆时，杨绪方、薛华燕以及李松明三人已经在餐桌旁等候多时了。房立峰身影一出现，三人立即恭敬地站起来，房立峰见到旧部，心里不由得颇有感慨，微笑着一一握手问好，三人等房立峰落座了才坐下。

房立峰还带了一位三十岁左右的女士过来，他向三人介绍道："这是方经理，我在宏博的新同事。"

三人向方经理点头问好，寒暄了几句，杨绪方说："房总什么时候去的宏博？我们真的是一点消息都不知道。"

"才一个多月。"房立峰一笑说，挥手向服务员示意点餐，点了一份龙虾三吃和鲍汁鱼翅，然后把菜单推给三人说："你们也各点一个吧，今天我请客。"

三人被房立峰点的贵重菜品给吓着了，拿着菜单左看右看，半天决定不下来。房立峰对薛华燕说："华燕，你不是喜欢吃鱼吗？这儿的豉汁石斑做得不错，你可以试试。"薛华燕找到这个菜品，一看价格也是高得离谱，但既然房立峰让点，她便点了。

"你们两个，点自己喜欢的，别磨唧。"房立峰说话完全是把他们当自家人的口气。

杨绪方、李松明便各自点了一个菜，房立峰又加了一个新鲜时蔬和一壶鲜榨橙汁，转头让方经理也点一个，方经理推说菜已经够多，不必再点了，房立峰也不勉强。

过了一会儿，菜上来了，果然是色香味俱佳，熟人相聚，又是久别重逢，房立峰心情舒畅，很是放松，杨绪方等人也不再拘谨，四人相谈甚欢，房立峰没有多问他们鸿宇目前的情况，他对鸿宇很了解，何况以后有的是机会谈，方经理在一旁只是默默地边吃边听。

聊了一会儿，房立峰转入正题："你们有没有打算换个环境？"

三人虽然早有思想准备，但一时还是面面相觑，不知该如何回答。

房立峰也不追问，把宏博这边的情况谈了一下，三人听得很认真，房立峰心里清楚，这几个老部下凭业务能力在哪儿都能吃上不错的饭，让他们突然间放弃已经比较稳定的工作，加入一个新公司，除了以往的交情与信任外，必须给一个让他们动心的理由。

新业务的大体情况跟他们介绍得差不多了，房立峰开出了最实际的价码："你们加盟宏博，薪水在原来公司薪水的基础上提升百分之五十，工作满一年后，还会有上浮，这是我所能保证的，至于提成，那得看你们的本事。"

说完，房立峰扭头问方经理："我说得对吗，方经理？"

方经理展颜一笑，说："对的。另外，请各位入职的时候，带上原公司上一季度的工资单，没有纸质工资单的话，邮件也可以，我要以你们工资单上的金额为基数乘以增长的百分之五十，以此来确定薪资水平，这点请你们理解。"

房立峰这才正式介绍道："这是宏博集团的人力资源部经理，方颖。"

杨绪方三人之前一直以为这是房立峰的助理或者秘书，都没细看她，这时候赶紧起身握手致意，才感觉这位方经理年龄并不大，但从容不迫，不卑不亢，天生就像个做人事的料。

三人交换了一下眼神，这是一个无法拒绝的条件，没有任何理由不答应。鸿宇的董事长张宏上次为了挽留他们，亲自关怀他们加薪的事，最后也就每人不尴不尬加了个百分之七，令人费解这奇怪的数字怎么出来的。

房立峰满意地一笑，正色道："那明天就提交离职信吧，规规矩矩按流程走，然后清清爽爽地过来，听到没有？"

三人同时点头说:"听到了!"声音略有些大,惹得邻桌朝这边多看了几眼。

方经理举起盛满橙汁的玻璃杯,说:"我代表宏博集团,欢迎各位精英的加盟!"

房立峰终于找到了蛟龙入海的感觉,宏博集团有实力、有野心,正好还处于一个不缺钱的阶段,他的任务是开拓市场,对资金掌控需要有相当的灵活性,而宏博集团给了他这个权力和空间,让他做事非常得心应手,所以他干起活来分外卖力。

与杨绪方等三人的晚餐过后,他特意又分别打电话给三人,叮嘱他们不要一早提交辞职信,花一天的时间把手头上的资料好好整理一下,存放到安全的地方,下班前再提交辞呈。另外他还特别强调,一定不要告诉鸿宇任何人他们的下家是谁,让他们越晚知道越好,或者干脆就说三人打算出来联手创业好了。

杨绪方一一答应,接着有点担心地问:"我们三人同一天提出辞职,会不会动静太大?"

房立峰要的就是这样的动静,一则给张宏一个下马威,让他尝尝戏要别人的苦果;二则最大限度地扰乱竞争对手,让他们无法集中注意力,觉察不到市场的微妙变化,对于宏博目前秘密进行的大手笔运作只有好处。

但这两条都不好直白地说出来,房立峰便说:"动静是有点大,但你们三人必须保证同步入职宏博,所以这是必需的,你们保持低调,不要乱说话就尽到本分了。"

两天后,杨绪方等人来电话讲了张宏听到他们集体辞职后的奇葩反应:张宏亲自跟他们谈话,咬牙许诺再给他们加工资,接着鸿宇的人事部门也分别找他们谈话,果然又给他们再加百分之七的工资,但是却要求他们的年度任务加码百分之二十五……

房立峰听后,不禁哈哈大笑,心想这太像张宏干的事了。

一切进展顺利,房立峰觉得跟曹主任见面的机会成熟了。

房立峰心里一直对曹主任颇有些看法,从他离职鸿宇到重新入职宏博,中间几个月的时间,他曾经给曹主任发过三次短信,也没什么事，就是保持联系的意思，曹主任居然一次都没回过，这也做得太露骨了点。

他早就从一些渠道听说过曹主任此人精于算计，不是很实在。"曹尧这个人，如果你对他有用，他可以叫你爹，如果你对他没用了，你是他爹他也不理。"这是教育信息中心另外一个部门的人对他的评价，现在看来，还真不算刻薄。

但这些对房立峰来说都不算事儿，他早就习惯了跟形形色色的人打交道。

他拨通了曹主任的电话，不出他所料，曹主任态度分外客气，原因很简单，现在全世界都知道宏博有钱。

两小时后，房立峰气宇轩昂地来到了教育信息中心二号楼曹主任的办公室，他进楼后，走反了方向，绕了一圈，路上看见三个人风风火火地穿过走廊，看气质不像是机关里的人，中间那个身材挺拔的男子还有几分面熟。不过，这都是擦肩而过的事，房立峰没有多想，曹主任正在门口等他，他已经知晓了广宁项目的最新进展情况，向房立峰拍胸脯保证一定会大力支持。

房立峰是下午三点离开曹主任办公室的，他觉得自己彻彻底底搞定了曹主任，曹主任一直把他送上车，甚至还客气地替他拉开车门。

驱车走在三环上，他的情绪早已不亢奋，心里却通亮透明，那是一种大事办妥的安定感和成就感，虽然不到晚高峰路上就莫名其妙地拥堵，但丝毫不影响他的心情，他很想找人喝酒，便拿出手机，准备拨杨绪方的电话，拨出前一刻，他又改了主意，提醒自己现在不是找人喝酒的时候，万一酒后话多，徒惹麻烦。

他又把事情梳理了一遍：广宁市相关部门和教育信息中心目前双箭齐发，直指广宁项目，他们一定会询问对方意见，而双方意见一定是统一的，默契就产生了，而且也产生了一丝神秘感，广宁市相关部门见上面这么卖力地推动项目，就更无顾虑了，步子也会迈得更大，这又会进一步促使教育信息中心加大项目的支持力度，这是多美好的一幅图景！而这一切，都源于他房立峰的运筹帷幄。

房立峰很希望有一个全知全能的人，洞察他所做的一切，这个人现在就坐在副驾驶位置上，拍着他的肩膀说：老房，你干得真不赖！

手机响了，房立峰拿起来一接听，正是杨绪方打来的，杨绪方在电话中说，鸿宇不同意他们三人尽快离职的请求，要求必须按规定提前一个月通知公司以便交接，也就是说，他们还得在鸿宇待一个月的时间。

房立峰听了冷笑一声，说："没关系，你们不要有任何情绪，静静地观察，业务上的任何风吹草动都要加以深入分析，及时汇报给我，宁可神经过敏，也不要麻木不仁。交接的时候，要有所保留，但也不要给他们留下任何把柄，还有，不要透一丁点宏博的口风，就说你们三个打算一起创业，办个小公司。总之一句话，从现在起就进入新的工作状态。"

杨绪方在电话里连连称是，说："鸿宇在后台查看我们三人的邮件，不过我们都很注意，从来不在工作邮件中说不相干的事。"

"你为什么这样说呢？"房立峰问。

"我之前只是有些怀疑，正好我有一个远房表哥在一家IT公司做工程师，就请教他，他把我的电脑拿过去，不知怎么鼓捣了半天，说我的怀疑八成是真的。于是前两天我故意发了一个邮件，说刚到手一个六十万的新单子，不知怎么处理，下午就有一个销售主管过来跟我聊，我看他绕来绕去就是想问这个单子的情况，便又发了一封邮件，说这个单子黄了，客户选了别家产品，结果他再也不来找我了。"

房立峰心里暗骂：这真是家下作公司。

"这样吧，你们就装作什么都不知道，但在邮件里故意发一些虚假信息误导一下，让他们猜谜去。"房立峰指点道。

"明白，既然他们这样不要脸，我就好好地跟他们耍一耍。"杨绪方说。

房立峰哈哈一笑，他相信以杨绪方的精明，又提防在先，鸿宇只有被耍的份儿。

这段时间房立峰的工作是完美无缺的，如果一定要挑刺的话，他唯一的失误就是浑然忘却了在教育信息中心二号楼看见那三个人的事。

那三个人正是董培带着崔小萌和张思文去见张主任。

在房立峰跟曹主任谈笑风生之时，董培跟张主任也达成一个战略性的合作意向：将"全国教育信息产业化指导中心"这个事业单位的部分职能委托新海集团来实际执行。

有了这个头衔，新海集团的新渠道整合才算名正言顺，江总所说的"二次创业"也由此真正起步。

江总得知消息后，派司机将董培接到自己家汇报工作，顺便还留他在家吃了顿晚饭。张思文和崔小萌却还在等着董培一起回来庆祝，没想到董培晚上九点多钟才脱身，两人已经各自回家了，他给两人各发了一条短信：江总非常非常满意！

张思文立即打电话过来，兴致盎然地聊了一路。董培到家时，已经十点多钟了，崔小萌却没有回短信，董培想了想，还是忍不住拨了崔小萌的手机，才响两声，手机便接通了，崔小萌甜润的嗓音传过来："祝贺你。"

董培一愣："你没睡啊，怎么也不回个短信。"

崔小萌答道："困了。"

"那你睡吧。"董培要挂电话的样子。

"被你吵醒啦。"

两人在电话里沉默了一会儿，董培觉得这样下去有点不好办，便找话说："张思文这家伙刚才还嚷嚷着要出去喝酒，我说明天还有一堆事，他才作罢。"

崔小萌轻轻地"嗯"了一声，没有说话。

董培突然想到，崔小萌长相、身材都没的说，人又聪明，家境听说也不错，她为什么一直还没找男朋友呢？董培想拿这个问题问她，但一想大半夜问一个女下属为什么不找男朋友，有点不像那么回事，等同于性骚扰。

董培并不蠢，当然知道崔小萌对他有好感，而且公司里的其他男性似乎也知道这一点，当董培面谈到崔小萌的时候，口气明显会客气一些，不像对其他女员工那样评头论足，听说也有人打过追她的主意，都被她拒之千里了。

但有两点他并不确定，一是崔小萌对他的好感到底有多深。青年

286

男女在一家公司共事，难免会互相喜欢，但这种喜欢很依赖于环境，一旦换了家公司，这种情感基本就烟消云散了。二是崔小萌知不知道他和肖菁的关系。人力资源部的小邢和肖菁关系很不错，她也了解董培和肖菁互相爱慕，崔小萌经常和小邢等人一起出去吃午饭，几个女孩子，言谈当中难道不会八卦一下？但表面上，董培一点也判断不出崔小萌是否知晓此事。

"如果你现在不想睡的话，一起去酒吧怎么样，小小庆祝一下，顺便说说明天的事，明天晚点起也无所谓，反正江总一般都是下午才来公司……"董培说道。

"好。"崔小萌等他话音刚落，便干脆利落地答道。

"那我跟思文也说一声。"董培从沙发上坐起来，准备出发。

"不去了。"崔小萌说。

董培无计可施，过了会儿，说："那就咱俩？"

"好。"

放下电话，董培愣了几秒钟，像个傻子似的"呵呵"笑了起来。

第二天，董培是被张思文的电话叫醒的，说是江总找他，董培吃了一惊，再一问，原来张思文看小芊两次去董培办公室，猜测可能是江总找他。

董培看了看手机，并没有江总的未接电话，便说："应该没什么急事，否则就直接打我手机了。刚才我正做梦开会来着，被你吵醒了。"

张思文好奇道："你在梦里这个会是怎么开的？"

董培仔细想了想，说："那肯定不算个会，大家一起吃吃喝喝，跟聚会似的，好像还唱了卡拉OK，最后张主任还领着大家跳广场舞来着。"

张思文大笑，问："你什么时候过来？"

"不堵车的话，半小时后我应该能到。"

董培没好意思问崔小萌有没有到公司，便发了条短信给她：你中午到公司就行了，好好休息。

崔小萌回了条短信：等着看你跳广场舞呢。

董培一笑，昨晚跟崔小萌去后海，因为开车，两人只喝了些饮料，崔小萌很开心，还上台跟着乐队唱了一曲，两人直到快两点才出来，但这并没有成为崔小萌第二天迟到的理由。这女孩，真是有礼有节，知进知退啊，董培一边起床穿衣，一边这样感叹着。

洗漱的时候，董培顺手看了看那几个未接电话，竟然全是傅明叶，这个傅明叶真太像只绿头苍蝇了，"嗡嗡"地缠着人不放。

路上很顺，董培不到十点就到了公司，崔小萌和张思文已经提前在他办公室等着了。董培进去时，看见桌上铺着热腾腾的早饭，鸡翅、薯条、油条、豆浆、沙拉、橙汁……应有尽有，董培大喜，说："我一个人哪吃得了这么多？"

"谁说是给你一个人吃的了？"崔小萌说。

董培诧异道："你们不早来公司了吗，为什么挨到现在才吃？"

张思文不说话，苦着脸意味深长地看着崔小萌，崔小萌垂着眼皮，说："大家一起吃才香啊。"

董培明白过来，不再多说，招呼两人一起吃，崔小萌光彩照人，董培突然觉得张思文简直是垂头丧气地在吃早饭，因为眼前这么一个美女他却不能去追——这个想法很荒唐，但却是董培此刻的真实感觉。

于是三人边吃边聊，董培说："昨天听张主任的意思，我们这个渠道整合会既要开得无声无息，又要隆重热烈，昨晚琢磨了半天，也没个头绪。"

崔小萌道："你不是有头绪了吗？我看先卡拉OK，再跳广场舞挺好。"

张思文一边啃鸡翅，一边哈哈大笑，说："还是请Peter使出美男计，跟张主任共舞一曲。"

董培苦笑，不知怎的突然有些害怕，之前事情不见眉目的时候，反而无所畏惧，现在事情眼看就要成了，心里却忐忑不安起来，生怕一个小失误坏了之前的苦心经营。

张主任的担心毫无疑问是有依据的，目前这个形势，大张旗鼓地开一个与政府合作的商业性会议，有点顶风而上的意思，会导致很多不确定性的干预，只要上面有人轻飘飘地问一句：这是怎么回事啊？这个会议效果就得大打折扣，甚至适得其反。

但是，要把一个崭新的渠道捏合成形，这最后关键的一步不夯实，会直接影响新的代理企业对新海的信心，可能导致的最糟结果是：新的代理企业产生观望情绪，代理协议签订的周期拉长，由此新海统一的市场规划将迟迟不能实施，一次颠覆性的市场扩张将变得波澜不惊，令人无比惋惜。

如何让这个会议既组织得无声无息，又能产生震撼性的影响力，不会是道无解的题吧？

董培表情不由得雕塑般地严肃起来，把吃了半根的油条搁在纸上，一边擦手一边嘴里念念有词。

张思文没想那么多，在他看来，这事基本上已经成了，他伸手去取最后一根鸡翅，被崔小萌挡住了，说："看你面前的鸡骨头，给别人留点成不成？"

张思文一看自己面前的鸡骨头堆成了小山，崔小萌那儿一根也没有，董培也就吃了一根，便嬉皮笑脸地拿了根油条大嚼起来，说："Peter，把这件大事弄成了，我们年底的绩效是不是就算超出预期了？"

董培笑笑不置可否，崔小萌说："现在才上半年呢，你也想得太远了。"

张思文正要说话，突然嗖地站起来，嘴里包着油条说不出话，只是一个劲地对着门口点头哈腰。

董培抬头一看，原来是江总，赶紧站起来让座，崔小萌去外面推了把椅子过来，江总不去坐董培的位置，却要坐在门口，董培哪敢放肆，一定要江总坐过去，崔小萌帮着说："江总，您要是不坐那儿，我们都不敢说话的。"

江总有几分无奈地站起来，坐到董培的位置上，看着满桌的早点说："我能不能吃点啊？"

张思文好不容易把油条咽下去，说："我再去买点吧？"

江总连连摇手，端了一杯豆浆："我就喝点这个挺好——董培，你和你的团队最近工作很有成效啊。"

董培谦逊了两句，语锋一转，说："目前的进展状态，就好比一场足球赛，足球经过层层传递，终于到了球门口，就差临门一脚了，但如果这临门一脚没进，之前的一切无论多么精彩，都没有意义。"

江总呵呵直笑，说："董培打比方的本事很厉害。"

"现在的问题是：这临门一脚原本以为是很轻松的，等真的到了门前，却发现射门的角度被封死了……"董培花几分钟分析了目前的情况，江总听得很认真，表情却没有董培想象的那样凝重，脸上一直都带着一丝微笑。

董培觉得江总没有完全听明白，继续强调说："所以，我们现在甚至没法去订会场，这么重要的会议，我们至少要订在人民大会堂、国际会议中心或者中国大饭店这样级别的地方，而且在宣传上还必须强调我们此次活动跟教育信息中心之间的紧密合作关系，这样才能对新渠道、新市场产生必要的影响力。但一旦这样做的话，我认为毫无疑问会引起质疑，市场上的竞争对手也好，体制内的各派力量也好，都会出于不同的动机予以质疑，我们原本是要以一种隐秘的方式迅速将一个崭新的渠道捏合起来，因为这能使我们的利益最大化，但如果照这种方式启动，我们将很难达到目的。"

江总思索片刻之后，说："古之良将临大敌而勇，临小敌而怯。你这样考虑问题还是很周全的，这个风险的确存在，一不小心，很可能就是千里长堤，毁于蚁穴。"

张思文说："我觉得真到了临门一脚，强攻也未尝不可，先攻竞争对手一个措手不及，等他们回过神来，我们已经走了很远了，随他们质疑去。"

崔小萌表示不赞同："如果大张旗鼓地强推市场，按目前的形势看，我们并不会走很远，质疑和阻力就随之而来了，甚至可以说，我们刚起步，就不得不面对强大的阻力。"

董培点点头："其实我们并不害怕质疑和阻力，关键在于，我们为什么不给自己营造一个更有利的市场环境和氛围呢？"

江总看着他们讨论，脸上又浮现一丝微笑。一群精力旺盛、智商超群的优秀人才会聚在一起，极其投入地讨论公司的业务发展，无论在谁看来，都是一件非常美好的事，如果这家公司恰恰是你的，那你的愉悦更是任何语言都无法形容的，这种自豪与欣慰只属于一个创业者和企业家。

江总等他们讨论稍稍停顿的时候，站了起来，董培等人也随之站起来，江总环顾了一下办公室，像是自言自语地说："这间办公室倒也清爽，就是略微小了些。"他一边往外走，一边说，"我不打扰你们讨论了。董培，下午两点钟，你到我办公室来一趟，总结一下新渠道的事，我这边也有些情况跟你交流一下。"

董培点头答应，三人要送江总出来，被江总拦住了："别管我，忙你们的。"临出门又补了一句，"脑力风暴，可以找个环境好点的咖啡厅，更容易激发观点。"

董培重新坐回自己的位置，三人一边讨论一边收拾桌上吃剩的东西，张思文不比董培和崔小萌，他俩的兴奋之情昨晚泡吧时宣泄了不少，张思文却是憋着满肚子豪情，他向来崇尚做事轰轰烈烈，因此觉得董培的顾虑有些多余，在他看来，质疑越多，意味着越有影响力，市场开拓也会越成功。

倒退两年，董培会同意他的观点，但此时董培提醒自己，越是临近拔刀出鞘的关键时刻，越要保持低调冷静，冷不防的猛然一击，和咋咋呼呼舞刀弄棒相比，固然少了几分痛快淋漓，但威力却要大得多。

"出发。"董培把笔记本电脑合上，挥了挥手说。

"去哪儿？"张思文还在亢奋中，脑子转不过来。

"老板都给福利了，让去咖啡厅，没听见吗？"崔小萌提醒道。

张思文最不爱坐班，立即响应，问董培："要不要叫上华伟？"

"当然！公平地说，华伟的脑子比我们当中任何人都好使。"董培说。

张思文听了有几分不服气，便用董培桌上的电话拨给华伟："喂，我们现在非常期待看你表演呢……表演你最拿手的呀，吃肥肉拉香肠——好屎（使）。"

董培和崔小萌大乐，笑了一阵，四人下楼直奔街对面的咖啡馆而去。

下楼前，董培飞快地看了一眼邮箱，没有肖菁的邮件，微信里也没有任何留言，他有些失望，但高强度的工作压力让他无法分心去多想。

二十五

爱情和事业只有平衡，没有兼得

下午两点，董培准时出现在江总办公室门口，门虚掩着，江总正跟人在高谈阔论，瞥到董培，便说："董培，快进来吧。"

董培推门而入，关上门，一转身看见 Michael 正站在羊毛地毯上，端着一杯红酒，兴致颇高地在和江总聊，小芊在旁当翻译。见董培进来，Michael 放下酒杯，走过来热情拥抱，嘴里说道："Peter，你的工作太出色了，谢谢！"

董培谦逊了几句，突然看见小芊用意味深长的眼神看了自己一眼，还点点头，觉得有些奇怪，正在琢磨，江总说："来，董培，你也倒上一杯红酒吧，这可是 Michael 从他法国的酒庄带来的，味道相当正。"

董培便也倒上一杯，江总又让小芊也倒上一杯，然后举杯道："我们先祝贺一下董培先生？"Michael 和小芊附和道："祝贺 Peter！"

董培哭笑不得，这事情还八字没有一撇呢，就祝贺起来了，这不是给下面做事的人平添心理压力嘛！心里纳闷江总今天是怎么了，便客气了几句，说："目前这个新渠道融合的事，进展还是很顺利，但没有完成，还完全有可能出现逆转，这一点我上午也跟江总汇报了，所以现在祝贺吧，不是要扫大家的兴，确实有点为时过早……"

话还没说完，便见三人呵呵直乐，小芊正要说话，被江总止住了，说："这个我要亲自来说——董培，祝贺你荣升为新海集团副总裁。"

董培脑袋"嗡"地响了一声，江总示意接下来由小芊来说，董培这才明白小芊刚才眼神的意思，小芊微笑着说："集团决定成立一个新的事业部，叫市场咨询部，主要职能就是管理新渠道，为这一新兴的市场提供解决方案，这个事业部由你来负责，考虑到加上你原先负责的两个部门，你实际主管的部门已经达到三个，且都是集团非常重要的业务部门，原有的职位已经不适合，因此，根据你的能力与业绩，集团经过研究，决定任命你为副总裁，希望你在新的岗位能够再创辉煌，为新海集团的发展做出更大的贡献。"说完，三人一起鼓掌。

董培一点思想准备没有，被整得有点狼狈，也不知道说了多少声"谢谢"，小芊又说："这个决定马上就要由人力资源部传达到各部门和各地分公司，你可能近期要分出一点时间和精力对你主管的三个部门重组一下，你原有的两个部门将任命两名总监，由你来提名，新的事业部将任命一位高级总监，也由你来提名，由公司审核通过即可宣布任命，新员工招聘人力资源部会密切协助你来完成。"

江总说："接下来的细节问题，小芊会和人力资源部跟董总商量一下，没有什么大的原则问题的话，尽量尊重业务部门的意见。"江总这样说，等于就是把这几个重要职位的任免权都交给董培了，应该说这表现出一种难得的信任。

董培还有点缓不过神来，自嘲道："我已经被整蒙了，都不知道接下来该如何汇报工作了。"

江总笑道："这个决定是有些突然，但这也是你逼的啊。你看你带着团队已经开始建立新渠道，鲸吞市场，过几天就要开第一次渠道会议了！这么重要的一个会议，必须由一个副总裁职衔的人来主持啊，但别人主持又不合适，只能是你，你这不是逼着我提升你当副总裁嘛！"

大家都笑，江总又说："这是一个极具潜力的市场，以前我们经常说领先半步就很不错了，现在我们是抢先了一大步，最重要的是，别人还都不知道！这是我创立新海以来面临的最佳市场态势，全国这么多三四级城市，每个城市哪怕只创造一两百万的销售额，也是一个了不得的数字——董培，这一步我们走得非常好！"

Michael插话道："Peter，我发现你没有我想象的那样高兴，难道你是想当总裁吗？"

董培一愣，心想 Michael 还真是个老外，这种张嘴就来的美式幽默，是丝毫不会顾忌中国文化里的某种忌讳的。

"哪里！我是被突如其来的压力给压变形了，说实在的，我一点精神准备都没有，很担心会辜负江总和大家的期望。"董培恢复了平静，得体地谦虚道。

江总略有些神秘地一笑，示意大家都坐下，然后慢吞吞地说："这个呢，今天我破个例，给新上任的副总裁董培汇报一下工作……"

董培不禁大窘，不知道说什么好，江总继续说："我知道董培担心的是什么，就是过两天怎么开会的问题。这不是个小事！目前这个极其关键而微妙的时期，会议一旦不成功，可能会让我们期待的效果大打折扣，甚至让我们前面所做的一切都前功尽弃，整个市场重新陷入一片混乱。"

办公室里轻松喜庆的气氛像水汽一般悄悄蒸发了，董培的万千心事正在这个即将要召开的会议上，这时目不转睛地盯着江总，等待他的下文。

江总说："这几天，董培也跟我聊了很多这方面的事，我也考虑了很多，最后的结论居然是：第一，这个会议必须开；第二，这个会议没法开；第三，这个会议必须产生市场震撼力；第四，这个会议必须低调。这一点我刚才也跟 Michael 交流过了，确实很难办，所以我现在提一个解决方案，你们来听听合适不合适。"

于是，江总花几分钟说了他的想法：会议不在任何公开场合召开，就在江总的山庄里，以一种看起来充满私人性质的方式召开，会议出席者包括新的代理商、新海集团的会务人员、Michael 和另外两个美国公司的人作为新海集团的美方合作伙伴代表，还有几个主管部门的领导。这样安排的话，像是一次非常休闲的研讨会，张主任和其他相关部门的主管领导会毫无负担地欣然参会。

这番话听似简单，但里面的信息量巨大。Michael 完全听不出这样安排会议的玄机何在，见董培在一旁全神贯注，便通过观察董培脸色来判断这个解决方案的价值。

江总说完了，悠闲地靠到椅背上，带着一丝自我欣赏看着前面的听众。董培已经完全看明白了这个会议的玄机，将实际业务巧妙地嵌入一个务虚的座谈培训会议中，以务虚张声势，以务实拓业务，更妙的是，各相关部门都有主管领导参与此次会议，这样会极有效地堵住质疑者的嘴，谁会冒着得罪一大堆人的风险去做并无充足理由的质疑呢？而且中午送走了领导们，下午董培他们就可以不必有太多顾虑，充分使用商业手段去搞定那些难缠的新渠道代理商。更有意思的是，这会议明明战略意义深远，但外界并不会过多关注一次在私人山庄举行的会议……

这是一次举重若轻、妙到毫巅的市场运作。

办公室一时间变得非常安静，小芊英语不错，只迟了半分钟就把江总的讲话全部翻译给了Michael，Michael智商极高，奈何缺乏理解这种市场运作的文化基因，只能左看看右看看，无法发表意见。

"江总，我只有一个问题。"董培说。

"说。"江总坐直了身子，表情严肃。

"晚上吃什么？"董培微笑着问。

江总微微一愣，再一看董培表情，爆发出一阵爽朗的大笑，Michael和小芊见了，也十分高兴。这个段子在新海是有来历的，江总每当开会看到业务进展顺利，兴致盎然时，就会上午开会时问中午吃什么，下午开会时问晚上吃什么，晚上开会时就问要不要整点夜宵吃吃，董培现在用这个段子，非常符合江总的心情。

董培扭头用英语对还有点一头雾水的Michael说："这是我这辈子看到的最漂亮的市场运作。"小芊把这句话翻译给江总听了，江总又是一阵大笑，脸上流露出小孩般的快乐表情。

从江总办公室出来，董培不禁有些感叹，江总的商业预见全靠本能，他似乎从一开始就预见到了某些本质性的问题，或许这就是天分？

然后董培突然想到自己已经成了这家在业界享有崇高地位的公司的副总裁，这一路的艰辛拼搏只有他自己最清楚，他从心底涌起一阵激动，走路的步伐不禁有些发飘，笑容不可控制地要往脸颊上堆，他不想让办公区同事看到自己一副喜形于色的样子，便蹲下来，把鞋带紧了紧，借此平复了一下情绪。

当董培回到自己办公室的时候，已经能够自我控制了，他发现自己第一时间想倾诉的人是肖菁，他打开电脑，给她发了一封邮件，只写了三个字：还好吗？

肖菁就像一片幽深的大海，董培腾腾燃烧的热情转瞬间便被她吸走了。

"笃笃笃。"有人敲门，董培抬头一看，崔小萌、张思文和华伟等人正站在办公室门口，一副急于要知道答案的样子，见董培脸上平静得像什么事都没发生过一样，几人都有些面面相觑。

董培示意他们坐下，张思文试探着说："老大，我感觉应该不错啊，都听到掌声了。"

董培说："他们是鼓掌来着，不过跟这个会议没什么关系。"便把江总的方案给他们说了一遍，三人听得极认真，却一时没领悟妙在何处，只觉得能请到这么多重要人物就不错，江总的山庄那么田园雅致，比起那些高级宾馆实在有过之而无不及，而且也可以给那些自命不凡的小土豪们提个醒，叫他们知道什么才叫有钱！

张思文羡慕不已，说："还是老板手里有好牌啊，东西都是现成的，我们绞尽脑汁东想西想，哪能想到什么山庄上去？我要有这么一个山庄，保证天天请客！"

华伟慢条斯理接着道："从前有个穷人，说：我要发财了，天天吃十根油条，喝十碗豆浆。"

张思文被噎得直瞪眼，孙华不知什么时候钻进来，对华伟说："你那是笑话，我这儿有个真事。我们甘肃老家农村有个老头，女儿出息，在兰州工作结婚了，很孝顺，就接他去住，问他爱吃啥，他问：我想吃啥就吃啥吗？女儿女婿说：那当然了，现在吃早不是什么问题了。他说：好吧，来碗臊子面。"

大家笑成一团，董培看着他们，突然有些犯愁：按江总刚才的意思，新出来的几个总监职位，他是有很大的发言权的，手下这几个人都不弱，各有特点，但职位毕竟有限，如何摆平还真是一门大费脑筋的事。

会议的筹备一下子变得比想象的轻松很多，董培让大家分头通知那些早已等得不耐烦的代理商，然后协调各部门起草代理合作协议，这些都可以套用先前的模式，唯一有点麻烦的是如何将各类现有的产品和服务打进"咨询服务"这个包，好在这毕竟是个包装策划的问题，虽然极费脑筋，但并不涉及真正意义上的研发，顶多是让技术部门在各个产品之间做些衔接性的设计，让人看起来这是一体化的。

三线城市土豪们的钱虽然最近缩水得厉害，但只要让他们看到真正的机会，他们出手非常果断。有了咨询服务这个筐，新海的产品线已经足以应付三线市场的需求了，这是教育软件与平台设备领域最后一片蓝海，正处于被激活的边缘，蕴含着不可估量的市场潜力。

这个判断以光速得到了印证。

第二天一早，董培刚到前台，前台的小女孩便急火火地说："董总，正要给您打电话呢，会客室里全是您的客户，来了快上百了，您快去看看吧！"

董培吓了一跳，第一反应是某个产品出了严重的问题，客户跑来投诉了，这么多人一起跑过来，弄不好真要出大事！他强自镇定下来，给崔小萌座机打电话，没人接，张思文、华伟、孙华等人都不在座位上，董培掏出手机，一个未接电话也没有。

这不像是客户闹事，董培冷静下来，径直向会客室走去，远远便听到里面人声嘈杂，还伴着些笑声，董培一听，更加放心，便推门直接进到会客室，大家一见董培，便发出一阵"轰"的声音，几乎要掀翻屋顶，董培见傅明叶等人也夹在其中，已经明白是怎么回事了。

张思文凑过来说："Peter，这帮家伙憋疯了，非要赶在会前签协议，说是免得夜长梦多，不少人嚷嚷着要现场转账三十万，说是要交保证金。"

董培有些哭笑不得，交保证金那是多年前的市场规矩了，那时候市场极度混乱，发生过多起骗子冒充代理拿货不给钱的事，气得有的厂商甚至在官网的招商栏目打出"不接受某某省的代理申请"的声明。为了保护厂商和代理的共同利益，经过数轮博弈，双方决定提高市场门槛，在取得代理资格前，必须交纳一定数量的保证金。

经过这几年的大浪淘沙，那些纯粹骗货骗钱的恶棍已经没有了容身之地，相反大家还越来越注重信誉，再加上随着技术的发展，很多产品与服务都转为网络形式，骗走一堆账号也没什么用，厂商发个声明，把这些账号一封就足以制服这些骗子，因此，保证金在好几年前就已经没人提了。

"董总，您说这怎么办，这钱算到什么账上去啊？"董培扭头一看，财务的小张正苦着脸站在旁边，董培连忙请她回办公室，说："这事我来处理，你先不用管了。"

董培长长地"嘘"了一声，伸手往下虚拍了几下，会客室顿时安静下来。

"这样吧，大家既来之，则安之，这会客室太小，我们挪个地方，请大家保持安静，跟我们一起去新海的大会议室，那里宽敞，也方便交流。"说完，董培递给张思文一个名单，让他把前六个代理商留在会客室，但不要让其他人察觉。

大家都跟着去了大会议室，早就有人通知了江总，江总亲自给吴梅打电话，让她务必配合董培他们的工作，招待好这些代理商。吴梅安排这些琐碎的事向来都是擅长的，代理商们几乎是一落座，每人面前便悄无声息地端上了一杯热茶，香气扑鼻，应该是颇有档次的茶叶。不一会儿，长长的会议桌上便摆满了各色水果，门口也不知从哪儿弄来的两辆小推车，上面放满了各色点心和饮料，以备大家取用。

这些代理商向来都有过夜生活的习惯，今天一大早起来完全是一阵风，你传我，我传他，大家既互相沟通，又互相防备，谁也不敢落后，呼啦啦就稀里糊涂全赶过来了，好多都没吃早饭，这时一个个喝的喝，吃的吃，都没人开口说话了。

董培暗笑，让崔小萌等人看着场子，自己抽身回到会客室，路上碰到正在忙碌的吴梅，董培向她伸出一个拇指，吴梅冲他灿烂一笑，她已经完全调整了心态，不再把董培当作曾经的下属来看了。

会客室里，刘炳坤、傅明叶等人也正在喝茶吃点心，见董培进来，要站起来，董培赶紧坐下，示意他们不用客气，并让张思文把门关上，这才说："诸位应该看出来了，把你们专门留下来是有用意的。你们几位，是我们这片新业务最具实力和战略眼光的企业代表，这片崭新的业务能否获得成功，很大程度上取决于我们与诸位合作的情况如何。"

这几顶高帽戴得他们很舒服，傅明叶说："董总绝对是慧眼识人，我说句实在话，这么多同行，能够入我法眼的还真就是房间的这几位！"

张思文在一旁听了，差点从鼻子里哼出些声响来，赶紧装作喝水遮掩了过去。

董培说："所以，作为未来的渠道领袖，诸位应该学会跟厂商配合，对其他代理起到示范作用，共同营造一个良好的市场环境，这对双方的利益最大化都是有好处的。"

众人点头称是。

"现在，我需要你们帮我们做一件事，五分钟之内，你们立即悄无声息地离开新海的办公楼——先别问为什么，待会儿我们单线联系。"董培用毋庸置疑的口吻说。

刘炳坤、傅明叶等人对视了一眼，心想既然都已经被列为重点代理了，肯定不会吃什么亏了，这时候给董培一点面子，应该是情理之中的事，而且他们心里也清楚，这么多人招呼也不打，一大早就拥进人家的办公室，确实不是什么靠谱的事。

这些人都是老江湖，很快就把账算明白了，痛快答应了董培的要求，静悄悄地离开了。

几家最具实力的代理离开的消息很快就传遍了大会议室，不到二十分钟，其他代理也一股脑地散得干干净净。

这伙人像蝗虫般来去嗡嗡，弄得大会议室和会客室一片狼藉，大家倒不在意，一边收拾一边说笑，董培看着地毯上居然还有痰迹，心想跟这些土匪气十足的地方代理商打交道，这还只是开始，以后破事还多着呢！

收拾到快一半的时候，江总赶来了，董培向他介绍了情况，并提到了这些代理主动要求交纳保证金的事，江总也是错愕不已，一边往自己办公室走，一边对董培说："这倒是个好事，说明我们对目前市场情况的判断是正确的，这是一个完完全全的卖方市场！这种情形我之前只亲身经历过一次，那是二十多年前的事了，那时候国家对于教辅市场还没有放开，不允许私人发行，但主渠道已经根本满足不了市场的巨大需求了，于是二渠道就兴盛起来了，刚开始抓得很严，一旦被发现，货物被罚没不说，甚至还要坐牢。但突然有两年，国家不抓人了，也不没收货物了，两年后，新的政策出台，允许私人进入教辅发行，二渠道正式合法化。而这两年的过渡期，就是市场先入者的黄金期，最不济的发行商都赚得盆满钵满，当时每年春季在北京国际展览中心举行图书展销会，我们一车一车地卖教辅，直接按码洋收钱！全是现金交易，根本不数，直接用尺量！这样的好日子真的是不会再有了……"

江总似乎沉浸在当年创业的回忆中，董培见状忍住了不说话。过了一会儿江总又说："时势比人强！当年下海潮、创业潮的时候，公司真是数不胜数，现在还有几家？特别过去几年，倒了多少家公司！年轻时，我相信曾国藩说的'功可强立，名可强留'，现在看来，不过是激励之语，不要太当真，他曾国藩也没能救得了大清嘛！"

江总心情非常好，说话也比往常唠叨，或许也是因为董培已经进入新海核心管理层，江总已经视他为心腹重臣，不忌讳跟他吐露一些个人心事了。

董培看他感慨得差不多了，便道："咱们新海确实选对了赛道，跟上了形势——您觉得这保证金收不收？收多少合适？"

江总沉吟了一下，坐到办公椅上，示意董培也坐下，反问道："董培，你的看法呢？"

董培说："这批代理的实力与信誉应该是有保证的，有没有保证金其实问题都不大。"

江总点头表示认同："这我相信。能在目前这个市场环境中活下来，还有余力去寻求发展的企业，都是市场上的佼佼者。"

董培笑笑说："虽然有点不合乎现在的市场规矩，但我实在想不出什么理由拒绝收钱！"

江总也不禁面露微笑，说："那就收吧。我们倒不缺这点保证金，但经营渠道的规律就是：你越吊着他，他越追着你跑，垒高一点门槛，他们会更加积极地要钻进来，就这么简单。"

董培正要接话，人力资源部小邢进来，拿着一份文件请江总签发，江总扫了一眼，签上自己名字，小邢收起文件，微笑着对董培说："祝贺董总。"

董培瞟了一眼她手中的文件，像是一份任命书，明白是怎么一回事了，连忙回答："惭愧！"

江总又补充了一句，说："至于收多少合适，你们比我更贴近市场，自行决定吧，这个分寸你们应该会把握得比我好。"

董培说："那好，我们做个简单的调研，定下来之后跟您汇报一下。"两人又聊了一些业务上的事，江总少不了勉励董培几句，然后董培便告辞出来了。

刚推门出来，董培便感觉几乎所有人都朝自己看，他一眼看到崔小萌冲他嫣然一笑，吐吐舌头，转头继续工作了。

穿过办公区，沿途是不绝于耳的道贺之声，路过公示栏的时候，看见那张任命书已经醒目地粘在墙上了，几个刚入职不久的员工正在围观，见了董培，都露出新员工特有的崇敬表情。

董培的兴奋劲已经过了，对此也早有心理准备，所以一路从容应答，倒也显得随和淡定。

回到办公室，打开电脑，便发现一连串新邮件，除了原有业务的一些邮件和升职通知，大部分是人事、行政和财务发过来的，董培浏览了一遍，全是一些需要自己审批回复的邮件，有些事情自己根本不清楚原委，还得从头捋清，心里不禁感叹：升职加薪，应该是每个职业人梦寐以求的事，但什么事都是利弊相随的，至少目前，他所看到的全是汹涌而来的工作和莫名的压力。

很快，祝贺邮件也一封一封地发过来，其中也包括陈大明的邮件，只有短短的两个字：祝贺。董培凝视着这看不出任何情感的两个字，陷入沉思当中。

倒是吴梅的邮件让人看着心暖，她回顾了董培在新海的成长历程，并为曾经和董培在同一部门工作过表示荣幸……董培知道这种真诚本质上是一种见风使舵，但人在江湖，这种应变实在是可以理解，如果去苛求反而是不近情理了。

正在左思右想，崔小萌打过来电话，说："中午大家想聚一聚，给你庆祝一下，你觉得合适吗？"

"当然可以，我请大家，地方你们来挑吧。"董培爽快地说。

"那就海云月吧。"崔小萌说，电话里传过来一阵笑声。

"再提不正当要求，直接沙县小吃。"董培说，"把所有人都叫上，中午正好借吃饭的机会跟大家说点事。"

他起身舒展了一下筋骨，手机响了起来，拿起来一看，是一个远房堂哥打过来的。董培大概知道是什么事，接通后一听，果然是堂哥拜托他为两个孩子找工作的事。

这位堂哥一儿一女，儿子大学毕业一年多，一直没找到正经工作，女儿明年大学毕业，工作也毫无着落，夫妻俩为此急白了头，便找到董培这儿来了。

董培先问了问他儿子的情况，这孩子在一所很不知名的大学拿了个国际金融学位，董培一听就来气，这种不入流的学校设个国际金融学位，不就是忽悠老百姓么！从堂哥嘴里得知，他儿子想从事私募之类的高大上工作，其他不想做，说是不想丢了专业。

董培想了想，自己虽然是公司的副总裁，恐怕也无法为这种眼高手低、还未被社会毒打够的年轻人提供机会，何况公司的业务跟他的"专业"八竿子打不着，便又问堂哥女儿的情况。

堂哥说女儿一定要捧铁饭碗，问董培有什么关系没有，董培不由得暗暗叹了口气，说自己真的爱莫能助。

放下电话，董培心里有些难过，不是为这两个未谙世事的年轻人，而是为他们的父母。堂哥堂嫂以前没有机会上大学，引为遗憾，夫妻俩憋着一口气，日夜辛劳，省吃俭用，好歹把两个孩子送上了大学，算是圆了心中夙愿，谁知到头来却是这么个结果。

正在感慨，小邢出现在门口，董培示意她进来，小邢给他留下两盒新名片，让董培在单子上签了字，临走时随口说："肖菁下个月回国，你知道吧。"

董培像在梦中被惊醒一样，呆呆地看着小邢，小邢有些奇怪："你不应该不知道吧？"

董培连忙掩饰地笑笑，嘴里含混说道："她跟我提过一次。"

小邢以为他不愿聊私事，便不再多说，收好单子，对董培说："董总，以后有什么需要我们配合的，尽管开口啊。"

　　董培客气地送她出门，然后回来盯着微信上肖菁的头像发呆。

二十六

没有永恒的盟友

在江总的战略谋划布局中，新海、鸿宇和宏博毫无疑问是教育信息市场的三大领军企业。他酷爱《三国演义》，经常忍不住拿魏、蜀、吴三国来比较新海、鸿宇和宏博，新海当然不是实力最弱的蜀国，但之前他还有点拿不准新海到底是魏国还是吴国，随着新渠道会议的顺利结束，巨大的三线市场像一片蓝海静静地等待他领着新海这个大船队去开发，他的信心蓬勃地生长起来，他现在完全相信，新海就是那个盘踞中原，有着统一全国实力的魏国。

当董培他们把四十个三级城市代理的一千二百万保证金全部收到账的时候，江总刚跟几个以前的业务伙伴吃完饭，那几个人日子不好过，都在叹息严冬难熬，没想到自己这边什么都没干，一千二百万就先到账了。两相对比，他没法不惊叹："乖乖，这个市场真的是疯了！选对赛道何其重要！"

兴奋之余，他又跟董培忆苦思甜：多年前他第一次收保证金的时候，有些代理只肯交三千块。

当然，如果他知道他心目中那个实力最弱的蜀国——宏博集团在广宁项目上狂飙突进般的进展，他一定会重新掂量一下三方实力，再次做好随时把都城从长安迁到建康的准备。

在董培他们疯狂掠地的同时，房立峰陪同宏博集团的老总吴起宏与广宁相关部门签署了一份具有标杆意义的合作协议，这份协议的签订意味着中国的教育软件与平台设备市场出现了一种崭新的发展模式，第一次将杂乱的市场主体约束在一个行之有效的法律框架中，并且由于国际资本的介入，这种合作的内部管理与市场运营在规范性和质量上都有了极大的提升。

协议签署的第二天，几家主流媒体都报道了这一重大事件，但这种新闻从来不是社交平台的最爱，因此显得寂寂无声。

新海集团的月度高管例会正在召开，江总听着总部及各地高管的汇报，眼睛却一直在看关于广宁项目的新闻，他在这个行业浸淫多年，像只机敏的老狐狸，别人看来空空如也的雪地，在他眼中处处是蛛丝马迹。

平常的高管例会，江总在每个高管汇报完毕后，都会连珠炮般问一串问题，但这次，他只是点点头，简单核实一些问题，便不再说话了。大家也都明白他在琢磨什么，宏博的此次出击，之前毫无征兆，突然间就抛出一颗大卫星，着实让业界的其他竞争者震惊不小，仅仅从公开的信息来看，还很难判断宏博到底用了什么办法让这个项目起死回生，而且还成为一件引领全行业的大事。

"这次的高管例会增加一个议题：广宁项目对教育软件和平台设备行业的影响。大家议议吧。"江总说完，往座椅靠背上一仰，做出副洗耳恭听的模样。

大家有点面面相觑，每当江总这样做的时候，都是要兴师问罪的意思，可这算谁的罪呢？

照理董培应该有些坐立不安，或者至少该站出来表示下：广宁项目虽然一直在紧盯着，但所有人都以为鸿宇是唯一的竞争对手，没想到宏博将项目生生夺了过去，这里面的原因和某些细节需要抓紧了解，以便第一时间采取应对措施。

不过董培没有说话，一脸坦然地坐着，他认为这事犯不着主动站起来兜着，宏博的此次运作，但凡精通业务的人，凭直觉就能判断这里面有着超乎寻常的运作，这种运作甚至已经超出行业的范畴，是一桩有着里程碑意义的事件。董培当时不过是一家竞争对手的高层，连副总裁都不是，实在没资格为此事负责。而且他也有底气，三线渠道的成功整合，某种程度上说，其意义并不亚于这个广宁项目。

更隐秘的原因是，董培此时根本没有高谈阔论的欲望。过去几天，他联系了肖菁无数次，发了无数条信息，竟然杳无音信，最后他急了眼，七弯八拐找到她在美国的公司，打电话过去问，才知道肖菁休了一个月的假，驾车出去旅游了，走之前还给大家群发了一封邮件，告知大家这一个月内她不会接电话、不会查看邮件，不更新社交媒体，专心致志地休息一个月。

他感觉自己的心被她带走了，其他的事情突然间变得不那么重要。

"我来说两句吧。"说话的是一位三十来岁的高级经理，叫李小光，年纪不大，头顶却有点微秃，瘦削精干得像匹非洲土狼。他是陈大明的手下，按照高管例会的规矩，每名副总裁都可以带两名部下来参会，这也是新海培养人才的一种方式。

"我认为我们应该反思！但如果只反思我们努力还不够、积极主动还不够，那是没有意义的套话，必须反思到点子上。我觉得我们这次最需要反思的地方在于：我们在做业务的时候是不是想象力还不够？比方说这个广宁项目，为什么宏博集团能够异军突起？我认为他们一定是用了我们之前想都没有想到过的办法，这听上去似乎可以成为我们失去这个项目的借口，但实则不然，广宁项目的形势一度处于胶着状态，看上去谁也找不到办法去打破这个僵局，但这个僵局之中其实就蕴含着巨大的商机，因为僵局意味着一种动态的静止，只要有一丝外力进来，僵局就会打破——那么我们有没有思考过这种动态的静止其实是极不稳定的？我们有没有想过使用某种外力？所以我认为当初对这个项目跟得最紧的团队还是有责任的，因为他们最了解广宁项目的细节，最有条件判断使用什么样的外力能够破这个僵局……"

李小光说话带着一股特有的忽悠劲，加上又是顺着江总的情绪火上浇油，说得江总的脸色真的有些严肃起来。

看得出李小光对这个广宁项目很关注，了解不少细节，他所谓的"反思"也还算敲在点子上，只是不太地道地全敲在董培团队的身上。

江总十分赞赏，点评道："你们要注意小光这段话里的两个重要观点：动态的静止和业务想象力。现在教育信息行业就是这种形势，看上去各派势力在僵持，处于一种相对平静的状态，但实际上不知道什么时候僵局突然打破，有些公司还没醒过来，发现已经没有机会了。至于业务想象力，其实还是一种创造力，但在这里用想象力来表达，我认为非常恰当。"

董培虽然只分了一半心思在会上，却也听出了些蹊跷，这李小光平时虽然接触得不多，但董培对他的印象大致是：很能说，思路也算清晰，但内容总是很浅，非常符合他这种从草根做起来的销售人员的特点。

很奇怪，他今天说的一番话对不对姑且不说，但表达婉转，用词文雅，颇有些绵里藏针的意思，而且功课做得很足，绝对不是随兴而发。

董培看了看陈大明，他专心在本子上写着什么，似乎完全沉浸在业务的思考当中。

董培也带了两个手下来参会，一个是崔小萌，一个是张思文，张思文听了李小光的一番高论，忍不住在旁边嘀咕了句："傻×。"

这话也是在提醒董培，是不是该反击一下，董培回头看了一眼张思文，张思文正瞪着他，一副跃跃欲试的样子，董培又看看崔小萌，崔小萌的眼神分明也表示不能不发一言。

"注意分寸逻辑。"董培轻声叮嘱道。

张思文等的就是董培这句话，等李小光发言一结束，立即接口道："小光言之有理！特别是谈到广宁项目对于教育信息行业的巨大影响，我深为认同，而且我认为小光反思得还是很到位的。"

董培不禁微微一笑，张思文把自己平常开部门例会时的腔调学得还挺像的。

接下来话锋一转，张思文继续说："不过我要补充一点，在当前教育信息行业急剧变化的形势下，各主要竞争对手之间主要打的其实都是信息战、情报战，谁先从纷繁芜杂的信息海洋中发现有价值的东西，谁可能就会是赢家！我们这次对于三线城市代理渠道的成功整合就可以说是一个非常贴切的例子。商业信息的流动可以是从上往下，也可以从下往上，比方说我们三线城市渠道的开拓，就是捕捉到了从下往上的商业信息，并深入加以挖掘，把它做成了一件大事。关于广宁项目，我们一直在追踪，但是我们发现，从上面的信息源已经挖掘不到有价值的东西了，即使是作为国家教育信息中心核心部门负责人的张长浩主任，她对此也一无所知，可见这个时候从上往下的情报通路是阻碍的，我们需要从下面收集蛛丝马迹的情报，新海是有这个条件的，因为我们在全国一共有超过二十家分公司，每家分公司下面还设有不少办事处，广宁项目重启这么一件大事，不管宏博集团运作得多么隐蔽，怎么可能没有消息透出来？但是很遗憾，我们下面这么多分公司真的就没有一丝有价值的情报分享给我们，说明我们对于业务的敏感性与竞争对手相比的确有不小的差距……"

这是一招"以彼之道，还施彼身"，用得还很精妙。新海集团除江总外第二号实权人物应该就是陈大明，因为新海几十家外地分公司中，超过一半都由陈大明来负责，而广宁地区及周边的三家分公司也正是由他来直接负责，分公司业务敏感性不够，不能及时传达有用信息，陈大明自然是难辞其咎。

董培感觉张思文的进步很大，他的商业感觉和业务能力没有问题，表达技巧也不缺乏，但就是一味求速战速决，不太懂得以退为进、以守为攻的道理，不过那或许是职位较低，急于证明自己的缘故，并非能力上的问题，假以时日，他的视野只会越来越开阔。

张思文话音刚落，崔小萌便从容接着道："我刚才搜索了一下我这几个月给广宁地区分公司发的邮件，一共是四封，几乎是每个月一封，电话我更是打了不计其数。这几封邮件的内容大致都是询问广宁项目有无重启迹象，我还列举了如何判断该项目将重启的一些依据，但很可惜，我收到的最长的一封邮件还是小光发给我的，内容和广宁项目没有什么关系，只是说了一些组织原则上的事，任何地方市场上的相关情况他必须第一时间汇报陈总，得到陈总许可之后才能分享给其他部门，其他的人要么就是不回，要么就是简单一句话：没有。所以，我认为我们过去一段时间，从下往上的信息流动的确不是很畅通，这也造成了我们在广宁项目上的被动……"

崔小萌说到这里，董培听了都觉得是不是说得太狠了点，不好意思看陈大明，装作在记事本上写东西，于是会场上两人的表情动作有趣地交换了：董培专心在本上画写着，沉浸在业务的思考中，陈大明则满脸狐疑地听着崔小萌的发言。

江总如何不知道手下两个最具实力的高管正在斗法，但他是经历过风浪的人，什么勾心斗角没见过，只要这种斗法控制在业务层面，就不会对公司有任何损害，相反，这种质疑与反质疑只要处理得当，还会让问题更彻底地浮出水面，他称之为"健康的公司政治"，只是这种斗争哲学往往会走向反面，伤害一个组织的肌体，但江总和任何其他掌舵人一样有着高度膨胀的自信，认为自己有能力把握好这个度。

某种意义上来说，这个会场上，真正沉浸在业务思考中的只有江总一个人。

崔小萌发言结束了，她发言的内容几乎全都是以事实说话，让人难以辩驳，陈大明这次带过来的另一个下属，叫邹晓西，看样子本来是要接着说的，但听到后面，似乎有些心虚，脸上的神情变得有些犹豫起来。

陈大明也觉得有必要亲自站出来，他清了清嗓子，说："这次广宁项目的失利，我觉得我本人还是要负很大责任的，主要还是一直把这个项目当作一个很大的单子，并没有深刻认识到它对于新海集团的战略意义，我刚才听了听几个一线业务经理的发言，很有感触，也很有收获，说明我们的业务人员对于这个项目还是有着非常清醒的认识，这是好事。再有一点，这个项目我们虽然丢了，但我们仍然要对自己有信心，胜败乃兵家常事，二线城市是一个巨大的市场，这个市场还远没有饱和，我们还有大把机会去奋起直追，所以，各部门间放下争议，精诚合作是很重要的。我在这里向江总和大家表个态，在未来一年，我们这个团队将拼尽全力猛攻二线市场，为了打好这一攻坚战，我建议分公司与总部之间加强配合，形成合力……"

这是一堆没有什么实质内容的套话，大概陈大明也知道这样争下去讨不到什么好处，便和个稀泥算了。

张思文在一旁不动声色地冷笑道："提意见的是你，讲团结的也是你。"

董培面无表情地坐着，心烦意乱，他对陈大明这种云山雾罩的太极拳一点兴趣都没有，特别看到陈大明还打得饶有兴致，更让他在一瞬间产生这样的想法：做什么副总裁，当个清静的业务经理多好。

趁着这工夫，他心里默默算着肖菁回国的日子，想着该如何重建俩人之间那份默契，因为他突然感到，如果说以前他俩的手是紧握的，那么现在肖菁的手似乎在慢慢从他手心滑落，这让他心慌意乱。

直到崔小萌和张思文两人同时从两边捅了一下他，董培才惊醒过来，听到陈大明仍在说："……所以我觉得总部在类似广宁项目上应该分一部分权力给下面的分公司，这样分公司能够更快地把握住商机，或者更稳妥的办法是，将类似广宁项目的操作权限全部下放到分公司，这样才能确保第一时间对市场变化采取措施，也最大限度地激发分公司的积极性……"

他这话一说完，其他负责分公司业务的高管们纷纷点头附和，董培脑子转得再慢也弄明白了，陈大明今天的落脚点原来在这里，明摆着是要拆分董培负责的大客户部了。

董培脑袋里还黏糊糊地儿女情长，转不太动，偏偏这时江总转过头来，问："董培，你怎么看？"

董培此时根本想不出像样的反击来，只好说："这个问题，需要慎重考虑。"

这样说也听不出什么破绽，此事关系重大，江总没有立即表态，陈大明见董培一言不发，从脸上的表情根本看不出心里在想什么，便以己度人地认为董培在端副总裁的架子，端得还挺像那么回事，也不敢怠慢，见江总并不表态，他也点到即止，一句话都不多说了。

接下来，便是江总的一言堂，无非是些"居安思危""其兴也勃，其亡也忽"之类的谆谆教导，江总很少说废话，唯一的例外就是在每月一次的高管会上，总免不了要大谈一通历史与哲学。

会议一结束，张思文便凑过来问："Peter，人家的算盘打得很阴险啊，你怎么不狠狠地回击一下呢？"

崔小萌想得周全些，但也说："保持高姿态是一种方式，但这种大是大非的问题，最好给一个明确的回复，亮明我们的底线。"

董培还没说话，只见陈大明摇摇摆摆地过来，亲热地拍着董培肩膀，问长问短，就像什么也没发生一样，董培也嬉笑自若，不知说了句什么俏皮话，于是两人便一起仰着脖子嘎嘎大笑起来，在爽朗的笑声中，两人撇下其他人，并肩沿着走廊向外走去。

崔小萌和张思文看着他俩背影消失，两人相视无语，但各自想法却不太相同，崔小萌把这一切看得透透的，但她也不愤青，只是会意一笑。张思文却入了戏，看着这两人表演得出神入化，颇有"政治家"的风度，心里头有几分向往。

二十七
打工的尽头是落寞

在广宁项目签约一个月后，广宁市承诺的五千万订单也如期而至，这还只是第一期，半年之后，还有五千万，另外，省里承诺的一个亿也将在年底到位，而这两个亿，全部用于采购宏博集团的产品与服务，加上后续的维护，光这一个单子产生的营业额，等同于宏博在这片业务去年全年的一半营业额。

宏博集团内部的小型庆功会在东四的一家高级会所举行，参加者都是集团副总裁级别以上的高管，以及投资方的一些重量级人物，可谓高朋满座。

不过，房立峰兴致却不是太高，他默默地坐在一个不太起眼的角落，看着那些资本市场呼风唤雨的大佬们觥筹交错，谈笑风生，深刻地觉得自己并不属于他们。这一点在他开着自己的大众车到达会所的时候就发现了，他到得略晚一些，看到会所前停着的每一辆车价值都超过二百万。

真正让他觉得自己在"圈外"的原因在于：那些人谈论的话题他根本插不上嘴。他们根本不关注实际业务，就像一个超级美食家根本不关心后厨用人们的忙碌一样，他们谈的全是上市、拆借、圈钱，还有比特币。

聊了一阵，陆续进来几个非常漂亮的女人，房立峰定睛一看，原来是几位影视明星，虽然不算大红大紫，但绝对也属于一线明星，这些人非常熟络地跟她们打招呼、谈笑，几个留过洋的还与她们一一拥抱亲吻。

房立峰也算是见多识广，但这样的场面，还真是第一次亲临，他觉得自己完全就是个局外人。

当然，毕竟这次聚会的主题是为广宁项目顺利推进庆功，免不了要推出一下房立峰，房立峰"享受"着客气的掌声，心里却有一种莫名其妙的羞辱感，他总觉得这里面透着股居高临下的味道。吴起宏让他说两句，房立峰知道推不掉，便让早已打好腹稿的那通精彩演讲烂在肚子里，随便找了个话题不疼不痒地讲了几句。

不过，房立峰毕竟是房立峰，他没让这种负面情绪纠结过久，两杯洋酒下肚，他的心情也慢慢调整过来。

这时候，宏博集团的另一位副总裁走过来，他叫黄铸鑫，在宏博集团待了十来年了，是宏博的元老，他在市场销售方面既无能力，也无动力，但做事十分细致，逢人三分笑，从不跟人置气，所以也一直稳稳地在宏博集团当着行政副总裁，手下管着一群女人，倒也挺适合他。

"立峰，我给你安排了代驾，今天是个好日子，想喝的话尽管喝。"黄铸鑫最大的本事就是能把人服务得很舒服，且恰到好处，毫不做作。

房立峰正想着是不是不能喝了，待会儿还要开车，有了黄铸鑫这句话，便放下心来，端起杯子要跟他碰杯。

"我可没有开怀畅饮的命，我还得盯着场子呢，不能有丝毫纰漏啊。"黄铸鑫端起一杯果汁，象征性地跟房立峰碰了一下。

房立峰也不勉强，自己喝了一口，问道："你们以前经常到这儿来吗？"

黄铸鑫做了一个惊讶的表情，说："哪有这个实力！宏博其他业务板块做得还算不错，但也就是有所赢利而已，算不得大赚，至于这片业务，基本上是赚少赔多，有两年还特别萧条，如果不是靠其他业务板块接济，连工资都发不出来，哪敢来这种地方潇洒！"

这实在话让房立峰心情好了不少：不是我把广宁项目这个单子做成，恐怕你们也没机会在这种地方快活。

正聊着，宏博集团的新任董事，一位叫麦麦的，过来跟房立峰打招呼。麦麦其实叫麦克斯（Max），因为长着一张娃娃脸，大家都叫他麦麦。他属于少年得志的那种人，这次肯从红松基金空降到宏博集团担任董事，也是出于巨大的"钱景"诱惑。他三岁时就移居美国，除了皮肤和脸蛋，全身一股美国味，他中文说得不错，只是夹杂着一点怪怪的异国腔。

"立峰，你今天的致辞不像你。"麦麦说话坦率直接，房立峰早适应了。

房立峰明白他所指，笑着摇摇头，说："这种场合说那些话不合适。"

"我不这样认为，我非常喜欢听你发言，但这次，我不得不说，是你所有发言中最糟糕的一次。"麦麦说。

房立峰那些隐秘的苦衷没法说出来，只好默不作声。

麦麦极能聊天，一会儿又跟黄铸鑫聊得火热，房立峰突然发现，这家伙可能比他想象的要聪明许多，因为他的关注点都极其准确，有用的信息就在这看似散漫的聊天过程中被挖掘出来了，房立峰自己也是个捕捉有价值信息的能手，但有时似乎还做不到这样轻松随意。

这个发现让房立峰颇有些郁闷，原本他认为这些搞资本运作的家伙之所以日进斗金，更多是由于出身、运气等等因素，至于眼光智慧、经验阅历，房立峰认为自己远远高于这些人，但现在看来，也不尽然，人家智商一点不比你房立峰差。

房立峰凝视着这个看上去就像只有二十来岁，身家却是自己的好几倍甚至更高的麦麦，却无从嫉妒起，他终于意识到，今天晚上他是无论如何也不会有好心情了。

他没有惊动任何人，借着去洗手间的机会悄悄地溜了出来，因为喝了酒，没法开车，他又不想找代驾，便打电话给杨绪方让他过来帮忙开车。

"房总，我和华燕、松明他们正在唱歌呢，要不您也过来吧？"杨绪方在电话里说，听声音似乎也喝了不少，电话里头一片鬼哭狼嚎，看来玩得挺爽。

"嚯，你们倒挺能快活！"房立峰受了感染，笑着说。

"那当然！房总，两亿多的单子啊！我这辈子都没见过，现在却经咱们的手给做成了！您说咱们该不该庆祝？"杨绪方看来是喝醉了，这几句话几乎是喊出来的。

房立峰奇怪地觉得鼻子微微一酸，连声说："应该应该……"

电话那头又传过来一片嘈杂声，接着好几个人同时冲着电话在喊："房总，过来！房总，过来！"

房立峰说喝了酒，没法开车，还没说完，便听人说："华燕没有喝酒，她马上开车过去接您。"

挂掉电话，房立峰感觉身体陡然间充满了能量，这才是他的地盘！他第一次深切地感到，生存在这块地盘上的人们被某种神秘的力量剥夺了一些本该属于他们的东西。

到了之后，房立峰怕大家拘谨，首先操起一瓶啤酒一饮而尽，然后唱了一首劲歌，并宣布本次活动由他买单，于是整个包间的气氛瞬间达到沸点。

等大家都兴奋起来后，房立峰便坐在角落里，面带微笑看着大家狂欢，手下人纷纷过来敬酒，他都只是小饮一口，薛华燕因为要生小孩，不能喝酒，便端着一杯果汁过来陪他说话，聊了几句，很郑重地说："房总，谢谢您！"

房立峰笑道："搞这么严肃干什么？"

华燕正色道："真的是要谢谢您，一直还想着我们，把我们带到这么一家好公司。您知道吗，我这个季度光提成就有十二万，这在以前是想都不敢想的！鸿宇也算是这个行业的大公司了，我在那边累死累活两年下来，提成都不超过三万，能把年度绩效工资挣下来都已经很不错了！您也知道，我们做销售的好处就是能得点提成，收入上去了，我和老公今年才敢打算要孩子呢。"

房立峰心想，这十二万可能也就够买刚才会所喝的那几瓶红酒吧。

"当然了，这点钱在很多人眼里都不算什么，但我还是挺知足的。"华燕自嘲了一句，突然想起什么似的问房立峰，"房总，您还记得华兴公司的那个刘伟吗？"

房立峰想了一会儿，才记起来那是老早前的事了，当时为了套取华兴的业务情况，还装了一次餐桌面试，把人家给水了一把。

"华兴前不久刚倒了，老板也不知跑哪儿去了，不过刘伟还成，跑到山东一家公司去做销售总监，公司不仅给他租了房子配了车，听说薪水还比在北京的时候翻了一番。"华燕说。

房立峰本能地觉得这句闲聊信息量好大：一是目前正是教育软件和平台设备行业大爆炸时期，华兴以前那么难都挺过来了，怎么现在反而倒了？二是山东能有什么样的公司，把刘伟这种庸碌之才招过去当销售总监，还租房配车开出北京两倍的工资？

他有立即给刘伟拨个电话的冲动，但估计这次人家再也不上当了，便转头问华燕："刘伟没有跨行吧？"

"当然没有，他年龄也不小了，在这个行业做了好几年，不太可能跨行业发展。"

房立峰在脑海里排查了半天，也想不出山东能有什么像样的公司干出这么豪横的事，便对华燕说："这事还真有些看不明白，刘伟的业务能力我感觉是一般般的，销售总监是一个多重要的职位，怎么会有公司高薪聘用这样的人呢？"

"刘伟能力确实不是很强，但他毕竟有在这个行业多年的经验，而且一直在北京这边做，这个履历对于下面的公司还是有吸引力的，他也可以吹吹牛。"华燕解释说，"我惊讶的只是，这家公司竟然能给他提供这么优厚的待遇。"

"或许这个刘伟有我们没看到的长处吧，"房立峰沉吟了一会儿，问道，"这家公司在济南还是青岛？"

"都不是，在泰安。"

房立峰更惊讶了，泰安经济在山东都排不上号，怎么会有这么一家从事教育软件和平台设备的公司？

"你知道这家公司叫什么名字吗？"房立峰已经从沙发上坐起来了，问华燕。

"不知道，我马上问问他。"见房立峰有些上心，华燕掏出手机准备拨给刘伟。

房立峰止住她，说："现在有点晚了，而且包间太吵，不好多聊，你明天找个机会，跟他多聊聊，问问这家公司是什么背景，老板叫什么，他具体负责什么业务，等等。"

华燕满口答应，正说着，杨绪方也过来敬酒，房立峰打算交代他明天做个市场调研，但看他已经是醉醺醺的，也就作罢了。

第二天下午三点，宏博集团的大会议室召开了广宁项目成功签署后的第一次全体董事会议，房立峰作为负责该项目的首席运营官，也列席了会议。

选在下午这个平常人昏昏欲睡的时候开会，大概是因为昨晚这些人在会所待的时间太久了，上午起不来吧，房立峰略带讽刺地想。让他略感不平的是，这是入职好几个月来第一次参加全体董事会议，他环顾了一下四周，几乎都是昨天在会馆出现过的脸，包括那个年轻的麦麦。

会议先由吴起宏简单介绍了一下广宁项目的进展，每个人都听得很专心，房立峰在一旁听着，暗暗有些惋惜，如果让他介绍的话，他会说得更漂亮，但很快他便发现，大家的关注点似乎不在广宁项目上，而是如何借广宁项目成功的势头顺利上市，这是一个对于房立峰来说很陌生的话题，他装作不经意的样子，暗地里却聚精会神地捕捉着会场上每一条信息。

会议持续了一个半小时，房立峰几乎没说话，他有时候不得不掩饰一下自己对于会议内容的强烈关注，当吴起宏或姜开云偶尔瞟过来的时候，他不是装作喝茶就是翻阅资料，这些董事的谈话都有背景，房立峰不太了解情况，所以听得很费劲，但他那颗聪明的脑袋以极高速度运转的时候，可以最大限度地修补信息不对称带来的误判。

会议进入尾声，房立峰已经得出了几个重要结论。第一，广宁项目也好，其他接下来的任何项目也好，都不是会场上这些谦谦君子的目标，甚至建立一家在教育软件和平台设备行业的龙头企业都不是他们所想要的，他们唯一的目的就是如何借用资本市场的杠杆最大限度赚取回报，而这种回报之丰厚，是房立峰这些做实业的人想都不敢想的；第二，他们计划以宏博集团为核心，最迟明年就整体包装上市，上市地点选在纽交所；第三，在上市之前，他们还将更深更广地进一步拓展业务，以推高资本市场对这家公司的业绩预期。

接着，房立峰冷冷地得出最后一个结论：在这场金钱盛宴之中，没他房立峰什么事，他和他的团队不过是负责端盘递碗而已。

会议结束，吴起宏看了几眼房立峰，过来问："立峰，对这次会议有什么看法？"

房立峰用力点点头，说："很受鼓舞，昨天我还跟我下面的团队说，一定要保持饥渴的狼性销售作风，这些人过去一个季度的提成比他们过去好几年的提成都高，我怕他们有小富则安的心理，所以这样提醒他们。开完这个会，我得下去跟他们开个小会，告诉他们赚大钱的日子还在后头呢，现在就业市场不景气，能在一家有愿景、有前途的公司做事业，是一件非常幸运的事情。"

房立峰的回答有些离题，显示他并没有听懂今天董事会的真正内容，吴起宏并不多说，只是和姜开云相对呵呵一笑，勉励了几句。

一回到自己办公室，房立峰立即拨了薛华燕的座机，让她马上过来一趟。

华燕一落座，房立峰直接说："问了吗？"

"您是说刘伟？问了，他在一家叫金丝路的公司任职，这家公司是新成立的，才不到三个月，老板是当地最大的蔬菜水果业务的老板，以前做房地产的，刘伟到那边负责新公司的市场与销售，直接向老板汇报。"薛华燕能跟房立峰好几年而一直颇受器重，做事干脆利落是她最大的优点。

房立峰满意地点点头，说："和我的判断基本一致，只有这种傻了吧唧的土财主才会干这种事，你看那公司名字取的，金啊银啊的，透着股土腥味儿。"在自己的亲信面前，房立峰倒不忌讳展现真性情。

华燕一笑不作声，刘伟一向对她不设防，她也没必要跟着别人去鄙薄他。

房立峰想起什么似的，说："我在去鸿宇之前，好像接触过一家泰安的代理，你还有印象吧，不知道现在怎样了……"

华燕说："您说的是天地一家吧，这家公司还在，一直不温不火地做着，听刘伟说，本来这公司老板想借着如今的好势头来个大发展，没想到当地最有钱的公司介入这个以前的冷门行业，弄得他日子比以前还难过了。"

这家公司的名字天啊地啊的，按房立峰的品位，取得更土，但他这次心思没放在这上头，而是陷入了沉思，过去这几个月他一直弓满弦张地盯着广宁项目，容不得半点分心，现在回头一看，市场上出现了一些他看不懂的变化。

华燕是个执行能力很强的人，收集信息能力一流，但对基于这些信息之上的抽象、综合的分析思考从来不是她的长项。她看到房立峰拧着眉头不说话，只当是他习惯性地陷入思考，便也坐在一旁，并不说话。

房立峰苦思了一阵，觉得还是信息量太小，不足以做出判断，便拿起电话，拨通了杨绪方的座机，接电话的却是别人，告诉他杨绪方出去见客户了。

"这小子，腿倒挺勤，天天出去见客户。"房立峰放下电话，自言自语道。

"绪方最近接到了好几个猎头电话……"华燕说。

房立峰心里咯噔一下，抬头盯着华燕，华燕一笑道："我和松明也接到了不少，都是些不大的公司，待遇也算不错，但哪比得上这儿，而且这种公司也让人感觉不稳定，所以我们都不考虑。"

"嗯，"房立峰有意缓和地说道，"前不久，不知哪家昏了头的猎头公司找我，让我去昆明做一家公司总经理，说什么年薪五百万，还提供一系列不错的福利，我耐着性子听完了，问了一句：没听说过北京有个昆明区啊？"

两人同时哈哈大笑，又闲聊了几句，华燕拿出两张单子让房立峰签了字，便回自己办公位去了。

房立峰心里却再也踏实不下来，他断定市场上一定有某些他尚未察觉的重要动向，只是怎么弄清具体情况，他还不知从何着手。

正在入神，桌上座机响了，房立峰拿起电话，是吴起宏打来的，他开门见山地说："立峰，我感觉最近市场上出现了一些很重要的变化，我们要及早采取措施，争取主动才行啊。"

房立峰吓了一跳，这个吴起宏真是不简单啊，自己刚刚从风中嗅到一点不对劲的气息，他却已经开始督促自己采取行动了。

"吴总，您指的是……"房立峰想验证一下自己的感觉是否准确。

吴起宏语气中带着一丝焦虑，说："广宁项目签署的消息传开后，我听到了一些消息，像新海、鸿宇这一级别的公司都积极在奔走，希望能够获取下一个同样规模的订单，这对我们是个很大的威胁！广宁项目签署之后，国家至少还会在同样级别的城市推广十来个同等规模的项目，而且只会越做越大，所以我们一定要守住这个阵地，如果这么好的形势下还被人虎口夺食，那就太说不过去了。"

房立峰很想问一句：您说的很重要的变化到底是什么？但他没忘记吴起宏是老板，便客气地说："那当然！我们对此早有预料，在之前的协议签署中我们就尽力防范了这一点，广宁项目所有的产品与服务必须从宏博采购，广宁项目起来后，必然会成为所有后续同类项目的样板，其他城市为了防范风险，必然会借鉴广宁项目的经验，这样我们的产品和服务就会很容易打进去，从目前的形势来看，没有企业能够打破我们这种先发优势。"

吴起宏说话和缓了些，说："还是要小心啊，我刚听说有几家公司正上蹿下跳地公关呢……"

原来这就是吴起宏说的重要变化，房立峰放松下来，仰在椅背上漫不经心地听着，吴起宏所说的一切都在他的预料之中，他只需花一半心思听就行了，另一半心思他在琢磨吴起宏这出人意料的焦虑从何而来，按房立峰的体会，这种焦虑只有当宏大的目标实现近在咫尺的时候才会有。

吴起宏担心的每件事，房立峰都滴水不漏地给出了应对方案，但他没有说出自己的忧虑：竞争对手很可能正从一条意想不到的小路上逼近。

挂上电话后，房立峰心想：有什么好忧虑的？自己就是一个打工的，犯不着如此贴心地替那些董事的钱袋操心。

但他随即若有所悟，站起来缓缓走到窗前，凝视着 CBD 的车水马龙，陷入了更深的沉思。

二十八

错过才知道悔，失去才知道痛

吴起宏的担心并非没有道理，因为宏博这颗卫星放得太大了，让其他赚辛苦钱的公司惊醒之后，便如同疯了一般去寻找同样的机会，但真正有实力行动的公司却屈指可数，因为那两千万的先期投入是一个极高的门槛，何况宏博还在对外宣传时故意把这个门槛吹得更高，等传到市场上时，有人说是五千万，有人甚至说是一亿，还有鼻子有眼地说这是宏博的"买一换一"策略。

宏博集团在协议中有极严的保密条款，双方均不得泄漏具体的先期投入数字，事实证明，这个由房立峰力主加入的条款给竞争对手造成了极大的困惑，让他们失去了标杆和参照物，延缓了他们采取下一步行动的步伐。

这一点作为企业决策人的江总可能体会更深刻，因为是否投入几千万元这种级别的决策，只能最后由他来定夺，而这个重大的决定，他必须在最短的时间内做出。

这个过程是痛苦而煎熬的，最终，在 Michael 的鼓动下，他决心让渡出自己对新海的绝对控制权，引进外来资本，在新爆发的市场与竞争对手放手一搏。

应该说，这是一个了不起的决定，也是一个聪明的选择。

由于尝到了之前低调整合三线城市新渠道的好处，新海集团这次引进投资也非常秘密地进行，甚至弄得像搞地下工作似的，投资方过来开会的时候，从来都是在外面找会场，不大张旗鼓地进公司，实在要进公司考察，也宣称是 Michael 的 CIE 公司来考察，只字不提投资这两个字。

所以，当著名的风投公司 DGI 决定投资的时候，真正知晓此事的不超过二十人，连董培都只是知晓部分而已。不过，董培认为这样的判断并不狂妄：新海对三线城市新渠道的成功整合对此次融资起到了极大的作用，因为，在 DGI 眼中，这是真正市场的力量，比之那些由政府主导的项目更有商业价值。

最后的投资总额是一个业界想都不敢想的数字，拿到这笔钱之后，新海又专门找咨询公司进行了一系列调研分析，结果出来后，江总没有任何犹豫，立即决定拨出四千万，作为竞争下一个广宁项目的启动资金。

于是，这个曾经波澜不惊的冷门市场，几乎在一瞬间就要再次掀起滔天巨浪。

不过，很有意思的是，当竞争上升到资本层面的角逐时，董培这种操盘于一线的业务主管反而会觅得一些空闲，正好这段时间他也有很重要的私事要处理，于是，他休了三周的年假，专门来陪回国的肖菁。

董培提前两个小时来接机，他盯着出关通道，很渴望自己心中充满那种单纯的思念与冲动，但不知怎的，他心里头却总有一丝沉重与担忧来干扰他的甜蜜期待，让他不断地走神，以至于最后，当一个靓丽的身影终于出现在他面前时，他还盯着前面的虚空在发呆。

"董培！"肖菁开心地大叫，她刚在北美大陆的好山好水休养了整整一个月，本来就漂亮的她看上去比整个机场的人气色都要好。

董培花了几秒才回过神来，肖菁已经快步走过来，紧紧地拥抱了他，这是一个热烈真诚的拥抱，也是一个礼仪性的拥抱，董培被动地接受着这一切，眼睛还不忘瞅瞅她身后是否跟着另一个男人。

董培帮她把大小行李都装上行李车，他还没有找到状态，因为他的心情频率与肖菁相差似乎很远，肖菁是快乐的、阳光的、心无旁骛的，而他是低沉的、阴郁的、心绪纷乱的，他渴望久别后，能与她有意味深长的凝视、能看到她压抑渴望的激情，一如自己。但眼前这个女人却美丽而满足，让董培想不出自己还能给她什么。

肖菁这时候才歪着头审视了董培几秒钟，满意地说："嗯！还和以前一样精神！"

董培终于找回一点状态，回应道："你和以前不一样了——更漂亮了。"

肖菁开心地一笑，说："谢谢。"停了一会儿，接着说，"幸亏没让你看到我刚去半年时的样子，那时我的状态真的糟糕透了。"

董培回想了一下，那半年的时间，正是自己在新海过关斩将、连创佳绩的时候，才有自己今天年纪轻轻就坐上一家业内领头公司副总裁的位置。

"对了，祝贺你当上副总裁，我以前做猎头的，像你这样正当年，又有实战能力的业务型高管，在职业市场上是非常紧俏的。用专业的话来说，你是人才市场上极少数突破了就业瓶颈的人，在今后很长一段时间内，是工作找你，而不是你找工作。"肖菁说。

董培非常无趣地摇摇头，他想说，这些对他来说一点都不重要，但又觉得矫情，不重要那么玩命工作图什么呢？

走到车库门口，董培一转眼看到另外一个接机的人手里捧着一束鲜花，立马一拍脑袋，说："忘了！"

肖菁笑着说："没事，你这个人本来就不属于浪漫型。"

董培把行李车搁到一边，对肖菁说："你等我一分钟。"说罢，直奔接机口而去，过了一会儿，又气喘吁吁地返回来，推着一辆花车，中间是一个心形的玫瑰花造型，旁边点缀着无数其他各色花，七七八八加起来恐怕有几百朵。

这是董培专门定制的，原本是想等肖菁刚出关就给她一个惊喜，不料自己神不守舍，竟然忘了。

肖菁微微张大了嘴，惊讶地看着花车，然后凝视着董培，董培终于从她眼里看到了一些熟悉和期待的东西。

她再次上来，拥抱了他，董培的手正要揽紧她的腰时，她却又松开了，像是无意间摆脱了他的手。

开车送肖菁回家的路上，两人竟然一路无语，肖菁突然没了之前的开心，董培悄悄看了她几眼，她一直凝视着前面的车窗，连久别的街景都没有看。

"你这几天怎么安排？我休了三个星期的假，可以专门陪你。"董培说。

"哦？谢谢。"肖菁想了想，说，"我下次可能很长时间都回不了国，你带我四处逛逛吧，就在北京，我过去大部分时间都在这个城市度过，我想多看看它。"

这话里透出来的意思让董培有些发慌，他一时不知如何回答。

肖菁接着说："不过，我还得匀出时间陪我以前的同事、亲友还有父母……"

"没事，你尽管忙你的，我见缝插针，随时待命。"董培立即说。

到了肖菁住的小区门口，远远地，就看见两位老人守在门口，肖菁像被什么攫住了一样，紧绷着身子盯着他们，车刚一停下，她便拉开车门，飞快地跑向他们，于是两老一少胡乱拥在一起，哭成一团。

董培看着眼前这一幕，有一种强烈的局外人的感觉，他无法嫉妒眼前这两位老人，但他非常失落地想到，肖菁此次回国最渴望见到的人并非是他。

董培也跟着下了车，帮着把大大小小的行李箱子往外搬，肖菁的父亲，一个双鬓雪白，知识分子气息浓厚的老人走过来，打量了一下董培，转身对肖菁说："这个，就是那个什么杰……杰克吧？"

"爸，你说什么呀，这是我以前的同事，叫董培，人家现在是新海集团的副总裁呢。"肖菁看了一眼董培，向父亲解释说。

他们后面说的话董培完全听不见了，他感觉自己的心脏一会儿像在狂跳，一会儿又像停止了跳动，眼前的景物甚至都看不太清，他机械地搬运着行李，突然冒出一个念头：广宁项目、新渠道整合、副总裁职位……所有这些，和眼前这个女人相比，在他心目中竟是那样地无足轻重。

他惊恐地意识到，他生命中如此重要的东西好像已经被人夺走了，而且是如此让人猝不及防。

肖菁回过头来，正要跟董培说话，但她呆住了，因为他脸色苍白，满头满脸的汗，前胸后背也湿了一大片，衬衣像从水里捞出来的一样，而他一向滋润的嘴唇却干枯得起了一层白皮。

她被他的样子吓着了，小心翼翼地抓着他的胳膊，说："你怎么了……"

董培想说我没事，却可笑地一个字都没说出来，像条离了水的鱼一样虚张了几下嘴，他使劲地咳了几声，才重新能够发声，但他声音虽然冷静和缓，却带着瘆人的苍老沙哑："我没事——你这些行李够沉的啊，还大包小包的。"

肖菁没说话，她盯着忙上忙下的董培，直到董培脸色恢复了常态，才迟疑着转身跟着父母进了小区。

晚上是肖菁整个大家庭的聚餐，虽然肖菁和她父母留他吃饭，但他觉得这次聚餐原本就没把他算在内，自己还是不要掺和的好，便跟肖菁确认了一下她接下来的安排，然后起身告辞了。

肖菁一直送他到小区门口，她似乎明白董培突然间的失魂落魄所为何来，但她什么也没说，只是一直用柔和沉静的目光凝视着董培。

董培不利索地爬上车，从后视镜瞅了一眼歪嘴斜脸的自己，伤心地问：这就是你绝望时的样子吗？

他一夜未睡，清醒得像只猫头鹰。

一大早，他便爬起床，洗漱完毕，连水都懒得喝一口，便驱车上班了，刚把车开到地库，突然想起自己昨天刚休假，今天又去上班，是不是有点不合适。但想了想，自己实在无处可去，不如就在办公室窝着，专心等肖菁电话召唤好了。

他像做贼一般溜进公司，迈着小碎步钻进办公室，还没待五分钟，他又像猫爪挠心般坐不住，起身便往外走。出门时，正好碰到崔小萌，从她错愕的神情中，董培断定自己样子肯定很不好看，他也懒得多说，掩面逃窜进了电梯。

一大早大家都赶着上电梯，下电梯的只有董培一个人，他独自站在电梯里，自言自语道："董培，你个傻×，你没戏了，你就受着吧，傻×……"

他一边用恶毒的话作践着自己，一边却又极度渴望再见到肖菁，但他却不愿意打电话给她，他害怕她用那种小心的、客气的、生怕伤他自尊的口气回绝他，他心里还存着极微弱的希望，他俩还能来一次偶遇，彼此心情契合，哪怕肖菁心中还有一丝火苗，他都会奋不顾身扑上去，用一生的力量将它扇成熊熊烈火。

他把车开到肖菁住的小区，离小区门口远远地把车停下，这时候他的心才略微踏实下来，他歪在座位上，感到极度的疲倦和饥饿，从昨天下午到今天早上，他没睡过一分钟，没吃任何东西，甚至水都没有喝过，好在因为时刻在等着肖菁的召唤，他倒是把自己收拾得整整齐齐的，看着还算顺眼，虽然脸色凝重得如同抹了一层胶水。

肖菁的短信过来了，她说：我白天要陪父母去郊区给外婆扫墓，晚上一起吃饭吧。

这简直是一管超大剂量的强心针，董培哆嗦着手回短信，短短几个字竟然折腾了半天。这时候，他才决定是该吃点东西了。

他就近找了家麦当劳，狼吞虎咽地吃了两个汉堡、一杯橙汁，略一放松，竟然趴在桌上睡着了。醒来时，他感觉只睡了几分钟，但一看时间，竟然睡了三个小时，他赶紧掏出手机，看看是否错过了重要信息。

肖菁没有再发信息，有两个未接电话，都是外地的，估计是那些事多的代理商，有两条短信，一条是久违的邹义山发来的，说：董总，我在曹营时日已久，无意再留，不知汉室还有我容身之地否？方便的话，请回电详谈。

这是桩大事，但董培还是决定往后放一放，回复道：一直虚位以待！下周我找时间跟你正式约谈一次。

另外一条是崔小萌的，她说：古代有一个人进京访友，因贪玩不小心闯进了皇家禁苑，被一太监逮着了，要治他的罪，他央求那太监放他一马，太监问他姓名，他如实报上，太监说，哦，你就是那个某某某啊，听说你很会讲笑话，你若能说一个字把我逗笑了，我就放了你。这人想了想，说了一个字，太监大笑，果然放了他——你知道是什么字吗？

董培不知她为何发这样一条短信过来，便回复道：不知道。

很快，崔小萌的短信又过来了，说：屁。

董培根本不愿意动脑子，发了一个问号过去。

崔小萌回道：放不放由你。

董培虽然满腹心事，也不由得面露微笑，他没有再回复，崔小萌也没有再发短信。

终于熬到了和肖菁约好的时间，董培把车开到小区门口，肖菁穿得非常漂亮甚至有些性感，想不到黑色的 V 领衫也这么适合她，这份随意洒脱是董培以前不曾见过的。

肖菁坐上车，带进来一股淡淡的香水味。"去哪儿？"她微笑着问董培。

"去你第一次带我吃饭的地方。"董培也许是刚深睡过几小时的缘故，精神比之前好多了。

"尹家小馆？"肖菁立即说，见董培点头，欢喜道，"我想死它了！"

董培见她这么高兴，心情也略开朗了些，便掉转车头，直奔东三环而去。路上有些堵，董培一边和肖菁聊天一边体味着她的微妙变化，他喜欢这种变化但心里头却又深深地抗拒，因为这些变化与他无关。

尹家小馆的外装饰没有什么变化，门廊两侧仍然摆着彩椒、茄子和西红柿之类的盆栽，只有院中那株葡萄藤比上次来时长大了好些，两人左看右看，似乎都在找寻过去的记忆。

进门一看，明明是饭点，店内却没有一个食客，倒是站着一堆服务员，肖菁以为今天不营业，正在犹豫，便听服务员齐声道："欢迎肖菁小姐回国！"

肖菁吓了一跳，转头看着董培，董培一笑解释说："我今天把这儿给包了。"

这其实并不讨肖菁欢心，肖菁要的是轻松随意、自由自在，但这是董培一番美意，她也就笑纳了。

董培再次觉得自己没有踩在点子上，做了画蛇添足的事，但又无法收回成命，只好硬着头皮让服务员领他们到上次坐过的位置上，他像被掌管爱情的神施了魔咒，失去了所有讨取女性欢心的灵感。

董培招手让服务员过来，站起来悄声道："待会儿别让乐队进来了，钱我照付。"服务员含笑答应了。

菜上来了，肖菁两眼放光，开心地说："我先吃了！"董培也饿了，也跟着吃了起来，刚吃一会儿，便听到走廊有吵吵嚷嚷的声音，还夹杂着一些乐器声，一路浩浩荡荡到门口，董培正想糟了这服务员不会办事，果然便听到门口清晰地传来服务员的声音："董先生说不必了，这是你们的劳务费。"

肖菁看着董培，问："什么？"

董培只好说："乐队，我请了一支上等的野鸡乐队专门给你演奏，看你好像不喜欢，我就临时让退了。"

"别退，让他们进来吧。"肖菁忍俊不禁道。

于是，这支乐队就稀里哗啦地进来了，董培这才发现自己犯了大错误，这些乐队在深夜昏暗的酒吧中，透过蒙眬的醉眼看过去还是蛮有型的，但一旦暴露在明亮的灯光下，就显得非常不入流了，由于长期熬夜，乐队成员脸都有些浮肿苍白，衣服也邋里邋遢，女孩妆化得很粗糙，其中一个男人大概是烟抽多了，牙齿黄得不行，实在是有碍观瞻，影响胃口。

肖菁倒觉得很有趣，她接过歌本，一连点了好几首，都是些欢快明畅的歌曲。

于是在这支乐队的吹吹打打弹弹唱唱中，两人这顿饭倒也吃得轻松惬意，结账的时候，董培自认失败，原本想营造一点浪漫、庄重、怀旧的气氛，不料到头来成了一出轻喜剧。

晚餐结束，时间还早，董培护着肖菁在服务员的窃笑中离开，或许人家是真的觉得很有趣，但在董培看来，他干的这些弄巧成拙的事只配得上窃笑。

"今天空气难得这么好，都能看到星星呢，你陪我走到国贸吧，那是我第一份工作的地点。"肖菁转过头来对董培说，眼中带着盈盈的笑意。

这是董培最愿意干的事，于是两人肩并肩走在热闹的街道上。

"我发现我们其实互相了解得很少，你发现没有？"肖菁突然说。

董培很不喜欢这个谈话开头，但细想一想，肖菁说得也没错，只是他嘴里不愿意表态。

"可是我觉得，我们的心一直靠得很近——或许这是我的自作多情吧。"董培有些没意思地说。

肖菁无声地一笑，温柔地揽住董培的胳膊，说："是的，我们的心一直靠得很近，谢谢你向我证实这一点。"

董培伤心得几乎要掉眼泪：那为什么会有一个杰克出现？

两人默默地走了一段路，肖菁说："你上次看到我爸妈了吧，你觉得有什么异样的地方吗？"

董培回忆了一会儿，实在想不出有什么不对劲的。

"他们不是我的亲生父母，我父母在我三岁的时候双双过世了，他们没有别的靠得住的亲人，而他们最要好的一对朋友夫妻正好没有孩子，于是便收养了我，我的朋友圈没人知道这事。我不知道他们怎么过世的，没人跟我说过，我也从来没问过，我害怕触摸这段伤痛，我也一直以为我忘记了它，但事实上它一直都在那儿。"肖菁口气平静得像在说一个不相干的人。

董培震惊了，他立刻觉得肖菁惯有的浅笑、海水一般深邃的宁静、得体的言谈举止……或者说，她身上所有的一切，都有了全新的解读，那是一个很不一样的女人。

肖菁继续娓娓说道："我曾经以为自己最大的优点是坚强，但那真的不是事实，年龄越长越体会到这一点。这次一个人去国外，我发现我是那样地害怕孤独，那样地渴望一个温暖的怀抱，你知道吗，有一天凌晨，我再也睡不着了，我从床上爬起来，就穿着睡衣，一个人去了附近那个小公园，然后在公园的路上一边走，一边不停地默念：爸爸，妈妈，爸爸，妈妈……我那么想念我的亲生父母，想念那两个我甚至记不起长什么样的人。"

董培感到一阵战栗，他问自己：这个时候，你在哪里？是不是正全力准备着第二天给客户演示的PPT呢？

肖菁顿了顿，接着说："还有一次，我开车走在十九号公路上，经过一个小山坡的时候，看到前面路边有两具动物尸体，应该是横穿公路的时候被疾驰而过的车给撞死了，两个动物长得一模一样，一个大，一个小，应该是一对母子，它们用相同的姿势伏在路边，头埋在爪子里，像睡熟了一样……我的心一下就碎了。"

董培的心也碎了，他问自己：这个时候，你在哪里？是不是正为刚刚抢到一个竞争对手的单子得意呢？

"我还干过一件特别蠢的事，"肖菁无声地笑道，"在我父母忌日那天晚上，我发誓说，如果未来二十四小时，有一个男人对我表示了好感，我就嫁给他，我跪在地上，以我亲生父母的名字，泪流满面地起誓，祈求他们赐予我幸福，让我远离孤独和脆弱。"

董培感到周身发冷，他问自己：这个时候，你在哪里？说好的每天给她发邮件还不少于二百字呢？这个高傲而谦卑、坚强而脆弱的美丽女人，她把心放在你手里的时候，你有没有温柔坚定地呵护住它？

接下来长长的路，两人再也没有说话，只是紧紧依偎着往前走。

快到国贸的时候，董培的心胸开阔起来，他不再觉得憋屈，只是纯粹地心痛和无比地遗憾，他有气无力地问："然后那个杰克就出现了？"

"是的。"肖菁回答，泪水滴在董培的胳膊上，过了一会儿，她像是自言自语地说，"我这辈子注定不会和最爱的人在一起，但是上天对我的补偿也很慷慨，我的养父母，还有杰克……"

两人走到了国贸，肖菁指着西边那栋楼对董培说："第二十二层正对着建外大街的那边就是我的办公室，第一天上班的时候，可激动了，拿着手机对着外面拍了好多照片，可惜那时候手机照相技术不行，那些照片都没有保留下来。"

两人默默地站着看了一会儿国贸桥潮水般的人流和车流，然后对视了一眼，心照不宣地往回走去。

回饭店后，董培开车送她回家，路过国贸时，肖菁长久地盯着那个方向。董培说："还在看你那个二十二楼呢？"

"不，"肖菁轻轻地摇头说，"我想记住我们刚才走过的那段路。"

这种告别意味很重的话让董培分外伤感。我以后会经常在那段路上走走的，他在心里说。

二十九

功高震主之前，震的是盟友

在董培休他的"伤心假期"时，新海的高层人事出现了微妙的变动。

陈大明应该说是能力相当强的一个人。他早年在一家国有的贸易集团工作，已经做到了正处级，不料他的贵人，也是他的顶头上司出了事，被双规了，他怕受牵连，再者之前跟得太紧，得罪了不少人，大树一倒，他也觉得混不下去了，便果断放弃铁饭碗下海了。

从这段经历也可以看出此人精明果决，异于常人。在早年的国企生涯中，他早早地从复杂的人际关系中把自己锻造成了一个嗅觉敏锐、善于判断风向、下手稳准狠的一个人，再加上这么些年市场的锤炼，他应该属于目前这个行业顶尖的人才。

陈大明正是这样自我定位的，再加上人性固有的自我倾向，他认为目前这个副总裁位置都是屈才的，他在内心深处有一个决不会讲出的观点：江总年纪大了，其实应该急流勇退的，勇敢起用他这样的新生代来掌舵又有何不可呢！

但他最近有了一些危机感，教育软件与平台设备行业迅猛发展，超出了所有人的预料，新事物层出不穷，目不暇接，学习的压力骤然加大，让人近中年的他略有些不适应，但真正让他觉得具有挑战性的是：随着新海与资本市场的融合，越来越多的外资介入这个领域，这个行业对于高管英语能力的要求达到空前的高度。他参加过两次新海集团与 DGI 的碰头会，几乎大半时间那些人都在说英语，弄得他一头雾水，他又比不得江总，江总全程都有翻译对着他耳语，他不可能享受这样的待遇，弄得他很有被边缘化的感觉。

这种危机感具体化下来，就是他在碰头会上看到董培运用英语纯熟自然，而江总有什么业务方面的疑惑，第一时间就去问董培，而董培回答得清晰透彻，陈大明听来无懈可击，江总更是点头不已。

他第一次觉得，他在董培面前的那些资历、年龄方面的优势突然变得不那么重要。如果未来某天，江总决定退居二线，即便他有意让陈大明接替，恐怕DGI那些人会更偏向于董培，有钱才是真大爷，这些人说话会很有分量，更何况，江总属意于谁，还不好说呢。

这让他很是忧虑，更让他心里头不爽的是，江总把三线城市的新渠道业务全部划拨到董培旗下，也就是说，他领着下面的这帮分公司拼死拼活地抓业务，最后都是为董培作嫁衣了。但他却有苦说不出，董培极具慧眼地首先把握住了商机，率先进言，将新渠道以一种巧妙的方式整合起来，并迅速产生了巨大的效益，这一点无可否认，所以这事由董培来主导也是顺理成章的。

这才是陈大明心里苦闷的真实原因：被人超车了，还只有从后面赞叹人家车技高超的份。

不过最近，他感觉出现了一个提升自己地位的机会。新海集团正全力争夺类似广宁项目这样的国家级大项目，新海的资源也在急剧地向这块业务倾斜，虽然董培之前很深程度地参与了广宁项目，但最终却被宏博先拔头筹，而这类超大项目也并不属于董培的大客户部管辖，因为当初成立这个大客户部的时候，谁也没有料到会有这么大的客户产生；这种项目也不属于教管系统事业部，因为市场的急剧变化令人目眩，曾经市场上的明星概念教管系统转瞬间已经让位于众多的新模式，江总是绝不可能用旧瓶装新酒的，极重视业务模式的DGI更不会允许。

更重要的是，作为在国企混过十来年的人，他深深地明白，江总不会把所有的鸡蛋全放在一个筐子里。

但他仔细权衡得失，又不愿意接手操盘这类超大项目，一是业绩不好保证，虽然新海大把资金在手，奋起直追，但毕竟被人抢了先，他在市场上摸爬了那么久，知道先发优势有多么重要，而一个追赶者又有多么辛苦；二是他扪心自问后，觉得操盘这种超大项目，董培恐怕仍是最合适人选，他毕竟之前在广宁项目上一度后发而先至，将鸿宇活生生拉下马，若不是项目停摆，宏博中途杀出，广宁项目最终花落谁家，还真不好说。

所以，如何既获取新海集团业务方面的实权，又不骑虎难下，惹火烧身，是他这些天来绞尽脑汁思考的问题。

新海集团的形势发展跟整个行业一样，瞬息万变，他知道自己必须以最快的速度做出决断。

李小光是陈大明最得力的亲信，陈大明这些隐秘的思考，李小光一清二楚，他当然也希望陈大明一路高升，他自己才能跟着鸡犬升天，但他掂量实力后，也不敢贸然去挑战广宁项目这样的大单子，所以他有些束手无策，提的一些点子都被陈大明给否了。

陈大明有个习惯，一心烦就坐不住，得去按摩泡脚才能静下心来。这天，他又叫上李小光去泡脚，李小光最近脚都泡破皮了，但也只能继续泡。

"小光，我发现你们最近报销的单据有点多啊。"泡到一半，陈大明躺在仰椅上，半闭着眼说。

李小光连忙解释说："三线城市的新渠道铺开后，一些还没有加盟的代理商急巴巴地找我们，希望能够获取代理资格，经常有些吃饭宴请方面的交流，所以最近单据是有些多。"

"这种请吃饭什么的花费，以后我们少出，都让这些代理掏钱，人家来求我们，哪里还有我们请吃饭的道理。"陈大明说。

李小光说："其实我们也觉得根本没必要掏这个钱，但总部不是有政策吗，不接受代理吃请，代理过来拜访，吃饭一律由我们来买单，所以我们也只好遵守了。"当然还有一个原因他不会说，请了这些有求于人的代理吃饭，他们必然是要有所表示的，李小光家里的名烟名酒堆满了半个橱柜，几乎都是最近收的。

"嗯，代理送点土特产、烟酒茶，有节制地收一点也不妨事，但决不能收钱，明白吗？"陈大明太了解这里面的事了，但他知道水至清则无鱼的道理，一般都是点到为止。

李小光不敢吱声，连连点头，不失时机地补充道："我们最近报销的单据，我清点过，吴阳的最多，比我这个当主管的还多不少呢。"

陈大明眼睛睁开了，有些要发作的意思，但随即又像赶苍蝇似的把刚刚升腾起来的一点怒气给拂散了，他的心思不在于此。

但他忽然被提醒了，吴阳的妹妹吴梅，虽然并不沾边实际业务，但她在新海集团内的影响力还是不小的，而且她很有资历，江总对她也是绝对信任。

没有任何心理障碍，陈大明开始认真地思索与吴梅联手的可能性。

"吴阳现在做什么？"陈大明问。

李小光用略带轻蔑的口气说："他也干不了什么，职务虽然是高级总监，但并不负责太具体的业务，主要是一些内部管理方面的工作。"

看来李小光忠实地执行了陈大明架空吴阳的策略，这个策略的目标并非针对吴阳，而是吴梅，使吴梅无从插手分公司这边的业务。这一着棋很成功，吴阳爱贪小便宜，并不负责具体业务，也不背负业绩压力，但请客吃饭的单子还比谁都多，真要拿他来开刀，那是分分钟的事，吴梅是聪明人，对此恐怕也是了如指掌，因此对陈大明这边的业务从不置喙半句。

不过，现在形势变了，以陈大明目前的地位，吴梅早就没有了威胁，真正的威胁是以前的盟友董培。

从心底里，陈大明还是蛮欣赏董培这个人的，但他明白，越是这种实力人品都不赖的人，跟你处于竞争关系时，越具威胁性。

他早就习惯了不带任何感情去辨别敌我关系，人在江湖，身不由己嘛。

"吴阳这个人也未必没有可用之处，退一万步说，即使此人百无一用，他毕竟还是吴梅的亲哥哥。小光，你也属于新海的中高层干部了，应该有一点这方面的意识，你明白我的意思吗？"陈大明突然说。

李小光嘴里称是，却有些狐疑地看着陈大明。

"下个月的高管例会，我带你和吴阳过去，你多带带他，给他一些表现机会。"陈大明已经泡完了脚，思路变得分外清晰。

李小光脑筋再灵活，一时也猜不透陈大明葫芦里卖的什么药，不过他向来佩服陈大明"玩人"的本事，相信陈大明这样做自有他的道理。

计较已定，陈大明心情好了一些，他一边起身，一边对李小光说："你把最近三级市场的一些情况收集一下，好的没什么可说的，我要听问题！我下午抽空给董总、吴总他们打个电话，聊一下最近的情况，探探口风。"

李小光这才明白陈大明的万般心事，还是放在跟董培争地盘上面，不过，这也是他热衷的事情，便满口答应下来，然后又提醒陈大明说："董总这几天休假了。"

陈大明系扣子的手停了下来，回头问道："你怎么知道？什么时候开始休的？休到什么时候？"

李小光一时答不上来，说："应该就是前两天开始休的吧，具体我记不清了，我给他抄送过一封邮件，他的邮箱自动回复说，他正在休假，从几月几号到几月几号。我回去马上找到这封邮件再告诉您。"

陈大明点点头，他脑海中迅速形成了一个新计划，但他这个新计划缺少一块拼图：如何跟与自己结怨颇深的吴梅建立同盟关系。

在还没有取得对方信任之前，陈大明不敢贸然行动，万一吴梅窥破他的意图，反过来透露给董培，那他陈大明岂不是死得很可笑！

"只是怎么跟吴总再搭上话是个问题，吴总对我们成见很深啊。"陈大明自言自语地说。

李小光听了，一笑道："这个简单啊，我手里就有吴阳一张单子，妈的六千八呢，就是和下面一个毫无价值的代理吃的，我认为吴阳根本就没有请这个代理吃饭。"

陈大明不禁冷笑，吴阳这是作死啊，吃请过度还可算是工作方式问题，冒开发票完全是另一回事了，真要计较起来，这事形同欺诈，一旦查实，立马开除没商量的。

"你确定吗？核实过了没有？"陈大明一脸杀机。

李小光立马掏出手机，找出那个代理电话，拨了过去，直截了当问道："老王，前天晚上你小子挺快活啊，跟我们业务员吃他妈六千八百块钱！吃啥呢？……吴总？哪个吴总？在分公司这边只有一个陈总！

你一分钱还没给老子赚，倒吃了老子六千八，你是聪明呢还是蠢啊？"

陈大明在一旁清晰地听到电话里传来老王的叫屈声："李总，我哪敢吃你们的哟，那钱全是我掏的，两三个人，哪吃得了那么多，都买了好烟好酒给吴……吴阳了，发票还都开成新海的抬头，给了他了……"

陈大明忍不住好笑，向李小光点点头，一来是赞赏，二来也让他见好就收。

李小光又训斥了两句，又承诺只要好好守规矩，大家都有机会发财之类的话，然后笑嘻嘻地挂了电话。

"你立马给我发一封邮件，要非常严肃地追查此事，一定要措词严厉，这种事情一旦蔓延开来，整个分公司的业务非得糜烂不可！"陈大明有几分真怒，板着脸说。

晚上，李小光的邮件就发过来了，陈大明浏览了一遍，要的就是那股火药味，便点了几下鼠标，转发给了吴梅。

在事业迅速膨胀的时期，江总也面临着烦恼，随着DGI的介入，他在新海的绝对权威至少在决策流程上遭到了动摇，以前这家公司是他的，他说什么都是圣旨，现在集团五十万以上的预算必须由DGI派驻的一位财务官员同时签字才能生效，他倒也不是那么狭隘的人，人家出了钱当然有权掌握钱的去向，但习惯了十几年来风雨一肩挑的他确实有些怅然若失。

每天下午三点左右的时候，按新海不成文的规矩，没有紧急事情，一般是没人去打扰江总的，因为他有睡一小觉的习惯，现在他年纪大了，睡眠没那么多，但这个规矩一直延续下来。

这种时候，只有极少数人可以瞅空去跟江总聊两句，吴梅便是其中之一，她隔三岔五地过来一趟，从来不提公司里的事，就是聊聊家常，聊聊过去的人和事，江总这个年纪的人，特别爱回忆，特别是在新海集团直冲云霄的时候，他自感高处不胜寒，吴梅跟他聊这个，他很有兴致，也能让他精神上放松一下。

这天，吴梅又跟江总聊上了，江总跟吴梅点评起新海十多年来进进出出的高管，谈到一个叫王哲的高管时，江总颇多感慨地说："这个王哲，直到现在我都认为他是我所见过的最聪明的人！我也给了他最大的空间，甚至不惜把总裁位置让给他，我去当董事长，可惜，此人心太高，终不为我所用，他当总裁那一年多时间，新海的业务陷入低谷，差点连老三的位置都保不住。"说罢长叹一声。

"嗯，这个王哲的聪明劲挺像董培的。"吴梅不经意地说。

这真是诛心之议啊，江总脸上轻松的表情瞬间凝固了片刻。

"吴梅，你觉得如果我退休，现有高管中谁最合适接我的班啊？"江总慢悠悠地问。

吴梅根本不钻这个套，郑重其事地说："江总您千万不要说这样的话，这要传出去会军心大乱的！"

江总哈哈一笑，说："就在我这间办公室谈，出去了都不算。"

吴梅想了想说："其实我觉得现在新海的几个高管，像陈大明、董培等人，哪个不是年富力强，聪明绝顶？按理说，他们中任何一个人接您的班都不会太差，但您刚才也说了，以前的那个王哲比谁都聪明，也正处于做事业的年纪，可为什么最终没有挑起那副担子呢？"

江总凝着眉头没说话，吴梅自己回答道："依我的看法，是您当初给他的权力太大了，我知道您当时很器重王哲，但那是一种溺爱，他毕竟还缺着一点功力，这么一个大摊子给他，他是掌不住舵的。"

吴梅的这番评论有合理之处，但她有意忽略了一个简单事实：王哲当初主政时，老大仍然是幕后的江总，几乎是事事掣肘，因此整个中高层都在赌王哲干不长久，王哲本事再大，在这样的氛围下，上任第一天起就决定了黯然下台的命运。

但江总并不这样认为，他觉得吴梅说的句句属实，特别是那两个字"溺爱"，让他百感交集，自己是一片冰心在玉壶，奈何人家明月照沟渠，到头来却弄个不欢而散。

"江总，现在这些高管，您最看好谁啊？"为了掩饰这个问题的尖锐性，吴梅扭着身子，用小女孩般的好奇神情问道。

江总没有直接回答，而是用手指虚点了一下吴梅，说："女性做到高层很难，其实也未必是职业歧视。这么多年，我也接触过不少很优秀的职场女性，她们注重细节、办事认真，很多也聪明过人，但说句实在的，我觉得她们能胜任总揽全局的高职位的人很少，她们不太会抓大放小，方向感也不强，在决定企业命运的关键时刻，很难做出正确的决策。"

吴梅没料到被江总这么敲打了一下，纵然心里头不服气，但也只有点头的份。

"你读过《三国演义》吧？"江总问，吴梅晃晃脑袋，像在摇头，又像在点头，她对这些书向来毫无兴趣。

江总并不想知道答案，他谈兴大发时必提《三国演义》："曹操儿子一大堆，但到最后真正能够有资格成为继承人的就两个，曹丕和曹植，曹植才华过人，曹丕远远不及。有一次曹操出征，诸子送行，曹植写了一篇赋，赞颂曹操，词藻极其华丽，众人都叹服，曹丕是打死也写不出这样的东西，只好拉着曹操的马缰绳，依依不舍，痛哭流涕，曹操反而感念其一片赤诚。最后你也知道，曹丕继承了王位。"

吴梅心里有些发虚，江总还在敲打自己吗？因为吴梅最擅长的也是"一片赤诚"。

江总话锋一转，说："当然了，这里面的事不会这么简单，我只是强调一点，再聪明的人，虽然一时无敌天下，但终究比不过那些踏实、稳重的人！你看看王哲现在在哪里？听说出国了是吧，日子或许过得不错，但已经在这个行业内彻底消失了。"

吴梅这才放心地点头附和了一声，谈话似乎在朝着自己期待的方向走。

"所以，要找到一个聪明、有决断力，同时又踏实稳重有韧劲的人，何其难哉！"江总摇头叹道。

吴梅不禁有些佩服陈大明对江总的观察，在前两天的长谈中，陈大明说，江总永远也找不到完全合他心意的接班人，因为他在寻找另外一个自己。

江总接着说："管理一家公司非常难，我年轻时觉得很容易，年纪越大，经验越多，反而觉得越来越不容易，业务其实还好说，最难的是管好人。"

"江总，我上周在北大朗润园的万众楼听了一个讲座，是我的一个朋友推荐的，讲课的是美国的一位诺贝尔经济学奖获得者，他对宏观经济和公司治理都很精通，他说了一个观点，说实在的，我不太理解，但不知为什么，感觉特别认同。"吴梅边给江总倒水边说。

"哦？说来听听。"江总有些好奇，他知道吴梅对这些东西向来兴趣不大，如果有什么观点能让她记住，还特别认同，倒是一件有趣的事情。

"他大概的意思是说，一个好的经济体，一个健康的经济组织，比方说一家公司，判断它是否运作良好的唯一标准就是：它是否均衡。"吴梅说。

这是陈大明和吴梅精心商量出来的说辞，他们堂皇地称之为劝谏，也不能说没有道理，特别是这俩人对江总再了解不过了，知道他内心的隐忧。

吴梅还没有做进一步的解释，江总已经陷入了沉思，过了一会儿，他说："是这个道理，这其实和咱们的中庸之道相通啊。"

吴梅觉得说到正题的时机到了，便说："现在咱们新海就是欠缺一点均衡。您看，目前集团大部分业绩产出都是从陈大明和董培所主管的部门产生的，其他部门与他们三足鼎立，应该是一个非常稳定的架构，但现在您发现没有，所有的业绩都有向董培部门倾斜的趋势，虽然目前形势很好，但却是以新海集团失去原有的均衡为代价的。"

江总当然明白这番话里含着浓浓的公司政治意味，但他无法忽视吴梅的提醒。新海最近有了一点新动向，可能只有他这个掌舵者能觉察到，那就是DGI正在新海内部寻找能很好贯彻他们意图的高层管理，想培养在新海内部的代言人，如果他这个判断没有问题，那董培必然是他们的不二人选。

而且他觉得吴梅这番话是站在第三方立场上说的，陈大明和董培势力孰大孰小，与她的个人利益并不冲突——这是江总在此次思考过程中的唯一误判。

所以他一方面必须很好地笼络住董培，另一方面又必须采取某些制约措施，趁着自己对新海人事还有绝对的决策权，他必须做出相应的调整，使新海集团在狂飙突进时仍能保持"均衡"。

三十

最是脆弱情困时

休假的第三个星期，董培抽时间和邹义山见了面。

邹义山见面就找董培要了张名片，理由是之前的名片弄丢了，要张新的保存一下。董培没细想，找出张名片递给他，邹义山长时间盯着名片，脸上的表情颇有些复杂。

董培再不在状态，也能看出那张脸上写满了失落与困惑，说起来也好理解，短短一年多时间，董培已经从一个业务经理一跃而成为新海集团的副总裁，而他邹义山仍然在原地踏步，相形之下，如何叫心高气傲的邹义山不沮丧。

董培见他若有所思，便说："义山，我这个头衔有相当一部分是拜你所赐啊。"

两人同时笑了起来，邹义山脸上的表情舒展了不少，"也不能这样说，新海集团能这么放手用你，说明这家公司的老板还是比较开明的。"说罢不禁想起了鸿宇老板张宏对自己的轻慢，不禁一阵怅然。

"张宏是个什么样的人？"董培问，他对张宏毫无兴趣，但他有些奇怪这个口碑极差的人是如何建立鸿宇这家业内知名公司的。

"我曾经一度认为，张宏一定会为他的下作、粗鄙、极度势利付出代价，但现在我不这样认为了。"邹义山神情间有几分无奈，"因为这些特质就是他成功的原因。"

邹义山似乎不愿意多说，自己还曾非常希望从这个自己非常不认可的人那儿得到机会呢。

邹义山情绪不是很高，以至于没有觉察到董培也有些心不在焉，两人默默喝了几口咖啡，董培说："你打算过来了？"

"是的，只要董总还看得起。"邹义山说。

董培说："你现在过来可以说正当其时，一方面新海的业务拓展极其迅速，空缺出来一些非常重要的职位，我认为你完全有实力得到一个重要职位；另外，新海目前的状态可能是自成立以来最有钱的时候，所以你的薪水要求也可以得到很好的满足。"

邹义山脸上终于露出些由衷的笑容，说："跟董总谈话就是畅快，职位、薪水这些敏感的东西如果跟张宏这样的人去谈，他会抠抠唆唆，极不痛快，即使最终给出一个不错的薪水，也让人不舒服。董总这样坦然随意，真是让人如沐春风。"

董培笑道："我当然也是看人说话。张宏这人的行事风格我也听说过一些，他有求于人的时候，听说是极礼贤下士的，但一旦觉得这人用处没那么大了，翻脸速度很快，所以这人不太有底线，你看连房立峰那么强的人他都留不住。"

邹义山补充道："其实他们这一代的土豪企业家都这德行，只不过张宏做得比较明显罢了。"两人不禁相视一笑，房立峰被迫离职，跟他俩里应外合颇有关系。

又闲聊了几句，邹义山突然说："不好意思，董总，我今天状态的确不太好，请你见谅。"

董培吓了一跳，一瞬间还以为邹义山在说自己，脱口问道："怎么了？"

邹义山叹口气说："我昨天刚从老家回来，帮我爸把我姐送精神病院了，她不知怎么病又犯了，谁也弄不动她，最后我只好朝她脑袋揍了一拳，把她按在地上，用绳子把她的手捆起来……我拿绳子捆她的时候，死的心都有……"

家家有本难念的经啊！董培黯然无语，这种事说什么都不管用，只有跟着叹息。

"你把鸿宇那边的事情处理一下，然后尽快过来吧，新海这边已经成立了一个新部门，这个部门非常重要，它产生的销售额到年底时候可能会占到新海全年销售额的三分之一还要多，这个部门的高级总监职位是空缺的，专门为你而留，你跟鸿宇交接完毕后，跟新海的人事约个时间面谈具体入职事宜，拿上你在鸿宇的薪水条，我们会给你双倍薪水。"这些都是董培已经协调好了的，这时候一字一句说出来，算是一个正式承诺。

邹义山很是欣慰感动，他之前有些不确定，自己怀着私心在鸿宇待了这么久，实在是找不到晋升之路才回来，不知道董培还会不会给机会，没想到董培仍旧如此坦诚，而且还实实在在为自己铺好了路，这份心胸还真不是一般人有的。

"董总，可不可以问一下我要负责的是什么部门？"邹义山问道。

"市场咨询部。"

邹义山跟着念了一遍，脸上现出困惑的神情，这听上去不像是一个业务部门，而是一个支持部门。

董培知道他的顾虑，笑着说："你放心，这是一个百分百的产生利润的部门，而且目前业务趋势非常好，至于为什么叫这个名字，回头我给你发一些资料，你自然会明白。"

"好的，我明后天休假，大后天一回到办公室，立即递交辞呈。"邹义山觉得可以开启职业生涯的新篇章了。

两人碰了碰杯，算是庆贺，邹义山一定要请董培吃饭，董培怕他勉为其难，何况自己也是意兴索然，便说："你现在家事缠身，又要和原来公司交接过渡，哪有吃饭的闲情哟，我这边也是破事一堆，没有食欲。等你过来了，我们大家凑在一起再好好聚聚。"

邹义山见董培这样说，也就不坚持了，两人互道珍重，就此别过。

送走了邹义山，董培独自在咖啡馆坐了半天，心里空荡荡的没有着落，想干点什么，却打不起任何精神，只能被动地坐着任凭寂寞、无聊和伤痛吞噬自己。

他掏出手机，找到肖菁的号码，写下这样的短信：亲爱的，我想你想得心痛。

或许他早该发出这样的短信，也许他会得到热烈的回应，但现在，他只能把这几个字删掉，然后重新写一遍，再删掉……

肖菁下周就要回美国了，董培不知道此次别后，再见是何时，他极度不愿意时间这么快地流过，但心底深处却又期待这折磨人的日子快点结束，或许当他再也看不到肖菁的那一天，才是他伤口开始止血愈合的时候。

这一天终于到了，董培几乎是凭毅力坚持到这一天，机场里拥挤着肖菁的亲朋好友，董培落寞地站在一边，他的表情肯定很奇怪，因为肖菁的那些朋友都不停地在看他，他们可能并不清楚这两人之间发生了什么，但两人的状态看上去很不对，于是大家都谨慎地装作没注意到一样。

最后的告别时间，肖菁给了董培，她眼睛噙着泪花，像一个刚丢失了最心爱芭比娃娃的小女孩。

"对不起……"她说。

"该说对不起的是我。"董培反而温和得像这个小女孩的爸爸，宽心耐烦地去安慰自己的小情人，而他的小情人马上要投入另外一个男人的怀抱。

"对了，我有一样东西要送给你。"董培从口袋里掏出一个精致的首饰盒，肖菁的眼睛瞪圆了，眼神里带着奇异的光彩。

"这里面本来是一枚钻戒，我打算跪下来送给你的……但我想了好几天，觉得那样太自私了，你已经找到了幸福，我没理由撕碎它，你也不会允许我这么做……所以，我把它换成了项链。"他打开盒子，从里面拿出一串异常精美的项链。

肖菁长久地盯着董培，那眼神里充满了董培看不懂的东西。

"董培，我觉得你并不懂一个女人的爱。"她说，语气平静得吓人。

董培头脑一片空白，这不是他预料的反应。

肖菁凝视着董培，她眼中那层淡淡的水雾消失了，楚楚可怜的表情也恢复成大海般的深邃安静，像一个纯粹的女人，只有眼神中带着犀利的审视意味。

董培捧着项链，半晌才说："我帮你戴上？"

肖菁什么也没说，只是极轻地点了点头。

董培帮她系好项链，肖菁把头埋进他肩膀，董培感觉到她身体压抑地颤抖，她的泪水迅速打湿了他的肩膀。

"董培，说说你的心里话，关于我的心里话。"她哽咽着说，像是索取最后的礼物。

"我爱你。"董培说得自然而然，顺畅得自己都吃惊。

她伏在他肩上，伤心地笑了起来，"我也爱你。"她说。

可惜啊，这一切发生得那么迟。

"菁菁，快到点了，该进去了吧。"肖菁父亲过来，小心翼翼地提醒道，他完全看不明白女儿跟董培是什么关系。

肖菁缓缓抬起头来，她脸上鼻涕泪水糊成一片，头发零乱得满头满脸都是，但董培觉得这是他一生中看过的最美的脸。

他帮她把脸擦干净，头发理清爽，肖菁深看了他一眼，甚至都没有跟其他人打招呼，便转身拖着随身的行李包直接向通道口走去，她的同事们都呆若木鸡，他们从来没见过肖菁如此放纵自己的情感。

肖菁走过通道，消失在人流中，一直没有再回头。

董培长久地站在原地，凝视着肖菁消失的地方，直到肖菁的航班起飞，他才缓缓地离开。

休假结束，董培回到了办公室，第一个进办公室来看他的是崔小萌，她打扮得分外美丽，穿着优雅的套装，做了个漂亮的小发型，耳环和项链也配得很和谐，既光彩照人又毫不出格，整栋大楼不会有一个女人超过她的风采。

"欢迎回来啊！"她说，并不掩饰她是专门过来看他的。

崔小萌这副样子，只会让还处于精神瓦解状态的董培更多地想起肖菁的影子，他的心条件反射般地痛了起来，对于崔小萌的欢迎，只是有气无力地点点头。

崔小萌心情却是出奇地好，她一边帮董培收拾桌子，一边跟董培说着最近公司发生的一些事情，对于董培明显的沮丧视而不见，仿佛一切都在意料之中似的。

张思文也跟了进来，他一进门，就注意到了董培灰暗阴郁的脸，诧异道："怎么了，Peter？"

董培掩饰道："没事，这两天有点不舒服……"

张思文转头见崔小萌表情像过年似的，很是奇怪："咱们老大满脸病容，憔悴不堪，你怎么还开心成这样？"

崔小萌吐吐舌头，收敛了些，但眼神中始终带着一丝抹不去的快乐。

董培也意识到自己这副如丧考妣的样子不适合办公室，便做了个深呼吸，努力打起精神，示意他们坐下，强颜欢笑道："最近有什么新情况？"

张思文皱眉想了一会儿，说："最奇怪的是，还真没什么新情况，一切正常得有点不对劲。"

崔小萌也进入工作状态，接着说："我觉得事实上就是不正常，因为好像别人都在忙，而我们却无所事事。"

董培打开邮箱，一边浏览这些天收到的邮件，一边问崔小萌："谁在忙？"

崔小萌想了想，说："比方说吴总，这些天几乎天天开会，我实在想不出就她那摊事用得着开这么多会？比方说陈总，一个月顶多在总部见两次的，但过去两周，已经来了三四次了，而且次次都跟江总他们一起开会，当然吴总也参加。"

董培检视了一下邮箱，没有收到任何相关的会议纪要。

这的确有些奇怪，不过所有和融资以及运作超大项目相关的邮件他都收到了，这些都是新海集团的核心机密，也就是说，他并没有被排除在核心层之外。

"除了刚才提到的几个老总，其他还有谁参会？"董培问。

"不一定，人进进出出的，各个部门的人都有，唯独没有咱们的人。"张思文说。

崔小萌补充道："小邢几乎每次会都参加了，我这一向几乎天天跟她在一起，她什么都跟我说的，但会议的内容她很少透露。"

小邢是人事部的，人事部以前由吴梅管，后来慢慢地过渡到小芊那边去了，小芊的主要职责是江总助理，所以人事的日常工作都是小邢在实际负责，估计再过一两年，她就会直接成为新海的人力资源总监了。

"小邢跟你透露过什么？"董培啪地扣上笔记本电脑，盯着崔小萌问道。

言者无心，听者有意，崔小萌突然涨红了脸，有些支支吾吾，见董培脸上表情没什么异样，才醒悟过来，赶紧说："她也没说什么，就说机构重组的事最累人了，而且还容易得罪人之类的。"

董培感到有些不对劲，但又想不出哪里出了问题，沉默了一会儿，说："咱们不用管这些事，业务为王，支撑一家公司的是能产生利润的业务，支撑一个职场中人的归根结底也是业务能力。"

张思文嘀咕了一句："吴梅有什么业务能力……"

董培很不满意，问他："你想成为那种人吗？"

崔小萌替他辩解道："思文的意思是说，咱们一方面抓好业务，另外一方面也要争取最好的外部环境，这样也能保证业务的顺利进展不是？"

董培板着脸说："我怎么听不出这意思？"

董培从不摆领导架子，所以他罕见地拉着脸，两人便都不作声了，董培挥了挥手说："我处理一下邮件，你们先回去吧，准备好下午的例会。"

两人出门回办公位的时候，张思文有些纳闷，对崔小萌说："Peter好像换了个人似的，你有没有觉得？我前两天看了部美国的科幻片，说一个人离开一阵后回来，结果完全成了另外一个人，后来才发现大脑被人置换了……"

崔小萌笑得伏在旁边的文件柜上，肩膀直抽，张思文觉得这也很奇怪，往常董培略有什么不对劲，第一个关心惦记他的一定是崔小萌，但现在董培跟个活死人差不多，她却毫不在意，甚至还挺高兴。

崔小萌笑完了，对张思文说："他没被人换大脑，他是丢了魂了，放心，会找回来的，需要点时间而已。"

张思文断定这里面一定有什么他不知道的事，不过这事似乎跟他没什么关系，再说，谁还没个情绪不好的时候呢？这样想着，张思文很快把这点疑虑扔到脑后去了。

才回复两封邮件，董培桌上的电话就响了，接过来一听，没有意外的就是小芊，先是亲切问候了两句休假怎么样，然后让他去江总办公室一趟。

董培努力振作精神，把所有可能的"要事"在脑袋里转了一圈，然后去了趟洗手间，用凉水狠狠地冲了两把脸，算是把满脸的晦色洗去一些，这才去了江总办公室。

"董培来了！数日未见，如隔三秋啊！"江总很高兴看到董培回来，他刚读完董培回复的一封邮件，是关于是否要并购一家叫博思的公司，这家公司规模不大，但在可视系统上有独到之处。董培只回复简短几个字：可并购，但不是现在。

这非常符合江总的判断，博思很明显就是趁着市场火热狮子大开口，晾它一阵，估计就掂量出自己的分量了。

董培跟江总打完招呼，一扭头，意外地发现陈大明和吴梅正坐在旁边的沙发上。

陈大明见江总对董培表现出很大的热情，他心里有鬼，所以不免有几分发虚，虽然这次他称得上是运筹帷幄，成竹在胸，但董培并不是个能轻易打发的对手，真要绝地反击起来，他陈大明还真怕吃不了兜着走。

董培一听陈大明和吴梅那虚头巴脑的问候，两人脸上笑容一模一样，便断定张思文和崔小萌所言不假，看来他休假这几周的确发生了不少事情，只是他有点不确定的是陈大明和吴梅这俩人是如何走到一块的。

寒暄过后，该说到正题了，江总端起茶杯，向吴梅点点头。

吴梅没像陈大明那样想得太多，一则因为她对业务既不敏感也不熟悉，二则她了解江总的思维习惯，董培越在业务上体现出良好的感觉，江总就越倾向于多关照他，而关照的方式就是"均衡"，这家公司必须永远姓"江"，这在江总心中是不可动摇的，即使面对 DGI 巨额投资的诱惑，也不曾改变过。

于是吴梅将新的组织架构说给董培听，董培听了一会儿，就发现这次所谓的架构调整完全就是冲着自己来的，无非就是为了分一分自己手中的权力，但让他心里冷笑的是，权力是被分出去了，可销售任务却半点没减少，甚至还略有增加。

根据新的架构，陈大明所管辖的全国众多分公司将接管本地新渠道业务，还未成立分公司地区的新渠道客户，仍由董培来管辖。董培仔细琢磨了一下，觉得这一招实在是阴狠无比，这样一来，董培这边玩命开拓出来的客户，最后都归到陈大明的部门去管了，也就是说，董培他们负责种树捉虫施肥，陈大明他们负责乘凉摘果子，理由还这样冠冕堂皇，让人有苦说不出。

更加过分的是，类似广宁项目这样的超大项目一旦签单成功，也直接归到新海当地的分公司去管辖，董培就这样被稀里糊涂地扒光了，成了一个不折不扣的舍命先锋，永远都没法在新海营建自己的地盘。

至于绩效评估的方式是否因此而改变，吴梅只字不提，董培仍然承担着巨大的业绩压力，并没有因此而被分担出一丁点。

董培知道自己被玩了，吴梅与其说是在征求他的意见，不如说是通知他一个已经做出的决定。

董培很想用嘲弄的语气问陈大明：陈总这是要当总裁的节奏吗？但他还是忍住了，关键他还不清楚江总做此决定的背后动机是什么。

或许要感谢肖菁，她的离去让董培心灰意冷，对这些尔虞我诈的政治斗争十分厌倦，根本没有热血沸腾要干一场的冲动，他耸耸肩，一屁股坐到陈大明身边，亲热地搂住陈大明的肩膀，说："那您以后的担子可重了，新海超过三分之二的人都是您手下啊！"

陈大明尴尬地瞅了一眼江总，董培这副满不在乎的反应他是没有料到的，一时竟无话可说，只是打了个哈哈，连连摇头。

"江总，我没有任何意见，只要有利于新海的发展，怎么着都行。"董培爽快地说，看都懒得看吴梅一眼。

江总见董培这么高姿态，很是欣慰和感动，觉得有必要勉励一下董培，便看着董培，用温和得像个长辈的语气说："董培啊，你在新海的前途不可限量，好好努力，明白我的意思吧？"

董培见江总动了感情似的，便径直走上去，拥抱了一下江总，还拍了拍他的后背，表示敬意。

自新海集团创立以来，江总还从未被员工拥抱过，董培这个坦然随意的拥抱让他心里咯噔了一下：这是个好小伙！

吴梅看着董培表演，猜不透他是看开了呢，还是道行越来越深了，便对江总说："那我回去整理一下，明天就公布？"

江总低头沉吟了片刻，缓缓摇头道："不必，这算是一个内部调整，先这样操作就可以了。"

吴梅和陈大明对视了一眼，都没再吱声，对于董培的轻易缴械，两人均感意外，虽然之前的筹划可以说是一击而中，但他们却也没有什么胜利者的感觉，因为江总的态度颇为暧昧。

吴梅照例又备了红酒，准备会后庆祝一番"改组成功"，但她对氛围的嗅觉是天生的，会议结束，她提都不提这档子事了。

三十一

受伤时方知死党可贵

董培非常需要时间从伤痛中恢复，他对什么都提不起精神，在部门例会上，他有时候竟然会走神，连下面人讨论了什么都不知道，和之前那个思维如激光般锐利的主管判若两人，还好手下这帮人经过过去一年多的磨合，已经适应得相当不错了，所以工作还能照常进行。

他也懒得再进行烦琐的内部竞聘了，直接根据个人能力及以往的工作业绩，提升崔小萌和张思文为部门总监，分别主管两个热门部门：大客户部和市场咨询部，教管系统事业部则由孙华任总监，华伟任副总监，其他人的职位也都有所提升，至少都有了个高级经理的头衔。这几个部门名称变更了几次，几乎每次董培都是被动接受，只有这次，他能够保持相当的主动。

方案报到人力资源部，人力资源部再上报江总，很快获得通过，一周后，便公布了新的任命通知。

升官发财，这都是每个人最喜欢的事，于是董培主管的这几个部门洋溢在喜乐的气氛中，而且这些新上任的主管既要招聘部下，还要兼管业务，一个个忙得不可开交，多多少少忽略了董培那张苦瓜脸。

邹义山的事董培老早就跟江总提过，江总倒也无话可说，只是眯着眼想了半天，提醒了一句：用人是个大学问，你自己好好去把握吧。

几个新任总监正忙于面试招人，中午大家借着午饭机会聚在一起交流看法，张思文说："今天面试了一个二十七八岁的女的……"

"张总监，什么女的女的，叫人家女孩子。"华伟打断道。

张思文倒不生气，随即改口道："这女孩应该是被裁员，失业有一阵了。我看了她的简历，还是挺不错的，但跟我们这个职位要求对不上，所以我就不打算考虑。她大概是看出来了，临走时表现出很焦虑的样子，直接问：'那我就没希望了吗？'"

大家都叹息，说现在求职的人比以前多了好几倍，工作机会却大幅减少，竞争惨烈，真心不容易。

张思文接着说："我安慰了几句，把她送出去了，本以为她就回家了。两个小时之后，我出门给代理打电话，顺便抽根烟，你们猜怎么着？她就在电梯间站着，一见我，立即上来问我她还有什么需要提高的地方，还特别热切地表示她一定会帮我把业务做上去，等等，我都不知道该说什么了，费了半天口舌，才把她劝上电梯。回到办公室，她又给我发了两条上百字的短信，说她会珍惜机会，认真工作……"

说着，张思文把短信亮给大家看，董培只看了一眼，就觉得不忍心看下去，大家看完后相对无语。

张思文收起手机，叹道："我感觉为了这份工作她都会不介意跟人上床……"

"张思文！说什么呢你？"崔小萌厉声道。

张思文吓了一跳，自知失言，见大家都皱着眉头看着他，尤其董培脸上神情严肃，赶紧通红着脸解释说："我瞎打比方，当我放屁……其实我心里真的特别愿意帮她，没别的意思。"

董培说："谁没遇到过难处？退一万步说，她即便是为了份工作跟人上床，你也不要说她半点不是，要说就说那个乘人之危的家伙，明白吗？"

华伟感叹说："现在大家都不容易，我一个在深圳的亲戚失业快一年了，前一阵还经常电话里聊几句，最近两三个月都没音讯了，我也不敢问，因为根本帮不上忙。我给你们看看他最后一次发给我的微信，没头没尾，大半夜发过来的……"说着打开微信给大家看。

大家凑过去看，对话框里就一句话：华伟，看着账户里的钱一天天变少，我心里好慌。

空气中像一下子灌满了铅，沉重得让人透不过气来，大家都皱着眉头看着桌面，默不作声。

董培打破压抑的气氛，略微提高嗓音，看着张思文说："都是带团队的人了，可不能像以前那样口无遮拦。"说着朝大家点点头，示意这事过去了。

张思文为表歉意，抢着给大家午餐买了单。

树欲静而风不止，董培心力不足之际，变幻莫测的市场传出新信息：另外一个类似广宁项目的超大项目马上就要启动了。

更让这个行业内所有人躁动不安的是，已经有明确消息透露出来，这样的超大项目今后每年都会推出两三个，国家希望以这种中心城市的教育信息化辐射周边城市，迅速建立一批区域性的网络，然后再将这些网络连接成一张全国性的大网。

这是一张极其宏伟的蓝图，晃得大家眼睛泛绿光。

"南都项目的实施已经是板上钉钉的事了，对于这个项目，新海志在必得！"在高管例会上，江总目光炯炯，掷地有声地发出这样的宣言。

"本次例会的唯一议题就是，如何拿下南都项目。"说完，江总端起茶杯，仰在椅子上，把会议主持权交给了小芊。

王秀涛第一个发言，他向来都是态度最端正，不管有料没料，都会倾其所能地抖出来，恐怕也因为这一点，年纪不小、才具平平的他才有资格在这样的会议上出现。

"我觉得南都项目可能会成为新海发展的一道坎，上了这道坎，新海会成为一家完全不一样的公司，如果这道坎没上去，新海极有可能会失去现在的业界地位，因为目前的市场形势，完全就是逆水行舟，不进则退。"王秀涛说，他说得很有道理，虽然这道理大家都知道。

"我觉得要拿下这个项目，还是应该走高层路线，因为这种国家级项目向来都是自上而下来推行的，新海在这方面有一些人脉和资源，应该充分加以利用，而且之前的广宁项目虽然最后没成，但我们也积累了一定的经验，更重要的是，我们目前有雄厚的资金支持，所以，我认为这次的南都项目，新海应该就像江总说的，志在必得！"王秀涛照例呼应了一下江总，十分用力地做了一个手势，结束了自己的讲话。

这种白开水一样的发言对于获取项目没有实质性意义，但江总对于这些话的主旨是认可的，他半闭着眼睛点了点头。

接下来大家陆续发言，DGI派驻过来的两位高管听不太懂中文，小芊坐在他们中间，随时给他们翻译解释，Michael在中国混了几年，能听懂绝大部分中文了，只是偶尔参考一下小芊的翻译看看自己理解得对不对。

董培听了一路，觉得大家说得都对，但都是一些随大溜的观点，即使他们不说，底下的业务人员也自然而然地会这样去做。不过这也怨不得大家，这种决定企业未来命运的大项目如果这么好抓到手，也用不着把它作为一个例会专题来讨论了。

江总听了一路，插话道："我觉得大家的观点里有一个很让我担心的东西，你们知道是什么吗？"见大家不作声，他自己回答说："大家在提到新海优势的时候，都会说：老子有钱。"

大家都相顾莞尔，江总接着说："我现在非常严肃地告诉大家，老子没钱！"会场发出一阵哄笑，DGI的两位高管看大家笑成一团，急切地听完小芊的翻译，也咧嘴一乐。

江总却满脸严肃："这些不是真正意义上的钱，而是债！都是要成倍地去偿还的！"为加重语气，说的时候还用手指敲了敲桌面。

会议室顿时静了下来，只有江总略带严厉的声音在继续："光用大把的钱去玩项目，那算什么本事？还要我们这些人做什么呢？不如就直接把新海集团改成一家投资公司好了！"

陈大明适时地接过话题，说："在广宁项目上，钱可能真起了决定性的作用，但这次的南都项目，我认为确定项目归属的决定因素肯定不是钱。"

在座的其他高管觉得陈大明这样迎合江总有些过分，老板这样说还可以理解，你一个打工的跟着瞎起哄就不对了，不是钱是什么呢？如果没有前期几千万的投入，是根本没有资格来角逐这个项目的，而真正能拿出这笔钱的业内公司，市面上不会超过五家。

陈大明早有准备，从容不迫地解释道："广宁项目启动之前，政府层面是有很大疑虑的，因为毕竟之前没有运作过这样的大项目，而且广宁项目又是停摆之后重新启动，相关主管部门的责任更大，因此那时候几千万的前期投入催化剂的作用特别明显。广宁项目截至目前，顺利与否我们无从得知，但至少没有爆出什么负面新闻，所以政府部门不再有那么多疑虑去启动类似的超大项目，也不是那么需要民间的一笔启动资金来作为催化剂，政府会更加注重项目实施的质量，更加注重技术创新，更加注重可持续发展，我觉得我们应该从这方面来着手我们下一步的营销工作。"

董培不禁心里一震，陈大明在业务方面的洞察力是不容否认的，这应该算是这次会议中最有价值的观点。

江总对陈大明的发言明显是赞赏的，脸上的表情都舒展了不少。

"董培，怎么没听到你发言啊？"江总转过头问。

董培笑道："没什么可说的了，陈总把我要说的都说完了。我只补充一句：前期投入和政府公关的重要性，只要是有实力入围的公司都意识到了，所以大家在这个层面的竞争是硬拼，拼赢了也是惨胜。我觉得我们必须找到第三条途径，向主管部门展示出我们的独创性和竞争力，才能使我们在南都项目的竞争中脱颖而出。"

这次例会开得比往常略短一些，跟随高管列席会议的部门负责人都没有机会说话。江总很快就做了总结发言，他要求董培在未来一段时间"要将百分之八十的精力放在南都项目上"，并做了一些具体性的指示，但最有料、最意味深长的指示在最后，他要陈大明多多参与南都项目，并要求董培将南都项目的进展随时通报给他和陈大明。

与会的都是新海高管，非常明白这种指示传达的意思，董培心里略沉了沉，装作若无其事地承受着其他人探询的目光。

会议结束后，一出门张思文就不解地抱怨道："为什么还要通报陈总呢？"他还没想得太多，只是觉得原本直接向江总单线汇报是一桩有面子的事，现在被陈大明这样横插进来，规格一下掉了半级似的，让他有点不爽。

崔小萌脸上的神情却有些凝重，全然没有了之前的快乐，她有些担心地看着董培。

董培只是简单地嗯了一声，像是在思索对策，但什么也没说。

一个星期后，肖菁给董培发了一张照片，照片上，肖菁凝视着他，右手扶在左肘上，无名指上套着一枚耀眼的钻戒。

这分明是一种诀别，但董培奇怪地觉得她还属于自己，而且对此确信不疑，只是在夜深人静时，他突然会意识到这只是幻觉，他已经无可挽回地失去自己最心爱的女人，于是一阵潮水般的疼痛涌到胸口，便再也睡不着了。

有时候，他心痛得无法忍受，像一个病魔缠身的人那样在床上辗转反侧，呻吟道："老天爷，快点让它过去吧……"

经过这样的折磨后，第二天他还得强打精神到办公室，应付那些极耗脑力的工作。

升任副总裁后，集团给董培换了间大点的办公室，不过，好几次他都昏头昏脑地钻进原来的办公室，他明显地消瘦了，明亮的眼神也变得黯淡。即便如此，几乎没有人觉得有什么异样，因为虽然他的魂魄被抽离了躯壳，但在多年来的职业素养与习惯支持下，他表面看去一切正常。

在向江总和陈大明第一次通报了南都项目的进展之后，江总和陈大明都给予了意见，董培虽然从不认可多头管理，但觉得这些意见都还算中肯，心想或许是自己多虑，这样可能更有利于集思广益，利于业务的开展吧。

但接下来陈大明的一个电话让他觉得不可思议，陈大明先是问了一些业务上的事，然后像是不经意地说："董总，我这边也是业务繁忙啊，但江总偏偏还要让我去关注你那边的事，个人精力有限啊！而且这样事事亲为的话，也不是正确的管理方法，你看这样好不好，以后你有什么跟南都项目相关的邮件，麻烦也抄送一下小光吧，他对业务还是相当有感觉的……"

董培哪怕真成了活死人，恐怕也能听出这个提议实在有些露骨，便确认道："你是说我把邮件发给江总和你，然后抄送给小光，是吗？"

"对对，就这个意思，这样我们都省点事。"陈大明用轻松随意的口气说，像是要刻意淡化这一提议的严重性。

陈大明果然比吴梅高明多了，这种步步进逼的方式，把董培像只青蛙似的抛入了温水中，然后一点一点地加温。

董培用残存的最后一点脑力想了想，说："你稍等，我马上要面试一个人，待会儿我再回给你吧。"

放下电话，董培感觉手有些颤抖，也不知道是最近饮食、睡眠不正常造成的呢，还是刚才气的，他不得不提醒自己，在这样的职场生存环境中，你不可能跟一个极具野心的同事做朋友，陈大明已经在他犹豫不决的时候，坚定地侵入了他的地盘，并且有计划地步步进逼。

董培想了半天，只觉得头脑中一片空白，竟没有半点主意，便拨通了崔小萌和张思文的电话，让他们过来一趟，又打电话给华伟，让他也过来出出主意，还想打电话给孙华，让他也来支招，突然记起孙华出差了，这才作罢。

"Peter，你是不是真的生病了？"大家都坐定后，张思文直通通问道，他还指着董培给其他人看，证明自己的关心不是多余。

董培无奈地苦笑说："我最近肠胃有些不舒服，不过问题不大，我问过了医生，他说过段时间就会痊愈。"

"我说了吧，绝对是生病了。"张思文看着崔小萌说，崔小萌没说话，只是盯着董培，和前几天那个心情分外好的女生判若两人。

"没事没事……"董培赶紧挥挥手，把话题转到公事上来，他决定开门见山，"最近陈总对我们这边的业务介入得比较多，刚才他又给我打了个电话，提议说我们这边关于南都项目的进展以后都通报给李小光一下，大家对此有什么看法？"

"这他妈叫什么事啊？他算什么东西！"张思文第一个就不干了，他向来认为李小光这个人私德不行，一是因为有几次出差打麻将，李小光这人赢了钱脸就"笑得像朵菊花"，输了钱就"拉着张×脸"，很不痛快，按江湖上的说法，赌品如人品，李小光人品实在不咋的；二是大家出去玩，凡是公款能报销的消费，他都抢着出钱，碰到不能报销的，他躲得比谁都快。

更让张思文不爽的是，由向江总单线汇报一路下滑到竟然要通报给李小光，这让他感到自尊心受到了侮辱，他气狠狠地"呸"了一声，说："如果公司要这样决定的话，我立马辞职！"

大家都劝张思文不要乱说话，华伟说："你辞职？没准正合人家的意。"

董培见大家反应这样激烈，从另一个角度印证了自己并没有多心，陈大明绝不会无意中提出这样的建议，这更像是一次深思熟虑后的行动。

崔小萌问："这是谁的意见？是陈总个人的，还是集团的决定？"

这个问题很关键，董培总算找到了思考的切入点，想了想说："我觉得这像是他的个人意见。"

"那还怕什么呀，不理他！"张思文一听有了底气，"Peter，你不也是副总裁吗？干吗非要听他的？"

崔小萌见张思文一味地意气用事，便说："当然不用听他的，但该有的配合也不能不做，总不能为这点事就僵着了。"

董培混沌的脑子略微清晰了些，说："目前关于南都项目的通报方式是我们部门内部定期生成情况汇总，然后我再把汇总发送给江总和陈总。陈大明的建议就是让我再抄送给李小光，如此而已。这听上去是一个很合理的建议，李小光毕竟是他的得力助手，让他了解相关情况没有什么不对的，而且这对于我来说也是举手之劳，如果就是不做，反而显得小气，江总问下来，只会对我们整个部门不利。"

大家都不作声了，陈大明的背后动机是再明显不过了，通过这种方式让李小光从一个制高点来参与项目，他可以通过回复邮件直接与江总对话，陈大明不方便说的话可以由他来说，他就会慢慢地成为事实上的项目主导者之一。而且很有趣的是，业绩的压力却始终在董培这一边，项目进展顺利，陈大明这边可以继续渗透，进展不顺利，他们也可按兵不动，可谓进退自如。

华伟慢条斯理地开了口："要不，也给我抄送一份？"

大家一愣，张思文有些没好气地说："这不是闹着玩的时候，别玩你的冷幽默了。"

华伟见大家都盯着自己，不禁有些尴尬，咳了咳，说："我是认真的。"

崔小萌第一个明白过来，鼓掌道："好主意，也给我抄送一份！"

董培平常脑袋转得极快的，这时候却和张思文一起看着两人发呆。

"陈大明这一招叫'掺沙子'，他能掺你也能掺啊，而且你还可以比他掺得更狠。"崔小萌见董培疲倦的眼神毫无光彩，便提醒他道。

董培竟然还没明白，张思文却猛击了一下掌，连声叫好，他倒不觉得董培反应慢，解释说："Peter，你可以把李小光列入抄送名单，但同时也把我们几个列进去，这当然是名正言顺的啊，陈大明也无话可说。李小光这个人我太了解了，他一定会故技重演，就像上次高管例会上一样，跳出来说这说那，你还不得不回答他，无形中把你在南都项目中的地位降到了跟他一样的层面。现在好了，只要他敢出招，哪用得着你出手，我们几个就够他喝一壶的！"

董培哑然失笑，自己脑袋真是生锈了，这其实是一件极简单的事，放在以前，小手指轻轻一拨就解决了，哪用得着开这样的脑力风暴会？

他不禁有些难为情，站起来搓着脑袋说："看来我真是不在状态啊，像电脑中了病毒似的，反应就是慢。"说完，假装呵欠的样子，不料一张嘴竟不由自主地打了个长长的呵欠。

张思文和华伟见他那副衰样，都哈哈大笑，崔小萌只笑了一下，便止住了。

"好吧，那我现在给陈总回个电话。"董培操起桌上的手机就要拨出去。

崔小萌轻声说："没必要专门跟他说，下次发邮件的时候顺带着解释一下就好了。"

董培放下手机，脑袋又费力地转了转，才琢磨明白崔小萌言之有理，他看了一眼崔小萌，但一接触到她那双深眸，他便立即把目光收回了，害怕崔小萌把他看得透透的。

下班前，崔小萌发了一条微信给他：晚上我请你吃饭吧？

　　董培知道一个女孩子发出这样的邀请不容易，但他完全处于心理上的不应期，甚至连回答的欲望都没有，挨了半天，只是草草回了一句"不去了"。

三十二

最好的骑手也是最好的盗马贼

南都项目刚传出一丁点风声的时候，房立峰这边就已经知晓了，然后宏博集团在第一时间就成立了项目小组，由房立峰担任组长。

宏博集团高层沉浸在一片乐观情绪中，国家在这么快就启动南都项目，而且还推出如此宏伟的蓝图，这和广宁项目的成功实施是密不可分的。在最近的一次高管会上，姜开云拿出一本新近出版的《彭博商业周刊》（*Bloomberg Businessweek*）对大家晃了晃，说："这是有史以来，第一次有一家中国教育软件与平台设备领域的公司被这家久负盛名的杂志报道，而且占据了整整两页。"

这篇报道被广泛转载，房立峰已经在网上读过了，他毫不惊讶地看到报道中对他的努力只字未提，但让他真正灰心的是，即便如此，这篇报道看起来仍然那样精彩，那样合乎商业逻辑。

被人忽视固然糟糕，但更糟糕的莫过于这种忽视似乎是合理的。

杨绪方等人入职后，房立峰把大部分工作分解下去，交给他们去处理，这几人都是跟了自己好几年的人，用起来很顺手，因此房立峰现在有大把的时间静下来观望形势。

他现在已经基本确定，在广宁、南都这些美丽光鲜的国家级大项目之外，还有一个同样美丽的市场，而这个市场一旦被激活，其潜力之大，甚至会使这些所谓的超大项目成为陪衬。

他所不知道的是，新海集团已经专门为此成立了市场咨询部，牢牢楔入了这个市场，并已经斩获了第一桶金，但房立峰完全凭借自己的直觉，根据极小的信息量给市场现状勾勒出了一幅简单的图画，这幅图画与真实情况相差并不大。

有一点连房立峰本人都未必意识到，那就是在目前市场上，如果说有一个人真正看到了这个新渠道对于行业的颠覆性意义，恐怕非房立峰莫属。其他所有人，包括为情所困的董培，包括指点江山的江总，还有吴起宏、姜开云……都被政府宏大的发展战略所迷惑，把所有的注意力都投向了广宁、南都之类的超大项目。

但看到了这个巨大商机又有什么意义呢？就算那是一座金山银山，房立峰目前扮演的角色也不过是一个开斗车的，帮着老板把成堆的金银运回来，然后老板再赏他几锭，那叫薪水，年底再加两锭，那叫奖金……

房立峰打心底里觉得，没劲透了！

他不是没想过出去创业，抓住这个大好机会，成为与那些大老板平起平坐的人物，但他仔细算了一下账，目前的市场形势与前几年迥然不同，由于大量资金和企业的涌入，这个行业的创业门槛陡然间高出来不止十倍，如果要做一家像样的公司，没有个三千万以上的前期投入是无从做起的。

当然也可以求其次，投个二三百万，做个小老板，趁着黄金季节捞一笔。但房立峰已经没有这份心思了，精打细算，抠抠唆唆，成天应付工商、税务，还不知道能不能做起来，这样的话，真不如目前高级打工仔来得舒服。

房立峰对目前这份工作已经失去了激情，但他知道，决不能让任何人看出来，因为宏博的这个平台对他仍然至关重要。

当他浮想联翩的时候，桌上的座机响了，他不用接就能猜到是吴起宏，他收回思绪，接起电话，用短促有力的声音说道："你好，哪位？"

"立峰，是我，正忙呢？跟你说个事啊，今天晚上有个饭局，姜总、你、我，还有红松基金的两位董事，还有两位主管领导，你把别的事都挪挪，这个饭局很重要。"果然是吴起宏，他说话时带着充实的忙碌，心气正高的样子。

房立峰满口答应，吴起宏叮嘱道："不要开车了，到时一起坐公司的车过去，可能会喝点酒。"

房立峰连连称是，一撂下电话，脸上的笑意像断电般倏地消失了。他燃了根烟，调节了一下情绪，觉得吴起宏对他还是不错的，做人的底线也比张宏要高，这样想着，他也给自己定了条底线：有机会自己一定要毫不犹豫地另立山头，但不会去拆宏博的台。

晚上的饭局比想象中的要简单，形同家宴，酒水更不是什么茅台、拉菲，而是姜开云小山庄里自酿的米酒，装在一口不起眼的酒坛里，用黄泥红纸封着，一揭开，当真是酒香四溢。菜品也上来了，都是些农家小炒肉、尖椒豆腐干、蒜泥茄子、鸡汤笋丝之类的农家菜，再配上一些极新鲜的时蔬水果，都是山庄里自产的，大家十分欢喜，这样简单可口的饭菜正合他们心意，吃起来也毫无压力。

吴起宏端起酒杯道："今天请大家吃一顿便饭，没有任何目的，就是聚一聚，聊一聊，为了广宁项目的成功实施，大家一个个忙得昏天黑地，平常的酒会宴会，大都是应酬，半天下来，肚子都是瘪的，哪能真正坐下来好好吃两口！今天我是东道主，先定个规矩：不谈工作，专心吃菜喝酒，怎么样？"

众人欣然同意，纷纷碰杯，一杯酒落肚，齐声大赞米酒好喝。

姜开云十分得意，说起自己的家世来："这可不是寻常米酒，我曾祖父当年是本省最大的酒窖老板，酿制的酒行销全省，在省外也有市场，可惜我祖父不喜欢酿酒，一心要读书救国，结果书没读好，国也轮不到他来救，'文革'还被打成叛徒，蹲了好几年监狱。倒是我父亲，不喜读书，成天跟着我曾祖父学酿酒，虽然没做成什么大事业，但却学了一身好手艺，他现在年纪大了，每年只酿十坛米酒，稻米都是他精选的，产自贵州山区海拔一千五百米以上的水田里，水田都用雪水浇灌，稻米生长期极长，产量很低。他酿酒完全用的是传统工艺，极慢极用心，简直跟女人生孩子似的……"

大家都啧啧赞叹，房立峰也颇觉新鲜，但心里头却犯嘀咕：难道这好不容易凑起来的饭局真就为了品酒聊天？

几位客人还在对这米酒啧啧称赞，姜开云像变戏法似的，让服务员搬出一模一样的两个酒坛，说："几位这么看得起家父的手艺，他老人家肯定高兴得不行，这两坛酒你们带回家慢慢喝吧。"

大家连连推辞，姜开云笑着摇头："这酒真要拿到市场上去卖，价钱超不过一瓶五粮液，甚至不如一瓶上等二锅头，为什么？因为不会有人相信我讲的这个故事，我要把这个故事讲得让市场相信，在白酒市场，至少要一个亿！为了这十坛酒，我能花上一个亿去营销？除非我疯了。但这坛酒论实际的珍稀程度，可能顶得上一箱极品茅台，它的价值全在于那份酿制的用心良苦，精益求精，所以两位不要推辞，这是家父的一片心意，他老人家每逢赠酒，必题词于上，你们看……"

大家凑上去看，果然见酒坛上题着词，字迹颇为隽秀，一口坛上题的是：举杯邀明月，对影成三人。另一口坛上题的是：人言酒乃水中之小人，独吾酒至诚君子也。

客人们自然又是赞叹，十分高兴地接受了，房立峰不禁有些发呆，心想这姜开云真不愧搞投资的，一坛米酒被他两个故事下来，立马身价倍涨，成了琼浆玉液了。

麦麦作为红松基金的董事之一，也在饭局上，坐在房立峰旁边，他一直微笑着旁观，偶尔附和两句，当看到客人们带着敬仰之心收了那两坛米酒时，他不易察觉地在鼻孔里"扑哧"了一声，房立峰正有此意，两人会心相视一笑。

饭局进行到了一半，米酒虽然度数低，但后劲大，大家都贪图它温软的口感，喝得有点急，虽然都是有些酒量的人，也都已经有些微醺了。

这时候是饭桌上的人最放松的时候，大家都跟邻座的人聊得来劲，或许是因为刚才灵犀相通的缘故，房立峰对旁边这个比自己小近十岁的麦麦有了一丝亲近感，便随口问道："麦麦，你看咱们宏博集团什么时候上市好啊？"

"这个完全要看时机，时机好的话，下个月就可以，时机不好的话，永远都不要上市。"麦麦不假思索地说。

这个回答倒挺新鲜，在吴起宏和姜开云以及其他董事口中，宏博集团在未来一年内上市是板上钉钉的事，是整个集团当前最大的目标，是不容置疑的公司战略，这时却被麦麦以这种大实话的口气说出来，房立峰听了却颇觉顺耳。

"什么叫时机好？什么叫时机不好？"房立峰对这个话题感起兴趣来。

"你这个问题很大哦！"麦麦中文娴熟，只是略带一些异国腔调，"这要是在我以前服务的那家咨询公司，就是麦肯锡啦，你得花上几百万买一沓报告了。不过，宏博这个 case 倒很简单，看一个方面就行了——它有没有真正引导一个市场。"

房立峰把握不住麦麦要表达的意思，但觉得麦麦未必愿意详细跟自己去解释，便转而问道："你觉得广宁项目的成功实施算吗？"

麦麦耸耸肩："那的确是一个非常好的商业故事，但是……"他用嘴努了努对面的那些人，略微压低声音说，"你觉得他们能代表市场吗？"

房立峰有点不服："但在中国，他们对市场有极大的影响力，甚至可以主导市场。"

麦麦轻轻吹了一下口哨，做了个美国味十足的夸张表情："很多人都这么说，但相信我，他们不能代表市场，不能。宏博现在把所有的注意力都放在这上面，我认为这是一个风险，将来有一天，他们要花很大的代价去弥补这一点。"

"还能弥补吗？"房立峰很会问问题，他不纠缠在未知的细节上，而是直接抓住主干问下去，这样才能获取更关键的信息。

"当然，"麦麦是智商接近天才的人，他看了房立峰一眼，似乎对他这种能力表示赞赏，"取决于要花多大的代价，或许是花一大笔钱去收购一家比它更早拿到市场钥匙的公司。"

房立峰心里跳了跳，血液流速莫名其妙地加快了，然后胸口一堵，忍不住咳了起来，他赶紧掩饰地抓起桌上的饮料喝了一口。

他已经完全无法把注意力放到饭局上去了，好几次几位客人或者吴起宏向他求证什么事，他都是哼哼哈哈应付几句，完全不像平时那个应付这种场面游刃有余的他，幸好大家一个个酒酣耳热的，没人注意到他的异样。

饭局结束，一桌人果然没谈什么业务，但宏博这边还是得到了非常有价值的信息：下周教育信息中心要开一个内部扩大会议，研究新形势的下一步对策，这个新形势，其实就是指国家计划在全国范围内推广类似广宁、南都这样的超大项目。

吴起宏、姜开云等人以专注的神情听取了这个消息，随后在一片喧哗热闹中，大家握手道别。

公司派车送大家回家，房立峰和麦麦同乘一辆车，房立峰坚持先送麦麦，麦麦却说："我向来睡得晚，在咨询公司工作时就这样，这么多年已经习惯了，你不要客气哦。"

房立峰说："我向来也睡得晚，即使没什么事也是很晚睡。"

"是吗？"麦麦低头看了一眼手表，"现在还很早啊，对我们来说晚上才刚刚开始，我请你喝一杯如何？"

房立峰求之不得，于是商务车拐弯直向三里屯奔去。

路上，麦麦很随意地跟房立峰聊一些家常，问房立峰结婚没，房立峰说自己结婚十几年了，还有一个孩子。麦麦又问房立峰以前哪个学校的，房立峰说是浙江大学的，麦麦说那是相当不错的大学。房立峰说，他大学时的同学大都考 GRE 出国了，他之所以没考虑，是因为他当时在一家公司勤工俭学，结果老板很赏识他，薪水给得相当高，让他没了考 GRE 的动力，他这十多年来一直在民营企业折腾，从未去过高大上的外企，弄得一身匪气，有点让母校蒙羞。

麦麦听了哈哈大笑，也很自然地聊了一下自己的情况，他是一路顺风顺水，三岁随父母移民美国，在私立学校上完中小学，本科在普林斯顿大学，毕业后工作两年，又去了哈佛商学院，然后去顶级咨询公司工作了两年，接着就一直在投行工作。

麦麦说得平平淡淡，房立峰心里有了数，他和麦麦就是极端互补的两极。房立峰对于最前沿市场之把握，在这个行业至少排在前三位，但他对那些"玩资本的"向来有偏见，缺乏真正的了解。而麦麦对资本市场的了解，以及他所掌握的资源，也是他所在行业的佼佼者，但他从未亲身在市场上拼杀过，他嗅不出市场上的蛛丝马迹，虽然一旦那些蛛丝马迹摆在他面前，他能做出极具前瞻性的分析。

关键是，这两人虽然分处两极，但有一点却是相同的，都聪明绝顶。

聊了半天房立峰才反应过来，麦麦已经用很让人舒服的方式把他最基本的东西了解到了。房立峰素来对自己那颗聪明的脑袋十分自负，不过他发现，麦麦可能是他接触过的最聪明的人，而且他的聪明不着痕迹，不像自己那样锋芒毕露。

两人都是高手，又同在一家公司身处高位，而麦麦在哈佛又深受商业伦理的熏陶，他不会让自己陷入任何商业道德方面的风险，因为信用对他来说是实实在在的东西，从普林斯顿到哈佛再到麦肯锡，他的人脉圈都非常看重这一点。

房立峰考虑得更多的是如何不一脚踏空，麦麦是红松基金和宏博集团的核心高管成员，万一自己另起炉灶的心思被他透露给吴起宏和姜开云，那自己在宏博的职业生涯也就进入了倒计时，但强烈的直觉告诉他：麦麦拥有他通向事业巅峰的金钥匙。

三里屯的酒吧不比后海，喧闹居多，两人走了好几家，总算挑了间相对清静点的，麦麦要了一杯苏打水，笑着说："每当我预感到要进行一次有价值的谈话时，我都喝苏打水。"

房立峰心想，这算不算是美国式太极？便也要了杯苏打水，说："那我非常乐意奉陪。"

两人喝了几口水，听了一会儿台上乐队的演唱，麦麦突然问房立峰："你的职业梦想是什么？"

"这个，还真没规划过。"房立峰摇摇头，他对这个敏感的问题不得不保持戒备。

麦麦微微一笑，轻松坦然地说："我的梦想是成立自己的投资公司，或许超过红松基金和 DGI 并不容易，但我希望它能够成为一家极具特色的公司。"

见房立峰沉默不语，麦麦说："我不相信你没有这样的梦想。我总共接触过上千名公司高管了，职业经理人和企业家在思维方式和做事风格上有着本质性的区别，你绝不是一个纯粹的职业经理人。"

房立峰感觉有些窝囊，麦麦这份自信与放松是他所没有的，长年在并不太规范的民营企业内打工，多次被不守规矩的老板和同事所伤害，自己也不是省油的灯，没少害过别人，这种职业生涯，使得他历练得聪明有余，却缺少一份豁达的智慧，他不禁心中暗暗叹了一口气，直视着麦麦说："我说一个想法，或者说是一个提议，你能保证这是我们私人间的谈话，绝不泄露给第三方吗？"

"立峰，我是做咨询出身的，保守秘密是我的天性——我保证。"麦麦平静地说。

房立峰想排除最后的顾虑，问道："刚才在饭局上，你说过宏博集团并没有真正引导市场，你能说得具体点吗？"

麦麦喝了口苏打水，耸了耸肩，说："你要知道，教育互联的本质不在教育，而在信息化。我认为这个行业的重心已经在发生实质性的变化，宏博也好，新海也好，还有鸿宇等等其他公司也好，他们必须做好准备，他们将不再是什么教育公司，而是一家移动互联网公司，他们只是整个移动互联大潮中的一朵浪花。现在，大家最大的误解在于，以为这是教育的革命，其实这只是互联网革命的一种延伸罢了。"

房立峰的眼睛在昏暗中闪闪发亮，麦麦的这席话让他的心"咚咚"直跳，这是价值千金的真知灼见。

麦麦继续说："宏博的问题在哪里？你看它在一个一个地抓所谓的超大项目，并且目前处于最领先的位置，看上去这些利润丰厚的大项目还会出现不少，但这却无法最大限度地刺激资本市场的想象力，因为这些大项目在未来可预测的时间内，一定会消耗殆尽，而自发的、可自我复制和升级的市场需求它却没有去满足！我们都看过广宁项目的实施方案，我不能说它不成功，但里面有太多主管部门的意志，说好听点是引导，说不好听点就是一厢情愿。"

房立峰不由得惊讶起来，不在这个行业的最核心位置干过五年以上，麦麦不可能有如此一针见血的观点，他问："这是你自己的观点，还是有谁跟你说过？"

麦麦一愣，随即笑了起来，说："立峰，别被我吓着，我在咨询公司练就的最大本事就是用两个小时查阅相关资料，然后能够假装比干了十年的懂得还要多。"

房立峰也笑了，说："不过我也理解宏博，因为这些项目的利润实在太丰厚了，而且也有利于把自己塑造成行业标杆。"

"我同意你第一句话，但不同意你第二句话。这个行业不会有超过五年的标杆，因为技术每过几年就要更新一代，五年前，甚至三年前的标杆拿到现在就是落伍的。所以，真正要成为资本市场的宠儿，必须从满足真正的市场需求着手，需求决定一切。去看看每一家伟大的企业，它们遵循的都是这样的法则。"麦麦用确定的口吻说。

"那你觉得目前真正的市场需求是什么？"房立峰问。

麦麦喝了口水，微微一笑，说："立峰，这个问题没有人比你更合适来回答——这是我今晚在这儿的原因。"

麦麦已经表示了足够的坦诚，如果房立峰还畏畏缩缩，他会喝完杯中最后一口苏打水，然后不失风度地道声"晚安"，起身离去。

没有什么理由再犹豫了，房立峰决心已定，他拿起桌上的苹果手机，点开一个文件，凑到麦麦眼前，说："这是我整理的一些资料，对照着看可能更明白。"

麦麦看了一下，这像是一个尚未成形的商业计划书，房立峰一边在屏幕上划拨，一边解释，把他最近的想法用最清晰的方式告诉了麦麦。

他分析道，这个来自二三线城市的教育信息市场事实上已经成熟了，但由于成熟得过快，整个行业还没有反应过来，即便已经有公司做出了反应，但并没有人真正意识到这个原本不起眼的市场是未来的主战场，大家所有的注意力都被国家推出和即将推出的超大项目吸引过去了……

接着房立峰向麦麦展示了他认为这个未来主战场存在的证据，他无法给出定量的分析，因为他无法去收集那么多数据，但他所有的证据都极具代表性和说服力，他手头甚至还掌握了一批客户资源，因为他毕竟在这个行业做了那么多年，顺藤摸瓜，很容易就能找到有需求的用户。

最后房立峰还提出一个让麦麦倍感振奋的观点：未来三到五年，将不是国家级的超大项目去引导市场，而是爆发性增长的二三线市场去定义超大项目的实施细则，甚至超大项目很可能会演变成为整个大市场的服务项目，或者干脆取消。

麦麦爱死了这个观点，因为它能够极大地激发资本市场的想象力。

这个了不起的结论能由房立峰第一个得出来，得益于他多年的实战经验以及他内心深处某种企业家气质，这种气质让他在打工时与老板的相处总是不够顺畅，但一旦寻觅到时机和空间，会成为他人生的爆发点。

麦麦聚精会神地听完，一边喝水一边思考，丝毫没有意识到杯子里已经滴水不剩，他终于问房立峰："不错的计划，你为什么还不行动？"

房立峰说："不想小打小闹，那样没意思，但如果要占领制高点，必须有三千万的启动资金，这是一个很高的门槛。"

麦麦点点头，三千万在资本市场就像毛毛雨，但那是针对一个受追捧的相对成熟的企业而言，对于一个什么都没有，只有一个格式都不完整的商业计划的公司来说，一下子投三千万确实是个不小的数字。

但他确定这是一个千载难逢的机会，而且稍纵即逝，等你把商业计划弄完整，公司发展得小有规模再去融资的时候，黄花菜早就凉了，宝贵的先发优势就从手中轻易地滑走了。

麦麦那高智商的脑袋急速地思考了几个回合，很快就盘算明白，有了一个初步的想法："立峰，我认为这很可能是你一生中遇到的最好的创业机会。"

房立峰不禁有些怅然，人是英雄钱是胆，自己纵然是把房子卖了，也凑不齐这三千万，他看着麦麦说："你也知道，这事光我一个人做不成的。"

麦麦说："三千万不是个小数目，但只要把故事讲好，会有很多人愿意出这笔钱，所以对于我来说，找到三千万并不难，难的是要找到合适的人。"

在房立峰看来，只要有人愿意出这三千万，还管他是谁呢，拿过来用就好了，他不解地看着麦麦。

麦麦解释道："首先，我要找到一个真正有钱的人，他不会为这三千万是否打了水漂睡不着觉，这意味着他不会过多干涉公司的运营，也意味着他不会在股份上斤斤计较；其次，这个人必须是行业外人士，这点我相信你能够理解，业内人士存在着听完我们的故事另起炉灶的风险。"

房立峰连连点头，他心里蓦地一阵兴奋，有麦麦这个完美的合作者，这个创业梦想不再是可望而不可即的了。

"那么，"麦麦用与年龄不相称的沉稳目光盯着房立峰，说，"我们是否达成了一个口头协议：一起来运作一家公司，撬动这个行业未来的主战场？"

"当然！"房立峰说，努力克制着激动的情绪。

"明天，我会去休年假，你耐心等一段时间，如果哪天我告诉你说我决定从红松基金辞职了，说明我拿到了我们需要的那笔钱。"麦麦说。

房立峰不太明白麦麦为什么要辞职，他不太懂那一行的规矩，但感觉麦麦这样做似乎是为了爱惜羽毛，不给自己落一个吃里爬外的名声。

不管怎样，这说明麦麦是诚心要合作了，而且这样聪明的人和自己所见略同，更增强了他的信心。

麦麦从口袋里掏出一张名片，从柜台上拿笔在名片上写了一行字，递给房立峰："这是我的私人邮箱，从明天起，所有与新公司运作的相关文件都通过私人邮箱来进行。"房立峰也掏出名片，把自己的私人邮箱写上递给麦麦。

交换完名片，两人不约而同地看了看墙上的钟，正好是零点，麦麦意味深长地说："新的一天，新的起点。"

两人就此别过，三天后，房立峰的邮箱里收到了麦麦的第一封邮件，是一份协议，关于新公司股权结构和各人分工的，出资方、麦麦和房立峰各占百分之二十七，余下百分之十九的机动股份，房立峰任CEO，负责市场开拓与公司运营，麦麦任董事长，不参与公司运营，但拥有财务决策权。

房立峰毫不犹豫地签上了自己的名字，甚至没看完协议的全部内容。

两周后，麦麦向全体高管发出了一封深情款款的辞职信，看到邮件的那一刻，房立峰一阵头晕目眩，他关上办公室的门，给麦麦打电话，刚拨到一半，觉得还不保险，干脆下楼去了对面街上一家咖啡厅，找了一个偏僻的角落，才打给麦麦。

"Hi，Partner！"麦麦在电话那头问候道。

"怎么样？"房立峰急切地问。

"五千万很快就会到账，三千万还不够——投资方很好，改天大家可以一起见见面聊聊，但他们有一个很让人头疼的要求。"

"什么要求？"房立峰问道，心想不是要增加股份吧。

"他们要求必须在三个月内把这五千万花完。"

"啊！"房立峰愣了，这算什么要求？

"我认为这个要求是合理的，而且也非常必要，因为目前市场发展迅猛，处于跑马圈地的关键时刻，必须抢占先机。"麦麦说，口气很平稳，俨然已经在行使董事长的职权，"只是会给你在市场开拓和运营方面提出很大的挑战，毕竟要在这么短时间内花完五千万，而且还要花对地方。"

这恐怕是房立峰有生以来最愿意接受的挑战，他激动地说："我会全力以赴……"

"立峰，"麦麦打断他说，"你应该继续留在宏博，不到最后一刻不要离开。"

房立峰当然明白这个道理，笑着说："这不影响我全力以赴去做这事。"

麦麦不再说什么了，两人约了一下与投资方的碰面时间和地点，便挂断了电话。

于是，又一家新公司野心勃勃地向这个火热的行业进发了。

三十三

情伤还须情来医

在人近中年的时候，房立峰终于找到了事业发展的新动力，他精力充沛得像个二十来岁的大学生。他极其慎重，竟然像当年的地下党一样，把成立新公司的事连老婆都瞒着，为了掩护自己公司开拓二三线市场，他在宏博高调地全力向南都项目进军，力度之大，开行业之先。

这种声东击西的战略很有成效，一个月内，他已经秘密在一些区域性的二三线城市开了好几次招商会，竟然无人察觉，所有人的目光都贪婪地盯在南都项目这块大蛋糕上。

宏博在南都项目上的快速进展惊动了新海集团高层，当江总得知宏博集团的代表居然旁听了教育信息中心关于南都项目的扩大会议时，震怒地在高层例会上拍了桌子："新海集团到了最危险的时刻！如果让宏博集团再次在国家级超大项目上得手，我们都将死无葬身之地！"

会议室里静得连根针掉地上都能听见，江总可能觉得自己话说得有些过了，缓了缓语气，说："南都项目或许不是一次马拉松，但肯定是一次长跑，长跑总会有交互领先的时候，但是宏博的再次领先肯定是一个危险信号，因为他们在南都项目比其他公司更有优势，我们绝不能让他们拉大距离。"

陈大明说："董总，要不你跟大家说明一下情况吧。"

张思文站起来说："我来向大家介绍一下项目的最新情况以及我们

的一些分析吧……"

陈大明用平静但不容置疑的语气打断他的话，说："我说让董总来介绍情况，不是你。"

董培云淡风轻地冲陈大明笑笑，向张思文作了个手势，口气同样轻松平静："没事，思文说吧。"

陈大明脸色乌青，自觉十分没有面子，吴梅在一旁看了这情景，也觉得陈大明此举操之过急，董培并非你的下属，张思文也不是你直接管辖，你用这种口气跟人说话，谁会服你呢？真把自己当新海的二当家了！

江总像没看到两人斗法一样，他专心地听张思文的汇报，张思文语气没有丝毫阻碍，他早就做了充分准备，侃侃谈道："宏博集团确实领先所有公司一步，因为他们是广宁项目的推动者和实施者，他们拥有其他公司所不具备的宝贵经验，相关部门也很重视这一点——但是，这里面有一个很大的负效应，那就是相关部门绝不会允许在这种国家级项目中，一家公司独大，垄断所有的技术和产品。"

江总半眯的眼睛凝视着前方，他在推敲这个判断的合理性。

张思文继续道："另外，在南都项目的角逐中，宏博虽然声势浩大，但并没有取得实质性进展，我们从张主任那儿得来的消息说，宏博虽然派代表参加了总局内部的项目扩大会议，但全程没有一句发言，也没有任何人介绍他们，他们静悄悄地进去，静悄悄地出来……"

"我觉得宏博集团能够旁听总局内部的项目会议，其意义是象征性的，"李小光终于找到机会插话，"它象征着一种准入资格，也是给主持南都项目的地方部门提供一个强烈的信号，我觉得我们不能忽视宏博列席此次会议的意义，必须采取相关措施去补救。"

"我这儿刚收到一条短信，张主任发给我的，我念给大家听一下，"董培拿着手机念道，"董培，你不要太担心，宏博这次做得太过了，领导很不高兴，你们不要学他们，欲速则不达。"

为了表示自己没有捏造短信内容，董培把手机递给崔小萌，让她送给江总。

江总戴上花镜，看了看，说："董培这样做不对啊，还没念完呢！"

说罢，自己念了下去，"另外，谢谢你给青青介绍的那个对象，这小伙子我感觉不错，青青也挺喜欢的。"

一屋人哄堂大笑，只有董培被牵起了什么心事，脸抽动了一下，怎么也笑不出来。

江总显得放松多了，对董培说："南都项目我们目前有什么进展啊？"

江总问下来，董培当然不能像对待陈大明那样直接让下属去回答，便捋了捋思路说："南都项目和之前的广宁项目不同，不存在什么信息不对称，大家几乎都是明里竞争，政府也希望借此项目倡导规范流程、透明操作，所以我觉得，南都项目最终比拼的是实力、是方案、是耐心，营销技巧应该退而次之，这也是宏博这次用力过猛的一个重要原因。"

江总对此表示认可，董培接着说："目前最重要的是形成一个南都项目的实施方案，这需要产品和技术部门的配合，当然市场需求由我们来提，我们已经拟了一个大致的方案，要不让崔小萌来给大家汇报一下吧。"

江总把目光转向崔小萌，于是崔小萌站起来，熟练地把笔记本电脑连接到投影仪上，她精心准备了十来张幻灯片，主要分析了一下市场的几大需求，如何从产品方面去满足这些需求，并对比了其他公司的同类产品，指出各自的优劣势何在……她语速很快，但吐字极清晰，大概花了十五分钟就讲完了。

在座的人一下接收了太多的信息，一时没有说话，大家都在琢磨。

"这个方案什么时候出来的？之前怎么没看到？"陈大明问。

崔小萌解释说："本来方案前两天就出来了，但突然得到宏博方面的消息，我们一方面找张主任和其他人了解具体情况，一方面根据新形势调整方案，所以这是一个全新的方案，昨天晚上快十一点的时候才最后定稿。"

江总赞许地点点头。

陈大明无话可说，这一问还给了崔小萌一个自我表扬的机会。

江总不太关注过于细节的东西，他只需要知道两点就够了，一是他的员工在努力工作，且方向基本正确；二是时时刻刻关注竞争对手的动向，做到知己知彼。董培的团队至少目前看来完全符合这两点要求，就不必苛责，他非常明白"谋事在人，成事在天"的道理，虽然他口头上从来不说，怕引起底下人的误会，成为懈怠的理由。

不过，会议结束前，他没忘记叮嘱一句："陈总这边还是要多关注南都项目的相关情况，必要时总体筹划一下也是可以的。"

陈大明不禁精神一振，"总体筹划"四个字太让他有想象空间了，不过江总随后又说："一定要给予前线将士最大的支持，技术部门和行政部门都要好好配合，不能让前线将士把宝贵的精力花在内部协调上。"

陈大明听了，又觉得没趣起来，弄半天自己成了后勤部长，帮助董培这些"前线将士"去建功立业的。他心里暗暗叹口气，论起搞平衡、玩政治，自己还真没到江总那样老辣的程度，江总好像就轻轻拨弄几下，就把一堆人弄得服服帖帖，谁也别想功高震主，尾大不掉。

吴梅对这"江氏太极"当然再熟悉不过了，她突然觉得很舒坦，陈大明和董培，这两个实力派相互斗法，本质上是缘于一山不容二虎，其实没她什么事，不如好好地坐山观虎斗得了，落个轻松惬意。

陈大明见李小光还心有不甘地要发言，便用目光制止了，他觉得现在多说无益，弄不好还会引起江总反感。

会议结束，董培带着崔小萌和张思文回到办公室，张思文还沉浸在大获全胜的兴奋中，一进门就对董培说："李小光还想嘚瑟，结果被你结结实实抽了一巴掌，太爽了！"

崔小萌不太计较这些明争暗斗的事，她说："南都项目其实目前处于一个胶着状态，宏博又比其他公司领先一个身位，真要把这个项目拿到手，非得在产品和技术端有一些开创性的东西不可，但这谈何容易。"

董培坐下来，说："论到产品和技术，新海还是有点优势的，毕竟我们和 Michael 的 CIE 有合作，CIE 在教育信息领域内的技术实力在全世界都算领先的，只是中国的情况太特殊，那些高端的产品和技术必须要经过本土化的改造，才能真正适用，不然反而会弄巧成拙。"

"产品和技术部门的那些呆鹅哪懂本土化改造！"张思文不屑地说，"上周我去旁听了他们的一次例会，我可以非常肯定地说，这帮人就在闭门造车。"

"所以才需要我们提市场需求嘛，我看小萌在会上讲的方案，江总还是持肯定态度的，我们就以这个为框架，边摸索边调整，同时跟产品和技术部门保持密切沟通，让他们真正按照市场的需求去改造。"董培说。

崔小萌说："跟产品和技术部门沟通起来确实挺费劲的，那些人有时一根筋得厉害，这事让谁来协调好些？"

虽然江总明确说了让陈大明来"总体筹划"，但董培这边显然是不乐意的，倒不全因为是公司政治，而是陈大明对技术根本不比董培他们懂得更多，再加上又带着不可告人的私心，董培无论从哪个角度考虑都希望在此事上架空陈大明。

"Michael 怎么样？"张思文突然说。

董培和崔小萌同时称好，Michael 是技术方面的专家，虽然不太了解中国市场，但他商业感觉是一流的，而且他在新海说话的分量不言而喻，由他来做这个桥梁，的确再合适不过了，江总也说不出什么话来。

"陈总也正好不懂英语，李小光更是 ABC 都说不明白，我好歹还过了四级呢……"张思文咧着嘴坏笑道，他的想法很直接，把李小光这种人踢得越远越省心。

饶是董培心情灰暗，也不禁"扑哧"一笑，这一招可能真会让陈大明有些抓狂。他转头对崔小萌说："小萌，你专门负责跟 Michael 保持沟通，所有的方案都要第一时间发送给他，并保证他完全理解，和产品技术部门的重要会议，争取都邀请他参加，请他发表意见，会后都要整理出会议纪要，让江总签字认可，一条条去落实，这样就能一步步地把我们的方案在产品和技术层面夯实。"

张思文连连附和，精神很是振奋，说："这一票非干个大的不可，绝不能肥水流向外人田！"他说的外人不仅指宏博、鸿宇这些公司，还包括陈大明、李小光……

崔小萌点点头，什么也没说，脸上没有一丝兴奋，神情倒跟董培有些类似，对什么都有几分漠然。

董培感觉到崔小萌在看他，他虽然避免去接触她的目光，但也不再那样强装没事了，或许她什么都知道。

每天下班回到家，是董培最恐惧的时光，他多少体会到了肖菁向他描述过的那种孤独，当一个人处于某种情绪低潮期的时候，这种孤独感几乎是致命的。

在这样的煎熬中，他终于真正理解了肖菁的选择，因为他领悟到，虽然他目前经受着人生中最长最深的痛苦，但跟肖菁那种思念过世父母的痛苦比起来，仍然算不了什么。

他逃避痛苦的唯一方式是工作，但他的专注力明显不如从前，无法彻夜撰写复杂的项目方案，只能做些梳理和沟通协调工作，聊以打发加班时间。

今晚回到家，董培突然想起已经两个多星期没有跟邹义山联系了，便拨通了他的手机，邹义山却没有接听，过了半分钟，他又打了过来，开口就问："董总找我？什么事？"

董培心想，还能什么事呢？便说："义山，我已经跟新海人力资源部打好了招呼，你必须在本月底前去人事报到，否则这边就没有你合适的位置了。你也知道的，现在的职位竞争很激烈，业务又处于一个关键时刻。"

邹义山说："董总放心，我上周就递交了辞职报告，按鸿宇这边的规定，必须有一个月的交接期，所以这个月底我肯定就解放了，到时一定卷铺盖去投奔您！"

董培放了心，提醒道："这半个多月的交接时间，其实还是挺空闲的，你抓紧时间梳理一下思路，钻研一下市场，调整到新公司新岗位的工作状态，有什么问题随时跟我联系。"

邹义山连声答应，两人又简单聊了几句，便挂了电话，过了几分钟，邹义山发来一条短信，让董培查收邮件，董培打开电脑一看，是邹义山转发的给鸿宇人事的辞职信，行文中似有不平之意，有几句话还一针见血，估计鸿宇老板读了会不舒服，不过总体来看，这还算是一封有风度的辞职信。

邹义山在邮件中加了一句：董总，您那边有什么资料，也可以发给我一下，我想尽快进入工作状态，不能给您丢脸。

这事总算有了一个不错的结果，董培感到几分欣慰，便回复说：我整理一下，过两天打个包发给你。

发完邮件，董培犹豫着要不要跟邹义山说明一下最近的新变化：陈大明掌管的分公司正深度渗透市场咨询部的业务，邹义山要接手的职位在新海业务版图上的重要性比起董培先前跟他描述的要小不少。

但转念一想，业务形势的变化莫测本来就是职场的应有之义，作为一个职业经理人，你只有坦然应对的份，这事肯定还是要跟邹义山谈的，但不用刻意强调，改天聊业务的时候顺便提一提就可以了。

处理完邹义山这边的事，董培看了看时间，刚过九点，心里不禁犯怵，这漫漫长夜如何熬过去。

这时崔小萌打电话过来了，董培刚接起电话，便听到电话里她清脆悦耳的声音说："快出来吧，大家正准备去唱卡拉OK，没你可不行啊！"

董培很奇怪，今天既非周末，又非节假日，怎么突然要去唱什么卡拉OK，崔小萌说："你别问那么多了，今天我生日，这样可以吗？"

董培一点唱歌娱乐的心情都没有，但部门同事的生日不过去捧捧场，有些说不过去，便问清了地址，起身下了楼，顺便敲开楼对面那家小花店，店主是个年轻女孩，问董培花送给谁，董培说给一个同事，店主又问男生女生，董培说是女孩子。

"我知道了。"店主熟练地开始挑花剪枝，问董培是配最好的呢，还是普通的就行。

董培说当然配最好的，于是店主果真配了一大捧非常漂亮的花，包装也十分有创意，她指着中间一朵玫瑰对董培说："多了扎眼，你也会觉得不合适，一朵就好，女孩子会喜欢的。"

当董培捧着一大束花出现在包间门口时，喧闹的房间一下子安静了，董培把花束捧到崔小萌面前，彬彬有礼地说了声："生日快乐！"

包间里爆发出一阵狂笑。

董培坐到沙发上，足足过了半分钟，才弄明白大家在笑什么。今天根本不是崔小萌生日，他也想起来，崔小萌刚才在电话里只是打个比方而已。

崔小萌看到了花束中间那朵好看的玫瑰，低下头悄悄地笑了。

孙华诧异地对张思文说："我以前怎么没觉得 Peter 这么实在？"

张思文瞅了一眼董培，说："Peter 向来倒是个聪明的实在人，不过最近反应的确有些慢半拍。"

董培凑上来，悄悄问他俩："到底为什么聚会？"

孙华说："是崔小萌组织的，还说今天一定由她来买单，谁也别跟她抢——她表姐生小孩了，母女平安，所以特意庆祝一下。"

这个理由也未免太牵强了吧，董培有些发愣。

张思文知道董培的意思，辩解道："这是大事啊，说明人家姐妹感情好啊！"

华伟不知什么时候坐过来，插嘴说："聚会需要理由吗？"

张思文立刻来了精神，反问道："不需要吗？"于是两人你一句我一句，兴致益然地抬起杠来。

董培看了一眼崔小萌，她正跟司莎莎密密切切地聊着什么，手里一直捧着那一大束花，舍不得放下。

张思文这边已经唱上了，董培环视了一下周围，这幅放松随意的场景让他心里的痛楚消退了一点点，他盯着电视荧幕，脸上露出多日来难得的一丝微笑。

他偶一转头，发现崔小萌正在看着他，见他看过来，她并没有回避，而是勇敢地迎着他的目光，虽然灯光很暗，但董培似乎能看到她脸上的红晕。

三十四

谁能抵挡和魔鬼做交易的诱惑

董培感觉到了陈大明的强势反弹。

自从上次开会碰了钉子之后，陈大明有好几天没有任何动静，然后突然之间，他给江总发了一封邮件，并抄送给了董培和其他公司高管，将新渠道的管理架构图详细描述了一番，他肯定是做了充分准备，加上他对业务有相当深的理解，这个管理架构颇有一些亮点，更重要的是，它处处都在迎合江总"均衡"的理念。

董培读了几遍邮件，很明显陈大明是要尽快把这片业务全盘接过去，心里不禁惊讶这个陈大明真能拉下脸，这么重大的事，事先竟然连招呼都不打一个，就霸王硬上弓了。

他知道陈大明之所以敢这么做，是因为有江总的尚方宝剑，但新渠道这片业务是董培这帮兄弟的生存之本，特别是在教管系统市场增长乏力之际，把这片业务捏在手中可立于不败之地。

不过形势很明显，陈大明已经先下手为强了，而且还有理有据，江总又有指示在先，董培在这一局上是无论如何也扳不过来的。

董培感觉自己和陈大明最大的差距在于：陈大明玩起这些手腕来心安理得，毫无思想负担，自己却时时计较人情脸面，做人做事要留底线。

他本想把手下几员大将都叫过来商量对策，但考虑到还是先不要扩散的好，便只把崔小萌叫到办公室，让她看了这封邮件，崔小萌聚精会神地足足看了好几分钟，抬起头看着董培说："这人好横啊！"

"他有底气，因为江总之前交代过要重新整合新渠道，并明确指示让陈大明下辖的分公司来接管各地业务，这种管理架构你也很难说它不合理，冷静地看，这样运作管理也是可靠的。"董培尽量保持着客观。

崔小萌不以为然："难道我们目前的管理方式就不合理了吗？更重要的是，这样做公平吗？我们历尽艰辛，好不容易创建起来的一片新业务，却轻轻松松地交给别人？如果这是集团的授意，说实在的，我真的对这家公司很失望，这是在鼓励不劳而获吗？你看他这封邮件，一副道貌岸然的样子，真是很让人恶心！"

崔小萌对这种做事方式很生气，让她更生气的是这件事好像难以挽回。

"把思文、卓明、华伟他们都叫过来商量一下吧。"崔小萌说。

董培摇摇头："先压一压，你还不了解思文和卓明两个炮筒子，弄不好他俩在办公区就能骂起来。"

"给我我也骂。"崔小萌嘟着嘴说。

这是实话，因为如果按陈大明提议那样安排的话，崔小萌和张思文等人的职业发展都将受到严重影响，这是一个关系到个人切身利益的问题，而且还以这样不公平的方式。

但董培知道，如果江总判断陈大明的提议有利于新海集团的发展，有利于所谓的"均衡"，他会毫不犹豫地牺牲掉任何员工。

平常崔小萌对这种事还是看得比较淡的，但她今天的愤怒态度有些出人意料，这也提醒董培，作为他们的上司，必须做点什么去维护他们的利益，否则他的威信将严重受损，这支队伍也将人心涣散。

"小萌，这个时候要保持冷静，不要说气话。"董培安慰道，"我们必须想个办法妥善应对，冲动没有任何意义。"

"我觉得还是把他们叫过来一起商议好些，上次不就是华伟提了个好建议吗？大家既然都在这条船上，应该也都有义务来分担的。"崔小萌坚持说。

董培听她这句话的意思，好像还是为他考虑得多似的，沉吟着点了点头。

崔小萌见他点头，立即用座机拨给张思文："你马上到董总办公室来一趟，把华伟和卓明也叫上。"

不到片刻，这几人同时赶到了，董培把笔记本电脑放到他们面前，让他们看陈大明的这封邮件。

果然，才看了一半，张思文就已经骂开了："没见过这么不要脸的……"

崔小萌制止住他："你别这么大声，添乱是吧！"

三人看完了邮件，都觉得此事十分重大，这种赤裸裸的鲸吞针对的就是自己所在的部门，按通常的逻辑，这简直是逼人离职的节奏了。

大家沉默了一会儿，华伟问："上次不是说让 Michael 来做南都项目的总协调吗？这事现在怎么样了？"

董培说："我正打算写方案报给江总。这是我的问题，应该当时就报上去的，如果现在把这个方案报上去，容易让江总产生误会，认为我这样做是跟陈总较劲。"

"如果现在还不报，恐怕以后都没有机会了，一旦陈大明以总协调人身份开了一次会，或者写了一封邮件，再推翻就很难了。"张思文说，他已经不客气地对陈大明直呼其名了。

"是这样……但仍然需要一个很好的契机，这个方案必须一击而中，一旦被搁置甚至被否决，就没机会了。"董培说。

形势看来真是不太妙，如果按陈大明的如意算盘，新渠道那边的业务并入各地分公司，南都项目也由他来总协调，那董培就彻底沦为陈大明的附属了。

崔小萌说："我觉得陈总这个提议其实是很厉害的一着棋，我虽然不太了解高层的那些事，但凭直觉，他的提议很合江总的意，而且我还发现，每次的高管例会，但凡陈总有些什么组织架构上的意见，吴总都是第一个附和，我觉得这不像是偶然。"

董培没有说话，他还存着一点保留体面的意思：跟下属如此放开地议论公司高层的政治不是一种专业行为。

华伟一直在旁边听着，这时候开口了："我觉得 Peter 也可以找个同盟，比方说 Michael。"

董培不由得一笑，这个华伟要么不说话，说话必然都在点子上。

其他人也觉得华伟说得有道理，张思文怕大家忘了这其实是他的好主意，说："我上次不就说了让 Michael 做南都项目的总协调人嘛。"

崔小萌说："华伟的建议更进了一步，如果能够得到 Michael 的坚定支持，我觉得形势会大有改观，至少陈大明不会这么明目张胆。"

董培心里大致有了主意，说："我今天就提议让 Michael 做南都项目的总协调人，但得找个好由头，以免被江总解读成是针对陈大明这个提议来的。"

孙华立即接口道："我这有个现成的由头，正准备给你发邮件呢。"说完，嗖地蹿出了办公室，才半分钟工夫，又风一样卷了回来，对董培说："查邮件。"

董培打开邮箱一看，是一份尚未最后完工的汇报，孙华解释道："这是上周的事了，针对南都项目中对于实时监控并评估学生学习状态的要求，我们提了一个需求：不仅能监控、评估，还能对原始数据进行汇总分析，得出某种智能化的结论。我跟技术部门沟通的时候，他们立即就炸开了锅，说我是在写科幻小说，人工智能都整出来了，其实我的意思很明白，这种结论应该是有亲和力的、有情感的，而不仅仅是机器式的语言，事实上很多小一点的专业公司都已经在这方面做得不错了！我觉得这事有必要让 Michael 表个态，让那些呆头鹅不要再抠字眼了，学会用市场的眼光去看待技术问题。"

董培看完了邮件，沉吟着说："现在的形势很微妙，不行动则已，一行动就必须一击而中。"

崔小萌有些担心地问董培："那你怎么一击而中呢？"

董培揉了个小纸团，隔着对面几个人准确地扔到字纸篓里，说："就这样一击而中。"

崔小萌莞尔一笑，她高兴的是董培的心情似乎正在好转，状态也有所恢复。

像是为了印证崔小萌的判断，董培拿起桌上的座机，拨了出去："小芊，我是董培，江总今天什么时候有时间？我有一些项目上的事情要跟他汇报一下……对，挺急的……麻烦你了，谢谢。"

放下电话，董培对大家解释道："我决定不写什么书面提议了，直接去跟江总口头汇报。"

"好！"大家纷纷表示赞同，董培这种血气完足的工作状态是他们所熟悉和期待的，他们跟着这个年龄不比自己大几岁的领导一路拼搏，从一个弱小的部门成长为新海的核心团队，每个人的市场价值也大幅提升，对于董培，他们充满信任。

一个小时后，小芊打来电话，说江总现在有时间了，董培马上放下手上的事，直奔江总办公室而去，推开门，发现吴梅正坐在沙发上，江总端着杯茶若有所思地踱来踱去。

见董培进来，江总停止了踱步，问："董培，有什么情况？"

董培点头说："关于南都项目的。"

江总现在最关注的就是南都项目，便坐到沙发上，示意董培坐到对面，吴梅起身道："江总，您先忙吧，我先过去了。"说罢收拾东西要往外走，董培说："吴总，麻烦多待几分钟吧，这事我也想听听您的意见。"

吴梅看了看江总，江总点点头，于是吴梅便又坐回去了。

董培这才说："现在南都项目在一个关键点上停滞不前，我梳理了一下，感觉和我们市场部门与技术部门的脱节有关。"

这一点江总早有隐忧，听董培说出来，脸上神情立即严肃起来。

董培把要求技术部门实现"智能化结论"遭到抵触的事跟江总说了一遍，他没有把这事完全归咎于技术部门对市场的不敏感，而更多地归因于市场部门与技术部门的话语体系与逻辑方式不同，导致了双方的沟通成本太大，沟通时间过长，而这一点在南都项目的竞争中是致命的。

"怎么解决？"当江总要快速做出决定的时候，总是这样简短地问。

"我觉得必须把 Michael 的优势发挥出来，Michael 的技术实力是没的说的，而且非常有市场感觉，这两年他对中国市场研究了很多，他学习能力强，我感觉有时候他能说出一些非常有价值的观点来。因此，我建议让 Michael 来担任南都项目的总协调人，没人比他更合适做这个沟通桥梁。"董培说。

江总思考了十几秒钟，然后用沉稳而权威的声音道："同意。"

吴梅立即在记事本上快速记录下来刚才的对话内容，江总继续说："Michael 任组长，陈大明和董培任副组长，组员你们自己确定。"

"江总，我建议吴总也担任副组长，南都项目不应该仅仅是市场和技术两个部门的事，其他支持部门也应该积极参与，才能形成最大的合力。"说着，从活页夹里抽出一张纸，"这是下面一个代理昨天发过来的邮件。您还记得上次一大群代理突然跑到公司来的事吧？当时情况真是很被动，但在吴总的协调下，我们处理得忙而不乱，让这些代理心服口服，这个代理在邮件中还特别提到了这一点，认为新海集团的管理是一流的。这种口碑真的是价值千金。"

江总扫了一眼邮件，对吴梅赞许地点点头，说："那南都项目也要辛苦吴总了。"

吴梅脸红了，刚才和江总讨论陈大明提议的时候，自己还没少挤对董培，没想到董培还了个以德报怨。她当然明白，能够以正式身份参与到南都项目中，对于巩固自己在公司的地位，避免边缘化，是有着莫大好处的。

"今天就把通知发下去。"这是江总这次会议说的最后一句话。

于是，当天下班之前，陈大明收到了两封重要邮件，一封是江总对他提议的回复，很简单的几个字：拟同意，后续再议。另外一封是人事发过来的成立南都项目小组的通知，他从自我定位的"总筹划人"变成了副组长，Michael 成了组长，让他摸不着头脑的是，吴梅居然也位列副组长，真不知道这葫芦里卖的什么药。

他是聪明人，很快琢磨明白这一切都缘于"江氏太极"，但今天这太极为什么这种打法，就不是他所能预料的了。

董培也收到了邮件，江总对于陈大明提议的简单回复让他费了半天脑子，什么叫"后续再议"？是真要再议还是就此搁置？这个答案恐怕连江总自己也不确定。

不过目前对董培稍有利的一点是：陈大明并不太清楚成立南都项目小组的背景，他或许会把这理解成江总对他的敲打也未可知，这至少可以让他暂时收敛一些。

总体看来，形势至少比前段时间乐观了些，首先，Michael 虽然并不热衷于新海内部的争斗，但在陈大明和董培之间，显然他更倾向于支持董培，原因很简单，陈大明身上有一种他怎么也读不懂的东西，让他对此人产生某种本能的不确定感，而在 Michael 看来，这种不确定感就可以成为不信任的理由；其次，吴梅与陈大明的脆弱同盟似乎有所松动，在成立南都项目小组的通知中，吴梅起草时在措辞上都有微妙之处，让局外人产生的感觉是，这是集团组织框架的延伸，不仅仅是一个临时性的团队，而江总对于这种通知除了偶尔改动几个字，一般只是简单签发就完了。

伤痛还在，但董培终于不像之前那样对这伤痛毫无反抗之力，他可以借助于不停顿的工作去避开，处理完邮件，董培又整理了一些新渠道的资料，发到邹义山的私人邮箱里，考虑到邹义山还没有最后入职，董培便没有将代理商名单、代理政策以及相关协议发过去。

不到半小时，邹义山便打电话过来了，语气难捺激动："董总，这是我将来要负责的业务吗？"

董培说："是的。"

"太好了！"邹义山高兴地说，"我跟您说实话，这才是咱们这个行业的发展方向！我跟张宏说过好几次，这个二百五却一门心思盯在国家级超大项目上，根本没那意识……"

董培等他的兴奋劲过了一阵，才说："现在新海这边的情况有些小变化，和所有公司一样，大家的眼睛都盯在国家级超大项目上，毕竟这是一个未来几个月就见分晓的事，而新渠道的发展还需要市场的培育，具有一定的不确定性。新海在各地有很多分公司，这些分公司由我们一位副总裁主管，现在集团的初步意向是把新渠道逐步并入各地分公司去，这会对你将来主管的这片业务有较大的影响，这事还没有定论，我也需要你过来跟我们一起争取更大的发展空间。"

董培尽量用词策略，但邹义山立即就听懂了怎么回事，冷笑一声说："哪家公司都有不省心的人、不省心的事啊！您放心，我过来跟您并肩战斗，决不能让那些乌七八糟的人得了势。"

董培有些歉疚，说："义山，真是不好意思，本来想让你过来有一个非常好的职位的……"

邹义山打断他说："董总这是哪里话！这样更好，如果让我过去接手一片打好的江山，我还真搁不下这张脸！何况我需要在一个新环境证明自己，这不是很好的机会吗？"

董培听了这番明事理的话，心里十分感动，甚至有些惭愧自己刚才没有把全部文件发给邹义山。

邹义山说："我再好好做做功课，仔细琢磨一下您发过来的资料，有什么想法我随时跟您沟通吧。"

挂掉电话，董培把腿跷到办公桌上，算是放松一下，这时手机"嘀"了一声，董培拿起一看，是邹义山发过来的短信：董总，请查收邮件。

董培打开邮箱，是邹义山转过来的一份鸿宇人事的邮件，要求邹义山把相关资料整理出来，交给相关部门负责人，还提了一些诸如门禁、员工卡、邮箱关闭等方面的具体事项，明确交代邹义山的离职时间是月底最后一天。

看来邹义山从鸿宇离职没有任何悬念了，董培把邮件转发给小邢，让她做好邹义山的入职准备。

晚上十一点多的时候，董培已经准备上床睡觉了，邹义山打来电话，他似乎处于某种思维兴奋中，开门见山就谈起了业务："董总，新海集团为什么要把新渠道的业务逐步并入各地分公司？"

这个问题说起来很复杂，董培一时答不上来，邹义山大概也意识到了这一点，稍稍改变了一下问法："我说的是纯业务上的理由。"

董培想了想："我觉得归根结底还在于新海目前的组织结构，新海是业内所有公司中地方业务发展得最好的公司，这也是它的核心竞争力之一，我们所说的新渠道，其实指的是二三线城市，甚至某些较发达的四线城市中一些原本不从事这个行业的企业和个人，看到了机会后来加入的。他们和地方上的关系盘根错节，行事方式有很强的地域性，所以从这个角度来看，把这些新渠道并入分公司统一管理应该也说得过去，甚至合情合理。"

邹义山在电话里沉默了一会儿，说："这个新渠道应该是您一手创建起来的吧，跟分公司有关系吗？"

董培谦逊道："倒不是我一手创建起来的，其他人也起了很大作用，但跟分公司真的关系不大，只是在后期收集地方市场信息方面稍微使用了一下他们的力量，不过那更多的是给他们一点面子吧。"

邹义山又问："那您觉得，如果没有分公司接手管理新渠道，这片业务还能进行下去吗？"

董培半躺的身子不禁坐了起来，嘴里答道："当然！"

邹义山笑了："既然新渠道创建的时候分公司一点作用没起，而且没有分公司，新渠道运营照样进行，那还要这些分公司干什么？"

这个结论非同小可，董培站起来，光着脚在卧室里踱来踱去。

邹义山继续说："广设分公司是一些借助渠道销售的公司通用的做法，这样便于就近服务，降低成本，提高满意度，得渠道者得天下嘛。但这个逻辑现在已经行不通了，互联网改变了一切，不信你看看我们这个行业还有哪项服务可以不通过网络来实现的，我想了半天，真的没有！你看看这些分公司成天忙些什么？把总部的货堆到自己仓库里，吭哧吭哧地送货；代理开销售会时，人模狗样地以总部人员身份去巡视，好为人师地指指点点；然后是定期组织培训，拿着几年前的讲义老生常谈一遍；还有当地的市场调研，这帮人既不懂样本采集，又不懂定性定量分析，能搞出什么像样的调研来？再就是上门催款，催款必定喝酒，这好像成了一个可笑的仪式了……这里面所有的工作都可以由总部来完成，或者干脆外包出去，省钱省心，效果更好。更不要说分公司天高皇帝远，财务问题层出不穷，简直成了痼疾，让总公司头疼不已。"

邹义山突然停住了："董总，您在听吗？"

"听着呢，你说。"

"所以，我认为：不应该是分公司来合并总部的业务，而是总部以新业务的开拓为契机，逐步回收分公司的各项职能并裁撤分公司。"邹义山最后下了一个结论。

董培首先想到的竟然是：江总会非常喜欢这个结论！而陈大明对这个结论几乎毫无抵抗力，因为这的确是一个趋势，是新海在新形势下转型的必由之路。

仅仅凭借这个结论，董培觉得自己等待邹义山这么长时间是完全值得的。

邹义山听董培在电话里半天不作声，便问："董总，您觉得我这个说法靠谱吗？"

董培一笑，说："你赢了。"

邹义山听了，开怀大笑，纠正道："我们赢了！"

两人聊兴高涨，要不是因为太晚，明天还各自有事，早就溜出去喝一杯了。

第二天一早，董培终于觉得没有什么可顾忌的了，便将代理的大名单、协议和代理政策等相关资料一并发给了邹义山，让他尽早进入工作状态，并交代他务必不要外传。

三十五

创业必须激情满满，打工不必

　　房立峰把自己的公司取名为"立森"，取他和麦麦中文名字中的各一个字，英文名叫"Linthem"，是麦麦给取的，说是参考了投资人的意见。

　　房立峰对于自己新公司的投入程度是无以复加的，睡觉的时候他都在琢磨新公司的业务，有时候半夜突然从床上爬起来，一头钻进书房，在电脑上忙碌到清晨，然后又精神抖擞地去上班，丝毫不觉得疲倦。

　　奇怪的是，虽然他把八成的精力给了自己公司，他在宏博的日子却比以前更顺了，当他偶尔从兴奋中冷静下来，也会思考这其中的原因，他后来明白了，正是因为只能匀给本职工作两成的精力，他才有必要去糊弄、去表演，而不像以前那样去较真、去拼命。

　　他有种恍然大悟的感觉：原来刘美兰这种人就是这样混的！

　　他刚用一千万从一家公司挖来了一项很重要的技术和它的团队。这家技术公司拥有一项关键技术，由三个才华横溢的年轻人创办，他们融资的时候被麦麦知道了，然后由他牵线，介绍给了房立峰，几经谈判，终于用一千万的低价将这家公司的核心技术买了下来。在接触过程中，房立峰很欣赏这几个年轻人的干劲和灵气，干脆也直接聘用，并拿出百分之九的股份分给他们。

　　这几个年轻人瞬间成了小富翁，仿佛天上掉馅饼，再加上房立峰充满诱惑的前景描述，一个个干劲冲天，把行军床都抬到公司来了。

麦麦对此次收购极为满意，他的"Linthem"一下子就拥有了独立的技术产权，这对于将来公司的估值有极大好处。

下一步房立峰考虑的就是迅速占领市场，让他深感不方便的是，自己再能干，也只能幕后策划，不方便亲自出马，面试了几个营销总监的人选，都没有一个能赶上杨绪方的水平，这让他颇为头疼。不过，他也知道这个人选的重要性，急不来的，于是一边委托几家猎头公司寻找，一边自己巧为周旋地推进业务。

在经历一段时间的狂飙突进后，房立峰的立森公司在业务拓展中慢慢进入了深水区，他也终于体会到创业是一桩极为艰辛的事。

在与麦麦及投资公司代表老韩的会谈中，麦麦和老韩对最近一段时间业务上的停滞表达了担忧，老韩说："我们前段时期的发展非常顺畅，如果保持这样的势头，立森会成为一颗明星！现在业务有所停滞，这种停滞每家初创公司都会有，但我们还是要引起警惕，避免让这种停滞成为停摆。"

麦麦为这家公司倾注了大量的心血，这时候也难免担心，他问房立峰："你认为现在业务进展缓慢的原因是什么？"

房立峰这段时间明显瘦了，但精神还算好，他说："我判断是有公司抢先在这个市场上运作了，而且力度还不小。"

这是麦麦和老韩最担心的事，两人神情一下子严肃起来。

房立峰笑了笑说："但好消息是，这家公司没有进一步运作，我观察有一段时间了，他们确实没有任何新的推进，这就意味着我们完全有机会迎头赶上。"

"这也意味着这个市场正在苏醒，留给我们的时间并不多。"老韩做了快二十年的投资人了，经历过很多次泡沫，他知道在资本市场，机会就像一个大泡沫，在爆裂前抓住才有意义。

麦麦问房立峰："有什么快速的切入点吗？立森必须快速发展，不能陷入马拉松式的消耗战中。"

房立峰沉思良久，才说："最好的办法是把那家先行公司的操盘手挖过来。"

这谈何容易，能走在前头的公司一定是业内的大公司，这样公司的操盘手大都身居高位，很难挖动，更难办的是，你去挖人家，必然会让人关注到你，一旦挖人不成，反而让对方察觉你公司的战略，必然会采取反制措施，那才真是耗子给猫当三陪——赔死拉倒。

"这可以作为一个备选项，如果时机成熟，当然是可以尝试，不过目前，我们应该有一个更稳妥的推进方式，而且还要快！立峰，我知道这不容易，但我们别无选择。"麦麦说，他身上压力也不小。

房立峰当然明白这个道理，他意识到自己必须站到前台去了，很快宏博就会知晓他的行动，那就是图穷匕见、互相摊牌的时候。

几天后的碰头会上，宏博集团董事会成员都很关注南都项目的进展，房立峰向吴起宏提议，出一本广宁项目的纪念画册，赠送给相关部门的负责人。吴起宏觉得这是个好主意，问房立峰什么时候能把画册编辑出来。

房立峰说："外包出去就可以了，外面有很专业的公司从事这方面业务，我们提供素材就行，快的话一个星期就可以出来。"

姜开云对这种花活向来兴趣不大，他只关心一个问题：什么时候能跟南都市签订一个有法律约束力的意向性协议，就像之前操作广宁项目那样。

放在以往，姜开云这样冷面无情地只管催，房立峰早就拉下脸了，但此一时彼一时，他现在脾气好得惊人，耐心地对姜开云解释说："已经不可能签订这样的意向性协议了，因为这两个项目实施的背景完全不一样，我们之所以能那样顺利地拿下广宁项目，完全是因为出其不意，偷袭成功，但南都项目基本上是透明化操作了，只能是打攻坚战，阵地战。"

姜开云无法认可这个解释，但又挑不出什么刺来，阴沉着脸不说话。

房立峰看他一副资本家的傲慢冷血样子，惊讶自己居然一点都不生气，作为另一家公司的主要股东，他很能理解姜开云这副表情完全是出于压力，并非针对任何人。

吴起宏毕竟是亲自做过业务的人，知道这里面的难处，所以没像姜开云那样喜怒形于色，不过他远没有南都项目刚立项时那样乐观了，对于市场的不可捉摸，他又多了一层体会。

"立峰，现在宏博面临的形势还是很严峻的，因为我们的资源配备都已经为这个超大项目做好了准备，如果一旦落空，付出的代价是相当大的。"吴起宏的口气比姜开云温和多了。

房立峰心里也不由得一阵沉重，不过他是因为想到了自己的立森公司也面临着同样的形势。

吴起宏见房立峰面色凝重，只当他也在为宏博集团的前途忧心忡忡，再想想当初正是自己力主不给职业经理人股份，房立峰因此成了一个纯打工的，未来收益跟那些股东相比不可同日而语。想到这里，语气软得几乎赔起小心来，他说："立峰，目前的情况很微妙，形势也很不明朗，你是接触一线市场的，你给大家梳理一下吧。"

房立峰谦逊了一句，关于南都项目，他的确有一些惊人的观点，而这些观点都是他近期得出来的。颇具讽刺意味的是，虽然他对南都项目远没有以前那样投入，却反而拥有了一份置身事外的冷静，观察形势时头脑分外清晰。

"我觉得我们应该调整战略，不是战术，是战略。"房立峰说，他口气还是淡淡的，却透着一股深刻的自信。

吴起宏眼皮不禁跳了跳，他很熟悉房立峰这种说话方式，他感觉房立峰很可能要说出一些很不寻常的话。

"我判断就南都项目而言，咱们宏博集团不可能独吞，不是没有实力，而是有关部门不会让一家公司坐大，形成事实上的垄断，我们的行业特征决定了这是个与意识形态相关的领域，而不是我们眼中的纯粹的市场。"

姜开云本来是一脸不忿，这时候目不转睛地看着房立峰，仿佛要把他脑海里的观点全部刨出来似的。

房立峰继续说："但我们现在所有的准备工作，都是在为独吞这个项目做准备，我认为这很不明智！这只会延长南都项目的决策周期，让我们消耗掉更多的时间和精力，到头来仍然达不到目的。不如从现在起，我们就不做独吞的打算，专攻我们的优势部分，筑起一个极高的门槛，在广宁项目中，我们最强的能力体现在网络环境下对数据的收集和数据安全，其他方面我们跟竞争对手相比没有优势，甚至处于明显的下风，我们应该扬长避短，在我们的优势领域继续加大投入，让它成为行业标准，而劣势领域，如果我说放弃，希望大家不要觉得我疯了。"

吴起宏看了一眼姜开云，有些意外地发现他的脸不知为何涨得通红，随即又猜到了一点原因，这些事关宏博集团何去何从的指导性话语，实在应该从他这个自诩战略大师的口中说出。

姜开云虽然明知房立峰是在帮他赚钱，但心里仍然存着一丝莫名的嫉妒，他咳了咳，问："下一步我们该如何行动？"

"你是指战略方面还是战术方面？"房立峰潇洒地反问。

"战……略吧。"

"直奔第三个国家级超大项目。"

房立峰此言一出，会议室的气氛顿时活跃起来，这的确是一个奇思妙想：在南都项目尚未明朗之际，宏博集团就开始为第三个超大项目做准备了。

但毫无疑问，这是真正的高手布局。

吴起宏脸上又堆起了笑意，他本能地觉得，宏博在迷雾中找到了一条正确的路，虽然让他一下子放弃独吞南都项目的念头还有些舍不得，但他自己也知道那纯粹是出于贪心，现实情况根本不允许！你要真独吞了南都项目，别人非牛吞了你不可。

姜开云凝视了房立峰片刻，他向来对房立峰是持认可态度的，房立峰的市场感觉、经验以及做事精干都高于常人不少，但他好像第一次发现房立峰居然也具备非常宽广的视野，而这是一个战略决策者的必备素质。

"第三个超大项目在哪里？"姜开云也认可了这个方向，问房立峰。

房立峰仍然是潇洒自信的样子，说："在哪里并不重要，我们只需要知道有这样一个项目就行了，国家已经明确提出了要启动一系列的超大项目，南都项目之后，第三个超大项目很快就会启动，我认为这应该是板上钉钉的事。只要我们大力强化我们的优势部分，建立起真正的技术壁垒，无论是南都项目，还是其他任何国家级超大项目，我们都会分一杯羹，而且是非常丰富的一杯羹。"

其他几个董事会成员已经事实上接受了房立峰的观点，都频频点头，姜开云当然不傻，这即便在资本市场都是一个很好听的故事，虽然这个故事不是经他嘴说出来的，但有什么关系呢，上市成功了，他的收入是天文数字，而房立峰不过是年终奖多出一些而已。

吴起宏心里却敲起了小鼓，如果房立峰要求股权怎么办？一点不给还真是说不过去，但要给的话，多少合适呢？

会议最后，房立峰用很平常的语气说了一句："接下来一段时间，我可能需要到各地去走走，一是调研一下各地的市场情况，二是跟一些有经验的业内人士多聊聊，找点灵感。说实在的，我刚才的这些观点都是跟他们聊出来的。南都项目的跟进，我交给绪方他们，我会全天候跟他们保持联系，确保万无一失。"

这时候，房立峰想干什么都是合理的，吴起宏深深地点了点头，以示认可和信任。

这是一个信任的窗口期，时间宝贵，房立峰第二天便一头扎到下面去了。

他沉在下面调研了几个星期，发现了一个极其重要的信息：立森的竞争对手原本起步很早，但不知道出于什么原因，乍然面对一片丰厚的新市场，没有坚决地全力扑上去，而是挑肥拣瘦，期待把风险降到最小的情况下实现利润最大化。

很明显，广宁、南都等国家级项目极大地干扰了竞争对手的战略。房立峰猜测这个竞争对手是新海，不能说新海下的是一着错棋，这原本是一步妙着，但因为他与麦麦的天作之合，这步妙着成了败笔。

房立峰的头脑在高速运转，他已经大致摸清了对手是谁，对手的战略漏洞在哪里，那么下一步的出击方向就非常明确了，不再耗费任何时间在老代理身上，而是全力猛攻那些新近进入这个行业的公司，特别是那些还没有跟新海搭上线的公司。

他做出这么犀利的判断，依据的仅仅是别人眼里连蛛丝马迹都算不上的一丁点模糊信息，但多年修炼出的市场敏感和对自己事业的高度投入，让他敢于借助最少的信息做出尽量准确的决策。

三十六

错付信任比错付爱还苦涩

日子过得飞快，很快就到了月底，董培对了一下时间，邹义山应该在后天入职，他已经想好了欢迎会上如何致辞，如何把邹义山介绍给江总，邹义山的办公用具他都亲自过问，务必保证品质最高。

他手下已经人才济济，如果再添上这么一员大将，这个团队堪称完美。

正因为抱着如此高的期望，所以当邹义山发过来一条短信，说他想再潜伏一段时间，以发挥"最大效用"时，董培像被电击般呆住了。

邹义山的这次反复对于董培来说几乎是致命的，首先他面临的问题就是如何跟上下交代，为了邹义山的入职，董培可以说是煞费苦心，不厌其烦地四处吹风，如今他突然又不来了，董培的狼狈是可想而知的。

还有就是江总会如何看待这件事，董培一直感觉江总对邹义山持某种程度的保留意见，邹义山的这次出尔反尔只会印证他的一些看法，别的不说，至少董培会落一个察人不明的把柄。

更让董培脊背一阵阵发凉的是，他几天前刚把最核心的机密文件一股脑地发给了邹义山！这些文件里包含了董培团队对于新渠道的所有精心策划成果和代理名单，可以直接照搬照用！

董培收到这条短信的时候，正好是晚上九点多钟，这更加让董培疑窦丛生，他感觉选择这个时间段发这种短信也是经过精心考虑的，这里面透着的某种预谋性让董培不禁浑身发抖，不仅是出于害怕，更是由于心痛，一种被最信任的人背叛的心痛。

似乎是为了消释董培的满腹狐疑，邹义山紧接着打来了电话，董培接起电话，便听到邹义山略带沙哑的嗓音，很愧疚的样子，说："董总，唉，真是无地自容啊！"

董培沉住气，只是淡淡地问："怎么回事？"他想不出邹义山还能找到什么合适的理由。

邹义山的确找不到理由，只是一个劲地叹气道歉，像有什么难言之隐似的，董培忍不住了，说："义山，你给我一个理由吧，我好向人事还有老板交代。"

邹义山这才说："董总，您就说由于我前段时间的潜伏，为新海在市场上的成功起到了很关键的作用，现在看来，这种关键性作用还可以持续，因为鸿宇目前也在向南都项目进军，他们的一举一动对于新海而言还是非常重要的。"

如果退几个月，这个理由尚可成立，但在目前情境之下，还用这种理由来搪塞，未免太牵强。

董培问："还有别的理由吗？"

"我觉得这条理由已经足够了。"

董培尽量用和缓的口气说："义山，我现在以你未来主管的身份告诉你，你不需要再做任何潜伏，我希望你马上入职。"

邹义山的口气也很沉稳："董总，很抱歉给您增加额外的压力，其实这何尝又不是给我自己增加压力呢？但我觉得这样做非常值得，您以后一定也会发现。"

董培知道此时辩论值得与否毫无意义，便直接问："那你打算什么时候入职？"

邹义山想了想，说："我觉得三个月左右应该差不多吧，南都项目见分晓也就这三两个月的事了。"

董培无计可施，此时他手中一点筹码都没有，不掌握任何主动权。他感到自己处在悬崖边上，只要有人推一把，他就会掉下去。

他唯一能够做的就是强作镇定，好像自己还有后手一样，这样完全是出于某种本能。短暂的盘算之后，董培用自己所能发出的最悦耳、最平静的嗓音说："义山，你是真的一心要为国献身了？也罢，我就陪你一路走到底，咱们共同迎接一个灿烂的出头之日！"

"谢谢董总，谢谢……"

"你放心，这个职位还会为你保留到最后一天，谁也抢不走，你放心做事好了。"

"董总，唉……谢谢，谢谢……那我不打搅您休息了，有什么情况我会及时跟您汇报。"

董培跟他互道"晚安"，挂上了电话。他心里一下空洞洞的，邹义山最后闪烁其词，欲说还休，这不是做贼心虚是什么？他现在已经百分百肯定，邹义山绝对是起了异心。

为什么？董培痛苦地思考着，他把之前与邹义山交往的片断仔仔细细地过了一遍，才发现自己对邹义山了解得有多么少。

他对邹义山基本上属于"一见钟情"，邹义山对于业务有非常精彩的观点，董培为此倾倒，再加上他逻辑严密的思路和清晰的谈吐，董培一开始就对他高度认可，以至于竟然没有对他做过一次专业的背景调查。

董培也终于承认，自己陷入如此被动的局面，某种程度上也是咎由自取，他放任邹义山去做间谍，这种违背商业伦理的火中取栗，终于天理昭彰地得到了报应。这也是对董培自大的一次可怕警告：不要以为你的魅力和胸襟能让所有人折服！

董培心里的旧伤还远未痊愈，又被人狠狠地捅上一刀，他几乎感觉不到痛，只有一种酸楚的麻木感。

现在他已经完全暴露在竞争对手的视野中，对手一定会狠狠地发起攻击，而他只能焦灼不安地等待。

第二天，董培再次体会到了什么叫被人"玩于股掌"，他硬着头皮跟人事和江总汇报此事时，居然不得不采用邹义山的口径，人事虽然诧异，但鉴于董培积累的信誉威望，没有表示太多抵触，江总却是满腹狐疑，皱着眉头想了半天，最后盯着董培问："你对这人有把握吗？"

"有没有把握也只能试一试，毕竟南都项目事关新海集团的兴衰，鸿宇的大力介入本来是一件糟糕的事情，让局面更加复杂，但如果我们对它的动态了如指掌，我们超过的不仅仅是鸿宇，还有我们在南都项目上的真正对手——宏博，因为宏博还要费心去对付鸿宇，而我们只需一门心思聚焦在宏博身上就行了。"董培解释说。

这番颇有诱惑力的陈述多少让江总的眉头舒展了些，"董培，这是一着险棋，"他说，"如果你一定要用，我不拦着你，不过丑话要说在前头，'文责自负'，你明白我的意思吗？"

"当然。"董培心里一阵发虚，却只能硬挺着，"这里面肯定有不小的风险，我会时时监控。"

鸿宇接下来如董培所说，在南都项目上突然加大了力度，势头之猛，大有要后来居上的架势。江总当然是第一时间就了解到了市场的最新动态，特意把董培叫到办公室，笑眯眯地说："你那着棋看来还不错，鸿宇介入力度很大，把市场搅得一塌糊涂，不过，我看这种局势没问题，正如你说的，对我们反而有好处。"

董培内心深处却很不踏实，只是敷衍了几句，回到办公室，他立即把手下几员大将全部召集过来，刚坐定，他劈头就问张思文："你最近跟傅明叶联系过没有？"

张思文正满脑子南都项目，手里也捏着一沓关于南都项目的材料，听董培突然问起傅明叶，停顿了好几秒才说："有小半个月没有联系了，怎么，他又来烦人了？"

董培转头问崔小萌："最近跟新渠道代理有联系吗？"

崔小萌也觉问得突然，想了想说："不多，但也有过几次联系，就是问一些发货细节上的事，销售旺季快到了嘛。"

董培又转向华伟和孙华："你们呢？"

两人均回答有过联系，但都是些不太重要的事，毕竟这些代理全部已经签约完毕，保证金也交了，基本上属于煮熟的鸭子，飞不了的。

董培知道大家疑惑，但这事没法解释，便说："在关注南都项目的同时，新渠道那边的业务也不能丢下，俗话说得好，'双鸟在林，不如一鸟在手'，南都项目成败尚不可知，但无论结论如何，我们把新渠道这片业务弄好了，仍然会有一个不错的收成。"

这话也无可挑剔，大家纷纷点头，但都略感奇怪：把四个人同时叫来，就为了叮嘱这么一句？

之前由于新渠道业务事关重大，所以大家都一起上，协议签订完毕之后，就没那么多事了，加上大家各管一摊，所以没有像开始那么关注。

董培再三强调仍然按之前的方式，每个人都必须紧盯各自负责的区域，然后让其他人先走，张思文留下。等大家都出去了，董培说："你现在给傅明叶打个电话，聊一聊近况，我想知道最近是否有别的公司找过他。"

张思文拿起手机就要拨出去，董培止住他，说："你先打一下腹稿，怎么说话才能不引起他的怀疑。"

张思文不禁失笑："我跟老傅认识这么多年了，他昨晚有没有出去鬼混我都敢问，这光明正大的事有什么不好问的？"

董培坚持道："你听我的，不要一下子谈到业务上去，就当作一次朋友间的问候，慢慢地聊到业务上去，要很隐蔽。"

见张思文仍然有些不以为然，董培正色道："思文，我在拜托你做好这件事，麻烦你不要掉以轻心。"

张思文见董培满脸严肃，这才上了心，想了一会儿，才拨通了傅明叶的手机。

"老傅，听说你前几天嫖娼被逮住了？"张思文粗鲁地问候道。

手机里清晰地传来傅明叶的笑声，他说："我能混到那一步？太小看你老哥了。"

"老傅啊，有个事咨询你一下。我有个亲戚的孩子，就在你们省最好的大学读书，专业是化学工程，大四了，人家也不想考研，也不想去深山老林里去搞化工，想找家公司实习，通过这种方式为将来找工作做铺垫，我跟他说咱们这个行业现在很火，前景也很广阔，想推荐他到你那儿去实习半年，实习费你看着给，不知道这事能不能行？"

"怎么不行？你叫他随时过来都行，薪水按刚入职员工标准算，如果实习期间表现不错，直接录用也是可以的。"傅明叶回答得很爽快。

张思文看了眼董培，见董培点头表示赞许，便继续道："不过有点担心，你们公司业务现在已经比较稳定了，跟我们也签了协议，交了保证金，跟地方上也理顺了关系，没什么有挑战性的工作了，我怕把这孩子惯坏了，到时候不好跟他父母交差呢。"

傅明叶表示绝无可能，说："你也太操心了！你放心，我当然不是那种吃员工肉、喝员工血的老板，但谁要在我手下混吃混喝不干活，那是门儿都没有。"

张思文说："你也别吹牛，让员工忙起来，且忙到点子上，可是大有学问的，你的公司毕竟新入咱们这个行当，业务内容还比较单一，如何让员工有效率地忙起来，不那么容易哦。"

"谁说我业务内容单一？我又不是傻子，不会去开拓业务吗？"傅明叶听上去有点不服气。

张思文存心要激他："你都已经卖身给新海了，还开拓个鸡毛业务啊？"

傅明叶冷笑一声："思文，你们这些上游厂商啊，真的都有傲慢的毛病！这个世道，早就不讲究从一而终了，更不要说在商场。"

张思文感觉话快说干了，看了一眼董培，见他正聚精会神地听两人对话，只得继续往下侃："说得也是，如果你老傅都能从一而终，那当真是'天下无鸡'了！"

傅明叶爆发出一阵大笑，董培也微微一笑，从沉思中回过神来。

张思文又跟傅明叶贫了几句，挂了电话，对董培说："就这样了，有你要的料吗？"

董培未置可否，又咀嚼了一遍两人对话，反问道："你觉得呢？不要先入为主，细细琢磨一下。"

张思文想了想，点头道："最后几句话有些可疑，但也说得过去，这些代理本来就没有什么忠诚度可言的，谁给的好处多，他就跟谁，这很正常。"

董培心想，如果把邹义山的事全盘告诉张思文，他还会得出这样轻松的结论吗？

张思文见董培仍然沉吟不语，便说："Peter，我觉得你多虑了，我们还收了人家三十万的保证金呢，他要跟别人玩，一分钱还没赚到手，首先就要损失这三十万，我看不出市面上有哪家上游公司能有那么好，让傅明叶情愿割下这块肉来，去跟他们合作。还有，我们当初费了多大的劲才从张主任那儿拿到资质，难道你忘了吗？谁有这个本事再弄这么个资质，那我还真是甘拜下风！"

董培觉得他说得有道理，虽然心里仍然踏实不下来，但他知道，目前阶段他根本无法证实自己的怀疑。

张思文出去后不久，崔小萌发来一封邮件，董培打开一看，是一段她和新渠道的一个代理的电话录音。董培专心听了一会儿，尽管崔小萌嗓音甜美，谈话技巧也无懈可击，但这个代理似乎也没有透出任何可疑信息。

董培琢磨了半天，觉得当初收取保证金的确是明智之举，或许这会成为一道门槛，阻止市场觊觎者的偷袭。

董培又听了一遍录音，以前只觉得崔小萌声音好听是肯定的，但没注意到她声音里也透着浓浓的女人味。

才过一会儿，崔小萌发过来了一条消息：我和思文过你办公室一趟，有空吗？

董培回复道：什么事？

崔小萌说：关于南都项目的进展。

董培这才想起自己像只惊弓之鸟，一心关注着新渠道的任何细微变化，已经几天没有开南都项目碰头会了。

"什么情况？"两人刚一坐定，董培又是劈头问过去。

崔小萌说："从这几天的情况来看，南都项目事实上处于一种停顿状态，我说的停顿并不是说各方面没有进一步行动了，而是各方持续加大了竞争力度，互不相让，以至于都寸步难行。"

"那你最好说处于胶着状态。"董培插嘴道。

"是的，现在鸿宇也加入了战团，而且力度空前，它具体做了些什么，我们一无所知，但它一定做了些什么，不然不会引起这么大的震荡。"

"什么震荡，具体表现是什么？"董培追问道，丝毫没有意识到自己语气中的生硬急躁。

崔小萌反而更加轻言细语，娓娓说道："第一，教育信息中心官网最近报道了国家级超大项目的一些情况，文中提到了三家公司，新海和宏博自然名列其中，还有一家就是鸿宇，这是鸿宇的名字第一次正式和国家级超大项目联系在一起；第二，鸿宇出资赞助了教育信息中心牵头的公益活动——西部万里行，这个活动本来规模很小，但被鸿宇一炒作，仿佛成了一个非常有来头的活动，重量级媒体都给予了报道，主管领导对这事当然很满意。我认为鸿宇最近下了非同寻常的功夫，才会出现这样的一种气象。"

董培怎么看都觉得这像是邹义山的手笔，从外围突破，营造声势，最后达成影响政府决策的目的，不得不说这是高手级别的谋划。

但董培只觉得蹊跷。鸿宇在南都项目上明显处于两头不靠的地位，技术和品牌无法跟新海抗衡，资历和经验上又不如宏博，选在这个不早不晚的时间段发力，机会成本太大，除了给决策部门增添点烦恼之外，似乎不会有多大的胜算，顶多象征性地获得一份标书罢了。

但鸿宇为什么要花这么大力气营造声势？这是董培苦苦思考的问题。

"相关部门牵头的委员会什么时候开始招标？"董培翻着手中的文件问。

"估计这个周末前就能收到招标书，不过对于招标书的内容，大家基本心里都有数了，只不过走个流程罢了。之前能够确定收到招标邀请的公司除了新海、宏博、鸿宇，另外还有几家新成立的合资公司，现在看来鸿宇也会得到重点关注。"张思文说。

董培百分百肯定，这些都是邹义山一手导演的，而他这样做是为了迷惑对手。

董培感到一阵从未有过的战栗，他遇到过比邹义山更大更强的对手，但这一次对决的可怕之处在于：你一直以为和你同室而眠的人是你忠实的伙伴，而他却正是那个一直窥伺在旁的连环杀手。

本来这个连环杀手对董培也没有什么杀伤力，甚至还依附于他，直到董培一个疏忽把刀交到了他手中——那些机密的协议和文件以及所有代理名单。

崔小萌审视着董培，他脸上的表情显示他不在正常状态，但又和前段时间那种万念俱灰的样子不同，他目光炯炯，身体紧绷，表情严肃得有点僵硬，像一头被惊吓激怒的野兽，却看不见敌人来自何方。

"你们必须时时刻刻紧盯鸿宇的一举一动，从现在起，每天都向我口头通报一次鸿宇的最新动态，无论哪方面的。"董培看着两人，用毋庸置疑的口吻说。

张思文面露难色，这些日子他几乎天天加班，实在没有精力去干这样一件看上去十分费力不讨好的事。

崔小萌说："这事我来做吧，我以前专门做过竞争者的调研，有一些资料方面的积累，应该更容易上手些。"

董培顿了顿，说："就这样办。"

两人出去后，董培开始处理邮件，刚打开邮箱，跃入眼帘的却是陈大明的一封邮件，董培打开浏览了一遍，陈大明说随着新学年的即将开始，整个市场将迎来新一轮的销售高峰，他想了解一下新渠道这块业务在此阶段的具体规划。

陈大明看来绝不会放弃扩张地盘，放在平常，董培会简单附和两句，然后把邮件转发给崔小萌或者张思文去处理，但他现在没有了这份底气，因为他知道新渠道业务这边埋着一颗定时炸弹，而引信并不在他手中。

这种内外交困的局面简直能把人逼疯，董培彷徨无计地盯着这封邮件，用残留的最后一点力量提醒自己：一定要冷静，一定要表现得从容不迫……

三十七

心胸开阔的本质是不在乎

就在董培一边高度警惕邹义山和鸿宇的一举一动，一边小心提防陈大明步步进逼的时候，房立峰的立森公司的业务取得了实质性的突破，虽然董培他们之前把新渠道最优质的代理掠走了，但余下的那么多代理绝非是残枝败叶，里面不乏颇有见识与实力之辈，只是一时没有抢到先机而已。

房立峰对于如何笼络这批代理可谓轻车熟路，他以极大的毅力和火山爆发一般的热情，在半个月内走访了十来个有代表性的三级城市，重点放在富庶的江浙一带，很多时候，他困了就在车上打个盹，饿了就买个盒饭匆匆扒几口，每天他还必须匀出一点时间处理宏博的业务，以免引起疑心。

当他拖着疲倦不堪的身体再次回到北京时，心里却是无比地充实喜悦，在他的手提箱里，已经有了超过十五份正式合作协议，另外还和十几个各地颇有实力的代理达成了明确的口头合作协议。

麦麦十分欣慰，房立峰的疯狂的工作热情他只在硅谷那些天才疯子身上看见过，他特意为房立峰办了个接风晚宴。老韩也参加了，他之前还对房立峰的能力有所怀疑，投这五千万多半是看了麦麦的面子，现在他才知道立森公司的真正价值其实在房立峰的业务能力上，于是他对房立峰的态度也亲近多了，他觉得这样的人都值得敬重和信任。

"可惜被人抢了头彩。"喝了一杯红酒后，房立峰摇头叹道。

"嗯？你最近不是打开了局面吗？"老韩一听这话，手中的筷子停住了。

"正是因为找对了方向，才打开局面，继续往深处走，但越往深处走，才越感觉新海当初下手的确是稳准狠，而且居然还悄无声息，我如果不是深潜下去，都发现不了他们干了这么大的事！这点我们得学。"房立峰说。

麦麦立即表示认同："Linthem 能够在这一波投资热潮中走多远，很大程度上取决于我们能够潜行多久，因为这时候占领市场的效益最大，成本最低。"

房立峰点头道："是这样，我现在最担心的是：好不容易找准了方向，能有多少时间留给我们去潜行？现在是卖方市场，这些三级城市的代理求着我们，不然我纵然有天大的本事，哪能半个月收获这么多单子！一旦竞争对手意识到了这个市场的巨大潜力，一定会不计代价地进入，那时候就是一团混战，整个市场形势就会颠倒过来，那就是我们求着下面的代理了，开拓起业务来要艰辛很多，成本也会急剧上涨。"

麦麦脸色有些凝重起来，习惯性地端起杯子，有一口没一口地喝水，他问房立峰："你还要下去出差吗？"

"是的，我这儿还有十来个客户，都已经说好了，我亲自去他们那儿签署合作协议，这事必须我去，别人去我怕说乱了，辛苦这么久，临门一脚必须万无一失。"

麦麦不禁有些紧张地揉了把脸，这么好的市场形势，真是要争分夺秒才行啊，但房立峰如此频繁地出差，接触的人也不可避免地越来越多，一定会传到宏博那边去，到那时候，房立峰就不得不离开宏博，而 Linthem 的布局也大白于天下了。

"不能把他们叫到北京来签约吗？"老韩问。

"不能！"房立峰断然答道，"这些人一上北京，难免盘桓几日，访访旧友，跑跑上游厂商，这样只会加速信息的泄漏。他们倒是想来总部签约，我跟他们说，我必须要考察一下他们公司，合乎我们的要求才能签约，这才唬住他们。我现在下去他们都把我当大爷一样供着，但这种忠诚度非常脆弱，一旦这个市场被完全引爆，他们就拥有了选择权，我们也当不成大爷了。"

三人一时陷入了沉默。某种程度上，这是一种甜蜜的烦恼，立森公司走到这一步，已经真正立起来了，一百家创业公司中能有两三家做到这一点就不错了，但这三个人都是野心家，他们希望立森的价值能够数倍甚至数十倍地增长，否则他们的创业就不算成功。

现在他们已经非常真切地看到了这个增长前景，但仍然会一不小心就错过这千载难逢的机会，这是所有创业者最煎熬的时期。

老韩打破沉默道："我看还是想办法把新海那个操盘手挖过来。"

房立峰想了想，缓缓摇头说："难……这中间的风险姑且不论，单就可能性来说吧，这人我见过，就业务能力和市场感觉而言，我不认为我比他更强。这样的人要挖过来，只能看机缘，人家年纪轻轻，就已经是新海主管核心业务的副总裁，新海是业界老大，还正在运作上市，肯定会给高管期权，而咱们立森呢？还是一家名不见经传的公司，挖他过来，顶多也只是个副总裁，即使把剩余股份全部给他，也不过是百分之十，设身处地想想，人家实在没有必要在事业的上升期投奔我们。"

麦麦还是第一次听房立峰说有人不比他弱，便放下杯子说："这事可以持续关注，每一家优秀的创业公司在市场上大放异彩之前，一定要经历一个人才聚集的过程，优秀的人聚集在一起，会产生不可思议的化学反应，会产生美妙的创意性思维，而这些是创业公司的生命。这一点我们在创建立森的时候应该有所体会，没有我们三个人中间的任何一个，立森就不会出现。现在的情况是，如果没有更多优秀的人才向我们靠拢，立森也不会迅速壮大。"

房立峰和老韩同时点头称是，房立峰尤其感触深刻，他现在身边非常缺一名高手级别的市场干将，杨绪方等人算是自己多年培养的骨干了，水平也不低，但离自己心目中的标准还有不小的距离，不然他早就把他们吸收到立森公司了。

麦麦对房立峰说："我朋友前几天给我推荐了一位人力资源总监，这人很有经验，你这两天抽空见见，我们需要有一个专业人士来搭建立森的人才架构，各方面的管理也要迅速规范起来，因为我们已经开始进入实质性的运营阶段了。"

房立峰点头表示同意，他这一阵发现，随着业务量急剧增大，公司的内部管理明显跟不上，而他现在忙于冲锋陷阵，根本没有精力去仔细梳理，而这也确实不是他的长项。

麦麦又提了几点完善公司管理方面的建议，房立峰听了无不可行，心里不禁惊讶，在如何使公司的内部管理与业务发展完美对接方面，麦麦无疑是个天才，或者说，他有相当丰富的实操经验，他在麦肯锡工作期间，几乎天天做这样的事情，参与并见证过无数次世界上最聪明的人如何打造一家顶级公司。

立森公司的事聊得差不多了，麦麦问宏博最近是个什么情况。

"他们在全力猛攻南都项目以及之后的国家级超大项目，"房立峰说，"我认为他们暂时不会注意到这个新市场。"

老韩一直在听两人聊，他投资过多个项目，有赢有输，他学会了对于所投公司的具体运营不予置评，听两人聊到宏博，才插嘴说："立峰，你得帮他们赢。"

房立峰说："宏博待我不薄，我会尽力帮他们赢得这个项目。"

老韩笑着摇头道："我知道你会，但我不是这个意思。宏博如果失去南都项目，赢家只可能是新海，那样新海会有发展成巨无霸的趋势，这对于市场上所有的其他公司都不是好消息，当然也包括立森。"

"说到这个问题，我觉得我们有必要探讨一下立森的未来，"麦麦说，"立森的目标是什么？"

难道不是成为行业内最牛的企业吗？房立峰心想，但他没说话，因为他感觉这不像是麦麦要的答案。

老韩觉得什么目标、愿景、使命最无聊了，难道在合法的前提下获取最大利润不是立森的唯一目标吗？

麦麦见两人表情，不禁哈哈一笑，说："我是不是职业病又犯了？"

房立峰和老韩相视一笑，等着麦麦说下去。

麦麦继续说："我认为立森最理想的结局是一年之内不复存在。"

麦麦非常擅长在别人漫不经心的时候突然抛出一个爆炸性观点，把他们震得半蒙，然后极其专注地听下文。

"我感觉这个行业正走在一条泡沫化的路上，这是一个行业突然遭遇爆发性机会后的常态。新海集团前不久刚融了一笔资，对于融资总额，他们并没有透露，但我所了解的信息是，他们这次一共融了三亿美元，这笔资金甚至超过了新海过去两年的销售总额！我很少见过这么疯狂的资本注入。目前阶段来看，这个市场本身发展得也很快，配得上这么多的资本倾入，但请你们注意昨天和前天的两则消息，一是联为宣布成立一个新的事业部，叫互联教育事业部，直接进军本行业；二是在外资投入放缓的大背景下，三家国际著名的风投公司正在考察本行业内的所有拔尖公司——你们知道这意味着什么吗？"

　　房立峰和老韩没说话，但显然在思考这个问题。

　　麦麦接着说："这意味着市场将逐渐变得拥挤，竞争也将日趋激烈，为了迅速扩大市场份额，那些手里握着大把现金的公司会展开疯狂的并购，这个并购高峰很可能几个月后就会开始。"

　　两人同时明白了，老韩问："你想在那时候把立森卖掉？"

　　"是的！那是市场对未来预期最高的时刻，我们会卖一个非常高的价格，前提是，我们在接下来几个月做得足够好。"麦麦看着房立峰说。

　　房立峰居然有一丝失落，他倾尽心血浇灌的公司却要卖给别人，不过对于巨额回报的预期让他很快重新兴奋起来，他用手指敲了敲桌面，说："尽量做大销售额，这是最有效的方式！"

　　"怎么做大？"麦麦和老韩同时问。

　　房立峰说："本来我考虑到公司的长远发展，滤去了一些质量不高的客户——经过这一趟出差，我倒理解新海为什么要优选客户了。但如果这样的话，大可不必，我要把这些客户全部纳入进来，并且规定最低进货额！"

　　"如果这样做的话，销售额会增加多少？"麦麦问。

　　"至少翻两番。"

　　"这么多！"老韩惊叹道。

　　"风险是什么？"麦麦首先想到的是这点。

　　"首先肯定是造货成本急剧增加，其次这些质量不太高的代理普遍缺乏契约精神，协议对于他们来说基本是一张废纸，如果市场销售情况看好，他们还会比较积极地回款以获取下一批发货，如果销售情况不好，这帮人很可能会拖欠，最后甚至赖着不回款了。"

麦麦皱着眉头想了想，接着问："你判断今年的销售情况如何？"

房立峰脸上露出一丝坏笑："不一定所有人都能赚到钱，但他们绝对会回款，因为他们都非常看好后续市场，但明年就不好说了，连续两年没赚到钱，很多人会选择退出，而这些赔本退出的代理是很难让他们回款的。"

麦麦不说话了，这种做大销售额的搞法从法律角度而言，没有任何问题，甚至从商业角度也说得过去，但多少有些不地道，向来爱惜羽毛的他有点忌讳。

老韩却是毫不在意，他只关心这种玩法在实操时能否行得通，他问房立峰："造货成本急剧增加……不会出问题吧？"

房立峰想了想，坚定地摇摇头说："不会。销售高峰期很快就要到了，在备货问题上，绝不能畏手畏脚，如果因为供货不足影响销售，那是最愚蠢的！可能会多造出一些货，但权衡利弊，这个风险值得冒。"

老韩不再多问，只是意味深长地冲麦麦点点头。

房立峰郁闷地挠头道："这样一来，我更得往下跑了，不玩命不行啊，只是这样非得被宏博发现不可。"

麦麦掏出手机，说："这事非常重要，同时公司的内部管理也必须尽快跟上，立峰，我马上约一下那位人力资源总监，你明天务必抽个空见见他。"

第二天一早，吴起宏刚到办公室，房立峰便敲门而入，简单道了一声"早"之后，房立峰直截了当地说："吴总，关于南都项目，我有一个崭新的想法。"

吴起宏正满脑子都是南都项目，这些天来，房立峰一下去就不见人影，偶尔通个电话，也是匆匆忙忙，无法深聊，现在见房立峰进门便主动说起南都项目，口气还这样慎重，早把要问问房立峰这段时间在下面干了什么的心思扔到月球上去了。

"我建议联合新海或者鸿宇来投标。"房立峰说。

吴起宏一听心里便有了底，这也是他的想法，只是一时还没想好最终跟谁合作，而且姜开云对此一直持保留意见。

　　"立峰，我们目前在南都项目上有些滞后啊，真是起了个大早，却赶了个晚集，你看人家新海，已经闷不溜丢地赶上来了，还有鸿宇，人家最近的声势多大！我觉得我们真的不能再以老大自居了，这样下去要吃亏的。"吴起宏说完，长长地叹了口气。

　　"姜总是什么看法？"房立峰意识到了什么。

　　"他呀，还是胃口太大……"

　　"但这事不能再拖了，就目前的形势来看，任何一家公司想独吞这个项目都不可能，如果我们想拿到更大的份额，必须早做调整。"

　　"就是嘛！"吴起宏这两天没少跟姜开云辩论，几乎都伤了和气，但谁也说服不了谁。

　　房立峰有些奇怪，说："我记得出差前的那次会议上，姜总已经接受只争取南都项目中的数据库和流媒体部分了，为什么又反复了呢？"

　　吴起宏说："他认为我们必须先整体性争取南都项目，如果争取不到，再退而求其次，数据库和流媒体部分必然是我们的。"

　　房立峰想了想，姜开云这种策略也有他的道理，只是这里面胜算到底有几成呢？而且房立峰有自己的个人考虑：姜开云坚持这种策略，累出屁来的只能是房立峰和他的团队。

　　"其实最怕的是新海和鸿宇联合起来投标，那我们真的就很被动了，谁能保证数据库和流媒体部分必然是我们的？"房立峰冷冷地说。

　　吴起宏最担心的也是这件事，一听房立峰提起，心里便有点七上八下，问道："你观察到这样的迹象了吗？"

　　"等我们观察到迹象的时候，恐怕事情都无法挽回了。"房立峰说。

　　吴起宏皱着眉头，一声不吭，他和姜开云的蜜月期已经过去了，两人在公司治理和发展战略上的分歧越来越大。

　　房立峰火上浇油地说："姜总这个人聪明是没的说的，在商业运作上可以做我们的老师，但我觉得他可能在国外待得太久的缘故，不理解国内的市场。他也不想想，你想把南都项目一口给吞了，有关部门能让你如愿吗？"

411

吴起宏没有附和，但脸上的表情显示他是完全认可房立峰观点的。

房立峰继续说："我理解姜总的雄心，无非是想把宏博打造成本行业的微软、谷歌，就像他经常挂在嘴边的一样。这听上去很好，但逻辑上并不成立，这个产业在中国有其特殊性，一旦有哪家公司有形成垄断之势，必然会受到来自有关部门直接或间接的干预。我觉得在这点上，姜总还不如最近新进来的几家外企看得透彻，人家明明白白说了，他们只做技术，不做内容，就是看到了这种特殊性。"

吴起宏的手机在振动，他低头看了一眼，是姜开云打来的，但他没有理会，继续听房立峰说。

"我说句不好听的，宏博为什么要做这个老大呢？这个老大并不好做，其他行业的老大可以凭借优势地位赚到超额利润，但咱们这个行业的老大永远也别想！无非就是一个虚荣罢了。"

有那么几秒钟，吴起宏有些惊讶：房立峰为什么对老板们的心态掐得那么准，就像他自己也身为老板一样。

"如果我们一个月前去找新海或者鸿宇当中的任何一家去谈合作，他们会喜出望外，满足我们大部分要求；如果我们现在去找，他们仍然会很高兴，我们仍会得到足够的份额。但是，如果错过现在这个时机，我们将不得不去乞求他们的合作，并且出让相当一部分利益。"房立峰的声音冷冰冰的。

吴起宏脸色有些难看，他虽然有野心，但他不愿意赌博，让公司错失一次稳打稳扎的机会，而姜开云和他不一样，他习惯了高风险、高收益，宏博做得稳当而利润可观，对他而言吸引力不大，他要的是宏博一飞冲天，成为首屈一指的行业领袖，他这个投资人才能博得满堂彩。

手机又振动了，还是姜开云。想什么呢！吴起宏恼火地嘀咕，他抄起手机，狠狠地按了一下通话键，只听姜开云说："起宏，我今天带你见一个人，这人可是咱们投资界的前辈大师啊，你听听他的观点，会很有启发的……"

吴起宏耐着性子听他说完，却不接着他的话题，说话也是公事公办的口气："开云，立峰回来了，和我交流了一些非常重要的信息，你下午或者晚上有没有空？我们找个时间谈谈业务，有些事情必须马上定下来，不能拖了。"

姜开云听上去有些扫兴，说："我一会儿就过来了。"

房立峰听说姜开云要过来，便对吴起宏说："要不把杨绪方也叫过来吧，他最近一直扑在南都项目上，很多业务细节他最了解，我还没跟他交流过我的看法，正好听听他怎么说。"

吴起宏满脸严肃地点点头，他已经提前进入一场事关宏博集团前途的辩论状态了。

十来分钟后，姜开云果然推门进来了，一见三个人坐在沙发上，脸上神情并不轻松，寒暄也是不冷不热，心里便明白了八分。

"开云，我们今天开个业务方面的小会，决定一下南都项目的走向。"吴起宏尽量用和缓的口气说。

姜开云没吱声，坐到沙发上，深呼吸了一下，冲大家点了点头。

于是房立峰将南都项目下一步的规划简单说了一遍，主旨是建议跟鸿宇合作，因为这样可以获取更大的谈判空间。接着杨绪方又补充了一些具体的细节，房立峰和吴起宏时不时插嘴点评几句。

陈述完毕，吴起宏说："开云，你觉得怎么样？"

姜开云嘴角带着一丝微笑，简短地说："那就这样办吧。"

吴起宏大为意外，说："开云，这可是事关宏博发展的大事，你要慎重表态啊！"

姜开云说："这就是我的表态。"

吴起宏探询地看着姜开云，不知道他打的是什么主意。

姜开云摊了摊手说："我一个哪争得过你们三个？"

吴起宏有些不好意思起来，说："开云，你不要介意啊，你的想法其实也一点问题没有，只是我们必须要确保把能抓的先抓到手，这样你在资本市场才好讲故事……"

姜开云大度地挥挥手，表示他毫不计较。

房立峰在一旁看在眼里，心想姜开云倒还是一个不拖泥带水的人，或者说是一个非常会审时度势之人，如果局面看似不可挽回，与其逆势而动，不如顺势而为。

与鸿宇初步接触的任务理所当然地落在了房立峰身上，房立峰很乐意做这件事情，这虽然不是衣锦还乡，但至少也算强势回归吧。

"鸿宇的老板张宏通常是中午过来上班，然后处理一些文件，找人聊些事，快一点时吃个午饭，两点半左右是他比较空闲的时候，我下午就挑这个时间给他打个电话。"房立峰轻车熟路地进入了工作状态。

吴起宏松了一口气，在一度僵持后，事情总算在他认为正确的方向上继续推进，而且还避免了跟姜开云关系的恶化，这恐怕是他半个月来心情最好的一刻了，要不是照顾姜开云的情绪，他有开怀大笑的冲动。

房立峰回到自己办公室，先把杨绪方和华燕等人叫过来，关上门开了一个会，了解一下他出差期间公司发生的一切，他不停地问这问那，绪方等人当然是有问必答，房立峰的问题看上去零散甚至不合逻辑，但他知道自己要的是什么，他十分小心地将真实想法隐藏得严严实实。

一切正常，房立峰嘴角掠过一丝不易察觉的微笑。

现在他开始专门准备与鸿宇的谈判了。选择鸿宇，是吴起宏的主意，无非是想在谈判中更加主动一些，争取更多利益。对此，房立峰没有表示反对，一则他对鸿宇非常熟悉，鸿宇的优劣势他了然于胸；二则他要借着宏博的优势地位，好好地吊吊张宏的胃口。

不过，他的复仇情绪淡去了许多，毕竟时过境迁，一切都已成为历史，更重要的是，他的大部分注意力全在自己的事业上，没心思去计较过往的恩恩怨怨。

或许，一个人心胸开阔的秘诀就在于此？

两点多钟的时候，房立峰拨通了张宏的手机。

张宏正在办公室跟刘美兰聊天，这几乎成了他的常规活动。刘美兰长相并不出众，但就是妖娆风骚，又刻意装扮，她身上的浓厚脂粉味很合张宏鄙俗的口味。但刘美兰真正的本事是会察言观色，总能哄得张宏非常舒心，因此在鸿宇公司，刘美兰是唯一可以在工作时间穿着旗袍在办公区走动的女人，老员工倒也罢了，新入职员工乍一见此，都会吓一跳。

张宏早就把房立峰的手机号给删了，一听手机响，拿起来一看，觉得号码很熟，不确定是否要接听，刘美兰见了，便拿起手机，替他把一下关。

房立峰一听是刘美兰的声音，不禁好气又好笑，真是恰如所料啊！"美兰，我是房立峰，请让张总接电话，是关于项目上的一些事。"

张宏一听房立峰，而且是关于项目上的事，他也不傻，立刻心有所悟，一把抓过手机，从喉咙里发出一串爽朗豪放的笑声，亲切问候道："立峰啊，好久不见，都还好吧？"

房立峰把手机离耳朵远了些，说："张总，事涉机密，您最好把不相干的人请走。"

张宏看了眼刘美兰，刘美兰立即站起来，扭着腰出了办公室。

两人心照不宣地虚伪问候了一通，房立峰说起了正题："张总，最近鸿宇在南都项目上力度很大啊。"

张宏还不明白房立峰的真正来意，便谦虚道："哪里哪里，我们也是不想掉队嘛。"

房立峰胸有成竹，懒得跟他绕，说："鸿宇有多大可能性拿下南都项目，这个问题，我觉得我应该是有些发言权的，这点张总认同吗？"

"那是，那是……"张宏不禁有些尴尬，房立峰当初差点就帮鸿宇拿到广宁项目，这次又作为宏博的操盘手一举拿下该项目，他恐怕是唯一既对这种国家级超大项目理解很深，又对鸿宇集团的优劣势了如指掌的人，他的判断无疑最接近真实情况。

"宏博集团之前已经拿下了广宁项目，是市场唯一一家在运作国家级超大项目上有经验的公司，但即便如此，宏博集团也不敢打包票说能够拿下南都项目，因为我们面临一个非常强大的对手——新海集团。新海最近融了三亿多美元，又早早和美国 CIE 公司达成了技术合作，他们在智能语音、课件制作、录播系统方面的优势无人能比，在数据库处理和流媒体方面也颇有所长。鸿宇在这些方面都有所涉及，但论到精与深，却没有一样能真正拿得出手，在这样一个大平台上是根本没法竞争的。"

这些张宏何尝不知道，但他的逻辑是：鸿宇技术上的确缺乏深度和精度，但有广度呀，不正适合拿出一个整体性的方案吗？

但房立峰的电话提醒了他，如果宏博和新海合作的话，这两家技术上恰巧有互补性的公司会将其他公司挤得死死的，鸿宇那时将毫无机会。

张宏当然知道宏博为什么选择鸿宇，无非是联刘抗曹的意思，谈判时砝码也多一些，在南都项目中多分一杯羹。

"立峰，我们鸿宇当然是非常乐意合作的，但是也要看条件啊。"张宏说。

这两人都把对方看得透透的，交锋起来倒也痛快，房立峰心里冷笑一声，说："张总，条件很简单，我们占据项目投资总额的百分之七十，如果你觉得可行，今天晚上我们就可以约个时间，宏博的吴老板愿意亲自跟你谈谈。"

这要价够他妈黑的！张宏喉结动了动，费力地干咽了一口空气，说："我跟负责这片业务的人商量一下再答复你吧。"

"没问题。不过，张总，如果下班前没有得到你的答复，我们就会直接联系新海了，没有要挟的意思，一是项目时间很紧，二是我们的战略你也知道了，所以我们必须抢先手，这点希望你理解。"房立峰客气地说。

张宏被将得无话可说，心里十分窝火，但手里头又一点筹码没有，只好被动地连声答应。放下电话，他心里恨恨地琢磨，是不是也可以跟新海联系一下，但转头一想，没准新海会把他欺负得更厉害，而且此举必定会激怒宏博。

两小时后，房立峰接到了张宏的回电，当时房立峰正用另一部手机忙着跟麦麦推荐的人力资源总监电话面试呢，见是张宏电话，便暂时中止了电话面试，听听张宏想说什么。

不出所料，张宏在电话中表示可以考虑宏博的提议，并邀请吴起宏晚上一起吃顿饭。

房立峰立即把情况汇报给了吴起宏，吴起宏很是满意，接受了张宏的邀请。折腾完这件大事，房立峰回到自己办公室，关上门，像什么也没发生一样继续自己的电话面试。

晚上的饭局很简单，只有四个人参加，宏博这边是吴起宏和房立峰，鸿宇这边是张宏和——邹义山。

邹义山的出现可能是唯一出乎房立峰意料的事，他接过邹义山的名片，上面赫然写着"总裁助理"。房立峰在鸿宇待过，知道在鸿宇的组织架构中，总裁助理并非仅仅是助理，而是职权类似于副总裁的一个职位。

这小子是什么时候爬到这个位置的？房立峰心里嘀咕，他对邹义山一直隐存戒备，觉得这个人总有些东西一直不显露出来，让人看不透，现在他这么突然地当上总裁助理，多少印证了自己这个判断。

张宏见房立峰打量邹义山，便介绍道："这是我们新提拔的总裁助理邹义山，目前全面负责公司市场销售方面的业务。"

房立峰一听，原来邹义山完全接管了当初自己在鸿宇时的职权，看来这个总裁助理还只是个过渡，马上就要当上正儿八经的副总裁了。

不过对于鸿宇内部的权力更替，房立峰全无兴趣，他的精力放在如何运筹帷幄上：如果宏博和鸿宇联手投标南都项目，对于新海来说无疑是一个重大震撼，它将会集中所有的人力物力来对抗两家公司的联合，而无暇兼顾其他，这就意味着在新渠道市场，立森公司将有更大的空间。

寒暄过后，邹义山首先说到正题上："希望我们今天能吃一顿好饭，那么下次吃饭的时候我们就可以带上各自的律师了。"

吴起宏不禁看了房立峰一眼，心想鸿宇还有这么会说话的人。

应该说双方合作的愿望还是很强烈的，毕竟这是一本很明白的账，但在所占份额上，还是不可避免地产生了分歧，双方几番试探之后，邹义山说话了："吴总、房总，你们都是我的前辈，房总还是我的老上级，我说几句话，如果你们觉得唐突，请多包涵。三七分成，对于鸿宇来说是不可接受的，原因不在于多少的问题，而在于鸿宇本身的市场定位问题，更在于相关部门对于南都项目的引导和监控。南都项目某种程度上比之前的广宁项目更具示范性，广宁项目的确定基本还是在国家大力发展本行业的决策前后，有一定的过渡性质，而南都项目却是国家推动实施国家级超大项目之始，其示范效应是决定性的！如你我所知，这种项目相关部门绝不允许一家独大，宏博已经在广宁项目中独占鳌头，现在又在南都项目中以绝对优势来主导，鸿宇不过是一个象征性的陪衬，政府中不乏目光敏锐的人士，他们一眼就会看出其中的玄机，甚至会认为这是宏博集团耍的一个花招，一旦主管部门形成这样的判断，那对于宏博和鸿宇来说，将是万劫不复！"

好一篇宏论，好一张利嘴！房立峰带着一种旁观者的轻快心情赞道。

邹义山继续说："三七开太扎眼了，这也是一个分水岭，它区分我们的合作到底是附庸关系式的做秀，还是能对项目产生良性推动的真正合作，这不由我们来判断，而由政府主管部门来判断，所以从这个角度来说，我不同意三七开，不仅仅是从鸿宇的利益出发，更是从整个合作的前景出发。"

宏博之前的底线甚至是五五开，三七开是房立峰狮子大开口说出来的，但现在邹义山剖析得这么合情合理，坚持三七开显然不是有诚意的表现，也会事实上阻碍合作的进行，吴起宏和房立峰对视了一眼，吴起宏说："那你们认为合适的比例应该是多少？"

邹义山看了一眼张宏，张宏对邹义山的口才满意得不行，点头示意自己完全把话语权交给他。

邹义山说："还是那句话，鸿宇并不贪心，但三七开显然过不了关，所以我们应该探讨一个不引起主管部门警惕、能够顺利过关的比例。"

"那我们就让出五个百分比，我们占百分之六十五，鸿宇占百分之三十五，在公开场合，我们可以宣称是六四分成，这个应该是非常合理的，也顾及了邹助理刚才提到的有关部门的忌讳。"房立峰说。

张宏恨恨地看了一眼房立峰，感觉他冷酷无情地把自己的软肋掐得死死的。

吴起宏原本是让到六四开的，见房立峰只是小退半步，便也坚持道："这就是我们的底线，没办法，实在谈不拢就只好买卖不成仁义在了。"

谈判进展到这一步，双方的合作达成只差一层窗户纸了，邹义山看着张宏，这层窗户纸只能由张宏来捅破。

张宏很想来个强硬的答复，但他觉得还是不要赌气的好，投标的日子这么近了，鸿宇事实上并没有准备好独吞这个项目，与其看着别人独占，不如放低身段，分得一杯羹，不失为当下的最佳选择。

"那就祝我们合作愉快！"张宏端起杯子，朗声说。

所有人都松了一口气，吴起宏满面笑容，说："看来正如邹助理所说，我们下顿饭可以带着律师一起吃了。"

邹义山看了看张宏，说："目前的这种形势下，快速决策比正确决策更重要，这也是我们张总咬牙拍板的根本原因。"

张宏听了，觉得邹义山给自己找回了些面子，心里颇为受用，脸上也摆出一副壮士断腕的凝重神情。

三十八

图穷匕见之下别无选择

宏博与鸿宇秘密拟定了合作协议，成立了合作小组，共同起草标书，协调两家公司的进展步伐，直到双方将所有的合作细节基本敲定，才组织了一次小型的新闻发布会，正式宣布双方将共同投标南都项目。

这是一颗真正的重磅炸弹，将新海高层震得茫然失措，江总在高管例会上，脸色铁青地凝视着前方，长达十几分钟。其他高管都交头接耳地窃窃私语，例会进行了快半个小时，竟然还没有开始会议议程。

会场上唯一脸色正常的恐怕只有陈大明，他心里只有庆幸的份儿：如果前段时间真那么顺利地将董培手下的业务纳入自己的管辖范围，现在岂不是吃不了兜着走？真是人算不如天算啊。

他成了会上发言最活跃的人，但他半句都没提追责的事，因为他知道这个责任毫无疑问会落到董培身上去，他犯不着伸一个指头去助力，他只分析下一步新海该如何应对，这时候扮演一个力挽狂澜的角色是最得分的。

但几乎没人真正听进去陈大明在说什么，大家都在观察江总的脸色，江总已经从震惊中走出来了，他半眯着眼，盯着董培说："董总，鸿宇这么大的行动，你在鸿宇的内线就没有透露一丁点儿消息给你？"

这句阴恻恻的话让会场上的人脊梁骨发冷，连陈大明都怔住了，静悄悄地闭了嘴。

董培咬牙承受着难言的压力和羞辱，邹义山这一刀怎么捅过来的他都不知道，他只知道这一刀捅得很准很重，他凭着本能告诉自己，不能就此倒下，否则身上只会挨更多的刀。

这是一个生死存亡关头，董培如果给不出一个有力的回答，会议结束后，他在这家公司将无立足之地，被迫离职立马进入倒计时，而且他的两个重要下属崔小萌和张思文就在旁边看着他，哪怕出于自尊心，他也不能当众颜面扫地。

董培站起来，目光炯炯地逼视着会场每一个人，包括江总，用沉稳威严的口气说："我觉得我们恐慌过度了！这不是一家经历过二十几年风雨的公司的做派！"

江总脸上咄咄逼人的神情瞬间消失了，恢复成海纳百川的董事长气度。

"宏博与鸿宇的这次合作是脆弱的、牵强的，他们不是为了彼此互通有无、互相提高，不是为了适应南都项目及以后一系列国家级超大项目的需要，而纯粹是一次瞒天过海式的象征性合作。宏博和鸿宇无论在资源上、技术上，没有任何互补性可言，我认为这是他们此次合作的一个死穴！如果把合作比喻成一次恋爱，从传统观念上看，宏博和鸿宇根本就是在搞同性恋。"

会场爆发出一阵哄笑，张思文一边大笑，一边"嘭嘭"地直敲桌子，崔小萌只是浅笑，但却使劲鼓掌，两人都在暗暗为董培助威。

一不做，二不休，既然已经摆出了最强姿态，那就只能强悍到底，董培已经完全把会场当成了角斗场，他语调柔和了些，继续说："但宏博和鸿宇的合作一定会在某种程度上造成一种强强联合的假象，这非常符合主管部门的意愿，既防止了一家独大，又能更大限度地提升项目实施水准，但只有我们这些业内人士才能真正看透这只是假象，只是障眼法，我们必须全方位地调动我们的媒体资源，请最优秀的媒体人士替我们撰写公关稿，把这次合作的真实情况明明白白地披露出来，一定要有合理的夸大，不妨危言耸听——总而言之，我们要在最短的时间内把水搅浑！"

江总终于做出了一个积极的回应动作，他拿起笔在本上记了一行字。会场上所有人都注意到了这一点。

董培短暂地停顿了一下，张思文大胆地请示道："我说两句？"

董培正需要有个人搭把手，便点点头，于是张思文站起来，声音洪亮地说："我建议我们今天就给思远和贝来尔两家公司打电话，建议三方共同投标南都项目，他们搞同性恋，我们就三人行！"

又是一阵哄笑，整个会场气氛已经完全改变了，至少大家都意识到，宏博和鸿宇突然合作固然让人头疼，但这不过是业务过程中经常会有的变故罢了，绝不是宣判新海出局，新海仍然有很多办法去应对。

陈大明有些后悔刚才话太多了，自己显然误判了形势，没想到董培就像打不死的小强，本以为被踩到泥巴里去了，不料一个翻身又立了起来。

只有董培知道自己赢得有多么惊险，而且从江总悚然而惊的表情中，他意识到自己触到了江总的底线，江总也是人，他能容忍有人站在比他还高的角度作这种训导式的发言吗？

至少这一次，董培觉得江总的宽容气度中有硬挺的成分。

这样的后果是什么董培并不确定，他只知道在今后的工作中已经没有犯任何错误的空间了。

所以，当他回到办公室，看到崔小萌和张思文热情兴奋的脸，他竟然有一丝悲凉的感觉，他们高兴跟了个聪明、强势的领导，却不知道董培面临的形势有多危险。

等两人一出办公室，董培立即关上门，给邹义山打了个电话，他知道邹义山早已反水，但他的想法是：既然你说你还在潜伏，我就装什么都不知道，继续把你当间谍使，且看你如何露出马脚。

手机响了半天，邹义山终于接通了电话，董培直接问："义山，宏博和鸿宇已经准备合作投标了，这里面的内情你知道吗？"

邹义山没料到董培会把他的托词当真，不由得磕巴了一下才说："哦，董总，是这样，这个事非常突然，我也是才知道的。"

"双方的合作事宜你参与吗？"董培问。

"不参与。"

"这么重要的事你都不参与，那你还待在鸿宇做什么呢？无论是作为潜伏也好，还是你个人职业发展也好，这都是百害而无一利的。"

邹义山被挤对得无话可说，那么巧舌如簧的人居然一下子噎住了，半天才说："这个……我也是在看嘛，看看情况到底怎么个发展……"

"义山，如果你再不决定，新海人事会向鸿宇通告你的诚信问题，你在鸿宇的身份就会曝光，这个我也是没法阻止的，你想想，到时候你真的就是两头不靠，非常被动了。"

邹义山被董培一脚踹到了悬崖边上，他立即像困兽般发起了反击："董总，你用不着威胁我，你把我往死里整，那我也会不客气，我会说是新海千方百计引诱我这么做的！现在是项目投标的关键时期，这事闹大了，对新海有什么影响，你比我更清楚！"

王八蛋，总算露出獠牙了。董培咯咯一笑，说："义山，你现在不还在给咱们卧底吗？这话从何说起？"

邹义山狂暴的喘息声戛然而止，不知道咕哝了一句什么，仓皇挂断了电话。

董培意犹未尽，又给拨了过去，邹义山自然是不会再接了，董培马上给他发了一条短信过去，说之前给他发了一些这边的机密资料，请他务必不要外传，务必不能使用，如果有违反，将会毫不犹豫地使用法律手段，云云。

发完短信，董培才发现自己也喘气得厉害，看来心里头的怒火真是不轻，恨不能把邹义山直接投入监狱，但他也知道，在这个案例中，法律手段对邹义山毫无约束力，自己只不过是虚声恫吓，期待阻碍一下邹义山的行动步伐罢了。

正在恨恨不已，崔小萌敲门进来，董培问她什么事，崔小萌说："不是你让我每天汇报鸿宇的动向吗？"

董培摇头道："唉，这事太难为你，新海的其他部门在干什么我都不太清楚，怎么可能了解一家竞争公司的动向？鸿宇和宏博都玩到一块儿去了，之前谁猜得到？人家一定要保密的话，外人是很难知道的。"

崔小萌微笑着听他感叹完，说："我感觉有人在新渠道方面有所动作，但我不确定是不是鸿宇……"

董培像被人抽了一鞭，身体僵在原地，眼睛死死地盯着崔小萌。

崔小萌有些吃惊地看着董培，董培着急地催促道："说啊！"

"你还记得那个叫刘炳坤的代理吧，昨天他公司的一个业务经理给我打电话，问如果他们因为某种无法抗拒的原因不能跟新海合作了，保证金是否可以退还。"

"你怎么回答的？"

"我问他是什么原因，他也支支吾吾说不清楚，后来就推说是随便问问，但我觉得这像是一次试探。"

董培陷入了紧张的沉思，这情况确实有些诡异，刘炳坤无论从财力还是意愿而言，都属于最优质的代理，按正常情况，他应该巴巴地求着新海才对，为什么会有这样的试探？

"你为什么怀疑是鸿宇呢？"董培问崔小萌。

"也没有什么特别理由，我以前的公司在刘炳坤所在的城市有业务，我刚好负责那片区域，有几个人和我挺熟的，最近聊天，他们提到见了鸿宇的业务代表。"

"谁？在什么情况下见到的？"

董培警觉程度如此之高，崔小萌不明内情，觉得他有些神经过敏，便笑着说："其实他也不确定，就是在外面吃饭的时候，听到邻桌有人自称是鸿宇公司的，他就听了一耳朵罢了。"

"那个鸿宇公司的人在跟谁吃饭，聊些什么内容，这些他留意了吗？"

崔小萌有些无语，摊了摊手说："不可能，人家又不是新海养的间谍。"

董培正有心病，听到"间谍"两个字，不由得十分别扭，窝在椅子里不吱声了。

过了一会儿，董培问："什么时候开始给新渠道代理发货？"

"过两周就应该开始了，我今天已经把发货申请单都发到各个代理手中了。"

董培又忍不住警觉起来，问道："他们都确认收到了吗？"

"当然！周末前他们必须填完了发给我，下周我们就可以依据订单采购服务器等各项设备，设置账号，开始印刷、包装，这些都早谈妥了，一周左右时间就可以完成，顺利的话，下下个周末就可以发货——你怎么了？我看你今天挺牛的，江总都被你镇住了。"崔小萌还沉浸在刚才会上惊心动魄的交锋中，无法理解董培为什么小心到这种程度。

董培很想把整个事情的原委告诉崔小萌，但他清楚自己面对的是一个死局，没有人能帮他，如果让团队里的人知道他们面临这样一个局面，很可能会军心动摇，他唯一能做的是咬牙扛着，期待形势出现转机。

"小萌，我不知道这个要求是不是有点过分，不过还是想请你努力一下。"董培犹犹豫豫地说。

崔小萌奇怪地看着董培："你说吧，我会尽全力去办的。"

"你跟你那几个朋友联系一下，看他们是否能打听到一点鸿宇业务代表的消息，哪怕任何一点蛛丝马迹都行……"董培说不下去了，这个要求实在有些不靠谱，根本无从操作。

崔小萌皱着眉头想了半天，问董培："你是不是认为鸿宇在挖我们的代理？"

"是的……"

崔小萌松了口气，看了一会儿董培，突然笑了起来，说："这就是年轻有为做副总裁的代价？"

董培脸上一点儿笑容都没有，他坚信邹义山绝不会拿着那些宝贵的资料当废纸，此人以如此极端的方式反水，是看到了这些资料的巨大价值，再加上他对新渠道市场的理解之深非常人能比，他一定会拿这些东西作为他在鸿宇的进身之阶。

一失足成千古恨，董培只能恨自己一时疏忽，造成如此严峻的局面。

崔小萌没有看到整块拼图，因此无论她多聪明，也得不出和董培一样的结论，她安慰董培说："你别着急，我下午就帮你问问，他们中有一个人还追过我呢，虽然现在都结婚了，但我打电话过去问，他应该还是会给面子的。"

董培疲倦地叹了口气，摇摇头说："算了，我断定他提供不了有价值的信息。"

"那我给刘炳坤直接打电话，其他所有的代理，我们都打一遍电话，直接打给老总。理由很好找，销售高峰就要到了，督促他们做好市场工作，询问他们有什么需求，如果他们有异心，聊的过程中总会露出些马脚。"

"你上次不是给其中一个打过吗？我听了录音，听不出什么异常来。"

"那你还担心什么呢？董培，这可真的不像你的风格呀。"

董培心想：这些人都是老滑头，真要有了别的想法，岂能轻易让人给套出来。

崔小萌见董培始终不能释怀，突然想到，是不是失恋的打击让他性情有些变化？既然如此，让时间慢慢地替他疗伤好了。

两人思维完全不在一个频道上，大眼瞪小眼互相看了一会儿，崔小萌赧然而笑，董培不明所以，也跟着傻笑了一下。

江总把宏博和鸿宇的联合投标视为一种严重挑衅，在他的直接干预下，新海对此予以了暴风雨般的回击，一时间所有重点媒体上都充斥着新海的声音。

与此同时，新海与另外两家业内公司思远和贝来尔达成了闪电合作，这两家公司都是新成立的，有海外背景，资金充裕，扩张速度十分迅猛，对于新海主动伸出的橄榄枝，他们是求之不得，双方一拍即合，势头一时无可争锋。

新海付出巨大代价后，有惊无险地度过了一次危机，竞争各方又重新回到了同一条起跑线。

一个不成熟、欠规范的市场没有赢家，这种交锋的后果正如业内最聪明的几个人所预料的，加长了主管部门的决策周期，投标日期后延一个月，而且是暂定，很可能到时还会后延。

吴起宏对此后悔不已，他觉得最大的错误不在于选择和鸿宇合作，而是时机和方式，为什么不到投标的最后一刻才亮出底牌呢？那时候新海根本没有任何时间作出反应，现在倒好，水又被搅浑了，又得从头熬起。

"以后凡是南都项目运作方面的事，必须在高度保密状态下进行！这次我们犯了一个最愚蠢的错误，居然还开一个什么小型新闻发布会，除了刺激竞争对手，没有任何益处！"在会上，吴起宏气冲冲地说。

他这样做多少有些为了掩饰自己的尴尬，与鸿宇合作，他是主要决策者，现在事情闹成这样，姜开云就坐在旁边，他面子上有些过不去。

姜开云倒没那么小心眼，新海的激烈反应他看在眼里，而主管部门也后延了投标日期，这些都说明吴、房二人之前的判断是正确的：主管部门的确不愿意看到一家公司独吞南都项目，这应该也是今后国家级超大项目的一个重要原则。

房立峰坐在一旁，提醒自己立森公司的运作也必须高度保密，一旦泄露，各种不可预知的风险就会随之而来，宏博就是前车之鉴。

他安慰吴起宏说："这次确实有些可惜，我们过早地暴露了战略目的，给了对手调整的机会，但新海这次反应如此激烈，恰恰说明我们跟鸿宇的合作是正确的，死死地卡住了它的脖子，它才这样疯了一样地反击。"

会议结束，房立峰又找个借口出差了，新海、宏博、鸿宇以及其他公司为南都项目斗得一塌糊涂，这正合他的意，他放开手脚，带着几个助手，像收麦穗一样把东南省份的富庶城市扫了个遍。

至于鸿宇公司，又是另外一番气象。虽然份额较小，但却与宏博达成了战略合作，至少在国家级超大项目中，鸿宇不会两手空空。

更重要的是，在邹义山的再三劝说下，鸿宇几乎集中公司的全部资源去主攻一个崭新的市场，刚开始张宏还不以为意，但经不起邹义山态度坚决的再三劝说，于是他沉下心研究了一阵，终于意识到发现了金矿，而邹义山手头还握有金矿的钥匙。

邹义山在鸿宇公司的地位扶摇直上，张宏万料不到他的"卧龙"竟然就蛰伏在身边，对邹义山言听计从，虽然头衔仍是总裁助理，但他已经是名副其实的常务副总裁。邹义山脑袋瓜极其好使，鸿宇又恰巧处于一个微妙的权力真空时期，他趁机招了自己的几个铁杆进公司，又不显山露水地把几个和他不对付的人搁到次要业务部门，很快就把自己的地位夯得实实的，刘美兰见了他都表现出过度的亲热和恭敬。

与别人的一片火热相比，董培却迎来了职业生涯最黑暗的时期，江总事实上成了南都项目的总指挥，经常招呼也不打就把崔小萌和张思文等人叫过去开会，开到半截了才想起董培，叫人去喊他，董培只能装作毫不在意地走进聊得火热的会场。

没人觉得这有什么异样，甚至会认为这是董培地位提高的标志，董培部门的员工热情都极度高涨，陈大明和李小光彻底成了摆设，只通过邮件将讨论结果抄送给他们，而这些结论都是经过江总首肯的，有些就是江总亲自说的，也没人提意见，谁也不想在江总兴致盎然的时候唱反调。

这无形的鞭子是抽在董培身上的，只有他能深切感觉到疼痛，这时候他才反省之前跟陈大明的较劲是不明智的，让出一些地盘，换取一个同盟，何乐而不为？现在他只能形单影只地去面对江总的压力，谁能玩得过老板呢？

考虑到上次会上触碰过江总的底线，董培现在刻意低调，每封邮件他都积极回复，加以点评，会议上他也识相地调整自己的角色，像个普通业务经理一样去讨论，去回答问题，不流露出半点被排挤、架空后的落寞。

然后他还得打起十二分的精神去关注鸿宇的动静，而这些事没有任何人替他分担。时间过得太慢了，他眼巴巴地盼望发货的日子快些到来，等货发出去，收到第一笔回款，新渠道业务才算彻底安全。

发货前一天，董培亲自验了所有的发货单，然后坐在办公室沉思，心里充满庆幸，看来这一关是熬过来了。

崔小萌推门进来，脸色有些不对，平常她无论如何都会敲门的。

"怎么了？"董培坐直了身子。

"这些代理电话都打不通了，跟约好了似的。"

董培瞬间觉得喉咙干涸得像一口枯井，还没说话，张思文又闯了进来，骂骂咧咧地说："这帮孙子，关键时候拉稀！"

"是不是都不接电话了？"董培问。

"对呀，你怎么知道？"张思文惊讶道，再一看两人的脸色，立刻意识到了什么，掏出手机，找了个号码拨了出去。

半天没有动静，张思文神情也沉重起来，自语道："不对呀，老傅怎么也不接电话了呢？"

"他不有个姓郑的副总吗？你打给他试试。"崔小萌提醒道。

"感觉也没戏……"张思文嘀咕着找到号码拨了过去，果然，同样没有人接听，他收起手机，诧异地说，"这他妈是谁在捣鬼？"

第二只靴子终于掉下来了，董培脸上露出一丝奇怪的微笑，他问崔小萌："第一批共造了多少货？"

"算上服务器、个人终端、书、使用说明、外包装、赠品以及易拉宝、海报、画册、学习卡等宣传品，第一批造货大概花了两千多万的样子，这还不包括购买一些内容的钱，如果算上那些，就得翻番了。"崔小萌说。

"马上停止第二批造货，第一批货里面能退的也尽量联系供货商退货。"董培一字一句地说。

崔小萌和张思文目瞪口呆地看着董培，他们无法这么快就接受全线败退的事实。

"不行！我马上出趟差，我要亲自见见傅明叶，看这孙子怎么说！太他妈不地道了！"张思文气得火星直冒，拿起手机就要订票。

崔小萌说："人家如果真不见你，你能把他怎么样？"

张思文把手机拍在桌上，满肚子火却又无计可施。

说话间，孙华和华伟也进来了，两人听了情况，也都呆住了，另外几个业务员也要跟着进来，被张思文不客气地轰走了。

华伟说："我们不还有一批备用代理名单吗？先把他们紧急调动起来，也能消化一批货，总比堆在库房强。"

"我都打过了，没人接电话，其中有几个接通了电话，一听是新海打来的，话没说完就挂断了。"孙华说。

张思文嘴快，脱口说道："我怎么感觉这像是出了内鬼呢！"

大家都叫他别乱说话，但各自心里都在纳闷，如此精准狠的打击，的确不像是偶然。

只有董培明白是怎么回事，这一定是鸿宇在挖这些代理时签订了附加协议，要求他们停止与原合作厂商的任何接触，这是很多年前市场比较混乱时的做法，没想到被邹义山用到自己头上来了。

他现在脑子里只疑惑一件事：邹义山到底用什么法子让这些代理宁可三十万保证金都不要了跟鸿宇走的？但他知道即便弄清楚也没有意义了，他现在该想的是如何向江总交代。

他暗暗从心底叹了一口气，如果新海这家公司是他的，那他一定会早早地采取断然措施阻止任何挖墙脚的行为，但他在新海没有这个实力，平白无故地调动那么多资源去弥补自己的一个失误，只会让自己更早地堕入深渊。

然而碰到邹义山这样的对手，想侥幸过关的愿望最终也落空了。

因此，在他轻轻点击鼠标将那些绝密资料发给邹义山的那一刻，就决定了今天这个结果。

"你们别讨论了，都回到自己的座位上去吧，不管这事的结果如何，有一句话我必须看着你们的眼睛说出来——你们干得非常棒，此事的成败根本无损你们的优秀！"董培平静得像一个即将率队发起最后冲锋的将军。

这话听着怪怪的，但大家来不及琢磨其中的味道，便各自冲出门救火去了。

崔小萌落在后面，回头看着董培，董培向她挥挥手，示意她也跟着出去。

现在办公室只剩他一个人了，这么多天来激荡不安的心突然变得无比安宁，就像一个即将赴死的军人一样，他从电脑上调出两天前肖菁发给他的一段留言：董培，我下周末就要在纽约的中央公园举行婚礼了，一想到要把你尘封到一个永久的记忆里，我的心就撕裂般地痛。我有时候想，如果你出现在我的婚礼上，大声地表示反对，我会不会跟你走呢？我想我是疯了，祝福我吧，爱人。

董培长久地盯着这段话，片刻犹豫后，他做出了决定，点开一个页面，在上面操作了几分钟，买了最近的飞往纽约的机票，刚好能够赶上肖菁的婚礼。

然后他把机票的信息发给了肖菁。

刚办完这件事，桌上电话便响了，董培接起来一听，是小芊，她让董培马上到江总办公室去。

雪崩才刚刚开始，不过董培已经准备好了。

江总的脸阴沉得像北京最重的雾霾天，整个办公室都似乎暗了下来，小芊静悄悄地把董培领进来，又静悄悄地出去，大气都不敢出。

董培坐到沙发上的时候，看到地毯上有一片小碎片，上面的花纹有些熟悉，再看办公桌上，江总最喜欢的那个红瓷龙凤茶杯不见了。

"董培，怎么回事，解释一下吧。"江总的眼神就像看一个死人。

"江总，解释什么？"

"解释什么？你还要我来说吗？！"江总用指关节使劲敲着桌子，用令人胆寒的愤怒表情瞪着董培。

"江总，如果您是说新渠道的事，我正要跟您汇报一下，有些事我自己也不太清楚。如果您今天就是来冲我发这通脾气的，我也无话可说，我察人不明，错信了邹义山，在他入职前给了他一些重要资料，您之前也提醒过我要'文责自负'，我明天就可以引咎辞职。但是，我希望我们能够平静地讨论一些问题，如果您还对我有一丝信任的话。"董培平静如常，他已经没有什么可失去的了。

江总见董培一副死猪不怕开水烫的样子，气极无奈地在办公桌前踱了好几个来回，董培等他略微平静了些，问道："您知道那些代理为什么跟鸿宇走吗？毕竟他们都有三十万在我们这儿押着，如果没有什么正当理由就不合作了，我们是可以不予退还的。"

"董培，你还活在上世纪，比我亲爹还要古董！"江总尖刻地嘲讽道，"他老人家听说我给新员工一个月开五千块钱薪水，吓得不行，因为他熬到退休时一个月才挣九十块，他还挺满意！三十万？现在狗屁都不是！"

董培本可以不客气地要求江总说话注意点，大家本是雇佣关系而已，谁也没有权利对谁恶语相向，大不了老子不陪你玩了。但他没有这个底气，因为这次让新海损失惨重的雪崩，是他很不慎重地扔出了一个雪球引发的。

他只好忽略掉江总难听的语气，说："可是我们从教育信息中心争取到的资质……"

江总冷笑一声，把电脑屏幕用夸张的姿态搬到董培面前，说："您看看，董老总！"

董培一看，是教育信息中心的官网页面，上面是一则声明，大意是说：为了营造更好的竞争环境，也为了吸引更多的社会力量和资金投入教育信息产业，所有针对教育信息化的服务均不需要任何政府部门的审批，符合国家现有的法律法规即可。

对于政府来说，这是一个了不起的转变，它意味着简政放权，意味着机会均等。

这个声明看上去四平八稳，毫不起眼，但它一下子就卸掉了之前董培他们辛苦建立起来的政策壁垒，而且不迟不早，就在目前关键时刻发布出来，让人都来不及调整。

这一招既高明，又阴损，百分之百是邹义山的手笔。

董培知道已然完败，那江总把自己叫过来干什么，就为了羞辱一番？他挺直身子，迎着江总阴冷的目光说："那么，您需要我解释什么？"

江总顿了顿，说："我看你也解释不出什么，比我知道的还少呢。"说罢，坐回办公椅，径自工作起来。

董培等了会儿，见他似乎把自己给忘了，便说："江总，您希望我什么时候离职？"

"人事会找你。"江总头也不抬地说。

董培本想向江总临别致意几句，但见他如此轻慢，全然忘了新渠道市场本来就是他一手开拓出来的，心里也觉得无趣悲凉，便什么也没说，默默地离开了。

刚回办公室，人事小邢便带着一个技术部的员工过来了，说要把董培的电脑拿走。

"为什么？我不是还没走吗？"董培尽量用平静的口气问。

小邢小心翼翼地说："这是公司要求的，必须先检查电脑。"

董培明白了，新海怀疑自己吃里爬外，要从电脑里找证据呢。

他的血直往上涌，但又倏地没了脾气，他一言不发收起电脑，交给小邢，还不忘自嘲一句："我可以留着手机吗？"

小邢勉强笑了笑说："当然。"

"电脑什么时候还我？我还有一些私人的东西在里面。"

小邢说："明天就可以，然后我再给你办其他手续。"

董培想：真的是扫地出门啊，这么重要的职位，连交接期都不给，江总是存心一点体面都不给他留了。

小邢临出门前，回头看着董培，轻声说："董总，对不起。"

董培微笑着冲她点点头。

他一个人在办公室坐了会儿，没有电脑，他也没法工作，或许该出去喝杯咖啡调整一下情绪，他站起来，去办公区转了转，崔小萌正在不停地打电话，张思文和孙华不在办公位上，华伟说他们约了人出去了。

没有人多看他一眼，大家还不知道这颗新海的明日之星已然陨落。

他下楼走到街对面的星巴克，要了一杯拿铁，拿出手机，登上微信，他看到了肖菁的回复：你也疯了。

他看着肖菁的留言，一瞬间有种奇怪的错觉，好像自己在新海辉煌的职业生涯是很久以前的事了。

手机响了起来，是一个似曾相识的号码，董培接了起来，便听到一个熟悉的女声："董先生，您好，我是凯丽，吉信猎头的。"

这个凯丽之前打过几次电话，无非是问一问董培有没有考虑其他职位的打算，董培都婉言谢绝了，有一次因为开会甚至没听完就给挂了，但干这一行的心理素质和沟通技巧都高人一筹，凯丽的声音仍然那么轻柔热情："我这边现在有一个非常不错的职位，也是咱们这个领域的，不知道您是否考虑一下。"

以董培此时的心境，并不想那么快再次进入工作状态，但他此刻有了一点了解的欲望，便问："还是你上次说到的职位吗？具体什么情况？"

凯丽见董培不拒绝，立即简明扼要地把这家公司的大致情况描述了一遍。这是一家新近创立的公司，但业务发展非常迅猛，公司前景也很好，现在招聘一个主管市场销售的副总裁，薪水肯定不会低于董培现有的水平，更重要的是，有股份。

董培在互联网泡沫时期，曾经先后拿过两家公司的期权，当时真以为二十来岁就可以提前退休了，后来才发现是南柯一梦，因此，他对股份这一类的诱惑有很大免疫力，这样的公司往往业务不稳定，其兴也勃，其亡也忽，说不好就倒了。

"您什么时候有时间，我约一下，让你们双方见见面。"凯丽说。

"我现在就有时间。"董培喝了口咖啡，轻松地说。

"那行，我马上就跟他们联系，您稍等。"

董培不禁一愣，本来是随口一说，没想到把自己搁里头了，也不好再拒绝，只好就地等着。

他喝了口咖啡，不禁有些困惑，到底是这个世道逼迫人们拼命奔跑，还是人们推着这个世道在快速滚动？

一刻钟后，凯丽打过来电话，说这家公司的一位老总正好现在也有空，想跟他聊聊。

"那你让他来长城饭店斜对面的星巴克好了。"董培说完，心想全北京恐怕也没他这么牛的求职者。

半小时后，董培看到一个年龄和自己相仿的人走进来，他只扫视了一圈，立即把目标锁定在董培身上，微笑着走过来，伸出手热情而得体地问候道："董先生，幸会！我叫李景森，你叫我麦麦好了。"

董培听此人一口美式汉语，举止从容，落落大方，感觉此人可能不简单，便也打起精神，客气地说："叫我Peter，不好意思让你跑这么远。"

"哪里哪里，我盼望这一天已经很久了。"麦麦笑着说，"Peter，你是真的考虑要换家公司吗？"

董培摇摇头，照实说："其实是那位凯丽女士今天刚好给我打了电话，而我正好也有空，所以想聊聊无妨，没想到她立即就把你约来了。"

麦麦爽朗地一笑，露出一口雪白整齐的牙齿："看来我今天的首要任务是先打动你，让你喜欢上我们公司。"

董培说："那我洗耳恭听。"

"请允许我先问你一个问题：你觉得自己所从事的是教育行业，还是互联网行业？"麦麦不慌不忙地说。

这真是个好问题！董培暗赞，想了想回答说："披着羊皮的狼——

大家都是披着教育外衣的互联网公司。"

麦麦哈哈大笑，这是一个非常精彩的回答，不在于文字技巧，而在于对这个行业的独特理解。

于是麦麦侃侃谈起了他对目前市场的判断与分析，未来两年这个行业即将发生的变化，等等。

董培开始还不太在意，听着听着便有几分震惊，很明显麦麦并没有本行业的从业经验，但他对这个行业的分析具有天才般的前瞻性。

董培对麦麦的公司真的感兴趣起来，他问："你们公司目前针对的是哪片市场？"

"一个崭新的市场，目前真正意识到这个市场巨大潜力的不超过十人，我们之所以孜孜不倦地追求你，是因为你是第一个行动者。"麦麦微笑着说。

董培立刻明白了，不禁在内心深处长长地叹了一口气，说："战斗已经结束了，赢家是我们之外的人。"

麦麦紧盯着董培，说："真正的战斗不是还没有开始吗？"

董培不知怎么对麦麦产生一种既敬佩又同情的复杂感觉，当年自己创业的时候，也是热情似火，战略战术也无不当，然而变幻莫测的市场让他一脚踩空，重重地摔倒在地。

成功固然需要战略眼光、坚强的执行力、优秀的团队等等，但还有一样东西不可或缺——运道。

鸿宇把这个新兴市场蛋糕上的樱桃摘走了，然后又贪婪地刮走了全部的奶油，只留下一些硬邦邦的面团。

董培把一个创造市场奇迹的机会拱手让给了他人。

两人同时陷入了沉默，麦麦从董培简单的话语中嗅到了某些很糟糕的消息，但他却无法深入问下去，因为那涉及另一家公司的机密。而董培也不可能把实情告诉一个初次见面的人，事实上即便告诉了也于事无补。

董培手机响了起来，他向麦麦做了个抱歉的手势，接起听了一会儿，然后只说了几个字："明白了。"

是张思文打来的，他和孙华约了一个朋友见面，这个朋友又辗转联系到一家代理，才打听到：鸿宇给每个代理补贴五十万元市场活动费用，用货款充抵。

原来如此。邹义山果然不是等闲之辈，居然能让鸿宇下如此大血本，但这又是一笔划算的买卖，每个代理到年底的回款至少会达到几百万，而且这是一项稳定的业务，年年都会有，每年还会增长。

张思文显然处在紧张与兴奋中，他说："要不我们也劝江总返还全部保证金，并给代理补贴更多，看谁拼得过谁！"

董培又只说了两个字："晚了。"

鸿宇已经把新海的代理政策和条款摸得透透的，全部做了针对性的设计，人家在暗处，你在明处，如何玩得过人家？再说了，以目前如此晦暗不明的形势去说服江总下如此大的决心，根本不可能，即使说服了江总，这么大笔的投入，还得董事会同意，等到终于搞定这一切时，销售季都快过了。

麦麦沉浸在思考中，董培打完电话他都没注意到，直到董培仰到沙发上，他才醒过神来，继续保持着优雅的风度，问董培："我们还有赢的机会吗？"

"不知道。"

"看来我没有让你喜欢上我们公司。"麦麦露出遗憾的神情。

"恰恰相反，我非常喜欢你们公司。"董培用力点点头，以示自己不是在客套。

"但看来我无法说服你加盟我们公司。"

"目前是这样，但不是你想象的原因。"

于是两人再也不谈业务，一边喝咖啡一边天南海北地聊了起来。

三十九

爱的路很长，蓦然回首还是她

第二天，董培按约定时间到公司上班，他奇怪地发现一切如常，没人向他投来异样的目光，他走进办公室，电脑已经还回来了，昨天的事就像一场梦。

不过他很快确定那不是梦，当他打开邮箱时，看到了人事给他发来的离职清单，让他在下班前交清电脑、门禁、办公室钥匙等等，他的解职赔偿也算得一清二楚。

董培很快明白过来，新海这样处理是为了让他人间蒸发般地消失，最大限度地避免人事震荡。

他静静地坐在办公室里，咀嚼着失败的苦涩，职场的残酷不在于血肉横飞，而是这种冷冰冰的公事公办。

过了一会儿，他缓过气来，打电话给小邢说："我总得跟我部门的员工说一声吧。"

小邢客气而委婉地说："老板交代了，等你离职后，由陈总开一个部门会议，宣布这件事，尽量减少对员工情绪的干扰，现在是业务的高峰期，希望你能够理解。"

董培连愤怒的心情都没有，像个任人宰割的囚犯一样放下电话，继续坐着发呆，他打算就这样打发完在新海的最后一天。

张思文敲门进来，手里拎着一个塑料袋，从里面拿出一个大盒子，搁到董培面前，说："这就是鸿宇的产品，妈的，完全是抄袭我们的概念啊!"

董培对这事还有些兴趣,捧起盒子仔细端详了一会儿,然后打开盒子,一件件地研究里面的东西。看得出来,鸿宇抄袭得很高明,邹义山肯定在里面出了不少主意,有那么几秒钟,董培在想,如果当初自己不一时脑热把那些资料发过去,或许不会诱发邹义山的反水,那样的话,现在将是一个何等火热的局面。

他知道这是一个非常愚蠢可笑的想法,这样的人留在身边越长,被伤害的程度会越重,他越早现形越好。

张思文也坐下来,拿起一个硬盘,指着上面的目录说:"你看他们的内容编排思路,跟我们一模一样,这要是没出内鬼,我把名字倒着写!不过话又说回来,这帮孙子对新渠道的理解还是很深刻的,知道所谓的服务和咨询有些虚,还是要以这种实实在在的产品作为依托。"

"里面的内容可以看吗?"董培问。

"不行,都是加过密的,而且他们用的是双重加密,这儿还有一个像 U 盘一样的解码器,学生、老师和家长使用时,先得把这个解码器插入电脑,才能使用服务器和硬盘里的内容,但这个解码器必须按产品编码在鸿宇的官网上进行申请,审查合格才会发来一串密码,输入密码,才能读取数据。"

张思文说完,接着又忍不住骂了一句:"这帮孙子活儿倒干得挺细,鸿宇啥时候出了个能人?"

董培摆弄着精美的盒子,说:"所以我们拿到的只是一个空壳?"

"是的,只能凭借外包装、目录和使用说明大致猜测里面的内容。"

"他们什么时候发的货?"

"两天前就已经全部发完了,听说现在又造了一批货,准备随时补充。"张思文懊恼地说,"所以现在很难补救了,确实是晚了点。"

董培还在看目录,张思文问:"下午开南都项目的高管例会,我们怎么讲好?"

"你觉得怎么合适就怎么讲——这个产品盒我能留着吗?"

"就是给你的。"

两人又聊了几句,张思文便回去干活了。

中午吃饭，董培找了个借口躲到一边去了，当他在外面晃悠到三点来钟回到办公室时，发现崔小萌坐在自己办公室里。

"咦，你怎么在这里，下午不是有会吗？"董培问她。

"已经开完有一会儿了，你怎么没去？"崔小萌直盯着他的眼睛。

"我有点别的事。"董培避开她的目光，坐下来继续把玩那个盒子。

"董培，"崔小萌把盒子拿过来，搁到一边，握住董培的手，轻轻摇了摇说，"你别瞒我了，小邢中午不小心说漏了嘴，叮嘱我半天呢！说说我们该如何补救吧，我不相信就这样结束了。"

董培慢慢地把手抽回来，他说不上心灰意冷，但他对于新海的事务已经完全没有了兴趣，他也许会东山再起，但不是现在。

"董培，董培！我们大家都会支持你，如果公司就这样让你走人，我们会集体辞职，我、思文、华伟、卓明、孙华都会辞职支持你，一定要让公司留下你！你千万不要放弃啊！"崔小萌急切地说，像拼命要唤醒一个昏睡的病人。

"你们不要胡来，这样没有任何好处。"董培淡淡地说。

崔小萌急了，她起身把办公室门关上，对董培说："你不能放弃！大家都是你一手带出来的，你这样不明不白地说走就走，算哪门子事儿啊？你给新海立下了那么多汗马功劳，江总真舍得让你走？你一定能找到办法的，你不能放弃！"

董培看着她，脸上露出一丝微笑。

"你答应了？"崔小萌像终于从父母那儿得到承诺的小女孩那样，不相信地确认道。

"再见。"董培说，脸上的表情显示他已经做出了决定。

"不行！你不能走！这儿没有人能替代你！"崔小萌声音突然大了起来。

董培感觉她会跟自己僵持到底，便在电脑上操作了几下，然后把屏幕推给她。

崔小萌一看，是一张去美国的单程票，地点是纽约，时间是下周四，机票上的姓名显示是董培。

"你应该知道这里面的事，我要去参加她的婚礼。"董培说。

崔小萌像株骤然经受了寒霜的花朵一样，痛苦地蜷缩了，她看着董培，眼神里满是说不出的复杂情绪。

终于，她开口说话了："董培，你这是干什么呀……"

"我知道自己在干什么。"

"你这是痴心妄想好不好，那个女人已经不属于你了！"

董培心底压抑的怒火突然被点燃了，他狠狠地盯着崔小萌，说："你也不要痴心妄想，有些人也永远不属于你！"

那张好看的脸刹那间凝固了，霜冻了，变成最惨白的颜色，她努力想说出一些话来，但两片嘴唇却哆嗦着什么也说不出来。

她终于平静下来，眼神空洞得像最黑的夜，用嘶哑的嗓音说："好吧……"然后无论怎样努力，也说不出一个字了。

她转身拉开门，离开了董培的办公室。

董培像个泄了气的皮球一样瘫在椅子上，瞪着前面发呆，他突然想到崔小萌刚才的绝望神情竟跟自己当初一样。

办公区远远地传来一阵骚动的声音，但他根本懒得起身去查看。

过了一会儿，张思文走进来，说："怎么搞的，崔小萌刚才好好地坐着，突然呕吐起来，弄得到处都是，脸色白得吓人。"

董培像过了电似的定住了。

张思文又说了一些话，董培一句都没听到，也没注意张思文什么时候出去的。

直到快下班了，董培才起身去人事办公室交清一些东西，他看到崔小萌的座位已经被打扫干净了，丝绸靠垫湿漉漉的，显然是刚洗过，地毯上也湿了一大片。

把东西交给小邢的时候，董培问她："崔小萌怎么了？"

小邢狐疑地看着董培，说："不知道啊，中午她还好好的。"

"她去医院了吗？"

"没有。她坚持说自己没事，回家了。"

董培黯然走出新海的大门，行政部的人已经知道了董培离职一事，平常一见董培就笑逐颜开的前台小姑娘只敢偷偷地打量他，吴梅毕竟经历过风雨，再加上之前跟董培的关系有所缓解，便送他上电梯。

董培觉得这一幕很值得玩味，当初把他招进来的是吴梅，如今把他送出去的也是吴梅，新海的日日夜夜，浮浮沉沉，就此成了过眼烟云。

　　刚上车，便接到小邢的电话："董总，不好意思，刚才接到通知，明天还是希望您能来公司一趟，和陈总做个交接，他有些情况需要了解。"

　　董培不禁冷笑，这时候倒想起交接了，便说："从任何角度而言，我已经不再是新海员工，没有义务接受任何来自新海的差遣，是这样吧？"

　　小邢为难地说："公司这样做确实挺过分的，您就看在一帮老部下的分上，再过来一趟吧，领导这边把工作交接好了，他们也好安心工作。"

　　董培说："那好，我明天上午十点过来，说好了，我只待一个小时。"

　　小邢连声道谢，她来当这个恶人也不容易，特别还是针对一个她颇为欣赏的人。

　　晚上到家，董培原以为自己会被愤怒的情绪罩住，却惊讶地发现自己出奇地平静，他对新海没有什么怨恨，甚至对邹义山也不那么厌恶了，这些无非都是江湖恩怨，自己赢过很多次，输一次也公平。

　　但真正让他释怀的是，肖菁带给他的伤痛消失了，彻底地消失了，这是一道很深的伤疤，但它的确愈合了，不痛了。

　　怎么回事？他问自己。躺在床上的时候，他终于找到了答案，这一切都是因为崔小萌那张美丽苍白的脸，她像海绵一样吸走了他的全部伤痛。

　　第二天，董培按约定时间到了公司，跟陈大明交接的时候，他详细解释了手底下几个部门的情况，并毫无保留地谈了自己对业务的看法，还提了一些很有价值的建议。陈大明原以为他是硬撑着保持风度，但后来发现他似乎是真洒脱，不禁十分惊讶，便邀请董培中午一起吃顿饭，算是饯行。

　　董培婉言谢绝了，陈大明也没有再坚持。如果没有之前那番角力，他们之间或许会有很深的交情，但此刻，两人都有些遗憾，他们为了职场上一些随时就可能失去的东西而明争暗斗，蓦然回首，却发现因此失去了人生更宝贵的东西。

走出会议室，董培发现张思文等人就在走廊外等着，小邢也在一旁，颇有点忐忑不安，见董培出来，这些老部下立即拥上来，七嘴八舌地问情况。

董培便对小邢说："我借用一下会议室，跟大家聊几句？"

小邢犹豫着不敢做决定，陈大明有些兔死狐悲的戚戚之感，加上董培刚才工作交接得毫无保留，便说："小邢，聊几句有什么不可以嘛！新海不是小公司了，这样做很不大气！难道非要在办公区吵吵嚷嚷才行？让他们用吧，江总问下来，就说是我同意的。"

小邢连忙顺水推舟，将大家请入会议室，还安排行政的人端来茶水，算是抚慰一下大家的情绪。

"Peter，到底怎么回事？这也太突然了，还能补救吗？需要我们做什么尽管吩咐！"张思文说。

平常最蔫的华伟也说话了，语调还是那样不急不缓："如果公司这样对待一个有功之臣，我会辞职抗议，咱们这个行业，现在找份这样的工作跟玩儿似的。"

董培觉得有必要给出一个能安定人心的回答，便说："你们看我是不是很平静？我真的很平静，不是装的，我之所以离开公司，是因为我在处理新渠道业务的时候犯下了一个不可饶恕的错误，导致公司蒙受了巨大损失，江总之前也提醒过我'文责自负'，所以虽然很遗憾离开大家，但这的确是职场游戏的一部分，不要过分解读吧。"

大家都沉默了，也终于明白前段时间董培为什么那样关注新渠道的动向。

"小萌呢？"董培瞅个空问。

"哦，她在 Michael 办公室，他这段时间很关心小萌，我看都有些过了。"张思文长出了一口气，他一时还难以适应董培的离职。

但事情已成定局，董培又是这样的态度，情绪也相当平和，大家便不再多说，只简单聊了几句，便互道珍重散会了。

小邢就守在外面，见大家安安静静地走出会议室，悬着的心放了下来，对董培说："董总，刚才 Michael 打电话过来，说也需要和您交接一下，您看这事弄得……"

董培一笑，说："走吧。"

小邢赶紧走在前面，把董培带到 Michael 办公室，崔小萌背对着门坐着，Michael 站在她对面，头埋得很低正跟她说着什么，两人进来都没看见。

"Michael，董总过来了。"小邢说。

崔小萌身体极轻微地抖了一下，并没有看董培一眼。

Michael 直起身子，向董培摊开手，耸肩表示遗憾，用不太纯熟但很准确的中文说："Peter，我知道这是一个艰难的时刻，很抱歉还要打搅你，但我的确需要了解一些情况。"

董培笑了笑说："应该的。"他瞟了一眼崔小萌，她仍然很职业地化了淡妆，但脸蛋好像一夜之间便清瘦了些。

Michael 从抽屉里取了一沓文件，对董培说："这是我整理的一些关于南都项目的文件，我把一些观点简单归纳了一下，你看看是否准确，如果有要补充的，也请你一并告诉我。"

这老头办事倒是一如既往地专业，董培坐到崔小萌旁边那张椅子上，浏览了起来。

在董培读文件的间隙，Michael 又对崔小萌说话了："嗨，美丽的小萌萌，我订了今天晚上莫斯科餐厅的位置，你一定要去，必须去，不然你会后悔的，你可不知道我为你准备了什么样的惊喜……"

董培立马一个字都看不进去了。

Michael 还在继续说："……Come on！你知道吗，一个像你这样漂亮的女人是不应该没有人约的，你有权利享受生命……这是我第几次约你了？天哪，第五次了吧，相信我，总有一天你会答应的。"

Michael 又说了一句什么俏皮话，董培看到崔小萌脸上居然有笑容一掠而过。

Michael 的大手已经搭在了崔小萌肩上，鼻子几乎触到崔小萌的额头，关切地问她是不是还不舒服。

董培把那几页纸扔在桌上，说："Hey，Michael."

Michael 正专心跟崔小萌说话，根本没听到。

董培提高声音叫道："Michael！"

声音略有点大，Michael 有些不悦地直起身来："Yes？"

"Leave my girl.（别碰我的女孩。）"

Michael 显然吃了一惊，脸上也现出愠怒尴尬的红晕，他很快镇定下来，说："Your girl？ How come？（你的女孩？凭什么这么说？）"

董培站起来，迎着崔小萌的目光，向她伸出手，说："走吧。"

没有问为什么，没有丝毫犹豫，崔小萌站起来，把手放在董培掌心，两人手牵手走出 Michael 办公室，剩下 Michael 瞠目结舌地看着他俩的背影。

他牵着她的手穿过长长的办公区，走出新海的大门，坐电梯到大街上，然后沿着街道一直朝前走。

走到一个路口，红灯。董培听到崔小萌轻声问："你要带我去哪里？"

董培才醒悟过来自己刚才做了什么，他转过身来凝视着崔小萌，说："去哪里我都带着你。"

"我不去美国。"

"我已经把机票退了。"

"哦，刚订就退，返不了多少钱。"

"是的。"

绿灯亮了，董培站着不动，崔小萌说："不走了吗？"

董培看着她说："有一件事，我一直没有做过。"

"什么事？"

"我还从来没有吻过你。"

她脸上有生动的表情呈现，让她看起来分外美丽。

他轻轻攥住她的长发，深深地吻了她……

有个女孩从他们身边经过，忍不住偷偷用手机拍下这美好的一幕。

"晚上住到我那儿去。"董培终于松开她。

"啊……是不是太快了……"崔小萌含羞说道。

董培正要说话，手机响了起来，是张思文打来的，只听到他咋咋呼呼的声音："老大，我刚才有没有看错？"

"你没有看错，我牵着你嫂子的手。"董培说。

"嚯……"张思文发出一串表示极度惊讶的声音，最后叹道，"这也算修成正果吧！"

是吗？董培不禁问自己，如果不是经历这样的变故，这份情感很可能就此压抑下来，在往后的人生岁月中时时泛起，令人怅然无语。

"不过，今后'嫂子'在新海的日子可能不会太好过。"张思文说。

张思文所言非虚，两天后，新海就公布了新的南都项目小组名单，崔小萌被排除在名单之外。

晚上，崔小萌依偎在董培身边，说："我可以辞职吗？"

"是因为公司方面的压力吗？"

崔小萌摇头说："不是，我一点都不在乎那些。"

"那为什么？"

"我想好好地享受这段时光，没有任何打扰的……你明白吗？"

董培搂紧她，说："只要你愿意。"

崔小萌幸福地叹了一口气，在董培臂弯里睡着了。

董培等她睡熟了，轻轻将她挪到一边，吻了吻她的脸颊，起床找到手机，给麦麦发了一条短信：Make me an offer.（给我个报价吧。）

两分钟后，麦麦打来了电话："董先生，我们张开双臂欢迎你！我们公司的执行总裁现在就想见见你，你方便吗？"

"一定要这么急吗？"董培压低嗓音，怕打搅崔小萌睡觉。

"因为市场比我们更急，未来两周，你所说的这个新渠道市场就会出现第一次分化，我们当然希望能够进入前列，你的加盟会让我们更有把握。"

董培看了一眼熟睡的崔小萌，说："非常抱歉，我现在的确不方便出去，但明天任何时候我都可以。"

麦麦不再勉强，说："那明天晚上九点，北京饭店，你到前台报我的名字就好了。"

通话结束，董培打开微信，跳出一个对话框，是肖菁发来的：我听说了，好为你们高兴！我可以安心地嫁人了。

董培回复道：祝福你们！我也会安心地娶她。

他站起来，忍不住又去吻了一下崔小萌，然后站在窗前，看着北京的夜景，舒心的笑容这么长时间以来第一次出现在他脸上，他心中终于卸下了沉重的负担，所有的灵感不知不觉间复苏了。

他一直以为江总这么决绝地将他解职，是因为新渠道方面的失误，现在突然想明白了，真正让江总失望的是新海在南都项目上的裹足不前，因为江总把新海的前途押在国家级超大项目上。

而鸿宇能在如此短时间内说服代理，除了自己的分心和疏忽之外，一定是因为付出了极高的成本，但有些东西也不能光靠砸钱，比如说产品，从创意、设计到研发、生产，是需要周期的，虽然邹义山可以照抄新海的产品设计理念，省却大量的时间，但这么短时间就能造货完毕，不能不说是一个奇迹。

如果他要加盟立森，那他必须帮助这家公司打败鸿宇，鸿宇已经替代新海成为立森在新渠道市场最大的也是唯一的威胁。

这是一个超乎寻常的巨大挑战。鸿宇是大公司，有运作大手笔的能力，邹义山也是一个狡猾难缠的对手，更主要的是，时间真的所剩不多了，一旦代理开始针对学校和个人的终端销售，一切都将成为定局。

董培拿起产品盒，把里面的内容目录又看了一遍，很明显，鸿宇为了弥补时间仓促的短板，购买了大量内容，主要以新加坡、韩国以及中国台湾的一些内容产品居多，这些地区的产品质量有保障，教育方式和程度跟内地又比较相似，拿过来使用更加简单。

邹义山很聪明，他知道在没有太多竞争对手的初期，只要保证产品的可靠性就可以了，至于其他因素，比如内容上是否完全与内地教材吻合、是否满足国内教育的需要等等，都可以暂时忽略，等占领市场后再来慢慢改进。

董培把那个硬盘取出来，又看了一遍内容目录，他看到最后两个目录上有一个似曾相识的名字：Magic ABC，董培回忆了一会儿，又上网查了查，才记起这是一家韩国排在前三的学习产品研发公司，专门针对的是初高中部分的内容，有一段时间进军国内市场，一度还特别火，后来不知为什么全线撤退了。

鸿宇选择购买 Magic ABC 的内容，只能是两个原因，一是 Magic ABC 毕竟在国内市场做过，很多内容已经与国内的教育内容挂钩了；二是与这些退出市场的品牌做交易，通常代价会更低一些。

董培不禁暗叹一口气，这几乎是一局死棋，还有翻盘的希望吗？

他打开微信联系人，一条条往下滚动，最后终于在一个叫黄红雷的名字上停了下来。好几年前，黄红雷前来董培公司做陌生拜访，被前台挡在门口不让进，董培看他像个新销售，大热天还衬衣领带的不容易，便把他领到会议室，倒了杯凉水，聊了十来分钟。虽然最后没做成生意，黄红雷却因此对董培颇有好感，他早就转到医药行业了，但逢年过节总会发微信来问候一下。

董培看了看时间，有些晚了，但只好唐突一下碰碰运气，便拨了黄红雷的手机号，黄红雷很快接通了电话，颇有些惊讶道："哟，这不是董总吗？怎么想到这时候打电话？"

董培连声道歉，说自己在业务上碰到了些难题，想请教一下。

黄红雷自然是满口答应。

"你知道当初 Magic ABC 为什么离开中国市场吗？"董培问。

"这个问题很大啊！"黄红雷沉吟了一下说，"原因还是蛮复杂的，有跟国内这边合作伙伴关系不顺的，也有水土不服方面的原因，你也知道，这些品牌比较偏重素质教育，但国内市场还是考试为王，学校也好家长也好，只认分数，学生虽然喜欢，偏偏又没有什么发言权，而且这东西有时候甚至不利于学生提高考试分数，着重点不一样嘛……"

黄红雷没有边际地漫谈，董培努力捕捉着其中有用的信息，听他说得差不多了，便插嘴道："其实这些问题是所有外来学习产品的通病，只是有些公司克服了，有些却没能走过去，Magic ABC 最后决定离开国内市场有什么导火索性质的原因吗？"

"导火索性质的原因……"黄红雷重复了一遍，想了想说，"Magic ABC 撤离前半年，我就离开了，但好像也没有什么特别的吧，不过听说几个高管经常在会议室吵得很凶。"

董培有些失望，黄红雷也感觉董培没能得到需要的答案，便说："我找以前同事问问，看看有没有值得一提的信息，到时候我打电话给你。"

董培连声感谢，又问黄红雷在医药行业干得如何，黄红雷免不了又是一通漫谈，董培走进卫生间，坐在马桶上听他吹牛，半小时后，才放下电话。

出了卫生间，董培看了看崔小萌没被惊醒，才在电脑上搜索一些关于 Magic ABC 的信息，一口气看了几十条，得出的印象是：Magic ABC 当时固然存在着水土不服、合作不畅等问题，但它的 CEO 却在一次展会上专门介绍了 Magic ABC 未来的产品计划，两个月后公司却突然撤离中国市场，从一些零散的消息来看，他们在远洋大厦的办公间一直空闲了近两年——这显然不是一次有计划的撤离。

董培想得入神，突然叹了口气，心想知道了他们撤离的原因又怎样呢？谁也没有规定鸿宇不能使用撤离中国厂商的内容啊！

正在发呆，黄红雷打来电话，说："刚问了一个以前行政部的姐们儿，她一直待到 Magic ABC 宣布解散，拿到补偿金为止，她说 Magic ABC 撤离前涉及了一些官司，更准确地说是一些法律方面的事吧，反正听说是监管部门找了他们麻烦，但具体是什么她是真记不清了，毕竟都是好多年前的事了。"

这意味着什么？董培脑袋全速运转，说："他们看样子是没有解决这个麻烦。"

"应该是，不然干吗要撤离呢。"

如果是监管部门找他们麻烦，毫无疑问就是内容出了问题。董培拿起硬盘，很想看看这里面的内容是什么，他想了想，又在手机上翻了半天，找出尘封已久的一个名字，正要拨出去，看看时间，都已经零点了，于是只发条微信过去，为了保险，又发了条短信，便睡觉去了。

董培醒来的时候，已经是上午九点钟了，崔小萌将早餐用托盘装着端到他面前，她穿着睡衣，刚洗漱完毕，容光焕发。

董培看着她，她也看着董培，两人面带微笑，黏黏糊糊地享受着这份来之不易的爱情。

崔小萌把手机递给他，说："刚才振动了几次，是不是有人找你？"

董培接过来一看，正是昨晚睡前要找的那个电脑狂人纪氏，酷爱干解密、盗版之类的勾当。

他将手机放下，专心享受早餐，他感觉到了自己的变化：比以前从容了。

吃完早饭，洗漱完毕，又跟崔小萌温存了一番，他才拨通了纪氏的电话。

"培哥，你怎么也干起这种事来了？"纪氏在电话里扯着嗓门喊。

"短信里没说清楚，是我的一个朋友，要研究一下竞争对手的内容，想把硬盘给解密了，只是研究而已，不复制也不盗版，谁能尽快帮他把这事办好，给一万块钱，我想你不就擅长干这事吗，就给你发短信了。"

崔小萌好奇地看了看董培，眉目含情地瞋了他一下：你搞什么名堂呢？但她对这个话题并无兴趣，得到董培的飞吻后，便端着托盘进了厨房。

纪氏乐呵呵地说："这钱也太好挣了，你把硬盘给我，我今天就帮你给解了。"

于是董培问清了地址，叫个快递，给纪氏送了过去。然后两个失业的人快快活活收拾停当，像一对金童玉女般出门看电影去了。

看完电影，已经是中午了，两人又逛了一会儿，便坐下来吃饭，你喂我一口，我喂你一口，像两个偷偷跑出来的早恋中学生，腻歪得不行。

一直吃到两点多，正准备结账的时候，纪氏打来电话说已经解完了，随时可以来取。

"鸡鸣狗盗之徒，不可不交也！"董培高兴地调侃纪氏。

"嗯，你这话我特别爱听。"纪氏得意地说。

于是董培开车到了纪氏的小公司，这是一片穷街陋巷，一些上不得台面的小生意都在这儿扎堆，董培牵着崔小萌的手蹚过脏兮兮的路面时，旁边一家按摩店的女孩目不转睛地看着这对光鲜的青年男女，眼神里不知道是向往还是迷茫。

纪氏拿着硬盘下楼来，一眼看见董培牵着个漂亮女孩，很不识相地说："哟，换了？"

董培好气又好笑，骂道："你小子见不得我幸福是吧？咱俩都五六年没见了，你知道个屁呀！再胡扯，一万块钱押我这儿了！"

纪氏见董培急眼，冲崔小萌点点头，说："看来是动真情了，我一直以为他是同性恋来着。"

崔小萌捂嘴直笑，董培知道贫不过他，便说正事："这么快就解密了？"

纪氏说："他们用的是比较老的一种技术，相对比较简单，如果用目前最新的加密技术，像我这样的水平，运气好的话，解密也得一个星期。"

"那他们为什么不用新技术？"董培问。

"嫌麻烦呗，工期就得拖长好几倍，对硬盘质量要求也很高。不过这玩意儿虽然是解密了，但里面好些内容必须登录网络才能更有效地学习，所以他们也不怕盗版。"

"不妨事，我只是浏览一下里面的内容而已。"董培用手机痛快地给纪氏支付了一万块。

穿过那片街道回来时，董培说："这就是这个行业另外一部分人的生活。"

"只要跟自己爱的人在一起，在哪儿都无所谓。"崔小萌答非所问地说。

董培看了她一眼，她不是说给他听的，而是自言自语。

回到车上，崔小萌说："回去吧。"

董培说："不着急，这硬盘内容是不少，但我主要是看个大概，一会儿就看完了。"

"那我带你去一个地方。"崔小萌说。

于是董培在她指引下开到离新海集团不远的红卡咖啡厅，崔小萌让他把车停在路边，却不下车。

"我要告诉你一件事，"她说，"你还记得你第一天来新海上班时的情形吗？"

董培努力回忆着。

"你可能是来得比较早，就先进这家咖啡厅坐一会儿，我当时就坐在斜对门的位置，我想你刚进门的那一刹那，我就喜欢上你了。"

董培呆呆地看着她。

崔小萌继续说："上班时间快到了，我们前后脚出门，我看你去了新海集团那栋办公楼，心想，你不会是去新海上班吧？我跟在你后面进了电梯，电梯里人很拥挤，我看你按了十九层，我当时简直开心得不得了。"

"然后我跟着你到了前台，你在前台登记，我去了自己座位，整个上午我都在想着如何跟你搭上话……不过，当我终于站起来，决定去找你问好时，我看到你从人事部的办公室出来，你和她一边聊，一边互相打量，我看着看着，觉得整个身子慢慢变凉了。"

董培回忆起当时的场景，感觉那像是很久以前，又像刚刚发生。

"很可笑的是，当天我就拒绝了男友的求婚，他问我原因，我说我不知道。从那以后，我就一直孤独地爱着你，等着有一天你把我的心敲碎……"

董培握住她的手，说："我那天敲碎你的心了吗？"

"碎成了一万片。"她说。

"现在好些了吗？"

"好了，只有一点点隐隐的疼。"

董培把硬盘扔到后座上，看着崔小萌，暗暗下决心这辈子都要非常非常爱她、呵护她。

"我表白完了，好开心。"她完成了一件重要的事，把头歪在他的肩膀上，"现在我们回家好吗？"

四十

成功不是偶然，但也绝非必然

晚上董培按时来到北京饭店，到服务台问李景森先生在哪个房间，前台女孩愣了一下，说："您是董先生吧？李先生说让您在大堂等他，他马上跟您联系。"

怎么整得跟地下党接头似的，董培心想，便坐到大厅沙发上。没过几分钟，麦麦打来了电话，说："Peter，麻烦你沿着大厅往里走，看到楼梯上二楼，我们在雅致轩。"

董培按他说的找到雅致轩，是一处很私密的包间，刚敲一下门，门就开了，一张熟悉的方脸映入眼帘。

董培断定自己认识这个人，但一时想不起来是谁。

那人见董培发愣，便微笑着伸出手说："房立峰，幸会。"

董培吓了一跳，麦麦和老韩在旁边都忍不住笑，麦麦说："房总是我们公司的执行总裁。"

老韩也上来自我介绍，然后指着董培和房立峰二人打趣道："这也算是生意场上的经典一幕吧？"

几人寒暄过后，很快进入了正题，房立峰说："我们请董总加盟的意图很明显，就是为了击败新海，因为目前新海是横在我们前面的一只拦路虎。"

董培想，看来他们对自己从新海离职的消息还一无所知呢。这是一件颇为敏感的事情，一个人被突然解职，无论出于什么原因，总会让下家公司有点不安，但这是无法隐瞒的，必须以合适的方式尽早告诉人家。

"立森的竞争对手已经不是新海，而是鸿宇。"

房立峰露出不可思议的神情，说："鸿宇？这怎么可能？那家公司我非常了解，他们不可能有这样的眼光。"

"邹乂山你认识吧，他其实一直为新海做事，直到前不久，他看到升迁无望，才终于决定离开鸿宇到新海来任职。说来也是我察人不明，在看到他发来的离职通知后，认为事情不会再有变化了，就把新渠道的一些关键资料发给了他，让他提前熟悉工作，没想到这人立即利用这些资料作为进身之阶，就此反水了。现在鸿宇已经把新海的新渠道市场一锅端了，而且还把当初新海的那些备选代理全部收编到旗下，当然也因此花费了巨大代价，而新海，并没有进行坚决的反击，而是把战略重点放在国家级超大项目上……"

房立峰瞪着董培，如同在听一个极荒谬的故事，他终于明白当初他在鸿宇操盘的时候，为什么会发生那些难以理解的事了，为什么他再三地功败垂成，原来都是因为旁边盘着邹乂山这条毒蛇！

不过这都已经过去了，毕竟大家都是各为其主，他有意识地让自己放缓情绪，但突然间，一股深深的寒意从他脚底直冒上来，他情不自禁地打了一个哆嗦。

鸿宇的底子他是知道的，花费如此巨大的代价去争夺新渠道市场，哪里还有余力去运作南都项目！也就是说，房立峰代表宏博集团牛烘烘地去找鸿宇合作，还以为占了人家一个便宜，不承想人家根本就是来搭你的顺风车：你做好了，人家白拿，你做不好，人家也毫无损失，因为他们压根就没在这上面真正投入成本，所有的一切都是表面文章而已——搭上这么个合作伙伴，宏博在南都项目上凶多吉少。

而在新渠道市场，如果说新海之前尚留有余力的话，鸿宇却是把老本都搭上了，它对这片市场的疯狂鲸吞会极大地挤压立森的生存空间。

如果鸿宇的全盘计划得以实现，那么整个行业的最大失落者一定是房立峰，他在宏博将无立足之地，而他倾注了全部梦想的立森公司也将黯然收场。

好你个鸿宇，好你个张宏、邹义山，这是把我往死里玩啊！房立峰不禁毛骨悚然。

"如何击败鸿宇？"房立峰半句废话都不想说了，直接问董培。于公于私，他都决不想让鸿宇得逞。

董培见房立峰果然是个明白人，便说："鸿宇目前主持市场工作的是邹义山，他对新渠道市场有很深的理解，智商很高，到目前为止，我还没有看出鸿宇有任何明显的破绽。"

房立峰眉头紧锁，他感觉自己遇到了人生当中最大的挑战。

"但鸿宇面临的一个最大难题是——时间。事实上，他们做得相当不错，在极短的时间内完成了对新渠道中高端市场的吞并，这里面的工作是海量的，所以我也可以非常合理地设想：忙必出错，鸿宇在这个过程中或许会犯下一些不可饶恕的错误。"

房立峰眼睛立刻亮了，问董培："你发现了些什么吗？"

"有些蛛丝马迹，我正在论证。"董培说。

房立峰紧盯着董培的眼睛："能透露一点吗？"

"我发现他们的内容中或许有一些问题，但我下午匆匆过了一遍，问题当然是有，但都是些具体的学习问题，不是什么硬伤，我明天需要花时间好好研究一下。"

房立峰盯着地板沉吟了一会儿，说："那些内容我可以看看吗？"

董培见房立峰聚精会神地琢磨业务，而麦麦和老韩在一旁十分专注地听他俩对话，便有意放慢节奏，喝了一口水，笑着对大家说："我这算是进入了工作状态吗？"

三人略微愣了愣，马上会过意来，麦麦掏出手机，打了个电话，十几秒后，一个衣着整洁、戴着眼镜的瘦高男人推门进来，麦麦介绍说："这是我们公司的人力资源总监 Chris。"

Chris 跟董培握过手之后，从包里取出一份文件，这就是董培要的入职文件，董培接过文件，笑道："你们是特工吗？"

只有麦麦用微笑勉强回复了一下董培的幽默，老韩面无表情地喝咖啡，房立峰则像雕塑一般陷入了沉思。

Chris坐下来，给董培解释了一下文件中的细节，几个关键信息是：职位是副总裁，薪水比在新海提高百分之四十，另有百分之五的股份。

这是一份有诚意的入职邀请。

董培还从未这样轻松地搞定过一份相当不错的工作，他从另一个角度体会到这个行业正处于一个疯狂发展时期，各公司对人才的饥渴是空前的。

当然，或许真实的原因是他的市场价值决定了这一切。

Chris说："董先生，您现在可以在上面签字吗？"

董培说："我回去考虑一下。"

房立峰、麦麦和老韩互相看了一眼，虽然很想立即就让董培加入，但知道这种事是催不来的，便都有风度地冲董培点头表示理解。

房立峰急于跟董培探讨业务，说："其实鸿宇还有一些其他的弱点……"刚开个头，又不说了。

麦麦等了一会儿，问："立峰，怎么不说下去了？"

房立峰摇摇头，他转而一想，那几个弱点都不致命。他很懂实际业务，麦麦和老韩还没有完全吃透董培提供的信息，他已经把危如累卵的局面勾勒得一清二楚了。

董培知道房立峰正费尽脑筋想着如何对付鸿宇，但鸿宇已经登上了制高点，又有一个狡猾异常的操盘手，想在这么短的时间内找到鸿宇的弱点，并予以致命性打击，简直比登天还难。

董培说："鸿宇已经拼尽了全力，房总这边现在可以先做一件事，让他们继续用力，直到体力透支为止。"

"你说。"

"宏博和鸿宇就南都项目达成了战略合作，我想你也看清楚了，鸿宇之所以那样大张旗鼓地进军南都项目，只是个幌子，是为了掩盖他们在新渠道市场的大动作，他们并没有更多的资源投入南都项目中去了。你不还在宏博任职吗？那你用尽一切办法催促他们，监督他们，让他们不得不分心于南都项目。"

房立峰二话不说，拿起手机拨了一个号码，说："绪方，我感觉鸿宇在南都项目上准备不够充分，现在时间这么紧，决不能有半分闪失！明天你带着两个人，全天候蹲在鸿宇，协助鸿宇做好他们分内的事……你们不用干活，但必须指导他们干活，必须给他们施加压力！同时你要求他们也派驻几个市场方面的人员到宏博，大家对等嘛。如何最大限度地压榨出鸿宇的潜力，是你们几个人的唯一任务！我要一个具体方案，明天一早就给我，我报给吴总，并跟鸿宇沟通，上午十点你们就杀过去……"

跟杨绪方交代完毕，房立峰又给宏博负责技术的人打了同样的电话，再三强调务必紧盯鸿宇，让他们实实在在地做事。

打完电话，房立峰好歹出了口恶气，脸上表情舒展了些，对董培说："现在就看你能不能在他们的内容中发现一些问题了。"

"你最希望发现什么样的问题？"董培问。

"当然是大问题，这样一下就将死他们了！"房立峰不假思索地说。

"我也希望是，但恐怕够呛，我来之前大致看了一遍，我怀疑的那家公司提供的都是数理化的内容，而不是文史方面的内容，这样一来，出大问题的概率就小太多了。我认为，这不是巧合，而是有意识地避开雷区，很可能鸿宇已经意识到了这一点。"

房立峰摇摇头，说："鸿宇不应该有这么强的策划能力。"

"我们可能都低估了邹义山，撇开其人品不谈，邹义山在业务感觉和市场运作方面，不会比我们当中任何一个人差，关键这个人没什么顾忌，所以一旦找到空间，他能量会非常大。"董培说。

房立峰沉默了，半晌才说："看来只剩下强攻一条路了。"

"如何强攻？"麦麦问。他一直在旁边认真听，董培和房立峰谈话的信息量非常大，虽然他长了一颗很聪明的脑袋，但想完全跟上他们的思路也很费劲。

房立峰没说话，董培替他答道："只能是砸钱。"

"需要多少钱？"老韩说话了。

董培说："鸿宇此次为了运作这个新渠道，我们算过，他们前期的直接花费至少是一个多亿。"

"嗯，不是个小数字，"老韩神色如常，"那我们再加五千万。"

麦麦和房立峰对视了一眼，加五千万的话，那之前的股权分配可能就需要再讨论了，老韩不可避免地要多占股份。

董培有些不忍心泼他们的冷水，但有些事实还是必须要说出来："这是鸿宇的花费，但对立森可能就不一样了。鸿宇已经具备了先发优势，而立森作为追赶者，付出的代价只会更大；而且鸿宇本身就具有相当的规模，很多资源可以立即调用，不必再花钱，而立森却需要砸入真金白银；还有一点，鸿宇紧赶慢赶才运作到这样的状态，而留给我们的时间要少得多，如果一定要不计成本地赶上，只能是拼命投钱。"

老韩问董培："你认为得投多少钱？"

"两到三个亿。"

老韩没有说话，脸色有些白。

房立峰说："最大的问题是，巨额投入后，还不一定能赶上，时间实在太紧了。"

整个房间都沉默了，大家终于达成了共识：年幼的立森公司处于生死存亡关头。

麦麦觉得三个主要股东有必要开个会，讨论一下公司的前途，他看了看手表，对董培说："哦，都快十一点了，抱歉把你留这么晚。"

董培表示理解，他也觉得作为一个局外人，眼瞅着这几个辛苦创业者愁眉苦脸，有些不太合适，便起身向大家一一握手告别。

董培离开后，Chris 对大家说："我明天给董培打个电话，跟进一下，争取尽快签协议。"

房立峰没好气地说："人家来不来都不一定了。"

麦麦感觉房立峰正承受着巨大的压力，便拍拍他的肩膀："他会来的，这是个做事业的人，不会轻易向困难屈服。"然后他转头对 Chris 说："你先去休息吧，我们几人开个会。"

Chris 告辞出去了，几个原本意气风发的人疲态尽显，默不作声。

麦麦觉得这样下去不行，突然站起来大声说："我已经想好了立森公司的 slogan（口号）。"

房立峰和老韩用奇怪的眼神看着他，这时候扯这些虚头巴脑的东西能顶什么用？

"我们的 slogan 就是：Never ever give up（永不放弃）！"麦麦用力

挥了挥胳膊，眼神里冒出火一样的热情。

房立峰盯着麦麦半晌，突然笑了，说："没人说要放弃，我在想该怎么收拾那帮孙子呢。"

老韩拿起座机拨了个电话，不一会儿，便有服务员送来一个大果盘，还有一些点心，他一手拿一片西瓜递给麦麦和房立峰，说："该吃吃，没有过不去的火焰山。"

房立峰啃着西瓜说："现在真到了图穷匕见的时候了，不能再羞羞答答，董培刚才的建议不错，但我要做到极致！明天我立即要求宏博召开董事会，讨论如何对付鸿宇的问题。我初步的想法是，装作对鸿宇的真实意图毫不知情，诱使他们签订一份有法律效力的技术合作文件，然后全力压迫他们按条款内容去实施，非把他们内部逼得鸡飞狗跳不可！"

老韩也恨透了鸿宇，说："这叫贪！明明已经吃不下任何东西了，但看见别人递上来一块肥肉，还是忍不住张大嘴，那就好好利用这一点，让它吃不了兜着走！"

房立峰说："董培我们一定要招进来，他被邹义山咬这么一口，对他而言是倒了血霉，对我们却是好事，不然他怎么肯过来！这段时间，我绝大部分精力要放在宏博，利用宏博的资源全力干扰阻击鸿宇，非常需要有一个人替我去下面梳理市场，董培是最佳人选。"

他又想起来什么，说："得跟 Chris 交代一句，让他别太磨唧！他这个人做事很专业，讲究流程，最近把公司内部梳理得井井有条，但有时候过于拘泥，昨天就跟我争半天董培的工资该比原来多出百分之二十还是百分之四十……他说的都对，但我们是一家创业公司，有时候做事必须超越常规。"

麦麦微笑着不作声，等两人说得差不多了，才说："我们可能需要再引进一个投资者。"

董培回到家的时候，已经快十二点了，但崔小萌并没有睡，见他进门，便飞跑过来拥吻他，然后说："告诉你一个坏消息，硬盘里的内容我仔仔细细看完了，没有你想要的东西。"

"你知道我要什么？"

"你不是要一个能禁止这些产品销售发行的理由吗？"

董培遗憾地叹口气，说："看来这次是真的没法翻盘了。"

崔小萌问："你拿到这个职位了吗？"

"拿到了，但我想等等。"董培躺到床上，"我还是想先弄清楚 Magic ABC 当初为什么那样仓促地退出国内市场。"

崔小萌躺到他身边，说："你的那些狐朋狗友派不上用场吗？"

董培摇摇头："那是好多年前的事了，那时大家都刚刚工作没几年，不太了解管理高层发生的事，所以问不出个所以然来。"

崔小萌说："那你干吗不问问你以前在机关的那些朋友？他们总有人能辗转找到监管部门的人，那样一下子就彻底问清了，省得猜来猜去的。"

董培如梦初醒，欢喜得一把搂住她乱亲一气，说："我哪世修来的福分，碰上你这么个可人儿！"

第二天一早，董培一看时间过了八点半，便立即打电话给机关里的一位系友，通过关系辗转找到监管部门的一位负责人，这位负责人直接查到了原始文件，将 Magic ABC 几年前的那桩官司清清楚楚还原出来了。

事情并不出在内容上，而在其他一些边边角角的地方，如在某些地方有一个图标，一个穿三点式的妖娆动画女郎，举着一块胜利的标牌。事情看上去不大，关键在于这是针对中小学教育市场的产品，出现这类问题都属于零容忍。

至于为什么 Magic ABC 就此退出国内市场，可能是他们那一批次的造货量巨大，却因为这个原因无法投入市场，损失惨重，合作伙伴之间发生纷争，于是接下来就发生了一系列撤资、倒闭、退出市场的连锁反应。

事情终于弄明白了，董培立即扑向电脑，将硬盘里的内容快速过了一遍，让他深感失望的是，所有的地方都把那块不合时宜的图标去掉了。董培呆呆地坐在电脑前，看来这条路是走不通了，难道真要跟鸿宇来一场火并？立森肯定处于劣势，而且火并之后，最好的结果也不过是两败俱伤，得利的只是那些代理。

太便宜邹义山了！董培悔得肠子发青，他竟然把这个引领行业新潮流的机会那样轻易地拱手让出了。

他不甘心地用鼠标在电脑上胡乱扒拉着，让他更沮丧的是，这的确是一款非常好的产品，虽然与国内教材内容不是很吻合，但绝对是真正的寓教于乐，从体例编排到界面设计，无不体现出很高的水准。

每个学习阶段最后，还会设置一个闯关游戏，将该阶段的学习内容巧妙地嵌置于其中，学生在闯关的过程中，相当于又学习了一遍。

他试着玩了一下游戏，难度还真不小，越往上越难，估计极少有人能真正打通。

董培站起来，在屋里踱了几步，心里有了几分忧虑。

在终于放下那份沉重的情感后，董培幸福地享受着崔小萌带给他的爱情盛宴，觉得此生有她相伴，夫复何求？然而生存的现实是冷冰冰的，丝毫不会照顾你的心情。

手机响了，是 Chris 打过来的，问董培考虑得怎么样了。

"没问题，我愿意加盟立森。"董培痛快地说，他只能迅速调整好心态，准备迎接一场硬仗。

"太好了，欢迎你！我们希望你能够立即进入工作状态，可以吗？"

"我已经做好了准备。"

"那好，"Chris 说，"今天下午两点在立森的小会议室，有一个高管会议，讨论安排下一阶段的工作，会议开始前，会安排你跟员工见个面，特别是见见市场销售部的同事们。在你们开会期间，我会将劳动协议拟好并打印出来，由于你是股东，还有一份有关股权的协议，这些我都会一并准备出来，会议一结束，麻烦你到人事办公室来一趟，只需要确认签字即可。"

刚放下电话，Chris 又发过来一条短信，告知公司地址并确认下午会议时间。董培心想这还真像个做事的样子，心里那团建功立业的火慢慢地蹿了起来。

崔小萌已经听到了他讲话内容，将熨得整整齐齐的衬衣西裤搁到他面前，董培咋舌道："傻孩子，不要用力过猛啊，我们的日子还长着呢!"

崔小萌笑了,说:"你放心,我会细水长流。不过今天有些特别,一是你到新公司第一天上班,二是我舅舅来北京开会,想见见我——我猜是我妈知道我俩的事了,托他来考察一下呢。"

董培倒吸了一口气:"好险!亏我找了份新工作,不然两个失业的人窝在家里谈恋爱,还不得把老人家给急死。"

崔小萌找董培要了立森公司地址,然后就在公司附近订了一家餐馆,这样董培吃完就可以直接去上班了。

说话间,就有人敲门,崔小萌说:"他来了。"

董培一下着了慌:"谁来了?你没说他要到这儿来呀!"

崔小萌忍不住好笑,说:"慌什么,拿出你的副总裁范儿好不好。"

董培正短裤背心光脚,哪有什么范儿,赶紧抓起熨好的衣裤进了卧室,穿扮停当出来,正好与一个年纪约五十来岁的男人打了个照面,那男人看了董培几秒钟,笑着对崔小萌说:"行了,我看我可以回去交差了,这顿饭吃不吃也无所谓。"

崔小萌知道他看董培顺眼,心里十分欢喜,撒娇说:"舅舅,你根本不是来看我,是来当间谍的吧?"

"对,他就是来当间谍的,还嘱咐我多拍几张合影,回去给大姨看,其实就是看姐夫。"一个十三四岁的男孩,应该是崔小萌舅舅的孩子,指着董培说。

舅舅开怀大笑。

"小虎,你觉得姐夫帅吗?"崔小萌问那男孩。

小虎打量了董培几眼,然后把嘴凑到崔小萌耳边嘀咕了半天,崔小萌笑眯眯地听着。

董培上前跟崔小萌舅舅握手问好,舅舅很受用地摆出长辈架势,问长问短,无非是在哪儿工作,做什么,家里情况怎么样,有没有兄弟姊妹,哪个学校毕业的……董培都一一回答。

问得差不多了,舅舅长长叹口气,说:"我们小萌还真是有福气的孩子。"

崔小萌一听不答应了,说:"舅舅,你什么意思啊?听着好像我占了便宜似的。"

舅舅哈哈大笑，纠正道："你俩都是有福气的孩子！"

董培心里泛起一股奇特的温暖感觉，或许，这就是他和小萌新的大家庭，他极其愿意成为这个大家庭的一员。

小虎已经在电脑上玩起来了，舅舅说："小虎，又玩游戏了？说好了，一刻钟！"

崔小萌说："没关系的，这是学习软件，他玩的这个闯关游戏就是书本上的知识点，小虎不刚读完初二吗？正好检查一下他学得怎么样。"

"这孩子学习我倒不担心，脑子聪明，也没怎么用功，但从没掉下过年级前三名，就是太迷电脑，所以我得经常提醒他一下。"

董培说："这个闯关游戏还真不容易，我刚才玩了一会儿，挺难的，而且关卡还特别多，我怀疑极少有人能最后通关，因为它后面一些内容明显难度很大，甚至有一些国内中学教材并不涉及的逻辑题，就像 GMAT 里的那种形式。"

"什么 GMAT？"小虎好奇地问。

"美国商学院研究生入学考试。"董培说。

"哇！"小虎惊叹道，玩得更起劲了。

舅舅反而不劝阻了，只是说："别离那么近，注意视力。"

崔小萌有些奇怪，问董培："在学习内容里设难度这么大的游戏，他们怎么想的？"

"我开始也不理解，后来琢磨明白了，就是为了让绝大部分学生适可而止，不要玩太久游戏，是个聪明设计。"董培说。

几人边聊天边出门上车，然后董培驱车到了餐馆。吃饭期间，小虎果然尽职尽责地用手机拍合影，每张照片出来，崔小萌必然要把一下关。

吃完饭，董培看了看时间，正好可以从容走到公司，小虎却惦记着硬盘里的闯关游戏，想回去再玩会儿，舅舅宠爱儿子，也想跟外甥女多聊聊，就答应了。

下午会议的重点在于工作分配和融资。按照计划，董培将立即接管房立峰的市场开拓任务，除了将房立峰前期开拓的市场稳固下来之外，还需要跟鸿宇争夺中高端代理，任务不可谓不艰巨，除了董培，没人更适合这份工作。

融资是个艰难的话题，麦麦打算再融一点五亿，这就意味着在座的每个人股份会大幅缩水，这当然不是一件让人开心的事，但别无选择。

好消息是老韩愿意再投五千万，麦麦只需要再融一亿就可以了，而且有了一亿的先期投入，另外一亿的融资难度会小很多。

会议开完，已经到了五点多钟，董培连公司卫生间在哪儿还没有摸清楚，就得开始筹划出差的事了。

他找到人事办公室，里面没人，Chris 应该是去了洗手间，董培坐在沙发上等他回来。在这短暂的几分钟，发生了一件扭转局面的大事。

崔小萌打来电话，嗓音清亮爽脆，一如她在新海时的干练白领形象。

"亲爱的，"她说，如果不是这个称谓，董培简直以为她是要来分手的，"我现在马上给你发一张视频截图，你查收一下，然后给我回电话。"

说完，也不等董培说话，就把电话挂掉了。

董培稀里糊涂等了半分多钟，图片发过来了，董培打开一看，是一张电脑画面的截图，一个极其妖艳的动画女郎，穿着几乎只剩几根布带的三点式，撅臀扭腰作飞吻状。

董培立即站起来，躲到一间无人的办公室，手指哆嗦着拨通了崔小萌手机："怎么回事？"

"小虎把闯关游戏玩通了，游戏最后出现的是这样一个视频，还配有音乐，持续时间大约是十秒。"

董培感觉自己的心在狂跳，像要从口腔里蹦出来，他干脆仰面躺在地上，大口大口地喘着气，说："马上让小虎把这个完整视频下载下来，然后……然后高度保密！"

"你开心吗，亲爱的？"崔小萌温柔地问。

"差点就赶上第一次吻你时的开心程度了。"

崔小萌甜蜜地笑了，说："回答正确！"

两人你一言我一语地亲热起来，董培偶一抬头，看见办公室的百叶窗没有拉下，Chris 正朝里面张望。

董培躺着向他招了招手，Chris 走进来奇怪地看着他，董培笑而不语，起身坐到沙发上。

两人坐下后，Chris 拿出备好的两份协议递给董培："您看一看，没有问题的话，就在这儿签字吧。"

董培微笑着把协议推回去，说："Chris，麻烦你马上给麦麦和房总、韩总打个电话，告诉他们两件事，第一，我要求股份增加到百分之十，也就是说剩余股份全部归我；第二，不用融资了。我在小会议室等他们。"

Chris 呆若木鸡地看着董培，完全搞不明白状况。

董培冲他一笑道："Just do it！"

十来分钟后，三个人匆匆忙忙同时赶到了会议室，都微微喘着气，满脸狐疑。

五分钟后，立森公司所有还未下班的员工听到会议室传来一阵狼嗥般的狂吼声，接下来是更恐怖的声音，有什么东西被狠狠地砸烂了，发出巨大的声响。

Chris 吓得差点晕过去，跌跌撞撞地冲过去一看，四个人像疯子一样拥抱在一起，桌上那个大花瓶不知被谁砸到白板上，碎了一地。

四十一

铁打的市场江湖，流水的成王败寇

清初野史中记载李自成登基前，不是想象中的那种踌躇满志、趾高气扬，而是烦躁不安、多疑易怒，用现代心理学理论来解释，就是一种渴望已久的目标实现前的焦虑症。

鸿宇的老板张宏就处于这样一种症状中。过去两周，宏博对他施予了难以想象的巨大压力，他也不得不硬着头皮在一份技术合作协议上签了字，这样的后果是，整个鸿宇集团无论是员工还是资金链，都处于一种超负荷的运转中，让张宏苦苦支撑下去的唯一动力，是巨大的"钱"景诱惑。

前两天，他刚跟一个多年的老同学翻了脸，这位同学见他脸像个活死人，好心劝他少赚点，还举例说：他以前有个朋友，有一次去水库钓鱼，结果钓了一头极大的鱼，从远处就能看到那鱼黑黑的脊背，目测得有上百斤，那朋友激动坏了，玩命地和这鱼搏斗，突然脚下一滑，掉水里去了，而他竟然还死死地把着钓鱼竿，一直被鱼拖进水里，再也没能出来。

这故事里的寓意让张宏惊恐万分，他愤怒地拍桌离席而去，谁也劝不住……

还有三天，就是南都项目的投标日期，张宏坐在宽大的老板椅上，看着硕大无朋的办公桌上的台历，一遍遍在脑海里过着项目上的大事小事，时而激动不已，时而惶惶不安，这种神经质的表现如此明显，以至于只有邹义山、刘美兰等几个最核心层的人才敢去他的办公室。

他看着台历上的日期，终于有一种要撞线的感觉，这时候即便鸿宇什么也不做了，宏博也不敢抛弃它，因为根本没有改弦更张的时间。

他心里恨极了房立峰，房立峰像对鸿宇有血海深仇一样疯狂逼迫，连打印出来的文件格式不对都要打回，偏偏他对鸿宇了如指掌，每次都逼迫得有礼有节，弄得鸿宇哑口无言，只能照办。

每当这时候，张宏都会凝视着房立峰那张冷酷无情的脸，心想：等到谜底最终揭开的时候，老子倒要看看你这张脸是什么表情！

今天，正好是房立峰揭开谜底的日子。

一阵克制但又急促的敲门声让张宏从沉思中惊醒，正要说"进来"，门已经被推开了，是鸿宇新聘请的律师张勇刚，他满脸震惊，仿佛有些不相信他刚刚看到的事情。

张宏的心脏经不起这样折腾，不耐烦地说："什么事？"

张勇刚递给他一沓文件，说："宏博来函说要终止双方在南都项目上的合作。"

张宏立即觉得无比干渴，心脏有一下没一下地乱跳，他强自镇定，把那份律师函读完了，几分钟后，他反而平静下来，虽然是赚不到了，但鸿宇公司倒可以趁此机会轻装前进。

"算了，不合作拉倒，只可惜耗费我这么多时间和精力，还有钱！"张宏恨恨地说。

张勇刚对于张宏只表示出如此微弱的抗议非常惊讶，张宏便问他："法律上有什么办法吗？"

张勇刚说："难度比较大，因为对方确实在协议中提到过如果我们达不到相应的要求，他们是有权终止协议的，但没想到他们真的就终止了协议，这是一个损人不利己的搞法啊。"

张宏断定房立峰是在公报私仇，只有这种心态下才会干损人不利己的事，这是他目前唯一能做出的解释。

张勇刚出去后，张宏心里有些不踏实，便打电话给邹义山："义山，刚才律师送过来一份律师函，是关于宏博的……"

"宏博不跟我们合作了？"邹义山问。

"你怎么知道？"

"刚才律师去您办公室的时候，慌慌张张地一头撞到我身上了，我问他什么事，他就跟我提了一句。"邹义山说，"不合作就不合作吧，反正那也是搂草打兔子，能打着固然好，打不着也无所谓，正好可以集中精力抓我们的主业。"

张宏放宽了心，问邹义山新渠道市场情况如何，邹义山说："代理已经进行了第一轮铺货，市场非常饥渴，可以用抢购一空来形容，有些代理铺完货的第二天就要求发第二批货了，预计下个月初将出现第一拨回款高峰，我们刚才合计了一下，这一拨回款最保守估计会达到九千多万，从现在起到销售旺季结束，这样的回款将会有五六拨，甚至更多。"

张宏咯咯地笑出了声，用统率千军万马的口吻说："加紧备货，千万不要断粮，不然太可惜了！"

放下电话，张宏又咯咯地笑了一阵，他的心情好得无以复加，直到有人告诉他，宏博和新海的官网同时发出公告，宣布共同投标南都项目。

宏博和新海的合作，意味着南都项目的争夺终于落下帷幕，这也是相关主管部门最期待的结果：两家公司优势互补，且又基本势均力敌，既能保证项目的质量，又不至于产生垄断导致项目朝着不可预知的方向发展。

这是真正的强强联合，其他公司全部成了陪太子读书，顶多拿些补充性的边缘项目聊以自慰。

他所不知道的是，新海为了与宏博合作，给原来的合作公司思远和贝来尔各付出了一千万的违约金，但考虑到拿下南都项目的巨大收益以及对未来国家级超大项目的影响，这个数字微不足道。

张宏颇有些失落，想当年，广宁项目都差点被鸿宇纳入囊中，如今却只能站在岸上眼巴巴看着别人捞鱼。

一念及捞鱼，他不禁想起那个倒霉同学讲的可怕故事，赶紧一甩头从回忆里钻出来。

这时候，邹义山敲门进来了，他脸上的神情有些沉重，对张宏说：

"张总，您看到宏博和新海合作的消息了吧？"

"看到了，无所谓吧，反正我们也志不在此。"张宏摆出镇定自若的样子。

"我不是说这个，我是觉得这里面有些古怪，宏博和新海在宣布合作前，双方肯定老早就进行了接触，但您注意到没有，前阵子宏博把我们逼到了什么地步！以至于我们不得不从新渠道那边抽调很多资源来应付他们。如果仅仅是为了迷惑我们，犯不着使这么大劲啊！"邹义山嗅觉之灵敏，是他这个年龄的职业经理人身上不多见的。

这点张宏何尝不知道，但他只当是房立峰带着私心报复来着，现在经邹义山一提醒，他也开始琢磨了：如果把这当作一种策略来看的话，房立峰的目的何在？

两人都有隐隐约约的怀疑，但又找不到什么切实的依据。

直到傍晚时分，他们的怀疑被可怕地证实了：各大专业网站、各大社交平台像约好了似的，疯狂转发从鸿宇学习内容中截下来的那段视频，虽然仅仅是个十秒钟的简短视频，却引发了一场规模空前的舆情地震。

细看这个视频，最让人不可容忍的是，在最后两三秒，那女郎竟然作宽衣解带状，要把身上仅剩的几根布带扯下来。接下来几天的时间，行业内传言四起，其中一个传言说张宏在看完这个视频之后，直接晕倒在他的老板椅上。

好像没有人怀疑这一点，因为这起事件对于鸿宇的打击是沉重而致命的，第一轮铺货已经完成，他们根本无力回收更改。仓库里的货堆积如山，却成了废品。

更要命的是：恶劣的影响已经形成，不要说主管部门震怒，舆论更是哗然，家长纷纷投诉，光网络上就是一片倒鸿宇之声，张宏的祖宗八代都被人肉出来了。

奇怪的是，这起重大事件却没有对市场销售产生任何影响，因为一家叫立森的公司全盘接过了鸿宇的业务，这家公司对市场把握之准和备货之充足都令人惊叹，几乎在鸿宇出事后的两三天便全面覆盖了原有市场。

鸿宇为自己的野心付出了无法承受的代价，所有代理一致通气决定不予返还五十万的市场活动费用，原因在于鸿宇违约在先，产品出现了严重问题，导致销售无法进行。

鸿宇的前台和会议室，每天都拥堵着大量讨债的人，他们来自设备制造公司、印刷公司、设计公司、物流公司、内容提供商、服务器提供商、软件开发公司……

后来，员工也加入讨债的行列，因为他们意识到公司发不出工资了。

没有听到关于邹义山的任何消息，他消失了。

鸿宇就此垮台，一家曾经有过辉煌历史，而且一度离成功那么近的公司，像纸房子一样塌掉了。

董培目睹着一家近千人的公司陷入如此悲惨的境地，巨大的胜利喜悦被迅速冲淡，他站在立森公司会议室的窗前，望着川流不息的街道发呆。

"Peter，我知道你在享受喜悦，祝贺你！"麦麦在他身后说。

董培心中的喜悦已经迅速过去了，取而代之的是一种莫名的负疚感。

直到听到房立峰大声嚷嚷，董培才回过头看是怎么回事。

"立森势头这么好，现在卖了真的太可惜！我觉得我们应该把立森做下去，做成业界数一数二的大公司！"房立峰激动地说。

麦麦含笑不语，这样的情况他见得多了，公司的创立者会对事业产生依恋感，把公司当作自己的孩子，这是一种情结，但这个情结的忠诚度和报价高低成反比。

麦麦慢悠悠地给自己倒了一杯水，顺便也给房立峰倒了一杯，问他："立峰，这家公司能卖多少钱，你有概念吗？"

"除非卖十个亿！"房立峰有点赌气地说。

董培在旁边听了不禁一阵心跳，那意味着自己一下子会有一亿的进账，以前从未想过自己的银行账户会有这样一个天文数字。

"嗯，你说的这个数字相当不错了，如果我理解这是十亿现金的话。"麦麦说，"但这显然不能体现立森在资本市场的价值，我的目标是把立森卖到五十亿，也就是七亿美元左右。"

房间里变得出奇地安静，麦麦看了看目瞪口呆的几个人，微笑着说："先生们，要相信资本市场的放大作用。"

房立峰的喉结不由得滚动了一下，胸口也剧烈起伏了几下，不说话了。按照他的股份，如果立森公司卖到这个价格，他立即就成了真正意义上的亿万富豪。

董培赶紧把脸转过去对着窗外，以免让人看见自己突然涨得通红的脸。

这里面最淡定的是老韩，几个亿的进账的确不小，但不至于让他失态。不过麦麦说的那个数字还是让他有些吃惊："现在不比从前，投资者都很谨慎，谁会出那么高的价格？"

"新海和宏博会为并购立森打起来！这得感谢立峰的'明修栈道，暗度陈仓'，最终成功地促成了宏博与新海的合作，现在鸿宇已经不行了，以前教育信息行业是三国鼎立，现在却成了南北朝，这非常好！两个寡头的市场最容易催生巨额并购，更何况这两家公司都有在纽交所上市的打算，他们非常需要立森公司去完善他们的商业故事，更重要的是，他们不缺钱。"麦麦果然是学贯中西，虽然汉语咬字不是很准，但引用起典故来却恰到好处。

房立峰有些不敢相信，说："可是他们也没那么多钱啊！现在金融市场也很不景气……"

"再低迷的市场也会有赢家！更何况这是一个被信心极度压低了估值的市场，随时会迎来爆发。你们注意到 *Bloomberg* 最近的一篇报道没有？有超过两千亿美元的国际资本正往中国市场聚集，一旦发现机会，他们会像饥饿的野兽一样扑过来……"麦麦斩钉截铁地说，"这是一次千载难逢的机会，不要错过！"

老韩关心的是，立森卖掉和继续做下去相比，哪个选择收益更高。他沉思了一会儿，问："咱们立森可不可以去纳斯达克上市？"

"当然可以。但上市的目的是什么？是为了获取更大的收益。立森上市能够获取更大的收益吗？不一定！一个再广阔的市场，明星级的企业只能有一家，目前看来，这个资本市场的明星企业不是新海，就是宏博，但不会轮到立森。我们这一仗打得相当漂亮，简直可以写进商业教程，但再也不会有这样的奇迹了，立森已经横空出世，以后所有的战斗都是艰苦的阵地战。"

房立峰已经冷静下来，他想起立森的回款中有一部分质量并不高，是那些低端代理为了保住代理资格，用自己口袋里的钱回的款，而它们还并没有从终端市场上收到足够的钱来支撑运营，这是一种冒险的做法，一旦市场波动，它们可能就会资金链断裂，从而拖累立森公司。

虽然目前阶段这些代理最大限度地催高了立森的销售额，但它们的确是一个隐患，很可能将来会耗费立森巨大的管理精力，并大幅抬高其运营成本。

最大的挑战是，一旦新海和宏博回过神来，开始向新渠道进军的时候，立森每赚一块钱要比现在付出多得多的精力和成本。

麦麦提醒说："我们不要忘记鸿宇的教训，市场是瞬息万变的，我们永远无法知道现在是不是有一家公司正盯着我们，正如我们之前盯着鸿宇一样。"

这个警告让大家悚然而惊，鸿宇的前车之鉴太深刻了，于是接下来的话题就成了如何让立森卖个高价。

"我到了该从宏博离职的时候了，"房立峰说，"如果立森有可能被宏博并购的话，我作为立森的主要股东之一，是很不合适的。"

麦麦说："我支持。现在的情况已经完全不一样了，你应该尽快辞职，否则只会加大双方谈判的信任成本。"

老韩抛出一个问题："新海和宏博这两家公司，谁收购立森的可能性更大？"

"这是一个好问题！"麦麦赞赏道，"不过，如果这样问可能会更好：新海和宏博，谁会是出价更高的买家？"

"我认为会是新海，他们融了一大笔钱，坐稳老大交椅的心情比谁都迫切，而且江总对于新渠道的理解应该比宏博的高层更透彻，毕竟他曾经亲自参与过新渠道的开发。"董培插嘴道。

麦麦狡黠地一笑，说："和我想法一样。那么我们现在的主攻对象应该是宏博，我们要借宏博最大限度地激发新海的危机感，从而获取一个最高报价。"

几个人七嘴八舌地讨论了一阵，就此决定了立森公司的归宿。

麦麦最后总结道："那么，并购的具体操作请交给我，我会组建一个团队，他们由最专业的人员组成，他们会服务到最后，那就是：让属于我们在座每个人的钱合法地、一分不少地安然落袋——不过，他们要收并购金额的百分之五作为佣金，但我会争取到百分之三，有问题吗？"

大家交换了一下眼神，麦麦这方面的能耐谁也替代不了，只能眼睁睁地看着他赚这份钱。

四十二

一个人的性格，就是一个人的彼岸

接下来三个月的时间，董培深刻体会到了什么叫煎熬，什么叫患得患失。

在那笔不可思议的巨款即将到账的前一刻，他真的感觉心脏已经不中用了，虽然明明知道自己拥有这笔钱已是板上钉钉的事，可脑海中就是会无端生出这样的担心：会不会出什么意外？

然后奇怪的一刻发生了，当他最终确认钱到账时，已经疲倦到了没有幸福感，涌上来的竟然是一种莫名的失落。

老韩是过来人，在随后的一次庆功聚会上，他向房立峰和董培解释了这种"症状"的来由："期待得太急切了！这笔钱的获得与否，对于你们前后的生活状态改变是巨大的，这一点你们以后会更有体会。你们现在要注意一点，千万不要得抑郁症！我可不是吓唬你们，骤然得到这么一笔普通人做梦也不敢想的大钱，会把你们过去的快乐源泉全部堵死，你们再也不屑为升职而奋斗，再也懒得费心处理与同事间的关系，再也不会为年底奖金和加薪去表现……这些都是你们过去擅长做的事，是你们彰显自我价值的方式，现在全被这笔钱给剥夺了。"

老韩说得兴起，用手指一点房立峰，说："先别急着离婚！你现在很有钱了，又不那么老，会有无数女人围着你转，别被转晕了，先夹紧腿把持一段时间再说。"

老韩道行很深，又以老大哥自居，说话针针带血，房立峰不禁有些尴尬，他内心最隐秘的一些东西被老韩掀开了。

房立峰有些没面子，想争辩几句，但转而一想，老韩说得句句在理，至少他已经隐隐体会到亿万身家带给他的快乐竟那么短暂，甚至并不比打工时做成一个大单子更多，开着高配宝马也不见得比开大众更舒适。

老韩转向董培，也用手指一点，过了几秒钟才说："你倒不会，至少目前看不出来。你就注意别乱花钱就是了，缺过钱的人一旦有了钱会报复。"

"麦麦去哪儿了？"董培问。

"回美国了，我猜他第一个要去的地方是教堂。"老韩说，"这法子倒挺好使，每次再看到他，都是一脸平和，看不到半点张皇失措。"

是的，张皇失措，这就是董培现在的真实感觉。

但一想到崔小萌正在家等着他，他心里又踏实了很多。

张思文打来电话，言语中似乎才知道董培是新海刚刚并购过来的立森公司的操盘手："老大，你这一把干得真漂亮啊！得赚个千把万吧？"

董培笑而不答，问他道："江总不会认为这一切都是我的预谋吧？"

"的确有人这么想过，但大家很快就否定了，因为逻辑上说不通，你直到离职的前一刻都在替新海卖命，来往邮件上都显示得清清楚楚。再说你干掉的是鸿宇，对新海并没有造成任何损害，而且我听说江总挺后悔当初辞退你。"

董培感觉到了胜利者的愉悦，所谓富贵不还乡，如衣锦夜行，谁知之者？让当初炒掉自己的人见证自己的成功，这成功的果实才分外香甜。

放下电话，董培看房立峰也在接电话，听上去也是以前的同事过来询问情况，他谈笑风生，但突然脸色凝重起来，放下电话，一脸悒悒不乐。

过了半晌，房立峰皱着眉头说："张宏中风住院了，听说都快不行了……"

大家一时错愕无语，张宏落得这般惨景，虽然不能说是在座这帮人害的，但也和他们有脱不了的干系。

房立峰的情况和大家不一样，他和张宏并没有什么不共戴天之仇，让张宏跌个头破血流他快意之至，但让张宏就此把命给搭上，却非他初衷。

可是张宏这么惨，江湖中人都看作房立峰复仇成功，让他觉得心里颇有压力，好像他赚来的钱上沾了别人的血。

于是这次聚会在出人意料的平静中结束，没有狂欢，没有踌躇满志，倒有几分清冷寡淡。

回到家，崔小萌开门迎接他，搂着心爱的女人温存一番后，董培又来了精神，牛烘烘地环顾了一下四周，说："该换个大点的房子了！"

崔小萌说："我刚才接到一个人的电话，你肯定猜不到是谁。"

"如果你说猜不到，那我肯定就猜不到。"

崔小萌故意停了一会儿，才说出答案："李东。"

董培不禁一呆，这名字听上去像上世纪那么遥远。

"他说话还是跟以前那样不得要领，不过我判断他已经失业快一年了。"

怎么尽是些倒霉消息？董培刚刚敞亮的心情像蒙了一层灰。

"他打电话来是什么意思呢？"

崔小萌想了想："我猜还是想找个机会吧。"

"他怎么说的？"

"他先分析了一下当前行业，分析得都对，但都是一些早已明了的结论。然后又说他看到了一些'重大机会'，如果董总这边要用人的话，希望能够考虑他，他已经和以前那个李东不一样了……"

董培不禁哑然失笑，其实他并不介意拉李东一把，但这家伙似乎一点长进都没有，这样的烂泥如何能扶上墙。

"是啊，我是该请他来当个副总裁什么的。"董培冷笑着说。

"他后来找我借钱来着……"崔小萌轻声说。

董培连连摇头："你看你看，这种人还能干出什么事来，你没答应吧？"

"你知道他要借多少吗？"崔小萌幽幽地看着董培，顿了顿说，"两百。"

董培感觉心被什么东西刺了一下，他再次强烈地意识到，自己之所以有今天，不是因为有多大本事，而是无法抗拒的时代洪流裹挟着大家涌向未知，有人上了岸，有人还在水中挣扎，有人已被洪流吞没，如此而已。

"他说他最近手头有点紧……我感觉他没准都饿了两天了。"

董培默默地坐到沙发上，半晌才说："你借给他一万吧……如果三个月内他再没找你借钱，我可以给他推荐一个职位，但不是销售，而是行政后勤内训方面的职位，这样比较稳定，也适合他的能力。"

崔小萌从茶几上拿起一张请柬递给董培，说："思文要结婚了，你猜新娘是谁？"

这还算个好消息，董培精神一振，打开请柬，一张合影映入眼帘，思文和一个女孩挨着脸微笑地看着他，那女孩眼神坚定，文静中带着一丝倔强，正是思文喜欢的类型。

董培不认识，问崔小萌："谁？"

"还记得上次思文说的他面试过的女孩吗？就是那个特别努力找工作，面试后还给思文发短信的女孩，你还看了那条短信的……"

董培想起来了："思文还说她为了工作会跟人上床的那个？"

崔小萌点点头，俩人相视而笑。董培又端详了一会儿照片，叹了口气，放下请柬，向心爱的女人伸开双臂，崔小萌坐到他身边，两人紧紧偎依在一起。

"那么多钱，我们怎么花呀？"过了很久，崔小萌问，好像那是个难题似的。

"我现在唯一能想到的是买个三百多平方米的大房子，就在朝阳公园别墅区附近的那片公寓，位置很好，是那片公寓的'楼王'，最近房市不好，但那一片的房价仍然很坚挺，我已经委托中介帮我去看房了。"董培说。

那一片是北京有名的富人区，闹中取静，树木葱郁，房价贵得离谱，以前是想都不敢想的，现在能轻松做到了，但也没有什么特别的幸福感。

"我有个想法，能说吗？"

"当然，这是我们的钱。"

"我们成立一家公司吧，就做这个行业。新海把你们公司并购之后，当然是市场老大，但这片市场非常大，还能容下很多小公司，特别是鸿宇倒了之后，留下不少市场空白，所以新公司甚至还有做大的可能，至少也能保持很不错的利润。这事我跟思文、华伟和卓明他们聊过……"

董培心里蓦地一动，似乎在一瞬间找寻到了新的目标：把过去的老战友集结起来，大家自己做老板，开创一片事业，给辛苦揾食的人提供一个平台，岂不是人生乐事？

"投多少钱，股权怎么划分，这些问题考虑过吗？"董培问。

"这些问题交给你来处理，我只负责建议。"崔小萌见董培跃跃欲试，心里十分欢喜。

"先投三千万，对于一家初创公司起点很高了。股权方面，我和你各百分之二十五，思文、华伟、卓明、孙华各百分之八，他们不必投钱，拿干股就行；高毅一直身体不好，在家养病，生活很困难，我想送他一点干股；剩下的作为机动股份——你觉得他们会愿意吗？"

"他们会开心死的！"崔小萌激动得就要跳起来，突然又想起了什么，重新慢慢坐回沙发上，"太好了！大家又可以在一起打天下了。"

"不过，我暂时只当个不管事的董事长，公司还得你去运营。"崔小萌笑着说。

董培奇怪道："我以为你会很乐意跟大家一起打拼的，这是我们自己的事业呢。"

崔小萌不说话，只是微笑地看着董培。

"啥时候变成小懒猫了？"董培抚摸着她的头发说。

崔小萌拉着他的手，放到自己肚子上，说："因为这里已经有只小小懒猫了。"

董培不由得呼吸急促起来，紧紧攥住她的手："真的吗？"

"真的，我测了三次了。"

董培喉咙一下哽住了，眼睛也变得湿润，这是一种生命圆满的体验，他终于真切地感觉到内心的平静，再也不张皇失措了。

半年后，董培得知麦麦和老韩都去了美国，两人正在运作一个关于 AI 方面的项目。麦麦在给董培的一封邮件中说，如果董培愿意的话，欢迎他去美国，他们可以再度携手。

董培回复道：欢迎你来中国，我们可以再度携手。

房立峰消失了一段时间，当他再次出现的时候，业界流传一则惊人的传言：房立峰大手笔炒虚拟货币，结果行情坍塌，一夜之间财富归零。

Michael 跟妻子离婚，赔了很大一笔钱，此事上了当地新闻。

江总给董培亲自打过电话，有意让他接手新海，董培婉言谢绝了。

陈大明、吴梅仍是千年不动的副总裁。

张宏保住了性命，但成了植物人，还欠了一屁股债。

鸿宇几个失业员工合伙开了一家小饭店，董培将公司的工作餐外包给了他们。撑过最初的艰难时期后，他们现在已经开了两家分店。

刘美兰是鸿宇高管中，得知张宏成了植物人后，唯一还去讨薪的。她后来去了东南亚，整容后从事网络诈骗，后被逮捕归案。

邹义山跑到一个二线城市自己做公司，由于侵犯上游厂商知识产权，被人告上法庭，结果败诉，没收全部非法所得，判刑两年。

李东，他成了董培的专职司机，日子过得很开心。

图书在版编目（CIP）数据

上岸 / 许韬著 . -- 北京：作家出版社，2025.9

ISBN 978-7-5212-3627-9

Ⅰ . I247.5

中国国家版本馆 CIP 数据核字第 2025P9R740 号

上　岸

作　　者：许　韬

责任编辑：赵　超

装帧设计：吴元瑛

出版发行：作家出版社有限公司

社　　址：北京农展馆南里 10 号　　　　邮　　编：100125

电话传真：86 - 10 - 65067186（发行中心）

　　　　　86 - 10 - 65004079（总编室）

E - mail: zuojia@zuojia. net. cn

http: // www. zuojiachubanshe. com

印　　刷：河北尚唐印刷包装有限公司

成品尺寸：152 × 230

字　　数：435 千

印　　张：30.5

版　　次：2025 年 9 月第 1 版

印　　次：2025 年 9 月第 1 次印刷

ISBN 978 - 7 - 5212 - 3627 - 9

定　　价：66.00 元